ハヤカワ・ミステリ

IAN RANKIN

# 死者の名を読み上げよ

THE NAMING OF THE DEAD

イアン・ランキン
延原泰子訳

TOKYO HAYAKAWA BOOKS

A HAYAKAWA
POCKET MYSTERY BOOK

THE NAMING OF THE DEAD
by
*IAN RANKIN*
Copyright © 2006 by
JOHN REBUS LIMITED
Translated by
*YASUKO NOBUHARA*
First published 2010 in Japan by
HAYAKAWA PUBLISHING, INC.
This book is published in Japan by
arrangement with
JOHN REBUS LTD.
c/o CURTIS BROWN GROUP LIMITED
through THE ENGLISH AGENCY (JAPAN) LTD.

二〇〇五年七月二日にエジンバラにいたすべての人々へ

わたしたちには、日々新しい世界へ一歩踏み出す力、日々真実と考えることを語る力、日々小さな行動を起こす力がある。

グレンイーグルズでのマーチについて、A・L・ケネディ

おれたちのために、誇らしく思えるような宣言書を書いてもらいたい。

G8へのメッセージで、ボノ

# 死者の名を読み上げよ

装幀　勝呂　忠

## 登場人物

**ジョン・リーバス**……………………………エジンバラ警察の警部
**シボーン・クラーク**
**エレン・ワイリー**　……………………同部長刑事
**レイ・ダフ**……………………………………同科捜研技師
**ジェイムズ・マクレイ**………………………同主任警部
**ジェイムズ・コービン**………………………同本部長
**モリス・ジェラルド・カファティ**……ギャング
**シリル・コリアー**……………………………カファティの部下
**ガレス・テンチ**………………………………ニドリ地区選出市会議員
**ヴィッキー・ジェンセン**……………………暴行事件の被害者
**トーマス**………………………………………ヴィッキーの父
**ドリー**…………………………………………ヴィッキーの母
**トレヴァ・ゲスト**……………………………強盗
**エドワード・アイズレー**……………………修理工
**テディ・クラーク**……………………………シボーンの父
**イーヴ**…………………………………………シボーンの母
**サンタル**………………………………………マーチの参加者
**ボビー・グレグ**………………………………警備員
**エリック・ベイン**……………………………コンピュータ専門家
**モリー・クラーク**……………………………エリックの恋人
**スタン・ハックマン**…………………………ニューカッスル警察の部長刑事
**ベン・ウエブスター**…………………………下院議員
**ステイシー**……………………………………ベンの妹。ロンドン警視庁勤務
**メイリー・ヘンダーソン**……………………ジャーナリスト
**リチャード・ペネン**…………………………ペネン・インダストリーズの社長
**デイヴィッド・スティールフォース**……警視長。Ｇ８の警備統括責任者

SIDE ONE

# 血の課題

二〇〇五年七月一日　金曜日

## 1

閉祭の賛美歌の代わりに音楽が流れた。ザ・フーの《愛の支配《ラヴ・レイン・オアー・ミー》》。リーバスはそれが何の曲だか瞬時にしてわかった。チャペル内は雷鳴と豪雨のとどろきで満たされた。彼は最前列に座っていた。クリシーの強い希望によるものだ。自分としては最後列に座りたかったのだが。そこが葬儀での彼の定席である。クリシーの息子と娘が彼女の隣にいた。娘のレスリーは涙が頬を伝う母親へ腕を回して慰めている。ケニーはまっすぐ前を見つめ、今は悲しみをためこんでいる。今朝彼らの家でリーバスはケニーに、いくつになったんだ、とたずねた。ケニーは来月で三十歳になるそうだ。レスリーはその二つ年下である。兄妹は母親とよく似ており、リーバスはマイケルと自分もそんなふうに言われたことを思い出した。あんたたち二人、お母さんに生き写しだね……マイケル、もしくはミッキー。そのリーバスの弟は五十四歳の若さで、つやつやと光る環付きの箱に横たわっている。スコットランドの平均寿命は第三世界なみに低い。生活習慣、食事、遺伝的要素……その理由の仮説はいくらでもある。検死の最終的な報告書はまだもらっていない。重度の脳卒中に襲われたのよ、とクリシーは電話でリーバスに告げ、「突然だったから」と、まるでそれが慰めになるかのように付け加えた。

　突然だったからこそ、リーバスは別れを告げることができなかった。だからマイケルへ言った最後の言葉は、三カ月前に電話で、マイケルのお気に入りチーム、レイス・ローヴァーズに関して飛ばしたジョークとなった。そのレイス・ローヴァーズの紺と白のスカーフが、柩の上に花輪と並べて掛けてあった。ケニーは父親のネクタイを締めており、そのネクタイにはレイス・ローヴァーズの盾形の紋章がついている——何だかわからない動物がベルトのバックル状のものを支えている図柄。リーバスはそれが何を意味しているのかと今朝たずねてみたのだが、ケニーは肩をすくめただけだった……そして今、信徒席の端で案内係が合図した。全員が立ち上がった。子供たちに付き添われたクリシーが、通路を歩み始めた。案内係がリーバスのほうを見たが、リーバスはその場を動かなかった。ほかの列席者が彼を待たないですむように再び着席した。曲はまだ半分を少し過ぎたばかりである。〈四重人格／クオドロフェニア〉の最後の曲だ。マイケルはザ・フーの熱烈なファンだったが、リーバス自身はローリング・ストーンズのほうが好みだった。とはいえ、〈トミー〉や〈四重人格〉のようなアルバムで、ストーンズには到達できなかった境地に至った業績は認めねばならない。ダルトリー（ザ・フーのリード・ヴォーカリスト）が、酒を飲みてえな、と歌い上げている。リーバスもそれには同感だが、エジンバラまで車を運転して帰らなければならない。

　地元ホテルの会議室が予約されていた。皆さんどうぞご参加ください、と先ほど祭壇から牧師が呼びかけた。ウィスキーと紅茶、サンドイッチが振る舞われる。逸話や思い出が語られ、笑顔と、涙をぬぐう仕草に、低い話し声が続く。給仕は事情をわきまえて物音を立てずに立ち働くだろう。リーバスは頭の中で文章を組み立ててみた。詫びの言葉らしきものを。

　戻らなきゃならないんだ、クリシー。仕事が忙しくて。

　主要国首脳会議、G8のせいにして、嘘をついてもいい。今朝マイケルの家で、レスリーは、準備で忙しいんでしょうね、とリーバスにたずねた。そのとき、おれは必要とされていない、ただ一人の警官のようなんだ、と答えることもできた。あらゆる方面から警察官が掻き集められている。ロンドンからだけでも千五百人がやってくる。しかしジョン・リーバス警部だけは、要らないようだった。誰かが乗組員を選抜しなければならない――ジェイムズ・マクレイ主任警部はまさしくそういう表現をし、その肩越しに彼の子分が得意げな笑みを浮かべていた。デレク・スター警部は自分こそがマクレイの王座を継ぐ皇太子のつもりでいる。いつの日か、彼がゲイフィールド・スクエア警察署のトップになるだろう。ジョン・リーバスは脅威となりようがない。引退まであと一年ほどしかない身の上なのだから。スター警部はいみじくもこういったものだ。あんたがのんべんだらりと仕事をしたって、誰も文句は言わないよ、ジョン。あんたのような年の者は皆そうなんだから。なるほど、そうかもしれないが、それでもローリング・ストーンズはリーバスよりももっと年上なのだ。ダルトリーやタウンゼンド（ザ・フーのリーダー）もしかりだ。彼らは今なお、演奏を続け、ツアーを続けている。

　曲が終わり、リーバスは立ち上がった。チャペルにはもう誰もいない。赤紫色のビロードのカーテンへ最後の一瞥を投げた。棺はまだその背後にあるのかもしれない。あるいはすでに火葬場の別の場所へ移動したのだろうか。リーバスは十代の頃を思い起こした。相部屋だった兄弟はカーコディ・ハイ・ストリートで買い求めた四十五回転レコードに聞き入ったものだった。《マイ・ジェネレーション》や《サブスティチュート》。《マイ・ジェネレーション》のダルトリーの歌い方がなぜとつとつとしているんだろう、とたずねたミッキーに、リーバスは、麻薬のせいだとどこかで読んだことがあるよ、と答えた。ゆいいつ、兄弟が楽しんだ麻薬とも言えるものは、酒で、食器戸棚の酒瓶にこっそりと口をつけたり、缶ビールをこじ開けて気の抜けたスタウトを消灯した中で回し飲みした。ミッキーはカーコディの遊歩道に立ち、海を見つめながら、《アイ・キャン・シー・フォ・マイルズ》を歌ったものだった。だがそれは現実に起きたことなのか？　レコードが発売されたのは、六六年か六七年で、そのときリーバスは陸軍にいたのだ。だったら、休暇で戻ったときにちがいない。ダルトリーを真似て、肩まで伸ばした長髪のミッキーに、軍隊式短髪のリーバスが、軍人生活のおもしろおかしい話をでっちあげて語り続け、北アイルランドへの派遣はまだ先のことだった……

　当時、兄弟仲はよかった。リーバスはたびたび手紙や葉書を送ったし、父親はリーバスを誇らしく思い、自慢の兄弟だった。

　お母さんの生き写し。

リーバスはチャペルの外へ出た。煙草のパックはすでに封を切って手に持っている。周囲には煙草を吸う人々がいた。リーバスに会釈をし、所在なく足を踏み換える。ドアの横にはさまざまな花輪やカードが並べられ、弔問者がそれに見入っていた。〝哀悼〟とか〝淋しい〟とか〝悲しみ〟などのお定まりの文句が散見される。〝ご家族の気持ちをお察し申し上げます〟。マイケルと名前を出されることはない。死者については独特のマナーがあるのだ。若い参列者は携帯電話のメッセージを確認している。リーバスもポケットから携帯電話を取りだして、電源を入れた。同じ番号から電話が五回かかっていた。その番号の主を知っていたので、ボタンを押して携帯電話を耳に当てた。シボーン・クラーク部長刑事がすぐ応答した。

「朝からずっと電話をしてるんですよ」シボーンが愚痴った。

「電源を切ってたんだ」

「それより、今どこにいるんですか？」

「まだカーコディだ」

息を飲む気配。「あらいやだ、ジョン、わたし、すっかり忘れてた」

「いいんだよ」リーバスはケニーがクリシーのために車のドアを開けてやるのを見守った。レスリーがリーバスに、ホテルへ向かうわよ、と合図している。車はBMWである。ケニーは機械関係の技術者として立派に働いている。まだ独身だ。彼女はいるのだが、その女性はあいにく葬儀には参列できなかった。レスリーは離婚経験者で、彼女の娘と息子は元夫と旅行中なのだ。車の後部座席へ乗り込むレスリーへ、リーバスはうなずいて見せた。

「来週だと思っていたわ」シボーンが言っていた。

「おれを羨ましがらせるために電話したんだな？」リーバスは自分のサーブへ向かって歩きだした。シボーンは昨日と一昨日の二日間、G8会議の保安状況の下見に行くマクレイ主任警部のお供をして、パースシャーへ行っていたのだ。マクレイはテイサイド警察の副本部長と古い付き合いがある。あいつはたんに見物したいだけなんだよ、と旧友の副本部長が笑ってその希望をかなえたのだ。G8会議の首脳はアウキテラーダー郊外にあるグレンイーグルズ・ホテルで話し合う。その周囲は荒野がどこまでも続いており、広範囲の警戒体制が敷かれる。たくさんの恐ろしい話がマスコミをにぎわせた。アメリカ大統領を護るために、スコットランド海岸に海兵隊三千人が上陸するという噂。過激派がハイジャックしたトラック群で道路や橋を封鎖する計画だという噂。ミュージシャンのボブ・ゲルドフは百万人のデモ参加者でエジンバラを埋め尽くそうと声高に主張した。参加者を市民の空き部屋やガレージや庭に泊めようではないか。フランスに船を出して抗議者を運んでこようではないか。ヤ・バスタやブラック・ブロックなどの名称を持つ過激グループは混乱を画策しており、市民ゴルフ協会は立ち入り禁止の柵をかいくぐって、グレンイーグルズ・ホテルの由緒あるゴルフコースでプレイしようと企んでいる。

「マクレイ主任警部と二日間一緒に過ごしたんですよ」シボーンが言った。「楽しいことなんてあるはずないじゃないですか」

リーバスは車のロックを外し、車に身を入れてキーを差し込んだ。体を起こして煙草を深々と吸い、道路に吸い殻を投げた。シボーンがいつのまにか現場鑑識班について何かしゃべっている。

「ちょっと待て。よく聞こえなかった」リーバスは言った。

「あのね、それでなくてもあなたは忙しいのに」

「何があった？」

「シリル・コリアーを憶えてますか？」

「年を取ってきたにもかかわらず、記憶力はまださほど衰えていないんでね」

「とても妙なことが起こったんですよ」

「何だって？」

「欠けていたピースが見つかったようなんです」

「何の？」

「上着」

リーバスは無意識に運転席に腰を下ろした。「何のことだかわからん」

シボーンが不安そうな笑い声を上げた。「わたしもです」

「で、今どこにいる?」

「アウキテラーダー」

「そこで上着が見つかったんだな?」

「まあね」

リーバスは両足を車内へ入れ、ドアを閉めた。「じゃあ、見に行こう。マクレイもそこにいるのか?」

「主任警部はグレンローシスへ行きました。そこにG8の管理センターがあるんです」シボーンは一呼吸置いて付け加えた。「こっちに来るなんて、ほんとにだいじょうぶなんですか?」

リーバスはエンジンをかけた。「とりあえず断わりを入れなきゃならないが、一時間以内にそっちへ着く。アウキテラーダーへはスムースに入れるかな?」

「嵐の前の静けさってとこでしょうか。アウキテラーダーへ入ったら、クルーティ・ウエルという標識を探してください」

「え、何だ?」

「こっちへ来てみればわかります」

「じゃあ、そうする。鑑識班がもうすぐ到着するんだな?」

「はい」

「ということは、すぐに知れ渡るな」

「主任警部に知らせるべきでしょうか?」

「それはきみに任せる」携帯電話を肩と頬で挟んだリーバスは、火葬場の迷路のような通路を通ってゲートへ向かった。

「中座するんですね」シボーンが言った。

しかたがないだろ、とリーバスは思った。


シリル・コリアーは六週間前に殺害された。二十歳のときに、悪質な婦女暴行事件を起こして十年の確定刑を宣告された男である。そして刑期を満了し、刑務官、警察官、社会福祉事業所員の懸念をよそに、釈放された。コリアーは服役中も改悛の情をいささかも見せず、DNAによる証拠があるにもかかわらず否認し続けたので、今後も社会に大きな害悪を及ぼすのではないかと不安がられた。コリアーはふるさとのエジンバラへ戻ってきた。刑務所で体力造りに励んだことが実を結び、夜はドアマンとして、昼は用心棒として働き始めた。どちらの場合も雇い主はモリス・ジェラルド・カファティだった。通称〝ビッグ・ジェル〟ことカファティは長年にわたり悪名を轟かせた男である。ビッグ・ジェルに、最近雇い入れたコリアーについて聞き質すのは、リーバスの役目だったのだ。

「別にかまわんだろ?」とカファティはそのとき言い返したのだった。

「危険な男だ」

「あんたのように嫌がらせを続けたら、聖人だって堪忍袋の緒が切れる」カファティはMGC不動産賃貸業社の自分の机を前にして、革張りの回転椅子を左右に揺らせながら言った。カファティの貸しているアパートのどれかで、その週の賃貸料が滞ったら、そのときこそコリアーの出番なのだろう。カファティはミニキャブ会社も経営しているし、市内の不健全な地区でいかがわしいバーを少なくとも三店は所有している。シリル・コリアーのやる仕事はいくらでもあった。

それは彼が死体で見つかった夜までのことだ。背後から殴られて、頭蓋骨が陥没していた。監察医はそれだけでも致命傷だったにちがいないという意見だったが、それでも念のために、混ぜものなしのヘロインが注射されていた。死んだ男がヘロイン常用者であったことを示すものは何もない。その事件を担当した警察官の多くは、死亡者という表現を、それもしぶしぶながら、用いた。被害者、という用語を使う者は誰もいなかった。あん畜生、いい気味だよ、という言葉は誰も口に出せなかった。最近ではそれは許されない。

でもそう考えることは止められない。目を見交わし、ゆっくりとうなずいて、その思いを共感する。リーバスとシボーンはその事件を担当したが、それは数多く担当した中の一つにすぎない。手がかりは少なく、容疑者は多かった。強姦事件の被害者、その家族及び当時被害者と交際していた男が事情聴取を受けた。コリアーの末路を語る際に、ある一語が頻繁に口にのぼった。

「よかった」

コリアーの死体は、勤務先だったバー付近の裏道に停めてあった、自分の車近くで発見された。目撃者もなく、現場鑑識による証拠もなかった。ただ一つ、妙な点があった。鋭利な刃物で、特徴的な上着の一部が切り取られていた。それはナイロン製の黒いジャンパーで、背中に〝ＣＣ・Ｒｉｄｅｒ〟（古いブルースの曲名、スコットランドのインディーロックのバンド名でもある）というロゴが描かれたものだった。その部分が切り取られ、白い裏地が見えていた。仮説は多くなかった。死んだ男の身元を隠そうとする素人じみた行為だったのか、もしくは服の中に何か隠してあったのか。検査に回しても麻薬の痕跡はなかったので、警官たちは肩をすくめ、頭を掻くばかりだった。

リーバスには暗殺のように思えた。コリアーに敵がいたのか、あるいは、カファティへの見せしめか。とはいえ、コリアーの雇い主に何回か事情聴取をしたものの、成果はなかった。

「おれの評判に傷がつく」というのがカファティの主な反応だった。「だからあんたが犯人を捕まえるか、それとも……」

「何だ？」

カファティは答えるまでもなかった。もしもカファティが先に犯人を見つけたならば、そいつは闇に消えてしまうだろう。

捜査に進展はなかった。Ｇ８会議の準備に皆が気を取られるようになり——警官たちの多くが残業手当を思い浮かべるようになった頃、捜査は行き詰まった。ほかにも事件が多発し、今度は本物の被害者がいた。コリアー殺人事件捜査班は縮小された。

リーバスは運転席側の窓を開け、涼しい風を心地よく感じながら走った。アウキテラーダーへの最短ルートを知らないが、キンロスからグレンイーグルズ・ホテルへ行けることはわかっていたので、そちらへ車を向けた。二カ月前、カーナビを買ったのだが、まだ説明書を読んでいないのだ。カーナビは空白の画面のまま、助手席に転がっている。そのうち、車にＣＤプレーヤーを取り付けてくれたガソリンスタンドへ持っていくつもりだ。後部座席や床やトランクを探してみたのだが、ザ・フーのCDが見つからなかったので、エルボウを聴いている。シボーンお勧めのバンドだ。アルバムのタイトル曲、《リーダーズ・オブ・ザ・フリー・ワールド》が気に入り、それをリピートにしている。ヴォーカルが、六〇年代以後に世の中がおかしくなった、と歌っていた。リーバスも、別の観点から同じ結論に達していたので、同意したくなった。しかしヴォーカルはもっと変化を望んでいるのだろう。グリーンピースや核兵器廃絶運動が支配する、貧困とは無縁となった社会の到来を。リーバス自身も六〇年代、軍隊に入る前後に数回、抗議運動に参加したことがある。それは何はともあれ、女性と知り合いになれるチャンスだった。たいていデモ行進のあと、どこかでパーティがあった。しかし最近では、六〇年代を何かの終焉とみなしている。一九六九年、ローリング・ストーンズのコンサートでファンの一人が刺殺され、その時代は輝きを失った。一九六〇年代に若者は反乱の味を覚えたのだ。彼らは古い秩序を信じず、秩序を軽んじた。リーバスは数千人がグレンイーグルスに集結し、警察との小競り合いが必至となるであろう事態に思いを馳せた。畑や丘、川や谷間が広がるこの風景を前にしては、想像しにくいが。グレンイーグルズ・ホテルが人里離れているからこそ、開催場所に選ばれたにちがいなかった。自由世界のリーダーたちはここだったら安全だし、あらかじめどこかで決められた決議事項に心安んじて署名できるというものである。車内のステレオが、地滑りする坂を登るとやら歌っている。アウキテラーダーの近郊に着くまで、そのイメージがリーバスの頭を離れなかった。

これまでアウキテラーダーに来たことは一度もない。それでも知っているような気がした。典型的なスコットランドの小さな町。一目見てそれとわかるメインストリートが一本あり、そこから細い脇道が何本か分かれている。地元の店に歩いて買い物に来ることを前提に作られている通り。しかも零細な個人商店が並んでいる。グローバル化反対運動者の怒りを買うようなものは見あたらない。パン屋はG8パイなるものを期間限定販売していた。

アウキテラーダーの善良な住民は、身分証のバッジを配布するという口実のもとに、入念な身元調査を受けたことをリーバスは思いだした。バリケードが作られた際には、そこを通るのにバッジが必要となるはずである。しかしシボーンがさっき言ったように、この町は気味悪いほど静かだった。買い物客が数人と、防御用の板をはめるために窓の寸法を測っているらしい指物師がいるだけだ。車と言えば泥まみれのトラックばかりで、おそらくは自動車道ではなく農道ばかりを走っていたのだろう。ハンドルを握ったある女性は、スカーフを頭にかぶっていた。そんな光景をリーバスは久しく見たことがない。二分と経たないうちに、リーバスは町を通り抜けてしまい、A9号線へ向かっていた。そこでハンドルを何回か切って引き返し、今回は標識に目を配った。探していた標識はパブの横にあり、小道を指している。ウインカーを出してそちらへ曲がり、生け垣や私道を横に見ながら走るうちに新しそうな住宅団地へ来た。視界が開け、遠い丘が見えた。すぐにまた住宅地を過ぎ、刈り込んだ生け垣沿いに進んだ。もしトラクターや配達車に道を譲ることになれば、枝でこすれて車に傷がつくことだろう。左手に森が広がっているところで、ここはクルーティの井戸《ウェル》のある場所だと示す標識があった。クルーティという語は、クルーティ・ダンプリングという言い方でなじみがある。それは母親がときおり作ってくれた、ねばねばした熱い蒸し菓子である。その味と舌触りは、クリスマス・プディングとよく似たものだと記憶している。黒くてもっちりと甘い。ついでに胃がきゅっと縮み、何時間も何も口にしていないことに気づいた。ホテルには少しの間だけいて、クリシーと二言三言小声で話し合ったのみなのだ。今朝彼女の家でもそうだったが、そのときもクリシーはリーバスを抱擁した。知り合ってからの長い年月の間に、何回となく抱擁が交わされた。最初の頃、リーバスはクリシーに実は恋心を抱き、まずいと思ったのだった。クリシーは感づいていたようだった。やがて彼は花婿の付き添い役となり、結婚式のダンスで、クリシーが彼の耳に挑発的な熱い息を吹きかけたこともあった。そののち、彼女とミッキーは何回か別居に至ったが、リーバスはつねに弟の肩を持った。クリシーに電話をし、何か言葉をかけてやるべきだったのだろうが、何もしなかった。ミッキーが厄介事を起こして服役という事態に陥ったときも、リーバスはクリシーとその子供たちを慰めに訪ねていかなかった。しかし、それを言うなら、服役中や服役後のミッキーにも、ほとんど会いに行っていない。

いきさつはまだある。リーバスが妻と別居したとき、クリシーは全面的にリーバスを非難した。もともとクリシーは妻のローナと仲がよかった。リーバスとの離婚後も付き合いは続いていた。家族とはそういうものだ。駆け引き、自己主張、裏工作。政治家のほうがまだ楽なぐらいだ。

ホテルで、レスリーは母親を真似て、リーバスを抱擁した。ケニーは一瞬ためらった。すかさずリーバスは彼に握手を求めて、窮地を救ってやった。何かいさかいでも起こるのではなかろうか、とリーバスは思った。葬式ではありがちなことなのだ。悲しみの感情には怒りと他人への非難がついてくる。ホテルに残らなかったのは正解だった。対決の可能性ということになれば、地力のある彼が思わぬ強打を見舞いかねないからだ。

道路脇に駐車場があった。新たに作られたばかりのようで、木々を切り払ったあとの樹皮が敷地に散らばっている。四台分のスペースがあるが、一台しか停まっていない。腕組みをしたシボーン・クラークがその車にもたれていた。リーバスはブレーキを引いて車から降りた。

「いい場所だな」リーバスが言った。

「百年以上前から待ってたわ」

「そんなにゆっくり運転したつもりはないんだが」

シボーンは唇をかすかに歪めて応じ、まだ腕組みをしたまま森の中へ案内した。いつもより改まった服装をしている。膝までの黒いスカートと黒いタイツ。先ほどこの小道を歩いたので、靴が泥で汚れていた。

「昨日標識を見たんです。メインストリートにあった矢印を。で、ちょっと寄ってみようかと思って」

「まあな、そこへ行くか、グレンローシスへ行くかとなれば、そりゃあ……」

「駐車場に掲示板があって、ここの説明が書いてありますよ。長年、魔術めいたことがおこなわれていたらしいんです」二人は坂を上り、ねじくれた太いオークの木を回りこんだ。「町の人がここには精霊が住んでいると思いこんだんです。暗闇で悲鳴が聞こえたなんてことがあったりして」

「農家の雇い人だったんじゃないか」リーバスが言った。

シボーンがうなずいて同意した。「そうだったにしろ、町の人々はちょっとした捧げ物を持ってくるようになった。そこからこの名前が」シボーンはわざとらしく周囲を見回した。「『クルーティ』ってどういう意味か知ってるでしょう？　ここにいる中で生粋のスコットランド人はあなただけなんだから」

リーバスの脳裏に、母親が鍋から蒸し菓子を出している姿が、ふいによみがえった。蒸し菓子を包んでいたのは……

……

「布」リーバスは教えた。

「そして衣類」シボーンが言い添えながら、二人はまた別の空き地へ入った。リーバスは深く息を吸った。湿った布……湿って腐った布。少し前からそんな臭いがしていた。リーバスの以前の家、子供時代を過ごした家では、衣服にちゃんと風を当てないと、じくじくと湿ってかびが生え、嫌な臭いがしたものだった。周囲の木の枝からぼろや布きれがぶらさがっている。地面に落ちた布きれは腐って腐葉土状になっていた。

「言い伝えによると」とシボーンが静かに語り始めた。「人々は幸運を願ってここに布を置いたんです。精霊を温かく包んでやれば、自分たちに悪いことが起こらない、と。別の説もあります。幼い子供が死ぬと、親はここに何かを残しておく。思い出のために」はっと息を飲み、咳払いをした。

「おれはガラス細工じゃないんだから」リーバスがシボーンを気遣った。「思い出っていう言葉ぐらいどうってことない。おいおい泣き出したりしないから」

シボーンがうなずいた。リーバスは空き地を歩き回った。足下には落ち葉や柔らかな苔、水音。地面からちょろちょろと水が湧いているのだ。その縁にロウソクや硬貨が置いてあった。

「井戸というほどではないね」リーバスが評した。

シボーンは黙って肩をすくめた。「数分間ここにいただけで……この雰囲気があまり好きじゃないから。でも新しい衣服があるのに気づいたんです」リーバスもそれを見た。枝にぶらさげてある。ショール、つなぎ服、赤い水玉模様のハンカチ。紐が解けた新品に近いスニーカーの片方。下着や子供のタイツらしきものすらある。「すごいな」リーバスはどう言っていいかわからず、そうつぶやいた。悪臭が強くなってきた。リーバスに別の思い出がよみがえった。ずいぶん以前、十日間飲み続けたときのことを……気がつけば、洗濯機の中には干すばかりになった洗濯物の山が入ったままだったのだ。蓋を開けた瞬間、今と同じ臭いが鼻を打った。もう一度洗濯し直したのだが、それでも結局は全部捨てなければならなかった。「で、ジャンパーは？」

シボーンは黙って指さした。リーバスはゆっくりと指さされた木へ近づいた。短い枝にナイロンの切れっ端が突き刺してあった。風でかすかに揺れている。ほつれているが、そのロゴに間違いない。

「ＣＣ・Ｒｉｄｅｒ」リーバスは口に出して確認した。シボーンは髪の毛を掻き上げている。疑問点がいくつもあり、リーバスを待っている間、あれこれと考えていたにちがいない。「これからどうする？」リーバスが促した。

「ここが犯罪現場なんです」シボーンが述べた。「スターリングから現場鑑識班がこちらへ向かっているところです。ここを立ち入り禁止にし、地面をくまなく調べて証拠を探します。殺人事件捜査班を元の規模に戻して、この辺りの戸別訪問をし……」

「グレンイーグルズ・ホテルも含めてか？」リーバスが口を挟んだ。「きみはプロなんだから、わかるだろ。ホテルのスタッフはすでに何回身元調査を受けた？　おまけに一週間にもおよぶデモのさなかに、どうやって戸別訪問をする？　現場保全についてはどうかな、あらゆる種類のシークレット・サービスが乗り込んでくるだろうから……」

当然ながらシボーンはそのような点について考慮済みだった。リーバスも察しており、最後まで言わなかった。

「サミット会議が終わるまでこのことは黙っておきましょうか」シボーンが提案した。

「それもいいね」リーバスが言った。

シボーンが微笑した。「捜査で自分が優位に立てるからね」

リーバスはウインクしてその言葉を認めた。

シボーンはため息をついた。「でもマクレイ主任警部には報告しなければ。となれば、マクレイはテイサイド警察に伝える」

「だが、現場鑑識班はスターリングから来るんだろ。スターリングはセントラル地区警察の管轄だ」

「だから報告しなければならないのは、たった三警察だけ……内密にするのは簡単だわ」

リーバスは周囲を見回した。「せめて現場を調べて写真を撮ることができたらいいんだが……あの布を持ち帰って科捜研へ回したい……」

「お祭り騒ぎが始まる前に？」

リーバスが渋面を作った。「水曜日から始まるんだろ？」

「G8会議はそうです。でも明日は貧困を訴えるデモ行進があるし、月曜日にももう一回行なわれる予定です」

「それはエジンバラでだろ、アウキテラーダーではなく……」そのときリーバスはシボーンの言いたいことを察した。科捜研に証拠を届けようにも、市内は占拠状態となるだろう。ゲイフィールド・スクエア署からハウデンホールの科捜研へ行くには市内を横断せねばならない……それも技官が仕事場へたどり着けたとしてだ。

「なぜここへ置いたのかしら？」シボーンが布を再び見つめながら言った。「トロフィーみたいなつもり？」

「そうだとしたら、なぜここを選んだ？」

「地元なのかも。この地区に親兄弟でもいるのかしら？」

「コリアーは生まれも育ちもエジンバラだと思う」

シボーンが顔を見つめた。「レイプの被害者のことなんですが」

リーバスは声を出さずにオウと丸く口を開いた。

「考えてみる必要がありますね」シボーンは少ししてから

言った。「今の音は?」

リーバスは自分の腹を叩いた。「久しく何も食っていないんだ。グレンイーグルズ・ホテルでアフタヌーン・ティをやってないかな」

「あそこへ行くには、資金にどれほど余裕があるかによるわね。町にも食べるところがありますよ。現場鑑識班が来るんで、一人はここに残らねば」

「じゃあ、きみが残れ。手柄を独り占めしたいなんて疑われたくないもんでね。そうだ、きみにはアウキテラーダーのうまい紅茶を買ってきてやるよ」リーバスが立ち去ろうとすると、シボーンが引き留めた。

「なぜわたしが? なぜこんな時に?」両手を大きく広げる。

「なぜかな? 運命とでも言うか」

「そういう意味じゃなくて」

リーバスは向き直った。

「わたしが言いたいのは」とシボーンが穏やかに言った。

「犯人を捕まえたいのかどうか、自分でもよくわからないんです。もし捕まったら、わたしのせいだし……」

「捕まったら、それはそいつがどじだったからだ」布きれを指さした。「それプラス、チームワークのおかげも少しはあるかな……」

現場鑑識班はリーバスとシボーンが現場に入ったと聞いて、喜ばなかった。証拠から除外するために、二人の靴底の形と髪の毛のサンプルが採取された。

「お手柔らかに頼む」リーバスが警告を発した。「それでなくても髪が少ないんだから」

現場鑑識官が謝った。「毛根を取らなきゃならないもんで。でないとDNAが採取できないんです」ピンセットで三回つまんでようやく、髪を引き抜くことができた。鑑識班の一人は現場のビデオ撮影をほぼ終えていた。もう一人は今も写真を撮り続け、もう一人はほかの衣服をどの程度、科捜研へ回すかについて、シボーンと相談している。

「新しいものだけにしましょう」シボーンはリーバスを見つめながら鑑識官にそう命じた。リーバスはシボーンの考えを読み、同意の印にうなずいた。コリアーの殺害がカフェティに対するメッセージだったとしても、ほかにも同じようなメッセージがないとはかぎらない。

「このスポーツシャツには、メーカーのマークがついている」鑑識官が言った。

「あなたの仕事としては、そんな発見なんて簡単すぎるわね」シボーンがにやりとして言った。

「われわれの仕事は収集することです。それ以外はすべてあなたたちの仕事だ」

「ついでにたずねるが」とリーバスが口を挟んだ。「これをすべてスターリングではなくエジンバラに運べないものかな?」

現場鑑識官は体をこわばらせた。リーバスはその男を知らないが、こういうタイプは知っている。四十代後半、二十年の経験を積んだベテラン。警察管区の間には競争があるのだ。リーバスは降参の印に両手を挙げた。

「おれが言いたいのは、これがエジンバラの事件だってことだ。あんたたちが何か見せたい物ができるたびに、あいつらがスターリングまでわざわざ出向かなくたって済むじゃないか」

シボーンは、あいつら、という表現がおもしろくて微笑をもらした。しかしうまい作戦に気づいて、かすかにうなずいた。

「とくに今はデモやら何やらでたいへんなんだから」リーバスは主張し、旋回しているヘリコプターを見上げた。グレンイーグルズ・ホテルの警戒に当たっているにちがいない。クルーティ・ウエルに車二台と無印の白いヴァン二台が突然停まっているのを見て、首をかしげていることだろう。だが現場鑑識官に視線を戻したとき、ヘリコプターも共同警備という合意により、すでに知っていることに気づいた。こういう際には、協力が最重要なのだ。際限なく覚え書きを交わして、そのことは確認されている。マクレイですら、ゲイフィールド・スクエア署での十回以上に及ぶミーティングで、そう強調したのだ。

親切にしろ。協力して働け。助け合え。なぜならこの数日間は世界が注目しているからだ。

現場鑑識班も同じようなミーティングを重ねたにちがいない。鑑識官はしぶしぶうなずいて、仕事に戻った。リーバスとシボーンは目を見交わした。リーバスはポケットを探って煙草を取りだした。

「ここを汚さないでくださいよ」現場鑑識官の一人がそう注意したので、リーバスは駐車場へ戻っていった。煙草に火をつけたとき、また車がやってきた。大勢いたほうが楽しいよな、とリーバスは思った。車からマクレイ主任警部がさっと出てきた。新しそうな背広を着ている。ネクタイも新品だし、白いワイシャツもぱりっとしている。白髪交じりの薄い髪に、たるんだ顔、血管の浮いた大きな鼻の男。マクレイはおれと同い年だ、とリーバスは思った。なぜこんなに老けてるんだ?

「やあ、主任警部」リーバスが挨拶した。

「葬式に行ったんじゃないのか」まるで金曜日の朝寝坊をごまかすために、リーバスが家族の不幸を口実にしたかのように、咎めを含んだ口調で言う。

「クラーク部長刑事が葬式の最中に連絡してきたんです」とリーバスは説明した。「おれが仕事を優先させるだろうと思って」犠牲を払ったかのように言った。その言葉が功を奏し、マクレイの厳しい口元が少し緩んだ。

やるじゃないか、おれ、とリーバスは思った。最初は現場鑑識官を丸め込み、次は主任警部だ。実のところマクレイは親切だった。ミッキーの死を知ったとたんに、リーバスに一日の休みをくれたのだから。リーバスに〝酔っぱらってこい〟という言い方をし、リーバスはその言葉に従った。それが死に対処するスコットランド流のやり方である。その結果、リーバスは気がついてみると、来たこともない地区におり、どうやってそこまで行ったのかすらわからなかった……で、薬局へ入り、ここはどこだ、とたずねた。その答えはコリントン村の薬局。お礼の印にアスピリンを買ったのだった……

「気の毒なことだったな、ジョン」マクレイが言い、大きく息を吸った。「葬式はどうだった?」思いやりをにじませようとしている。

「済みました」リーバスは言葉少なに答えた。急角度に傾きながら帰路に就くヘリコプターを見上げた。

「テレビのヘリじゃないだろうな」マクレイが言った。

「たとえそうだったにしろ、何も見るものはありませんよ。グレンローシスから離れざるを得なくて残念だったですね。ソルブスはどんなですか？」

オペレーション・ソルブス。G8週間に向けての警察の厳戒態勢プランのことである。リーバスは減量する際に砂糖の代わりに紅茶へ入れる何かと発音が似ているように思った。シボーンがその誤りを正し、ソルブは木の種類だと教えたのだった。

「何があっても対処できる準備は整っている」マクレイがきっぱりと答えた。

「これを除いては」リーバスは付け加えずにはいられなかった。

「来週まで延ばすよ、ジョン」マクレイがつぶやいた。

リーバスはうなずいた。「あいつらが同意するものとしてですが」

マクレイはリーバスの視線をたどり、近づいてくる車に気づいた。後部ガラスを黒くした銀色のメルセデスである。

「ヘリはテレビじゃなかったんですよ」リーバスはマクレイに教えてやった。自分の車の助手席に手を入れて、ロールパン・サンドイッチの残りを取りだした。ハムサラダ。半分はすでにむさぼり食ったあとだ。

「誰なんだ？」マクレイは嚙みしめた歯の隙間から声を絞り出した。メルセデスは現場鑑識班のヴァンの横に滑り込んで、いきなり停まった。運転席のドアが開いて、運転者が出てきた。車を回り込んで、後部席のドアを開ける。長い間が空いて、中から男が出てきた。痩せた長身の男で、サングラスをかけている。背広の上着のボタンを三個ともはめると、白いヴァン二台と無印の警察車三台をしばらく観察していた。やがて空を見上げ、運転手に何か言い、ようやく歩き出した。リーバスとマクレイのほうには近づかないで、クルーティ・ウエルの由来を説明している観光客向けの掲示板へ歩み寄る。運転席に戻った運転手は、リーバスとマクレイへ視線を向けていた。リーバスは運転手に投げキッスを送り、新来者が声をかける気になるまで、平然と待っていた。またしても、こんなタイプを知っているように感じた。冷ややかで、気を持たせ、自分の権威を見せつけるタイプ。ヘリの連絡を受けて現地を見に来た保安関係者にちがいない。

マクレイはただちに折れ、自ら急ぎ足に歩み寄り、どなたですかとたずねた。

「SO12だ。そっちは？」男は冷淡な口調でたずねた。仲良く協力し合おうという会議に欠席したのだろうか。イングランド訛だ、とリーバスは思った。そのはずだ。SO12はロンドンを本拠とする公安部である。スパイよりワンランク上というところ。「いやいや、あんたの身分は言わずともわかっている」男は掲示板に見とれたまま言葉を続けた。「犯罪捜査部だろう。そしてあれは現場鑑識のヴァンだな。少し前方の空き地で白いつなぎ服が樹木や地面を綿密に調べているから」ようやくマクレイのほうを向き、ゆっくりとした手つきでサングラスをはずした。「どうだ、間違っていないだろ？」

マクレイは怒りで顔を朱に染めた。今日一日じゅう、誰からもしかるべき敬意を払ってもらっていた。ところが今となってこの扱いとは。

「身分証を見せてもらえるかな？」マクレイが高飛車に言った。男はマクレイの顔を見つめ、苦笑いを浮かべた。そんなことしか言えないのか？　笑顔はそう語っているようだった。ボタンをはずしもしないで、上着の中に手を突っ込みながら、男はリーバスへ視線を移した。笑みを消さず、リーバスに共感しろと言わんばかりだ。取りだした小さな黒い革ケースを開いて掲げ、マクレイに見せた。

「さあ、これでわかっただろう」男は革ケースを閉じた。

「あなたはスティールフォース」マクレイは咳払いを交えながら答えた。リーバスは上司がうろたえているのを見た。マクレイがリーバスのほうへ向いた。「スティールフォース警視長はG8の警備統括責任者だ」リーバスはすでにそれぐらい察していた。マクレイはスティールフォースに向き直った。「今朝はグレンローシスにいたんですよ。フィニガン副本部長の好意で見学させてもらったんです。昨日はグレンイーグルズ・ホテルで……」マクレイの声が小さくなった。スティールフォースが自分の前から去り、リーバスのほうへ歩み寄っている。

「ジャンクフードを食う邪魔をしたかな?」ロールパンにちらっと目を向けながらたずねた。リーバスはその嫌みな言い方に合わせて、おくびを漏らした。スティールフォースは鋭い目つきになった。

「誰でもが納税者のおごりで食事をするわけにはいかないんです」リーバスが言った。「ところで、グレンイーグルズの食事はうまいですかね?」

「きみにはその味を試すチャンスはないだろうな、部長刑事」

「悪くない推測ですがね、あなたの眼力はもひとつだな」

「リーバス警部です」マクレイが説明を補った。「わたしはマクレイ主任警部、ロウジアン&ボーダーズ警察」

「どこの署だ?」スティールフォースがたずねた。

「ゲイフィールド・スクエア」マクレイが答えた。

「エジンバラの」リーバスが言い添えた。

「遠くから出ばってきてるんだな」スティールフォースは小道を歩き始めた。

「エジンバラで男が殺されたんです」リーバスが説明した。

「その男の衣服の一部がここで見つかったもんで」

「その理由はわかってるのか?」

「この件は公表しないつもりです、警視長」マクレイが言い切った。「現場鑑識が終わったら、こちらとしてはそれで捜査完了となります」マクレイはスティールフォースのあとに続き、リーバスがしんがりをつとめた。

「首相や大統領がここへちっぽけな供え物でもするっていうような予定はないんですか?」リーバスがたずねた。

スティールフォースは答えないで、空き地へずかずかと入った。古手の現場鑑識官が警視長の胸を手で突いた。

「足跡が増えるじゃないか」怒って言う。

スティールフォースはその手を睨みつけた。「わたしを誰だと思ってる?」

「偉そうなことを言うな。おれの現場を荒らしたら、責任を取ってもらうからな」

警視長は少しためらったが、折れ、空き地の端まで後退して、そこからおとなしく作業を見守った。携帯電話が鳴りだし、スティールフォースは応答しながら、内容を聞かれるのを避けてさらに遠ざかっていった。シボーンがいぶかしそうな表情でこちらを見た。リーバスは「あとで」と声を出さずに言い、ポケットに手を入れて十ポンド紙幣を一枚取りだした。

「これを」リーバスは現場鑑識官に差し出した。

「何だ、これは？」

リーバスは黙ってウインクをした。現場鑑識官は紙幣をポケットに入れ、「済まないな」と言い添えた。

「規定を超えたサービスを受けたときには、チップを渡すことにしてるんで」リーバスはマクレイに説明した。マクレイはうなずいてポケットを探り、五ポンドを見つけてリーバスに渡した。

「割り勘だ」マクレイが言った。

スティールフォースが空き地に戻ってきた。「大事な用件ができたんで戻らなければならん。あとどれぐらいでここは終わる？」

「三十分」別の鑑識官が答えた。

「場合によってはもっと長くかかる」スティールフォースの敵がすかさず言った。「ここは何たって犯罪現場なんだから。よそで何を騒いでいようが」リーバスと同じく、この鑑識官もスティールフォースがどういう立場の人間かをすばやく見抜いていた。

スティールフォースはマクレイに向き直った。「フィニガン警察副本部長に伝えてもいいかな？　こちらがあんたの全面的な理解と協力を得ていると？」

「どうぞ」

スティールフォースの表情が和らいだ。マクレイの腕を取る。「ここには何も見るべきものがなかったと解していいんだね。この現場が済んだら、グレンイーグルズへ来てくれ。たっぷりと見学できるよう取りはからうから」

マクレイはでれでれになった。クリスマスの朝の子供さながら。しかし気を取り直し、しゃんと背筋を伸ばした。

「ありがとうございます、警視長」

「デイヴィッドと呼んでくれ」

スティールフォースの背後で、証拠を集めるかのごとくしゃがんでいた古手の現場鑑識官が、自分の喉を指で突くような仕草をして見せた。

エジンバラ方面へ別々に三台もの車が向かうこととなった。リーバスは環境保護論者がこれをどう思うだろうかと内心ぞっとした。マクレイの車がまず車列を離れ、グレンイーグルズへの道を取った。リーバスは来るときに、ホテルの前を通っている。キンロスからアウキテラーダーへ向かうときには、町へ入るそうとう前から、ホテルと敷地が見えてくる。見渡すかぎりの広大な敷地に、警戒態勢を示すものはあまり見当たらなかった。フェンスがきらめいたのを一度見たきりである。それに見張り塔らしき仮設の建物がついていた。帰路、リーバスはマクレイの真後ろを走っていた。マクレイはホテルへの小道を曲がる際に、クラクションを鳴らして別れていった。シボーンは出発前に、リーバスへ出るのが最短距離ですよ、と提案したが、リーバスは往路と同じく田園地帯を走るルートを選び、最後はM90号線へ出た。まだ青空である。スコットランドの夏は神の恵みであり、暗く長い冬への褒美である。リーバスは音楽のボリュームを下げ、シボーンの携帯電話を呼び出した。

「ハンドフリーにして、かけているんでしょうね」シボーンがぴしゃりと言った。

「偉そうに言うな」

「でないと、悪例を残すことになるわ」

「物事には、何でも初めがあるもんだ。それより、ロンドンから来た我らが友をどう思う?」

「あなたとは違って、わたしにはトラウマがないから」

「トラウマとは?」

「お偉方に対して……イングランド人に対して……それと……」シボーンは一息入れた。「もっと聞きたい?」

「今気づいたんだが、おれはまだきみの上官だ」

「それで?」

「だからきみを反抗的態度として報告できる」

「そして本部長連中を笑わせるの?」

リーバスはやりこめられて黙り込んだ。長年のうちにシボーンがだんだん生意気になってきたか、自分が鈍ってきたかだ。おそらくその両方なのだろう。「土曜日にやってくれって科捜研のやつらを説き伏せられるだろうか？」

「どうかしら」

「レイ・ダフはどうだ？　きみが一言頼めば、やってくれるさ」

「そのお返しに、わたしは彼と一日付き合えば済むことですものね、あの臭いおんぼろ車でドライブするんだわ」

「あれはクラシック・カーだよ」

「彼がその話をしだしたらもう止まらないんだから」

「部品を組み立てて昔どおりに作り上げたものだ……」

シボーンのため息が聞こえた。「科学捜査技官ってどういう人種なの？　そんな趣味とやらを持ってる連中ばっかり」

「じゃあ、頼んでくれるか？」

「頼んでみます。今夜は飲み明かすんですね？」

「夜勤なんだ」

「お葬式の当日なのに？」

「誰かが引き受けなければならないんでね」

「あなたが買って出たのにちがいないわ」

リーバスはそれには答えず、そっちはどんな計画なのだ、とたずねた。

「早く休みます。デモ行進に備えて、朝早くぱっちりと目覚めたいから」

「何をする役目なんだ？」

シボーンが笑った。「仕事じゃないのよ——参加したいから行くんです」

「何てこった」

「あなたも行ったら」

「ああ、そうだよな。参加することで世界が変わる。おれとしては、自宅に残ることで抗議をしたい」

「どんな抗議？」

「ボブ・ゲルドフの野郎に対してだ」耳元でシボーンの笑い声が再び響いた。「なぜなら、あいつの呼びかけに応じて大勢が参加したら、あいつの手柄になるじゃないか。それは許せない、シボーン。抗議文書に署名する前に、よく考えろよ」

「わたしは行くわ、ジョン。何はともあれ、父親と母親の面倒をみなきゃならないから」

「何だって……？」

「両親がロンドンから来るの。ゲルドフが言ったこととは関係ないわよ」

「マーチに参加するんだね？」

「そうよ」

「紹介してもらえるかな？」

「だめ」

「どうして？」

「両親はわたしがあなたのようなタイプの警官にだけはなってもらいたくないって、思ってるから」

リーバスは笑い飛ばすべきなのだろうと思ったが、シボーンが半分本気なのを知っていた。

「なるほどな」リーバスはそう答えるに留めた。

「主任警部の監視から逃れられたんですか？」意識的に話題を変えてきた。


「さっき立派な駐車場に向かうのを見送ったじゃないか」

「そんな意味じゃなくて。でもグレンイーグルズには、係員が玄関へ車を回してくれるような駐車場が、ほんとにあるんですよ。それはともかく、主任警部はあなたに警告のクラクションを鳴らしたんでしょう？」

「どう思う？」

「鳴らしたに決まってるわ。今回の出張で、彼は若返って張り切ってる」

「署を留守にすることでもあるな」

「だから四方円満ってこと」少し黙ってからシボーンが言う。「しめたと思ってるんですね」

「どういう意味だ？」

「シリル・コリアーのこと。来週いっぱいぐらいまで、あなたの手綱を握る人がいないわ」

「きみがおれをそんなに買いかぶってるとは思わなかった」

「ジョン、あなたは定年まであと一年の身よ。最後にカファティをやっつけたいという気持ちはわかるけど……」

「おまけにおれは見透かされてるのか」

「いえ、わたしが言いたいのは……」

「わかってる。きみの思いやりには感動した」

「カファティが黒幕だとほんとに考えてるんですか？」

「そうじゃなかったとしたら、カファティはやったやつを見つけ出すだろう。あのな、両親のことで忙しいんなら……」話題を変えているのはどっちだ？　「あとでメールをくれ。一杯飲みながら話そう」

「わかったわ。そうします。もう〈エルボウ〉のＣＤのボリュームを上げてもいいですよ」

「よくわかったな。じゃあ、あとで」

リーバスは携帯電話を切り、シボーンの言葉に従った。

## 2

バリケードが並べられていた。ジョージ四世橋でもプリンシズ・ストリート沿いでも、作業員が忙しそうに設置している最中だった。道路の補修や建設工事は一時休止となり、足場が、引き剝がされてミサイル代わりに使われることがないように、取り払われていた。郵便ポストは封印され、板囲いをした店舗もちらほら見受けられた。金融機関は注意を呼びかけられ、従業員は制服を着用しないようにという勧告が出された。目立つ標的となるからである。金曜日の夜にしては、街中は静かだった。鉄格子をはめた警察ヴァンが中心地の街路を流していた。街灯のない脇道には、さらに多くの警察ヴァンが目立たないように待機している。その中で暴動用の完全武装をした警官たちは、以前の出動についての思い出話をしては笑い声を上げていた。

年配の警官の何人かは、炭坑ストの最後の何回かを経験している。ほかの者らはサッカー・スタジアムの乱闘や人頭税抗議デモ、ニューベリーのバイパス建設反対運動の経験談などを持ち出して、張り合っていた。警官たちはイタリアから乗り込んでくる無政府主義者グループの人数の予測について、噂話を交換した。

「あいつら、ジェノヴァのG8を経験して強くなってる」

「おれたちにおあつらえ向きじゃねえか、え、おい？」

虚勢、度胸自慢、仲間意識。無線の雑音が入るたびに、話が止まる。

駅で働いている制服警官は鮮やかな黄色のジャケットを着ていた。そこでもバリケードが置かれていた。すべての出口を塞ぎ、出入口を一つだけ残している。カメラを持った警官が数人いて、ロンドンから着いた電車の乗客の顔を記録していた。デモ参加者のために特別車両が用意されたので、乗客が見分けやすくなった。見分けるのにそれほど技術が要るわけではない。参加者は歌を歌い、リュックを背負い、バッジを胸につけ、Tシャツ姿で、リストバンドをはめている。旗や横断幕を持ち、だぶだぶズボンに迷彩色の上着、ハイキング靴という服装。警察情報によると、イングランドの南部からバスがすでに何台も出発したのだそうだ。初期の予想では五万人が集まるということだった。最新の推測によると、十万人を超えるという。夏場の観光客を加えると、エジンバラの人口は見事に膨れあがる。

市内のどこかで、〝もう一つのG8会議〟の開始を告げる集会がおこなわれていた。これからそのデモ行進や集会などが一週間続くのだ。さらに多くの警察官が導入されるだろう。必要とあらば、騎馬警官も加わる。警察犬を連れた警官多数も出動し、ウエイヴァリー駅コンコースに四人配置される。力を見せつけるという、わかりやすい目的。もめ事を起こしそうなやつらを威圧するのだ。バイザー、警棒、手錠で。馬、犬、警察ヴァンのパトロールで。

数の力で圧倒する。

鎮圧用道具を用いる。

戦術を駆使する。

歴史上、エジンバラはたびたび侵攻を受けてきた。住民は市に巡らした壁や門の内側に立てこもり、門が破られると、城やハイ・ストリートの地下に存在するウサギ穴のようなトンネルに隠れ、市内を無人とし、敵の勝利をむなしいものとした。それは毎年八月のエジンバラ・フェスティバルが来ると、住民が今なお発揮する才能でもある。市内に観光客があふれると、地元住民は姿を消し、市内のどこかに紛れこんでしまう。エジンバラで銀行や保険業といった〝見えない〟産業が盛んなのは、そのせいかもしれない。つい最近まで、セント・アンドリュウズ・スクエアにはいくつかの法人本部があり、ヨーロッパ一の富裕な地区だと言われたものである。今は土地価格の高騰により、ロウジアン・ロードやさらに西の空港方面で、建設ラッシュが続いている。ゴウガーバーンにある最近完成されたロイヤル・バンクの本社ビルは、襲撃の標的とみなされているのだ。スタンダード・ライフやスコッティッシュ・ウイドウズなどの、社員多数が勤務している保険会社の自社ビルもそうだ。時間つぶしにそんな街路を走りながら、シボーンはこれからの数日間、エジンバラはかってない試練を受けることになると思った。

パトカーの車列がサイレンを鳴らしながら、シボーンの車を追い越した。運転している警官の顔に、紛うことなく少年の笑みがこぼれている。自分だけのレース場となったエジンバラを、存分に楽しんでいるのだ。地元の若者を満載した紫色のニッサンがその背後にぴったりとつく。シボーンは十秒間待ってから、ウインカーを出して車の流れへ戻った。ニドリにある仮設キャンプ場へ行くつもりである。そこはエジンバラの中で、上品とは言いかねる地区だ。市民のための公園にではなく、そこにデモ参加者はテントを張るように命じられている。

ニドリに。

市はジャック・ケーン・センターの周囲にある草地を指定した。そこに一万から一万五千人を受け入れる予定である。仮設便所とシャワーが設置され、警備会社が保安を請け負っている。おそらくデモ参加者をそこから出さないためではなく、地元のならず者を寄せつけないためではないか、とシボーンは思わずにはいられなかった。これから一カ月間ほどは、パブ周辺でテントやキャンプ用品の売り物が大量に出回るだろう、というのが地元人の冗談の種となった。シボーンは両親に、わたしのフラットに泊まってちょうだい、と言った。当然である。両親はフラットを買う資金を援助してくれたからだ。わたしのベッドを使ってもらおう。自分はソファで寝る。ところが両親は頑固だった。二人はバスで来るので、〝ほかの人たち〟と一緒にキャンプすると言い張った。両親は一九六〇年代に学生時代を過ごし、いまだにその当時の考えが抜け切れていないのだ。もう六十に近いのに――リーバスと同世代だ――父親は今も髪をポニーテールもどきに縛っている。母親は今でもだぶだぶの長いドレスを着ている。シボーンはさっきリーバスに言った自分の言葉を思い出した。〝両親はわたしが、あなたのようなタイプの警官にだけはなってもらいたくないって、思ってるから〟。実を言うと、自分が警察に入ったのは、両親が賛成しないだろうと感じたからではないか、という思いが頭の片隅にある。両親にたっぷりと愛情を注がれ、世話を焼かれて育ったので、反抗する必要があったのだ。教職に就いていた両親のせいで、引っ越しと転校を繰り返したことへの仕返し。たんに仕返しできる力があったからしただけの仕返し。最初にその決意を両親に告げたとき、両親の表情を見て、その言葉を撤回しようかと思ったほどだった。しかしそれでは意志が弱すぎる。もちろん、両親はその気持ちを尊重してくれたが、警察官の仕事では彼女の才能をじゅうぶんに生かしきれないのではないか、とほのめかした。その言葉を聞いただけで、シボーンはいよいよかたくなになった。

こうしてシボーンは警察官となった。両親の住んでいるロンドンでではなく、スコットランドで。そこで大学生活を送るまでは、何一つ馴染みのなかった土地である。親からの最後の切なる願いの言葉。

「せめてグラスゴーだけは避けて」

グラスゴー。横行するギャングのイメージ、ナイフ文化、カトリックとプロテスタントのせめぎ合い。とはいえ、ショッピングには最適の土地だとシボーンは知った。ときおり友人と訪れる。女同士で楽しみ、夜遊びをちょっぴり体験したりして、おしゃれなホテルに一泊することもある。しかしドアに用心棒が張りついているバーは必ず避ける。それは酒を飲むときの決まりとして、ジョン・リーバスとともに守っていることである。そのいっぽうで、エジンバラは両親が想像もつかないほど、実は危険な街だった。

もちろん両親にそんな話はしない。日曜日にかけてくる電話で、シボーンは母親の質問を軽くあしらい、質問する側に回った。バスを降りたところで待っているから、とこの前言ったのだが、両親はテントの設営に時間がかかるので、と答えた。信号で停まりながら、その光景を思い浮かべてシボーンは微笑した。六十歳に手の届く二人が、テントを張ろうとしている、その姿。去年、二人は教職を早期退職したのだった。フォレスト・ヒルにそこそこの家を所有し、ローンも完済している。お金に不自由してるんじゃないの、といつも気にかけてくれる……

「ホテル代は負担するから」ともシボーンは電話で言ったのだが、両親は頑固だった。青信号で車を発進させながら、シボーンはそれも軽い認知症の兆候ではないかと思った。

オレンジ色の交通標識コーンを無視して〈ザ・ウイスプ〉の前に車を停め、フロントガラスに警察と記したカードを挟んだ。エンジンの音を聞きつけて、黄色い上着の警備員が様子を見に出てきた。警備員はカードを指さしてかぶりを振った。自分の喉を掻っ切る仕草をしてから、近くの公営住宅へ顎をしゃくる。シボーンはカードを引っ込めたが、車はそのままにした。

「地元のワルがいるんでね」と警備員が言った。「そんなマークは闘牛に赤い布を見せるようなもんだ」ポケットに両手を突っ込み、肉のついた胸をさらに突き出した。「で、何かご用ですか？」

警備員は頭を剃り上げており、そのために黒く濃い顎髭ともじゃもじゃの眉毛が目を惹く。

「実は仕事の用事じゃないんです」シボーンは身分証を見せながら言った。「クラークという名前の夫婦なんだけど。少し話があって」

「じゃあ、入ってください」警備員は敷地を囲むフェンスにつけられたゲートへ導いた。グレンイーグルズのミニチュア版と言えなくもない。監視塔らしきものすらあった。フェンス沿いには、ほぼ十メートル置きに警備員が立っている。「さあ、これを着けて」親しげに警備員がリストバンドを渡してくれた。「そのほうが目立たない。これがここにキャンプを張るハッピーな人たちだっていう印なんでね」

「なるほどね」シボーンは受け取りながら言った。「これまでのところ、どんな感じなの？」

「地元の若者連中は気にくわないようだ。ここへ押し入ろうとしたことがある。でも、ま、それぐらいか」警備員は肩をすくめた。二人は金属板の通路を歩いていたが、ローラースケートの少女が向こうからやってきたので、通路から一歩脇へ退いてかわした。少女の母親が自分のテント脇にあぐらをかいて座り、そんな様子を見ていた。

「何人ほどいるの？」シボーンには見当がつかなかった。

「千人ぐらいかな。明日はもっと増える」

「数えていないの？」

「名前も控えていない。だからあんたの知り合いが見つかるかどうかわからんよ。許されているのは、テントを張る料金を徴収することだけなんで」

シボーンは周囲を見た。この夏は雨が少なく、地面は固い。アパート群や家並みの向こうの空に、別の、もっと古くからあるものが見える。ホリールード公園やアーサーズ・シートの丘。低い歌声やギターの調べ、安物の笛の音色が流れてくる。子供たちの笑い声、乳を待つ赤ん坊の泣き声。拍手、話し声。ふいにメガホンの声がして静まり返った。大きな毛糸帽に髪の毛を押し込んだ男がメガホンを持っている。膝で切り落としたつぎはぎズボンに、ビーチサンダル。

「大きな白いテントですよ、皆さーん――そこでやってます。地元モスクの協力により、野菜カレーが四ポンド。たったの四ポンド……」

「そこへ行けば会えるんじゃないかな」警備員が言った。シボーンが礼を言うと、警備員は持ち場へ戻っていった。

大きな白いテントとは、本部の役目を果たしているらしい、園遊会用の大テントだった。別の一人も大声で、市内のパブへ団体で行きますよ、と知らせている。赤い旗の下で、五分後に集合です。シボーンは仮設トイレや貯水タンクやシャワーの並ぶ場所を通り過ぎた。あとまだ行っていないのは、個別のテントだけだ。カレーを買う行列は順番が守られていた。誰かがプラスティックのスプーンを渡そうとしたので、シボーンはかぶりを振ったが、そう言えば長時間何も食べていないことに気づいて受け取った。発泡スチロールの皿にカレーをどっさり盛ってくれたので、ゆっくりとテントの間を歩くことにした。キャンプ用こんろで、自分の料理を作っている者も多い。一人がシボーンを指さした。

「グラストンベリーから来たんだけど、わたし、憶えてる?」と呼びかける。シボーンは黙って首を横に振った。そのとき、両親を見つけ、笑顔になった。二人は優雅にキャンプを設営していた。窓とひさし付き入り口のある赤いテント。折りたたみテーブルと椅子。栓を抜いたワイン・ボトルと本物のグラス。シボーンを見て立ち上がった両親は抱擁とキスを交わし、椅子を二脚しか持ってこなかったことを詫びた。

「芝生に座るからだいじょうぶ」とシボーンが安心させた。近くに座っている若い女性がいるのに気がついた。シボーンが近づいても動こうとしない。

「あなたのことをサンタルにちょうど話していたところなの」母親が言った。シボーンの母親、イーヴ・クラークは年より若く見え、笑い皺だけが年齢をごまかしきれていない。シボーンの父親、テディのほうはそうはいかなかった。腹が突き出てきており、顔の皺が垂れ下がっている。生え際が後退し、白髪まじりの無惨にも少ない髪をポニーテールに結わえていた。ワイン・ボトルから目を離さず、一心不乱にそれぞれのグラスを再び満たしている。

「サンタルはあなたたちに捕まっちゃったようね」シボーンはグラスを受け取りながら言った。

　若い女はほのかな微笑をもらした。首の長さまでの色の悪いブロンドは、ジェルをつけたのか、櫛を通していないのか知らないが、固まったり紐状になったりして頭にへばりついていた。化粧はしていないが、耳にピアスをいくつも施し、鼻の脇にも一つピアスがある。深緑色の袖無しTシャツなので、両肩のケルト模様の入れ墨が目に付く。剝き出しの腹部の臍にも、ピアスがある。首にネックレスをじゃらじゃらと着け、それより長くぶらさがっているのは、デジタル・ビデオカメラのようだった。

「あんた、シボーンね」若い女はやや舌足らずな言い方をした。

「まあね」シボーンはグラスを皆に向けて挙げた。それはピクニックバスケットからあらたに取り出されたグラスで、そのときワイン・ボトルももう一本、出されたのだ。

「飲み過ぎないようにね、テディ」イーヴ・クラークが言った。

「サンタルがもっと飲むから」父親がそう説明したが、シボーンはサンタルのグラスが自分のと同じく、ほとんど減っていないことに気づいていた。

「三人で旅をしてきたの？」シボーンがたずねた。

「サンタルはエイリズベリからヒッチハイクでここへ着いたんだ」テディ・クラークが説明した。「バスの旅はとてもたいへんだったから、次回はわたしもヒッチハイクにしよう」表情たっぷりに言って、落ち着かなくもぞもぞと体を動かしたあと、ワイン・ボトルの栓をひねって開けた。「ネジ蓋なんでね、サンタル。新しい時代だって、それなりの利点があるんだよ」

サンタルは何も答えなかった。シボーンはなぜ見たとたんにこの知らない女を嫌いになったのかわからなかったが、おそらくそれが理由だったのだ、見ず知らずの他人だということが。シボーンは両親と水入らずの時を過ごしたかった。

「サンタルはテントのお隣さんなの」イーヴが言った。「テントを張るのに少し手伝ってもらわなきゃならなくて……」

テディが突然大声で笑い出し、自分のグラスにワインを注いだ。「キャンプをするのは久しぶりだもんな」

「新しいテントみたいね」シボーンが言った。

「近所の人に借りたのよ」母親がおだやかに述べた。

サンタルが立ち上がりかけていた。「もう行かなきゃ…

……」

「遠慮は要らないよ」父親が言い返した。

「これから皆と一緒にパブへ行くから……」

「いいカメラね」シボーンが言った。

サンタルは視線を落としてビデオカメラを見た。「お巡りがわたしの写真を撮ろうとしたらね、わたしも仕返しにお巡りの写真を撮るつもり。だって、それでおあいこじゃない？」まともに見据えて、同意を求める。

シボーンは父親のほうを向いた。「わたしの職業を教えたのね」と冷静に言う。

「恥ずかしくないの？」サンタルが吐き捨てるように言った。

「その反対よ、はっきり言って」シボーンは父親から母親へ視線を移した。ふいに両親は目の前のワイングラスを凝視した。シボーンがサンタルに視線を戻すと、レンズがシボーンに向けられていた。

「家族の記念写真として一枚ね。静止画像をパソコンで送るわ」

「ありがとう」シボーンが冷ややかに答えた。「変わった名前ね、サンタルって？」

「サンダルウッド、つまりビャクダンのことだって」母親が答えた。

「少なくとも誰かと違って綴りはわかりやすいわ」サンタルも言い添えた。

テディ・クラークが笑った。「サンタルに言ったんだよ、わたしたち、南のイングランドでは誰一人どう発音するのかわからんような名前を、おまえに押しつけてしまったってね」

「家族の昔話をほかにも話したの？」シボーンが気色ばんだ。「わたしに一言断わっといたほうがいいような、恥ずかしい話でも？」

「ぴりぴりしてるじゃない？」サンタルが母親に言った。

「あのね」とイーヴ・クラークが打ち明けた。「わたしたち、ほんとは賛成じゃなかったのよ――」

「お母さん、やめて！」シボーンが口を挟んだ。しかしさらに文句を言おうとしたとき、フェンスの方角から何やら騒音がしたので、口をつぐんだ。警備員たちがそちらへ小走りに向かう。フェンスの外側に若者の集団がいて、ナチス流の敬礼をしていた。おきまりの、フードのついた黒いパーカー姿の男たちが、屑人間のヒッピーのやつら全員を出せと警備員に要求している。

「革命はこの場所から始まる！」と一人が吠えた。「くたばれ、軟弱者め！」

「情けない」シボーンの母親が怒りを押し殺した声でつぶやいた。

そのとき、黄昏れる空から何かが盛んに飛んできた。

「身を屈めて」シボーンは命じ、母親をテントに押し込まんばかりにして入らせたものの、投石や飛んできた空瓶にテントがどれほど役立つのかわからなかった。父親は騒ぎのほうへ歩きかけたが、シボーンが父親を引き戻した。サンタルはその場から一歩も動かず、騒ぎへビデオカメラを構えている。

「おまえらはただの観光客じゃねえか！」地元の若者が叫んでいる。「ここまでジンリキシャで来たんだろうが。それに乗ってとっとと帰りやがれ！」

耳障りな笑い声。嘲弄の声と侮蔑の仕草。キャンプの連中が出てこないなら、代わりに警備員が出てこい、と要求している。しかし警備員はそれほど間抜けではなかった。シボーンが仲良くなった警備員は無線で応援を頼んでいた。こんな状況は、間もなく静まる場合もあれば、勢いづいて全面的な騒乱状態になる場合もある。警備員は横にシボーンがいるのに気づいた。

「心配要らない。保険をかけているんだろ……」

一瞬の間を置いて、シボーンは警備員の言葉の意味を理解した。「わたしの車！」とわめくなり、ゲートへ走った。警備員をさらに二人、押しのけんばかりにして走った。道路へ走り出た。ボンネットがへこみ、傷だらけとなり、後部の窓ガラスが割れている。ドアにはNYTとスプレーで吹き付けてあった。

ニドリ・ヤング・チームの頭文字。

若者たちは一列に立ち、シボーンに嘲笑を浴びせる。一人が携帯電話を掲げ、写真を撮ろうとしていた。

「写真を好きなだけ撮ればいいわ。あんたたちの身元が割れやすくなるだけよ」

「ポリ公のブタ女！」別の一人が罵った。その若者は真ん中に立ち、両脇に子分を従えている。

リーダー格の男。

「確かにわたしは警官よ。クレイグミラー署にほんの十分も立ち寄れば、あんたのことなんて洗いざらいわかるわ。あんたの母親より詳しくね」シボーンは指を突き出して脅しつけたが、若者はせせら笑うばかりだった。顔の下半分がわずかに見えるだけだが、それでも顔をしっかりと記憶に留めておこう。そのとき、車が近づいてきた。男が三人乗っている。後部の一人の顔に見覚えがあった。エジンバラの市会議員だ。

「さあ、帰れ！」車から降り立った議員が叫んだ。羊を囲いへ追い込むように両手を振り回している。リーダーは大げさにびくついて見せたが、彼の兵卒は浮き足立っていた。フェンスから髭面の警備員を先頭に、五、六人の警備員が出てきた。遠くでサイレンが鳴り、音が近づいてくる。

「さあ、さっさと行くんだ！」議員が強く促した。

「ここはレズやホモばっかじゃねえか」リーダーがすごんで言い返した。「誰がこいつらの金を払ってるんだ、え、おい？」

「おまえだとはとても思えないね」議員が言った。車から降りたもう二人の男が議員にぴたりと寄り添っている。二人とも大男で、これまで一度も喧嘩でたじろいだことがないような顔をしている。ニドリの政治家が世論調査員として必要なタイプだ。

リーダーは地面に唾を吐き、くるりと後ろを向いて歩み去った。

「ありがとうございます」シボーンは議員に握手を求めた。

「いや、いいんだよ」議員は、シボーンを含め、今の出来事をすべて念頭から消し去ったかのように無頓着だった。もう髭面の警備員と握手を交わしており、二人は知り合いのようだった。

「これ以外は、何事もない夜だったんだね？」議員がたずねた。警備員が低い笑い声で応じた。

「こちらへは何かご用で、ミスター・テンチ？」

テンチ議員はあたりを見回した。「ちょっと立ち寄って一言言いたいと思った。世界の貧困と不正を終わらせるために戦っているこのすばらしい人たちに、わたしの選挙区はあなたがたの強い味方だってことを知ってもらいたくてね」今や、彼の言葉に耳を傾ける人々がいた。フェンスのすぐ内側に、キャンプ地の五十人ほどが立っている。「エジンバラのこの地区に、貧困と不正の両方が存在することはわかっている」議員は演説口調になった。「とはいえ、われわれよりもみじめな境遇にある者たちを切り捨てはしない。わたしたちには寛大な心があると思いたい」彼はシボーンが車の被害を調べているのを見た。「当然ながら、少数の乱暴な連中も含まれるわけだが、そういう連中が皆無の社会なんてほかにあるだろうか？」にこやかに両腕を広げた姿は、路上の説教師そのものだった。

「ニドリへようこそ！」彼は信徒にそう告げた。「皆さん、ようこそ」


犯罪捜査部室にはリーバスしかいなかった。殺人事件の事件簿を見つけるのに半時間ほどかかった。箱が四つにフォルダーがたくさん。フロッピー・ディスク何枚かとＣＤ－ＲＯＭが一枚。フロッピーの類いは倉庫室の棚から取り出さず、書類だけを机に広げた。空席の机五つほどから未決書類入れやキーボードを片寄せて、広げる場所を確保した。これで室内を歩きながら、捜査の各段階を見ていくことができる。犯罪現場と初回の事情聴取。被害者の身元調査とさらに詳しい事情聴取。前科。カファティとの関係。検死解剖と毒物試験に関する報告書……警部用個室で電話が数回鳴っていたが、リーバスは出なかった。ここでは自分は筆頭警部ではない。それはデレク・スターである。今夜は金曜日なので、調子のいいスターは市内のどこかへ繰り出しているのだ。スターは毎月曜日になると週末の顛末を事細かにしゃべるので、リーバスはスターのお定まりのコースを知っていた。〈ハリオン・クラブ〉でまず二杯ほど飲み、それからときには自宅へ戻ってシャワーを浴び、服を着替えたりして、また市内へ戻る。〈ハリオン・クラブ〉が賑やかでおもしろそうだったら、もう一度そこへ立ち寄るが、必ずそのあとはジョージ・ストリートへ向かう。〈オパール・ラウンジ〉や〈キャンディ・バー〉や〈リヴィング・ルーム〉へ。その夜に〝運がついてない〟ときには、〈インディゴ・ヤード〉で飲み納めの一杯。クイーン・ストリートに、ジュールズ・ホランドの経営によるジャズの店が新しくできた。スターは会員資格についてすでに問い合わせをしている。

電話がまた鳴った。リーバスは無視した。緊急の用件なら、スターの携帯電話へかけるはずである。もし受付デスクから回されてきた電話なら……下の受付はリーバスがここにいるのを知っている。だったら、スターの電話へではなく、自分の内線電話へかかってくるまで待とう。もしかしたらこちらをいらだたせようという魂胆かもしれない。もしリーバスが出たら、すまなさそうに、用事があるのはスター警部なんですが、とでも言うつもりなのだ。リーバスは食物連鎖での自分の位置を心得ている。プランクトン並みの低さなのだ。長年上司に反抗し、無謀な行動を続けてきた報いである。それにはけっこう成果が伴ってきたのだが、それは関係ない。最近のお偉方としては、どういうやり方で成果を上げたかという点だけに関心があるのだ。効率、説明可能なこと、市民の反応、厳密に適用された規則、正しい手順など。

リーバスに言わせれば、それは責任逃れにほかならない。

写真を収めたフォルダーのところでリーバスは足を止めた。フォルダーから写真の一部を取り出して机に広げてある。ほかの写真も出して繰ってみた。シリル・コリアーの公開された写真だ。新聞の切り抜き。家族や友人から提供されたポラロイド写真。逮捕時と公判中の記録用写真。服役中に撮った粒子の粗いスナップすらあり、コリアーが両腕に頭を載せてベッドにねそべり、テレビを見ている。それはタブロイド紙の第一面を飾っていたものだ。〝レイプ犯はけっこうなご身分？〟

今は違う。

次の机。強姦被害者の身元に関する詳細。名前は公表されなかった。被害者はヴィクトリア・ジェンセンといい、被害当時、十八歳だった。親しい人にはヴィッキーと呼ばれていた。ナイトクラブを出たときから尾行されていて……友達二人とバス停留所へ歩いていった。夜のバス。コリアーは三人より二列後ろの空席に座った。ヴィッキーは一人でバスを降りた。コリアーが襲ったのは自宅から五百メートルと離れていない地点である。彼女の口を手で塞ぎ、路地へ引きずり込んだ……

防犯ビデオが、ヴィッキーに続いて店を出るコリアーの姿を捕らえていた。バスに乗り、席に座るところも映っていた。襲った際のDNAが動かぬ証拠となった。彼の仲間が公判に来て、被害者の家族に脅し文句を吐いた。それに関しては立件されなかった。

ヴィッキーの父親は獣医だった。妻は〈スタンダード・ライフ〉保険会社に勤務していた。数週間前、リーバスはリースにある被害者宅へ赴いて、シリル・コリアーの死亡を告げたのだった。

「教えてくれてありがとう」と父親がそのとき言った。「ヴィッキーに知らせるよ」

「そういうことじゃないんですが」とリーバスは答えた。「少したずねたいことがあって……」

あんたがやったのか？

誰かを雇ってやらせたのか？

そんなことをやりかねない者を知っているか？

獣医は麻薬を手に入れられる。ヘロインではなくとも、ヘロインの代用となる薬を。売人は麻酔薬ケタミンをナイトクラブの客に売ることもある——スター警部自身がそう主張した。それは獣医が馬に使用する薬である。ヴィッキーは路地でレイプされ、コリアーは路地で殺されていた。父親のトーマス・ジェンセンはリーバスのほのめかしに激怒した。

「一度も頭に浮かんだことがないと言うんですか？　何らかの復讐を考えたことがないと？」

もちろん、父親は考えた。刑務所で衰弱死するコリアーや、地獄の業火に焼かれるコリアーを思い浮かべた。「だが、現実には起こらないでしょう、警部？　現世では……

……」

ヴィッキーの友人たちも事情聴取を受けた。犯行を認めた者はいなかった。

リーバスは次の机へ移った。写真や事情聴取記録の間から、モリス・ジェラルド・カファティの顔が見つめ返す。リーバスは強く主張し続けた末に、ようやくマクレイ主任警部からカファティに近づく許可を得たのだ。リーバスとカファティには古い因縁が多すぎると皆に思われていた。二人が敵対関係にあることを知っている者もいたし、二人は同類だと感じ……親しすぎる、と思う者もいた。スターもリーバスとマクレイ主任警部の面前で、懸念を口にした。怒ったリーバスが同僚警部の胸をわしづかみにしようとした行為を、あとでマクレイ主任警部がこう評した。「またしても墓穴を掘ったな、ジョン」

カファティは抜け目がなかった。ありとあらゆる、うまみのある犯罪的な商売に関わっていた。サウナ、ガードマン派遣。暴力と恐喝。麻薬売買にも関係しているので、ヘロインも入手できるはずだ。たとえカファティが直接扱っていなくとも、彼の用心棒なら、きっと持っているにちがいない。ドアマンと称される者が、ナイトクラブの店内で麻薬を売りさばいていることが発覚し、そのナイトクラブが営業停止に追い込まれる例は珍しくもない。そんなドアマンの誰かがレイプ犯を始末することにしたのかもしれない。あるいは個人的な恨みを買ったとすら考えられる。無礼な口を利いたとか、誰かの女を侮辱したとか。ありとあらゆる動機が一つ一つ追及され、詳しく調べられた。表面上はそうであり、規則に則って捜査された。それに反論できる者はいない。ただし……リーバスは捜査班がさほど熱心でなかったことを読み取った。ところどころで関係者への質問がおろそかになり、手がかりを放棄している。調書作成もいいかげんだ。それは事件を熟知している者のみが気づくような欠陥だった。全体的に手抜きが見え、捜査チームの〝被害者〟への思いがほの見えていた。

しかし検死は完璧になされた。ゲーツ教授は以前こう述べた。解剖台に載っているのが誰であろうと関係ない。皆、等しく人間であり、誰かの息子か娘なのだ、と。

「悪人に生まれついた者はいない、ジョン」メスを使いながら、そのときゲーツ教授は言ったのだった。

「でも、誰かに強制されて悪に走ったわけでもない」とリーバスが言い返した。

「ああ」ゲーツ教授が認めた。「それはわれわれよりも頭のいい賢人たちが何世紀にもわたって解きあぐねた難問だな。なぜわれわれはえんえんとお互いを傷つけ合うんだろう？」

リーバスは答えなかった。しかしそのときにゲーツ教授の言ったもう一つの言葉が、シボーンの机に移動してコリアーの検死写真の一枚を取り上げたときに、心の中でよみがえった。〝死ねば誰でも罪がなくなるんだ、ジョン……〟。確かにコリアーの顔は穏やかで、何の苦労も知らずに死んだかのように見えた。

スター警部の部屋で電話がまた鳴っている。リーバスは無視したまま、シボーンの内線電話の受話器を取り上げた。彼女のパソコンの側面にメモが貼り付けてある。名前や電話番号のリスト。科捜研に電話してもいないだろうと思ったので、メモを見て携帯電話の番号を打った。

ただちにレイ・ダフが出た。

「レイ？　リーバス警部だ」

「週末の夜のパブ巡りに、ぼくを誘ってくれるのかな？」リーバスが黙っていると、ため息が聞こえた。「そうじゃなくても、ぼくは驚きもしないんだからなあ」

「こっちのほうが驚いたよ、レイ。仕事をおっぽりだしてるのか……」

「ぼくは科捜研で寝泊まりしてるわけじゃないんでね」

「ただし、おれたち二人とも、そんなことは嘘っぱちだと知ってる」

「わかったよ。たまには夜も残業する……」

「そこがきみのいいところなんだ、レイ。おれたち二人はともに仕事への情熱に突き動かされるタイプなんだよ」

「ぼくが馴染みのパブのクイズ大会で楽しんでたら、その情熱が危うくなるとでも？」

「おれはそんなことを言える立場じゃないよ、レイ。コリアーに関する新しい証拠がどんな結果を生むんだろうか、と思っただけで」

リーバスはうんざりしたような笑い声を聞いた。「ぜったい追及の手を緩めないんだね？」

「おれのためじゃない。シボーンを手伝ってるだけだ。もしも決定的証拠となったら、シボーンにとっては大きな前進となるだろう。布を見つけたのは彼女なんだから」

「証拠品はたった三時間前に届いたばかりなんだよ」

「鉄は熱いうちに打て、という諺を聞いたことがないのか？」

「目の前のビールは冷たいんでね、ジョン」

「シボーンには大事なことなんだ。シボーンはきみが褒美を要求するのを待ってるよ」

「褒美とは？」

「きみの車を見せびらかすチャンスだよ。田舎へドライブするんだ。二人だけで野越え山越えどこまでも走る。きみが上手に振る舞ったら、最後にホテルの部屋へたどり着けるかもな」リーバスは少し沈黙した。「その音楽は？」

「クイズの質問の一つ」

「スティーリー・ダンのようだな。《リーリング・イン・ザ・イヤーズ》だ」

「スティーリー・ダンというバンド名の由来は？」

「ウイリアム・バロウズの小説に出てくる張り形の名前。じゃあ、このあとまっすぐ科捜研に行くって約束してくれるね……」

話がうまく運んだことに満足したリーバスは、自分への褒美にマグのコーヒーを飲み、足を伸ばした。警察署内は静かだった。受付デスクは若い警官に交代していた。リーバスは顔を知らなかったが、とりあえず挨拶代わりにうなずいた。

「犯罪捜査部に電話をしてたんですが」若い警官が言った。ワイシャツの襟に指を沿わせて襟を首から離した。首がニキビか吹き出物で荒れている。

「じゃあ、おれにかけていたんだな」リーバスが言った。

「何か緊急の用件か？」

「エジンバラ城で事件が」

「抗議運動がもう始まったのか？」

巡査が首を振った。「悲鳴が聞こえたあと、プリンシズ

・ガーデンズに人が落ちたんです。城壁から転落したようで」
「こんな夜中に城は開いていない」リーバスは眉をひそめて言った。

「お偉方の晩餐会があって……」

「で、とんでもないことになった野郎は誰なんだ？」

巡査は肩をすくめた。「人手がないと伝えましょうか？」

「馬鹿を言うな」リーバスは上着を取りに戻った。


エジンバラ城は観光の目玉であると同時に、現在もなお兵舎として使われている。デイヴィッド・スティールフォース警視長は城の落とし格子戸を入ったところで、リーバスを押しとどめ、そう主張した。

「ずいぶんいろんなところに出没するんですね」リーバスは答える代わりに言った。ロンドン警視庁公安部のスティールフォース警視長は、正装していた。蝶ネクタイ、カマーバンド、ディナージャケット、エナメル靴。

「つまり、ここは当然ながら軍の管轄下にあるというわけだ……」

「〝かんかつか〟とはどういう意味なのかよくわからないんですが、警視長」

「それはな」スティールフォースは忍耐心が切れかけ、押し殺した声になった。「ここで起こったことは、憲兵隊がその原因や理由などを捜査するという意味だ」

「さぞうまい食事だったんでしょうね？」リーバスは歩みを止めていなかった。そこは坂道で烈風が二人を襲ってくる。

「今はお偉方が集まっている、リーバス警部」

その言葉がきっかけになったかのように、前方のトンネル状の坂道から車が一台現われた。ゲートへ向かう車をよけるために、リーバスとスティールフォースは坂道の端にへばりついた。リーバスは後部座席の顔を一瞬捕らえた。メタルフレームの眼鏡がきらめく、心労でやつれた色白の面長な顔。とはいえ外務大臣はいつもそんな表情をしている。リーバスはスティールフォースにそう指摘した。スティールフォースはリーバスが外務大臣の顔を見分けたことを残念に思い、顔をしかめた。

「外務大臣に事情聴取をする羽目にならなきゃいいんですが」リーバスが追い打ちをかけた。

「あのな、警部……」

リーバスはまた歩きだした。「こういうことなんです、警視長」振り返って言う。「その被害者は落ちたのか、飛び降りたのか、あるいは何かほかの〝原因〟なり〝理由〟なりがあったのか知らないが――いずれにしろ、そのとき、被害者が軍の土地にいたことに異論を唱えているわけじゃありません……しかし、そこから数百メートル下った南側のプリンシズ・ガーデンズに着地したんです」リーバスは微笑を浮かべてみせた。「そこはおれの持ち場です」

リーバスは足を緩めず歩きながら、城の中に最後に入ったのはいつだったろうか、と思った。もちろん娘を連れてきたことはあるが、それは二十数年も前だ。城はエジンバラの空に向かってそびえ立っている。南のブランツフィールドからも北のインヴァリスからも城が見える。空港から車で市内へ向かうと、エジンバラ城はドラキュラの秘密のねぐらのように不気味で、その黒い城に自分は色彩感覚を失ったのではないかと錯覚する。プリンシズ・ストリートやロウジアン・ロード、ジョンストン・テラスから見上げると、火山岩の側面が断崖を作り、難攻不落の城に思える――実際、長年にわたって侵攻を免れてきたのだ。しかしローンマーケットから近づくときは、入り口までなだらかな坂が続くだけなので、そのスケールの大きさにほとんど気づかない。

ゲイフィールド・スクエアから車でここまで来るのは、一仕事だった。制服警官はウエイヴァリー橋の通行を拒んだ。明日のデモ行進に備えて、バリケードをがちゃがちゃとやかましく押したり引いたりしながらやっと設置したのだ。リーバスは迂回しろという手振りを無視して、クラクションを鳴らした。警官が近づいてくると、リーバスは運転席の窓を開けて、身分証を見せた。

「この道は通行禁止です」警官がきっぱりと言った。イングランドふうの発音。ランカシャー出身か。

「おれは警部だ」リーバスは言い返した。「この車に続いて、救急車、監察医の車、現場鑑識ワゴンが来るだろう。その全員に同じことを言う気か?」

「何かあったんですか?」

「プリンシズ・ガーデンズに誰かが落ちた」リーバスは城へ顎をしゃくった。

「デモ隊のやつらめ……さっき、その一人が岩に挟まって抜けなくなったんです。消防隊がウインチを使ってやっとこさ下ろした」

「まあな、おれも噂話には目がないほうだけど……」

警官は睨みつけたものの、バリケードを脇へのけた。

そして今、別のバリケードが目の前に現われたのだ。デイヴィッド・スティールフォースである。

「これは危険なゲームだ、警部。その道の専門家であるわれわれに任せたほうがいい」

リーバスは険しい目つきになった。「おれはその道の専門家じゃないとでも?」

声高な乾いた笑い声。「そんなことはない」

「それならいい」リーバスは再びスティールフォースを追い越して歩いた。前方に行くべきところが見えてきた。憲兵が胸壁越しに覗いている。正装をした年配の紳士たちが葉巻をくわえながら、その近くにたむろしていた。

「ここから落ちたのか?」リーバスは憲兵にたずねた。警察手帳を開いていたが、市の警察官だと名乗らないでおいた。

「ここだと思います」一人が答えた。

「誰か目撃した者は?」

一斉にかぶりを振る。「それより前に、ちょとした事件があって」同じ男が言った。「頭のいかれた野郎が岩に挟まったんです。また同じことをやる者が出るかもしれないと注意を受けてまして」

「それで?」

「アンドリュウズ二等兵が向こう側で何かが見えたと言ったもんで」

「はっきりしないって言っただろ」アンドリュウズが弁解した。

「で、あんたらは城の向こう側へ一目散に走っていったんだな」リーバスは咎めるような顔つきをした。「そういうことを昔は〝持ち場を放棄する〟って言ったもんだ」

「リーバス警部はここでの権限がない」スティールフォースが憲兵たちに教えた。

「持ち場を離れることは反逆罪とみなされる」リーバスはスティールフォースに言い返した。

「怪しい者に気づいた者はいないか?」年配の憲兵が皆にたずねている。

車がもう一台、落とし格子戸へ向かう音が聞こえてきた。車前方の壁にヘッドライトが揺れ動く影を作る。「それはどうかな。こうやって誰もかれもが逃げだしてるんだから」リーバスが穏やかに言った。

「誰も逃げだしてはいない」スティールフォースがぴしゃりと言い返した。

「それぞれ先約があるってことですか?」リーバスが察して言った。

「非常に多忙な方々なんでね、警部。世界を変えるような決定を下しておられる」

「でも、下にいる気の毒な男については変えようがない」リーバスは城壁を顎で示し、スティールフォースに向き直った。「で、今夜、ここで何がおこなわれていたんです、警視長?」

「晩餐会の席で討議をしていた。合意の方向へ話が進んでいる」

「それはけっこうなことだ。来賓はどんな人たちですか?」

「G8会議の代表団——各国の外務大臣や、保安関係者、高級官僚などだ」

「おそらくピザやビールは振る舞われなかったんだろうな」

「こういう会合で、実に多くの懸案事項がはかどるんだ」リーバスは胸壁の向こう側を覗き込んだ。高所が苦手なので、すぐに退いた。「何も見えん」

「声を聞いたんです」憲兵の一人が言った。

「具体的には?」リーバスがたずねた。

「落ちるときの悲鳴」憲兵は同意を求めて仲間を見回した。一人がうなずいた。

「最後までずっと悲鳴を上げていたようなんです」身震いしながら言い添える。

「だとすると、自殺ではないのかな」リーバスは考え込んだ。「どう思いますか、警視長？」

「きみがここにいても何も得るものはないと思う、警部。それはともかく、何かいやなことが起こるたびに、必ずきみが現われるとは、妙な話だな」

「実に妙ですね。ちょうどおれも同じことを考えていた」

リーバスはスティールフォースの目を凝視しながら言い返した。「警視長について……」

バリケード設置をしていた黄色いジャケットの警官たちの一部が捜索に回された。懐中電灯を携帯していたので、警官隊は何の苦もなく男を見つけた。救急救命士が死亡を告げたが、それは誰の目にも明らかだった。首が異様にねじ曲がり、地面に落ちた衝撃で片足が二つ折りになっている。頭蓋骨から血がにじみ出ていた。落ちるときに靴の片方が脱げ、崖に引っかかったのかワイシャツが大きく裂けていた。警察本部は現場鑑識官を一名だけ派遣し、その男が遺体の写真を撮っていた。

「死因に関して小銭を賭けないか？」現場鑑識官がリーバスに提案した。

「いやだね、タム」鑑識官のタムは事件のたびにこんな賭けをし、五、六十回は勝っている。

「自分で飛び降りたのか、それとも突き落とされたのかと疑問に思ってるんだろ」

「あんたは読心術にたけているな、タム。手相も見るのか？」

「いや、手の写真は撮るがね」その言葉を行動で示そうとして、死者の片手を接写した。「引っ掻き傷や擦り傷の有無は重要なんだ、ジョン。なぜだかわかるか？」

「教えてくれ」

「突き落とされた場合、何かを摑もうとしてあがき、岩肌にしがみつこうとする」

「それぐらいはわかってる」

現場鑑識官はまたフラッシュを光らせた。「死者の名前はベン・ウエブスター」リーバスのほうを向いて、その反応を見定め、満足そうな顔をした。「顔を見てわかったんだ——ま、無傷だった部分を見てだけど」

「知り合いなのか？」

「顔を知っている。ダンディー地方から選出された議員」

「スコットランド議会の？」

タムはかぶりを振った。「ロンドンにある下院議会だよ。国際開発に関わっている議員だ。とにかく、おれが知る限りでは、そうだった」

「タム……」リーバスはいらだった声になった。「どうしてそんなに詳しいんだ？」

「政治に無知ではいけないよ、ジョン。政治が世の中を変えるんだから。それにこの若い議員は、おれのひいきのテナー・サックス奏者とたまたま同姓同名なんだ」

リーバスは草地の斜面をそろそろと降りて引き返した。古代火山の麓にうねうねと刻まれた小道よりも五メートルほど上の岩棚に、遺体が転がり落ちていたのだ。スティールフォースが小道に立ち、携帯電話に出ている。リーバスが近づくと、携帯電話を閉じた。

「さっき、運転手付きの車で外務大臣が出て行くのを見ましたね？」リーバスが話しかけた。「部下を連れないで、出て行くなんて変だな」

「ベン・ウエブスターだ」スティールフォースが教えた。「今の電話は城からだ。姿が見えないのは、彼だけのようだ」

「国際開発担当」

「よく知ってるな、警部」スティールフォースはリーバスをためつすがめつ見るそぶりをした。「きみに関して判断を誤ったのかもしれん。だが国際開発は、外務省とは別の部門だ。ウエブスターはＰＰＳ、つまり、政務秘書官だった」

「どういうこと？」

「大臣の片腕」

「そんなことも知らなくて申し訳ない」

「いやいや。きみには感心している」

「その褒め言葉は、もうあなたの悪口を言わないでくれっていう、意味ですかね？」

スティールフォースは笑みを浮かべた。「わたしはそんな申し出をする必要がない」

「おれの場合は別かもしれませんよ」

しかしスティールフォースはかぶりを振っていた。「そんなやり方で、きみを買収できるとは思えん。とはいえ、この件は数時間と経たないうちに、きみの手からもぎ取られるんだ。だったら、どうしてそうがむしゃらになる？きみのような戦士だったら、休憩と充電の潮時を知っているはずだ」

「じゃあ、城のグレイト・ホールへ行ってワインと葉巻でも振る舞ってくれるんですか？」

「わたしはありのままの事実を述べているだけだ」

下の道路に別のヴァンが到着した。死体を収容に来た、死体保管所のヴァンにちがいなかった。ゲーツ教授と彼のスタッフはもう一仕事しなければならない。

「きみは何が気にくわないのか、わたしがほんとうのところを当ててみようか、警部？」スティールフォースは一歩近づいた。彼の携帯電話がまた鳴りだしたが、無視することにしたらしい。「今回のすべてを、きみはテリトリーへの侵入と考えている。エジンバラはきみの街だ。わたしたち皆がとっとと帰ればいいと思ってる。煎じ詰めれば、そういうことだろう？」

「まあね」リーバスはいさぎよく認めた。

「あと数日間ですべて終わる。悪夢から目覚めるように。しかしそれまでは……」リーバスの耳に唇が触れんばかりに近づく。「がまんしろ」そう囁いて、スティールフォースは去っていった。

「感じのいいやつみたいだね」タムが評した。リーバスは振り向いた。

「いつからここにいた？」

「つい今来たばかりだよ」

「何か判明したことは？」

「それを答えるのは監察医だ」

リーバスはゆっくりとうなずいた。「それでも、何か言えることは……」

「飛び降り以外の事実を示す証拠は何も出なかったね」

「ずうっと悲鳴が続いていたんだ。自殺者がそんなことをすると思うか？」

「おれだったらそうするね。でもまあ、おれは高いところが怖いから」

リーバスは顎を撫でていた。城を見上げる。「じゃあ、落ちたか、飛び降りたかだな」

「あるいはふいに押されたか」タムが言い足した。「安全な場所までよじ登りたいと考える暇すらなかった」

「悲惨だな」

「食事の合間にバグパイプの演奏があったのかもしれんよ。それを聞いて生きる意志をなくしたんだ」

「きみはジャズ・マニアだからな、タム」

「もちろんだよ」

「上着のポケットに遺書か何かなかったのか？」

タムはかぶりを振った。「でも、何ならこれを渡してやってもいいけど」小さな紙封筒を出した。「バルモラル・ホテルに泊まっていたようだ」

「嬉しいね」リーバスは紙封筒を開け、プラスチック製のカードキーが入っているのを見た。封筒を閉じ、ベン・ウエブスターの署名と部屋番号を確認した。

「ホテルに、苦しいこの世におさらば式の書き置きがあるかもな」タムが言った。

「それを調べる方法はただ一つ」リーバスはカードキーを自分のポケットに入れた。「ありがとう、タム」

「憶えておいてくれよ。それを見つけたのは、あんただからな。おれは叱られたくないんでね」

「了解」二人の男は無言で立っていた。百戦錬磨のプロ二人。死体保管所の係員が近づいてくる。一人は死体袋を持っている。

「こんな夜に仕事とは」係員がつぶやいた。「もうあんたの仕事は済んだのか、タム？」

「監察医がまだ来ていない」

係員が腕時計を見た。「もうすぐ来るのかな？」

タムは肩をすくめた。「だれがクジを引いたかによるね」

係員はほっと吐息をもらした。「長い夜になりそうだな」

「長い夜になる」もう一人の係員がおうむ返しに答えた。

「お達しにより保管所からほかの死体を移したのを知ってるかい?」

「なぜそんなことを?」リーバスがたずねた。

「抗議大会やデモ行進に不測の事態が起こった場合に備えて」

「裁判所や監房も空にしてあるよ」タムが付け加えた。

「救急医療室も待機してる」係員が言い返した。

「まるで〈地獄の黙示録〉の始まりみたいだな」リーバスが言った。そのとき、彼の携帯電話が鳴り、リーバスは皆から少し離れた。発信者の名前はシボーン。

「どうしたんだ?」リーバスは携帯電話に話しかけた。

「一杯飲みたい」シボーンが答えた。

「家族と喧嘩でも?」

「わたしの車が壊されたんです」

「誰にやられたか見ていたのか?」

「まあね。なので、〈オックスフォード・バー〉はいかが?」

「行きたいが、今は手が離せない。だけどな……」

「何?」

「〈バルモラル・ホテル〉でランデブーしようか」

「超勤手当で飲むってこと?」

「そうなのかどうかは、きみの判断に任せる」

「二十分後?」

「いいよ」リーバスは携帯電話をぱちっと閉じた。

「あの家系には悲劇が絶えない」タムが考え込んだ声を出した。

「どの家系?」

タムは死体を顎で示した。「母親は数年前に暴行を受けて死んだんだ」黙り込む。「それ以後、鬱々としてたんじゃないか?」

「何か引き金さえあればよかったんだ」死体保管所の係員

が言い添えた。最近は、猫も杓子も心理分析医気取りだ、とリーバスは思った……

車は停めたままにして、歩いて行くことにした。バリケードをはずすよう交渉するよりは、そのほうが手っ取り早い。二、三分後にはウエイヴァリー駅に着き、障害物をいくつかよじ登って越えた。電車で到着したばかりの不運な観光客がいた。タクシーの姿はなく、観光客はバリケードの手前で呆然と立っている。リーバスは観光客の間をすり抜け、角を曲がってプリンシズ・ストリートに入り、〈バルモラル〉ホテルの玄関へ着いた。何年も前に名称を変えたにもかかわらず、今もこのホテルを〈ノース・ブリッジ〉と呼ぶ市民がいる。照明のついた大きな時計塔は、電車の乗客が乗り遅れないように、今なお、数分針を進めてある。制服のドアマンがリーバスのためにドアを開けてくれたが、コンシェルジェはリーバスが何やら厄介をもたらしそうな男だとたちまち見抜いた。

「今晩は、どのようなご用件でございますか?」

リーバスは警察手帳を見せ、もう片手でカードキーを見せた。「この部屋を見たいんだが」

「なぜでございますか、警部?」

「泊まり客がすでにチェックアウトしたかもしれないんでね」

「それは残念でございますね」

「別の者が支払いを済ませたように思う。実は、それを調べてもらいたいんだが」

「それは担当マネージャーにたずねてみませんと」

「頼む。その間におれは部屋へ行って……」カードキーを振ってみせる。

「それもマネージャーと相談しないことには」

リーバスは一歩下がり、敵を見定めた。「時間はどれぐらいかかる?」

「担当マネージャーと連絡を取らないとなりませんので……一、二分だけお待ちください」リーバスはコンシェルジェのあとに続いて、受付デスクへ向かった。「セーラ、アンジェラはどこ?」

「上の階へ行ったと思います。呼び出しをかけましょう」

「わたしは事務室を見てまいります」とコンシェルジェがリーバスに言い、歩み去った。リーバスは待ちながら、受付係が自分の電話に番号を打ち、受話器を置くのを見守った。受付係はリーバスを見て微笑んだ。何か事件が起こったのを知っており、詳細を知りたがっていた。

「泊まり客が急死したんだ」リーバスは教えてやった。

受付係は目を丸くした。「まあ、怖い」

「二一四号室のミスター・ウエブスター。彼は一人でここに泊まったのかな？」

受付係はキーボードを手早く叩いた。「ダブルの部屋ですが、キーは一枚だけ発行しました。どんな人だったか憶えていないけど……」

「自宅の住所を控えてあるか？」

「ロンドン」受付係が言った。

ロンドンというのは、週日を過ごす仕事用の住まいだろうとリーバスは推測した。彼は受付机に身を乗り出し、親しげな態度を装いながら、今の間に質問の答えをいくつまで聞き出せるだろうかと思った。「支払いはクレジット・カードだったのか、セーラ？」

セーラは画面を見つめた。「支払いはすべて——」コンシェルジェが近づいているのに気づいて、ふいに口をつぐんだ。

「支払いはすべて……？」リーバスが促した。

「警部」コンシェルジェは何かよくない気配に気づいて、呼びかけた。

セーラの電話が鳴っていた。彼女が受話器を取り上げる。「受付です」と甲高い声で返事をする。「あ、もしもし、アンジェラ。警察官がまた一人お見えになって……」

また一人？

「こちらへ降りてくる？　それともそちらへ行ってもらいましょうか？」

コンシェルジェがリーバスの背後に来ていた。「警部をご案内する」と彼はセーラに言った。

警察官がまた一人……そちらへ……リーバスはいやな予感がした。エレベーターがチンと鳴ってドアが開くのを知らせたとき、リーバスはそっちへ体を向けた。デイヴィッド・スティールフォースが出てきた。彼はじわりと笑みを浮かべながら、かぶりを振った。その意味は取り違えようがない。おまえは二一四号室へ近づくな。リーバスはくるりと向き直ってコンピュータを摑み、画面を自分のほうへ向けた。コンシェルジェがリーバスの腕をぐいと握る。セーラが口につけた受話器へ小さな悲鳴を上げたので、担当マネージャーはさぞ耳が痛かったことだろう。スティールフォースが加勢するために走り寄った。

「こんなことは常軌を逸しています」コンシェルジェが怒りのこもった声で言った。その手が腕をぎりぎりと締めつける。この男は若い頃、軍人だったにちがいないとリーバスは感じ、抗わないことにした。コンピュータから手を離した。セーラが画面を自分のほうへくるりと戻した。

「もう離してもいい」リーバスが言った。コンシェルジェは指を開いた。受話器を持ったままのセーラは驚愕して、コンシェルジェを見つめている。リーバスはスティールフォースのほうを向いた。

「二一四号室を見せないと言うんだな」

「そんなことはない」スティールフォースは満面の笑顔になった。「だが、マネージャーがそう言う。それは彼女の権限だからね」

命じられたかのように、セーラは受話器を耳に当てた。

「マネージャーがすぐまいります」

「そうだろうとも」リーバスはスティールフォースからまだ目を離さなかったが、すぐ後ろに別の人物が近づいて来ていた。シボーンである。「バーはまだ開いているね？」リーバスはコンシェルジェにたずねた。コンシェルジェはぜひとも否定したかったが、嘘はあまりにも見え透いている。そこで軽くうなずいた。「あんたは誘わないぞ」リーバスはスティールフォースに言った。二人の横を押し通って、階段を上がり、〈パーム・コート〉へ向かった。バーの入り口で立ち止まり、シボーンが追いつくのを待つ。大きく深呼吸して、上着のポケットに手を入れ、煙草を探した。

「ホテル側と何かもめ事でも？」シボーンがたずねた。

「公安部SO12のやつを見ただろ？」

「公安部ではたんまりと経費が出るようですね」

「あいつがここに泊まってるのかどうかは知らないが、ベン・ウエブスターという男は泊まっていた」

「労働党議員の？」

「そう」

「いろいろといわくがありそうね」シボーンは疲れた様子だった。リーバスは彼女も今夜はたいへんな目にあったことを思い出した。

「きみが先に話せ」リーバスが言い張った。バーテンが二人の前におつまみを置いてくれている。「おれは〈ハイランド・パーク〉を。ご婦人にはウオツカ・トニックをくれ」シボーンが同意の印にうなずいた。バーテンが後ろを向くと、リーバスは紙ナプキンを取った。ポケットからボールペンを出し、ナプキンに何か書きつけた。シボーンが首をかしげて覗き込む。

「ペネン・インダストリーズって、何ですか？」

「それが誰のものであれ、そこは豊富な資金を持ち、郵便番号がロンドン市内だ」横目を使うと、入り口でこちらを観察しているスティールフォースが見えた。そちらへむかって紙ナプキンを振ってから、それを畳んでポケットにしまった。

「で、きみの車を壊したのは誰なんだ、核非武装運動団体か、グリーンピースか、それとも反戦グループか？」

「ニドリ」シボーンがそっけなく言った。「詳しく言うと、ニドリ・ヤング・チーム」

「そいつらをテロ組織として、G8に認めさせられるだろうか？」

「数千人とやらの海兵隊が面倒を見てくれるでしょうよ」

「いやいや、残念ながらニドリ地区に石油でも出ないかぎり、どうにもならないな」リーバスはモルトのグラスへ手を伸ばした。かすかに手が震える。たいしたことはない。シボーンに、G8に、海兵隊に乾杯した……スティールフォースのためにも乾杯してやりたかったが。

入り口に人影はもうなかった。

# 七月二日　土曜日

## 3

朝日で目覚めたリーバスは、昨夜カーテンを閉めないで寝たことに気づいた。テレビが朝のニュースをやっている。ロンドンのハイド・パークのコンサートが大きく報じられており、そのプロデューサーに質問をしていた。エジンバラの話題はない。テレビのスイッチを切って、バスルームへ入った。昨日から着たままの服を脱いで、半袖シャツとチノズボンに着替えた。顔を洗ったあと自分の顔を見たが、それぐらいではすっきりしないと悟った。鍵と携帯電話——昨夜から充電しておいたのだ、それも忘れるほど酔っていたのではない——を摑んで、ドアの外へ出た。アパートの階段を二階分降りて、表の玄関ドアを開けた。リーバスの住んでいる地区のマーチモントは学生街で、その長所は夏の間は静かなことである。六月末になると、学生は自分の車なり、親の車なりに荷物を積み込み、隙間には布団を押し込んで街を去っていく。試験明けには祝いのパーティがあって、リーバスは二度ほど、自分の車の屋根に乗っけられていた交通標識の三角コーンを下ろすはめになった。

そして今、玄関を出た彼は歩道に立ち、夜の冷気の名残を胸に吸い込んでから、マーチモント・ロードへ向かった。そこの新聞販売店がちょうど店を開けている時分だ。二階建てではないバスが二台、通り過ぎていった。リーバスはバスが道を間違えたのかと思ったが、すぐに思い出した。なるほど、物音が聞こえてくる。作業員の金槌の音。拡声器のテスト。店員に代金を支払い、清涼飲料水〈アーン・ブルー〉のボトルの栓を開けて、一気に飲み干した。別にかまわない。もう一本買ってあるからだ。歩きながらバナナの皮を剝いて食べ、自分のフラットには戻らないで、マーチモント・ロードの端まで行った。その先はザ・メドウズである。ザ・メドウズは文字どおり、数世紀前までは牧草地だった。市の郊外にある草原であり、マーチモントは野原に囲まれた農地にすぎなかった。現在では、ザ・メドウズはサッカーやクリケットの試合がおこなわれたり、ジョッギングやピクニックをする場所である。

しかし今日は違う。

メルヴィル・ドライヴはすでに通行禁止となり、幹線道路であるにもかかわらず、バス駐車場に変えられていた。すでに数十台ものバスが、道路のカーブに沿って先の方まで駐車しており、ところどころでは三列にもなって停まっている。バスは、ダービー、マクレズフィルド、ハル、スワンジ、リポン、カーライル、エピングなど各方面から来ている。白い服を着た乗客がバスから降りてくる。白。白を着用するよう求められていたのをリーバスは思い出した。人々が市内を行進する際に、巨大な白いリボンを作ろうというのだ。自分の服装はと言えば、チノズボンはベージュ色だし、シャツは水色だ。

しまった。

バスから降りた人々は年配者が多く、よぼよぼした者もいた。しかし全員がリストバンドをはめ、スローガンのついたTシャツを着ていた。手作りの横断幕を持っている者もいる。皆嬉しそうだった。奥のほうでは、大テントが設営されていた。ヴァンがぞくぞくと到着し、フライドポテトや肉なしハンバーガーを腹の減った大群衆に売る準備をしている。舞台が作られ、クレーン装置が林立する横に、大きな木製ジグソーパズルが並べられていた。リーバスは一瞬にして、〝貧困をなくそう〟という文字列だとわかった。近くで制服巡査が警戒に当たっていたが、知った顔はなかった。地元の警察官ですらないのだろう。リーバスは腕時計を見た。九時を回ったばかりで、開始まであと三時間もある。空には雲一つない。急いでいるのか、警察ヴァンが歩道の縁に乗り上げて走り抜けようとし、リーバスは慌てて芝生まで後ずさった。運転している警官を睨みつけると、反対に睨み返された。運転席の窓が開いた。

「何か文句あるのか、じいさん?」

リーバスは指を二本立てて侮辱の仕草をし、車が停まるのを期待した。二人で仲良くおしゃべりをしようじゃないか。しかしヴァンにその気はなく、走り去った。バナナを食べ終えたので、皮を捨てようかと思ったが、リサイクル巡視人がすっとんでくるにちがいないと思い、ゴミ箱へ向かった。

「これをどうぞ」若い女性が声をかけ、ポリ袋を差し出した。リーバスは中を覗いてみた。ステッカーが二枚と、〈お年寄りに手を差し伸べよう〉のTシャツが一枚。

「なんだ、これは?」リーバスが不機嫌になった。若い女性は袋を取り戻し、こわばった顔からなんとか笑みを消すまいとしている。

　リーバスは歩きだし、予備の〈アーン・ブルー〉の瓶を開けた。頭が少しすっきりしてきたが、背中が汗で濡れている。もやもやと漂っていた古い記憶が、今はっきりとよみがえってきた。ミッキーと自分が教会の遠足で何回かベアンタイランドの浜辺へ行ったときのこと。バスでそこへ行った。バスの窓から色テープをなびかせたものだった。芝生でランチを食べたり運動会をしたりする間、バスが並んで待っていた。かけっこでミッキーはいつもリーバスに勝ったので、リーバスはそのうち本気で走るのをやめた。それが、勝つ気まんまんのすばしこい弟に対抗する、ゆいいつの仕返しだった。白い紙箱にランチが入っていた。ジャム・サンドイッチと砂糖をまぶしたケーキ、ときにはゆで卵。

　二人はいつもゆで卵を残した。

　その頃、夏の週末は、果てしなく変わることなく続くように思われた。最近は、夏の週末が嫌いだ。何も起こらないから嫌いだ。月曜日の朝がほんとうの休息日である。ソファ、バーのスツール、スーパーマーケット、カレー屋から解放されるからだ。同僚は大きな買い物や、サッカーの試合、家族と自転車で遠乗りしたことなど、週末の話を土産に職場へ戻ってくる。シボーンはグラスゴーやダンディーに出かけて、友人と会ったり旧交を温めたりする。あるいは映画を見に行ったり、ウオーター・オブ・リースの川沿いを散歩したりする。休みをどう過ごしたかとリーバスにたずねる者はもう誰一人いなくなった。黙って肩をすくめるのを知っているからだ。

漫然と過ごしたからって別に悪いことではない……

ただし、漫然と過ごすなんて、リーバスには耐えられない。仕事がなければ、死んだも同然である。だからこそ、こうやって今、携帯電話に番号を打ち込んでいる。そして待った。接続音がして、留守番電話のメッセージが流れた。

「おはよう、レイ」リーバスは吹き込んだ。「これはモーニング・コールだ。電話に出るまで、一時間毎に電話するよ。返事を待ってる」電話を切り、ただちにもう一つの番号にかけ、レイ・ダフの自宅の留守録にも同じメッセージを入れた。携帯電話と自宅の電話に吹き込んだあとは、待つしかない。二時頃に〈ライブ8〉コンサートが始まるが、ザ・フーやピンク・フロイドは夜にならないと舞台に上がらないだろう。コリアーの事件簿を読む時間はたっぷりとある。ベン・ウエブスターについて調べる時間もたっぷりとある。日曜日が来るまで土曜日の暇つぶしをするのだ。

リーバスはこれで週末を乗り切れると思った。


電話番号案内で判明したのは〈ペネン・インダストリーズ〉の電話番号とロンドン中心部の住所だけだった。リーバスは電話をかけてみたが、月曜日の朝におかけ直しください、というメッセージが流れただけだった。だったらほかの手を使おうと思い、グレンローシスにあるオペレーション・ソルブスの本部へ電話をした。

「犯罪捜査部なんだが。エジンバラのB地区」居間の窓際へ歩み寄り、外を眺めた。顔にペイントを施した子供を連れた夫婦が、ザ・メドウズのほうへ向かっている。「クラウン・アーミー過激派に関して噂が流れていてね。ある会社を標的にしているとかいう……」あたかも資料をもう一度確認しているかのように、少し間を置いて続けた。「ペネン・インダストリーズだ。こちらは事情を何も知らないんで、あんたたち専門家から少し教えてもらえないだろうか、と思ってね」

「ペネン？」

リーバスは綴りを教えた。

「で、あなたは？」

「スター警部……デレク・スター」リーバスはあっけらかんと嘘をついた。どこからスティールフォースに伝わるか知れたものではないからだ。

「十分間待ってください」

リーバスは礼を言おうとしたが、その直前に電話が切れた。男性の声で、周囲の物音はなかった。フル回転の中枢部は音がしないものなのだ。相手はこちらの電話番号を訊く必要もなかったことに気づいた……何らかのディスプレイ画面があり、記録されるのだろう。

そして番号の持ち主がわかる。

「しまったな」リーバスは平静に言い、キッチンへコーヒーを作りに行った。昨夜、シボーンは二杯飲んで〈バルモラル・ホテル〉を出て行った。自分はもう一杯追加し、それから道路を横断して〈カフェ・ロイヤル〉に入り、飲み納めの一杯を飲んだ。今朝は指にヴィネガーの臭いが残っていたので、帰宅途中でチップスを食べたようだ。そう、そしてザ・メドウズに着くと、ここからは歩く、と言ってタクシーを降りたのだった……そうだ、シボーンが無事に帰れたか、電話を掛けて確かめてみようと思いたった。しかしそんなことをすると、シボーンはいつも嫌がる。それに、もう出かけているかもしれない。両親と落ち合ってマーチに参加するために。シボーンはエディー・イザード（コメディアン、俳優）やガエル・ガルシア・ベルナル（メキシコ人俳優）が来るのを楽しみにしていた。ほかにもビアンカ・ジャガー（人権運動家、ミック・ジャガーの元妻）やシャーリーン・スピテリ（スコットランドの歌手）らがスピーチをする……彼女は賑やかなお祭か何かのように言っていた。その考えが正しければいいのだが。

それにシボーンは車を修理屋へ運んで、壊れた箇所を修理してもらわなければなるまい。リーバスはテンチ市会議員を知っている。少なくとも彼のことは知っている。牧師資格のない説教師で、いつもザ・マウンドの麓の決まった場所に立ち、週末の買い物客に向かって、悔い改めよ、と叫んでいたものだった。以前は昼休みに〈オックスフォード・バー〉へ行く途中で、テンチを見かけることもあった。ニドリでテンチは評判がよい。地方自治体や慈善団体、ときにはEUからまでも再開発資金をぶんどってくるからだ。

昨夜リーバスはシボーンにそんな知識を授け、ついでにバクルー・ストリートのはずれに住む板金工の電話番号を教えたのだった。フォルクスワーゲンを専門に扱う職人で、リーバスに借りがある男……

電話が鳴っていた。コーヒーを手に居間へ入り、受話器を取った。

「署にいるんじゃないのですね」グレンローシスの先ほどの声が警戒心をあらわにたずねた。

「自宅なんだ」窓の外の上空で、ヘリコプターの音がする。空のパトロールだろうか、新聞社のヘリだろうか。もしかしたら、ボノ（U2のリードヴォーカル）がパラシュートで飛び降りて説教をするのか？

「ペネンはスコットランドに支社がありません」電話の声が言った。

「じゃあ、問題ないな」リーバスは快活な口調を心がけた。

「こういう時には、噂もせわしく飛び交うんでね。おれたち同様忙しい」リーバスは笑い声を上げ、次の質問に移ろうとしたが、折よく相手が自ら答えた。

「防衛産業の会社なので、噂に真実味が加わるんでしょうね」

「防衛？」

「以前は国防省直轄だったんですが、数年前に売却されたんです」

「思い出したよ」リーバスはいかにもほんとうらしく答えた。「ロンドンに本社があるんだったね？」

「そうです。ただ……そこの取締役社長がちょうど今、こちらへ来ているんです」

リーバスは口笛を吹いた。「標的の可能性があるな」

「いずれにせよ、リスク対象者に入っています。社長の身は安全です」若い係官はぎこちなく発音した。つい最近知った用語にちがいない。

スティールフォースから学んだのか。

「社長は〈バルモラル〉に泊まっているんだっけな？」リーバスがたずねた。

「どうして知ってるんですか？」

「それも噂だよ。だが安全に保護されているんだね」

「はい」

「警備は自前なのか、それともこちらが？」

若い係官は少し黙った。「なぜ知りたいんですか？」

「納税者に代わってたずねてるんだよ」リーバスは再び笑った。「それはともかく、社長に注意を促したほうがいいかな？」助言を求める……若い係官が上司であるかのように。

「伝えておきます」

「滞在が長ければ長いほど、警備もたいへんだし……」リーバスは言葉を切った。「社長の名前も実は知らないんだ」と打ち明ける。

突然、別の声が電話から聞こえてきた。「スター警部？スター警部かね？」

スティールフォースだ……

リーバスは息を飲んだ。

「もしもし？」スティールフォースが話し続ける。「急にだんまりを決め込んだのか？」

リーバスは電話を切った。ちきしょうと小声で罵る。別の電話番号を押し、地元新聞社の交換台とつながった。

「特集記事の係へつないでください」

「誰もいないと思いますよ」交換手が告げた。

「ニュースデスクは？」

「そこも空っぽ同然だわ、理由はおわかりでしょうけど」

交換手の女性は自分も出かけたいような口振りだったが、それでもつないでくれた。しばらくして誰かが電話に出た。

「リーバス警部という者だが。ゲイフィールド警察署犯罪捜査部」

「警察官の方と話すのは大歓迎ですよ」記者が明るい声で言った。「オフレコでもそうでなくても……」

「情報を買えと言ってるんじゃない。メイリー・ヘンダーソンと話したいんだが」

「彼女はフリーの記者になったんです。それにニュースではなく、特集記事を扱う記者だし」

「それでも、彼女を使ってビッグ・ジェル・カファティを一面記事に仕立てあげたいんじゃないか？」

「何年か前、そんなことを考えましたよ……」記者は楽な姿勢になったかのような、雑談口調に切り替えた。「だけど、カファティだけじゃなくて——エジンバラやグラスゴーのギャング多数のインタビューを取り、どのようにしてのし上がったか、どんな掟を持ってるかを聞き出す……」

「なるほど、けっこうな話だが、何だかパーキンソンが司会する情報番組を聞いてるような気がするんだがね？」

気を悪くした記者がふんと鼻を鳴らした。「あんたに付き合ってしゃべってるだけだ」

「もしかして、そこは空っぽなんじゃないか？　ほかの者は誰もかれもラップトップを抱えて飛び出していき、マーチを美文調に仕立て上げようとしてるんだろ？　だがね、いいことを教えよう……昨夜、城の胸壁から転落死があった。だのに、あんたの新聞にはその記事がなかった」

「その情報を聞いたのが遅すぎてね」少し黙り込んでから、記者がたずねた。「しかし自殺に間違いないんでしょう？」

「どう思う？」

「ぼくが先に訊いたんです」

「ほんとうはおれが先にたずねたんだぞ——メイリー・ヘンダーソンの電話番号を」

「その理由は？」

「電話番号を教えてくれたら、メイリー・ヘンダーソンには教えないことを言おう」

記者はしばらく考えてからリーバスにちょっと待って、と言った。三十秒ほどして電話口に出た。その間、受話器からノイズが聞こえ、ほかからも電話がかかってきた様子だった。それを無視し、記者が教えた番号を書き留めた。

「ありがとう」

「ではいいこととやらをもらえますか？」

「考えてみるんだね、自殺だったら、なぜスティールフォースというロンドン公安部の嫌みな野郎がやっきになってその件を伏せようとする？」

「スティールフォース？　どんな綴りですか——？」

最後まで聞かないで、リーバスは電話を切った。ただちに電話が鳴りだした。出なかった。電話の相手が誰なのか、ほぼ見当がついている。オペレーション・ソルブスはリーバスの番号を知っているので、スティールフォースは一分と経たないうちに、この番号が誰の自宅電話なのかを突き止めたにちがいない。デレク・スター警部に電話をかけ、彼が何一つ知らないことを確認するのに、さらにもう一分。

リーン、リーン、リーン。

リーバスはテレビをつけた。リモコンでミュートを押す。ニュースは流れておらず、子供番組とポップ・ミュージックのビデオばかりだ。ヘリがまた旋回している。自分のアパートを狙っているのではないことを確認した。

「おまえはノイローゼだよ、ジョン……」自分につぶやく。いつのまにか電話が鳴りやんでいた。そこでメイリー・ヘンダーソンへ電話をかけた。数年前、彼女は親しい仲間だった。お互いの情報を交換し合った。しばらくして彼女はカファティについての著書を出した。それはギャングであるカファティの全面的な協力を得たものだった。彼女はリーバスにインタビューを申し込んできたが、リーバスは断わった。のちにまた頼んできた。

「ビッグ・ジェルがあなたについて語るのを聞くと、あなたの立場からの意見がぜったい必要だと思うの」メイリー・ヘンダーソンが甘言で釣った。

リーバスはそんな必要を一切認めなかった。

それでもその著書は大成功を収め、スコットランドだけではなくもっと遠方でも人気が高かった。アメリカ、カナダ、オーストラリアでも。十六カ国語に翻訳された。しばらくの間、リーバスが新聞を開くたびに、その著書のことが目に入った。晴れがましい機会も何回かあった。ジャーナリストと対象者に質問をぶつけるテレビ報道番組への出演もあった。カファティは地域や住民を支配し、恐怖で従わせる人生を送ってきた……その上に今や、本物の名士となったのだ。

メイリー・ヘンダーソンはリーバスに著書を送ってきた。リーバスは即座に送り返した。だが二週間後に外出して、その本を購入した――プリンシズ・ストリートで半額になったものを。頁を繰ってみたが、読み通すだけの気力がなかった。罪を悔いているしおらしさに、たちまち反吐が出そうになったからだ……

「もしもし？」

「メイリー、ジョン・リーバスだ」

「悪いけど、わたしの知っているジョン・リーバスなら死んだわ」

「ひどいことを言うじゃないか」

「わたしの本を送り返したでしょう！　サインをしてちゃんと送ったのに！」

「サインをした？」

「献辞すら読まなかったの？」

「何て書いたんだ？」

「〝何を考えてるのか知らないけど、あなたにはもううんざりだわ〟と」

「それは悪かったな、メイリー。償いをしよう」

「頼み事で？」

「どうしてわかった」リーバスは微笑した。「マーチに参加するのか？」

「考慮中」

「トーフ・バーガーを奢るよ」

メイリー・ヘンダーソンはふんといなした。「そんな安上がりの女だったのは遠い昔よ」

「デカフェ一杯もおまけに付ける……」

「何が望みなの、ジョン？」冷たい言葉だったが、口調が少しやわらいだ。

「ペネン・インダストリーズという会社に関する情報。以前は国防省に属していた。今、会社の代表がエジンバラに来ていると思うんだ」

「なぜそれがわたしの関心を惹くものなの？」

「きみじゃなくて、おれが関心を持っている……」口をつぐんで煙草に火を点け、煙を吐き出しながら話を続けた。「カファティの友達のことを聞いたか？」

「どの友達？」関心のない振りを装った口調。

「シリル・コリアー。上着から切り取られた布きれが見つかった」

「そこにカファティの自白でも書いてあったの？　あなたは決して諦めないだろうってカファティが言ってたわ」

「きみに教えてやろうかと思ったんだ――あまり知られて

いない事実なんでね」

メイリー・ヘンダーソンはしばらく無言だった。「ペネン・インダストリーズのほうは?」

「まったく別の事柄だ。ベン・ウエブスターの話を聞いただろ?」

「ニュースでやってたわ」

「ペネンは彼のバルモラル・ホテルの宿泊費を持っていた」

「で?」

「で、ペネンについてもう少し詳しく知りたい」

「社長はリチャード・ペネン」メイリー・ヘンダーソンは相手のとまどいを察して笑った。「グーグルを知らないの?」

「こうやって話している間に、もう調べたんだね?」

「自宅にコンピュータもないの?」

「ラップトップを買った」

「じゃあ、インターネットを使えるわね?」

「理論上はね」リーバスは打ち明けた。「でもな、マインスイーパーとかいうくだらんゲームならするぞ……」

メイリー・ヘンダーソンがまた笑い声を上げたので、リーバスは仲直りができたと感じた。電話からざわめきが聞こえる。カップの触れあう音。

「どこのカフェにいるんだ?」リーバスがたずねた。

「〈モントピーリャ〉。店の外には大勢の人がいて、全員が白い服を着てるわ」

〈モントピーリャ〉はブランツフィルドにある。車で五分のところだ。「そっちへ行って、約束のコーヒーを奢るよ。ラップトップの使い方を教えてくれ」

「もう店を出るわ。あとでザ・メドウズで会いましょうか?」

「気が進まないな。軽く一杯はどうだ?」

「いいかもね。じゃあ、ペネンに関して少し調べてみるわ。結果が出たら電話する」

「きみはすばらしいね、メイリー」

「おまけにベストセラー作家よ」すこしして付け加える。「カファティは取り分を寄付したのよ」

「そりゃ、金持ちなんだから気前よくもできるさ。じゃあ、あとでまた」リーバスは電話を切り、留守録を確認した。一件しかなかった。スティールフォースの声が流れだすと、最後まで聞かないうちに切った。尻切れトンボの脅迫が頭にこだまする中、ハイファイに近寄り、〈グラウンドホッグズ〉の曲を室内に響き渡らせた……

〝わたしを騙せるなんて思い上がるんじゃないぞ、リーバス、いいか——〟

「……主な骨はほぼすべて骨折している」ゲーツ教授はそう言い、肩をすくめた。「あんな落ち方をしたんだから、当然だろう?」

ベン・ウエブスターはニュースとなりうる人物だったので、ゲーツ教授が執刀したのだ。早急にやらなければならない仕事だった。誰もがこの件を早く終わらせたいと望んでいるからだ。

「嬉しいことに自殺という結論」ゲーツ教授は先ほどそんな言い方をしたのだった。解剖室にはドクター・カートも来ている。スコットランドの法律上、検死には病理医が二名必要なのだ。検死結果を補強するために。公判できちんと証拠として採用されるように。ゲーツ教授のほうが大柄で、赤ら顔である。鼻が曲がっているのは、本人いわく、若い頃ラグビー場で激突したからだそうだが、もしかしたら、学生時代に向こう見ずな喧嘩をした名残なのかもしれない。ほんの四、五歳だけ年下のカートは、ゲーツ教授よりも少しだけ背が高く、はるかに痩せている。二人ともエジンバラ大学に籍を置いている。学期が終わると、どこかの土地でのんびりと日光浴ができる身分だが、二人とも休暇を取ったのを聞いたことがない。そんなことをすれば、あいつは弱ったのか、とお互いに思うからだ。

「マーチには行かないのか、ジョン?」カートがたずねた。三人はカウゲートにある死体保管所のスチール製解剖台を取り囲んで立っていた。背後には助手がいて、かちゃかちゃと音を立てながらトレイや器具を扱っている。

「おとなしいデモなんで、おれの出番はない」リーバスが答えた。「月曜日には出かけますよ」

「過激派が大勢来るからな」ゲーツ教授が死体にメスを入れながら言った。見学者用の席があって、リーバスもいつもはそこにいる。アクリルガラスで遮られ、解剖から距離を置いていられるところだ。しかし、「週末だし」とゲーツ教授が言ったのだった。「形式張らなくてもいいじゃないか」と。リーバスは以前にも内臓を見たことがあるが、それでも目をそらしていた。

「いくつだったっけ——三十四歳、五歳？」

「三十四歳」助手が教えた。

「引き締まった体をしてるな……年の割には」

「妹の話では、体を鍛えていたそうです。ジョッギングや水泳、ジムなどで」

「身元確認をしたのは、その妹なんだね？」リーバスはほっとして助手のほうへ顔を向けた。

「両親は亡くなっています」

「その話は新聞に出ていたよな？」カートは同僚の仕事ぶりを小さな目で見つめながら、のんびりと言った。「そのメスはちゃんと切れるのか、サンディ？」

ゲーツは返事をしなかった。「母親は押し込み強盗に殺害された。悲しい話だよ。妻を失った父親は生きる力を失った」

「衰弱して死んだんだったな？」カートが言い添える。

「代わろうか、サンディ？　疲れてたって無理もないさ。先週ときたら……」

「ごちゃごちゃ言うな」

カートはリーバスにため息をつき、肩をすくめて見せた。

「妹はダンディーから来たんだね？」リーバスは助手にたずねた。

「妹はロンドンで働いてます。警察官でね、そこいらの警官よりはいい感じですよ」

「来年はバレンタインデーのプレゼントをやらないからな」リーバスが言い返した。

「もちろん、目の前の人は抜きにして、言ってるんです」

「妹も気の毒にな」カートが言った。「家族を失うなんて……」

「兄妹仲はよかったのかな？」リーバスは一言たずねずに

はいられなかった。ゲーツは妙な質問だと思い、顔を上げた。リーバスは知らん顔をした。

「最近はあんまり会っていなかったようです」助手が言った。

おれとマイケルみたいだ……

「それでも、ひどく悲しんでましたよ」

「一人でエジンバラへ来たんじゃないだろう?」リーバスがたずねた。

「身元確認の際に、付き添いはいませんでした」助手はたんたんと答えた。「身元確認のあと、待合室に案内し、紅茶を出しました」

「まだそこに一人でいるんじゃないだろうな?」ゲーツが厳しい口調で言った。

助手はどんな規則違反をしでかしたのかよくわからず、きょろきょろと目を動かした。「メスの準備をしなきゃならなかったもんで……」

「ここはわたしたち以外、無人じゃないか」ゲーツが大声を上げた。「早く様子を見に行ってこい」

「おれが行く」リーバスがきっぱりと言った。

ゲーツはてらてらと輝く内臓を両手ですくい上げて持ちながら、リーバスを見た。「どうした、ジョン? 気分でも悪いのか?」

待合室には誰もいなかった。グラスゴー・レンジャーズ・FCの紋章入りの、空のマグが椅子の脇の床に置いてあった。リーバスはマグに触ってみた。まだ温かい。正面玄関へ向かった。一般市民はカウゲートから小道を入ってこの建物の玄関へやって来る。リーバスは小道の左右を見たが人影はなかった。角を曲がってカウゲートの本通りまで出ると、死体保管所に沿った低い塀に座っている女がいた。道路の向かい側にある保育所を見つめている。リーバスは女の真正面で立ち止まった。

「煙草あるかしら?」女が訊いた。

「吸いたい?」

「吸ってみようかなと思って」

「じゃあ、普段は吸わないんだね?」

「だったら？」

「だったら悪習に染まらせたくない」

女は初めてリーバスをまともに見た。短い金髪、丸顔、大きな顎の女性である。膝丈のスカートと、毛皮の縁取りのついた茶色いブーツの間から、脚がほんの少し見えている。横に大きな鞄を置いている。エジンバラへ急いでやって来る前に、大慌てであれこれを詰めこんだのだろう。

「リーバス警部という者です。お兄さんを亡くされたんですね」

女性はゆっくりとうなずき、保育所へ視線を戻した。

「あそこは今もやってるんですか？」保育所を示しながらたずねる。

「おれの知ってる限りでは。もちろん、今日は休みだが……」

「でも保育所なのね」振り向いて背後の建物を見る。「この向かい側にあるなんて。人間って短い旅ですね、リーバス警部？」

「おっしゃるとおりだな。身元確認の際に、そばにいなくて申し訳なかった」

「なぜ？　ベンを知ってるんですか？」

「いや……ちょっとそのう……どうして同伴者が誰一人いなかったんです？」

「同伴者って？」

「お兄さんの選挙区の人とか……党からとか」

「今、労働党が兄のことなんか気に掛けると思う？」乾いた笑い声を上げる。「あの人たちは皆マーチの先頭に立っているでしょうよ。カメラに写りたいがために。ベンは口癖のように言ってました、もう少しで、〝パワー〟なるものを手に入れられるんだ、って。それがこんなことになってしまって」

「気を付けて物を言ってくださいよ。マーチの参加者とそっくり同じせりふだから」女性はふんといなし、言い返さなかった。「心当たりはありませんかね、お兄さんの……？」リーバスは言葉を切った。「仕事上、おたずねしなきゃならないんですが？」

「わたしは警官よ、あなたと同じ」煙草のパックを取り出すリーバスを見つめた。「一本だけちょうだい」と頼む。どうしてむげに断われようか？　リーバスは二人の煙草に火を点け、横に並んで塀にもたれた。

「車が走っていないわね」女性が事実を述べた。

「市内は封鎖されたも同然なんですよ」リーバスが説明した。「タクシーを捕まえるのは難しいだろう。おれの車が向こうに停めてあるんで……」

「歩くわ」女性が言った。「兄は遺書を残さなかった。そのことを気にしておられるようなら、言いますけど。昨夜は元気そうで、とてもくつろいだ様子だったとか。同僚にはわけがわからないらしく……これと言った悩みもなかった」口を閉じ、空を仰いだ。「ただし、つねに仕事上の悩みは抱えていたわ」

「仲がよかったんですね」

「兄は週日はたいていロンドンにいました。兄とは、そう、一カ月ほど会ってないわ。いいえ、二カ月にぐらいになるかな。でも携帯メールやeメールで連絡をしていたし……」

煙草をふかぶかと吸う。

「仕事上の悩みを抱えていた？」リーバスは促した。

「ベンは海外援助の仕事をしていたんです。独裁者が支配するアフリカ諸国のうちで、どの貧乏国に援助を与えるべきかを決める立場よ」

「なぜここに来たのか、それで説明がつく」リーバスは独り言のようにつぶやいた。

妹は悲しげにゆっくりとうなずいた。「権力に近づける機会――エジンバラ城で豪勢なディナーを取りながら、世界の貧困と飢餓について語り合うのよ」

「お兄さんはその皮肉に気づいていたんですね？」リーバスは察した。

「ええ、当然よ」

「そのむなしさにも？」

女性はリーバスの目を見た。「いいえ」と静かに答える。「ベンはそんな性格じゃなかった」まばたきして涙をこらえ、鼻をすすったりため息をついたりし、煙草をほとんど吸わないまま道路に灰を落とした。「もう行くわ」ショルダーバッグから財布を取り出し、リーバスに名刺を渡した。

ステイシー・ウエブスターという名前と、携帯電話の番号しか印刷されていない。

「警察に入ってどれぐらいなんですか、ステイシー？」

「八年。最近の三年はロンドン警視庁勤務」リーバスを見つめる。「わたしに質問があるんでしょう。ベンに敵はいたか？　金銭的なトラブルは？　女性関係がこじれていなかったか？　話はもう少し時間を置いてからでもいいかしら？　一日か二日後に、電話をください」

「わかりました」

「何か……」ステイシーは次の言葉を口に出せなかった。息を吸い込み、言い直した。「何かあったわけじゃないでしょう、兄が誤って落ちたのではないことを示すものが？」

「お兄さんはワインを一、二杯飲まれた――それで酔っぱらったのかもしれない」

「誰も何も見ていないのね？」

リーバスは肩をすくめた。「車で送りますよ」

ステイシーはかぶりを振った。「歩きたいので」

「では忠告を。パレードのルートには入らないこと。またお会いするかもしれません……ベンのことはほんとうに残念に思います」

ステイシーはリーバスを凝視した。「本気でそう思っているような口調ね」

リーバスはもう少しで口走りそうになった――おれも昨日、棺に入った弟を見送ったばかりなんです――しかし唇の端を歪めるだけに留めた。ステイシーが質問攻めにするかもしれないからだ。あなたがたは仲がよかったの？　落ち込んでいない？　答えを知らない質問ばかりだ。ステイシーが長いカウゲートの道を一人淋しく歩み去るのを見送ってから、検死解剖の最後に立ち会うために中へ戻った。

## 4

シボーンがザ・メドウズへ着いたとき、マーチ参加者の列は旧王立病院の横に長々と連なり、さらに各種運動場を越え、バスの臨時駐車場まで伸びていた。メガホンを持った男がいて、行進の最後尾が実際に歩き出せるのは二時間後になります、と知らせていた。

「ポリ公が規制してやがるんだ」と誰かが説明した。「ほんの四、五十人ずつの集団でしか、出発させない」

シボーンはその戦略を弁護したかったが、そんなことをすれば身元がばれる。辛抱強く待っている列の横を歩きながら、どうやったら両親と会えるのだろうかと思った。ここには十万人か、もしくはその倍もの人数がいる。これほどの数の群衆に出会ったことはなかった。ミュージック・フェスティヴァルの〈T・イン・ザ・パーク〉だって、たかだか六万人の人出である。地元のサッカー試合だと、最高のカードで、よく入ったとしても一万八千ほどだ。大晦《ホグマ》日《ネー》のプリンシズ・ストリートとその周辺には、十万近い人人が集まる。

今日はもっと多い。

そして誰もが笑顔だ。

制服姿の警官の姿はほとんど見あたらない。交通監視員らしき者も多くない。モーニングサイドやトルクロスやニュウイントン方面から家族連れが続々と集まってきている。シボーンは何人もの知り合いや近所の人と出会った。市長がマーチの先頭を歩いていた。ゴードン・ブラウンもいたと誰かが言っていた。後刻、警察の要人警護班の監視のもと、ゴードン・ブラウンは集会で演説をおこなう。とはいえ、彼が貧困国への援助と公正貿易を積極的に支持したため、オペレーション・ソルブスは彼を〝低危険度〟とみなしている。シボーンはエジンバラを訪れる予定の有名人リストを持っていた。ゲルドフとボノは当然として、映画俳優のユアン・マクレガー（いずれにせよ、彼はダンブレインのイベントには出席する）、ジュリー・クリスティー、クラウディア・シファー、ジョージ・クルーニー、スーザン・サランドンなど……

列に沿って歩いたあと、メイン・ステージへ向かった。バンドが演奏しており、数人が熱狂的に踊っている。大多数の人々は芝生に座ってそれを見ていた。近くに小さなテント村ができ、子供のための遊び場や、救急施設、請願受付、展示場などが設けられている。工芸品が売られ、ちらしが手渡される。タブロイド紙が〝貧困をなくそう〟のプラカードを配ったようだった。それを受け取った人たちがプラカードの上部にある新聞社の題字の部分を引きちぎろうとしていた。ヘリウムの風船が空に浮かんでいる。にわか仕立てのブラス・バンドが芝生を迂回して行進し、そのあとをドラム缶などの打楽器を叩きながらアフリカふうのスティール・バンドが続く。あちこちで踊る人々。どこもかしこも笑顔があふれる。そのときシボーンは思った。今日は無事に終わるだろう。暴動は起こらない。このマーチでは。

携帯電話を見た。メッセージはない。これまで両親に二度電話をかけてみたのだが、返事はなかった。そこでもう一度、回ってみることにした。屋根のない二階建てバスの前に、小さなステージが設けられていた。そこにはテレビ取材班がおり、インタビューがおこなわれている。ピート・ポスルスウェイト（イギリス人俳優）とビリー・ボイド（イギリス人俳優）がいる。ビリー・ブラッグ（イギリス人ミュージシャン）の顔もちらっと見えた。ほんとうに見たい俳優は、ガエル・ガルシア・ベルナル（メキシコ人俳優）なのだが。生身でも、やはりあんなにハンサムかどうか、確かめてみたい……

ハンバーガーに並ぶ列よりも、ベジタリアン料理を売るヴァンの行列のほうが長かった。一時は自分もベジタリアンだったが、数年前に挫折した。リーバスのせいだということにしている。彼が目の前でベーコン・ロールの匂いを何度となく漂わせたからだ。リーバスに携帯メールを送って、ここへ引きずり出そうかと思案した。何をしているのだろうか？　ソファにだらしなく座っているか、それとも〈オックスフォード・バー〉のスツールに腰を据えているか。しかしそうはしないで、両親に携帯メールを送り、再びマーチを待っている列のほうへ向かった。旗が高く掲げられ、ホイッスルが鳴り響き、ドラムが打ち鳴らされる。空中に充満するエネルギーときたら……リーバスはむなしい努力だと言うにちがいない。政治的取引はとっくに終わっていると言うだろう。それは正しいのだ。オペレーション・ソルブス本部の連中がそう教えてくれた。グレンイーグルズ・ホテルでの会議は、首脳間の私的な談笑と公的な撮影会の場である。実務は前もって、もう少し下の連中が綿密に成し遂げている。その主な人物は財務大臣だ。すべてはひそかに用意され、G8会議の最終日に八つの署名により正式なものとなる。

「それにどれぐらい費用がかかるんですか?」シボーンはそのときたずねたのだった。

「約一億五千万ポンド」

その答えに、マクレイ主任警部ははっと息を飲んだのだった。シボーンは唇を固く結び、何も言わなかった。

「考えてることはわかりますよ」と教えてくれた男が言葉を続けた。「それだけの金額で、ワクチンがどれほど買えることか……」

ザ・メドウズのあらゆる小道は、今やマーチが動き出すのを四列になって待っている人々で埋め尽くされていた。新たにできた列がテニスコートを過ぎ、バクルー・ストリートまで伸びている。両親の姿をまだ見つけられないまま、人を掻き分けて進んでいるとき、鮮やかな色が視界の端に入った。明るい黄色のジャケット姿の集団がメドウ・レーンを急ぎ足に歩いていく。シボーンはあとを追い、角を曲がってバクルー・プレイスに入った。

入るなり、はっとして立ち止まった。

黒ずくめの服装をした六十人ほどのデモ隊が、その倍の人数の警察官に包囲されていた。デモ参加者はエアホーンを持ち、耳を聾せんばかりにやかましく抗議の騒音を響かせている。サングラス、顔を覆う黒いマフラー。フードのついたパーカー姿もいる。黒いコンバット・パンツにブーツ。バンダナを巻いた者も少し。プラカードを持っている者はいないし、笑顔の者もいない。並んだ警官隊と彼らを隔てるのは、暴徒鎮圧用盾の列である。少なくとも一個以上の半透明な盾に、過激派のシンボルが吹きつけられていた。デモ隊がザ・メドウズへ入ろうとして、じりじりと前進する。しかし警察は戦術的にそれを許さない。何よりも封じ込めが肝要なのだ。封じ込めたデモは抑制できる。シボーンは感銘を受けた。警察は過激派デモ隊がこちらへ向かっている情報をいちはやく摑んだ。そしてすばやく配置に付き、状況がこれ以上悪化しないように守備を固めた。少数の見物人もいて、この状況を見たい思いとマーチに参加したい思いとの間で迷っている。携帯電話のカメラを取りだした者もいる。シボーンは周囲を見回し、新たに投入された警官隊が自分をデモ隊の中へ押し込めないように気をつけた。警官隊に囲まれた中から発せられる声は外国語で、スペイン語かイタリア語のようだった。シボーンはそんな団体の名前のいくつかを知っている。ヤ・バスタ、ブラック・ブロック。きぐるみのウォムブルズや道化服のレベル・クラウン・アーミーなどのような奇抜な服装の者はいない。

シボーンはポケットに手を入れ、警察手帳を摑んだ。一触即発の状況になったら、すぐさま身分証をかざしたい。ヘリコプターが頭上を旋回し、制服警官が大学の建物の階段に立って、その場の状況をビデオに収めている。レンズが路上をなめ、シボーンのところで一瞬動きを止めたあと、さらにほかの見物人へ狙いを移した。シボーンはふいに別のカメラの存在に気づいた。その警官に焦点を当てているカメラ。警官に囲まれた中にサンタルがいて、彼女のデジタル・ビデオですべてを記録しているのだ。バックパックを片方の肩に引っかけた、仲間と同じ服装のサンタルが、皆と一緒に叫んだり、スローガンを唱えたりしないで、撮影に専念していた。デモ隊は独自の記録が必要なのだ。あとでそれを見て楽しむために。警察の戦略を学び、それに対抗するために。そしてまんいちにも――もしくは願わくば――暴力的な鎮圧行為に出られた場合に備えて。彼らはメディアの利用にたけ、過激派の友人の中には弁護士もいる。ジェノヴァからの映像は世界を駆けめぐった。警察官の暴力をあばいた新しいフィルムも、当然ながら、すばらしい宣伝効果を発揮するにちがいない。

シボーンはサンタルに気づかれたのを知った。カメラがこちらを狙い、ファインダーの下から覗く口がへの字に曲がった。そんなサンタルに近づいて、両親の居所をたずねる気にはなれない……そのとき、携帯電話が振動し、電話がかかってきた。番号を見たが、知っている番号ではなかった。

「シボーン・クラークです」小型の薄い携帯電話を耳に当てながら応答した。

「シブ？　レイ・ダフだよ。約束のドライブに付き合ってもらえるぐらい、いい仕事をしたよ」

「ドライブって？」

「ぼくとのドライブ……」ダフが少し黙る。「もしかしてきみはリーバスとそんな取り決めをしてない、とか？」

シボーンはにやりとした。「どうかしらね。今、科捜研にいるの？」

「きみのためにがんばって働いてるんだ」

「クルーティ・ウエルの布ね？」

「少し判明したことがあってね。それを気に入るかどうか、わからないけど。いつここに来られる？」

「三十分後」シボーンは突然のけたたましいエアホーンの音を避けて後ろを向いた。

「今どこにいるか丸わかりだね」ダフの声が聞こえた。「ここでニュース・チャンネルを見てるんだ」

「マーチ、それともデモ？」

「もちろんデモだ。法を遵守する和やかなマーチじゃあ、ニュースにならないよ、たとえ二十五万人規模でも」

「二十五万？」

「ニュースはそう伝えている。じゃあ、三十分後に」

「じゃあね、レイ」シボーンは電話を切った。二十五万とは……エジンバラの人口の半分以上だ。ロンドンの街路に三百万人があふれるのに等しい。そして黒装束の六十人が、今後一、二時間だけニュースを独占する。

なぜなら、そのあとはロンドンの〈ライブ8〉コンサートにすべての注目が向かうからだ。

いけない、いけない。それはあまりにもシニカルな見方だ、とシボーンは思った。ジョン・リーバスと同じような考え方に陥っている。エジンバラ市を囲む人間の鎖、人が作る白いリボン、あの情熱と希望を無視することは誰にもできない……

一人を除いては。

そもそも自分はここに留まって、統計にちっぽけな自分も加えるつもりだったのではないか？　でも今はその機会を逸した。あとで両親に謝ることにしよう。今はここを立ち去り、ザ・メドウズをあとにする。いちばん確率が高いのは、最寄りのセント・レナーズ署へ向かうことだ。そこでパトカーに便乗させてもらうか、最悪の場合、パトカーをハイジャックすればいい。彼女の車はリーバスが推薦した修理工場に入っていた。修理工は月曜日に電話してくれと言った。そう言えば、四輪駆動車を持っているある女性が、暴動となった場合にターゲットとなるのを恐れ、この期間中は車を市外へ移したのだそうだ。それを聞いたときは、またしてもおおげさな心配をして、と馬鹿にしたのだが。

サンタルはシボーンが立ち去るのに気づかない様子だった。

「……手紙も出せやしない」レイ・ダフが話し続けた。「爆弾を投げ込まれるといけないんで、すべての郵便ポストを封印したんだ」

「プリンシズ・ストリートには、板を打ち付けた店舗もあったわ」シボーンが言い添えた。「セックス・ショップのくせに、〈アン・サマーズ〉は何をびくついてるんでしょうね？」

「バスク分離派かな？（〝バスク〟にはセクシーなコルセットふうキャミソールの意味もある）」リーバスが言った。「それより、とっとと要点を話してもらえないかな？」

ダフがふんといなした。「彼はね、劇的な再結成を見逃すんじゃないかとびくついてるんだよ」

「再結成？」シボーンはリーバスの顔を見た。

「ピンク・フロイドのだよ」とリーバスが答えた。「でもマッカートニーとU２の共演みたいなものだったら、おれは願い下げだが」

三人はハウデンホール・ロードにあるロウジアン&ボーダーズ警察科学捜査研究所の検査室にいる。三十代半ばで、額の両脇が後退した短い短髪のダフは、白衣の端で眼鏡を拭いていた。アメリカのテレビドラマ〈CSI〉の放映が、ハウデンホールの技官に著しい悪影響を及ぼした、というのがリーバスの見解である。才能もオーラも緊迫した効果音もないくせに、技官たちは自分を俳優だと勘違いしてしまった。おまけに犯罪捜査部の中にも同じ考えの者が出てきて、テレビドラマの荒唐無稽な科学捜査方法を試してくれと頼む始末である。ダフは、変わり者の天才技官が自分の役回りだと思いこんだらしい。その結果、コンタクトレンズをやめ、コメディアン、エリック・モーカムふうの黒縁フレームのついた安物の眼鏡に戻り、それと釣り合うように胸ポケットに何本もの多色ボールペンを差している。ついでに、片方の襟にはクリップの列。ここへ着いたとたんリーバスが評したのだが、彼はまさに〈デヴォ〉バンドのビデオから抜け出たかに見えた。


その彼が気を持たせているのだ。

「ま、せかしはしないけど」リーバスは好きなようにさせた。さまざまな布きれを広げた作業台を前にして、三人は立っている。ダフはそれぞれの布の横に番号を打ったカードを置き、布についたしみや汚れのそばには、さらに、色分けしてあるらしい、小カードを置いていた。「でも、手っ取り早く話を済ませれば、すぐにもきみのMGをまた磨けるじゃないか」

「それで思い出したわ」シボーンが口を挟んだ。「わたしをレイとの取引材料にしてくれてありがとう」

「一等賞が何だか知らんだろう」リーバスがひそかにつぶやいた。「何が見つかったんだ、教授?」

「ほとんどが泥と鳥の糞だね」ダフは腰に両手を当てた。

「泥は茶色、糞は灰色だ」と色カードを顎で示す。

「残るは青とピンクだな……」

「青はさらに詳しい分析に回すべきもの」

「ピンクは口紅だと言って」シボーンが静かに言った。

「ところがね、血なんだよ」ダフは芝居がかった口調になった。

「そうか」リーバスはシボーンを見つめながら答えた。

「いくつあった?」

「これまでのところ、二カ所……一番と二番。一番は茶色いコーデュロイのズボン。茶色い布から血を見分けるのは厄介なんだ――錆に似てるんでね。二番はスポーツシャツに付着していた。見てのとおり、薄い黄色のしみだ」

「よく見えないな」リーバスは目を近づけた。スポーツシャツは泥まみれだ。「左の胸にあるのは? 何かのマーク?」

「いや、キイオズ・ガレージって書いてある。血痕は背中に点々と付着してるんだ」

「点々と?」

ダフがうなずいた。「頭を殴った場合にそうなる。たとえば金槌のようなもので頭を殴ると、皮膚が裂け、金槌を引いた瞬間に血が四方へ跳ね飛ぶ」

「キイオズ・ガレージ?」シボーンの質問はリーバスに向けられたが、リーバスは黙って肩をすくめた。ところがダフが咳払いをした。

「パースシャーの電話帳には載っていない。エジンバラのにも」

「すばやいのね」シボーンが褒めた。

「点を稼いだな、レイ」リーバスがウインクした。「一番の場合は?」

ダフがうなずいた。「飛散した血ではない。右足の膝のあたりに小さなしみがいくつかある。頭を棒などで強打すると、そんなふうに血が滴る」

「ということは、被害者が三人に、犯人一人?」

ダフは肩をすくめた。「もちろん、立証する方法はないさ。でもどうなんだろう。被害者三人はそれぞれ別々の犯人に襲われたが、同一の辺鄙な場所で殺された?」

「確かに一理あるね、レイ」リーバスが認めた。

「連続殺人犯なんだわ」黙り込んだ中で、シボーンが言った。「血液型はそれぞれ異なるんでしょう?」ダフがうなずくのを見て言葉を続ける。「どんな順番で死んだかわかる?」

「〈CC・R・i・d・e・r〉のジャンパーが一番最近だね。スポーツシャツがもっとも古いと思う」

「コーデュロイ・ズボンに何かほかの手がかりはなかったの？」

ダフはゆっくりとかぶりを振り、白衣のポケットに手を入れて透明ポリ袋を取りだした。「これがあるけど」

「何なの？」

「ATMのカード」ダフは得意げに言った。「トレヴァ・ゲストという名義の。ぼくが小さなご褒美をもらえるだけの働きをしなかったとは言わせないぞ……」

外に出ると、リーバスは煙草に火を点けた。腕組みをしたシボーンは、停めた車の横を行きつ戻りつ歩いた。

「犯人は一人」シボーンが断定した。

「そうだ」

「名前の判明している被害者が二名。もう一人は車の修理工……」

「あるいは車のセールスマンかもな」リーバスは考え込んだ。「もしくは修理工場の名前入りシャツを手に入れられる者すべてだね」

「対象を絞り込んでくれてありがたいわ」

リーバスが肩をすくめた。「もしヒブズ・サッカーチームのスカーフを見つけたら、一軍の選手のものに間違いないと考えるか？」

「わかったわ。そのとおりね」シボーンは足を止めた。「検死の立ち会いに戻るんですか？」

リーバスはかぶりを振った。「おれたちのどちらかがマクレイにこれを知らせなければならない」

シボーンがうなずいた。「わたしがやります」

「今日は、これ以上何もできないな」

「じゃあ、家に帰って〈ライブ8〉を見るのね？」

リーバスは再び肩をすくめた。「きみはザ・メドウズへ？」

シボーンはうなずいたが、上の空だった。「事件を扱うのに、こんなに都合の悪い週なんて、ありえるかしら？」

「だからこそおれたちは高給を取ってるんだ」リーバスが

言い切り、煙草を深々と吸った。

リーバスのフラットのドア前に分厚い小包が置いてあった。シボーンは先ほどザ・メドウズへ戻っていった。別れ際にリーバスは、あとで寄ってくれ、一杯飲もう、と誘ったのだった。中にはいると、居間の空気がこもっていたので、窓を力いっぱい開けた。マーチの騒音が入ってきた。エコーのかかったマイクの声。ドラムと口笛。テレビで〈ライブ8〉をやっていたが、知っているバンドではなかった。テレビの音量を下げ、包みを開けた。メイリー・ヘンダーソンからのメモが入っている。〝あなたにこんなにまでしてあげることはないんだけど〟とある。そして何十頁にも及ぶプリント。国防省から切り離されて以来の、ペネン・インダストリーズに関する新聞記事。増益について報じられた経済頁の切り抜き。リチャード・ペネンを褒め称える人物紹介記事とそれに添えられた写真。見るからに成功した実業家という風貌だった。ピンストライプの背広にすっきりと身を包み、一筋の乱れもなく髪を整えた紳士。四十代半ばだが、すでに白髪が交じっていた。金属縁の眼鏡、真っ白に揃った歯、意志の強そうな四角い顎。

リチャード・ペネンは以前、国防省に勤務しており、マイクロチップやソフトウエアのプログラム作成に抜きんでた才能を持っていた。彼は自分の会社は兵器を売らない、ただ兵器の性能を向上させる部品を売るだけだと主張した。「その反対の場合よりも、誰にとってもいいのではないか」と述べたとされている。リーバスはインタビュー記事や特集記事をさっと通読した。ペネンとベン・ウエブスターを結びつける線は見あたらない。両者とも〝貿易〟を扱っているという点以外は。会社が議員に五つ星ホテルを提供するような理由は何もない。続いてリーバスはステープルで留めた用紙に目を向け、メイリーに心の中で大いに感謝した。彼女はベン・ウエブスター個人に関して長文の資料を同封していた。議員としての経歴の中で、特筆すべきことが多くあるわけではない。しかし五年前、マスコミは突然、彼の家族にスポットライトを浴びせた。ベンの母親が痛ましい被害にあったからである。両親はボーダーズ地方の田舎、ケルソ郊外でコテージを借り、休暇を楽しんでいた。ある日の午後、町まで買い物に出かけた父親が、コテージに戻ってみると、室内が荒らされ、妻がブラインドのコードで首を絞められて死亡していた。母親は殴打されていたが、性的な暴行は受けていなかった。バッグから金が消えており、携帯電話もなくなっていた。ほかの物はいっさい盗まれなかった。

小額の金と携帯電話だけ。

そして女性の命も奪われた。

捜査は何週間も続いた。リーバスは人里離れたコテージや被害者、悲しむ夫、二人の子供――ベンとステイシー――の写真を凝視した。ポケットからステイシーがくれた名刺を取りだし、指でその角を撫でながら、資料を読み続けた。ベンは北部ダンディーから選出された議員であり、ステイシーはロンドン警視庁の警察官である。ステイシーは同僚から、〝よく働き、人から好かれる性格〟と評されていた。コテージは起伏する丘が続く中の、森のはずれにあり、ほかに人家は見あたらない。夫婦は長い散歩を好み、ケルソのパブや食堂でよくその姿を見かけられた。その地域が気に入って、毎年のようにそこで休暇を過ごしていた。地方議会議員らはすばやく声明を出し、ボーダーズ地方は「今も犯罪が少なく、安全で静かな地域です」と言った。観光客が寄りつかなくなってはまずい……

殺人犯は捕まらなかった。殺人事件の報道は次第に中側の頁に移り、さらに豆記事となり、今やたまにベン・ウエブスターの紹介記事が出るときに、事件がかいつまんで添えられるだけとなった。政務秘書官に就任した際には、突っ込んだ内容の長いインタビュー記事が出た。そのとき彼は事件について何も語りたがらなかった。

悲劇は一つだけには留まらなかったのだ。妻が殺された後、父親はあとを追うようにして亡くなった。病死である。「生きる気力を失ったんですね」ブロティ・フェリに住む近所の人がそう語った。「今は愛する奥さんと安らかに眠っておられるんですよ」

リーバスは母親の葬儀の際に撮られたステイシーの写真を、もう一度見た。情報提供を求めてテレビ出演をしたのだった。記者会見に出席しないことにした兄よりも、精神的に強い。リーバスは彼女が今後も毅然として生きていけるよう願った。

両親を失った息子がその悲しみからついに立ち直れず、自殺を選んだと取るのが、順当である。ただし、ベン・ウエブスターは悲鳴を上げながら落ちていった。そして憲兵は侵入者に気を取られていた。おまけに、なぜあの夜を選んだ？　あんな場所を？　世界中の報道機関が押し寄せているというのに……

世間に訴えかける行動だ。

そしてスティールフォースは……彼はとにかく隠蔽したがっている。G8会議から注意がそがれてはならないし、各種代表団の心を騒がせてはならないのだ。自分がこの事件にしがみつこうとするのは、たんに公安部のスティールフォースをいらだたせたいからだ、とリーバスは心ならずも認めた。リーバスはテーブルから立ち上がり、キッチンに入ってコーヒーを淹れ、マグを手に居間へ戻った。テレビのチャンネルを次々と回してみたが、マーチのニュースはなかった。ハイド・パークの観客は楽しんでいる様子だが、ステージの真正面には柵が設けられていて、その中には少数の人しかいない。警備員か、マスコミなのだろう。今回、ゲルドフは寄付を呼びかけていなかった。〈ライブ8〉の目的は、心と精神を一つにしよう、ということなのだ。コンサートの観客のうちどれほどが、その呼びかけに応えて、四百マイルも北にあるスコットランドまで実際に行くのだろうか。コーヒーを飲みながら、煙草にも火を点け、アームチェアに座って画面を見つめた。クルーティ・ウエルを思いだし、そこでおこなわれる儀式を思った。レイ・ダフの考えが正しければ、被害者は少なくとも三人はいることとなり、犯人はそこをいわば、自分の神殿にしたのだ。ということは地元の人間か？　アウキテラーダー以外の土地で、クルーティ・ウエルはどれほど知られているのだろう？　旅行案内書や観光客用パンフレットにも記されているのか？　犯人はG8サミット会議の場に近いという理由でそこを選んだのだろうか？　強化された警察パトロール隊がきっとこの忌まわしい供物を見つけるにちがいない、と見込んで？　となれば、犯人はもう連続殺人に終止符を打ったのか？

　被害者が三人……それをマスコミから隠し通すことはできない。CC・Rider……キイオズ・ガレージ……キャッシュカード……犯人は手がかりをばらまいている。自分がいることを教えたいのだ。世界のマスコミがスコットランド始まって以来の人数で集結し、犯人に国際的な舞台を用意している。マクレイはこのチャンスを存分に楽しむことだろう。マスコミの前に姿を現わし、得意然として記者の質問に答える。そして脇に控えるデレク・スター。

　シボーンはマーチの現場からマクレイに電話をして、科捜研の結果を知らせると言っていた。レイ・ダフはさらに分析を続け、血痕からDNAの検出を試み、髪の毛や繊維を見つけて特定しようとするだろう。リーバスはシリル・コリアーを思った。被害者タイプではない。連続殺人犯は弱者、はぐれ者を標的にする場合が多いものだ。たまたま居合わせて殺された事件なのか？　エジンバラで殺されたのに、ジャンパーの切れっ端がアウキテラーダーの森の中で見つかった。オペレーション・ソルブスが機能しだした、まさにそのときに。ソルブス……それはナナカマドという木の学名。そして〈CC・Rider〉というロゴのある布きれが森の空き地に置かれていた……もしもこれがG8会議といささかでもつながりがあるとなれば、事件はたちまちシボーンと自分からもぎ取られるにちがいなかった。スティールフォースがそれ以外の道を許すはずがない。連続殺人犯が自分たちをあざ笑っている……

　犯行の証拠を見せつけて。

　ドアをノックする音が聞こえた。シボーンにちがいない。煙草をもみ消し、立ち上がって室内を見回した。そう散らかってはいない。ビールの空き缶もピザの空き箱もない。椅子の横にウイスキー瓶。それを拾い上げてマントルピースの上に置いた。テレビをニュース番組に切り替えてからドアへ向かった。ドアを大きく開いたとたん、その顔を見て胸くそが悪くなった。

「なるほど、おまえの良心は痛まないってことか？」リーバスは平然とした口調を装ってたずねた。

「おれの良心は吹雪のように真っ白だよ、リーバス。だが、あんたも同じことが言えるか？」

シボーンではなかった。モリス・ジェラルド・カファティだった。〈貧困をなくそう〉というスローガンの入った白いTシャツを着ている。ズボンのポケットに両手を入れていた。その手をゆっくりと出して開き、何も持っていないことを示した。ボーリング用ボールほどの大きさの頭は、つるつるに禿げている。かなつぼ眼《まなこ》。濡れたような唇。猪首。リーバスはドアを閉めようとしたが、カファティがドアに手をかけた。

「それが古い友達をもてなすやり方か？」

「地獄に堕ちろ」

「そっちのほうが先に地獄を見たような顔をしてるぞ——そのシャツは案山子《かかし》から借りたのか？」

「だったら誰がおまえにそんな服を着せた？　トリニーとスザンナ（テレビ番組のファッション・アドバイザーのコンビ）か？」

カファティがふんといなした。「朝のテレビ番組で、実物に会ったことがある……ほうら、いい感じになってきたじゃないか？　こうやってなごやかに雑談できてるんだからな」

リーバスはドアを閉めるのを諦めた。「何しにきた、カファティ？」

カファティは自分の両掌を見つめ、ありもしない汚れを払った。「ここにはいつから住んでいる、リーバス？　三十年は経つんだろう」

「それがどうした？」

「住宅の格を上げていくって話を知らないのか？」

「なんだ、今度は〈ロケーション、ロケーション、ロケーション〉（住宅紹介のテレビ番組）を持ち出すのか……」

「あんたは向上心がないね。そこがよくわからん」

「じゃあ、それについて本でも書こうか」

カファティがにやりとした。「おれは続篇を出そうかと考えているんだ。おれたちの間のちょっとした諍いのいくつかを題材にしてな」

「そのためにここへ来たのか？　じゃあ、ほんとのとこを思い出させてやろうか？」

カファティの顔がどす黒くなった。「おれの従業員、シリルのことで来た」

「シリル・コリアーが何か?」

「何か進展があったと聞いた。それについて知りたい」

「誰から聞いた?」

「じゃあ、ほんとなんだな?」

「事実だったとしても、おれが話すと思うか?」

カファティは唸り声を上げ、いきなり両手を前に突き出して、リーバスをぐいぐいと手荒く押しまくり、ついには廊下の壁にリーバスを追いつめた。恐ろしい形相でさらに摑みかかったが、リーバスも負けずに相手のTシャツを握った。二人は取っ組み合い、もみ合いながら居間のドア前まで来た。お互いに一言も発せず、その目と体がすべてを語っていた。ところがカファティは居間を一瞥したとたん、動きを止めた。その隙にリーバスは体を振りほどいた。

「なんだ、こりゃあ……」カファティはソファに置かれた二つの箱を見つめている。昨夜ゲイフィールド署から持ち帰ったコリアーの事件簿の一部だ。いちばん上には検死解剖の写真があり、その下からカファティの古い写真が覗いている。「なんでこんなものがある?」カファティが荒い息づかいでたずねた。

「おまえの知ったことか」

「相変わらず、おれを事件と結びつけようとしてるんだな……」

「以前ほど熱心じゃない」リーバスは心ならずも言った。マントルピースに歩み寄り、ウイスキー瓶を摑む。グラスを床から取り、注いだ。「間もなく公表されるだろうが」リーバスはそう言って、一口飲んだ。「犠牲者はコリアーだけではない、と考えられる」

カファティは鋭い眼光でその情報を咀嚼した。「ほかには誰が?」

リーバスはゆっくりと首を横に振った。「さあ、出て行け」

「手伝おうか」カファティが言った。「おれには知り合いが多い……」

「ほう、そうか? じゃあ、トレヴァ・ゲストという名前に心当たりは？」

カファティはしばし考えてから、知らないことを認めた。

「キイオズという自動車修理工場は？」

カファティが虚勢を張って言った。「何だって調べられるさ、リーバス。あんたがびくつくようなところにも、知り合いはいるからな」

「おまえのすべてにびくついてるよ、カファティ。つまりは、汚染するのが怖いってことだ。なぜコリアーのことで、そうかっかする？」

カファティの視線がウイスキーのほうへそれた。「もう一個、グラスはないのか？」

リーバスはキッチンへグラスを取りに行った。戻ってくると、カファティがメイリー・ヘンダーソンの取材ノートを読んでいた。

「ヘンダーソンが手伝ってるんだな」カファティが冷ややかな笑みを浮かべた。「書体でわかる」

リーバスは答えず、グラスにウイスキーを少量注いだ。

「モルトのほうが好みなんだが」カファティはグラスを嗅ぎながら、文句を言った。「なぜペネン・インダストリーズに関心がある？」

リーバスはその質問を無視した。「シリル・コリアーについて話すんだ」カファティが座ろうとすると、「立っていろ」と命じた。「長居はさせない」

カファティはグラスを空け、テーブルに置いた。「シリルにそれほど関心があるわけじゃない」と白状する。「だが、こういう事件が起こると……なんていうか、噂が広まる。恨みを持つ人間がいるという噂だ。それは商売の邪魔となるんでな。あんたも知ってのとおり、おれには昔から敵がいる……」

「なぜだかそんな連中はすべて消えちまったな」

「獲物の分け前を狙うジャッカルがたくさんうろついてやがる……おれの獲物をだ」自分の胸を指で突く。

「おまえは年老いたんだよ、カファティ」

「そっちも同様だ。しかしおれの商売に年金制度はないんでね」

「そうしている間にも、若くて飢えたジャッカルがどんどん増える。だからおまえは自分の力を見せつけなければならんのだ」

「おれがひるんだことは一度もない、リーバス。そんなこと絶対にするもんか」

「そのうち事実が判明するだろう、カファティ。おまえとほかの被害者の間に何のつながりもなければ、それがおまえへの復讐だとみなされることはない」

「だがとりあえず……」

「なんだ？」

カファティがウインクした。「キイオズ・ガレージとトレヴァ・ゲストだな」

「それはこっちがやる、カファティ」

「何が出るかわからんぞ、リーバス。ペネン・インダストリーズについても調べてやろう」カファティは居間の戸口へ向かった。「ご馳走さん。ついでに運動もさせてもらってありがたい。これからマーチの最後尾にでも加わることとするか。以前から貧困はおれの大きな関心事なんでね」廊下で立ち止まり、周囲を見た。「だが、こんな貧しい環境は見たことがないね」そう言い捨てて階段を降りていった。

# 5

財務大臣であるゴードン・ブラウン下院議員は、シボーンがホール内に入ったとき、すでに演説を始めていた。ザ・マウンドの坂を上がったところにあるアセンブリー・ホールには、九百人の聴衆が集まっていた。この前シボーンがここに来たとき、この建物はスコットランド議会の仮議事堂として使用されていたが、今やホリールード宮殿の向かいに、豪華な議事堂と関連施設が完成しているので、アセンブリー・ホールは再びスコットランド教会の所有物となった。そのスコットランド教会がクリスチャン・エイドと共同で、今夜の催しを企画したのだ。

シボーンはエジンバラ警察の本部長であるジェイムズ・コービンと会うためにここへ来た。コービン本部長はサー・デイヴィッド・ストラサンのあとを継いで着任してから、まだほんの一年にしかならない。その任命に関しては、不満の声が漏れた。コービンはイングランド出身で、〝経理畑〟であり、〝青二才〟だと言うのだ。しかしコービン本部長は捜査の最前線をたびたび訪れて、行動的な警察官であることを示した。その本部長が数列目に、帽子を膝に載せ、制服姿の正装で座っていた。シボーンは本部長が自分に用があるのを知っているので、ドア近くに席を見つけ、財務大臣の数々の公約や主張に黙って耳を傾けた。アフリカの最貧国三十八カ国に対しての債務帳消しが約束されたとき、自然と拍手が湧き起こった。しかし拍手がやむと、反対する声が聞こえた。単独で抗議する男が立ち上がっていた。キルトを着たその男は、それをめくって下着の前に貼ったトニー・ブレアの顔の切り抜き写真を示している。すばやく係員がばらばらと駆け寄り、周囲の者も手伝った。男がドアから引きずり出されると、係員らに対して、あらたな拍手が起こった。その間に原稿を揃えていた財務大臣は、演説を再開した。

しかしその騒ぎがジェイムズ・コービンに退席する口実

を与えた。シボーンはあとを追って廊下へ出ると、名乗った。抗議者の姿も係員の姿もなく、大臣の部下の官僚が何人かうろうろしながら、演説が終わるのを待っているだけだ。彼らは資料のファイルや携帯電話を持ち、今日の忙しいスケジュールで疲れ切っているように見えた。

「マクレイ主任警部から何か問題があると聞いた」コービンが言った。前置きはなく、いきなり用件を持ち出す。四十代前半で、黒い髪を右分けにしている。がっしりした体格、身長は百八十センチあまり。右頰に大きなほくろがあり、シボーンはそれを見つめないようにとあらかじめ注意を受けていた。

「目を見つめるってのがやりにくい。あれが視野に入っちまうんでね」とマクレイが教えたのだ……

「被害者は三人かもしれないんです」シボーンは本部長に言った。

「しかも現場はG8会議の庭先なんだな？」ゴードンが語気鋭くたずねた。

「そうともかぎりません。そこで死体が見つかるとは思えないんで。事件性を示す証拠だけなんです」

「金曜日に首脳はグレンイーグルズを発つ。それまで捜査は中断しよう」

「というか、首脳が到着するのは水曜日以降です。まだまるまる三日間ありますが……」

「どうしようと言うんだ？」

「隠密に、でもできる限りの捜査をやります。それまでに科学捜査のほうは完了するでしょう。判明している被害者は、エジンバラの管轄に入るので、お偉方の障りとなることはありません」

コービンはシボーンを観察した。「きみは部長刑事だな？」

シボーンがうなずいた。

「こういう事件を指揮するには、少し地位が低い」意地悪な響きはなかった。たんに事実を述べているにすぎない。

「わたしの署に警部がいるんですが。初動捜査はその警部と二人でやりました」

「どれぐらい人員が要るんだね？」

「人手がないのはわかっています」

コービンは笑みを浮かべた。「今は重大な時機なんでね、クラーク部長刑事」

「わかっています」

「そうだろうとも。それで、その警部とやらだが……信頼できる男なのか？」

シボーンはまばたき一つせず、目をまっすぐ見据えてうなずいた。この男はまだ就任したばかりで、ジョン・リーバスの噂を聞いていないにちがいない。

「日曜日に働くのは構わんのか？」コービンがたずねた。

「もちろんです。現場鑑識班のほうはどうか知りませんが……」

「わたしから声をかけておこう」物思いにふけった顔となる。「マーチは何事もなく過ぎた……もしかしたら懸念していたよりも楽にいけるかもしれないいな」

「はい」

コービンの視線が再びシボーンに向かった。「イングランドふうの発音をするな、きみは」

「はい」

「困ったことはないか？」

「何回か冗談の種になったことぐらいで……」

コービンがゆっくりとうなずいた。「それでは」と姿勢を正す。「水曜日までにやれるだけやることにしよう。何か問題が起きたら、知らせてくれ。しかし他人の領域に踏み込まないようにするんだぞ」官僚のほうをちらりと見る。「ロンドン警視庁の公安部SO12に、スティールフォースという係官がいるんですが。彼が何やかやと文句をつけるかもしれません」

コービンは腕時計を見た。「その男をわたしの部屋に寄越すように」組紐飾りのついた帽子をかぶった。「次の場所へ移動する時間だ。とてつもなく大きな責任がかかってることを自覚しているだろうな……？」

「はい」

「その警部にもしっかりとわからせるように」

「彼はだいじょうぶです」

コービンは手を差し出した。「よろしい。これで決まった、クラーク部長刑事」

二人は握手を交わした。

ラジオがマーチのニュースを流し、続報としてベン・ウェブスター国際開発政務秘書官の死は〝事故死と見なされる〟と報じられた。しかし何と言っても主要ニュースはハイド・パークの〈ライブ8〉コンサートだった。シボーンはザ・メドウズに集まった群衆から不満の声を数多く聞いた。ポップミュージックの歌手が総出演したせいで、自分たちの意義がかすんでしまったように感じたからだ。

「脚光を浴びることと、アルバムの売り上げが狙いなんだよ」とある男が評した。「自己チューなやつらなんだ……」

最新データによると、マーチに参加した人数は二十二万五千人だった。ロンドンのコンサートの観客が何人だか知らないが、シボーンはその半分もないのではないかと思った。夜の街路は車と人であふれかえっていた。市内を出て南下するバスも多い。ショーウインドーにプラカードを掲げている店舗やレストランもあった。〝貧困をなくそう〟を支援します……フェアトレードの製品のみを使用しています……ここは自営の地元小売店です……マーチ参加者歓迎……落書きもあった。過激派のシンボルと、通行人に〈アクティヴ8、アジテ8、デモンストレ8〉へ参加を呼びかけるメッセージ。〝ローマは一日にして略奪されたにあらず〟とのみ記された宣言もある。警察本部長の推測が正しいことを願ったが、まだ先は長い……

ニドリのキャンプ地の外側に何台ものバスが停まっていた。テント村は大きく膨れあがっていた。昨夜と同じ警備員が配置についている。シボーンは名前をたずねた。

「ボビー・グレグ」

「ボビー、わたしはシボーン。今夜は忙しそうね」

ボビー・グレグが肩をすくめた。「二千人ほどかな。それぐらいで済みそうだ」

「がっかりしたような口調ね」

「市はここに百万ポンドも注ぎ込んだんだ。それだけかけるんなら、全員にホテルを用意してやれたのに。荒野にテント村を作ることだってできた」ボビーはシボーンがロックしたばかりの車を顎で示した。「代わりの車を手に入れたんだな」

「セント・レナーズ署から借りたのよ。あれから地元住人とのトラブルは？」

「静かなもんだよ。だけど暗くなってきただろ……夜になるとあいつらが出てくるんだ。ここにいるとどんな気持ちになるかわかるかい？」ボビーは敷地を見渡した。「ゾンビの映画みたいなんだよ……」

シボーンは笑みを浮かべてみせた。「ということは、あなたは人類最後の希望の星よ。嬉しく思わなくちゃ」

「おれの勤務は深夜の十二時に終わるからな！」両親のテントへ向かうシボーンに、ボビーが呼びかけた。テントには誰もいなかった。テントのジッパーを下ろして中を覗いた。テーブルとスツールは折り畳んであり、寝袋もきつく巻かれている。自分のメモ帳から一枚破り取り、伝言を残した。周囲のテントにも人の気配はない。両親はサンタルと飲みにでも行ったのだろうか。

サンタルと言えば、バクルー・プレイスのデモで見かけた。ということは彼女は危険人物かも知れない……厄介事を引き起こす女。

おまえは何を考えてるの、とシボーンは思った。はやりの左翼思想に染まった両親が、危険な道へ引きずり込まれはしないかと心配したりして！

自分を戒め、キャンプ内を歩いて時間つぶしをすることにした。昨夜と同じ光景。ギターが掻き鳴らされ、あぐらを掻いた歌い手の輪がある。芝生を裸足で遊び回る子供たち。大テントで配られる安い料理。マーチで疲れはてた様子の新来者が続々と到着し、リストバンドを渡され、キャンプする場所を指示されている。暮れなずんだ空に、アーサーズ・シートの丘が巨大なシルエットを描いていた。明日は一時間ほど時間を割いて、あの丘に登ってみようと思った。頂上からの眺めはいつ見てもすばらしい……一時間の暇が取れるものならだが。リーバスに電話して、どうなったかを知らせなければならないが、リーバスはまだ自宅で箱の前に座っていることだろう。すぐに電話する必要もあるまい。

「土曜日の夜じゃないか？」ボビー・グレグの声がした。懐中電灯と無線機を持って、すぐ背後に来ていた。「どこかへ遊びに行かないのかい」

「わたしの知り合いはそうしてるみたいだわ」シボーンは両親のテントへ顎をしゃくった。

「おれは勤務が終わったら、一杯飲むんだよ」グレグがほのめかした。

「明日も仕事があるんで」

「超過勤務手当が出るといいね」

「誘ってくれてありがとう……そのうちにね」

グレグは大げさに肩をすくめた。「断わられたって思わないことにする」そのときいきなり無線機が耳障りな音を立て始めた。グレグが口に当てる。「もう一度言ってくれ、司令室」

「またあいつらがやってきたぞ」無線を通して変質した声がそう告げた。

シボーンはフェンスのほうを見た。何も見えない。グレグのあとをついてゲートへ向かった。確かに来ている。上着のフードを絞って顔を隠した者、野球キャップを目深にかぶった者が十人あまり。回しのみをしている安酒の一リットル瓶を除けば、武器を持っているふうには見えない。フェンスの内側に集まった五、六人の警備員がグレグの指示を待っている。外のならず者は身振りをしている。こっちへ来い、かかってこい。グレグはそのジェスチャーにうんざりした様子で、睨み返した。

「応援を頼もうか？」警備員の一人がたずねた。

「飛び道具は持ってないようだ」グレグが答えた。「おれたちでじゅうぶん対応できる」

ちんぴら連中がフェンスに刻々と近づいてくる。シボーンは真ん中にいる男が金曜日の夜にもいたリーダー格だと気づいた。リーバスが推薦してくれた修理工は、車の修理代が合計六百ポンドぐらいかかるだろうと査定したのだ。

「保険で一部はまかなえるから」というのが修理工のゆいいつの慰めの言葉だった。それに対し、シボーンはキイオズ・ガレージという名前を聞いたことがあるかとたずねたのだが、修理工はかぶりを振るだけだった。

「知り合いを当たってくれる?」

修理工はやってみようと言ってくれたが、その口で頭金を要求した。それでシボーンの銀行口座から百ポンドがさっと消えた。あと五百ポンドかかるというのに、目の前には、犯人がしゃあしゃあと立っている。サンタルのビデオカメラが手元にあればいいのに……手早く撮影し、クレイグミラー署の刑事にそれを見せたら、名前がわかるかもしれないのだが。どこかこの近くには、監視カメラがあるはずだ。もしかしたら、そこからわかるかも……

それはできる。しかし自分はやらないだろう。

「立ち去りなさい」ボビー・グレグがきっぱりとした口調で呼びかけた。

「ニドリはおれたちのもんだ」リーダーがどなった。「出て行くのはてめえらのほうだろうが!」

「なるほど、そうかもしれん。だがそれはできない」

「自分が偉くなったとのぼせてるのか? 薄汚ねえ流れ者集団の子守をつとめてよう」

「ハッピー、ヒッピー、くそっピー」子分の一人がはやした。

「意見を聞かせてくれてありがとう」ボビー・グレグはそう答えただけだった。

リーダーが吠えるように笑った。ちんぴらの一人がフェンスに唾を吐きかけた。別の一人が真似をした。

「あいつらを拘束しよう、ボビー」警備員が小声で言った。

「そんな必要はない」

「デブ野郎」リーダーがからかった。

「デブのでか顔、でくのぼう」子分の一人が尻馬に乗って言った。「子供を狙うどヘンタイ」

「アル中男」

「とろんとした目で尻をなめなめする禿頭……」

グレグはシボーンを見つめていた。心を決めた顔になっている。シボーンはゆっくりとかぶりを振った。あいつらの思うつぼにはまるな。

「うすら馬鹿」

「髭おやじ」

「膨れキンタマ」

ボビー・グレグは横にいる警備員にうなずいた。「一、二の三でかかれ」押し殺した声で命じる。

「待ってられるか、ボビー」警備員はゲートへ向かって走り、ほかの警備員も続いた。ちんぴらはてんでんばらばらに逃げたが、道路の向こう側で再び結集した。

「かかってこい！」

「ようし、待ってろ！」

「捕まえたいのか、ここにいるぞ……」

シボーンはちんぴらの考えが読めた。警備員に追いかけさせ、迷路状の街路に誘い込みたいのだ。ジャングル内の戦闘となれば、銃よりも地元の地理に精通しているほうが勝つ。既製のものにしろ、手作りのものにしろ、武器が待ちかまえているかもしれない。生け垣の裏や薄暗い通路の奥に、もっと大勢の軍隊が隠れている可能性もある。その間、キャンプ地は無防備なのだ……

シボーンは一瞬もためらわなかった。携帯電話で応援を頼んだ。「応援を要請します」簡単に現在位置を説明する。二、三分後にはパトカーが続々と到着することだろう。クレイグミラー署は近い。ちんぴらのリーダーは尻を突き出し、ボビー・グレグに見せつけている。グレグの部下がその侮辱を引き受け、リーダーに向かって突進した。リーダーはシボーンの恐れていた行動を取った。歩道をさらに奥へ逃げる。

公営住宅団地の中心へ。

「気をつけて！」シボーンが叫んだが、誰も耳を貸さなかった。振り向くと、キャンプ地内の人々が騒ぎを見ていた。

「警察がすぐにここへ来ます」シボーンは請け合った。

「女のデカか」キャンプ者の一人が吐き捨てるように言った。

シボーンは小走りで道路へ出た。ちんぴらは四散していた。少なくともそう見えた。シボーンはボビー・グレグのあとを追い、小道を通って袋小路へ入った。周囲は低層住宅群で、最後まで取り壊されずに残った醜悪な家並みが汚い街路に立ち並んでいる。歩道には自転車の残骸がある。車道脇にはスーパーマーケットのカートが放置されている。

暗がりでもみあう音と叫び声。ガラスの割れる音。どこかで取っ組み合っているとしても、見えない。戦場は裏庭だ。アパートの階段下も。窓からいくつかの顔が覗いたが、すばやく引っ込み、テレビの青い光だけがまだ見えている。シボーンは左右を確認しながら歩き続けた。もしも自分があの挑発の場に居合わせなかったら、グレグはどう振る舞ったのだろうか。力を誇示したがる、愚かな男たち……

道路の端まで来た。何事もない。左へ曲がり、右へ曲がった。ある家の庭には車が煉瓦の台に載せてあった。街灯は点検用カバーをはずされ、ワイヤーが引きちぎられている。ここは迷路そのものだ。おまけにパトカーのサイレンの音がしないのはなぜだろう？　今は叫び声も聞こえない。一軒の家から口論が聞こえてくるだけだ。スケートボードに乗った、十歳ぐらいの子供が向こうからやってきて、すれ違うまでシボーンから目を離さなかった。左へ曲がればば大通りに戻れるだろう。ところが、別の袋小路へ迷い込んでしまい、思わず小声で悪態をついた。路地すらない。たぶん、テラスハウスの端を回り込んでフェンスを乗り越えるのが、いちばんの近道だろう。次のテラスハウスを通り抜ければ、最初の道へ戻れる。

たぶん。

「賭けてみるわ」シボーンはつぶやき、割れた敷石の上を歩いた。家並みの裏手には何もなかった。雑草とくるぶしまで伸びた芝生。放射状の物干しハンガーのねじくれた骨。フェンスは破れており、次のテラスハウスの裏庭へ簡単に入れた。

「そこはおいらの花壇だ」ふざけた口調で文句を言う声がした。シボーンはくるりと周囲を見た。ちんぴらのリーダーの淡青色の瞳が見つめていた。

「いい女だな」シボーンの体をじろじろ見て言う。

「これ以上トラブルを起こさないほうがいいとは思わない？」

「トラブルって、何だよう？」

「昨夜壊したのはわたしの車だったのよ」

「何のことやら、さっぱりわからん」リーダーが一歩近づいた。その左右に人影が寄り添う。

「さっさと立ち去るのが、あんたにとっていちばん賢明な策よ」シボーンが警告した。

それに対する反応。低い笑い声。

「わたしは刑事よ」自分の声が震えを帯びないように祈る。「ここで何かがあったら、一生をかけて償うことになるわ」

「だったら、なぜその足が震えているんだよう」

シボーンは動かなかった。一歩たりとも退かない。リーダーはシボーンと鼻を突き合わせるほど近づいている。股間を蹴ることができる距離。シボーンは自信が少し戻った。

「立ち去りなさい」シボーンは静かに言った。

「そうはしたくないんだよな」

そのとき低音のよく響く声がした。「いや、立ち去ったほうがいいぞ」

シボーンは振り向いた。テンチ議員だった。両手を握りしめ、足を少し開いた姿勢で立っていた。その大きな体がシボーンの視界を埋めた。

「あんたには関係ねえ」リーダーがテンチ議員のほうへ指を突き出して言い返した。

「この地区で起こることはすべてわたしに関わりがある。わたしを知っている者なら、自明のことだ。さあ、さっさとねぐらへ帰ったらどうだ。そうすれば今回は見逃してやろう」

「自分がボスのつもりでいやがる」ちんぴらの一人があざけった。

「この世界でボスは一人しかいない。その方はあそこにおられる」テンチは空を仰いだ。

「夢を見ていろよ、説教師」リーダーがうそぶいた。しかし向きを変え、暗がりへ消えていった。子分が後に続く。

テンチは拳を緩め、肩の緊張を解いた。「危ないところだったな」

「そうですね」シボーンが相づちを打った。シボーンが名乗ると、テンチがうなずいた。

「昨夜あんたを見て思った——あの若い女は警官じゃないかな、と」

「つねに治安維持に目を配っておられるんですね」

テンチ議員は謙遜するかのように、顔をしかめた。「いつもなら夜も静かな地区なんだがね。たまたま悪い時に来合わせたってことだな」近づいてくる車一台のサイレンの音に耳をそばだてる。「あんたの騎兵隊だね？」テンチがひやかし、シボーンを連れてキャンプ地のほうへ戻っていった。

セント・レナーズ署から借りていたシボーンの車には、NYTという頭文字がスプレーで吹きつけられていた。

「冗談では済まないわ」シボーンは怒りを押し殺してつぶやいた。テンチ議員に心当たりの名前を教えてもらいたいと頼んだ。

「名前は言えないね」テンチ議員が言い切った。

「でも知っているんでしょう？」

「名前を知ったところでどうなる？」

シボーンはクレイグミラー署から来た巡査に向き直り、リーダーの体格、服装、目の色を教えた。巡査二人はかぶりを振った。

「キャンプは何事もなかったんです」一人が答えた。「それがいちばんなので」その口調がすべてを物語っていた――自分たちを呼びつけたのはシボーンであり、自分たちとしては何もやる気がない。若者が罵声を浴びせ、殴り合いが少々あったらしい、というだけなのだから。警備員の誰かが怪我を負ったという報告もない。警備員らは気分が高揚していた。戦友の気分。キャンプにとって重大な脅威ではなかったし、これといった被害もなかった――シボーンの車以外は。

つまりは、自分だけが騒ぎ立てている。

テンチ議員はテント内を歩き回り、今回もまた自己紹介をしては握手をし、子供の頭を撫で、ハーブ・ティーのプラスチックカップを受け取っていた。ボビー・グレグはすりむいた手の甲を撫でている。しかし警備員仲間の話では、建物の壁に打ちつけただけのようだった。

「キャンプが活気づいたよな？」ボビー・グレグがシボーンに声をかけた。

シボーンは答えなかった。大テントへ歩いていくと、誰かがカミツレ茶をカップに注いでくれた。カップを吹いて冷ましながらテントを出たとき、テンチ議員がテープレコーダーを手にした人物といるのを見た。その記者に見覚えがあった。リーバスと仲がよかった女性だ……たしか名前はメイリー・ヘンダーソン。シボーンが近づくにつれ、この地域について語るテンチ議員の声が聞こえてきた。

「G8会議は結構なことだ。だがスコットランド行政府はもっと身近なところに目を配ってもらいたいと思う。このあたりの若者は未来に希望を見いだせない。投資、インフラ整備、産業——この地区で必要なのは、そういうものを入れて、崩壊したコミューニティを再建することだ。ここは荒廃した地域だが、それをくつがえすことはできる。援助金を注入してもらえれば、若者は誇りを持ち、生き生きとして生産的な仕事に励むことができる。スローガンにあるように、地球規模で考えるのはすばらしいことだが……地元を忘れてはならない。以上だ」

テンチ議員はまた歩きだし、握手をしたり子供の頭を撫でたりした。メイリー・ヘンダーソンがシボーンに気づき、テープレコーダーを突き出しながら急いでやってきた。

「警察からの意見を付け加えてもらえますか、クラーク部長刑事？」

「いいえ」

「二日続けてここへ来られたそうですが……なぜですか？」

「今は話す気分じゃないので、メイリー」シボーンは少し考えてから言った。「本気でこの件を記事にするつもり？」

「今は世界がこの地域を注目しているわ」メイリー・ヘンダーソンはテープレコーダーのスイッチを切った。「資料を受け取ったんでしょうね、とジョンに伝えておいて」

「資料って？」

「ペネン・インダストリーズとベン・ウエブスターに関するもの。ジョンがあの資料をどう使うつもりなのか、よくわからないけど」

「何か結果を出すわ、きっと」

メイリーがうなずいた。「そのときわたしのことを忘れないでくれるといいんだけど」シボーンのカップを見つめる。「それ、紅茶？　わたし、喉が渇いてて」

「あのテントでもらったの」シボーンはそちらを顎で示した。「少し薄いけど。濃いのを頼んだほうがいいわ」

「ありがとう」メイリーが立ち去った。

「どういたしまして」シボーンは小声で言い、カップの中身を地面に捨てた。


〈ライブ8〉コンサートが深夜のニュースで流れた。ロンドンのみならず、フィラデルフィアでも、エデン・プロジェクト新植物園でも、そのほかのところでもコンサートがおこなわれた。視聴者は何億人にものぼり、人で埋め尽くされたコンサート会場では、そのまま一夜を明かすはめになる者が多いのではないかと懸念された。

「やれやれ」リーバスは缶ビールを飲み干しながらつぶやいた。今は〝貧困をなくそう〟のマーチがテレビに映っており、けたたましい声の有名人が「わたしは、今日、やむにやまれぬ思いからこのマーチに参加しました、貧困を過去のものにする運動を支援して、わたしもまた歴史を変える一人となりたいのです」と述べている。リーバスは5チャンネルに切り替えた。〈法律と秩序《ロー&オーダー》、特別な被害者捜査班〉のドラマをやっていた。そのタイトルが理解できない。どんな被害者でも特別な存在ではないか？　しかしシリル・コリアーを思い浮かべ、そうではないことに気づいた。

ビッグ・ジェル・カファティの用心棒だったシリル・コリアー。最初は狙われて殺されたのだと思ったが、今ではそうではなかったと感じている。運悪く殺人者と出くわしたのだ。

トレヴァ・ゲスト……今までのところは、プラスチックのカードでしかないが、そのうち暗号化された番号が解読されて詳しい身元が判明するだろう。電話帳でゲストという姓を捜してみたところ、二十近く見つかった。そのうちの半数に電話してみたが、四人だけが電話に出た——その誰もトレヴァを知らなかった。

キイオズ・ガレージ……エジンバラの電話帳には、キイオの名前が十名あまり掲載されていたけれども、三人の被害者全員がエジンバラ在住ではないかという考えをとっくに諦めていた。アウキテラーダーを中心に大きな円を描くと、エジンバラと同様、ダンディーもスターリングも含まれるし――もう少し広げれば、グラスゴーもアバディーンも入る。被害者はそのどこの住人であってもおかしくない。月曜日までは手の打ちようがない。

ここに閉じこもってとつおいつ考えながらビールを飲んだあとは、角の食料品店へちょいと出かけて、温めるだけのオニオン・グレービーソース付きリンカーンシャー・ソーセージとパルメザン入りマッシュポテトのディナーを買うぐらいしか、やることがなかった。そしてビールをもう四缶追加する。レジに並んだ客たちがリーバスに微笑を向けた。彼らは今もまだ白いTシャツを着ている。そして〝すばらしかった今日の午後〟を語り合っている。

リーバスは同意の印にうなずいた。

ある下院議員の検死解剖。誰とも知れない犯人に殺害された被害者三人。

〝すばらしい〟はなぜか今日にそぐわなかった。

SIDE TWO

# 悪魔とのダンス

七月三日　日曜日

## 6

「ザ・フーはどうでした?」シボーンがたずねた。今は日曜日の昼近くで、彼女はリーバスをブランチに招いたのだ。リーバスが持ってきたもの。ソーセージの袋と、白い粉をまぶしたロールパン四個。シボーンはそれを脇にのけて、スクランブルド・エッグを作り、その上にスモーク・サーモンを数切れ載せてケッパーを散らした。

「ザ・フーはよかったぞ」リーバスはケッパーをフォークで皿の端へ寄せながら答えた。

「試しに食べてみたら」シボーンが軽くなじった。リーバスは鼻に皺を寄せ、その忠告を無視した。

「フロイドもよかった」リーバスが言った。「出演者同士の大きなもめ事もなかったし」二人は、シボーンの居間に置かれた小さな折りたたみテーブルに、向かい合って座っていた。シボーンはブロトン・ストリートを入ったところにある分譲アパートに住んでいる。ゲイフィールド・スクエアから歩いて五分だ。「きみは?」室内を見回してたずねる。「土曜日の夜に遊んだ形跡が見あたらないが」

「楽しい夜だったらよかったんだけど」笑顔が消えて物思いに沈んだ顔となり、シボーンはニドリの出来事を語った。

「無事で何よりだったな」

「あなたの友達のメイリーがいたわ。テンチ議員の取材をしていた。あなたに送った書類のことを何か言ってたわよ」

「リチャード・ペネンとベン・ウエブスターだ」

「じゃあ、何かわかったんですか?」

「いろんな面で前進してるさ。ゲストやキイオという名前にも電話をしてみた――何も判明しなかったが。住宅街でフードをかぶった若者を追っかけてるのとたいして変わらないね」リーバスはケッパー以外のすべてを平らげ、椅子にゆったりともたれた。煙草を一服したかったが、シボーンが食べ終えるまで待つのが礼儀だと心得ている。「そうだ、おれも珍しい人物と出会ったよ」

リーバスはカファティについて話し、語り終えたとき、シボーンの皿も空になった。

「あの人とだけは関わりたくない」シボーンが言い、立ち上がった。リーバスがテーブルを片づけようかという身振りをちらっとすると、シボーンが窓を顎で示した。微笑したリーバスは窓へ近寄り、窓を少し開けた。爽やかな空気が入ってくると、リーバスはしゃがんで煙草に火を点けた。煙が隙間から外へ出るように気を配る。吸わないときは煙草を窓の外に突きだしていた。

それがシボーンのルール。

「コーヒーのお代わりは?」シボーンが呼びかけた。

「もらいたいね」

シボーンは新しく満たしたコーヒーポットを手に、キッチンから出てきた。「午後にまたマーチがあるわ。〝戦争反対連合〟の」

「今更そんなの手遅れじゃないかと思うんだがね」

「それから〝もう一つのG8会議〟もある……ジョージ・ギャロウエイが演説する予定」

リーバスはふんと軽蔑した声を出し、煙草を窓枠に押しつけて消した。シボーンはテーブルを拭き、箱の一つをテーブルに置いた。リーバスに頼んで持ってきてもらった箱。シリル・コリアーの事件簿。

ジェイムズ・コービン本部長の認可のもとに、二倍の報酬を提案したのが、現場鑑識班の心を動かし、特別チームが作られたのだ。そのチームは現在、クルーティ・ウエルに向かっている。シボーンは目立たずに行動するよう彼らに注意したのだった。「地元警察が怪しまないようにしてください」二日前にスターリングの現場鑑識班が同じ場所を捜査したのだと聞かされ、エジンバラ班の一人は含み笑いをもらした。

「だったら、そろそろ大人を投入する頃合いだな」その男が一言、そうつぶやいた。

シボーンはあまり期待していなかった。それでも金曜日の場合は、たんに一つの犯罪の証拠を探していただけである。今や、状況はもう二つの犯罪を示唆している。徹底的に調べるだけの価値はあった。

シボーンは箱からファイルやフォルダーを取りだした。

「もうこれには目を通したんですね？」

リーバスは窓を閉めた。「そこから得たものは、コリアーがたちの悪い悪党だったたってことだけだ。友達よりも敵の数のほうが多かったんじゃないか」

「偶然に殺しの対象となる確率は……？」

「僅少だな――それはお互いわかってるだろう」

「でも、それが実際に起こったらしいですね」

リーバスは指を立てた。「いやいや、おれたちは持ち主不明の衣服二つに関して、あらゆる可能性を考えている」

「警察の行方不明人リストにトレヴァ・ゲストが載ってないか、調べてみたんですが」

「で？」

シボーンはかぶりを振った。「どの地区の行方不明人名簿にもなかった」空き箱をソファにぽいと投げた。「だって七月の日曜の午前中なんですもの、ジョン……明日まで打つ手は何もないわ」

リーバスがうなずいた。「ゲストの銀行カードは？」

「HSBC銀行。エジンバラに支店は一つしかない。スコットランドにはごくわずかしか支店を置いていないんです」

「それはいいことか、それとも悪いことか？」

シボーンはため息をついた。「銀行のコールセンターにつながったけれど、月曜日の朝にエジンバラ支店に電話をしてくれって言われました」

「銀行カードには支店のコード番号が記載されてるんじゃないか？」

シボーンがうなずいた。「でもそういう情報は電話では教えてくれませんよ」

リーバスはテーブルの前に座った。「キイオズ・ガレージのほうは？」

「番号案内サービスが調べてくれたけどわからなかった。インターネットでも出てこなかったし」

「アイルランド系の名前だな」

「電話帳には、キイオという名前が十ほどもあるわ」

リーバスはシボーンの顔を見てにやりとした。「きみも調べたのか？」

「現場鑑識班を派遣したあとすぐに」

「忙しく働いていたんだな」リーバスはフォルダーの一つを開いたが、目を通していないものは何一つない。

「レイ・ダフが今日科捜研へ行くと約束してくれた」

「彼は褒美を狙っているのよ……」

シボーンはリーバスに怖い目つきをして見せたあと、最後の箱から書類を取りだした。資料の量の多さに肩を落とした。

「休みの日だというのにな？」リーバスが言った。そのとき電話が鳴りだした。

「あなたの電話」シボーンが言った。リーバスはソファへ行き、上着の内ポケットから携帯電話を取りだした。

「リーバスだ」電話に出て、しばらく耳を傾けているうちに、顔がくもってきた。「おれが家にいなかったから、これにかけたってか……」また聞き入る。「いや、そっちへ行く。どこへ行くんだって？」腕時計を見る。「四十分後？」シボーンを見つめている。「そこで会おう」

リーバスは携帯電話を閉じた。

「カファティね？」シボーンが察した。

「どうしてわかった？」

「あなたの様子でわかるわ……声や顔で。どんな用なんですか？」

「あいつはおれのフラットへ来た。おれに見せたい物があるんだそうだ。ここへ来させるわけにはいかない」

「ありがたいわね」

「土地の取引をしてるんで、その現場へ行かなきゃならんそうだ」

「一緒に行きます」

リーバスは断わる方法がないのを知っていた。

クイーン・ストリート……シャーロット・スクエア……さらにロウジアン・ロードへ。リーバスのサーブに乗ったシボーンは、用心深くドア枠を左手で握っていた。車は何回もバリケードで止められ、そのたびに巡査に身分証を提示しなければならなかった。市内へ各地からの警察官が続続と応援に入ってきている。日曜日は北部の警察官がどっと押し寄せる日だ。シボーンはマクレイ主任警部と過ごした二日間にそれを知り、リーバスにその情報を教えた。

「新しく手に入れた専門的知識を提供してくれるんだな」リーバスが言った。「おれはうんざりだがね」

ロウジアン・ロードの信号で停まっているとき、アシャー・ホールの前で待っている人々が見えた。

「〝もうひとつのG8会議〟だわ」シボーンが言った。

「ビアンカ・ジャガーがあそこでスピーチをするんです」

リーバスはいいかげんにしてくれ、と言わんばかりに目を剝いた。シボーンはお返しに彼の太ももを拳で叩いた。

「テレビでマーチを見ましたか？　二十万人よ！」

「外出するにはよい日和だった」リーバスが言った。「おれの住んでる世界は変わらないが」シボーンを見る。「昨夜のニドリはどうだった？　善意の巨大な波がついにあそこへも波及したかな？」

「ちんぴらはほんの十人ほどしかいなかったわ。キャンプ地の二千人に対して」

「どっち側が勝つか賭けてもいい……」

そのあと二人は無言を通し、ほどなくファウンテンブリッジに着いた。

以前は醸造所や工場が立ち並び、ショーン・コネリーが生まれ育ったとかいうファウンテンブリッジは、変化を遂げていた。昔ながらの産業はすべて消えてしまった。金融センター地区が迫ってきている。おしゃれなバーができている。リーバスがひいきにしていたパブはすでに取り壊され、隣の〈パレ・ド・ダンス〉という名前のビンゴ・ホールも間もなく同じ運命をたどりそうだった。昔は蓋のない下水道同然だった運河も浄化された。自転車に乗った家族連れが訪れたり、白鳥に餌をやったりする場所となっている。シネワールド複合映画館からそう遠くないところに、廃業した醸造所の閉鎖したゲートがあった。リーバスは車を停め、クラクションを鳴らした。背広姿の青年が塀の向こうから現われて、南京錠を開け、ゲートの片側だけを開いた。サーブがなんとか通れるだけの幅ができた。

「ミスター・リーバス？」青年は運転席側の窓越しにたずねた。

「そうだ」

青年はリーバスがシボーンを紹介するのを待った。リーバスが何も言わないので、落ち着かない笑みを浮かべ、パンフレットを渡した。リーバスはそれをちらっと見て、シボーンに渡した。

「きみは不動産管理人だね？」

「ビショップス・ソリシターズ弁護士事務所の者です。商業用不動産を扱っております。名刺を差し上げましょう……」青年は上着を探った。

「カファティはどこだ？」

その言い方で、青年はさらに不安そうになった。「向こう側に駐車していて……」

リーバスは最後まで聞かなかった。

「あなたもカファティの仲間だと考えてるようね」シボーンが言った。「上唇に汗を掻いているところを見ると、カファティが何者かも知っているらしい」

「あの男がどう考えていようと、あの男がいるってのはいいことだ」

「なぜ？」

リーバスはシボーンを見た。「罠が待ちかまえている危険性は少ない」

カファティの車は、紺色のベントレーGTだった。彼はこの敷地の図面をボンネットに広げ、風で飛ばないように手で押さえていた。

「この端を持ってくれるか？」カファティが言った。シボーンが従うと、カファティは笑みを浮かべた。「クラーク部長刑事。久しぶりだね。昇進も間近なんじゃないか？本部長があんたを信頼して今度のような大きな仕事を任せているとなれば、なおさらだ」

シボーンがリーバスへちらっと目を移すと、リーバスはかぶりを振って、自分が教えたのではないことを伝えた。

「犯罪捜査部はザルなんだよ」それがカファティの説明だ

った。「過去も未来もそうだ」

「ここをどうしようと言うんです？」シボーンはたずねずにはいられなかった。

カファティははためく紙をぴしゃりと押さえた。「土地だよ、クラーク部長刑事。エジンバラ市内の土地がどれほど貴重かってことは、それほど認識されていない。ここは北にフォースの入り江、東に北海、南にペントランド・ヒルズがあるという地形だ。開発業者は血眼で開発計画を具体化しようとしている……地方議会に圧力をかけ、グリーン地区の規制を外そうとしてな。ところがここには、金融地区からたった歩いて五分のところだというのに、二十エーカーの土地が残っているんだ」

「では、この土地をどうするつもりなの？」

「建物の基礎に死体を数体埋めるのは、当然として」リーバスが口を挟んだ。

カファティは笑い飛ばすことにした。「あの本で少し儲かったんでね。何かに投資したいんだ」

「おまえは自分の取り分を慈善事業に寄付した、とメイリー・ヘンダーソンは思っているぞ」

カファティはリーバスの言葉を無視した。「本を読んでくれたか、クラーク部長刑事？」

シボーンがためらったので、カファティは答えを知った。

「どうだった？」

「あまり内容を憶えていないわ」

「映画化する計画が持ち上がっててな。とりあえず最初の数章だけでも」カファティは図面を持ち上げて畳み、ベントレーの座席にほうりこんだ。「この場所はちょっと疑問だな……」リーバスのほうを向く。「死体とあんたは言ったが、おれもそんな感じを受ける。ここで働いてた大勢の作業員……その全員が消え、スコットランドの産業も消えた。おれの親類は炭坑夫が多かったんだ——あんたは知らなかっただろうが」しばらく黙り込む。「あんたはファイフの出身だろう、リーバス。きっと石炭に囲まれて育ったにちがいない」少し間を置いて言い添える。「弟については気の毒だったな」

「悪魔から悔やみの言葉をもらうとは。嬉しいことだよ、まったく」

「社会的良心を持つ人殺し」シボーンが小声で付け足す。

「そういう人間はおれだけじゃないが……」カファティの声が小さくなって消えた。鼻の付け根を指で撫でる。「実は、あんたに渡すのはまさにそれなんだな」車に体を入れ、クローブボックスを開けた。巻いた数枚の用紙を取りだし、シボーンに渡そうとした。

「これは何なのか言って」シボーンは腰に両手を当てた姿勢で告げた。

「これはあんたの事件だ、クラーク部長刑事。われわれが悪党を相手にしているという証拠をやる。同類を標的にする悪党だよ」

シボーンは巻いた紙を受け取ったが、目もくれなかった。

「われわれ？」カファティの言葉を投げ返してたずねる。

カファティはリーバスのほうを見た。「それが取引の条件だってことをこの女は知らないのか？」

「取引などしておらん」リーバスはきっぱりと言った。

「あんたがどう思おうが、今回の件については、おれはあんたの側につくからな」カファティは再びシボーンに目を向けた。「この紙には、いろんな意味でそうとうな代価を支払ったんだ。これが犯人を捕まえるのに役立つなら、それはそれで構わない。だがおれも犯人を追うぞ……あんたらがやろうとやるまいと」

「だったらなぜ協力するの？」

カファティの唇がぴくついた。「レースがよけいにおもしろくなるじゃないか」助手席を前に倒した。「後部にじゅうぶんなスペースがある……ま、ゆっくりと読んでくれ」

リーバスはシボーンに続いて後部座席に入り、カファティが前に座った。二人ともカファティの視線を感じていた。どうだ、とばかりに得意になっているのだ。

リーバスは表情をごまかすのに苦労した。感心するどころではない。内心は驚嘆していた。

キイオズ・ガレージはカーライルにあった。三カ月前、修理工のエドワード・アイズレーが殺害され、市内を出たところの空き地で死体となって見つかった。頭部を一撃され、致死量のヘロインを注射されていた。上半身は裸の状態だった。目撃者も、手がかりも、容疑者もなし。

シボーンはリーバスと顔を見合わせた。

「アイズレーには兄弟がいたのか？」リーバスがたずねた。

「何か音楽と結びついたことでも思い出したのね？」シボーンが察した。（R&Bのバンドにアイズレー・ブラザーズというグループがある）

「先を読め」カファティが促した。

その資料はまさしく、警察記録から写されたものに間違いなかった。その警察記録によると、エドワード・アイズレーは強姦と性的暴行の罪で六年間服役したあと、ほんの一カ月あまり修理工として働いていたのだった。アイズレーの被害者は二人とも売春婦だった。一人はペンリスで、もう一人はもっと南のランカスターで買われた。M６高速道路でトラック運転手を相手に商売をしている女たちだった。ほかにも、証言を恐れているか、名前を出すのを恐れている被害者がいるのではないか、と考えられている。

「どうやってこれを手に入れた？」たまらずにリーバスがたずねた。カファティが嬉しそうに笑った。

「情報網ってのは、実にすばらしいもんでね、リーバス。あんたも知ってるはずだが」

「あちこちに金をばらまいたんだろう」

「何としたこと、ジョン」シボーンが押し殺した声で言った。「これを見て」

リーバスは再び文字を追った。トレヴァ・ゲスト。記録は銀行の明細書と自宅の住所から始まっている――ニューカッスルの住所。ゲストは加重傷害強盗と、パブの外で男に暴行を加えた罪により、三年間の刑期をつとめ、そのあとはずっと無職だった。強盗事件の一つでは、十代のベビーシッターに対する性的暴行未遂があった。

「こいつも悪いやつだ」リーバスがつぶやいた。

「ほかの者と同じ末路をたどったわ」シボーンは人差し指でその文をたどった。ニューカッスルの東にあるタインマウスの海岸で、放置された彼の死体が見つかった。頭を強打され――致死量のヘロインを打たれていた。殺されたのは二カ月前。

「ゲストは出所してからほんの二週間しか経っていなかっ

た……」

エドワード・アイズレーが見つかったのは三ヵ月前。

トレヴァ・ゲストは二ヵ月前。

シリル・コリアーは六週間前。

「ゲストは争った様子ですね」シボーンが言った。

確かにそうだった。骨折した指が四本、顔と胸に裂傷。体に打撲傷。

「そうすると、悪党ばかりを標的にしている殺人犯がいるってことだ」リーバスが結論づけた。

「すると、よくぞやってくれた、と考えてるのか？」カファティが察した。

「私的な処刑人だわ。強姦犯人を消していく……」シボーンが言った。

「強盗屋のトレヴァは強姦を働いていないが」リーバスは言わずにいられなかった。

「しかし未遂はある」カファティが言った。「どうだね、これを読んで仕事がしやすくなったか、それとも難しくなったか？」


シボーンは黙って肩をすくめた。「ある程度一定の期間を置いて犯行を重ねていますね」とリーバスに言う。

「十二週間前、八週間前、六週間前」リーバスが同意した。

「ということは、近々また起こるかもしれんな」

「見逃してたのかもしれません」

「なぜアウキテラーダーなんだ？」カファティがたずねた。よい質問だ。

「戦利品を取る犯人もいる」

「そして目に付くところにぶらさげるのか？」カファティは眉をひそめた。

「クルーティ・ウエルにはめったに人が訪れないし……」シボーンは考え込み、書類の最初の頁に戻って再読し始めた。リーバスは車を出た。革の匂いが鼻についてきたのだ。煙草に火を点けようとしたが、何回やっても風で吹き消されてしまった。ベントレーのドアを開閉する音がした。

「ほれ」カファティが車用のクロームメッキのライターを差し出した。リーバスは受け取り、煙草に火を点けると、かすかにうなずいてライターを返した。

「おれにとっては、何事も商売だったんだ。リーバス、昔から……」

「肉屋はいつもそんなおとぎ話を言うもんだ。おまえは忘れたかもしれんが、おれはおまえが他人にどんな仕打ちをしたか、しっかりと見てきた」

カファティはゆっくりと肩をすくめた。「あんたとは世界が違う……」

リーバスは煙を吐き出した。「とにかく、おまえは安心していられるさ。手下が殺されたにしろ、おまえとの絡みからではない」

「誰がやったにせよ、憎しみを持ってたやつだな」

「根深い憎しみを」リーバスは心ならずも同意した。

「そいつは受刑者について詳しかった……釈放の日についても、その後の様子についても」

リーバスはうなずき、ひび割れたアスファルトに片方の靴のかかとをこすりつけた。

「今後も犯人を追うつもりだな」カファティが言った。

「それがおれの仕事なんでね」

「だが金のためだったことはない……たんなる身すぎ世すぎだったことは」

「おまえにわかるもんか」

「いや、わかってる」カファティは一人でうなずいていた。「でなかったら、あんたに毎月の小遣いをやると持ちかけてたよ。長年にわたって、あんたの同僚ら数十人に、金を掴ませてきたんだから」

リーバスは煙草の吸い差しを地面に投げた。小さな灰が舞ってカファティのコートにくっついた。「このごみ捨て場を、本気で買うつもりなのか？」リーバスがたずねた。

「たぶん買わないだろう。だがその気になったら、いつだって金は用意できる」

「さぞ気分がいいことだろうな？」

「誰だってほとんどのものが手に入るんだ、リーバス。ただそこまで行ったとき、何があるかと怖じ気づくんだな」

シボーンが車から出てきて、最後の頁の末尾を指を差した。「これはどういうこと？」ベントレーを回り込んで二人に近づく。カファティは眉を寄せて覗き込んだ。

「ウエブサイトだと思うが」カファティが言った。

「そうに決まってるわ」シボーンがぴしゃりと言い返した。

「この資料の出所の半分はそれよ」紙を振る。

「手がかりになるんじゃないか？」カファティがわざとらしくたずねる。

シボーンはくるりと背を向け、リーバスのサーブへ向かいながら、手を振ってリーバスに行こうと促した。

「彼女、順調に成績を上げているようだな？」カファティは低い声でリーバスに言った。それは純粋な褒め言葉には聞こえなかった。リーバスには、カファティが少なくともその一部に貢献しているつもりのように聞こえた。


市内へ戻る車中で、リーバスは地元ニュース局のラジオを聞いた。子供サミット会議がダンブレイン（その地区の小学校で子供の大量殺人が起こった）で開催されているという。

「その地名を聞くと、ぞっとするわ」シボーンが打ち明けた。

「秘密を教えてやろう。ゲーツ教授はそのとき検死をおこなった一人だったんだ」

「彼からその話は一言も聞いたことがない」

「話したくないんだよ」リーバスはラジオの音量を少し上げた。アッシャー・ホールでビアンカ・ジャガーがスピーチをしている。

〝彼らはものの見事に、わたしたちがやっている、貧困をなくそうの運動を横取りし……〟

「ボノとその仲間のことを言ってるのよ」シボーンが言った。リーバスもうなずいた。

〝ボブ・ゲルドフは悪魔とダンスをしただけではなくて、敵と寝たんです……〟

拍手がわき起こったので、リーバスは音量を下げた。ハイド・パークの観客が北へ向から動きはないとレポーターが述べている。確かに、土曜日のマーチに参加した人々の多くはすでにエジンバラを出て、帰路についていた。

「悪魔とダンスか」リーバスは記憶を探った。「思い出した、コージー・パウエルの歌の題名だった」口をつぐみ、慌ててブレーキとクラッチをぐっと踏んだ。白いヴァンの一団がこちらの車線に入り、サーブの真正面へ向かってぐんぐんと迫ってくる。ヘッドライトを点滅させているものの、サイレンの音はない。ヴァンのフロントガラスはメッシュ・グリルで覆われている。車二台を追い抜くために、対向車線へ入ってきたのだ。暴徒鎮圧用装備で固めた警官たちがヴァンの窓越しに見えた。先頭のヴァンがサーブのフェンダーをかすめるようにして、元の車線へ戻った。続くヴァンも同じコースをたどった。

「危ない」シボーンが喘ぎ声を上げた。

「警察国家へようこそ」リーバスが言った。エンストしてしまったので、エンジンをかけ直した。「だが、とっさにうまく停まれたもんだ」

「わたしたちと同じエジンバラの警察かしら?」シボーンは振り返って、遠ざかるヴァンの車列を見つめた。

「マークは何もついてなかったな」

「どこかで何かが起こったのかもね?」シボーンはニドリを思った。

リーバスはかぶりを振った。「おれに言わせりゃ、紅茶とビスケットにありつくために、ポロック・ホールズへ一目散に戻っていったんだよ。やつらはああいう危ない離れ業ができるところを見せつけてるだけだ」

「やつらだなんて、まるでわたしたちは同類じゃないみたいな言い方ね」

「どうなんだろうな。それはともかく、コーヒーでも飲まないか? 老いた心臓の働きをよくするものが少し要るんだ……」

ロウジアン・ロードとブレッド・ストリートの角にスターバックスがあった。車を停める場所がない。アッシャー・ホールに近すぎるからだとリーバスは思った。駐車禁止区域に停めることにし、ダッシュボードに警察という表示を置いた。カフェに入ると、シボーンはレジにいる十代の若者に、抗議デモの連中が怖くないの、とたずねた。若者は肩をすくめた。

「注文がたくさん入るから」

シボーンはチップ用の小箱に一ポンド硬貨を入れた。ショルダーバッグを店内に持ち込んでいる。テーブルにつくと、そこからラップトップを出してスイッチを入れた。

「おれに個人指導をしてくれるのか?」リーバスはコーヒーを吹いて冷ましながらたずねた。先ほどフィルター付き煙草を買いに行ったのだが、コーヒーポット丸ごとを買えるほど、高価なものしかなかった、とこぼしたのだった。

シボーンはホット・チョコレートに載ったホイップクリームを指ですくった。

「画面が見えますか?」シボーンがたずね、リーバスがうなずいた。「じゃあ、これを見て」間もなくインターネットとつながり、シボーンは検索エンジンに名前を打ち込んだ。

エドワード・アイズレー。

トレヴァ・ゲスト。

シリル・コリアー。

「たくさん出てきたわ」シボーンはページをスクロールした。「でも名前が三つとも載っているのは、一項目だけ」カーソルを最初の項目に戻す。キーを二回叩いて、待った。

「これを調べるべきでしたね、当然ながら」

「当然だな」

「というか……これができる人は、ってことだけど。でもまずはアイズレーの名前がわからないことにはできない」シボーンはリーバスと視線を交えた。「カファティは一日分の仕事を省いてくれたわ」

「それでも、彼のファンクラブに入りたくはないね」

ウエブサイトのホームページが現われた。シボーンがじっと見入った。リーバスもよく見ようとしてにじり寄った。〈ビースト・ウオッチ〉というタイトルのサイトである。男性数名の、粒子の粗い顔写真が掲載され、右側に細かな説明文がある。

「こう書いてあるわ」シボーンが指で画面の文章をたどりながら読み上げた。「〝レイプ被害者の親として、娘を傷つけた犯人の受刑後の住所を知ることは、当然の権利だとみなしています。このサイトの目的は、家族や友人に――そして被害者自身にも――出所日および犯人の写真、特徴を公開し、社会の中にひそんでいる野獣からよりよく身を守れるように……〟」シボーンの声が小さくなり、あとは唇だけを動かして一人で読んでいった。ビースト・イン・ヴューと称される写真一覧ページや、掲示板、フォーラム、さらにオンラインで請願書に署名ができるページへのリンクがある。シボーンはエドワード・アイズレーの写真へカーソルを移動し、クリックした。詳しい内容のページが現れ、アイズレーの釈放予定日、〝ファスト・エディー〟という通称、釈放後出没しそうな地域が記されている。

「釈放予定日、って書いてありますね」シボーンが指摘した。

リーバスがうなずいた。「それ以後、書き加えられていないな……アイズレーが働いていた場所を知っていた形跡もない」

「でも車の修理工としての訓練を受けたって、ちゃんと書いてあるし……カーライルの地名もある。投稿したのは……」シボーンはその部分に目を凝らした。「〝関係者〟とだけ書いてあるわ」

シボーンは次にトレヴァ・ゲストを調べた。

「同じ書き方だ」リーバスが言った。

「同じく、匿名の投稿」

シボーンはホームページへ戻り、シリル・コリアーをクリックした。「この写真は警察写真と同じだわ」

「タブロイド紙から取ったんだ」次々と現われるコリアーの写真を見ながら、リーバスが説明した。シボーンが息を飲み、「どういうこと？」とつぶやいた。

「ちょっと聞いて。〝これはわたしたちの愛する娘を地獄に突き落とし、わたしたちの人生を狂わせた、人でなしです。この男は、何ら改悛の情を見せないまま、しかも証拠があるにもかかわらず一貫して罪を認めないで、まもなく釈放されます。この男が近々社会復帰すると聞いて、大きなショックを受け、何とかしなければならないと思い、このサイトを開設しました。イギリスでこのようなサイトができたのは、これが初めてだと思います。外国では似たようなサイトがありますし、このサイトの立ち上げについては、アメリカ在住の方々の多大な協力をいただきました。〟」

「ヴィッキー・ジェンセンの両親が作ったのか？」リーバ

スがたずねた。

「そのようね」

「なぜおれたちはこれを知らなかった？」

シボーンは肩をすくめ、そのページを閉じる作業に気を奪われていた。「そいつは一人ずつ狙い打ちしてるんだ。そうだろう？」リーバスがさらに言った。

「男だか女だかわからないけど」シボーンが言い添えた。

「だったら、このホームページにアクセスしていた者を調べる必要がある」

「フェティス本部のエリック・ベインが手伝ってくれるかも」

リーバスはシボーンの顔を見た。「あの秀才ブレインか？　今でも電話してくるんだな？」

「しばらく会っていないけど」

「きみがひじ鉄を食らわしてからだな？」

シボーンがリーバスを睨みつけると、リーバスは降参の印に両手を挙げた。「だが、やってみる価値はある。なんならおれが頼んでみてもいい」


シボーンは椅子にもたれて、腕を組んだ。「いらだってるのね？」

「え？」

「わたしは部長刑事であなたは警部なのに、コービン本部長はわたしを責任者にした」

「そんなこと関係ない」リーバスはそんな言いがかりに、おおげさに傷ついた声を出した。

「ほんとに？　この事件を協力し合ってやるんだったら……」

「秀才ブレインにおれから頼もうか、とたずねただけだ」いらだちが口調に出た。

シボーンは腕組みを解き、頭を下げた。「ごめんなさい、ジョン」

「きみがエスプレッソを飲んでなくてよかった」リーバスはそう答えるにとどめた。

「一日休みが取れるといいんだけど」シボーンが微笑した。「そうしたいなら、今からでも家へ帰ってのんびりしたっていいんだよ」

「でなければ？」

「ジェンセン家を訪問してもいい」リーバスはラップトップへ手を向けた。「インターネットの世界に参加したことについて、たずねてみる」

シボーンはのろのろとうなずき、またしてもホイップクリームに指をつけた。「じゃあ、そうしましょう」


ジェンセン家はリース・リンクスに面した、広い四階建ての家に住んでいた。地階の部屋は娘のヴィッキーの領分である。地階へは別の入り口があって、短い石階段がついている。階段のてっぺんにあるゲートには鍵がしっかりとかかっており、ドアの両側の窓には鉄格子がはめられ、侵入に対する警報システムがあることを告げるステッカーが貼られていた。

シリル・コリアーに襲われる前、こんな予防措置は必要とは思われていなかった。当時、ヴィッキーは十八歳で、ネイピア大学に通う成績のいい学生だった。それから十年後の今もなお、リーバスの知る限りでは、ずっと自宅に住んでいる。ドアの前に立ったリーバスは一瞬ためらった。

「おれは外交が得意じゃないんでね」とシボーンに打ち明ける。

「じゃあ、わたしが話します」シボーンは前に出て、呼び鈴を押した。

トマス・ジェンセンは老眼鏡をはずしながら、ドアを開けた。リーバスの顔に気づくと、目を丸くした。

「何かあったんですか？」

「心配なさらないで」シボーンが警察手帳を見せながら、安心させた。「少しお訊きしたいことがあって」

「あの男を殺した者を今も捜してるんですね？」ジェンセンが察した。五十代初めの中背の男で、こめかみのあたりに白髪が混じっている。Vネックの赤いセーターは新しくて上等そうだった。たぶんカシミア。「わたしが捜査に協力するなどと、思うんですか？」

「あなたのウエブサイトに関心があるんです」

ジェンセンが眉をひそめた。「最近では当たり前になっていることだが、医者の世界では……」

「獣医学に関するものではなくて」リーバスが口を挟んだ。

「ビースト・ウオッチ」シボーンが言い添えた。

「ああ、あれか」ジェンセンはうつむき、ため息をもらした。「ドリーが熱心にやっていてね」

「ドリーというのは奥さん？」

「ああ、ドロシーです」

「今、ご在宅ですか？」

ジェンセンはかぶりを振った。妻の姿を捜すかのように、二人を越した遠くへ目を向ける。「アッシャー・ホールへ行った」

リーバスはそれですべての説明がついたかのように、深くうなずいた。「実は、少々問題が起こったもので……」

「ほう？」

「ウエブサイトについてなんです」リーバスは玄関内を身振りで示した。「中で少しお話ししたいんですが……？」

ジェンセンは気が進まない様子だったが、礼儀上断わりきれず、居間へ案内した。横に食堂があり、テーブルには新聞が散らかっている。「日曜日は、新聞を読んでるうちに時間が経ってしまってね」ジェンセンが弁解し、老眼鏡をポケットにしまった。椅子を身振りで示す。シボーンはソファに座り、ジェンセンはアームチェアを選んだ。リーバスは食堂と接するガラスのドア近くに立ち、広げた新聞を覗き見た。別に変わったところはない……特定の記事や段落に印がついているわけではない。

「問題というのはですね」シボーンは穏やかな口調だった。「シリル・コリアーが死亡し、ほかにも二人死亡したということなんです」

「意味がわからない」

「それは同一犯人によるものだとわたしたちは考えてるんです」

「だが……」

「犯人はあなたのウエブサイトからその三名の被害者の名前を知り得た可能性があるんじゃないか、と」

「三人？」

「エドワード・アイズレーとトレヴァ・ゲスト」リーバスが名前を挙げた。「あなたの悪党リストには、まだ名前がたくさん出ている……次は誰が狙われるんだろうかと思いましてね」

「これは何かの間違いだ」ジェンセンの顔が蒼白になった。

「アウキテラーダーを知ってますか？」リーバスがたずねた。

「いや……よくは知らない」

「グレンイーグルズ・ホテルは？」

「一度家内と行ったことがある……獣医学の学会で」

「そのときクルーティ・ウエル観光へ行くバス・ツアーがありましたか？」

ジェンセンは首を横に振った。「各種のセミナーが開かれ、夕食会とダンスパーティが催されただけだ」混乱した様子だった。「いや、わたしは何のお役にも立てないと思う……」

「ホームページは奥さんが考えたんですか？」シボーンが静かな声音でたずねた。

「あれは一つの手段として……家内はインターネットを使って協力を求めたんです」

「協力？」

「被害者の家族に。どうやってヴィッキーを力づけたらいいのかと悩んでいて。あるとき、思いついた」

「ホームページを立ち上げるときに、奥さんは誰かの助けを借りましたか？」

「ホームページ作成会社に頼みました」

「アメリカの同種のサイトからも……？」

「そうです。レイアウトの助言をもらいました。いったん立ち上げてしまえば……」ジェンセンが肩をすくめた。

「半ば自動的に運営されます」

「名前を登録する人もいるんですか？」

ジェンセンがうなずいた。「ニュースレターをもらいたい人は。いちおうは季刊の予定なんですが、ドリーが今も定期的に出しているかどうだか」

「では登録者のリストがあるんですね？」リーバスがたずねた。

シボーンがリーバスを見た。「サイトを見るのに、登録する必要はないけど」

「どこかにリストがあるはずだ」ジェンセンがつぶやいた。

「このサイトを作ってからどれぐらいになるんですか?」シボーンがたずねた。

「八、九カ月かな。彼の釈放時期が近づいてきたときに……ドリーは心配でならなくなったんです」一息入れ、腕時計を見た。「もちろんヴィッキーのことがです」

まるでそれがきっかけのように、玄関ドアの開閉する音がした。廊下から息をはずませ、興奮した声がした。

「やったわよ、パパ! ザ・ショアまで行って帰ってこれたわ!」戸口に立っている女性は赤毛で太っていた。父親に客がいるのを見ると、悲鳴を上げた。

「だいじょうぶだよ、ヴィッキー……」

しかしヴィッキーは身を翻して逃げていった。別のドアの開閉音が大きく響いた。地下の隠れ家へ逃げ込む足音が聞こえる。ジェンセンは肩を落とした。

「あれがやっとなんです、一人で何かするのは」

リーバスはうなずいた。ザ・ショアは一キロもない。ジェンセンがなぜ自分たちが来たときに、不安そうな顔で遠くへ目をやったのかを理解した。

「週日は娘と過ごしてくれる人を雇っているんです」ジェンセンが膝に手を載せ、説明を続けた。「わたしたちが仕事を続けられるように」

「コリアーが死んだことを娘さんに教えたんですか?」リーバスがたずねた。

「はい」

「そのことで娘さんは警察から何か訊かれたんですか?」

ジェンセンはかぶりを振った。「ここへ来た警官は……わたしたちがヴィッキーの状態を話すと、とても理解があって」リーバスとシボーンは目を見合わせた……熱心とは言えない、形式的な捜査にちがいない……「わたしたちはあいつを殺していません。たとえ目の前にいたとしても……」ジェンセンは物思いに耽る目になった。「とうていわたしたちには無理だ」

「彼らはみな麻薬注射を打たれて死亡したんです」シボーンが告げた。

獣医のジェンセンはまばたきをし、ゆっくりと手を上げて鼻柱をもんだ。「わたしに何らかの罪をきせると言うのなら、弁護士の立ち会いを求めたい」

「わたしたちは協力をお願いしているだけなんです」

ジェンセンはシボーンを見据えた。「それだけは断固として断わる」

「奥さんと娘さんからも話を伺わなければ」シボーンが言ったが、ジェンセンは立ち上がっていた。

「もう帰ってください。ヴィッキーの世話をしなければならない」

「わかりました」リーバスが言った。

「でももう一度来ますよ」シボーンが言葉を足した。「弁護士が同席しようがしまいが。それから念のために申しますが、証拠をいじると、刑務所へ行くようなことになりかねませんからね」シボーンはさっさと出口へ向かった。リーバスが続いた。外へ出ると、リーバスは煙草に火を点け、リース・リンクスでおこなわれている草サッカー試合のほうへ目を向けた。

「外交はおれの得意分野じゃないと言っただろ……？」

「え？」

「だけど、あと五分もあそこに残ってたら、きみはジェンセンを怒らせていたところだ」

「馬鹿言わないで」しかしシボーンの顔は赤みが差していた。ふくれっ面をし、いらだちをもらした。

「証拠がどうのこうの、とか言ってたな？」

「サイトは引っ込めることができるんです。登録者名簿も〝削除〟できます」

「ならば、一刻も早くブレインに連絡したほうがいいってことだな」


エリック・ベインはコンピュータで〈ライブ8〉のコンサートを見ていた──少なくともリーバスにはそう見えたが、ベインがその思いこみを正した。

「正確には、編集してたんです」

「ダウンロードしてたのね？」シボーンが推測して言ったが、ベインはかぶりを振った。

「DVDに焼き付け、今は不必要な箇所を削除しているところ」

「おれだったら、ずいぶん時間がかかりそうだな」リーバスが言った。

「こつを摑んだら、簡単ですよ」

「あのね」とシボーンが口を挟んだ。「リーバス警部の場合は、削除したい部分がいっぱいあるって言ってるのよ」

ベインが微笑した。二人がここへ来たときに立ち上がりもせず、それ以後も画面から目も上げていない。ドアを開けてくれたのは、恋人のモリーだった。紅茶はいかが、と勧めてくれたのもモリーだった。モリーは今キッチンで紅茶の用意をしており、居間にいるベインのほうはコンピュータにかかりきりになっている。

そこはスレイトフォード・ストリートに近い、倉庫を改築した建物の最上階だった。おそらくパンフレットには〝ペントハウス〟とうたわれていたにちがいない。小さな窓からの見晴らしはいいが、その景色は煙突や古びた工場などである。遠くにコーストフィン・ヒルズの山頂がおぼろに見える。室内は思ったよりもきれいに片づいていた。床を這うワイヤーも、ダンボール箱も、ハンダゴテも、ゲーム機もない。自称コンピュータおたくの住まいには見えなかった。

「ここに住んでどれぐらいになる。エリック?」リーバスがたずねた。

「二カ月ほど」

「彼女と同居することにして引っ越したんだね?」

「ま、そんなところですね。これ、すぐに終わるんで……」

リーバスはうなずき、ソファに座ってくつろいだ。生き生きとした様子のモリーが紅茶のトレーを運んできた。ミュールをはいている。ぴっちりしたブルージーンズはふくらはぎまでの長さしかない。チェ・ゲバラの顔がついた赤いTシャツ。抜群のスタイル、長いブロンド——髪を染めているらしいが、よく似合っている。リーバスはいい女だとひそかに認めた。シボーンへちらちらと目をやると、シボーンは科学者が実験用のネズミを観察するかのごとく、モリーを見つめていた。シボーンも、ベインがよくぞこんな女をつかまえたもんだ、と考えているようだった。

　モリーはベインに影響を与えていた。少年はしつけられたのだ。エルトン・ジョンの歌詞になかったっけ？　〝きみはぼくをロープで捕らえて縛りあげ……〟ほんとうはバーニー・トーピンの作詞だが。ザ・ブラウン・ダート・カウボーイことバーニー・トーピンがエルトン・ジョン、つまりキャプテン・ファンタスティックのために書いたのだ。

（エルトン・ジョンのアルバム、《キャプテン・ファンタスティック・アンド・ザ・ブラウン・ダート・カウボーイ》に収められている、トーピンの作詞による〝ザムワン・セイヴド・マイ・ライフ・トゥナイト〟からの一節で、エルトン・ジョンの失敗に終わった結婚生活を示している）

「いい部屋だね」リーバスはマグを渡してくれたモリーに、そう褒めた。そのお返し。モリーのピンクの唇が開いてきれいな白い歯がこぼれ、笑顔になった。「名前は何だっけな……？」

「クラーク」モリーが答えた。

「シボーンと同じだね」リーバスが教えた。モリーは確認を求めてシボーンを見た。

「わたしの姓は、eで終わるんです」シボーンが言い添えた。

「わたしの姓にはないわ」モリーはリーバスの横に腰をおろしたが、居心地が悪いのか、しきりに尻を動かしていた。

「それでも共通点がもう一つ見つかったってことだな」リーバスがからかい口調で言い、シボーンからしかめ面を返された。「いつから付き合っていたんだ？」

「十五週間前」モリーが即座に言った。「まだ短いでしょう？　でも直感でうまくいくってわかるときもあるし」

　リーバスがうなずいて同意した。「おれもつねづね言ってるんだがね、このシボーンもそろそろ家庭を持ったほうがいいって。それって、本人の気持ちしだいだよな、モリー」

　モリーは納得していなかったが、それでも同情に似た目つきでシボーンを見た。「ほんとにそうよ」と強調する。シボーンはリーバスを睨みつけてから、マグを受け取った。

「実はね、ほんのしばらく前、シボーンとエリックはカップルになりそうに思えたんだが」

「わたしたち、友達以上じゃなかったわ」シボーンはぎこちない笑い声を上げた。コンピュータに向かっていたベインはぎくっとして、マウスを動かす手が止まってしまった。

「そうなのか、エリック？」リーバスが呼びかけた。

「ジョンはからかってるのよ」シボーンはモリーをなだめた。「彼の言うことなんか気にしないで」

リーバスはモリーにウインクした。「うまい紅茶だな」と言う。モリーは相変わらずもじもじしていた。

「日曜日にお邪魔して、ほんとに申し訳ないわ」シボーンが付け加えた。「緊急事態でなかったら……」

ベインが椅子をきしらせて立ち上がった。リーバスはベインが五キロほども痩せたことに気づいた。白い顔はまだ丸いが、腹がへこんだ。

「今も、科学捜査コンピュータ部に所属してるのね？」シボーンがたずねた。

「そうだよ」エリックは紅茶を受け取り、モリーの横に座った。モリーがエリックをかばうかのように彼に腕を回したので、Tシャツが引っ張れて乳房の輪郭が強調された。リーバスはエリックから視線をそらすまいとつとめた。

「G8で忙しくて」とエリックが言った。「上がってきた情報をより分けているんです」

「どんな情報なんだ？」リーバスは足を伸ばす仕草をして立ち上がった。ベインがソファに座ったので、狭くなったのだ。コンピュータへぶらぶらと近づいた。

「秘密情報のたぐい」ベインが答えた。

「スティールフォースという名前が出てこなかったか？」

「出てくるはずなんですか？」

「ロンドン警視庁公安部SO12の人間なんだ……一切を取り仕切ってると言っても過言ではない男」

しかしベインはゆっくりとかぶりを振り、用向きをたずねた。シボーンは紙を渡した。

「ウエブサイトなんだけど。いきなり消える可能性があるの。今のうちにここからすべての情報を取り出したい。登録者名簿、サイトを訪れた人々、ダウンロードできる資料があればそれも……」

「それはたいへんな頼みだな」

「わかってるわ、エリック」名前を呼んだときの言い方で、エリックは急に狼狽したようだった。立ち上がって窓辺へ行き、紅潮した首筋をモリーに見られまいとしていた。

リーバスはコンピュータの横にあった紙を拾い上げた。それはアクシオス・システムズという表題がついた手紙で、タソス・シメオニデスと署名してあった。「ギリシャ人みたいだな」と言った。エリック・ベインは話題が変わってほっとした様子だった。

「エジンバラの会社ですよ。ITの会社なんです」

リーバスは紙をひらひらとエリックの前で振った。「立ち入ったことを訊くようだが……」

「仕事のオファーなのよ」モリーが説明した。「しょっちゅうそんな手紙が来るわ」モリーは立ち上がり、窓辺へ近づいてエリックに腕を回した。「警察の仕事のほうが大事だって、わたしいつも彼に説いてるの」

リーバスは手紙を置いて、ソファに戻った。「もう一杯もらえるかな？」モリーはいそいそとカップに紅茶を注いだ。その隙にベインはシボーンを見つめ、ほんの一瞬のうちに、無言でたくさんの意味を伝えた。

「ありがとう」リーバスはカップを受け取った。モリーはまたリーバスの横に腰を下ろした。

「このサイトはいつ閉鎖される？」ベインがたずねた。

「わからない」シボーンが答えた。

「今夜にでも？」

「明日の可能性が大きいかな」

ベインは先ほどの紙を見つめた。「わかった」

「いいとこじゃないか？」リーバスはこの部屋を褒めたが、モリーは上の空だった。顔を両手でぴしゃりと叩き、口をぽかんと開けた。

「ビスケットを出すのを忘れちゃった！」いきなり立ち上がる。「どうして忘れたのかしら？　誰も何も言ってくれないし……」ベインのほうを向く。「一言言ってくれたらいいのに！」真っ赤な顔になり、居間を走り出た。

そのときリーバスはこの部屋がきちんと片づいているだけではないと悟った。

病的なほど片づいていた。

## 7

シボーンは反戦の叫びを上げ、横断幕を持つ人々の列を見守った。そのルートには警官が立ち、事に備えている。タイマの甘い匂いが漂ってきたが、それで逮捕者が出ることはないだろう。オペレーション・ソルブスの打ち合わせでそう決められたのだ。

通る際に銃撃してきたら、逮捕する。さもなくば自由に行かせる……

ビースト・ウオッチのホームページから情報を得ている犯人は、高品質のヘロインを入手できる立場にある。シボーンは穏やかそうなトマス・ジェンセンを思い浮かべた。獣医はヘロインを持っていないかもしれないが、何かと交換して手に入れることならできるだろう。

ヘロインが入手可能で、怨恨を持つ人間。ヴィッキーの友達二人、彼女と一緒にナイトクラブへ行き、帰りのバスにも乗った二人……この二人からも事情聴取をしたほうがよさそうだ。

頭へ一撃……いつも後ろから殴っている。被害者たちよりも力の弱い者だろう。相手が伸びてしまってから、ヘロインの注射をしたいのだ。トレヴァ・ゲストが激しく殴打されたのは、彼がすぐには倒れなかったから？　あるいは、殺人犯は歯止めが利かなくなり、大胆になって、殴るのに快感を覚えてきたのか？

しかしゲストは二番目の被害者だ。三番目のシリル・コリアーはそれほど残酷な扱いを受けなかった。ということは、たまたま誰かが現場に迷い込んだので、殺人犯はぞんぶんに痛めつける前に逃走したのか？

その男はまた殺人を犯したのだろうか？　それならば……シボーンは舌打ちをした。「男か女か、まだわからないじゃない」と自分に言い聞かせる。

「ブッシュ、ブレア、CIA、今日は子供を何人殺した？」

そのスローガンをデモ参加者が唱和した。あふれんばかりの人々の流れがコルトン・ヒルを登っていく。シボーンもそれに従った。抗議大会へ向かう数千人の群。丘の頂上は吹きさらしで、風が冷たかった。遠いファイフが見え、西は市内が一望できる。南は二十四時間体制で警察の警戒下にある、ホリールード宮殿と議事堂。たしかコルトン・ヒルはエジンバラの死火山の一つだった。エジンバラ城も死火山の上に作られているし、アーサーズ・シートの丘もその一つだ。コルトン・ヒルのてっぺんには、天文台があり、ほかにも記念建造物がいくつかある。いちばん目立つのは、〝愚作〟と称されているものである。アテネのパンテオンのレプリカを作る計画だったのだが、壁の片面だけが作られたところで放置されたのだ。頭のおかしな寄贈者が死に、未完のまま残った。デモ参加者の一部がそれによじ登っている。人々が群がってスピーチを聴いている。自分の世界に入り込んだ若い女が一人、群から少し離れて歌い踊っていた。

「こんなとこで会うなんて、思わなかったわ」

「ええ、でもここに来たら会えるんじゃないかと思って」

シボーンは再会した両親と抱き合った。「昨日はザ・メドウズで捜したんだけど、とうとう見つけられなかった」

「昨日はすばらしかったわね？」

シボーンの父親が笑い声を上げた。「お母さんは涙が止まらなかったんだよ」

「とっても感動的だったもの」母親が相づちを打った。

「昨夜はテントへ会いに行ったのよ」

「飲みに出かけたんだ」

「サンタルと？」シボーンは平静な口調を保つように心がけた。髪の毛を掻き上げる動作で、心の声をもみ消そうとした。わたしが娘なのよ、サンタルじゃないんだから！

「しばらくは一緒にいたけど……サンタルにはおもしろくなかったようだ」最初の演説者に向かって人々が拍手をしたり歓声を上げたりしている。

「ビリー・ブラッグ（イギリスのミュージシャン。プロテスト・ソングも多い）があとで歌うよ」父親が教えた。

「何か食べない？」シボーンが誘った。「ウオータールー

・プレイスにいいレストランがあるんだけど……」

「お腹が空いてる？」イーヴ・クラークが夫にたずねた。

「あんまり」

「わたしも」

シボーンは肩をすくめた。「じゃあ、もう少しあとにする？」

父親が唇に手を当てた。「始まるよ」と囁く。

「何が？」シボーンがたずねた。

「死者の名前を読み上げるんだ」

そのとおりだった。イラク戦争の犠牲者千人の名前を読み上げる。戦争に関連するあらゆる立場の死者の名前を。読み手がときどき交代しながら千人の名前を読み上げていき、聴衆は無言で聴いていた。若い女すら、踊るのをやめた。立ち止まってぼうっと宙を見ている。しばらくしてシボーンは携帯電話の電源を切っていないことに気づき、少し後ろへ下がった。エリック・ベインから結果を知らせる電話がかかってきては困る。ポケットから携帯電話を取りだして、ヴァイブに変えた。もう少し集団から離れたが、読み上げる声はまだ聞こえる。眼下にヒベルニアン・スタジアムが見えた。サッカー・シーズンが終わっている今は、ひとけがない。北海は穏やかである。東に見えるベリク・ローの丘もまた、死火山のように丸い。名前の読み上げは続き、シボーンはこっそりと悲しい笑みをもらした。

なぜなら、それこそが自分の職業として、これまでやってきたことだからだ。死者の名前を知らせてきた。死者の最後の様子を記録し、どんな人間であったか、なぜ死んだかを探ってきた。忘れられた者、行方の知れない者を世間に知らせた。無数にいる犠牲者が自分や自分のような警察官の助けを待っているからだ。リーバスのような刑事を待っている。そんな警察官はどんな事件にも執念深く取り組み、事件に取り憑かれたように働く。あきらめることを知らない。なぜなら放棄することは、それらの名前に対する最終的な侮辱となるから。シボーンの携帯電話が振動していた。耳に当てた。

「向こうが早かった」エリック・ベインの声だ。

「ウエブサイトが消えたの？」

「そう」

シボーンは罵り声をもらした。「何か手に入れた？」

「ちょこちょこと少しだけ。自宅にある機種では、あんまり奥深くまで調べられなかったんだ」

「登録者リストは？」

「無理だった」

別の演説者がマイクを握った……次々と名前が続く。

「ほかに何か打つ手はないの？」シボーンが訊いた。

「仕事場に行けば、まあ、一つ二つ、奥の手を使って何とか」

「じゃあ、明日ね？」

「G8関係で手が塞がらなかったら」ベインは少し間を置いた。「きみに会えて嬉しかった、シボーン。済まなかったな、彼女がいて――」

「エリック」シボーンがたしなめた。「やめて」

「何を？」

「全部……何もかも。何も言わないで、わかった？」

電話の向こうで長い沈黙が続いていた。「今も友達だよね？」しばらくしてベインがたずねる。

「もちろんよ。明日電話をちょうだい」シボーンは電話を切った。さもないと、潔癖症の、すぐにすねる、胸の大きな恋人にしがみついていなさい、きっといい未来が見えてくるわ……とぶちまけかねないからだ。

それにしても、不思議なことが起こるものだ。

シボーンは後ろから両親を見つめた。二人は手をつなぎ、母親は父親の肩に頭を寄せている。涙があふれそうになったが、シボーンは抑え込んだ。部屋から走り出たヴィッキー・ジェンセンを思い起こした。そして同じ行動を取ったモリーを。二人とも人生そのものに怯えている。十代の頃、シボーンも部屋からよく逃げ出したものだった。両親がいた部屋から。発作的な怒り、口喧嘩、言い争い、見えない圧力。今は両親の真ん中に立っていたい。そうしたいが、できない。それどころか、五十メートルも後方に立ち、こちらを振り向いてくれることを切に願っている。

しかし両親は名前に聞き入っていた……会ったこともない人の名前に。

「来てくれてありがたい」スティールフォースが立ち上がって、リーバスと握手した。彼はバルモラル・ホテルのロビーで、足を組んで座り、待っていた。リーバスは十五分間も待たせ、その間バルモラル・ホテルの玄関ドアの前を数回往復して、どんな罠が待っているのだろうかとそのたびに中を覗いてみたのだった。反戦デモは通り過ぎてしまっていたが、ウオータールー・プレイスをゆっくりと遠ざかる列の後尾がまだ見えた。先ほどシボーンは、両親と会えるかもしれないのでそこへ行ってみます、とリーバスに告げた。

「忙しいからなかなか会える時間が取れないなあ」とリーバスは同情した。

「あっちもよ」とシボーンがつぶやいたのだった。

ホテルのドアには警備員がいた。お仕着せ服のドアマンとコンシェルジェだけではなく、土曜日の夜から配置についている別種の警備員である。リーバスの見るところ、スティールフォースの命令を受けている私服警官にちがいなかった。公安部のスティールフォースはダブルのピンストライプ姿で、いつにもましてめかし込んでいた。握手が済むと、彼はパーム・コートへ手を向けた。

「ウイスキーでも一杯どうだね？」

「誰が勘定を受け持つかによります」

「わたしに任せてくれ」

「だったら、たっぷりと飲みたいですね」

スティールフォースは大きな笑い声を上げたが、うわべだけの笑いだった。隅のテーブルへ向かった。二人が席につくと同時に、ウエイトレスがどこからともなく現われた。「カーラ」とスティールフォースが呼びかけた。「ウイスキーを二つ頼む。ダブルで」リーバスへ目を向ける。「〈ラフロイグ〉を」リーバスがその視線に応じた。「古いほどいい」

カーラが会釈をして引き下がった。スティールフォースは上着の裾を直しながら、カーラの姿が消えるのを待った。リーバスはそうはさせないことにした。

「死んだ議員の件をもみ消すことができたんですね？」大

声でたずねる。

「何をもみ消すんだ?」

「さあね」

「リーバス警部、わたしが知ったところでは、きみのこれまでの捜査は、たった一つ、死亡した議員の妹から非公式に話を聞いただけに留まっている」上着からようやく手を離したスティールフォースは、テーブルの上で手を組んだ。「さらに嘆かわしいことに、彼女が正式に身元確認をした直後に、その事情聴取はおこなわれた」芝居がかった様子でいったん言葉を切る。「気を悪くしないでもらいたい、警部」

「いや、全然、警視長」

「もちろん、きみはほかの方面で忙しかったんだろう。というのも、二人以上の地元記者が嗅ぎ回り、わたしにうるさくつきまとっているんでね」

リーバスは驚いた顔を装った。それはメイリー・ヘンダーソンと、名前はわからないがスコッツマン紙のあのニュース担当記者の二人だ。これで二人に借りを作った……

「ともあれ、もみ消すことが何もないんだから、新聞も深くつっこめませんよ」一息入れる。「あのとき、おれは捜査には加われないとおっしゃいましたね……でもそうはならなかったようで」

スティールフォースは肩をすくめた。「捜査する必要が何もないからだ。結論は事故死だからな」ウイスキーのグラスが来ると、組んだ手をほどいた。酒とともに小さな水差しと、氷のかけらがぎっしり入った鉢も並べられた。

「お会計はあとでまとめてなさいますか?」カーラがたずねた。スティールフォースはリーバスを見て、かぶりを振った。

「一杯だけにしておこう」伝票に部屋番号を記した。

「支払いは納税者がするんですか、それともミスター・ペネンのおごりですかね?」

「リチャード・ペネンは我が国の誇りだ」スティールフォースが断言し、ウイスキーに水をどぼどぼと足した。「彼がいなければ、スコットランドの経済は苦しい状況に陥っていただろう」

「バルモラルがそんなに高いとは知らなかった」

スティールフォースがにらみつけた。「防衛産業による雇用の話だ、言うまでもないが」

「もしベン・ウエブスターの死亡に関しておれが話を聞きに行ったら、ペネンはいきなりよそへ工場を移すかな？」

スティールフォースは身を乗り出した。「彼の機嫌を損ねては困るんだ、それぐらいわかるだろうが？」

リーバスはモルトの芳香を楽しんでから、グラスを口元近くに掲げた。

「乾杯」スティールフォースがしぶしぶ言った。

「スラーンジュ」リーバスが応じた。

「きみは強い酒をストレートで飲むと聞いた」スティールフォースが言った。「それも生半可な量ではないと」

「その情報は間違ってないようですよ」

「酒を飲むのは構わない……仕事の差し障りにならなければ。ところが、判断に狂いが生じるってこともよくあるんでね」

「おれの人を見る目には狂いはないですよ」リーバスはグラスを置いた。「しらふだろうが、酔っぱらっていようが、あんたが第一級のいけすかない野郎だってことぐらいわかる」

スティールフォースは感謝の印にグラスを挙げた。「がっかりさせちまったことの埋め合わせに、ある提案をするつもりだったんだがね」

「がっかりしてるように見えるんですか？」

「ベン・ウエブスターに関しては、自殺にしろそうでないにしろ、これ以上何も出てこない」

「突然、今度は自殺でけりをつけるんですか？　ということは、遺書でもあったんですかね？」

スティールフォースは忍耐心を失った。「遺書はない！」と吐き捨てるように言う。「何もなかった」

「ちょっとばっかり妙な自殺ってことですかね？」

「事故死だ」

「公式の発表では、ということですね」リーバスはグラスを再び挙げた。「で、おれに提案というのは？」

スティールフォースはリーバスをじっと見てから答えた。

「わたしの部下なんだが」と切り出す。「きみの扱ってる殺人事件だが……今や被害者が三人になったと聞いた。さぞや忙しいことだろう。今のところ、きみとクラーク部長刑事だけでやってるんだろ？」

「まあね」

「わたしは部下を大勢連れてきた――粒ぞろいのやつらでね。さまざまな特殊技能や専門分野の持ち主だ」

「部下を貸してくれるんですか？」

「そのつもりだ」

「三件の殺人事件に集中できるようにですか、そして議員の件は忘れる？」リーバスはその提案を考えるそぶりをし、両手を合わせてその上に顎を載せる仕草までした。「エジンバラ城の憲兵は侵入者がいたと言っていた」考えを口にしているかのように、小声で言う。

「その証拠はない」スティールフォースがすばやく答えた。

「ウエブスターはなぜ胸壁に行ったんだろう……その理由はいまだに明らかになっていない」

「新鮮な空気を吸いに」

「晩餐会を中座したんですか？」

「終わりかけていたんだ……ポートワインと葉巻が配られていた」

「外へ出るとウエブスターは言ったんですね？」リーバスはスティールフォースを見つめていた。

「いや、はっきりとは。出席者は立ち上がって体をほぐしたり……」

「出席者の全員から聞き取りをしたんですね？」

「ほぼ全員から」スティールフォースが訂正した。

「外務大臣は？」リーバスは返事を待ったが、返ってこなかった。「やっぱりな。では外国の代表団は？」

「一部の者はした。きみがやりそうなことは、すべてやったよ、警部」

「おれが何をやるか知らんでしょう」

スティールフォースは軽く頭を下げて、その言葉を受け入れた。まだグラスに口をつけていない。

「何も気がかりな点はないんですか？　何の疑問もない？」リーバスが言った。

「ないね」

「しかも、なぜあんなことが起こったかわからないというのに」リーバスは重たくかぶりを振った。「あんたは警官としては落第じゃないですか？　握手や会議の達人かもしれんが、こと捜査に関しては何もわかっちゃいない。あんたはショーウインドーのマネキンにすぎない」リーバスは立ち上がった。

「では、きみは何だと言うんだ、リーバス警部？」

「おれ？」リーバスはちょっと考えた。「おれは用務員かな……人が汚したあとを掃除する係です」すぐに決めぜりふを思いついた。「というより、汚したあとと、その周辺を」

舞台下手へ退場。

バルモラル・ホテルを出る前に、リーバスは下の階へ降りてレストランへ向かい、制止しようとするウエイターをよそめに、レストランの待合室へ入り込んだ。客は多かったが、リチャード・ペネンの姿は見あたらなかった。石段を上がってプリンシズ・ストリートへ出たリーバスは、〈カフェ・ロイヤル〉へ寄ってみることにした。パブは意外なほど空いていた。

「商売は上がったりだ」支配人がこぼした。「これからの数日間、地元の客は外出を控えるからね」

二杯飲むと、リーバスはジョージ・ストリートを歩いた。市のお達しにより、道路を掘り起こす作業は中断されている。一方通行の新方式が導入されたため、車の往来が混乱に陥っていた。交通巡査すら、そのやり方に納得しておらず、率先して通行禁止の新標識を設置しようとはしない。今も道路は人通りが少ない。ゲルドフ率いる大群はどこにもいない。〈ドーム〉の前にいたドアマンが、客の入りは四分の一程度だと教えてくれた。ヤング・ストリートの狭い通りは、一方通行が反対向きに変えられた。リーバスは〈オックスフォード・バー〉のドアを押し開けながら、新しい方式について聞かされた言葉を思い出して、にやりとした。

〝急がず騒がず変えようとしてるんでね。しばらくは両方

向から入れる……〃

「ＩＰＡ（インディア・ペール・エール）を一パイント、ハリー」リーバスがポケットの煙草を探りながら注文した。

「あと八カ月」ハリーがつぶやいて、エールのレバーを引いた。

「思い出させるんじゃない」

ハリーはスコットランドの禁煙法が発効する日までを数えているのだ……

「世間では何か起こってるのかい？」常連の一人がたずねた。リーバスはかぶりを振った。酒飲みのこの隔絶した世界では、連続殺人事件などは、〃何か〃の範疇からはみ出ることを承知している。

「どっかでデモ行進をやってるんだろ？」ハリーがたずねた。

「コルトン・ヒルで」客の一人が肯定した。「こんなに金をかけてさ、それだけあればアフリカの子供一人一人に、ジェナーズ・デパートの高級食料品を詰めた贈答用バスケットを送ってやれたのになあ」

「スコットランドが世界の注目を浴びる機会を作ったんだ」ハリーがスコットランド首席大臣の公邸があるシャーロット・スクエアを顎で示して反論した。「金をかけるだけの値打ちはあるって、ジャック・マコネル首席大臣が言ってるじゃないか」

「でもジャックのポケットマネーじゃない」酒飲みが文句を言った。「おれのかみさんはさ、フレデリック・ストリートにできた新しい靴屋で働いてるんだが、今週は商売が上がったりだって言ってる」

「ロイヤル・バンクも明日は一日休業だよ」ハリーが言った。

「そうとも、明日はひでえことになりそうだ」酒飲みがつぶやいた。

「せっかく元気づけに飲みに来たのに、これだ」リーバスがこぼした。

ハリーが、何をいまさら、と言わんばかりの表情を作ってリーバスを見た。「それぐらいわかってそうなもんだ。もう一杯飲むか、ジョン？」

リーバスは心を決めかねたが、とりあえずうなずいた。エールを二パイント飲み、一個だけ売れ残っていたロールパン・サンドイッチを平らげたあと、帰宅することにした。イーヴニング・ニューズ紙も読み終わったし、テレビでツール・ド・フランスのハイライトも観たし、新しい道路規制に対する反対意見にも耳を傾けた。

「元通りにしないんなら、かみさんが言うには、勤務先の店が休業に追い込まれるって。おれ、言ったかな？　かみさんはフレデリック・ストリートの新しい靴屋に勤めてるんだ……」

ドアへ向かうリーバスに、ハリーはうんざりだと言わんばかりに目を剝いて見せた。リーバスは歩いて帰ろうか、それともゲイフィールド署に電話して、巡回中のパトカーにでも送ってもらおうかと思案した。タクシーの多くは市の中心部に寄りつかないが、ロックスバラ・ホテルの前へ行き、金持ちの観光客を装えば、捕まえられるかもしれない……

そのとき、車のドアの開く音が聞こえたが、振り返るのが一瞬遅れた。いきなり両腕を摑まれ、後ろへねじ上げられた。

「飲み過ぎたのか？」居丈高な声がした。「一晩留置所で泊まったほうがよさそうだな」

「手を離せ！」リーバスは体をねじって逃れようとしたが、どうにもならなかった。プラスティックの手錠が手首にはまり、血流が止まるほど強く引き締められるのを感じた。はめられたら最後、この手錠を緩めることはできない。刃物で切るしかない。

「何をする？」リーバスが歯ぎしりして言った。「おれは犯罪捜査部の警部なんだぞ」

「そうは見えないな」声が言う。「ビールと煙草の饐えた臭い、くたびれた服装……」イングランド訛だ。ロンドンか。リーバスは制服姿が目に入った。続けてもう二人。顔は陰になっており――いや、日焼けしているのか――引き締まった、厳しい顔立ちの男たちだ。ヴァンは無印の小型車である。後部ドアが開いていて、そこへリーバスは押し込まれた。

「ポケットに身分証がある」リーバスが言った。車内にはベンチがあった。黒い窓ガラスの外側に、鉄格子がはめられている。嘔吐物の臭いがかすかに残っている。運転席と後部席の間にも鉄格子があり、さらに樹脂合板で仕切られていた。

「とんでもない誤解だ！」リーバスがわめいた。

「海兵隊に言ってくれ」大声が返った。

ヴァンが動き出した。後部の窓からヘッドライトがリーバスの目に映った。そのはずである。前の席に三人は座れない。もう一台車があるはずだ。リーバスはどこへ連行されようが構わなかった。ゲイフィールド・スクエア署だろうがウエスト・エンド署だろうがセント・レナーズ署だろうが。自分の顔は知られている。心配は要らない。ただし血が通わなくなって、指がふくれてきた。きつい手錠で後ろ手に縛られているので、肩も強烈に痛む。狭い車内で転がらないように、両足を開いてふんばっていなければならなかった。ヴァンは信号を無視し、時速八十キロで飛ばしていた。歩行者が危うく接触しそうになったのか、悲鳴が二回も聞こえた。サイレンは鳴らしていないが、屋根のライトは点滅している。あとを追う車はサイレンも点滅灯もない。となれば、パトカーではない……このヴァンも警察車とはどことなくちがう。ヴァンは東方面へ向かっており、だったらゲイフィールド署へ行くのだと思っていたところ、突然左折してニュー・タウンへ向かった。揺れながら坂を猛スピードで下るので、リーバスは何回も頭を天井にぶつけた。

「どこへ行くんだ……？」酔いも醒めてしまった。考えつくのは、フェティスだけだが、そこは警察本部である。泥酔者を一晩留置するために連行するようなところではない。そこは警察の高官がたむろするところだ。ジェイムズ・コービン本部長とその取り巻きが。やっぱり、左へ折れてフェリー・ロードへ入ったものの、そのあと警察本部のあるほうへは曲がらなかった……

となれば、残るはドライロー署だけである。市の北部にぽつんとある警察署で、第十三分署、とあだ名で呼ぶ者もいる。その陰気な建物に近づくと、ドアの前でヴァンが停止した。リーバスはヴァンから引きずり出され、署内へ連れ込まれた。彼は突然のまばゆい裸電球に目をしばたたかせた。受付には誰もいず、署内にひとけはない。リーバスは奥へ引き立てられて行き、ドアが開いたままになっている監房二部屋の前まで来た。片手の圧力が緩んだかと思うと、血流が指にじんじんと戻ってきた。背中を押されて監房の一つへよろめき入った。ドアががちゃんと閉まった。

「おい！」リーバスが叫んだ。「これは悪質ないたずらか？」

「おれたちがいたずらをするように見えるか？　〈ダーティ・サンチェス〉（テレビ番組）の悪ふざけを撮ってるとでも勘違いしてるのか？」ドアの向こう側から笑い声が上がった。

「ゆっくり寝ろ」別の声が言った。「おれたちの手をわずらわせるんじゃない。さもないと、そっちへ行って特別製の鎮静剤を打たなきゃならなくなる。そうだろ、ジャコ？」

　リーバスはしっと言う声が聞こえたように思った。向こうが静まり返った。リーバスはなぜだかわかった。名前を出すという間違いを犯したのだ。

　ジャコ。

　さっきの顔を思い出そうとした。あとでしっかりと復讐をするために。記憶に残っているのは、皮膚をこんがりと焼いたのか、戸外労働によるものなのか知らないが、浅黒い肌の男たちだったことだけである。しかしあの声は絶対に忘れはしない。制服は普通のものだった……肩を飾るバッジがはずされていた以外は。バッジがないと、身元をたどるのに苦労することだろう。

　リーバスはドアを数回蹴りつけ、ポケットの携帯電話を出そうとした。

　ところがポケットにない。あいつらが取りあげたのか、自分が落としたのか。財布と警察手帳、煙草とライターはまだある。ベッドとして使われる、冷たいコンクリートの棚に腰を下ろし、手首を見た。左手にはプラスチックの手錠がはまったままだ。右手の手錠は切断されはずされている。自由になった右手で、血の巡りをよくするために左腕をさすり、手首や掌や指をマッサージした。ライターを使えば、プラスチックを焼き切れそうだが、手首の火傷も免れないだろう。煙草に火を点け、心を静めることにした。ドアへ近づき、拳でどんと叩き、後ろを向いてかかとでドアを蹴った。

ゲイフィールド署やセント・レナーズ署の監房を訪れると、これと同じ音を聞いたものだった。ドンドンドンドン。その騒音に鍵をかけたいと冗談を言ったものだった。

ドンドンドンドン。

経験から生まれた希望の音。リーバスは座った。トイレも洗面台もなく、片隅に金属バケツがあるだけだ。そばの壁が古い糞で汚れている。しっくい壁に落書きが刻みつけられていた。〝ビッグ・マルキーがここの牢名主〟、〝ムショ・ヤング・チーム〟、〝ハーツ・ファンのクソ野郎ども〟。信じられないことに、ラテン語の心得がある誰かがここに監禁されたらしく、こんな文字があった。〝我を害《ネモ・》して無傷でいられる者はいない《メイ・インプーネイ・ラーケシット》(スコットランドの貴族が叙せられるアザミ勲爵位の標語)〟。スコットランド語では、〝ファ・ダール・メドル・ウイ・ミー？〟となる。現代語訳すると〝おれに手を出してみろ、こっぴどく仕返ししてやる〟。

リーバスは立ち上がった。状況が飲み込めてきた。最初から気づくべきだったのだ。

スティールフォース。

手の空いた制服警官を手に入れるぐらい彼には簡単なことだ……その三人を遣わした……先ほどリーバスに提供すると言った警官と同じ者たちだろう。リーバスがホテルを出たときから、彼らは監視していたのだ。パブからパブへと尾行し、ちょうどよい場所を選んだ。オックスフォード・バーの前の小道はまさにうってつけだった。

「スティールフォース！」リーバスはドアに向かってどなった。「ここへ来て、話をしろ！　おまえは偉そうにするくせに、臆病者か？」ドアに耳をつけたが何も聞こえなかった。覗き孔は閉じてある。食事時に開けられるハッチにも錠が下りていた。監房内を歩き回り、煙草のパックを開けたものの、節約したほうがいいと判断した。ままよ、と思い、火を点ける。ライターの火が点きにくかった。ガスが少ないのだ……煙草とライターとどちらが先になくなるのかいい勝負だ。腕時計を見ると、十時だった。朝まではまだまだ長い……

# 七月四日　月曜日

# 8

　鍵を回す音で目が覚めた。ドアがきしみながら開いた。最初に目に入ったのは、驚いて口をぽかんと開けている若い巡査だった。その左に、乱れた髪のままの、腹立たしげなジェイムズ・マクレイ主任警部がいた。リーバスは腕時計を見た。四時少し前。ということは月曜日の明け方。

「刃物を持ってないか？」しゃがれ声でリーバスはたずねた。手首を示す。手首は腫れあがり、掌と指が変色していた。巡査がペンナイフをポケットから取りだした。

「どうやってここへ入ったんです？」巡査が震える声でたずねた。

「昨夜の十時、誰がここに詰めていた？」

「出動要請があったんです」巡査が答える。「出て行く前に鍵をかけました」

　リーバスはその話を信じないわけにはいかなかった。

「どんな出動要請だった？」

「偽情報でした。申し訳ありません……なぜ叫ぶなり何なりしなかったんです？」

「日誌に何も記録は残ってないんだろうな？」手錠が床に落ちた。リーバスは指をこすって血を通わせた。

「何もないです。監房が空のときは監房の点検もしませんし」

「空室だってことは知ってたんだな？」

「暴動時に収容できるよう、空けておいたんです」

　マクレイはリーバスの左手を見つめていた。「医者に診せたほうがよくないか？」

「だいじょうぶ」リーバスはしかめ面をした。「どうやっておれがここにいることを知ったんです？」

「携帯メールで。携帯を書斎に置いて充電してたんだ。携帯が鳴った音で、家内が目を覚ました」

「それを見せてもらえますか?」

マクレイが携帯電話を渡した。画面の上部に、送信者の電話番号があり、その下に大文字のメッセージ。〝リーバスがドライローの監房にいる〟。リーバスは返信を選択して押したが、つながったとたん、この番号は現在使用されていません、というメッセージが流れた。携帯電話をマクレイに返した。

「画面を見ると、深夜の十二時に送信されたようですね」

マクレイはリーバスと目を合わさなかった。「しばらくは電話の音に気づかなかった」と小声で答える。しかし自分の立場を思いだし、背筋を伸ばした。「これはどういうことなんだね、話してくれないか?」

「警官が数人で悪ふざけをしたんです」リーバスは適当に話を作った。左手を曲げたり伸ばしたりしながら、無表情を装い、激痛を悟られまいとした。

「それは誰なんだ?」

「名前を出すほどのことじゃないんで」

「ではこっちから携帯メールに返信をすれば……?」

「番号はすでに契約を切ってあります」

マクレイはリーバスをじろじろと見た。「昨夜はそうとう飲んだんだな?」

「少しばかり」リーバスは巡査のほうを見た。「もしかして、受付デスクに携帯電話が置いてなかったか?」

若い巡査がかぶりを振った。リーバスは巡査に顔をぐっと近づけた。「こういうことが表沙汰になったら……おれが笑い者になるのはさておき、ほんとうはきみがいちばん困るんだぞ。監房の点検を怠り、署を無人にし、入り口のドアにも鍵をかけなかった……」

「ドアには鍵がかかっていました」巡査が反論した。

「それでも、きみの成績に響くんじゃないか?」

マクレイが巡査の肩を叩いた。「だから、今回のことは内々に留めておこう、いいね? では、リーバス警部、また交通遮断がおこなわれる前に、きみを家まで送ろうか」

署の外へ出ると、立ち止まった。マクレイはすぐにローヴァーのロックをはずさず、「きみが内緒にしておきたい気持ちはよくわかる。だが安心しろ、もしもおれが犯人を見つけたら、たっぷりお仕置きをしてやるから」

「はい。迷惑をかけてすみません」

「きみのせいじゃない。さあ乗ってくれ」

市内へ向かって南下する車中で、二人は無言だった。東の空が明るくなってきている。配達車を何台かと、眠そうな歩行者を見かけたが、今日がどんな日になるかの前兆は何もない。月曜日は〝カーニヴァル・オブ・フル・エンジョイメント〟と名付けられた行動がおこなわれる日である。クラウン・アーミー、ウォンブルズ、ブラック・ブロックなどの反政府グループが動くと言われている。彼らはエジンバラ市内を占拠するつもりなのだ。マクレイはカー・ラジオの地元局をつけ、折よくニュース速報を捕らえた。クイーンズフェリー・ロードのガソリンスタンドで、ガソリンポンプに南京錠をつけようとした騒ぎがあったと報じている。「週末は前菜みたいなもんだ」アーデン・ストリートに着いたマクレイはそう言いながら、車を停めた。「だから、楽しんでくれただろうな」

「のんびりしましたよ」リーバスは車のドアを開けた。「送ってもらってすみません」車の屋根をぽんぽんと挨拶の印に叩き、走り去る車を見送ってから、三階まで上がり、ポケットの鍵を探った。

鍵がない。

ないはずだ。鍵はドアに差し込んであった。ちきしょうと罵りながら、ドアを開け、鍵を引き抜いて右手に握りしめた。忍び足で廊下へ入る。物音も明かりもない。キッチンを通り過ぎ、寝室のドア前を通る。居間へ入った。コリアーの事件簿はむろんない。シボーンのところへ持っていったからだ。しかし、メイリー・ヘンダーソンが調べてくれた、ペネン・インダストリーズとベン・ウエブスター議員に関する資料が室内に散乱していた。テーブルに携帯電話があった。返してくれたとはありがたい。徹底的に送受信履歴や留守録やテキスト・メッセージが調べられたのだろうか。リーバスはたいして気にならなかった。毎日の終わりに削除しているからだ。チップのどこかにまだ記録が残っていることは否定しない……それに向こうは電話会社に通信記録を問い合わせる権限も持っているだろう。公安部SO12だったら、ほぼ何でもできる。

バスルームへ入り、水道栓をひねった。温かい湯が出るまでしばらくかかる。十五分か二十分間ぐらい、ゆっくりとシャワーを浴びたかった。キッチンと寝室二部屋を見て回った。乱された様子はないが、だからと言って、それが何かを示すわけではない。ケトルに水を入れ、スイッチをつけた。盗聴装置が取り付けられたのか？　それを調べる方法はない。最近では、電話機の基部をはずせば見つかるような、そんな簡単な装置ではないからだ。ペネンの資料は散らかしてあったが、盗まれてはいない。なぜだ？　なぜならリーバスはいつでも同じ情報を簡単に手に入れられるからだ。すべて公表されているものばかりなので、一、二度クリックするだけで済む。

盗んでも無意味だから残していった。

なぜなら、スティールフォースの隠したい事柄が何であれ、リーバスはそれに少しも近づいていないからだ。

鍵穴に鍵を残し、携帯電話をテーブルに置いていったのは、痛めつけた上に侮辱を重ねるためだったのだ。リーバスはまた左手を曲げ伸ばしながら、血流障害や血栓の有無をどうやって調べればいいのだろうか、と思った。紅茶のカップを手にバスルームへ入り、洗面台の水道栓を閉めた。服を脱いでシャワーの下に立った。これまでの七十二時間を脳裏から消し去りたい。そこで無人島へ持って行きたい曲を次々と思い浮かべてみた。〈アーガス〉アルバムのうちのどの曲にするか決めかねる。とつおいつ考えながら、シャワーを出てタオルで体を拭いた。いつのまにか〈アーガス〉の〝武器よさらば《スロー・ダウン・ザ・ソード》〟をハミングしていた。

「おまえが生きてるうちは、そいつは無理だね」と鏡に向かって宣言した。

少し睡眠を取ることにした。コンクリートの上で丸まり、ほとんど眠れずに過ごした五時間は、休んだうちに入らない。しかしまずは携帯電話を充電しなければならない。プラグを差し込み、ついでにメッセージの有無を確認した。テキスト・メッセージが一つ。深夜と同じ匿名の送信者から。

〝休戦にしよう〟

ほんの三十分前に送られてきている。となれば、意味することは二つ。相手はリーバスが帰宅したのを知っている。そして使用されていないはずの番号が、なぜかまた使えるようになった。その答えはいくらでも考えつけるが、電源を切ることにした。マグにもう一杯紅茶を注ぎ、寝室へ入った。


エジンバラの街路は混乱に陥っていた。

シボーンはこれほどの緊張感がみなぎったときを知らない。地元サッカーチーム、ヒブズ対ハーツの対戦のときですら、もしくはアイルランド共和国軍対オレンジ党員のパレード合戦のときですら、これほどではなかった。まるで大気にビリビリと電流が走っているかのようで、一触即発の気配である。それはエジンバラだけではなかった。スターリングにもピースキャンプが設営されていた。これまで何回か、単発的に暴力的な衝突が起こっている。G8会議まであと二日あるが、抗議団体は代表団の多くがすでに到着したことを知っているのだ。アメリカ人は主として、グレンイーグルズから車ですぐの、ダンブレーン・ハイドロ・ホテルに宿泊している。外国人ジャーナリストらはもっと遠いグラスゴーのホテルに陣取らざるを得なかった。日本の官僚は金融地区と道路一つ隔てたところにあるエジンバラ・シェラトンに多数の部屋を取っている。シボーンはシェラトンの駐車場なら停められるだろうと勘を働かせたが、駐車場の入り口はチェーンで閉じられていた。制服警官が近づいてきたので、シボーンは車の窓を開けた。身分証を見せる。

「申し訳ありません」制服警官がていねいなイングランド発音で詫びた。「ここには停められません。命令が出ていまして。Uターンしてあっちへ行かれたらたぶん停められるんじゃないですか」ウエスターン・アプローチ・ロードのほうを指さす。「車道に馬鹿なやつらが群がっていて……そいつらをキャニング・ストリートへ誘導してるんですがね。道化ですよ、間違いなく」

シボーンは教えられたとおりにし、ライセウム・シアター前の黄色い一本線上に駐車スペースを見つけた。車を降りて信号で横断したが、スタンダード・ライフ社へ入るのをやめて通り過ぎた。この地区を迷路のようにつなげるコンクリートの小道へ入り、角を曲がってキャニング・ストリートへ出た。そこは警察が通行禁止にしていた。道路の向こう側には、黒ずくめのデモ隊とサーカステントから出てきたような者らが入り交じっている。文字通り、ピエロの一団だ。シボーンがレベル・クラウン・アーミーの本物を見たのはこれが初めてだった。赤や紫のかつらをつけ、顔を白く塗りたくったピエロ。毛ばたきを振り回す者もいれば、カーネーションを振っている者もいる。暴徒鎮圧用盾の一つに笑顔マークが描かれていた。警官も黒服の上に、膝当てと肘当てを着け、刃物を通さないヴェスト、ヴァイザー付きヘルメットという防護服だ。高い塀によじ登ったデモ参加者の一人が、下にいる警察隊に向かって剝き出しの尻を振って見せている。周囲には窓がぐるりと並び、そこで働いているサラリーマンたちが覗いていた。やかましく騒ぎ立てているものの、まだ怒りの興奮は高まっていない。応援の警官隊が小走りで駆けつけるのを見て、シボーンはウエスターン・アプローチ・ロードにかかる歩道橋まで後退した。ここでも、デモ参加者よりも警官の人数のほうが圧倒的に多い。車椅子の者もいた。車椅子の後ろにくくりつけた、ライオンの紋章を描いた旗が風でそよいでいる。市中へ入ろうとする車は停まったままだ。ホイッスルが鳴り響いても、警察騎馬隊の馬は動じない。警官隊の列が歩道橋の下をくぐるとき、彼らは身を護るために盾を頭上にかざしていた。

状況は落ち着いているし、急変することもないと判断したシボーンは目的地へ向かった。

スタンダード・ライフ社の受付へ通じる回転ドアは鍵がかかっていた。警備員が中からシボーンを観察したあと、鍵を解除した。

「通行証を見せてください」

「ここの従業員ではないのよ」シボーンは警察手帳を見せた。

警備員がそれを手に取り、じっくりと見た。警察手帳を返し、受付デスクを顎で示す。

「何かトラブルでもあったの？」シボーンが訊いた。

「ならず者が二人、押し入ろうとしたんです。一人は建物の西側の壁をよじ登った。三階まで行ったところで、動けなくなっちまって」

「笑い者になったんじゃないの」

「当然の報いですよ」もう一度受付を仕草で示す。「ジーナがちゃんとご案内しますので」

その言葉どおり、ジーナがてきぱきと取りはからってくれた。まずは来訪者用通行証を渡し、「つねに見えるようにしていてください」と言い、上の階へ電話をかけた。待合室は、ソファ、雑誌、コーヒーが備え付けられ、フラット・スクリーンのテレビからは室内デザインをテーマにしたモーニングショーが流れていて、豪華な雰囲気だった。女性がつかつかと近づいてきた。

「クラーク部長刑事？　二階へどうぞ」

「ミセズ・ジェンセンですね？」

女性はかぶりを振った。「お待たせして申し訳ありません。ご承知のとおり、今日はちょっとたいへんな日なもので……」

「ちっとも構いませんよ。どの室内スタンドを買えばいいのか、勉強してたので」

女性はシボーンの言う意味がよくわからずに、あいまいに微笑し、エレベーターへ案内した。エレベーターを待ちながら、女性は自分の服装を見た。「今日は誰もが普段着なんですよ」スラックスとブラウス姿なのを言い訳した。

「それはいい考えね」

「ジーンズとTシャツの男性職員なんて見慣れなくて。誰なのかよくわからない人すらいるんですよ」少し黙ってからたずねる。「ここへいらしたのは、騒ぎのことで？」

「いいえ」

「ミセズ・ジェンセンが何のことだろうって……」

「じゃあ、わたしがちゃんと説明しないとね」シボーンが笑顔で答えたときに、エレベーターのドアが開いた。

ドリー・ジェンセンのドアの名札には、ドロシー・ジェンセンとあったが、役職名は記されていなかった。きっと幹部クラスなのだろうとシボーンは察した。ジェンセンの秘書はドアをノックしてから、自分の机に戻っていった。そこは広いオフィスで、誰が来たのかと、コンピュータからたくさんの顔が一斉に覗いた。コーヒーマグを片手に窓際に立って、外の様子を見ている者も何人かいた。

「どうぞ」声がした。シボーンは奥の部屋のドアを開けて入り、ドロシー・ジェンセンと握手をし、椅子を勧められた。

「何の用事なのかおわかりですか？」シボーンがたずねた。

ジェンセンは椅子にもたれた。「トムが話してくれたわ」

「それ以来、忙しかったんじゃないですか？」

ジェンセンは机に目を落とした。夫と同年代だ。肩幅が広く、りりしい顔立ち。白髪染めをしているらしい、豊かな黒い髪が、一筋の乱れもなく肩まで波打っている。首にはシンプルな真珠のネックレス。

「ここでのことじゃないですよ」シボーンが不快感を示しながら言い添えた。「お宅でです。ホームページをすべて削除する作業で」

「それって犯罪ですか？」

「捜査妨害になります。それで訴追された人もいますよ。ときには、一歩進んで共同謀議にもなるんです、解釈次第では……」

ジェンセンは机からペンを取り、ペン筒をねじって開けたり閉めたりし続けた。シボーンはジェンセンの防御を崩せたことに満足した。

「あなたがお持ちのすべての資料をいただきたいんです――書類、メールアドレス、名前のすべてを。殺人犯を捕らえるためには、あなたもご主人も含め、関係者をしらみつぶしに除外していかなければならないので」シボーンは一息入れてから続けた。「あなたのお気持ちは見当がつきます――ご主人も同じようなことを言っておられたから。そうお思いになるのももっともです。でもわかってくださいこの何者かによる犯行は止まらないでしょう。あなたのサイトに記載されていた名前すべてを、犯人はダウンロードした可能性があるし、そうなれば、今度はその人たちが被害者となるんです――ヴィッキーと同じように犯罪の被害者となる」

娘の名前を聞いて、ジェンセンはシボーンを強く見つめた。しかしその目はすぐに濡れてきた。ペンを置き、引き出しを開けてハンカチを取りだし、鼻をかんだ。

「わたしね……何とか許そうとしたんです。そうするのが正しい道なんでしょう？」引きつった笑い声をもらす。「あの男たちは罰として刑務所へ入る。でもわたしたちは更生も願っています。更生しない男たちは……社会の屑じゃないですか？　社会へ戻ってきて性懲りもなく犯罪を重ねるんです」

シボーンはその意見をよく承知しており、その意見に賛成するときもあれば反対するときもあった。今は黙っていた。

「彼は改悛の情を見せず、罪悪感も詫びる気持ちもない……どういう人なんですか？　それでも人間なんですか？　公判では、弁護人があの男の壊れた家庭環境や麻薬常用を主張し続けました。〝ものの善し悪しの分別がつかない育ち〟をしたと言ってました。でもヴィッキーの人生をめちゃくちゃにしたのは、あの男の意志であり、自分の力を誇示したかったからなんです。それについては、はっきりしています」ジェンセンの声は震えを帯びていた。深呼吸をし、姿勢を正し、少しずつ落ち着きを取り戻した。「わたしは保険の仕事をしていますから。選択とリスクは付きものです。自分の言っていることは、ちゃんとわかっているつもりです」

「書類か何かありますか？」シボーンが穏やかにたずねた。

「少しなら」ジェンセンが肯定した。「たくさんではないけれど」

「eメールは？　サイトの登録者と通信をしたでしょう？」

ジェンセンがしぶしぶうなずいた。「被害者の家族とね。その全員が容疑者なんですか？」

「いつ資料をいただけますか？」

「弁護士に相談するほうがいいかしら？」

「それもいいかもしれませんね。それはともかく、あなたの自宅に人を行かせたいんです。コンピュータの専門家を。彼がお宅へうかがったら、あなたのコンピュータを押収しなくて済むので」

「わかったわ」

「ベインという者です」豊満な体の恋人を持つエリック・ベイン……シボーンはみじろぎをし、咳払いをした。「彼もわたし同様、部長刑事です。今夜の何時頃うかがったらいいでしょうか？」

「何だかすっきりしない顔をしてるわね」リーバスは、メイリー・ヘンダーソンのスポーツカーの助手席に体をねじこんでいるときに、彼女からそう言われた。

「よく眠れなかったんだ」そう答えたが、実は十時にかかってきたきみからの電話で目を覚ましたんだ、とは打ち明けなかった。「これ、もう少し後ろに下げられるかな？」

メイリーが屈んでレバーを引き、リーバスのシートを後ろへ下げた。リーバスは振り返って、後部にどれほど余地が残っているのかを確かめた。

「ダグラズ・バーダ（無鉄砲な行為で知られる空軍パイロット）に関するジョークはもう耳にたこができてるわ」メイリー・ヘンダーソンが釘を刺した。「彼みたいに両足切断になるってこともね」

「じゃあ、おれはもう何も言えない」リーバスはシートベルトを締めた。「それはそうと、誘ってくれてありがとう」

「だったら、お茶代を払って」

「お茶代とは？」

「まずはあそこに入ることの口実として……」メイリー・ヘンダーソンはアーデン・ストリートの坂を上っていた。左折、右折、左折でグレンジ・ロードへ出れば、そこからプレストンフィールド・ハウスまでは五分の距離である。

プレストンフィールド・ハウス・ホテルは人目につかない市内の穴場なのだ。一九三〇年代に建てられた平屋が続く街路に囲まれ、クレイグミラーとニドリの公営住宅団地が遠くに見渡せる立地は、領主館ふうの堂々たる建物とそぐわないかもしれない。しかし隣接するゴルフ・コースを含めた、広大な敷地はプライバシーを保証していた。このホテルがニュース種になったのは、リーバスの知る限り、スコットランド議会のある議員がパーティのあと、カーテンに放火した事件一回きりである。

「電話でたずねたかったんだが……」リーバスが言った。

「何を？」

「どうしてこのことを知ったんだ？」

「つて、よ。ジョン。ジャーナリストはそれを携帯しないで、家を出てはいけないの」

「でも、きみが家に置いてきたものもあるよ……この殺人機械のブレーキだ」

「これはスポーツカー。のろのろ走らせたんじゃあ、意味ないわ」それでも彼女はアクセルから少し足を緩めた。

「ありがとう。で、何があるんだ？」

「モーニング・コーヒー、そのあと彼が演説し、そしてランチ」

「場所はどこ？」

メイリー・ヘンダーソンが肩をすくめた。「会議室だと思うわ。ランチはレストランかもね」左のウインカーを出して、ホテルの敷地へ入った。

「そしておれたちは……？」

「騒乱の中で、ひとときの静かな時間を求めているの。それに二人分の紅茶のポットを」

玄関でホテルの案内係が待ちかまえていた。メイリーは用向きを伝えた。左手に一つ、右手の閉じたドアの先にも一つ、お部屋があります、と案内係が言った。

「あの部屋で何かやってるの？」メイリー・ヘンダーソンが閉じたドアを指さしながらたずねた。

「会議です」案内係が明かした。

「じゃあ、中が騒がしくならないようだったら、こっちでいいわ」メイリー・ヘンダーソンは閉じたドアの隣の小部屋に入った。外の芝生で、クジャクの鳴き声が聞こえる。

「紅茶でよろしいんですか？」若い案内係がたずねた。

「おれはコーヒー」リーバスが命じた。

「紅茶――あればミント・ティを。なければカミツレ茶」

案内係が姿を消すと、メイリー・ヘンダーソンは壁に耳をつけた。

「盗聴は電子装置になったと思ったんだが」

「お金があればね」メイリー・ヘンダーソンが囁いた。すぐに耳を離した。「ぼそぼそと話し声が聞こえるだけ」

「新聞の第一面を飾れる特ダネが手に入りそうだな」

その言葉を無視したメイリー・ヘンダーソンは、椅子を入り口のほうへ向け、会議室を出入りする人影を見逃さないようにした。

「ランチは十二時きっかりからだと思うの。主催者は出席者に好感を持たれたいものね」腕時計を確認する。

「ここへある女性を夕食に連れてきたことがある」リーバスが物思いにふける顔になった。「そのあとライブラリーでコーヒーを飲んだよ。二階にあるんだ。壁が煮染めたように赤かったな。革製だとか聞いたように思う」

「革の壁紙？　変なの」メイリーが微笑した。

「そうそう、シリル・コリアーの情報をさっそくカファティに流したことの礼をまだ言ってなかったっけ……」リーバスがまじまじとメイリーを見つめると、メイリーは顔を赤く染めるだけの良心をまだ持っていた。

「礼だなんて、そんな」

「きみに内密の情報を教えると、きみはそれをエジンバラ一の悪党に通報するんだってことがわかって、ほんとによかった」

「今回だけよ、ジョン」

「いつでもじゃないか」

「カファティはコリアーが殺されたことをひどく気にしていたから」

「それは何よりだったな」

メイリーは疲れた笑みを浮かべた。「今回だけよ」と繰り返す。「それにあなたには今、ずいぶん尽くしたげてることを忘れないで」

リーバスは答えないで、再びロビーへ戻った。受付はレストランを越した遠い奥にある。食事代に給料の半分を支払ったあのときから、長年の間にホテルはだいぶ様変わりしていた。カーテンは重厚な布地になり、家具はエキゾチックになり、あちこちにタッセルが下がっている。紺の絹地背広を着た浅黒い男がリーバスの横を通るときに、軽く会釈した。

「おはよう」リーバスが声をかけた。

「おはようございます」男はきちんと挨拶し、立ち止まった。「会議はもう終わりかけてますか？」

「さあ、どうですかね」

男はもう一度頭を下げた。「申し訳ない。思い違いをして……」最後まで言わずに、ドアへ向かい、コン、と軽くノックしてからドアの向こうへ消えた。メイリーが様子を見に出てきた。

「ノックの仕方に秘密はなさそうだ」リーバスが教えた。

「フリーメーソンじゃないんだから」

リーバスは、そうだろうか、と思った。G8会議とは、つまるところ、入会規則がやけに厳しいクラブにすぎないではないか。

再びドアが開き、二人の男が出てきた。ホテルの玄関から外へ出ると、立ち止まって煙草に火をつけている。

「ランチ前の休憩か？」リーバスは察した。メイリーに従って先ほどの小部屋に戻り、ぞろぞろと男たちが出てくるのを見守った。二十人ほど出てきた。アフリカ人もいれば、アジア人、中東人もいる。民族衣装らしい姿の者も見かけた。

「ケニアかシエラレオネかニジェールか……」メイリーが囁いた。

「ということは、きみにはさっぱりわからんてことだな？」リーバスが囁き返した。

「地理は得意じゃないから……」メイリーが言葉を切り、リーバスの腕を摑んだ。長身の堂々たる人物が出てきていて、周囲の人々と握手や挨拶を交わしている。メイリーの資料から、リーバスはその人物が誰なのかわかった。日焼けした、皺の深い細面、茶色く染めた髪。ピンストライプの背広の袖口から、真っ白なカフスがわずかに覗いている。笑顔を振りまいているところを見ると、誰とも親しいらしい。メイリーは少し後ずさりして小部屋の奥へ入ったが、リーバスは戸口に立ち続けた。リチャード・ペネンは写真写りがよかった。近くで見るペネンは顔がやや骨張っており、まぶたが垂れ下がっていた。それでも先週の週末を熱帯のビーチで過ごしたかのように、悔しいほど壮健そのものだった。両側に立った秘書二人が彼の耳元へ必要な情報を囁き、今日のこの時間も、過去や未来と同じく、滞りなく過ぎていくように計らっている。

ふいにウエイターがリーバスの目の前に立った。紅茶とコーヒーを載せたトレイを持っている。リーバスが体を寄せてウエイターを通したときに、ペネンがこちらに気づいた。

「奢ってくれるんでしょうね？」メイリーが言った。リーバスは小部屋に入り、飲み物代を支払った。

「もしかしてリーバス警部ですか？」リチャード・ペネンが深みのある声で呼びかけた。今も秘書を両脇に従えたまま、近くに来ていた。

メイリーが歩み寄り、手を差し伸べた。

「メイリー・ヘンダーソンと申します。先日の夜は城でたいへん残念な事故が……」

「残念だった」ペネンが相づちを打った。

「あそこにいらしたんですね」

「そうだ」

「この人はジャーナリストです」秘書の一人が言った。

「そうか、わからないもんだね」ペネンが笑みを浮かべた。

「疑問に思ったのですが」メイリーが追及した。「なぜあなたはミスター・ウエブスターのホテル代を支払っておられたのか、と」

「わたしがではない——わたしの会社がだ」

「どういう理由でですか？」

しかしペネンはリーバスに目を向けていた。「きみと会うことになるかもしれないと聞かされた」

「スティールフォース警視長がお仲間でよかったですね……」

ペネンはリーバスをじろじろと見た。「彼の説明とはいささか違うな、警部」

「それでも、伝えてくれたことはありがたいです」リーバスはその先を飲み込んだ。伝えたということは、あいつを不安がらせたからこそだ。

「きみがここへ押しかけたことを報告したならば、きみがどれほど非難を受けるか、むろん認識しているんだろうね？」

「紅茶を飲んでくつろいでいるだけですよ。おれの考えでは、押しかけてるのは、そっちのほうだと思います」

ペネンは微笑をもらした。「うまく言い逃れたね」メイリーのほうを向く。「ベン・ウエブスターは立派な議員、立派な政務秘書官だったし、良心的にその職務を務めた。ご承知のとおり、わたしの会社から受け取った寄付はすべて議員収支報告書に記載されている」

「それは質問の答えになっていませんけど」

ペネンの口元が歪んだ。深呼吸をする。「ペネン・インダストリーズの取引先は主として海外だ――それについては経済記者に教えてもらうがいい。我が社がいかに大きな輸出会社となっているかがわかるだろう」

「武器輸出ですね」メイリーがずばりと言った。

「その技術だ」ペネンが反論した。「それに我が社は最貧国へ投資している。だからベン・ウエブスターが関係してくるんだ」リーバスへ視線を戻す。「隠蔽ということではない、警部。デイヴィッド・スティールフォースは任務を果たしているにすぎない。この数日間で、実に多くの契約が調印されることとなるだろう……いくつもの巨大なプロジェクトが進行する。商談がおこなわれ、その結果雇用が確保される。マスコミが関心を抱いているような、ほのぼの話の類ではない。では、これで失礼して……」ペネンが後ろを向いた。リーバスはその黒い革靴のかかとに何かがくっついているのを見て、嬉しかった。専門的知識はないが、それがクジャクの糞であるのはほぼ間違いなかった。

メイリーはソファにぐったりと座った。ソファがそんな乱暴な扱いに慣れていないかのように、押されて悲鳴を上げた。

「何よ、あれ」メイリーは紅茶を注いだ。ミントの匂いが立ちのぼった。リーバスは小さなコーヒーポットからコーヒーをカップに注いだ。

「教えてくれ。全体でどれぐらい金がかかるんだ？」

「G8会議のこと？」メイリーはリーバスがうなずくのを見て、頬をぷっと膨らましながら考えた。「一億五千？」

「一億五千万ポンド？」

「そう」

「それはすべて、ペネンのような実業家どもの商売を促進するためなんだ」

「そのほかにも、もう少し目的があるかもしれないけど……」メイリーがにやにやした。「でもある意味、正しいわ。すでに何もかもが決まっているんだから」

「じゃあ、グレンイーグルズの会議は何なんだ。あとはご馳走を食べて、カメラの前で握手をするだけじゃないか」

「スコットランドを地図に載せることは？」

「ああ、そのとおり」リーバスはコーヒーを飲み終えた。

「ここでランチを食べようか。さっきよりもペネンを怒らせることができるかどうか、やってみてもいい」

「お金、足りるの？」

リーバスは周囲を見た。「それで思い出した。あのウエイターはお釣りを持ってこないな」

「お釣り？」メイリーが笑った。リーバスはその意味を悟り、コーヒーポットの最後の一滴まで飲み干すことに決めた。

テレビ・ニュースの表現によると、エジンバラ中心部は交戦地域なのだそうだ。

月曜日の午後二時三十分。通常だったら、プリンシズ・ストリートは買い物袋をぶらさげた買い物客が行き交っている。横のプリンシズ・ガーデンズには遊歩道を歩く人々や、寄付者の名前を刻んだベンチにのんびりと座っている人々がいる。

しかし今日は違う。

テレビ画面は報道スタジオから、イギリスのトライデント・クラス搭載潜水艦四隻が所属するファズレイン海軍基地への抗議デモへ切り替わった。約二千人のデモ参加者が基地を取り囲んでいた。ファイフ警察は、フォース・ロード・ブリッジ架橋以来初めて、橋全体の権限をゆだねられた。北行きの車は停められ、車内を調べられている。エジンバラから出る各道路は、座り込みデモにより通行不可能になっていた。スターリングのピースキャンプの近くで、もみ合いが散発している。

　そしてプリンシズ・ストリートでは、騒乱が始まろうとしていた。警棒を手にした警官の存在が威圧感を与えている。彼らはシボーンが見たこともない円形の盾を持っていた。キャニング・ストリートの周辺も騒ぎが収まっていない。ウエスターン・アプローチ・ロードで今なお、デモ行進が車の通行を阻害している。画面は報道スタジオからプリンシズ・ストリートへ戻った。抗議者の数よりも警官やカメラの数のほうが多い。両側からの押し合いが続いていた。

「乱闘を始めようとしてるんだ」エリック・ベインが言った。彼はゲイフィールド署へこれまでに取り出せたわずかな資料を持ってきていた。

「あなたがミセズ・ジェンセンのところへ行ってからでもよかったのに」とシボーンはベインが来たときに言ったのだが、ベインは黙って肩をすくめたのだった。

　犯罪捜査部室にいるのは、彼らだけである。「何をやってるかわかるかい?」ベインは画面を指さしてたずねた。「デモ参加者の一人が攻め込み、退却する。すると近くの警官が警棒を振りかざし、ちょうど真ん前にいた運の悪い男を叩きのめす。それを新聞社のカメラマンが撮るんだ。その間、騒ぎの張本人は後ろにひそんでいて、また同じことを繰り返す」

　シボーンがうなずいた。「警察が強圧的だって印象になるわね」

「あいつらはそれを狙ってる」ベインは腕組みをした。「ジェノヴァ・サミットでいろいろ学習したんだよ……」

「こっちだってそうよ」シボーンが言った。「まずは封じ込め。キャニング・ストリートのグループが囲い込まれてから、もう四時間も経つわ」

　報道スタジオでは、司会者の一人がミッジ・ユーロ（ミュージシャン、ライブ8の主催者の一人）に現在の状況を説明している。ミッジ・ユーロは騒ぐ連中に向かって家へ帰れと呼びかけた。

「あいつらの誰一人としてテレビなんか見てないんだから、残念だよ」ベインが言った。

「ミセズ・ジェンセンに連絡を取るんでしょう?」シボー

ンが促した。

「はい、ボス。彼女にどれぐらい圧力をかけるべきかな？」

「捜査妨害になるって、注意しておいたわ。それを思い出させることね」シボーンはジェンセンの住所を手帳に記し、その紙を破って渡した。ベインの目はテレビ画面にまた吸い寄せられた。プリンシズ・ストリートからの生中継。スコット記念碑によじ登っているデモ参加者がいる。プリンシズ・ガーデンズの柵を乗り越えている者もいる。盾を蹴飛ばそうとする者。土塊が投げられた。次はベンチやゴミ箱が投げられる。

「ひどい状況になってきたな」ベインがつぶやいた。画面がちらつく。新しい撮影地。トーフィケン・ストリート。ウエスト・エンド警察署のあるところだ。棒や瓶が投げつけられている。「あそこに籠城してなくてよかった」ベインはそう言っただけだった。

「ええ、その代わりここに閉じこもってる」

ベインが彼女を見つめた。「激戦のまっただ中にいたいのか？」

シボーンは肩をすくめ、画面を見た。携帯電話で報道スタジオへ電話をかけてきた者がいる。買い物客で、プリンシズ・ストリートにあるブリティッシュ・ホーム・ストアズのエジンバラ支店に閉じこめられた大勢の客の一人だった。

「わたしたち関係ないのよ」と女が甲高い声で訴えている。「ここから出たいだけなのに、警官がデモ隊扱いをして……赤ん坊連れの母親もいるし……老人も……」

「警察が過剰反応をしてると言うんですか？」スタジオの記者がたずねた。シボーンはリモコンでチャンネルを変えた。刑事コロンボ、医者を主人公にしたミステリドラマ。〈ダイアグノーシス──殺人〉……チャンネル4では映画。

「それ、〈海賊船《キッドナップト》〉だ。おもしろい映画だよ」ベインが言った。

「がっかりさせて悪いけど」シボーンはさらに局を変え、ニュース・チャンネルを見つけた。同じ暴動だが、別の角度から撮影している。キャニング・ストリートで見た、あのデモ参加者が今も塀の上にいる。塀に座って足をぶらぶらさせており、目出し帽をかぶった頭から目だけが見えている。耳に携帯電話を当てていた。

「これを見て思い出した。リーバスから電話があって、使用されていない番号がまだ使えるのはどうしてだって、たずねられた」

シボーンがベインの顔を見た。「彼、なぜそんなことをたずねるのか言った？」ベインがかぶりを振る。「で、何て答えたの？」

「ＳＩＭカードを模造するか、送信のみを指定するか」肩をすくめる。「いろんなやり方があるさ」

シボーンはうなずき、テレビに視線を戻した。ベインは首の後ろを掻いた。

「ねえ、モリーのこと、どう思う？」ベインがたずねた。

「あなたは運のいい男よ、エリック」

ベインは笑み崩れた。「おれもそう思ってる」

「でもね」シボーンは言わずにいられない自分を嫌悪しながらたずねた。「いつもあんなにもじもじしてるの？」

ベインの笑みが消えた。

「ごめんなさい、エリック。余計なこと言って」

「きみが好きだって彼女、言ってた。心のやさしい子だよ」

「いい人ね」シボーンが同意した。自分の耳にすら、その言葉は嘘くさかった。「どうやって知り合ったの？」

ベインはぎくっとした。「ナイトクラブで」気を取り直して答える。

「ダンスをするなんて知らなかったわ、エリック」シボーンはベインをちらっと見た。

「モリーはダンスがうまいんだ」

「そんな体つきだわ……」自分の携帯電話が鳴り出して、シボーンは助かったと思った。この電話でここから出る口実ができたら、と切実に願った。両親の番号だ。

「もしもし？」

最初、電話の雑音かと思ったが、すぐに気づいた。罵声や野次や鋭い口笛。プリンシズ・ストリートからの生中継で聞いていたのと同じ騒音。

「お母さん？　お父さん？」

声が聞こえた。父親の声。「シボーンだね？　聞こえるか？」

「お父さん？　なぜそんなとこにいるの？」

「お母さんが……」

「何て？　お母さんに代わってくれる？」

「お母さんが……」

「何かあったの――」

「出血して……救急車……」

「お父さん、しっかりして！　正確にはどこにいるの？」

「キオスクに……プリンシズ・ガーデンズの」

電話が切れた。シボーンは携帯の小さな四角い画面を見つめた。通話終了。

「通話終了」シボーンが画面を見て言った。

「どうしたんだい？」ベインがたずねた。

「両親が……あそこにいるの」テレビを顎で示す。「車に乗っけてくれる？」

「どこまで？」

「あそこ」シボーンは画面を指で突いた。

「あそこ？」

「あそこ」

# 9

ジョージ・ストリートより先には行けなかった。シボーンは車を降り、ジェンセン夫妻の件を忘れないで、とベインに念を押した。気を付けるんだよ、と言うベインの声を聞きながら、ドアをバタンと閉めた。

ここにも、フレデリック・ストリートから流れてきたデモ隊がいた。店舗のドアやショーウインドーの陰から、店員がおっかなびっくりで覗いている。見物人は壁に溶けこまんばかりに、ぴったりと壁に張りついている。道路にはごみが散乱している。デモ隊はプリンシズ・ストリートのほうへ押し戻されていた。警察官の列を越してデモ隊の中へ向かうシボーンを押しとどめる者はいない。入るのは簡単なのだ。出るのが難しい。

知っているキオスクと言えば、一つしかない——スコット記念碑の並びにある。プリンシズ・ガーデンズのゲートは閉じていたので、フェンスへ向かった。小競り合いは街路から公園へ移っていた。ごみ、小石など、もろもろの飛び道具が空を切って飛ぶ。シボーンの上着を誰かが摑んだ。

「行くな」

振り向くと警官がいた。ヴァイザーの上にXSの文字。一瞬、シボーンはエクセスと読んでしまった——過剰、とはぴったりではないか。さっと警察手帳をかざす。

「犯罪捜査部よ」と叫ぶ。

「だったら、何を考えてるんだ」警官が手を離した。

「そのとおりね」尖ったフェンスをよじ登りながら答えた。

周囲を見回すと、デモ隊は、地元のフーリガンらしき男たちで増強されていた。何であれ、彼らは暴れるきっかけさえあればいいのだ。警官に好きなだけ襲いかかり、逃げおおせる機会なんて、めったとあるものではない。サッカー・チームのスカーフで口元を覆い、上着のジッパーを上げて顎を埋め、顔を隠しているフーリガン。最近では、ドク・マーティン製の革ブーツではなくて、たいていの者がスニーカーを履いているが。

キオスク。アイスクリームと冷たい飲み物を売っているところ。その回りにガラスの破片が散らばり、店は閉まっていた。シボーンは腰をかがめてキオスクを一周した。父親の姿はない。地面に血が点々とついている。その行方を目で追った。ゲートの手前で終わっている。キオスクをもう一周してみた。キオスクのカウンターをどんと叩いた。もう一回。キオスクの中からくぐもった声が聞こえる。

「シボーンか？」

「お父さん？　中にいるの？」

脇のドアが大きく開いた。中に父親が立っていて、怯えた顔の女店主が横にいる。

「お母さんは？」シボーンは震える声でたずねた。

「救急車に収容された。わたしは行けなかった……警戒線の外へ出してもらえなかった」

これまで父親が泣いているのを見た憶えがないが、今は泣いていた。涙を流しており、ショックを受けていた。

「そこからあなたたちを出さないと」

「わたしは出ない」女店主が首を振った。「ここを守り通すわ。でもこの目でちゃんと見たわよ……ひどい警官ばかり。奥さんはここに立っていただけだったのに……」

「警棒でやられたんだ」父親が付け加えた。「お母さんの頭に当たった」

「血が噴き出して……」

シボーンは女店主に目で合図して黙らせた。「あなたの名前は？」

「フランシス……フランシス・ニグリ」

「あのね、フランシス・ニグリ、ここを出たほうがいいわ」そして震えている父親に言った。「さあ、行きましょう」

「え？」

「お母さんに会いに」

「でも、どうやって……？」

「だいじょうぶよ。さあ、早く」父親の腕を引きながらも、まんいちの場合は、力ずくででも出さなければならないと感じていた。フランシス・ニグリは二人が出ると、ドアをぴしゃりと閉め、鍵をかけた。

土塊がまた飛んできた。エジンバラという土地柄ゆえに、明日になれば、有名な花壇を荒らされたことが、いちばんの話題となるだろう。ゲートはフレデリック・ストリートからのデモ隊が突破していた。ピクト人戦士の服装をした男が、両腕を取られ引きずられて警官隊の中へ連れ込まれている。警官隊の真正面で、若い母親が冷静にピンク色の服を着た赤ん坊のおむつを取り替えていた。プラカードが揺れている。〝神も支配者もいらない〟。XとSの文字……ピンク色の服の赤ん坊……プラカードのスローガン……そのすべてが、鮮やかに脳裏に焼き付き、何かを訴えかけるスナップの積み重ねに思えるが、その意味は捕らえどころがない。

何かこれにには共通点があるはずだ、意味がある……あとでお父さんにたずねてみなくては……

十五年前、父親は、学校の宿題を手伝うつもりで、記号論を解説してくれたことがあるが、シボーンは説明を聞いてよけいに頭がこんがらがってしまった。翌日のクラスで、記号論のつもりで起原論と言い、先生から大笑いされた……

シボーンは知っている顔を捜した。誰もいなかった。ある警官のヴェストに〝警察医療班〟という文字がついていた。その警官のそばへ父親を引っ張っていき、警察手帳を突きだした。

「犯罪捜査部」シボーンが名乗った。「この男性の奥さんが病院へ運ばれたんです。そこへ連れて行きたい」

警官がうなずき、警官隊の間をすりぬけて案内した。

「病院名は？」警官がたずねた。

「どこだと思いますか？」

警官はシボーンを見た。「わからない。実は、アバディーンから来てるんで」

「ここからだとウエスターン・ジェネラル病院がいちばん近いんだけど。何か交通手段がある？」

警官はフレデリック・ストリートを指さした。「坂のてっぺんで交わる道路へ行って」

「ジョージ・ストリート？」

警官は首を振った。「その次の道路」

「クイーン・ストリート?」警官がうなずく。「ありがとう。もう持ち場に戻ったほうがいいわ」

「そうだな」警官はあまり気が進まない様子だった。「ちょっとやりすぎるのもいてね……おれたちの仲間じゃない……ロンドンから来たやつらだ」

シボーンは父親のほうを向いた。「顔を見分けられる?」

「誰の?」

「お母さんを殴った相手」

父親は目をこすった。「無理だな」

シボーンは怒りの声を低くもらし、父親を伴ってクイーン・ストリートへ坂を上っていった。

そこにはパトカーが一列に駐車していた。信じられないが、そこは車も行き交っていた。中心街を迂回した乗用車やトラックが、まるで通常の日であるかのように、いつものようにのろのろと通り過ぎていく。シボーンはパトカーの警官の一人を捕まえて事情を説明した。警官はここから出て行けることを喜んでいるふうだった。シボーンは父親とともに後部に乗り込んだ。

「ブルーズ&トゥズ」シボーンは運転者に命じた。青い点滅灯とサイレンという意味だ。車は渋滞した車列を追い抜いて走った。

「この道でいいんですか?」運転者が大声でたずねた。

「あなたはどこから来たの?」

「ピタバラ」

「このまま真っ直ぐに走って。曲がるときには教えるから」シボーンは父親の手をぎゅっと握った。「お父さんは怪我をしていないわね?」

父親はかぶりを振り、シボーンを見つめた。「おまえは?」

「わたし?」

「おまえはすごいな」テディ・クラークは疲れた笑みをもらした。「あそこでの行動ときたら、きびきびと判断をくだして……」

「ただのかわいい女じゃないってことね?」

「知らなかったよ……」父親の目にまた涙があった。下唇を噛んでこらえる。シボーンはさらに強く父親の手を握った。

「これまで気づかなかった。おまえがこれほどまでに自分の仕事に有能だとは」

「わたしが制服警官じゃないことに感謝しなくちゃ。でなければ、警棒を振り下ろしているのはわたしだったかも」

「おまえは何もしていない女性を殴ったりしない」父親がきっぱりと言った。

「信号をまっすぐ越えて」シボーンは運転者に命じてから、父親に向き直った。「それはわからないんじゃない？　その場に立つまで、自分が何をするのやら自分でもわからないわ」

「おまえはやらない」父親が断言した。

「そうね」シボーンが認めた。「それより、なぜあんなところにいたの？　サンタルが連れて行ったの？」

父親が首を横に振った。「何て言うか……見物しようと思った。でも警察の解釈は違ったんだね」

「誰がやったのかわかったら……」

「顔をはっきりと見なかった」

「あそこにはカメラがたくさんあった――あれから逃れるのは難しいわ」

「写真に撮られてる？」

シボーンがうなずいた。「それに監視カメラ、マスコミ、もちろん警察の目もある」シボーンは父親を見た。「警察はすべてを撮影しているわ」

「でも……」

「何？」

「そのすべてに目を通すことはできないだろ？」

「賭けてみる？」

父親がシボーンをつくづくと見た。「いや、やめとこう」

逮捕は百件近くに上った。火曜日の裁判所はさぞ忙しいことだろう。夕方になると、衝突はプリンシズ・ストリート・ガーデンズからローズ・ストリートへ移動した。路面から敷石が剝がされ、ミサイルとなって飛んだ。ウエイヴァリー・ブリッジやコウバーン・ストリート、インファーマリー・ストリートでも小競り合いがあった。午後九時三十分、状況はしだいに落ち着いてきた。サウス・セント・アンドリュウ・ストリートにあるマクドナルド前がその日最後の戦場となった。そして今はもう、制服警官たちがゲイフィールド・スクエア署へ引き上げてきており、彼らの買ってきたハンバーガーのいい匂いが犯罪捜査部室まで漂ってきた。リーバスはテレビを見ていた──畜肉処理場に関するドキュメンタリー番組を。エリック・ベインがeメールのアドレス表を送ってきた。ビースト・ウオッチに登録している者のアドレス。彼のメールは〝シブ、どうなったか知らせてくれ！！〟という言葉で終わっていた。リーバスはシボーンの携帯電話にかけてみたが、出なかった。ベインのメールには、ジェンセン夫妻が断わりこそしなかったものの、しぶしぶ協力する態度だった、と記してあった。

リーバスはかたわらにイーヴニング・ニューズ紙を広げている。第一面に、土曜日のマーチの写真が掲載され、〝足を使って主張〟という見出しがついている。明日も、警官隊の盾を蹴りつけるデモ参加者の写真をつけて、同じ見出しが使えることだろう。テレビ欄には畜肉処理場ドキュメンタリーの題名が載っていた──〝肉の解体場、血の作業〟。リーバスは立ち上がって、空いている机へ向かった。そこにコリアーの事件簿が広げてある。シボーンはよく働いてくれた。〝ファスト〟・エディー・アイズレーとトレヴァ・ゲストに関する警察及び刑務所の資料が添えてある。

ゲストは強盗、暴行、強制わいせつをやった。

アイズレーは強姦。

コリアーは強姦。

リーバスはビースト・ウオッチの記録を見た。強姦犯や子供への性犯罪者など、さらに二十八人の詳細な説明が掲載されている。心を切り裂かれた者という意味なのか、〝トーン・アップ・インサイド〟と名乗る者から投稿された、怒りに満ちた長文があった。リーバスには書き手が女性のように思われた。その女性は裁判システムそのものと、〝強姦〟と〝強制わいせつ〟を杓子定規に分けるやり方を非難していた。いずれにせよ、強姦で有罪を勝ち取るのは難しいのだが――しかし強制わいせつも強姦に劣らず、卑劣で暴力的で恥知らずな行為であるにもかかわらず、刑期が短く規定されている。女性は関連する法律の知識があるようだった。スコットランドの住人なのだろうか、それともイングランド人なのだろうか。もう一度、その長文に目を通し、不法目的侵入者《バーグラー》や不法目的侵入《バーグラリー》という言葉が用いられているか探してみた。スコットランドの法廷では、それに住居侵入《ハウスブレイキング》という語を当てる。しかし使われているのは〝暴行《アソールト》〟もしくは〝襲撃者《アセイラント》〟という語だけだった。それでも返事を書いてみる価値はある。リーバスはシボーンのコンピュータに電源を入れ、ホットメイルのアカウントを出した。彼女は何にでも共通のパスワードを使っている。

〝ヒブズガール〟。エリック・ベインのリストを指でたどり、トーン・アップ・インサイドのメールアドレスを確認した。メールを打ち始める。

〝ビースト・ウオッチに載ったあなたの文章を読みました。たいへん興味深く感じたので、それについて語り合いたいと思います。あなたが関心を持ちそうな情報があります。電話番号は……〟

そこでためらった。シボーンの携帯電話の電源がいつまで切れたままなのか、よくわからない。自分の電話番号を打ち込み、〝シボーン・クラーク〟と署名した。男性宛よりも女性に返事をする確率のほうが高いにちがいない。自分のメッセージを読み返し、もろに警官からの手紙に見えると思った。もう一度書き直してみた。

〝ビースト・ウオッチにお書きになったものを見ました。あのサイトが閉じられたのをご存じ？　あなたと話し合いたいんです。電話をいただけますか？〟

自分の電話番号とシボーンの名前を添える。今回は姓を省き、くだけた感じにした。送信ボタンを押す。数分後電話が鳴り出したが、いくら何でも運がよすぎると感じた――やっぱり予感どおりだった。

「ストローマンか」だみ声。カファティだ。

「そのあだ名にまだ飽きないのか？」カファティが笑い声をもらした。「いつから使ってるかな？」

十六年前になるか……リーバスが証言しているとき、カファティは被告人席にいて……弁護士の一人がリーバスとその前の証人、ストロマンとを取り違えた……それ以来〝わらの男〟。

「何か報告することは？」カファティがたずねた。

「なぜおまえに言わなきゃならん？」

また笑い声。その声に冷たさが加わった。「もしも犯人をあんたが捕らえ、公判に回すとしよう……そのときおれが突然、あんたの捜査に協力してやった事実を暴露したら、どうなるかね……審理無効にすらなりかねん」

「犯人を捕まえたかったんじゃないのか？」カファティは黙っていた。リーバスは慎重に言葉を選んだ。「捜査は進んでいる」

「どの程度？」

「遅々としてはいるが」

「当然だな、エジンバラは混乱状態なんだから」またしても低い笑い声。カファティは酔っているのだろうか。「今日だったら、どんな大がかりな強盗だって成功しただろうよ。あんたたちは忙しすぎて目が届かないから」

「じゃあ、なぜやらなかった？」

「おれは改心したんだ、リーバス。今はあんたらの味方になったんじゃないか？　だから何かおれにできることがあったら……」

「今のところ何もない」

「でもおれの助けが要るときは、頼むんだろ？」

「さっき、おまえが言ったじゃないか、カファティ。おまえが絡めば絡むほど、有罪判決を勝ち取るのが難しくなるって」

「ゲームのルールはわかってる、リーバス」

「だったら、パスをするべきときを知ってるだろう」リーバスはテレビに背を向けた。機械が畜肉の皮を剝いでいる映像。

「連絡してくれよ、リーバス」

「実は……」

「何だ？」

「会いたい警察官がいるんだが。そいつらはイングランド人で、G8のためにこちらへ来ている」

「会えばいいじゃないか」

「簡単には会えないんだ。バッジを一切着けていないし、無印の乗用車やヴァンで市内を走り回ってる」

「なぜ会いたい？」

「わけはあとで話す」

「特徴は？」

「ロンドン警視庁のやつらだと思う。三人組で行動している。日焼けした顔をして――」

「ということは、この土地の人間の中では、目立つ」カファティが口を挟んだ。

「リーダーはジャコという名前だ。公安部のデイヴィッド・スティールフォースという男の部下かもしれん」

「スティールフォースなら知ってる」

リーバスは机にもたれた。「なぜ？」

「長年にわたり、おれの知り合いを大勢刑務所へ送り続けたやつだ」リーバスは思い出した。カファティはロンドンの古いギャングとつながりがあった。「あいつもこっちへ来てるのか？」

「バルモラル・ホテルに泊まってるよ」リーバスは間を置いた。「部屋代を払っているのが誰なのか、知りたいような気もする」

「あんたのことはたいていわかったつもりでいたのに。ジョン・リーバスがこともあろうに公安部を嗅ぎ回ってくれと頼むのか……それはシリル・コリアーとは何の関係もないような気がするね」

「さっき言ったように、理由はあとで話す」

「で、今そこで何をやってる？」

「仕事だ」

「一杯飲まないか？」

「それほど喉が渇いてるわけじゃないんでね」

「おれもだ。ちょっと誘おうかと思いついただけだ」

リーバスはためらい、もう少しで誘惑に乗りかけた。しかし、電話は切れてしまった。机の前に座り、メモ用紙を引き寄せた。今夜考えたことの要約がそこに列挙されている。

恨み？

被害者か？

ホームページへアクセス……

アウキテラーダー——土地勘？

次は誰だ《フーズ・ネクスト》？

最後の文字に目を凝らす。おもしろい。〈フーズ・ネクスト〉と言えば、ザ・フーのアルバムのタイトル名だ。これもマイケルのお気に入りアルバムだった。その中に《ウオント・ゲット・フールド・アゲイン》が入っている。最近その〝二度と騙されないぞ〟という曲名がテレビドラマ〈CSI〉の一つで、テーマとして扱われていたっけ……

急に、リーバスは誰かとしゃべりたくなった。娘か元妻と。家族の絆。シボーンと両親のことを思い浮かべた。シボーンが両親に引き合わせようとしなかったことに、軽んじられたとは思わないようにした。シボーンは家族のことを話さない主義だ。シボーンに兄弟がいるのかどうかすら、よく知らないぐらいである。

「たずねないからだろ」リーバスは自分をたしなめた。携帯電話が鳴り、メッセージの受信を知らせた。送信者はシブ。メッセージを開いた。

〝WGHで会える？〟

WGHとはウエスターン・ジェネラル病院のことだ。警察官が負傷したという情報は受けていないが……シボーンがプリンシズ・ストリートやその周辺にいるわけがない。

〝どうなったか知らせてくれ！〟

駐車場へ向かいながら、もう一度シボーンの電話番号へかけてみた。話し中を示す音がするだけだ。車に飛び乗り、助手席に携帯電話をぽいと投げた。車を発進させたとたんに、電話が鳴った。携帯電話を摑み、開けた。

「シボーン？」と呼びかける。

「え？」女の声。

「もしもし？」緊張しながら、片手でハンドルを操作する。

「あなたは……話したいのは……いえ、いいわ」手の中で切れた電話を、横のシートに投げた。携帯電話が跳ねて床に落ちる。リーバスはハンドルを両手で握りしめ、アクセルを強く踏んだ。

## 10

フォース・ロード・ブリッジは車が連なっていた。だが二人とも気にしていなかった。話す種がたくさんあったからだ。考えなければならないこともたくさんある。シボーンはリーバスに一部始終を語った。テディ・クラークは妻のそばから片時も離れないと言い張った。病院側は簡易ベッドを用意すると言ってくれた。明朝、母親の脳を検査して、異常の有無を調べることになっている。警棒が母親の額を横から強打したのだ。両眼のまわりが内出血して腫れあがり、片目はまったく開かない。鼻もガーゼで覆われているものの、折れてはいない。病院でリーバスは失明の恐れはないのか、とたずねた。もしかしたら片目が、とシボーンが答えた。

「脳の検査が済んだら、アイ・パヴィリオン病院へ行くことになってます。でも何がいちばんつらかったか、わかる？」

「お母さんが、か弱いただの人間だとわかったことか？」

シボーンは重々しくかぶりを振った。「あの人たち、ここまで事情を訊きに来たのよ」

「誰が？」

「警察」

「そうか、たいしたもんだ」

その言葉に、シボーンはうつろな笑い声を上げた。「殴った男を捜しているんじゃないの。母が何をやったのか、たずねに来たんだから……」

なるほど、もちろんそうだろう。母親はデモ隊の一人だったのだから。しかも陣頭に立っていたのではなかろうか？

「ひどいな」リーバスはつぶやいた。「きみも現場にいたのか？」

「もしいたら、報復してるわ」しばらくして、囁くように言った。「わたし、あとで現場を見たの」

「テレビで見る限り、おそろしい状況だな」

「警察は過剰に対応したんだわ」否定できるならしてみろと言わんばかりに、シボーンはリーバスを凝視した。

「きみは怒ってるんだ」リーバスはそう答えるだけにとどめ、検問を受けるために車の窓を開けた。

グレンローシスに着いた頃、リーバスは今夜自分がしたことを語り終え、トーンアップインサイドからeメールを受け取るかもしれないよ、とシボーンに予告した。シボーンは上の空で聞いていた。ファイフの警察本部では、身分証を三回提示したあげく、ようやくオペレーション・ソルブス本部に入室できた。リーバスは監房に放り込まれた話はしなかった――それはシボーンには関係がない。左手もやっといつもどおりに使えるようになった。抗炎症剤を一箱も飲んだのだ……

オペレーション・ソルブスは、どこにでもあるような本部室だった。監視カメラの映像が流れ、ヘッドフォンをつけた民間人スタッフがコンピュータに向かい、スコットランド中央部の地図が貼ってある。グレンイーグルズの敷地を囲むフェンスの、ところどころにある監視塔に設置されたカメラから、映像が生中継されている。エジンバラ、スターリング、フォース・ロード・ブリッジを映した画面もある。アウキテラーダーのそばを通るM9号線の交通状況を伝える画面もあった。

夜勤体制に入っていたので、話し声も低く、室内は騒がしくない。静かに仕事に専念し、あわただしい動きの消えた雰囲気。見たところ、警察幹部はいないし、スティールフォースもいない。シボーンは先週ここを訪れたときに知り合った者の顔を一つか二つ見つけた。ぶらぶらしているリーバスから離れ、そちらへ頼み事をしに近づいていった。そのときリーバスも、知り合いを見つけた。ボビー・ホーガンだ。彼はサウス・クイーンズフェリーでの銃撃事件のあと、主任警部に昇進したのだ。しかし昇進とともにテイサイドへ転勤となった。もう一年ほど会っていないが、ごわごわした銀髪と首が肩にめりこんだような体型は、以前と少しも変わっていない。

「ボビー」リーバスは手を差し出した。

ボビー・ホーガンは目を丸くした。「やめてくれ、ジョン。おれたちそこまで人手不足じゃないぞ」リーバスの手をしっかりと握る。

「心配するな、ボビー。おれは運転手を務めてるだけだ。最近、どうだい？」

「悪かないね。あそこにいるのはシボーンか？」リーバスがうなずく。「シボーンはなぜおれの部下に馴れ馴れしく話しかけてるんだ？」

「監視ビデオの一つを借りたいんだよ」

「それだけはここにたっぷりある。なぜ要るんだ？」

「捜査中の事件なんだが……容疑者が今日の暴動に参加してるかもしれないんで」

「干し草の山で針を探すみたいなもんだな」ホーガンが額に皺を寄せた。リーバスよりも二年ほど年下だが、皺が深い。

「主任警部になってみてどうだ？」リーバスは友達の注意をそらそうとしてたずねた。

「おまえもやってみたら」

リーバスはかぶりを振った。「今更もう遅いよ、ボビー。ダンディーの住み心地は？」

「独身男が住むには最高だよ」

「コーラと縒《よ》りが戻ったと思ってたんだが？」

ホーガンはぎゅっと額に皺を寄せた。激しくかぶりを振り、その話題には触れられたくないことを伝えた。

「すごい本部室だな」リーバスは話題を変えた。

「ここは司令塔なんだ」ホーガンが胸を張った。「エジンバラ、スターリング、グレンイーグルズと常時連絡を取っている」

「もしも非常事態が起こったら？」

「G8会議はおれたちの馴染みの場所へ移動する――タリアランへ」

つまりはスコットランド警察学校。リーバスはなるほどと言わんばかりにうなずいて見せた。

「公安部と緊密につながってるんだね、ボビー？」

ホーガンは黙って肩をすくめた。「結局のところはな、ジョン、指揮を執るのはあいつらじゃなくて、おれたちなんだよ」

リーバスはうなずいたが、今回はうわべだけの同意だ。

「ところが、そいつらとぶつかっちまってね……」

「スティールフォースか？」

「エジンバラを我が物顔に歩き回ってるよ」

「いやな野郎だ」ホーガンがもらした。

「悪口ならおれだっていくらでも言えるぞ。でもやめておこう……あいつとおまえは親友になるかもしれないからな」

ホーガンが不満そうな声を上げた。「ありえないよ」

「あのな、あいつだけじゃないんだ」リーバスは声を低めた。「あいつの部下とも、喧嘩になった。そいつらは制服を着ていたが、徽章はなかった。無印の車と、点滅灯だけでサイレンのついていないヴァンに乗っていやがった」

「何があった？」

「おれは礼儀正しく応対してたんだ、ボビー……」

「だが？」

「壁にぶつかったと言おうか」

ホーガンが顔を見た。「言葉どおりの意味で？」

「まあな」

ホーガンはわかった印にうなずいた。「そいつらの顔と名前を結びつけたいんだな？」

「顔をよく見ていないんだがね」リーバスは済まなさそうに言った。「日焼けしているやつらで、一人はジャコと呼ばれていた。南東部から来ていると思う」

ホーガンは少し考え込んだ。「何とかやってみよう」

「おまえの地位を危うくしない限度で頼む、ボビー」

「心配するな、ジョン。今言ったようにここはおれがボスなんだ」安心させるかのように、リーバスの腕に手をかけた。

リーバスは感謝の印にうなずいた。友達の勝手な思いこみをつぶすのは、自分の役目ではない。

シボーンは捜査の範囲を絞った。プリンシズ・ガーデンズの画像だけ、しかも三十分間だけが必要なのだ。それでも千枚以上の写真に目を通さなければならないし、さまざまな角度から十台以上ものビデオカメラが撮影した映像も見なくてはならない。それ以外にも、監視カメラの画面や、抗議者や見物人の写したビデオや写真がある。

「マスコミの映像だってあるよ」とシボーンは言われた。BBCニュース、ITV、チャンネル4と5、さらにスカイTVとCNN。スコットランド主要紙に所属するカメラマンの写真もある。

「手近にあるものから始めるわ」シボーンは言った。

「小部屋を使ってもいいぞ……」

シボーンはリーバスに、車で送ってもらった礼を述べ、先に帰ってくださいと言った。わたしは誰かに頼みこんでエジンバラへ向かう車に乗せてもらうから。

「今夜はここで徹夜するのか？」

「そんなにかからないかもしれない」とはいえ、二人ともそう甘くないことを知っていた。「食堂は夜通し開いてるし」

「両親はどうする？」

「朝いちばんに病院へ行くわ」そして言い添える。「これに時間を割いても構わないわね……」

「この件はちゃんとやらなければならん、そうだろ？」

「ありがとう」シボーンは自分でもよくわからないまま、リーバスを抱擁した。長い夜を前にして、人恋しかったのかもしれない。

「シボーン……殴った相手を見つけたとしてだが、そのあとどうする？　自分は任務を遂行していただけだと主張するだろう」

「そうじゃないという証拠を手に入れるわ」

「あまりやりすぎると……」

シボーンはうなずき、ウインクして笑顔になった。それはリーバスから学んだ仕草で、越えてはならない一線を越すときにリーバスがいつも見せる表情なのだ。

ウインクと笑顔を残し、シボーンは部屋を出て行った。

トーフィケン・プレイスにあるC地区警察本部のドアに、無政府主義のシンボルがでかでかと落書きされていた。ゲイフィールド・スクエア署よりもさらに古色蒼然とした、崩れ落ちんばかりの古い建物である。外の街路では掃除人がごみを掃き寄せ、ついでに超過勤務手当も集めていた。壊れたガラスの破片、煉瓦、小石、ファストフードの容器。

受付係の警官がブザーを押してドアを開け、リーバスを入れた。キャニング・ストリートのデモ参加者の一部が調書を取られるためにここへ連行された。彼らはデモ用に空けられた監房で、一夜を過ごす。本来は収容されているはずの麻薬常用者やひったくり強盗らが、そこから放り出されて、エジンバラの街路をうろついているのだと思うと、リーバスはいい気がしなかった。犯罪捜査部は細長い部屋で、いつもそこはかとなく体臭が漂っている。それは〝ラット・アース〟、ネズミ男、というあだなを持つレイ・レイノルズ刑事がつねに部屋にいるせいだとリーバスは思っている。その当の本人が、ネクタイを緩めた姿で、ラガー・ビールの缶を握り、組んだ足を机に載せて、くつろいでいた。別の机の前には上司のシャグ・デイヴィッドソンが座っている。デイヴィッドソンもネクタイをほどいているが、まだ仕事中らしく、コンピュータを二本指で叩いていた。横に置いたラガー・ビールの缶はまだ開いていない。リーバスが近づいてきても、レイノルズはおくびを隠そうとしなかった。「おや、まずい男がやってきたぞ！」と挨拶代わりに呼びかける。「あんたはレベル・クラウン・アーミーの道化連中と同じく、G8では歓迎されてないって噂だぜ」そう言いながらも、乾杯の印に缶を掲げた。

「きついこと言うじゃないか、レイ。てんてこ舞いだったんだろ？」

「ボーナスをもらわなきゃ、引き合わん」レイノルズが新しいビール缶を差し出したが、リーバスは首を振った。

「どこで戦闘があったのか探りに来たんだろ？」デイヴィッドソンが言い添えた。

「エレンにちょっと話があるだけだ」リーバスは用向きを言い、室内に残っているもう一人のほうへ顎をしゃくった。エレン・ワイリー部長刑事が読んでいた書類から顔を上げた。短い金髪を真ん中分けにしている。リーバスは以前二回ほど彼女と組んで働いたことがあるが、その当時よりも少し体重が増えたようだ。ふっくらした頬がさっと紅潮した。それを見たレイノルズは両手をこすり、その手を火にかざして温めるように、ワイリーのほうへわざとらしく向けずにはいられなかった。

エレン・ワイリーは立ち上がったが、リーバスとは目を合わせなかった。デイヴィッドソンは自分も知っておいたほうがよい用事なのかとたずねた。リーバスは肩をすくめただけだった。ワイリーは椅子の背にかけた上着を取り、ショルダーバッグを持った。

「もう仕事を終えるつもりだったから」と誰にともなく言う。レイノルズは口笛を吹き、肘で突く仕草をした。

「いいじゃないか、シャグ？ 仕事仲間の間で恋の花が咲くなんて」部屋を出るワイリーのあとを、笑い声が追いかけた。廊下へ出ると、ワイリーは壁にもたれ、がっくりとうなだれた。

「たいへんな一日だったんだね？」リーバスが慰めた。

「アナルコ・サンディカリズム主義（労働組合を重んじる無政府主義）のドイツ人を尋問したことがある？」

「最近はないね」

「明日裁判所に提出できるように、今夜のうちに調書をまとめなきゃならないの」

「明日じゃなくて今日」リーバスが腕時計を叩きながら、正した。ワイリーも自分の時計を見た。

「もうこんな時間？」疲れた声だ。「ここに六時間後に戻ってこなくては」

「パブがまだ開いてるようなら、一杯奢ろう」

「飲みたくないわ」

「じゃあ、家まで送ろうか？」

「車があるから」ワイリーは考え直した。「いえ、ないわ――今日は車で来なかったから」

「それは賢明だったな」

「車を使うなって注意を受けてたので」

「予想するっていう能力は、すばらしいことだ。おまけにきみを家まで送るチャンスができたし」リーバスはワイリーが視線を向けるのを待った。彼は笑みを浮かべていた。

「おれの用向きをまだたずねてくれていないね」

「何の用事かわかってるもの」ワイリーが軽く気色ばみ、リーバスは降伏の印に両手を挙げた。

「まあまあ。きみ、そんなに……」

「そんなに、何なの？」

リーバスはしかたなく自分のジョークをぶちまけた。

「心を引き裂かれ《トーン・アップ・インサイド》ては困るんだな」


エレン・ワイリーは離婚した妹と同居していた。

クラモンドにあるテラスハウスの真ん中の家だ。裏庭の先は崖になっていて、その下をアモンド川が流れている。気持ちのよい夜だったし、リーバスは煙草を吸いたかったので、二人は庭のテーブルに座っていた。ワイリーは小声で話した。近所から文句が出ては困る。それに妹の寝室の窓が開いていたからだ。ミルク・ティのマグを二つ持ってきている。

「いいところだな」リーバスが言った。「川の音が聞こえるなんて、いいじゃないか」

「すぐ近くに堰があるの」ワイリーは暗闇を指さした。

「飛行機の騒音をごまかせる」

リーバスはうなずいた。ここはターンハウス空港へ入る航路の真下なのだ。深夜のこの時間だと、トーフィケン・プレイスから十五分でここまで帰ってこられる。車中で、ワイリーは自分の言い分を述べたのだった。

「で、ウエブサイトに書き込んだんです……別に、法に違反してるわけじゃないでしょう？　今の法システムにとても腹が立ったんです。ああいうケダモノを法廷へ送るために、わたしたち、骨身を削って働いてるというのに、弁護士ときたらありとあらゆる手を使って刑期を減らしたり、無罪にしたりするんだから」

「それだけの理由で？」

ワイリーは助手席で落ちつきなく体を動かした。「ほかに何があるの？」

「トーン・アップ・インサイドという名前は——もっと個人的な感情が含まれているように思える」

ワイリーはフロントガラスの前方を見つめた。「いいえ、ジョン、怒りを覚えただけ。強姦事件や強制わいせつ、家庭内暴力に長い間関わってきたから——そのむなしさが理解できるのは女性だけなんじゃないかしら」

「だからシボーンに電話をかけてみたのか？　きみの声だとすぐわかったよ」

「ええ、あれはいかにもあなたらしい、ずるいやり方だわ」

「おれはそういう人間でね……」

そして今、ワイリーの庭でひんやりした風が吹いてきた。リーバスは上着のボタンをかけ、ウエブサイトについてたずねた。どうやってサイトを見つけたのか？　ジェンセン夫妻を知っているのか？　会ったことがあるのか？

「あの事件を憶えていたから」ワイリーはそう答えただけだった。

「ヴィッキー・ジェンセンを？」ワイリーがしぶしぶうなずく。「あの事件を担当したのかな？」

かぶりを振る。「でもあの男が死んでよかった。あいつの墓がわかったら、そこで浮かれ騒いで見せるわ」

「エドワード・アイズレーとトレヴァ・ゲストも死んだ」

「あのね、ジョン。わたしはあそこに少し書き込みをしただけ……怒りをぶちまけたのよ」

「だがあのサイトに列挙された男たちのうち、三人が殺された。頭を強打され、致死量のヘロインを打たれて。きみはこれまで殺人事件を担当したことがあるね、エレン……その手口からどう考える？」

「犯人は麻薬を入手できる者」

「ほかには？」

ワイリーは考えてみた。「わからない」

「殺人犯は被害者と正面から向き合いたくなかった。被害者のほうが体が大きて力も強いからかもしれない。長く苦しませたくもなかった――一撃で倒し、そのあと注射したんだから。となると、犯人は女だったと考えられないか？」

「紅茶はいかが、ジョン？」

「エレン……」

ワイリーはテーブルを平手でぽんと叩いた。「ビースト・ウオッチに掲載されてるやつらは、最低のろくでなしよ……あいつらにわたしが同情するなんてありえない」

「犯人を逮捕することについては？」

「それが何か？」

「犯人が罰せられなくてもいいのか？」

ワイリーは暗闇を見つめていた。近くの枝を風が揺らす。

「今日はどういう日だったと思う、ジョン？　紛れもなく戦争だったのよ――法を破る者と護る者との……」

リーバスは思った。シボーンにそう言ってみろ。

「でもそうとは言い切れないわね？　その境界があいまいになることもある」ワイリーはリーバスへ視線を向けた。「あなたはそれに関して詳しいんじゃないの。わたし、あなたが何回か近道を取ったのを見たわ」

「おれは模範的な警官とはほど遠い、エレン」

「そうかもしれない。でも犯人を追うつもりなんでしょう？」

「犯人が男女のいずれにしろな。だからきみの供述書が必要なんだ」ワイリーは文句を言いかけたが、リーバスが片手を出して押しとどめた。「あのサイトに書き込みをした人物で、おれが知っているのはきみだけなんだ。ジェンセン夫妻はあのサイトを閉じちまったので、あそこに何が書いてあったか、おれにはよくわからない」

「わたしの協力が必要なのね？」

「二、三の質問に答えてもらいたい」

ワイリーはしゃがれた低い声で笑った。「今日、わたしが裁判所へ行くのを知ってるでしょう？」

リーバスは煙草に火を点けた。「なぜクラモンドに？」とたずねる。ワイリーは話題が突然変わって、驚いていた。

「ここは村なの。市内にある村——両方のいいとこ取りだわ」少し黙ってから付け加える。「もう事情聴取は始まってるのかしら？　この質問はわたしの警戒心を解くためね？」

リーバスはかぶりを振った。「誰の考えなのかなと思ってね」

「ここはわたしの家よ、ジョン。デニースがわたしと同居するようになったのは、あのあと……」咳払いをする。

「虫を飲み込んだみたい」と詫びる。「妹が離婚したあと、って言おうとして」

リーバスはその説明にうなずいた。「たしかに、静かなところだな、それは言えてる。仕事のことを忘れるにはとてもいい」

キッチンからの明かりがワイリーの笑顔を照らした。

「あなたには無理でしょうね。まさかりででも断ち切らない限り、あなたは仕事を忘れられないわ」

「もしくはあれが何本かあれば、だいじょうぶだよ」リーバスはキッチンの窓辺にずらりと並んだ空のワインボトルへ顔を向けながら、言い返した。


のんびりとした運転で市内へ戻った。リーバスは夜のエジンバラが好きだ。タクシー、千鳥足の歩行者、橙色の街灯、明かりを消した商店、カーテンを閉めたアパート。これからでも行ける場所がいくつかある——パン屋、夜勤のポーターの机、カジノなど、顔が知られていて、紅茶を振るまってくれ、世間話ができるところ。何年か以前は、コバーグ・ストリートに立つ街娼と立ち話をすることもあったが、女たちの多くはどこかへ消えたか、死んだかした。

そして次に自分がいなくなったとしても、エジンバラは少しも変わらないだろう。同じ場面が何回となく演じられ、その演劇に終わりが来ることはない。逮捕され、罰せられる殺人犯もいれば、逃げおおせる悪党もいるにちがいない。何世代にもわたって地上の世界と地下の世界は共存を続けるだろう。今週が済めば、混乱を極めたG8会議はどこかほかの土地へ場所を移す。ゲルドフとボノは新しい目的を見つける。リチャード・ペネンは重役室へ戻り、デイヴィッド・スティールフォースはロンドン警視庁へ帰る。リーバスはそのすべてをつなぐ仕組みが透けて見えるように感じるときもあった。

見えそうでいて……実際には見えない。

マーチモント・ロードに出たとき、ザ・メドウズに人の気配はなかった。アーデン・ストリートのてっぺんで駐車し、坂を下って自分の住まいへ戻った。週に二、三度、郵便受けにチラシが入る。フラットの売却をお世話いたします、と書かれた不動産屋のチラシ。上の階のフラットは二十万ポンドで売れた。同程度の金額に警察の年金を加えれば、以前シボーンが〝ゆとりある人生〟と言ったような生活を送れるだろう。ただ、そういう老後に魅力を感じないのだ。リーバスは屈んで、ドアの内側の郵便物を拾い上げた。新しくできたインド料理店の宅配用メニューだった。キッチンに入り、同じようなメニューの横にそれを貼った。パンにハムを挟み、それをキッチンで立ち食いしながら、調理台に並んだ空き缶を見つめた。エレン・ワイリーの庭から見えた瓶は何本あっただろうか。十五本か二十本はあった。大量のワイン。あのキッチンにはテスコ・スーパーマーケットの空のレジ袋があった。おそらく、買い物をする際に、まとめてリサイクルに出すのだろう。たとえば二週間に一度なら……二週間に二十本、一週間に十本。〝デニースがわたしと同居することになったのは、あのあと……妹が離婚したあと〟。キッチンの窓からの明かりの中で、飛んでいる虫は一匹も見えなかった。エレンは疲れ切った顔をしていた。多忙を極めた一日のせいにするのは簡単だが、それよりも根が深いように思える。血走った目の下に入った皺は、何週間も続いた疲労の蓄積によるものだ。近頃エレンは太ってきている。以前シボーンはエレンを競争相手とみなしていた。昇進を本気で競い合う二人の部長刑事だったのだ。しかしシボーンはそんな話をいつのまにかしなくなった。最近ではエレンがそれほど強敵ではなくなったからだろうか……

リーバスはグラスに水を汲み、居間へ持っていった。それをがぶがぶと飲み、ほんの少し底に残った水へモルトを注いだ。それを呷る。熱い塊が喉を通るのを感じる。モルトをまた注ぎ、自分の椅子に座った。音楽を聴くには時間が遅すぎる。額にグラスをくっつけ、目を閉じた。

眠り込んだ。

# 七月五日　火曜日

## 11

グレンローシスの警官はマーキンシュ鉄道駅まで車で送ってくれただけだった。

それでシボーンは電車のシートに座っている。まだ通勤ラッシュには早い時間で、窓外を過ぎ去る田園風景に目をやっていた。景色を見ていたのではない。さっき見てきたばかりの、あの現場のビデオを逐一脳裏に再現していたのだ。暴れる群衆、罵声、乱闘、投げられた物が壊れる音、襲いかかるときの唸り声。リモコンを押し続けたために親指が感覚を失っていた。一時停止……一コマずつ巻き戻し……一コマずつ前進……再生。高速で先送り……巻き戻し……一時停止……再生。写真の何枚かは、被写体の人物の顔がペンで丸く囲まれていた。警察が尋問をしたい人々だ。憎悪に輝く目をした人々である。もちろん、その一部はデモ参加者などではなく、バーバリのマフラーや野球帽で顔を隠した地元の乱暴者で、隙あらば暴れてやろうとたくらんでいるやつらである。イングランドではそんなファッションの連中をチャヴと称するのだろうが、こちらではネッドと呼ぶ。コーヒーとチョコレートバーをシボーンに持ってきてくれた取締班の一人が、シボーンの後ろに立ちながら、そう教えてくれた。

「ネッド村のごろつきネディ」

電車でシボーンの向かい側に座っている女が、朝刊を広げていた。あの騒動が第一面を飾っている。トニー・ブレアも同じく第一面に出ていた。首相はシンガポールにいて、ロンドンをオリンピック開催地とするために熱弁を振るっていた。二〇一二年は遠い未来だし、シンガポールも遠く思えた。そこからちゃんと間に合うように帰国して、グレンイーグルズで各国のリーダーと握手ができるのだろうか。ブッシュやプーチン、シュローダーやシラクと。土曜日にハイドパークに集まった大群衆が、大挙して北へ向かう様子は見受けられないとも報じていた。

「この席、空いてますか？」

シボーンがうなずくと、男が隣に割り込んできた。

「昨日はたいへんだったですな？」男が言った。シボーンは返事の代わりに唸ってすませたが、テーブルの向かい側の女が、わたしはちょうどローズ・ストリートで買い物をしていて、危うく巻き込まれるところだったんですよ、と話した。二人は戦況を語り合い、シボーンはまた窓の外を眺めた。ほんとうは小競り合いがあった程度である。警察の方針は揺るがなかった。厳しく取り締まる。エジンバラは警察の管轄下にあり、無法者の好きにさせないことをわからせる。ビデオを見ると、あからさまな挑発行為があった。暴徒はあらかじめ教えこまれていたのだ——ニュースにならない限り、デモに参加する意味がない、と。無政府主義者らは宣伝活動をする資金がない。警棒で叩かれるのは、無料で広告を打つのに等しいのだ。新聞の写真がそれを立証していた。警棒を振り上げる恐ろしい形相の警官。地面に倒れる無防備なデモ参加者。顔の見えない制服警官に引きずられていく人々。まさにジョージ・オーウェルの世界ではないか。どのビデオを見ても、母親を襲った相手も、襲った理由もわからなかった。

しかしあきらめるつもりはない。

まばたきすると目が痛み、まばたきするたびに目の焦点がぼけた。睡眠が必要なのだが、カフェインと砂糖で神経が興奮していた。

「ちょっと、だいじょうぶですか？」

隣の男がまた声をかけた。シボーンの腕をさすっている。目を開けると、頰を一筋の涙が伝ったのを感じた。手で拭った。

「だいじょうぶ。少し疲れたんです」

「びっくりさせてしまったのかと思って」向かいの女が言う。「昨日の話をしたもんだから……」

シボーンはかぶりを振り、女が新聞を読み終わったのを見て取った。「お借りしてもいいかしら……？」

「どうぞ、読んでちょうだい」

シボーンは笑みを作り、タブロイド紙を開けて写真を見つめ、カメラマンの名前を探した……

ヘイマーケットで降り、タクシーの列に並んだ。ウエスタン・ジェネラル病院の前でタクシーを停め、まっすぐ病棟へ向かった。父親が休憩室で紅茶を飲んでいた。昨夜はそのままの服装で仮眠し、髭も剃っていないので、頬や顎にごま塩の無精髭が生えていた。年寄りじみて見えた。一気に老けこみ、弱々しくなった。

「お母さんの具合は？」シボーンがたずねた。

「まあまあだな。昼前に脳の検査をする予定なんだ。おまえはどう？」

「まだ殴ったやつ、見つからない」

「いやね、気分はどうだと訊いたんだよ」

「わたしは元気よ」

「深夜まで働いてたんだろう？」

「もう少し遅くまでかな」シボーンは微笑しながら白状した。携帯電話が鳴る。メッセージではなく、バッテリーが切れかけている警告。シボーンは電源を切った。「お母さんに会える？」

「今、朝の支度をしてもらっている。終わったら知らせてくれるはずなんだ。外の世界はどんな感じだ？」

「もうすぐ一日が始まるわ」

「コーヒーでも飲むか？」

シボーンは首を振った。「もうお腹がだぼだぼなの」

「少し休んだほうがいい。午後にここへ来なさい。検査が終わった頃に」

「お母さんに挨拶だけしてくるわ」病室のドアを顎で示す。

「そのあと、家に帰るんだよ？」

「約束する」

朝のニュース。昨日の逮捕者はチェンバー・ストリートにある地方裁判所へ送られた。裁判所本来の業務は休みとなっている。現在、ダンガヴェル移民センターの前で、抗議運動がおこなわれている。あらかじめ警告を受けていた移民センターは、強制送還手続きを待っている人々をよその場所へ移してしまった。それでも、とにかく抗議運動はやる、とリーダーが語った。

スターリングではピース・キャンプで衝突があった。グレンイーグルズ・ホテルへ多数の人々が向かっており、警察はそれを阻止すべく、刑法及び公安秩序法の第六十項に基づいて、何ら確たる容疑はなくとも身柄を拘束して身体検査すると言っている。エジンバラでは監視態勢が強化された。食用油九十ガロンを積んだ車が通行を禁止された。油が道路に流されたら、路面がつるつるになって交通に混乱をきたすからだ。水曜日に催されるマリフィールドでの〈ファイナル・プッシュ〉コンサートは順調に準備が進んでいる。舞台が設置され、照明器具も備えられた。ミッジ・ユーロは「そこそこのスコットランド的夏日和となるように願っている」とコメントしていた。ミュージシャンや有名人が次々とエジンバラに到着している。リチャード・ブランソン（イギリスの実業家）は自家用ジェット機の一つでエジンバラに入った。プレスティック空港は翌日の到着便の受け入れ態勢を整えている。各国外交官の先遣隊はすでに到着した。ブッシュ大統領は自分の警察犬を連れ、日課の運動が継続できるようにマウンテン・バイクを運び込む。ニュース・センターではテレビの司会者が視聴者からのメールを読み上げていた。その意見とは、北海に多数ある廃棄した石油プラットホームの一つで、サミットを開催すればいい、そうすれば警備のための莫大な金が節約できるし、デモ行進の実施に興味深い難題を与えることとなるではないか、というのだ。

リーバスはコーヒーを飲み終え、テレビの音量を絞った。拘留者を裁判所へ輸送するために、署の駐車場にヴァンが何台も入ってきた。エレン・ワイリーは約一時間半後に供述書を作るために来ることになっている。シボーンの携帯電話にも二回ほどかけてみたのだが、即座にメッセージが流れたので、電源を切っているようだった。ソルブス本部に電話をしてみたが、シボーンはエジンバラへ戻ったと告げられただけだった。ウエスタン・ジェネラル病院にかけても、「ミセズ・クラークはよくお休みになっていました」と聞かされただけである。そのせりふは何回となく聞いた憶えがある……よくお休みになっていました。つまりは「まだ生きてますよ、それが気になるんでしょう」ということなのだ。リーバスは顔を上げ、犯罪捜査部室に誰かが入ってきたのを見た。

「何か用？」リーバスはたずねたあと、その制服に気づいた。「すみません、人違いしました」

「まだきみには会っていなかったな」本部長が言い、手を差し出した。「ジェイムズ・コービンだ」

リーバスは手を握り返しながら、コービンの握手がフリーメイソン流ではないことを知った。「リーバス警部です」

「きみはクラーク部長刑事とともにアウキテラーダーの事件を捜査しているんだね？」

「はい、そうです」

「彼女に連絡を取ろうとしてるんだがね。捜査状況を聞かせてもらっていない」

「興味深い進展がありました。地元の夫婦が立ち上げたウエブサイトがあるんですが。殺人犯はそのサイトから被害者を選んだ可能性があります」

「被害者三人の名前は判明したのか？」

「はい。毎回同じ手口の殺し方なんです」

「ほかにも被害者がいるのだろうか？」

「それはわかりません」

「三人で殺しをやめるだろうか？」

「それも、何とも言えません」

本部長は室内を巡回し、壁に貼られた図表、机、コンピュータを見て回った。「クラークには明日まで時間を与えると言った。それ以後は、G8が無事に済むまでこの事件は保留とする」

「それが適切かどうかよくわかりませんが」

「マスコミはこの事件をまだ知らない。数日間、寝かせておいても別に構わんだろう」

「手がかりが消える恐れがあります。容疑者に時間の余裕を与えて、つじつま合わせでもやられた日には……」

「容疑者がいるのか？」コービンが振り返ってリーバスを見た。

「いや、そうと断定できる者はいないんですが、何人かに話を訊いているところなんで」

「G8が最優先だ、リーバス」

「なぜだか教えていただけますか?」

コービンが睨みつけた。「なぜなら世界でもっとも力のある政治家がスコットランドに集まり、スコットランド一のホテルに滞在するからだ。市民が聞きたがっているのはその話だ。連続殺人犯がスコットランドの中心部を徘徊しているなんてことは、邪魔なだけだと思わんかね?」

「実際のところ、被害者のうち、スコットランド人はたった一人だけなんですが」

本部長が近づいてきてリーバスのすぐ前に立った。「利いたふうな口をきくな、リーバス警部。きみのようなタイプはようく知ってる」

「きみのようなタイプとは?」

「長年警察にいたから、誰よりも事情に詳しいとうぬぼれるやつらだ。車でも同じだろうが——距離計が伸びれば伸びるほど、ポンコツに近づいてるってことだ」

「ですが、おれは最近大量生産される車よりは、ヴィンテージ・カーのほうが好きなんですよ。クラーク部長刑事に本部長の伝言を伝えましょうか? もっと大事な仕事がおありだと思いますんでね。すぐにもグレンイーグルズへ行かれるんでしょう?」

「きみには関係ない」

「了解しました」リーバスは本部長に向かって敬礼とも取れる仕草をした。

「これは中止だ」コービンはリーバスの机に載った書類をばんと叩いた。「それと、憶えておくんだな——クラーク部長刑事がこれを担当しており、きみではない、警部」本部長は鋭く見据えたが、リーバスに返事をする気がないのを見て取ると、部屋を足音荒く出て行った。リーバスは一分間ほど待ってから、大きく息を吐き出し、電話をかけた。

「メイリー? 何かわかったかな?」リーバスはメイリー・ヘンダーソンの詫びの言葉に耳を傾けた。「いや、いいんだよ。おれはちょっとした情報を持ってるんだがね、紅茶でも奢ってくれるなら……」

十分ほど歩くとマルトリーズ・ウオークに着いた。そこはハーヴェイ・ニコルズ・デパートの横にある、新しく開発された地区で、店舗の一部はまだ入居者を募集している。軽食とイタリアン・コーヒーの〈ヴァン・カフェ〉は開店していた。

「この人が支払う」リーバスはダブルのエスプレッソを頼んだ。

「今日の午後、わたし、地方裁判所の取材をすることになってて」メイリーが席に滑り込んだ。

「それがリチャード・ペネンに関する調査がはかばかしくないことの口実なんだね？」

メイリーがリーバスを睨んだ。「ジョン、ペネンが議員のホテル代を支払ったとしても、それが何だって言うの？　贈賄で契約を取ったことを立証するものは何もないわ。ウエブスターに武器買い上げの権限があるとしたら、ネタのとっかかりを掴んだのかもしれないけど」メイリーはほっと吐息をつき、大げさに肩をすくめた。「とにかく、わたしはまだ諦めていない。リチャード・ペネンに関して、もう少し聞き込みを続けるわ」

リーバスは顔を撫でた。「誰もがペネンをかばおうとするんだよなあ。いや、ペネンだけじゃない、あの夜晩餐会に出席した者全員を、だ。出席者に近づく方法がない」

「ウエブスターが城壁から突き落とされたって、本気で考えてるの？」

「可能性はある。憲兵の一人は侵入者がいたように思うと言っている」

「じゃあ、侵入者だったのなら、晩餐会に出た人じゃないってことに、当然なるわね」メイリーは顔をかしげて同意を求めた。リーバスがうなずけないでいると、まっすぐ向き直った。「わたしの考えを言いましょうか？　これはすべてあなたに無政府主義者的な傾向があるからだと思う。あなたは心情的にアナーキスト側に立っているから、自分がなぜだか権力のために働いている状況に腹を立ててるのよ」

リーバスは吹き出した。「どこからそんな考えを思いついた？」

メイリーも釣られて笑った。「でも的を射てるでしょう？ あなたはいつも自分を外側の人間だと考えてきた……」コーヒーが運ばれてきたので、メイリーは会話を中断し、カプチーノにスプーンを突っ込んで、すくった泡をなめた。

「おれは端っこで働くよう心がけてる」リーバスが考えながら言った。

メイリーがうなずいた。「だから、わたしたち、以前はうまがあったのよ」

「きみがおれを捨ててカファティを選ぶまで」

メイリーが肩をすくめる。「あなたは認めたくないかもしれないけど、彼はあなたと似てるわ」

「なのに、おれはきみに大きな恩恵を施そうとしてるんだ……」

「わかったわ」鋭い眼光となる。「あなたたち二人の本質は、似ても似つかない」

「そう来なくては」リーバスは封筒を渡した。「おれが自らタイプしたんでね。綴りはジャーナリストであるきみの高い水準には達していないかもしれない」

「何なの？」メイリーは一枚しかない紙を広げた。

「おれたちが隠しているものだよ。被害者がもう二人。シリル・コリアー殺害の同一犯によって殺された。すべてを明かすわけにはいかないが、これがとっかかりになるだろう」

「いったい、どういうこと、ジョン……」顔を上げてリーバスを見る。

「何だ？」

「どうしてわたしに教えるの？」

「おれの隠れた無政府主義的傾向のなせるわざかもな？」

推測するふりをする。

「第一面の記事にならないわね、今週は」

「だから？」

「一年のうち今週だけは無理……」

「おれのプレゼントにけちをつけるのか？」

「ウエブサイトについての箇所なんだけど……」メイリーは再び紙に目を通した。

「すべて筋の通ったものだ。要らないというのなら……」

取り戻そうとして手を出す。

「〝連続キルター〟って何？　キルト布団を作るのをやめられない人間のこと？」

「返してくれ」

「誰に腹を立ててるの？」メイリーがにやにやしてたずねた。「そうじゃなかったら、こんなことするはずがないもの」

「黙って返すんだ。このことはなかったことにしよう」

しかしメイリーは紙を封筒に戻し、それを折ってポケットに入れた。「今日一日が平穏に過ぎたら、編集長を説得できるかもしれないわ」

「ウエブサイトとのつながりを強調するんだ」リーバスが助言した。「リストに載ってる男たちが、少しは用心するようになるだろう」

「何も教えられていないの？」

「そこまでまだ手が回らない。もし本部長の考えに従ったら、そいつらが知るのは来週になってからだ」

「そのときまでに、殺人犯がまた襲うかもしれないのね？」

リーバスがうなずいた。

「だったら、あなたは、人間の屑みたいな男たちの命を助けようとしてるってことね」

「公僕としてのつとめだ」リーバスは敬礼を試みた。

「本部長と喧嘩したせいではない、ってこと？」

リーバスはその言葉に失望したかのごとく、のろのろとかぶりを振った。「皮肉な見方をするのはおれのほうだと思ってたのに……リチャード・ペネンをちゃんと調べてくれるんだろうね？」

「もう少し時間をかけるわ」封筒を振って見せる。「でも、まずはタイプを打ち直さないと。あなたの母国語が英語じゃないなんて知らなかった」

シボーンは帰宅し、バスタブに湯を張った。その中で目を閉じているうちに、顎がなまぬるい湯に触れて、はっと目を覚ました。バスルームを出て服を着替え、タクシーを呼んで修理済みの車が待っている修理工場へ行った。そして自分の車でニドリに向かいながら、二度も雷に打たれるようなな不幸はありえないと信じた……ほんとうは、三度も、と言い直すべきなのだろうが、それでもセント・レナーズ署から借り出した車を誰にも気づかれずに、署の駐車場へ戻すことには成功したのだ。もし誰かがやってきてたずねたら、駐車場内で被害を受けたにちがいないと言い逃れるつもりだった。

ニドリの歩道脇に、ダブルデッカーではないバスが一台、アイドリングをしながら停まっており、中で運転手が新聞を読みふけっていた。そのバスに乗り込むために、キャンプの宿泊者が数人、大きなリュック姿でシボーンの横を通り過ぎた。シボーンを見て、眠そうな微笑を浮かべる。ボビー・グレグが出発を見送っていた。あたりを見回すと、あちこちでテントを畳む作業がおこなわれていた。

「土曜夜がいちばん混んでたね。それ以後、少しずつ人数が減ってきた」グレグが話しかけてきた。

「じゃあ、入場を断わらなくても済んだのね？」

グレグの唇が歪んだ。「一万五千人を収容できるんでね。でも二千人しかここへは来なかった」少しして言う。「あんたの知り合いとやらは、昨日の夜帰ってこなかったぞ」何かに感づいたような、持って回った言い方をした。

「両親よ」シボーンが疑念に答えた。

「なぜ初めからそうと言わなかったんだい？」

「よくわからない。警官の親は、ここでは安全じゃないと思ったからかな」

「じゃあ、今はあんたのところに泊まってるのか？」

シボーンは首を横に振った。「機動隊の警官が母の顔を警棒で殴って。昨夜は入院したわ」

「気の毒に。何かおれにできることでも？」

シボーンはもう一度首を振った。「昨夜も地元住民とのトラブルが発生したの？」

「ああ、引き分け試合があった」

「あのちんぴらども、しつこいわね」

「市会議員が昨夜も来合わせていて、休戦協定を結んだんだ」

「テンチ議員？」

グレグがうなずいた。「議員はお偉方を案内してたんだよ。都市再生とやらで」

「この地区にとってはいいことだわ。お偉方というのは？」

グレグは肩をすくめた。「政府の人」剃り上げた頭を撫でる。「ここはもうじき火が消えたようになる。せいせいするよ」

シボーンはキャンプ地のことなのかニドリ地区のことなのか、たずねなかった。両親のテントへ歩いていった。テントのジッパーを開いて中を覗いた。何もかもが残されたままだが、物が増えていた。ここを出て行く人たちが残り物の食べ物やロウソクや水を、プレゼントとして置いていったようだった。

「あの二人、どこにいるの？」

聞き覚えのあるサンタルの声だった。シボーンはテントから出て体を真っ直ぐに起こした。サンタルもリュックを背負い、水のボトルを手に持っている。

「出ていくの？」シボーンがたずねた。

「バスでスターリングへ。さよならを言いたかったんだけど」

「ピース・キャンプへ行くのね？」サンタルがうなずくと、三つ編みの髪がしなった。「昨日、プリンシズ・ストリートにいたの？」

「あんたの両親には、そこで会ったのが最後だわね。あの二人、どうしちゃったの？」

「誰かが母を殴って。今は病院にいるわ」

「まあ、ひどい。それって……」サンタルはためらった。「それって、あんたの仲間がやったの？」

「わたしの仲間よ」シボーンはおうむ返しに答えた。「そいつをぜひとも捕まえたい。あなたがまだ残っていてよかった」

「なぜ？」

「写真を撮ってるんじゃないの？　それを見せてもらいたいと思って」

ところがサンタルは首を振っていた。

「心配いらないわ。見るのは……関心があるのは制服警官だけ。デモ自体は関係ない」それでもサンタルは首を振り続けている。

「自分のカメラを持っていかなかったから」真っ赤な嘘。

「そんなこと言わないで、サンタル。協力したいって気持ちがあるはずよ」

「ほかにもいっぱい写真を撮ってる人がいたし」キャンプ地全体を大きく腕を振って示す。「頼んでみたら」

「あなたに頼んでいるのよ」

「バスがまもなく出る……」サンタルはシボーンの横を通り抜けた。

「わたしの母に何か伝えたいことはないの？」シボーンが後ろ姿に呼びかけた。「両親をピース・キャンプのあなたのところへ連れて行ってもいいわよ？」しかし後ろ姿は遠ざかっていった。シボーンは小声で毒づいた。考えが甘かったのだ。サンタルにとって自分は依然として、ブタ、ポリ公、お巡り、税金泥棒であり、敵なのだ。いつのまにか、ボビー・グレグの横に立ち、乗客を詰め込んだバスのドアが、シューと音を立てて閉まるのを見守っていた。バスの中から合唱が聞こえてくる。何人かがグレグに向かって手を振った。グレグも手を振り返した。

「感じのいい連中だな」グレグは感想を述べ、シボーンにガムを勧めた。「ヒッピーにしては、ってことだよ」両手をポケットに入れてたずねる。「明日の夜のチケットを持ってるかい？」

「買おうとしたけど買えなかった」

「いやね、おれの勤務先は警備会社だろ……」

シボーンはグレグを見つめた。「余ってる券があるの？」

「そういうわけじゃないが。おれは行くんでね、あんたは〝一人追加〟ってことで入れる」

「まさか、ほんとう？」

「あんたをデートに誘ってるわけじゃないけど……行きたいんなら、と思ってね」

「親切ね、ボビー」

「あんたの好きなように」グレグは視線をさまよわせ、シボーンとは目を合わさなかった。

「電話番号を教えてもらえる、明日返事をしたいから?」

「もっと楽しいことがありそうなんだな?」

シボーンはかぶりを振った。「仕事が入りそうだから」と言い直す。

「一晩ぐらい仕事を休む権利はあるはずだがね、クラーク部長刑事」

「シボーンと呼んで」シボーンは強く言った。


「どこにいるんだ?」リーバスは携帯電話にたずねた。

「〈スコッツマン〉社へ向かってるところ」

「なぜ〈スコッツマン〉へ?」

「さらに写真を見に」

「きみの携帯は電源が切ってあった」

「充電しなければならなかったんです」

「おれは今、トーン・アップ・インサイドの供述書を取っているところでね」

「誰って?」

「昨日話しただろう……」そのとき、リーバスはシボーンにはほかの心配事があったのを思い出した。そこでウエブサイトのこと、そこへメッセージを送ったこと、エレン・ワイリーが電話をかけてきたことを、もう一度説明した……

「ひえー、もう一度言って。こともあろうにあのエレン・ワイリーが?」

「ビースト・ウオッチに怒りをこめた長文を書き送った」

「でもなぜ?」

「なぜなら、体制が女性をないがしろにしてるから」リーバスが答えた。

「それは彼女の言葉なの?」

「録音したよ。もちろん、おれには補強証拠がない。事情聴取に同席してくれる警官が見あたらなかったもんでね」

「それは残念ね。ではエレンは容疑者なの?」

「録音テープを聴いてくれ。そうしたらわかるだろう」リーバスは犯罪捜査部室を見回した。窓ガラスが汚れているが、そこからは裏手の駐車場しか見えないのだから、拭いてもしかたがない。壁のペンキを新しく塗り替えれば、明るい感じになるが、そこもすぐに犯罪現場の写真や被害者の状況説明で埋め尽くされるだろう。

「妹のせいかもしれないわ」シボーンが言った。

「何だって？」

「エレンの妹、デニースよ」

「妹が何か？」

「一年前ぐらいに、エレンと同居するようになったの……もう少し最近だったかな。パートナーと別れて」

「それで？」

「暴力を振るうパートナーだった。そう聞いたわ。デニースとその男はグラスゴーに住んでいた。何回か、警察を呼ぶようなことになったけど、立件まではこぎつけられなかった。男に対する行動制限命令が出されたように思うわ」

〝デニースがわたしと同居することになったのは、あのあと……妹が離婚したあと〟ふいに、エレンが虫を飲み込んだと言ったわけがわかった。

「知らなかった」リーバスがしみじみと言った。

「だって……」

「だって、何だ？」

「こんな話は女同士でしかしないわ」

「男にはしない、と言いたいんだな？　だのに性差別者と言われてるのは、男のほうなんだ」リーバスは空いた手で首の後ろを掻いた。首が凝っている。「で、デニースはエレンと同居するようになり、すぐさまエレンはインターネットでビースト・ウオッチのような類のサイトを探した……」

そして妹と夜を過ごし、神経を高ぶらせ、酒をがぶ飲みした……

「わたしが姉妹と話をしてみるわ」シボーンが提案した。

「ただでさえ、忙しいのに？　それよりお母さんの具合はどうなんだ？」

「検査を受けてるわ。このあと見舞いに行くつもり」

「なら、早く行けよ。グレンローシスでは何も判明しなかったんだな？」

「手に入れたのは嫌みだけ」

「よそから電話がかかってきた。もう切るよ。あとで会えないか？」

「いいわよ」

「本部長が立ち寄ったものでね」

「不吉な予感」

「でもそれは後回しだ」リーバスはボタンを押して、次の電話に出た。「リーバス警部」と名乗る。

「今、裁判所にいるの」メイリー・ヘンダーソンの声だった。「わたしが見つけたものを見に来て」やじる声や歓声がかすかに伝わってくる。「もう切るわ」

リーバスは階段を降り、パトカーに便乗させてもらった。パトカーの制服警官は二人とも、昨日の戦闘には参加できなかった。

「支援部隊で」と二人が不満そうに説明した。「四時間もバスに閉じこもったまま、無線で状況を聞いてたんです。法廷で証言するんですか、警部？」

リーバスは答えず、車がチェンバー・ストリートに入ると「ここで下ろしてくれ」と命じた。

「お礼を言ってもらって恐縮ですよ」リーバスが車を降りたあと、運転していた警官が押し殺した声で嫌みを言った。

パトカーは耳障りな音を立ててＵターンをし、地方裁判所前に陣取っている報道記者たちの目を惹きつけた。リーバスは道路の向かい側に留まり、ロイヤル・スコティッシュ・ミュージアムへの石段脇で、煙草に火を点けた。裁判所から抗議者が一人出てきて、仲間の歓声や拍手を浴びた。友達に囲まれて背中を叩かれながら、その男は拳を天に突き上げ、その様子を報道カメラマンが撮影している。

「何人いるんだ？」メモ帳とテープレコーダーを手に立っているメイリー・ヘンダーソンに、リーバスはたずねた。

「今までで約二十人ほど。一部はほかの裁判所へ振り分けられたけど」

「明日の新聞で、おれの読むべき発言があるかな？」

「〝体制を叩きつぶせ〟ってのはどう？」メモ帳に目をやる。「〝資本家を出してみろ、吸血鬼ってことを見せてやる〟」

「それは釣り合いの取れた取引に思えるね」

「これって、マルコムＸからの引用だわ」メイリーはメモ帳を閉じた。「全員が立ち入り禁止命令の処分を受けてる。

グレンイーグルズ、アウキテラーダー、スターリング、エジンバラ中心部には近づいてはならないってこと……」一呼吸する。「でもね、温情的なところもあって。ある男が今週末の〈T・イン・ザ・パーク〉のチケットを持っていると訴えたら、判事が開催地のキンロスへ入ることを認めたわ」

「シボーンもそこへ行くんだ。そのときまでにコリアーの捜査が終わったらいいんだが」

「だったら、これはいい知らせじゃないかもしれない」

「どういうことだ、メイリー?」

「クルーティ・ウエルよ。新聞社の友人に少し調べてもらったの」

「それで?」

「ほかにもそういう場所があったの」

「いくつ?」

「スコットランドには少なくとも一つ。ブラック・アイルに」

「インヴァネスの北だね?」


メイリーがうなずいた。「こっちへ来て」後ろを向いてミュージアムの玄関ドアへ向かう。中に入ると右手へ曲がり、ロイヤル・スコティッシュ・ミュージアムの建物へ入った。そこは家族連れで賑わっていた。夏休み中の、活気にあふれる子供たち。幼児が甲高く叫び、つま先でぴょんぴょん跳ねる。

「ここへ何しに来たんだ?」リーバスがたずねた。しかしメイリーはもうエレベーターに乗り込んでいた。降りてからさらに階段を上がる。窓から地方裁判所の全景が見渡せた。メイリーはずんずんと奥へ向かって歩いていった。

「ここへは来たことがある」リーバスが言った。

「死と迷信に関する展示品があるところよ」

「人形の入った小さな棺桶があって……」

まさにその展示品の前で、メイリーは立ち止まった。リーバスはガラスケースの中に、古いモノクロ写真が飾ってあるのを見た。

ブラック・アイルにあるクルーティ・ウエルの写真だ……

「何百年間も地元の住民はそこに布きれをくくりつけていた。わたし、ひょっとしたらと思って、友達にイングランドやウエールズまで範囲を広げて探してもらってる。行ってみる価値があると思う？」

「ブラック・アイルまでは車で二時間だな」リーバスは写真から目を離さずにつぶやいた。ぼろ切れがコウモリのように、葉の落ちた小枝にぶらさがっている。写真の横には魔女が使う棒や、小石の穴から突き出た骨がある。死と迷信……

「今の時期だったら、三時間かな」メイリーが教えた。「トレーラーカーの列を追い越さなきゃならないから」

リーバスがうなずいた。パース北方のA9号線は、渋滞の名所である。「地元警察に見に行ってもらうよ。ありがとう、メイリー」

「これはインターネットからプリントしたもの」メイリーはブラック・アイルのフォートローズ近くにあるクルーティ・ウエルの、詳しい由来を記したコピーを渡した。ここに展示されている写真も含め、ぼけた写真が何枚か載っていて、アウキテラーダーにあるものとほぼ同じ形態であることを示している。

「ありがたい」リーバスは紙を丸めて上着のポケットに突っ込んだ。「編集長は餌に食いついたか？」二人は再びエレベーターへ向かった。

「状況によるわね。今夜、暴徒化する騒ぎがあれば、わたしたちのネタは五面に追いやられるかも」

「賭けてみる値打ちはあるな」

「ほかに話してくれることはないの、ジョン？」

「おれはスクープを提供したんだぞ。ほかに何が要るんだ？」

「わたしを利用してるだけじゃないってことを確かめたい」メイリーはエレベーターのボタンを押した。

「おれがそんなひどいことをすると思うのか？」

「もちろん、するに決まってる」玄関の石段に出るまで、二人は無言を通した。メイリーは道路の向こう側の動きを見守った。また一人、デモ参加者が現われ、拳を挙げて歓声に応えている。「金曜日以来この事件は伏せてきたんでしょう。新聞に出したら、殺人犯が地下に潜ってしまう恐れはないの？」

「今より深くは潜れないさ」リーバスはメイリーを見た。「それに、金曜日には、シリル・コリアーのことしか知らなかった。それ以外はすべてカファティが教えてくれたんだ」

メイリーの顔がこわばった。「カファティが？」

「コリアーのジャンパーの切れっ端が見つかったことを、きみはカファティにしゃべった。するとカファティがおれんとこへやって来た。ほかの名前二つを教えてやったら、その二人が死んだという知らせを持ってきた」

「カファティを情報源に使ってるの？」ぎょっとした声でメイリーがたずねる。

「カファティはきみには教えなかった、メイリー。おれはそれを言いたい。あいつと取引しても、いつだって一方通行になる。複数の殺人事件に関してきみに教えたことは、すべてカファティが最初に摑んだことだ。しかしきみには教えようとしなかった」

「わたしとカファティが親密だって、誤解してるみたいね」

「親しいからこそ、きみはコリアーの話を持ってカファティのところへすっ飛んでいったじゃないか」

「それは以前の約束があったから——何か新しい展開があったら、教えるという。わたし、あなたに謝らないわよ」

眉を寄せて道路の向こうを見つめ、指さした。「なぜだろう、ガレス・テンチが来てるわ」

「市会議員か？」リーバスは指が示す先を視線で追った。「異教徒に説教してるんじゃないかな」テンチはカメラマンの列に囲まれてカニのように横歩きをしている。「もう一度きみの取材を受けたいのかもしれないぞ」

「どうして知ってるの……？　シボーンから聞いたのね」

「シボーンとの間に秘密はないんでね」リーバスはウインクした。

「じゃあ、今は彼女、どこにいるの？」

「〈スコッツマン〉社にいる」

「じゃあ、あれはわたしの目の錯覚かしら」メイリーがまた指さした。紛れもなくシボーンがいた……テンチが彼女の前で立ち止まり、握手を交わしている。「あなたたちの間に秘密はない、だって？」

リーバスはすでに歩き出していた。道路は車の通行が遮断されているので、簡単に横断できた。

「やあ、急に気が変わったのか？」

シボーンは軽く微笑し、テンチ議員をリーバスに紹介した。

「警部」テンチ議員が会釈した。

「こんなストリート・パフォーマンスがお好きなんですか、テンチ議員？」

「エジンバラ・フェスティヴァルでやる出し物はいいね」テンチが低い笑い声を上げた。

「あなた自身もやっておられましたからね」

テンチはシボーンのほうを向いた。「警部はね、ザ・マウンドの坂の下で、わたしが日曜日の朝に説教をしていたことを言ってるんだよ。教会へ行く途中で、警部は足を止めたにちがいない」

「今はもうあそこにあなたの姿はないですね。信仰を失ったんですか？」

「何を言うんだ、警部。だがね、説教以外にも目的を達成する方法がいろいろとあるじゃないか」真剣な、職業的な顔つきになった。「わたしの選挙区の住人が二、三人、昨日の騒ぎに巻き込まれたんで、ここへ来た」

「見物してただけなんでしょうね、もちろん」

テンチはリーバスに視線を流してからシボーンのほうを向いた。「警部と組んで仕事をしたら楽しそうだな」

「笑いが止まりません」シボーンがそれに乗った。

「ああ！　ジャーナリストもお出ましか！」テンチは声を張りあげ、メイリーへ手を差し出した。ためらっていたメイリーは、ようやく近づいてきた。「わたしたちの記事はいつ出るのかね？　この真実の擁護者たる二人は、もちろん、紹介するまでもないと思う」リーバスとシボーンを手で示す。「活字になる前に、内容を見せてくれるという約束だったよな」とメイリーに念を押した。

「そうでしたっけ？」メイリーは驚いた顔を装った。テンチは騙されなかった。警官二人のほうを見る。

「ちょっと話があるんで、悪いが……」

「いいですよ。おれもシボーンと内緒の話があるんで」

「そうなの?」そのときにはもうリーバスは歩き始めており、シボーンはあとを追うしかなかった。

「〈サンディ・ベル〉がもう店を開けるだろう」声が届かないところまで来ると、リーバスが言った。しかしシボーンは人だかりをきょろきょろと見ていた。

「ぜひ見つけたい人がいるんです」とシボーンが言い訳した。「知人のカメラマンで……かならずこの中にいるはずなんだけど」つま先立ちして見る。「ああ……」報道陣を押し分けて進んだ。カメラマンたちはカメラの裏側を覗き合っては、デジタル画面が捕らえたものを確認している。シボーンはごま塩短髪の、鍛えた体の男と何やら話しており、リーバスはいらいらしながら、話が済むのを待った。それでもリーバスは事情を察した。シボーンは〈スコッツマン〉社へ行ったのだが、目当ての人物がここにいると聞かされたのだ。カメラマンはついに説得されたらしく、シボーンのあとから、腕組みをして待つリーバスのもとへやってきた。

「マンゴウよ」シボーンが言った。

「マンゴウ、一杯どうかな?」リーバスが誘った。

「嬉しいですね」カメラマンは心を決め、額の汗を拭った。若白髪だった——シボーンとさほど年齢は変わらないにちがいない。皺の深い日焼けした顔をしており、それに似つかわしい訛があった。

「ウエスタン・アイルズ出身?」リーバスが推測した。

「ルイス島」マンゴウが肯定した。リーバスは先に立って〈サンディ・ベル〉へ向かった。背後からまた起こった歓声に、振り返ってみると、地方裁判所のゲートから若い男が出てくるところだった。

「あの男、知ってるわ」シボーンが平静に言った。「キャンプ地でいやがらせをしていた男」

「じゃあ、昨夜は中休みってとこだな」リーバスが言った。「監房で一夜を過ごしたんだろうから」いつのまにか、右手で自分の左手を無意識にこすって血行をよくしていた。

若い男が人だかりに向かって挨拶の仕草をし、数人がそれに応じた。

　その一人はガレス・テンチ市会議員だ。メイリー・ヘンダースンがその光景をつくづくと見つめていた。

## 12

〈サンディ・ベル〉は店を開けてからまだ十分しか経っていないが、もうカウンターには常連が二人、腰を据えていた。

「〈ベスト〉（エールの銘柄）を半パイントで」何を飲むかと聞かれたマンゴウが答えた。シボーンはオレンジジュースを頼み、リーバスは一パイントにすることにした。三人はテーブルを囲んで座った。狭くて暗いパブの中は、真鍮磨き剤と漂白剤の臭いが漂っている。シボーンがマンゴウに用件を言うと、マンゴウはカメラバッグを開けて、小さな白いものを取りだした。

「ｉＰｏｄ？」シボーンがたずねた。

「写真を記録するのに便利なんだ」マンゴウが説明した。やり方をシボーンに教え、昨日の丸一日を撮ったわけではない、と断わった。

「じゃあ、何枚そこに入ってる?」シボーンが小さなカラー画面をこちらへ向け、クリックホイールで画像を次々と移動させるのを見ながら、リーバスがたずねた。

「二百枚ほど」マンゴウが答えた。「出来の悪い写真は消したんで」

「今、これを見ても構わない?」シボーンが訊いた。マンゴウは黙って肩をすくめた。リーバスは煙草のパックをマンゴウに差し出した。

「実は、アレルギーなんで」マンゴウが言った。リーバスは自分には欠かせない煙草を手に、遠い窓際へ行った。そこに立ってフォレスト・ロードに目をやると、テンチ議員が裁判所から出てきた若い男とさかんに話し合いながら、ザ・メドウズへ向かっていた。テンチ議員は自分の選挙区に属するその男の背中を心配するなと言わんばかりに叩いている。メイリーの姿はない。リーバスは煙草を吸い終え、テーブルに戻った。シボーンはｉＰｏｄをリーバスの見やすい角度に変えた。

「母よ」シボーンが言った。リーバスはｉＰｏｄを手に取り、画面を覗き込んだ。

「後ろから二列目?」とたずねると、シボーンが興奮した様子でうなずく。「お母さんはそこから出ようとしてるみたいだな」

「そうよ」

「これは殴られる前?」リーバスは暴徒鎮圧用盾で身を護っている警官たちの、ヴァイザーで隠れた顔と怒りに歪んだ口元を見つめた。

「決定的な瞬間を逃したみたいなんだ」マンゴウが申し訳なさそうに言った。

「母が群衆から抜け出そうとしてるのは間違いないわ」シボーンが強調した。「そこから出たかったのよ」

「じゃあ、なぜ顔を殴られた」リーバスがたずねた。

「あのときの状況はな」マンゴウが慎重に発音しながら説明した。「先頭に立って暴れたやつらは警官の列に襲いかかっては、退却していた。だから前列に取り残された者は、乱闘に巻き込まれる可能性があった。そして、どの写真を掲載するかを決めるのは写真編集者だ」

「選ぶのは、たいていの場合、機動隊の警官が仕返しをしている写真というわけなんだな?」リーバスは憶測した。画面から少し顔を離す。「警官は誰一人として顔が識別できない」

「肩章にも認識票がない」シボーンが指摘する。「誰もが巧みに身分を隠している。どこの警察から来たのかすらわからない。ヴァイザーの上に、文字がついている人もいるわ。XSとか。これは暗号なのかしら?」

リーバスは肩をすくめた。ジャッコとその仲間を思い出していた……彼らも徽章をつけていなかった。

シボーンは何かを思い出したらしく、ちらっと腕時計を見た。「病院へ電話をしなくては……」席を立ち、外へ出て行った。

「もう一杯?」リーバスはマンゴウのグラスを指さしてたずねた。マンゴウはかぶりを振った。「今週は、これ以外にも何か仕事をやっているのかね?」

マンゴウは頬をふくらました。「まあね、いろいろと」

「VIPを被写体にすることは?」

「チャンスが与えられたら」

「金曜日の夜は働いてなかったんだろうね?」

「いや、働いてた」

「城での大晩餐会?」

マンゴウがうなずいた。「編集長が外務大臣の写真を欲しがったんでね。おれが撮ったやつはちょっと弱かった。フロントガラス越しにフラッシュをたくとそうなるんだよな」

「ベン・ウエブスターは?」

マンゴウはかぶりを振った。「名前すら知らなかったもんで。かえすがえすも残念だったよ——生前の最後の写真となるはずだったのに」

「死体保管所で何枚か撮ったよ。そう言えば、気休めになるかな」マンゴウが感傷的な笑みを浮かべるのを見て、リーバスは言い添えた。「あんたが撮った写真をちょっと見てみたいんだが……」

「じゃあ、探してみよう」

「その小さな機械には入っていないんだね？」

マンゴウがうなずいた。「ラップトップに入ってるんだ。でもキャッスル・ヒルを上っていく車の写真ばっかりだよ。カメラマンは城の前のエスプラネードにすら、入れなかった」何かを思いついた。「そうだ、晩餐会で公式写真を撮ったはずだ。本気で関心があるんなら、それを見たいと頼めばいい」

「そんなものを渡してくれるだろうか」

マンゴウがウインクした。「任せてくれ」リーバスがグラスを飲み干すのを見ながら言う。「来週は古着とおかゆの生活に戻るんだと思うと、変な気がする」

リーバスもにやりとして、親指で唇についた泡を拭った。

「親父も同じ言い回しをしたもんだ、夏休み旅行から帰ってくるたびに」

「エジンバラがこれほど華やかなときはもう二度とないだろう」

「少なくともおれが生きている間には、ないね」リーバスが認めた。


「これで何かが変わるだろうか？」リーバスは黙って首を振る。「おれの彼女がある本をくれた。一九六八年についての本――プラハの春とパリの五月革命」

その波が引き継がれなかったと思うんだな、とリーバスは心の中でつぶやいた。「おれは一九六八年を経験した。だが、当時おれとは無縁だった。それ以後もだね、考えてみると」

「当時の風潮に染まりも、ドロップアウトもしなかったんだね？」

「おれは陸軍にいた。短髪で、かたくなに構えていた」シボーンが戻ってきた。「何かわかったか？」リーバスがたずねた。

「検査では何も異常がなかったそうよ。母はアイ・パヴィリオン病院へ目の検査を受けに行ったわ。それでおしまいらしい」

「ウエスタン・ジェネラル病院から退院許可が出たのか？」リーバスはうなずくシボーンを見た。シボーンはiPodを再び取りあげた。「もう一つ、見せたいものがあって」クリックホイールの音を立てる。シボーンは画面をリーバスのほうへ向けた。「右手の端っこに女性がいるでしょう？　髪が三つ編みの人」

リーバスは見た。マンゴウのカメラは暴徒鎮圧用盾の列にピントを合わせているが、画面上部に見物人が何人か写りこんでいる。携帯電話のカメラを顔の前に掲げている者が多い。三つ編みの女性はビデオカメラらしきものを持っていた。

「これ、サンタル」シボーンが言った。

「サンタルとは？」

「言いませんでしたっけ？　わたしの両親の横にテントを張っていた人よ」

「変わった名前だな……本名なんだろうか？」

「ビャクダンという意味」シボーンが教えた。

「いい匂いの石鹸だね」マンゴウが口を出した。シボーンは無視した。

「何をしているのか見えますか？」iＰｏｄをリーバスの目に近づけてたずねる。

「皆と同じこと」

「ちょっと違うわ」シボーンはiＰｏｄをマンゴウのほうへ向けた。

「誰もが携帯電話を警察官に向けているね」うなずきながらマンゴウが答える。

「サンタル以外は」シボーンはもう一度画面をリーバスに見せ、親指でクリックホイールをこすって、次の写真を出した。「ほらね？」

リーバスはそれを見たが、どう解釈すべきかわからなかった。

「皆は」とマンゴウが教えた。「警官隊の写真を撮ろうとしている——宣伝に役立つから」

「ところがサンタルは抗議者のほうを撮影している」

「ということは、きみの母親を撮ったかもしれないんだな」リーバスが言った。

「キャンプ地でサンタルに写真を見せてと頼んだんだけど、見せてくれなかった。それに、土曜日のデモでも彼女を見かけたわ——あのときも撮影していた」

「意味がよくわからないんだが」リーバスが白状した。

「わたしもよ。でもスターリングに行ってみるべきかもね」シボーンはリーバスを見た。

「なぜ？」リーバスが訊いた。

「今朝サンタルがスターリングへ発ったから」少し考える。「わたしがいないこと、ばれるかしら？」

「どうせ、本部長はクルーティ・ウエルの事件を塩漬けにしたがってるし」リーバスはポケットに手を入れた。「実はね……」丸めたプリントを渡す。「ブラック・アイルにもクルーティ・ウエルがあるんだ」

「厳密には島じゃないんだよな」マンゴウが話に割り込んだ。「ブラック・アイルって言うけど」

「次は黒くもない、と言うつもりか」リーバスがたしなめた。

「土は黒いはずなんだけど」マンゴウがすまなそうに言った。「でも目立つほどじゃない。だけど、そこを知ってるよ。去年の夏、遊びに行ったんだ。木の枝にぼろ布がたくさんくくりつけてあった」不快そうに顔を歪める。シボーンはプリントを読み終えた。

「見に行きたいですか？」シボーンがたずねた。リーバスはかぶりを振った。

「だが誰かが見に行くべきだろうな」

「事件は塩漬けのはずだのに？」

「明日までは塩漬けじゃない」リーバスが言った。「本部長がそう断言しただろ。しかし本部長が担当者にしたのはきみなんだ……どうやるかはきみ次第だね」リーバスが椅子にもたれると、椅子が重みに耐えかねてきしんだ。

「アイ・パヴィリオンまでは歩いて五分だわ」シボーンが考えながら言う。「そこへ行こうと思っていたんだけど」

「そのあとスターリングまで、はるばる車を走らせるのか？」

「わたし、ヒッピー娘に見えるかしら？」

「ちょっと無理じゃないか」マンゴウが口を挟んだ。

「コンバット・パンツを持ってるわ」シボーンが言い張った。リーバスを見据える。「だからその間あなたに事件を任せることになる。あなたが何か問題を起こしたら、怪我をするのはわたしよ」

「了解、ボス」リーバスが言った。「さて、次は誰がおごる？」

しかしマンゴウは次の仕事があり、シボーンは病院へ向かった……リーバスは一人パブに取り残された。

「最後に一杯」とつぶやく。カウンターに立ち、ポンプから自分のエールが注がれるのを見つめながら、あの写真のことを思った……三つ編みの女の写真。シボーンはサンタルだと言っていたが、誰かに似ている。とにかく画面が小さすぎて、顔がよくわからなかった。マンゴウにプリントするよう頼めばよかった……

「今日は休みなのかい？」バーテンがパイント・グラスを置きながらたずねた。

「おれはね、有閑階級の身分なんだよ」リーバスはグラスを口につけた。

「寄ってくれてありがとう」リーバスが言った。「公判はどうだった？」


「わたしはけっきょく、証人に呼ばれなかったわ」エレン・ワイリーはショルダーバッグとアタッシェケースを犯罪捜査部の床にどさりと置いた。

「コーヒーでも作ろうか？」

「エスプレッソ・マシーン、ある？」

「ここではな、それを正しいイタリア語で呼ぶ」

「何て言うの？」

「ケトル」

「そんなかびくさい冗談を言って。ご馳走になるらしいコーヒーと同じだわ。ところで、何か用事なんですか？」ワイリーは上着を脱いだ。リーバスはすでにワイシャツ姿だ。夏だというのに、署は暖房がついている。ラジエーターを調整する手段がないのだ。十月になると、今度は物足りない暖かさとなる。ワイリーは机三つに広げた事件簿を見ていた。

「この中にわたしのもあるんですか？」

「まだだ」

「でもそのうちに……」ワイリーはシリル・コリアーの顔

写真を取りあげた。伝染を恐れるかのように、写真の角をつまんで持っている。

「デニースのことを話してくれなかったね」リーバスがぼそっと言った。

「何もたずねなかったから」

「暴力を振るうパートナーだったんだね？」

ワイリーの顔が歪んだ。「最低の男だったわ」

「だった？」

ワイリーがリーバスの顔を直視した。「あの男はわたしたちの生活から消えた、ってこと。クルーティ・ウエルに行ったって、あの男の何かが見つかるわけないわ」壁に現場の写真が貼ってあった。ワイリーは首をかしげながらそれに見入っていた。しばらくして向き直り、室内を見回す。

「これに取り組んでください、ジョン」ワイリーがきっぱり言った。

「手伝ってくれる者がいるといいんだがね」

「シボーンはどこにいるの？」

「ほかの仕事だ」リーバスが意味ありげにワイリーを見る。

「なぜわたしが手伝うことになるんですか？」

リーバスは肩をすくめた。「考えつける理由はたった一つ——強い関心を持っているから」

「あなたみたいに、ってこと？」

リーバスがうなずいた。「イングランドで殺人が二件、スコットランドで一件……犯人がどうやって被害者を選んでいるのか、よくわからない。被害者は一括してサイトに載っていたんではない……そいつらは知り合いでもなかった……そいつらの犯行の手口は似ていたが、相違点もある。被害にあった女性もさまざまだ……」

「三人とも服役したんですね？」

「刑務所は別だったが」

「それでも噂は広がります。前科者から前科者へと、ある特定の虫けらの名前が伝わる。性的犯罪者は入所者からきらわれますから」

「なるほどね」リーバスは考える振りをした。その説に納得していなかったが、ワイリーをこの話に引き込みたかった。

「ほかの警察にもたずねたんですか？」

「まだなんだ。シボーンが依頼書を送ったと思う」

「直接話をしたほうがいいんじゃないですか？　アイズレーとゲストに関して、あらいざらい情報をもらったほうが？」

「手が回らないんでね」

二人の目が合った。リーバスはワイリーの心を捕らえたと感じた――少なくとも今は。

「ほんとに手伝ってほしいんですか？」

「きみは容疑者じゃない、エレン」リーバスは誠意をこめた口調を心がけた。「それにこういうことに関しては、おれやシボーンよりも知識がある」

「わたしが加わることを、シボーンはどう感じるかしら？」

「それは心配ない」

「どうかしらね」ワイリーは少し考えたあと、ため息をついた。「わたしはあのサイトにメッセージを一回書き込んだだけど。ジェンセン夫妻には一度も会ったことがない……」

リーバスは黙って肩をすくめた。ワイリーはようやく決心をつけた。「彼、逮捕されたわ、そのう、デニースの……」パートナーもしくは男という、次の言葉を口に出せなかった。「でも何の解決にもならなかった」

「ということは、服役しなかったんだね」

「妹は今でも怯えているわ」ワイリーが静かに言った。「彼は今でも野放しだから」ブラウスの袖のボタンをはずして、腕まくりをする。「じゃあ、誰に電話をすればいいのか教えてください」

リーバスはタインサイドとカンブリア警察の電話番号を教え、自分も電話にとりついた。インヴァネス警察は最初、あきれた口調だった。「何をしろって？」通話口を手で塞ぎきれていないらしく、声が聞こえた。「エジンバラがクルーティ・ウエルの写真を撮ってくれ、とさ。あそこは子供の頃にピクニックで行ったよな……」別の声が電話に出た。

「ジョンソン部長刑事です。そちらは？」

「リーバス警部。エジンバラB地区」

「そっちはアカの過激派野郎どもで、手いっぱいかと思ってたんですがね」背後から笑い声が上がる。

「確かにね。しかし殺人事件三件も抱えてるんでね。その三件の証拠がアウキテラーダーで見つかったんだが。クルーティ・ウエルというところで」

「クルーティ・ウエルなんて場所はたった一つしかありませんよ、警部」

「そうじゃないらしい。そっちにあるクルーティ・ウエルにも、証拠が木の枝にぶらさがってる可能性がある」

部長刑事がやり過ごせない餌。北部の警察にはわくわくする事件などめったに起こらない。

「まずは現場の写真から始めたい」リーバスが言葉を続けた。「クローズアップ写真をたくさん撮り、腐食しないで残っている物はすべて点検する――ジーンズや上着など……こちらではポケットからキャッシュカードを見つけた。メールで写真を送ってくれると助かるんだが。たとえおれが開けなくても、誰かがやってくれるんで」リーバスはエレン・ワイリーへ視線を向けた。彼女は机の角に腰をかけているので、太もものあたりのスカートが引きつれている。電話をしながらペンをもてあそんでいた。

「名前をもう一度？」ジョンソン部長刑事がたずねた。

「リーバス警部。ゲイフィールド・スクエア署勤務だ」リーバスは電話番号とメールアドレスを教えた。ジョンソンがメモを取っている音が聞こえた。

「もしまんいち、何か見つかったら……？」

「ホシが駆けずり回ったってことだ」

「電話で確認を取ってもいいですか？　何かの冗談でないことを確かめたいんで」

「いいとも。ここの本部長はジェイムズ・コービンという名前だ。この件に関しては熟知している。でも必要以上に時間をかけるなよ」

「こっちに巡査が一人いるんですが。親父が肖像写真や卒業式を撮る写真屋で」

「だからと言って、その巡査がカメラに詳しいことにはならない」

「巡査本人じゃなくて――親父を使おうかと考えていたんです」

「誰でも構わない」リーバスがそう答えて受話器を置くと、ワイリーも同時に受話器を置いた。

「何かよい知らせでも？」ワイリーがたずねた。

「写真屋を行かせるそうだ、結婚式や子供の誕生会の予定が入っていなければ。そっちはどうだ？」

「ゲスト事件の捜査を担当した刑事とは、直接話ができなかったのですが、同僚が教えてくれました。追加の書類を送ってくれるそうです。どうやらこの事件にあまり熱を入れていなかったらしい」

「訓練の際にそう教えられるじゃないか――理想的な殺人とは誰も被害者を捜そうとしない場合だって」

ワイリーがうなずいた。「もしくはこの事件のように、誰も悲しまない場合。麻薬取引に絡んだ殺しじゃないかって、向こうは考えてます」

「独創的な意見だな。ゲストが常用者だったという証拠でもあるのか？」

「そのようです。売人もしていたかもしれず、仕入れた商品の代金を支払えなかったとかで――」ワイリーはリーバスの表情に気づいた。

「いい加減な結論だよ、エレン。そういう考え方をするから、誰も三件の殺人を結びつけて考えなかったんだ」

「誰も本気になって捜査しなかったから？」

リーバスがゆっくりとうなずいた。

「じゃあ、直接たずねてみたらどうですか」

「誰に？」

「担当刑事と話ができなかった訳は、本人がこちらへ来ているからなんです」

「こちら？」

「ロウジアン&ボーダーズ警察の支援に」エレンがメモに目を落とす。「スタン・ハックマンという部長刑事です」

「どこへ行けば会える？」

「同僚が言うには、学生寮へ行けって」

「ポロック・ホールズ？」

ワイリーは肩をすくめ、メモ帳を取りあげてリーバスに示した。

「携帯電話の番号も控えてあります」リーバスが歩み寄る間に、ワイリーはメモ帳の紙を破って差し出した。リーバスがそれをさっと取った。

「アイズレー殺害事件の捜査担当者を見つけ出して、話を聞いてくれ。おれはハックマンに会ってくる」

「お礼を言うのを忘れてますよ」そしてリーバスが上着の袖を通すのを見ながら言った。「ブライアン・ホームズを憶えてますか？」

「以前、組んで仕事をしていた」

ワイリーがうなずいた。「彼がね、あなたにあだ名をつけられたって言ってました。〝靴ひも〟って呼んだそうですね。馬車馬のごとく働かせたから」

「馬は靴を履かないだろう？」

「わかってるはずよ。わたしをここへ残して、自分はふらふら出ていくんだから。ここはわたしの仕事場ですらないのに！　わたしはいったい何なの？」ワイリーは握った受話器を振りながらなじった。

「交換台か？」リーバスは答えを考えついた振りを装い、部屋を出た。

## 13

シボーンは引き下がらなかった。

「なあ、今回はシボーンの言うことを聞こうじゃないか」テディ・クラークが妻に言った。

シボーンの母親の片目はガーゼで覆われている。もう片方の目のまわりは青黒い打ち身になっており、鼻の脇にも切り傷があった。鎮痛剤の影響で頭の働きが鈍くなっているようで、夫の言葉に黙ってうなずいた。

「服をどうしよう?」タクシーに乗り込むと、父親がたずねた。

「あとでキャンプ地へ行けばいいわ。必要な物を取って来ましょう」

「明日のバスの席を予約してあるんだ」シボーンがタクシーの運転手に自宅の住所を告げているときに、父親が思い悩んだ声でもらした。デモ参加者用のバスのことだとシボーンはわかっている。G8の会場へ向かうバスの一団。母親が何か言ったが、父親はよく聞き取れなかった。父親が妻の手を握り、身を寄せると、妻は言葉を繰り返した。

「わたしたち行くわ」夫はためらった。「お医者さんはどこも悪くないって言ってるもの」イーヴ・クラークの言葉はシボーンの耳にも届いた。

「明日の朝になってから、決めたらいいわ」シボーンが言った。「まずは今日のことだけ考えて、ね?」

テディ・クラークは微笑した。「ほら、シボーンは変わっただろ」妻に言い聞かせた。

自分のフラットがある建物の前に着くと、シボーンはタクシー代を支払い、手を振って父親が差し出した金を断わった。両親の先に立って階段を上り、居間と寝室を急いで確認した。床に下着は落ちていないし、〈スミノフ〉のウオッカ瓶も転がっていない。

「入っててちょうだい」シボーンは命じた。「お茶を入れるわ。ゆっくりしていて」

「ここへ来るのは十年ぶりだなあ」居間をぐるっと回りながら、父親が言った。

「お父さんたちに助けてもらわなかったら、ここは買えなかったわ」シボーンがキッチンから大声で答えた。母親が何を探しているのかはわかっている。男が住んでいる気配だ。シボーンに頭金を援助したのは、娘に〝片づいて〟もらいたかったからだ。使い古された遠回しの表現。きまった男性と付き合い、結婚し、子供を作る。シボーンはそういう道をついに歩めなかった。ティポットとマグを持って、キッチンから出てくると、父親が手伝おうとして立ち上がった。

「マグに紅茶を入れて」と父親に命じる。「ちょっと寝室でやることがあるから……」

シボーンは洋服ダンスを開け、一泊用の鞄を取りだした。必要な物を考えながら、引き出しを開けていった。運がよければ、このすべては無用かもしれないが、念のためということがある。服の着替え、歯ブラシ、シャンプー……引き出しの底に手を突っ込んで、いちばんみすぼらしく、アイロンも当たっていない服を引きずり出した。廊下にペンキを塗ったときに着ていたデニムの胸当てズボン。肩ひもの一つは安全ピンで留めてある。ほんの短期間付き合っていた男が忘れていった、ごわごわした木綿のシャツ。

「おまえを追い出すみたいだな」父親が言った。寝室の戸口に立ち、紅茶のマグをシボーンに渡そうとしている。

「行かなければならないとこがあって。お父さんたちがここに泊まるのとは、関係ないわ。明日まで帰れないかもしれない」

「その頃にはわたしたちはグレンイーグルズへ向かってると思う」

「じゃあ、そっちで会いましょう」シボーンはウインクした。「今夜は二人でだいじょうぶね？　この辺りには店もレストランもたくさんあるわ。鍵を渡すわね……」

「わたしたちなら心配ない」父親は少し間を置いてたずねた。「これから行くところは、お母さんのことと関係してるのかな？」

「まあね」

「考えてたんだが……」

「何を？」シボーンは鞄から顔を上げた。

「おまえも警官だろう、シボーン。こんなことを続けていたら、内部に敵を作るだけなんじゃないか」

「人気コンテストに参加してるつもりはないわ」

「それでもだ……」

シボーンは鞄のジッパーを閉め、ベッドに置いた鞄から離れてマグを受け取った。「相手から悪かったという言葉を聞きたいだけなの」生ぬるい紅茶を一口飲んだ。

「そんなこと、できるんだろうか？」

シボーンは肩をすくめた。「たぶん」

父親はベッドの端に腰を下ろした。「お母さんはね、何があってもグレンイーグルズへ行くつもりでいるんだよな」

シボーンがうなずいた。「わたしが発つ前に、キャンプ地まで荷物を取りに、わたしの車で一緒に行けばいいわ」

シボーンは父親の前にしゃがみ、父親の膝にマグを持っていないほうの手を載せた。「ほんとうに、お父さん、だいじょうぶね？」

「わたしたちなら心配要らない。おまえこそどうなんだ？」

「わたしの身には何も起こらない。わたしの回りにはフォースの磁場があるの。気がつかなかった？」

「プリンシズ・ストリートでそれがちょこっと見えたような気がするよ」父親はシボーンの手に自分の手を重ねた。「でも、気をつけるんだよ、いいね？」

シボーンは笑みを浮かべて立ち上がり、母親も廊下から見ているのに気づいた。母親にも笑顔を向けた。


リーバスは以前にも大食堂へ来たことがある。学期中は学生で混み合う。その大半は新入生で、どこかおずおずとしており、中には怯えた表情の学生すらいる。数年前、麻薬売買に関係していた二回生の学生を朝食時に逮捕したことがあるのだ。

カフェテリアへ来る学生はラップトップやｉＰｏｄを持ち込むので、ごった返しているときですら、携帯電話が鳴る以外は、それほど騒がしくない。

しかし今日のカフェテリアは、耳障りな大声が飛び交っていた。空中に男性ホルモンが充満しているように感じられる。テーブルが二つくっつけられて、臨時のバー・カウンターとなり、フランス製のラガービールの小瓶が売られていた。禁煙の掲示は無視され、制服警官らは肩を叩き合ったり、高く掲げた片手を不器用に打ち合わせて、アメリカふう挨拶の亜流を試みたりしている。脱いだ防弾チョッキは壁に並べて立てかけてあり、女性スタッフがハイカロリー料理の皿を息つく暇もなく差し出していた。忙しいせいか、客から大げさなお世辞を浴びせられるせいか、その頬は紅潮していた。

リーバスは何かそれとわかる手がかり、たとえばニューカッスルの徽章でも目に入りはしないかときょろきょろした。先ほど、守衛詰め所で、リーバスは奥にある古い地主館ふうの建物へ行くようにと教えられたのだ。その玄関で、民間人のアシスタント女性がハックマンの部屋番号を調べてくれた。その部屋をノックしてみたが返事がないので、このカフェテリアへ来たのだった——アシスタントが、それならここへ行ってみたら、と勧めてくれたので。

「もちろん、彼はまだ〝現場〟に留まっているかもしれませんけど」アシスタントはそんな表現を使える状況を楽しんでいるようだった。

「了解」リーバスはアシスタントをさらに喜ばせるために、軍隊口調で答えた。

カフェテリアに、スコットランド訛りは皆無だった。ロンドン警視庁やロンドン交通警察、サウス・ウエールズやヨークシャー警察の制服が目に入る……紅茶を買おうとしたら、料金はいらないと言われた。それを聞いて、ソーセージの入ったロールパンとマーズ・バー・チョコレートももらった。テーブルの一つに近寄り、同席してもいいかとたずね、席を詰めてもらった。

「犯罪捜査部？」テーブルの一人がたずねた。その男は汗で濡れた髪をし、ほてった顔をしていた。

リーバスはうなずき、白いワイシャツの胸元をはだけていないのは、自分だけなのに気づいた。女性警官もちらほらいるが、固まって座り、自分たちに向けられるさまざまな声を無視していた。

「仲間を捜してるんだが」リーバスはさりげなく言った。「ハックマンという部長刑事を」

「あんたはこの土地の人間なんだろ?」制服警官の一人が、リーバスの発音から察した。「えらくきれいな都市じゃないか。おれたちが汚しちまったようで申し訳ないよ」笑い声を上げ、仲間の笑いを誘った。「だけど、ハックマンって男は知らないな」

「〝ジョーディ〟（タインサイドの住人）なんだが?」リーバスが言い添えた。

「あそこにいる連中は、ジョーディだよ」窓際に近いテーブルを指さしてその警官が教えた。

「あいつらは〝スコーサーズ〟（リバプールの住人）だよ」隣の男が正した。

「どいつもこいつも同じに見える」その言葉でどっと笑い声が起こった。

「じゃあ、あんたたちはどこから?」リーバスがたずねた。

「ノッティンガム」最初の警官が答えた。「おれたちは悪代官という役回りになるかな。ところで、ここの食い物、まずいよな?」リーバスの食べかけのソーセージ・ロールを顎で示した。

「もっとひどいのに慣れっこだよ――それに、これは金が要らないし」

「きっすいの〝ジョック〟（スコットランドの住人）の言葉だから、間違いないさ」警官がまた笑った。「友達探しの役に立たなくて悪いな」

リーバスは肩をすくめた。「昨日はプリンシズ・ストリートにいたのか?」雑談をさらに続けるかのように、さりげなくたずねた。

「平日もいたよ」

「けっこうな残業になった」隣の男が言い添えた。

「数年前にも、同じようなことがあった」リーバスが言った。「イギリス連邦の政府首脳会議があったとき。その頭文字を取って〝チョグム〟と呼んでいた会議だ。その週、家のローンをがっぽり減らせたやつもいたね」

「おれのは旅行に消えるんだ。女房がバルセロナへ行きたがってる」

「女房が留守の間に、おまえは女をどこへ連れて行くんだ?」肘をつつき合って大笑いする。

「とにかく昨日は、よく働いたんだろ」リーバスは話を引き戻した。

「そういうやつもいるが」と答えが返った。「たいていはバスの中で本格的な暴動となるまで待機してたんだ」

隣の警官がうなずいた。「警告を受けていた事態に比べたら、公園を散歩してるみたいにのんびりしてたね」

「今朝の新聞を見たら、手荒な警官も少しはいたみたいじゃないか」

「ロンドンのやつらだろ。ミルウオル(ロンドン市南東部サッカーチーム)のファン相手に毎度やってることだから、昨日は特に意気込んだわけじゃない」

「もう一人たずねてもいいかな?」リーバスが言った。

「ジャコという男を知らないか。ロンドン警視庁に所属してると思うんだが」


警官たちは首を振った。リーバスはこれ以上何も得るものがないと判断し、マーズ・バーをポケットにしまって立ち上がった。元気でな、とテーブルに挨拶し、ぶらぶらと出て行った。外は大勢の制服警官が群れていた。雨が今にも降りそうな天気でなかったら、芝生に寝ころんでいる姿があちこちで見られたことだろう。ニューカッスル方言めいた言葉は耳に入ってこないし、何も手出しをしていないデモ参加者をこっぴどく殴った話も耳にしなかった。ハックマンの携帯電話にかけてみたが、電源は切られたままだ。諦めようかと思ったが、念のためもう一度ハックマンの部屋へ行ってみることにした。

するとドアが内側から開いた。

「ハックマン部長刑事?」

「あんたは誰なんだ?」

「リーバス警部」リーバスは身分証を見せた。「話があるんだが?」

「ここはえらく狭いんでね。それに臭いがこもってる。ちょっと待ってくれ……」ハックマンが引っ込んだ隙に、リーバスは中を覗いた。床に散らかった衣服、煙草の空き箱、派手な表紙の雑誌、小型オーディオセット。ベッド脇の床にはリンゴ酒の缶。テレビからは競馬中継が聞こえる。ハックマンは携帯電話とライターを拾い上げた。ポケットを叩いて鍵を探す。そして戸口へ出てきた。「外へ行こうか？」と誘い、リーバスの返事も聞かずに歩き出した。

ハックマンはがっしりした体型だった。首が太くて、金髪を短く刈り上げている。三十代初めぐらいか。あばた面で、つぶれた鼻が曲がっている。白いTシャツは洗いざらしだ。後ろの裾がゆがみ、下着の上部が覗いていた。下はジーンズとスニーカー。

「仕事をしてたんだね？」

「今、戻ったところだ」

「潜入捜査だな？」

ハックマンがうなずいた。「どこにでもいる男という設定で」

「なりきるのに何の問題もない？」

ハックマンの口が歪んだ。「あんたは地元警察か？」

「そうだ」

「耳より情報を教えてくれないかな」ハックマンはリーバスの近くに目を遊ばせた。「ロウジアン・ロードにはヌード・バーがあるんだろ？」

「そこにもその周辺にも」

「汗水垂らして得た金を懐にして行くなら、どの店がいいかな？」

「そういうことにあまり詳しくないんでね」

ハックマンはリーバスをじろじろと見た。「ほんとか？」二人は外へ出ていた。ハックマンはリーバスに煙草を勧め、リーバスがためらわずに受け取ると、ライターを点けた。

「リースにも売春婦のいる店があるんだろ？」

「ああ」

「ここでは合法なのか？」

「どちらかと言えば、見て見ない振りをするってことだな。店内でやってる限りは」リーバスは煙草を吸った。「仕事も遊びも達者な男ってのはいいことだ」

ハックマンは耳障りな笑い声を上げた。「おいらの村にゃあ、もっといいあまっこがいる、請け合うよ」

「でもあんたにはジョーディーの訛りがないね」

「ブライトンの近くで育ったんでね。北東部へ移ってきて八年になる」

「昨日は騒ぎの現場にいたのか？」リーバスは眼前の光景を眺めるかのように立ち、たずねた。アーサーズ・シートの丘が空に向かって屹立している。

「その報告をしろということか？」

「どうかなと思っただけだ」

ハックマンが見据えた。「用件は何だ、リーバス警部？」

「あんたはトレヴァ・ゲストの殺人事件を担当したね？」

「あれは二カ月も前のことでね。それ以来、事件は山ほど扱ってきた」

「関心があるのはゲストの事件なんだ。グレンイーグルズの近くで、ゲストのズボンが見つかった。ポケットにはキャッシュカードが入っていた」

ハックマンがまじまじと見る。「ゲストは見つかったとき、何も身に着けていなかったが」

「なぜだかわかっただろう。殺人犯はいつも戦利品を取ってるんだ」

ハックマンは頭が回った。「何人？」

「これまでのところ三人。ゲストの殺害後二週間して、また犯行を重ねた。同一の手口で、同じ場所に小さな記念品が残されていた」

「何だって……」ハックマンは煙草を深々と吸った。「あの事件は処理済みで……というのも、ゲストのような悪党は敵が多い。麻薬の売人でもあるんで、ヘロインを注射され——見せしめとして」

「事件簿はあんたの引き出しの底に入ってしまったんだな？」大男のハックマンが肩をすくめる。「何か手がかりはないかな？」

「ゲストを知っていると認めた何人かから事情聴取をした。死んだ夜の足取りを調べたが、特別驚くような結論には達しなかった。書類をすべて送ってもいいが……」

「もう入手した」

「ゲストは二カ月前に殺された。その二週間後にまた同一犯が殺人を重ねたと言うんだな?」ハックマンはリーバスがうなずくのを見た。「もう一人のガイシャは?」

「三カ月前だ」

ハックマンは熟考した。「十二週間前、八週間前、そして六週間前。殺人鬼が味をしめたらどうなるか——間隔が狭まる。回を重ねるたびに、前よりも満足度が薄れるんでね。となると、最後の事件から現在まではどうなんだ? 殺人を犯さないまま六週間経ってるのか?」

「あり得ないね」リーバスが同意した。

「ほかの犯罪で逮捕されたか、あるいは犯行の場所をどこかへ移したか」

「あんたの考え方が気に入った」

ハックマンがリーバスを見た。「おれが今言ったことぐらい、とっくに考えてたんだろう?」

「だからあんたの考えが気に入ったんだ」

ハックマンは股を掻いた。「この数日間、おれは女とやることだけを考えてたんだぞ。あんたのせいでよけいなことに頭を使っちまったじゃないか」

「すまなかった」リーバスは煙草の吸い殻をもみ消した。

「トレヴァ・ゲストに関して何か教えてもらえないかと思ったもんで——何か気になることでもないか、と」

「冷たいビールをおごってもらえるなら、おれの頭を貸すよ」

貸してもらうのはいいが、とカフェテリアへ歩いて行きながら、リーバスは思った。頭の中は玉石混合で、石ころのほうが多いのではないか。

カフェテリアは客がやや減り、二人だけで座れるテーブルが見つかった——とはいえ、その前にハックマンは女性警官のグループに近づき、名乗ったあと女性警官と一人ずつ大仰に握手をしていった。

「いいね」リーバスのいるテーブルに戻ったハックマンが嬉しげに言った。手を打ち合わせ、その手をこすり合わせながら席につく。

「乾杯《ボトムズ・アップ》」ハックマンは瓶を持ち上げた。そして笑い声をもらした。「〝尻を上げよ〟って表現はヌード・ダンサーのいるナイトクラブの店名にぴったりだな」

リーバスはすでにそういう店名があることは明かさなかった。その代わり、トレヴァ・ゲストの名前をもう一度口にした。

ハックマンはラガー・ビールを一気に半分ほど飲み干した。「さっき言ったように、ろくでなしの悪党だ。何回か服役もした。押し込み強盗、品物を盗んでは売りとばす、その他のもろもろの軽犯罪、傷害事件。数年前、こっちへ来てたことがある。そのときは犯罪に手を染めなかった、調べた限りでは」

「こっちというのは、エジンバラのことか？」

ハックマンはおくびを嚙み殺した。「ジョック野郎のいる土地ってことだ……気を悪くしないでくれ」

「いいんだよ」リーバスは嘘をついた。「ゲストが三番目の被害者に会った可能性がないかなと考えてるんだが――そいつはナイトクラブの用心棒でシリル・コリアーと言い、三カ月前に出所した男だ」

「聞いたことのない名前だな。もう一杯飲むか？」

「おれが買ってくる」リーバスは腰を浮かしたが、ハックマンが手を振って断わった。ハックマンはまず女性警官のテーブルに近づき、飲み物のお代わりはいらないか、とたずね、その一人の笑い声を引き出した。それはたぶんハックマンのスコアでは、得点とみなされるのだろう。瓶を四本抱えてテーブルに戻ってきた。

「おつに澄ましやがって」ハックマンがその訳を説明し、二本をリーバスのほうへ滑らせた。「カネってのは使わなきゃ、そうだろ？」

「宿泊代は誰も払ってない様子だな」

「この土地の納税者は別だが」ハックマンは目を見開いた。

「だったら、あんたってことだな。ありがとうよ」開けたばかりの瓶をリーバスに向かって掲げる。「今夜ももし暇だったら、ツアー・ガイドをしてもらいたいんだが？」

「残念だな」リーバスは首を振った。

「支払いはおれが持つ……ジョックには断わりにくい条件だぞ」

「いずれにしろ、無理だね」

「じゃあ、いいさ」ハックマンは肩をすくめた。「あんたが追っている殺人犯だが……何か手がかりでもあるのか？」

「そいつは屑野郎を狙う。被害者支援のウエブサイトで、殺す相手を選んでいるのかもしれん」

「自警団ってことか？　となると恨みを持つ人間か……」

「仮説だが」

「賭けてもいいが、一番目の被害者に関係する人間だと思うね。そいつを殺して終わりにするはずだったが、殺人そのものに魅せられた」

同じようなことを考えていたリーバスは、重々しくうなずいた。〝ファスト〟エディー・アイズレー、売春婦を襲う男。アイズレーを殺したのは、ポン引きなのか女の恋人なのか……ビースト・ウオッチを使ってアイズレーを突き止めたあと、そいつの頭に疑問が芽生える――なぜ一人だけ片づけておしまいにする？

「そのホシを本気で捕まえたいのか？」ハックマンがたずねた。「その問いがずっと心の中でもやもやしていたんだ……犯人はむしろおれたちの味方じゃないか、とな」

「人間は変われると思わないのか？　三人の被害者はそれぞれ服役を済ませたし、再犯の恐れもとくになかった」

「改心なんてことがあると言うんだな」ハックマンは唾を吐く仕草をした。「そんな甘っちょろいたわごとに用はない」少しして言う。「何をにやついてる？」

「それはピンク・フロイドの歌詞（マネーより）だ」

「そうか？　おれはそんな歌も苦手だよ。タムラ（モータウン・レコーズ会社のこと）やスタックス（デトロイトのレコード会社名）、女をとろかせる歌をちょっと知ってるぐらいで。トレヴはかなりの女好きだった」

「トレヴァ・ゲストのことか？」

「若い子好みだったね、付き合った女から察するに」ハックマンがふんと鼻を鳴らした。「いいか、あれ以上若かったら、女から話を聞くのに取調室じゃなくて、託児所にしてたよ」自分の冗談がいたく気に入り、ラガービールがしばらく飲めないほどだった。「おれはもう少し大人の女がいい」ようやくそう言うと、ぴちゃっと舌を鳴らし、考えにふけっていた。「ここの地元新聞の裏面にコンパニオン女性の広告がたくさん載ってるが、それにも〝大人の女〟とうたってる。それって何歳ぐらいだと思う？　おれはババアはきらいなんでね……」

「ゲストはベビーシッターを襲ったんだったな？」リーバスがたずねた。

「家に侵入したところ、たまたまソファにその女が座ってた。おれの記憶じゃあ、ゲストはフェラチオを頼んだだけなんだが。女が叫んだんで、ゲストは泡を食って逃げた」肩をすくめてみせる。

リーバスは椅子をきしませて勢いよく立ち上がった。

「帰る」

「残りを飲んでしまえよ」

「運転するんで」

「今週はそんな軽犯罪の一つや二つ、見逃してもらえるって気がするんだが。でもまあ、何もしないに越したことはない」ハックマンは手をつけていない瓶を引き寄せた。

「夜に一杯飲むってのはどうだ？　案内してくれるシェルパが必要なんだが……」

リーバスはその言葉に耳を貸さず、歩き続けた。新鮮な空気に包まれたとき、思い切って窓へ視線を投げかけた。ハックマンがひょうきんな足取りで、女性警官たちのほうへ近づいていた。

## 14

　スターリングのはずれの、サッカーグラウンドと工業団地に挟まれたところに、キャンプ・ホライゾンと称する場所があった。そこに着いたシボーンは、まだ十代だった一九八〇年代に、核ミサイルに抗議するためヒッチハイクで行ったときの、グリーナム・コモン空軍基地周辺に作られていた仮設小屋を思い出した。ここにも普通のテントだけではなく、手の込んだ作りのインディアンふうテントや、籠を伏せたような形の、柳細工の小屋が作られていた。樹木の枝の間には、虹やピース・サインを稚拙に描いた幕が張られている。キャンプファイヤーから煙が立ちのぼり、タイマのつんとくる異臭が空中に立ちこめていた。紐でつながった多色の豆電球に電力を供給しているのは、ソーラーパネルと小型風力タービンのようだった。駐車したキャンピングカーが法的な助言と無料のコンドームを配布しており、見向きもされていないパンフレットには、HIVから発展途上国の借款に至るまでの詳細が記されている。

　エジンバラからここまで、シボーンは五回も検問所で車を停められた。警察手帳を見せたにもかかわらず、一度などは、車のトランクを開けるように命じられた。

「ああいう連中にはいろんなタイプの支持者がいるから」と検問の係官が言い訳した。

「これじゃ、支持者が増えるわけよ」シボーンはひそかにつぶやいたのだった。

　キャンプの住人は、部族に分かれて固まっているようだった。貧困反対をスローガンとする群れと、筋金入りの無政府主義者らはきっちりと二つに分かれ、赤い旗がその境界線らしかった。年老いたヒッピーも小さなグループを形成し、インディアンのテントを本部にしていた。コンロで豆を煮ており、仮設の看板には、レイキ（手をかざして霊気を送る治療法）とホリスティック・ヒーリング（アロマなどで心と体を癒す療法）を五時から八時までおこないます、無収入者および学生は特別料金、と記してある。

シボーンは入り口にいた警備員を捕まえ、サンタルについてたずねた。警備員は頭を振った。

「ここじゃあ、誰も名前を出さないんでね」警備員はシボーンをじろじろと見た。「注意してもいいかな?」

「何なの?」

「あんたはおとり捜査の警官に見える」

シボーンは警備員の視線をたどった。「この胸当てジーンズのせい?」

警備員がもう一度かぶりを振った。「きちんとした髪だ」

シボーンは髪を掻き乱したが、警備員は納得していない表情だった。「おとり捜査に入ってる警官がいるの?」

「いるはずだね」警備員がにやりとした。「だが巧みに潜入してる警官は見破れない、そうだろ?」

シボーンは車を市の中心部に停めていた。最悪の場合は、野宿しないで車内で一夜を過ごすつもりだ。キャンプ地はエジンバラの場合よりもかなり広く、グループ別のテントの数も多い。夕闇が迫ってくるにつれ、シボーンはテントの杭や張られたロープに気をつけて歩かねばならなくなった。〝ハーブのリラクセーション〟とやらで客を待っているひげ面の若い男の前を二度も通った。三回目に目が合った。

「誰かを捜してるの?」若い男がたずねた。

「サンタルという友達」

若い男は首を振った。「名前は覚えられないたちなんだ」シボーンはサンタルの特徴を簡単に伝えた。男はまた首を振った。「何もしないでじっと座ってれば、向こうがやって来るかもな」すでに巻いてあったマリファナ煙草を差し出す。「おれのおごり」

「新しいお客だけへのサービスね?」

「警官だって、一日の終わりには気分をほぐさないとな」

シボーンは若い男をまじまじと見た。「よくわかったわね。髪のせい?」

「鞄もよくないな。汚れたリュックじゃないと。それ……」男は証拠の鞄を指さす。「これからジムへ行くところって感じだね」

「忠告をありがとう。わたしが現行犯逮捕するんじゃないか、ってびくついたりしないの？」

男は肩をすくめた。「ここで騒ぎを起こしたいなら、やったらいいさ」

シボーンは一瞬の微笑を浮かべた。「また今度にするわ」

「そのあんたの〝友達〟とやらだが、もしかして先発隊にいるんじゃないか？」

「どういうことかしら」

若い男はマリファナ煙草に火を点け、深く吸い込み、煙を吐き出しながらしゃべった。「夜明けから封鎖がおこなわれるに決まってるじゃないか。ホテルにおれたちを近づけないようにするために」火の点いた煙草を差し出したが、シボーンはかぶりを振って断わった。

「試してみろよ、はまるかもしれんぞ」男がからかった。

「信じられないかもしれないけど、わたしだって十代の頃があったのよ……で、先発隊はもうここを出発したのね？」

「陸地測量図を手に。オークル・ヒルズさえ越えれば、勝利はわれわれのものだ」

「夜中にクロスカントリーをするの？　ちょっと危ないんじゃない？」

若い男は肩をすくめ、マリファナを吸った。近くで若い女がうろうろしていた。「何が欲しい？」若い男がたずねた。三十秒ほどで取引が済んだ。十ポンド紙幣三枚で、圧縮包装のちっぽけなパック一つ。

「ありがと」女は言い、シボーンを見た。「じゃあね、お巡りさん」くすくす笑いながら去っていく。若い男はシボーンの胸当てズボンを見ている。

「負けを認めるわ」シボーンが言った。

「おれの助言を聞くことだね。しばらくじっと座ってることだ。思いがけない発見があるかもしれないよ」髭をなでながら言った。

「うーん、深いわね」シボーンの声は、言葉とは逆の思いを持っていることを示していた。

「やってみればわかる」若い男が言い返し、夕闇へ消えていった。シボーンはキャンプ地のはずれまで行き、リーバスに電話をした。電話にリーバスが出ないので、メッセージを残した。

「もしもし、わたしです。スターリングに来ているんだけど、サンタルは見つかりません。明日会うつもりですが、それまでに何かあったら、電話をください」

疲れ切っているが興奮冷めやらぬ一団がキャンプ地へ入ってきた。シボーンは携帯電話を閉じ、仲間に迎えられているその一団の言葉が聞き取れるところまで移動した。

「熱感知レーダー……犬……」

「完全武装でな……」

「アメリカ人のしゃべり方……海兵隊に間違いない……無印の制服……」

「ヘリ……サーチライト……」

「こっちよりはるかに強い……」

「おれたちをこの近くまで追っかけてきやがった……」

質問がわき起こった。どこまで近づいたのか？　警備にどこか弱点は？　境界まで近づけたのか？　今もそこに誰か残ってるのか？

「おれたちはばらけちまった……」

「サブマシーンガンを持ってたと思う……」

「ちょっかいは出さなかった……」

「三人ずつの十グループに分かれ……そのほうが目立たない……」

「状況は……」

質問がさらに飛んだ。シボーンは人数を数え、十五人いるのを確認した。ということは、残りの十五人はまだオークル・ヒルズのどこかにいるのだ。騒然としている中で、シボーンは自分の質問をぶつけてみた。

「サンタルはどこ？」

かぶりを振る。「分かれたあとは、見ていない」

一人が地図を広げ、どこまで行けたかを示した。額に懐中電灯をくくりつけたその男は、泥まみれの指でルートをたどっている。シボーンはぐっと近づいた。

「この一帯は完全に遮断され……」

「どこかに突破口があるはずだ……」

「人海戦術、それのみだ……」

「朝になれば一万人となる」

「勇敢な戦士にハーブ煙草を！」売人が煙草を配ると、どっと笑い声が上がった。緊張が解けたのだ。シボーンは人だかりの外へ出た。そのとき、誰かがシボーンの腕を摑んだ。先ほど売人からマリファナを買った女だ。

「ブタはとっとと出て行け」女がすごんだ。

シボーンは女を睨みつけた。「出て行かなかったら？」

女が悪意のある笑みを浮かべた。「出て行かないんなら、ブタ声で叫んでやるよ」

シボーンは返事をしなかった。バッグを肩にかけ、後ずさりして遠ざかった。女が別れの手を振った。ゲートに先ほどの警備員が立っていた。

「その変装、見破られなかったか？」警備員が冷笑に近い薄ら笑いを浮かべてたずねた。

車に戻るまで、シボーンは言い返す言葉を考えていた。

リーバスは紳士らしく振る舞った。ゲイフィールド・スクエア署へポット・ヌードル印のカップラーメンやチキン・ティッカ（焼き鳥）の包みなどを持って戻ってきた。

「やけにサービスがいいわね」エレン・ワイリーがケトルのスイッチを入れるリーバスに言った。

「おまけに、先に選んでもいいぞ——チキンとマッシュルーム入りか、ビーフカレー味のどっちがいい？」

「チキン」ワイリーはプラスチックの容器を開けるリーバスの手つきを見守った。「で、どうだったんですか？」

「ハックマンを見つけた」

「それで？」

「ハックマンは女のいる店に連れていけと言った」

「ひどい」

「その頼みはきけないと断わると、ほとんど何一つ教えてくれなかったね、おれたちがまだ知らないことについては」

「というか、わたしたちの推測が及ばないことね？」ワイリーはケトルの横にいるリーバスのほうへ近づいた。包みの一つを取りあげ、販売期限七月五日、というラベルの文字を読んだ。「半額ね」と評する。

「よい買い物をしたと認めてくれるだろ。まだある」ポケットからマーズ・チョコレート・バーを取りだして渡した。

「ところで、エドワード・アイズレーはどうなった？」

「書類がまたこっちへ送られてきます。でもわたしが電話で話した警部は、貴重な存在の警官ですよ。ほとんど記憶に基づいてしゃべったんですから」

「当ててみようか。敵は少なからずいた……恨みを持つ者の仕業……いろんな可能性を視野に入れている……報告するほどの進展なし、だろ？」

「まあ、そういうことね」ワイリーが認めた。「捜査に全力を尽くさなかったって印象はあります」

「彼とゲストを結びつけるものは何もない？」

ワイリーがうなずいた。「刑務所も違ったし、共通の知人がいた様子もない。アイズレーはニューカッスルを知らないし、ゲストはカーライルにもM6号線にも縁がない」

「それにシリル・コリアーだっておそらくその二人を知らない」

「ビースト・ウオッチに彼ら三人ともが掲載されたってことに、話は戻りますね」ワイリーはリーバスがヌードルに湯を注ぐのを見守った。リーバスがスプーンを渡し、二人はそれぞれカップの中を掻き回した。

「トーフィケン署で、この仕事のことを誰かに言ったのか？」リーバスがたずねた。

「あなたが人手不足で困ってるって言っときました」

「〝ラット・アース〟・レイノルズはおれたちが妙な仲になってるんじゃないか、ってほのめかしてるんじゃないかな」

「レイノルズ刑事をよく知ってるのね」ワイリーが笑みを浮かべた。「それはともかく、インヴァネスから圧縮画像が届きました」

「早業だな」リーバスはコンピュータにログインするワイリーを見守った。縮小画像が現われると、ワイリーが画面を次々と拡大した。

「アウキテラーダーとよく似てる」リーバスが感想をもらした。

「クローズアップも撮ってくれてます」ワイリーがその写真を出した。ほつれた布切れが見えたが、そのどれも新しい感じではなかった。「どう思いますか？」

「何も新しい発見はないな？」

「そうね」ワイリーが同意した。そのとき、電話の一つが鳴りだした。ワイリーが受話器を取り、耳に当てた。

「連れてきて」ワイリーはそう命じて、受話器を置いた。

「マンゴウという男です。会う約束があるんですって」

「というよりも、いつでも来いって言ってあるんだ」リーバスは開けたばかりの包みの匂いを嗅いだ。「あの男、チキン・ティッカを食うかなあ……」

マンゴウはそれが好物だったらしく、がぶりと食らいつき、たった二口で平らげた。その間、リーバスとワイリーは写真に見入った。

「仕事が速いな」リーバスはお礼代わりに褒めた。

「これは何ですか？」ワイリーがたずねた。

「金曜日の夜」リーバスが説明した。「城の大晩餐会だ」

「ベン・ウエブスターの自殺ね？」

リーバスがうなずいた。「この男がそうだ」と顔の一つを指で教える。マンゴウはきちんと約束を果たした。自分が撮った車列と車中の乗客のスナップだけではなく、公式写真も持ってきた。大勢の正装した男たちが笑顔で、似たような正装、似たような笑顔の男たちと握手を交わしている。リーバスはほんの数人しか顔がわからなかった。外務大臣、国防大臣、ベン・ウエブスター、リチャード・ペネン……

「どうやって手に入れたんだ？」リーバスがたずねた。

「マスコミに公開されている。こういった宣伝のチャンスを政治家は好むんだ」

「顔と名前を結びつけることができるか？」

「そういうことは編集助手がやるんだが」カメラマンのマンゴウが言い、包みの最後の一口を飲み込んだ。「でもとりあえず、あったものを持ってきた」鞄に手を伸ばし、書類を取りだした。

「ありがとう」リーバスが言った。「だが、たぶんおれはもう見たように思う……」

「わたしはまだよ」ワイリーが言い、マンゴウから書類を受け取った。リーバスは晩餐会の写真に気を取られている。

「コービンが出席していたとは知らなかったな」と考え込んだ口調になった。

「それって誰なんだ？」マンゴウがたずねた。

「おれたちのボス、警察本部長だよ」

マンゴウはリーバスが指さしている人物を見た。「この男、長くはいなかったな」自分が撮った写真を繰りながら言う。「ほら、帰ってるところだ。おれはちょうど撮影を終わりかけていて……」

「晩餐会が始まってからどれぐらい経った頃？」

「三十分と経っていない。遅刻してくる者がいるかもしれないと思って、少し待っていたんだ」

リチャード・ペネンは公式写真のどれにも写っていなかったが、マンゴウは城へ入るペネンの車を捕らえていた。

不意にフラッシュを浴び、口を開けたペネン。

「ここに書いてあるわ」エレン・ワイリーが口を挟んだ。

「ベン・ウエブスターはシエラレオネで休戦協定を結ぶために尽力したって。イラクやアフガニスタン、東チモールも訪問してます」

「マイレージを稼いだな」マンゴウがつぶやいた。

「それに冒険好きね」ワイリーが頁をめくった。「妹が警官だとは知らなかったわ」

リーバスがうなずいた。「数日前に彼女に会った」少しして言う。「明日が葬式だったように思う。彼女に電話しなきゃならなかったんだが……」また公式写真をじっくりと見る。全員がカメラを意識してポーズを取っており、そこから何かを得ることは難しかった。後ろで密談している姿も写りこんでいないし、この権力者たちが世間に見せたくないものは何一つない。マンゴウが言ったとおりだ。PRの写真。リーバスは受話器を取りあげ、メイリーの携帯電話にかけた。

「ゲイフィールドに立ち寄ってくれないかな？」リーバスは頼んだ。キーボードを叩く音が聞こえる。

「まずこの原稿を仕上げないと」

「三十分後は？」

「がんばってみるわ」

「マーズ・バーがあるんだが」ワイリーは不快そうな顔になった。リーバスが電話を切ると、ワイリーはマーズ・バーの包装を開いて、チョコレートをかじった。

「おれの賄賂が消えちまった」

「これは渡しておく」マンゴウが指についた粉を払い落としながら告げた。「どうせ返さなくていいもんだし——だけど発表してはならないんだ」

「おれたちでとどめておく」リーバスが同意した。後部座席に座ったさまざまな人物の写真をあらためて広げた。車はカメラを向けられてもスピードを緩めようとしないので、たいていの写真はぼけていた。外国の要人の中には、注目を浴びたことが嬉しいのか、満悦の笑みを浮かべている者もいた。

「これをシボーンに渡してもらえるかな?」マンゴウは大きな封筒を差し出した。リーバスはうなずき、中身は何だとたずねた。「プリンシズ・ストリートのデモ。シボーンは群衆の端っこにいる女に関心があって。少し拡大してみたんだ」

リーバスは封筒を開けた。三つ編みの女がカメラを顔の前に構えている。サンタルという名前だっけ? ビャクダンという意味。シボーンはこの名前をオペレーション・ソルブスのリストと照合してみたのだろうか。その顔は唇を一文字に引き締め、写真を撮ることに神経を集中している様子だった。撮影に打ち込んでいる。プロなのかもしれない。ほかのスナップではカメラを横に持ち、きょろきょろしている。何かを探しているかのようだ。暴徒鎮圧用盾にはまったく関心がない。飛んでくるごみに怯えたふうもない。興奮した様子も状況に圧倒された様子もない。

やるべきことをしているだけ。

「必ず渡す」リーバスは鞄を閉めているマンゴウに言った。「それと、この写真をありがとう。恩に着る」

マンゴウがゆっくりとうなずいた。「今度あんたが現場に真っ先に駆けつけたときにでも、情報を流してくれるかな?」

「そんなことはめったにないんだがね」リーバスが教えた。

「だが頭に入れておこう」

マンゴウは二人と握手を交わした。ワイリーは立ち去るマンゴウを見送った。そのあと「頭に入れておこう？」と口まねをする。

「残念ながら、この年になると、記憶も以前どおりとは行かなくてね」リーバスはヌードルに手を伸ばしたが、もう冷えていた。

約束どおり、メイリー・ヘンダーソンが三十分以内に現われ、マーズ・バーの包み紙が机に放置されているのを見ると、渋い顔をした。

「おれのせいじゃない」リーバスは両手を挙げて謝った。

「これを見たいだろうと思って」メイリーは明日の朝刊の第一面の校正刷りを広げた。「運よく、大きな事件がなかったわ」

〝警察、謎のG8殺人事件を捜査〟。クルーティ・ウエルとグレンイーグルズ・ホテルの写真が添えてある。リーバスは本文には目もくれなかった。

「マンゴウに今さっき、何て言ってましたっけ？」ワイリーがからかった。

リーバスは聞こえなかったふりをし、要人の写真に目を凝らした。「名前を教えてくれないか？」とメイリーに頼む。メイリーは深呼吸をし、次々と名前を挙げていった。南アフリカ、中国、メキシコなどさまざまな国から来た政府要人だった。大多数は貿易または経済関係の要職についており、メイリーは確信が持てないときには新聞社の物知りに電話をかけて正しい答えを教えてもらった。

「ではお偉方たちは貿易や援助について話し合っていたと解釈していいんだね？」リーバスがたずねた。「となると、リチャード・ペネンがなぜいるんだ？　それに我が国の国防大臣もだが？」

「武器の商談もあるでしょう」メイリーが教えた。

「警察本部長は？」

メイリーが肩をすくめた。「儀礼的な招待客だったんじゃないかな。この人……」写真の一枚を指さす。「彼は遺伝子工学の権威。テレビで環境問題専門家と議論しているのを見たことがある」

「メキシコに遺伝子操作技術を売るのか？」リーバスは考え込んだ。メイリーはまたしても肩をすくめた。

「彼らが何かを隠蔽してるって本気で思ってるの？」

「なぜそんなことをする？」リーバスはそんな質問に驚いたかのように言った。

「できる立場にあるから？」エレン・ワイリーが意見を出した。

「この男たちはもっと頭がいいわ。ここにいる実業家はペネンだけじゃないのよ」メイリーは顔を二つ指した。「銀行と航空会社」

「ウエブスターの死体が見つかると、主催者は城から要人たちを急いで帰らせた」リーバスが言った。

「それが当然の措置よ」メイリーが答えた。

リーバスは手近な椅子にぐったりと座り込んだ。「ペネンはおれたちが掻き回すのをいやがるし、スティールフォースはおれを懲らしめようとしている。それは何を意味する？」

「何であれ明るみに出たら困るってこと……どこかの政府と通商貿易をする際には」

「この人、気に入ったわ」ウエブスターの資料を読み終わったワイリーが言った。「死んだなんて残念ね」リーバスを見る。「お葬式に行くんですか？」

「行こうかと思ってる」

「ペネンと公安部の男の神経をもう一回逆なでするチャンスね？」メイリーが察した。

「弔意を表するためだ」リーバスが言い返した。「妹にも捜査が行き詰まってると報告しなければ」マンゴウが写したプリンシズ・ストリートのスナップの一枚を取りあげた。

メイリーも覗き込んだ。

「聞いたところでは、あなたたちはやりすぎたらしいわね」

「厳しい態度に出たのよ」ワイリーがとげのある言い方をした。

「頭に血が上った数十人に対するに、数百人の機動隊警察」

「そいつらの宣伝の片棒をかついでいるのは誰かしら？」

ワイリーは喧嘩も辞さない激しい口調だった。

「あなたたちと警棒のせいよ」メイリーが言い返した。

「何も報道することがなかったら、報道しないわ」

「でも真実がねじ曲げられて報道されるから……」ワイリーはリーバスが会話に加わっていないことに気づいた。リーバスは一枚の写真を食い入るように見つめている。「ジョン？」と声をかける。呼んでも返事がないので、ワイリーはこづいた。「わたしの応援をしてもらえない？」

「一人でじゅうぶん戦えるんじゃないか、エレン」

「どうしたの？」メイリーはたずね、リーバスの肩越しに写真を見た。「幽霊を見たような顔をしてるわ」

「そう言えるかもな」リーバスが答えた。受話器を取りあげたが、思い直し、それを戻した。「まあな。明日は明日の風が吹く」

「普通の明日じゃないわ、ジョン」メイリーが正した。

「とうとう開幕の日が来るのよ」

「ロンドンがオリンピック開催都市に決まりませんようように」ワイリーが言い添えた。「きっとひとつ話になって最後の審判の日まで聞かされることになるから」

リーバスはまだ心ここにあらずといった様子で立ち上がった。「ビールの時間」と宣言する。「おれの奢りだ」

「誘ってくれないのかと思ったわ」メイリーがため息をついた。ワイリーは上着とバッグを取りに行った。リーバスが先頭に立った。

「それ、持っていくの？」メイリーがリーバスの手にある写真へ目を向けて言った。リーバスは写真に目を落とし、丸めてポケットにしまった。それ以外のポケットをわざとらしく叩いてみせ、メイリーの肩に手を置いた。

「あいにく持ち合わせがなくて。助けてもらえるかな……？」

その夜遅く、メイリー・ヘンダーソンはマリフィールドの自宅へ戻った。ヴィクトリア朝建物の最上階二階分を所有しており、ローンは恋人のアランと折半で負担している。ただし、アランはテレビカメラマンなので、彼とはすれちがいになることが多い。今週はとくに最悪で、ほとんど会えそうにもない。メイリーは自分のオフィスとして使っている予備の寝室へ真っ直ぐ向かい、椅子の背に上着をかけた。新聞紙が山積みされたコーヒーテーブルには、マグ一つ置くスペースすらない。収集した切り抜きのファイルが壁の一面を埋め、コンピュータの上の壁面には、報道関係の賞状がいくつか、額に入れて飾ってある。机の前に座りながら、この雑然とした狭苦しい部屋がなぜ自分にはこれほど居心地よく感じられるのだろうか、と思った。キッチンは風通しがよいが、そこに長時間いることはない。居間はアランのホーム・シネマ装置とハイファイに占領されている。この部屋、このオフィスこそ、自分の世界、自分だけのものだった。カセット・テープの詰まった棚に目を向ける。それは自分の取材テープで、その一つ一つに各個人の人生が封じこめられているのだ。カファティからの直接取材は、実に四十時間以上にも及び、それを書き起こすと千頁にもなった。それを苦心してまとめ上げた本は、大きな賞をもらっても当然の出来映えだった。と言っても、賞がもらえるあてはなかったが。自分の書いた本が飛ぶように売れたからといって、原稿買取契約を結んだ身には関係なかった。トークショーに出演するのはカファティであり、書店のサイン会を開くのはカファティであり、各地のフェスティバルやロンドンの著名人パーティに招かれるのはカファティだった。本が三刷りになった際、カバーが変えられて、カファティの名前が拡大され、自分の名前は縮小された。

なんという厚顔無恥。

最近、カファティと会ったとき、彼はからかうような口調で、次の本を出そうかと思っているが、今度は別の〝ブンヤ〟を雇うかもしれないとほのめかした。なぜならメイリーが二度と同じ手口で騙されないことを承知しているからだ。昔の諺になかったっけ？　騙されるのも初回は相手が悪いが、二回目は自分が悪い。

あの悪党め。

eメールを確認し、さっきリーバスと飲んだことを思い起こした。リーバスには今も腹を立てている。カファティ本を書くに当たって、リーバスが取材を断わったことに腹を立てている。リーバスの証言がないので、さまざまな出来事や事件に関して、カファティの言葉しかなかったのだ。だから今でもリーバスにはよい感情を持っていない。

リーバスが断わったのは正しいと知っているからこそ腹立たしいのだ。

仲間のジャーナリストはメイリーがカファティ本でたんまり稼いだと思いこんでいる。話をしなくなったり、電話に出なくなった者すらいる。紛れもなく嫉妬のなせる業だが、メイリーへ提供できるような話がないとも感じているのだ。仕事のネタが干上がってしまった。しかたなく小ネタを掻き集め、市会議員やボランティアの人となりや仕事を扱った、埋め草記事を書いている。編集者たちはメイリーが仕事を求めると驚いた声を上げた……

きみはカファティでぼろ儲けをしたんじゃないのか……

当然ながら、事実を打ち明けるわけにはいかず、手を休ませたくないので、と嘘をついたのだった。

本と言えば……

手持ちのカファティ本で残った数冊は、コーヒーテーブルの下に積み上げてある。親類や友達に配るのをもうやめたのだ。カファティがアフタヌーン・ショーの司会者と冗談を交わし、観客が大いに楽しんでいるのを見て、自分の身がますます汚らわしく思えてからは、もう配るのをやめた。カファティを思うと、リチャード・ペネンを連想せずにはいられなかった。プレストンフィールド・ハウス・ホテルで愛想よく振る舞い、イエスマンに囲まれていた、完璧な身だしなみの男。リーバスのエジンバラ城の晩餐会に関する言葉には一理ある。武器商人の類が上席に案内されたことよりも、それを誰も何とも思わないことのほうが問題なのだ。ペネンは言った、ベン・ウエブスターにどんな便宜を図ろうと、それはきちんと記載されているはずだ、と。メイリーは調べてみたが、ウエブスター議員の収支報告書は実に整然としていた。今となってみれば、ペネンはメイリーが調べるだろうと知っていたのだ。ウエブスターについて掘り起こしてもらいたかったのだ。だがなぜ？

何も見つかりっこないと確信していたから？　それとも死んだ男の名誉を汚したいからか？

この人が気に入ったわ、とエレン・ワイリーはあのとき言った。たしかに、国会議事堂の事情通と数分間電話でしゃべったあと、メイリーもウエブスターを好ましく思い始めた。そうなるとリチャード・ペネンがますます信用できなくなった。メイリーはキッチンからグラスに水道水をくんできて、コンピュータの前に座った。

最初の一歩から始めることにした。

いくつかある検索エンジンの最初のマスに、リチャード・ペネンの名前を打ち込んだ。

## 15

石段を三段上がって自分の住んでいる建物の玄関ドアへ入ろうとした瞬間、名前を呼ぶ声が聞こえた。リーバスはコートのポケットに突っ込んでいた手をぎゅっと拳に固めながら、向き直ってカファティを見た。

「何の用事だ？」

カファティは鼻の前で片手をひらひらと振った。「ここからでも酒の臭いがするぞ」

「おまえのようなやつを忘れるためにおれは酒を飲むんだ」

「だったら、今夜はせっかくの金を無駄にしたな」カファティは顎をしゃくった。「見せたいものがある」

リーバスは少しの間、動かなかったが、すぐに好奇心に負けた。カファティはベントレーのロックを開け、乗れと手振りした。リーバスは助手席のドアを開けて体を入れた。

「どこへ行く?」

「ひとけのない場所じゃないから安心しろ。それどころか、これから向かうところは、人でいっぱいだ」

エンジンが勢いよくかかった。エール二パイントとウイスキー二杯を飲んでいるリーバスは、自分の頭が回らないのを自覚していた。

それでも車に乗り込んだ。

カファティが差し出したチューインガムを受け取って包装を剝いた。「おれの事件の捜査は進んでるのか?」カファティがたずねた。

「おまえの助けを借りなくたって、ちゃんとやってるよ」

「誰のおかげで捜査が正しい方向に進んでるのか、忘れなければいい」カファティがにやりとした。車はマーチモントを抜けて東へ向かっている。「シボーンはどんな仕事ぶりだ?」

「問題ない」

「だったら、あんたを困らせてないってことだな?」リーバスはカファティの横顔を見つめた。「どういう意味だ?」

「あちこちに手を広げすぎてるとか聞いた」

「おれたちに監視をつけてるのか?」

カファティはにやりとしただけだった。リーバスは膝に置いた自分の手がまだ握り拳を緩めていないことに気づいた。ハンドルをちょいと引っ張れば、ベントレーは壁に激突するだろう。もしくはカファティの猪首に手を巻きつけて力を入れれば……

「よからぬことを考えてるな、リーバス?」カファティが察した。「おれは納税者なんだぞ——それも高額納税者だ——ということはあんたを雇ってるんだ」

「さぞや楽しいことだろう」

「そのとおり。城壁から飛び降りたあの国会議員の件……捜査は進んだのか?」

「おまえに何の関係がある?」

「ないな」カファティは間を置いた。「ただし、おれはリチャード・ペネンとは知り合いなんでね」リーバスのほうを向き、その言葉がもたらした衝撃に満足そうだった。

「二回ほど会った」

「ペネンが違法な武器をおまえに売りつけようとした、とでも告白してくれ」

　カファティが笑った。「ペネンはおれの本を出した出版社に出資している。だから出版パーティに来てたんだ。それはそうと、あのときあんたが来られなくて残念だったな」

「トイレットペーパーが切れたとき、招待状を代わりに使っちまったんでね」

「五万部になったときにまた、昼食会で会った……〈アイヴィ〉の個室で……」カファティはリーバスをちらりと見た。「ロンドンにあるレストランだ。一時はロンドンへ移ろうかと思ったこともあったんだよ。あちら方面に友人が多かったもんでな。仕事上の友人だ」

「スティールフォースが刑務所に放り込んだやつらか？」リーバスは考えたあと言い添えた。「ペネンを知っているとなぜ今まで言わなかった？」

「あんたとの間に秘密が少しはないとおもしろくない」カファティは笑みを浮かべた。「そうそう、あんたの友達ジャコについて調べてみたよ……何も出てこなかった。警官だってのは確かなんだな？」

　リーバスは質問を投げ返した。「バルモラル・ホテルでのスティールフォースの宿泊費はどうなってる？」

「ロウジアン&ボーダーズ警察が面倒を見てるさ」

「おれたちはなんと気前のいいことだ」

「あんたはぜったいに手を緩めないな、リーバス？」

「それがどうした？」

「たまには手放すことも必要なんだよ。自分の範囲以外のことに首を突っ込む――メイリーが取材中にあんたのことをそう言ってた」

「メイリーとはさっき一杯飲んだばかりだが」

「臭いから察するに、〈ライビーナ〉（清涼飲料水）じゃなさそうだな」

「メイリーはいい子だ。おまえに首根っこを摑まれてるとは残念至極だ」

ダルキス・ロードを走っていた車は、左折してクレイグミラーやニドリ方面へ向かった。さもなくばエジンバラ市内を出て南へA1号線を走るつもりなのか……

「どこへ行くんだ?」リーバスが再びたずねた。

「もう少しだ。それより、メイリーはちゃんと自立してる女だよ」

「彼女は洗いざらいおまえにしゃべるのか?」

「おそらくそれはあるまい。だからと言って、おれは質問の矢を緩めないがね。あのな、メイリーはもう一度ベストセラーを欲しがっている。今回は原稿買取ではなく、印税を要求するだろう。おれはな、今回は載らなかった材料がまだあると言って、彼女を釣ってるんだ……だからメイリーはおれを怒らせてはならないんだよ」

「またもや彼女を騙す気だな」

「妙だなあ」カファティが話し続けた。「リチャード・ペネンの名前が出たついでに、あの男についてのいくつかの話も思い出した。聞きたくはないだろうが」楽しげにふふっと笑った。顔はダッシュボードの光を受けているが、体全体は暗い陰に沈んでいて、その姿は気味悪く笑う怪獣像のデッサンを連想させる。

おれは地獄にいる、とリーバスは思った。死んで地獄に堕ちるときはこんな気持ちなんだろう。おれだけのための悪魔が待っている……

「神の救いが待ってるぞ!」カファティが突然叫び、ハンドルを急に切ったので、ベントレーは激しく尻を振りながら、砂利を勢いよくはね飛ばしてゲートを通り抜けた。目の前はホールで、明るい光が漏れている。教会に付属したホール。

「酒という悪魔を断つときだ」カファティがからかい、エンジンを切ってドアを開けた。しかし開いたドアの脇にある掲示板には、〝もう一つのG8会議〟の一環として開かれる住民集会だと記してあった。〝行動する地域社会、未来の危機を回避する〟とある。学生や無職者は無料で入れる。

「無職というより、無能だ」カファティはつぶやきながら、プラスチックのバケツを持ったひげ面の男を見た。黒い癖毛の長髪で、国民健康保険で購入したような安物の黒縁眼鏡をかけた男だ。入場者が近づくのを見て、男はバケツを揺すった。硬貨が入っているものの、中身は多くない。カファティはもったいぶった様子で財布を開け、五十ポンド札を取り出した。「よい目的に使ってくれよ」と男に釘を刺す。リーバスは自分の分もそこに含まれているとバケツの男に言って、カファティのあとから中へ入った。

後部の座席はまだ三、四列ほど空いていたが、カファティは座ろうとせず、腕組みをし、足を少し開いて立っていた。参加者は多いものの、皆退屈そうな顔をしている。もしくは瞑想しているように見えた。ステージでは、角度を調節できるマイクが一本載った長いテーブルを前にして、男性四人と女性二人が窮屈そうに座っている。その背後にはプラカードがあって、〝クレイグミラーはG8への抗議者を歓迎する〟とか〝わが地域社会は声を一つにして力強く訴えよう〟というような文字が連ねてある。今、声を張りあげて訴えているのは、ガレス・テンチ市会議員だった。「職業訓練を施してもらえれば、正規雇用者として働ける、と主張するのもまことにけっこうなことです！」とテンチが朗々とした声で語りかけた。「しかし、まずは雇用そのものがないことには話にならないじゃないですか！　わたしたちの地域が向上するためには、具体案の提示が必要なのです。そのためにわたしは微力ながらも日夜努力しております」

議員の演説は微力どころではなかった。この程度の広さのホールなら、テンチのような声の持ち主はそもそもマイクなど必要としないぐらいだ。

「自分の声に酔ってるな」カファティが評した。リーバスもそう感じた。ザ・マウンドでテンチの説教に足を止めたときも、こんな声だった。あのときも皆に聞こえるように叫んでいたのではなかった。自分の偉大さを満喫するために、叫んでいた。

「しかし、皆さん……同志の皆さん……」テンチは息継ぎをしていないかのように語り続ける。「わたしたちは巨大な政治的現実の中で、自分たちを歯車の歯のように思いがちです。自分たちの意見など取りあげられるだろうか？

わたしたちが世の中を変えることなんてできるだろうか？　では、思い浮かべてください。今夜ここへ来るときにあなたがたが使った車やバス……そのエンジンからほんの小さな部品を一つ取り除いたらどうでしょう。それだけでもう車は動きません。どんな小さな部品であれ、どれも等しく大切なんです。重要性はどれも同じです……それは人間にもあてはまります。悪魔的な渋滞をもたらす車の場合だけではない」うまい表現ができたとばかりに、しばらく間を取って満足げに微笑した。

「得意げにまくしたてやがって、あの野郎」カファティがリーバスに小声で言った。「あいつの体が異常に柔らかくて、自分のチンポコをくわえることができたとしたって、あれほどうっとりした顔にはならないだろうよ」

リーバスはいきなりこみ上げた笑いを押さえきれなかった。咳払いでごまかそうとしたが、くぐもった笑い声が漏れた。聴衆の中には何事かと振り返る者もいた。テンチですら、言葉を中断した。ステージから見えたのは、モリス・ジェラルド・カファティがジョン・リーバス警部の肩を叩いている光景だった。リーバスは手で口と鼻を押さえていたにしろ、自分の顔を見られたと思った。リズムを狂わされたテンチは、再び演説に力を入れたが、さっきまでの勢いが消えてしまった。テンチが隣の女性にマイクを渡すと、トランス状態にあったような女性は我に返り、目の前にある山のようなメモを単調に読み上げていった。

カファティはリーバスの前を通って、外へ出た。少し間を置いてリーバスも出た。カファティは駐車場を行きつ戻りつしていた。リーバスは煙草に火を点け、仇敵が自分の前に来るまで待った。

「おまえの考えがまだよくわからん」リーバスは煙草の灰を落としながら、正直に認めた。

カファティは肩をすくめた。「あんたは刑事だろうが」

「手がかりが一つ二つでもあればともかく」

カファティは腕を広げた。「ここはあいつの土地だ、リーバス。あいつの領地なんだ。ところが最近それではあきたらなくて、拡張しようとたくらんでいる」

「テンチがか？」リーバスの眼光が鋭くなった。「おまえの縄張りに割り込んできてるのは、あの男だと言うのか？」

「あの地獄の説教師だ」カファティは、割り込みを遮断しようとするかのように、下ろした手で太ももをぴしゃりと叩いた。

「まだよくわからん」

カファティはリーバスを睨みつけた。「つまりだな、あいつはおれを押しのけたって何も悪いことはないと思ってる。なぜなら自分が正義の味方だからだ。悪党を支配下に置き、善の力に変えるってことよ」カファティはため息をついた。「世界の半分はそんなふうに動いてるんじゃねえかと思うときもある。気をつけなきゃならんのは、闇の社会ではない——表の社会だ。テンチやその同類たちのほうだよ」

「テンチは市会議員だ」リーバスは言い返した。「そりゃあ、ときには賄賂だって受け取るだろうし……」

カファティは首を振った。「あいつは権力を求めている。支配力を。演説をこよなく楽しんでいるだろうが？　力を持てば持つほど演説をする機会が多くなる——そして自分の意見が通るようになるんだ」

「だから力自慢の手下に命じて、あいつを脅しつけるんだな」

カファティはリーバスを穴の空くほど見つめた。「当てこすりか？」

リーバスは肩をすくめた。「それはおまえとテンチの間の問題だ」

「おれには貸しがある……」

「おまえは貸しなんて何一つ作ってやしない。テンチがおまえを排除するなら、それはけっこうなことだ」リーバスは煙草の吸い殻を地面に捨て、かかとで踏みつぶした。

「本気でそう思うのか？」カファティが平静にたずねた。「あいつが力を握ったほうがいいのか？　市民の代表……政治的権力のある男が？　おれよりもあいつのほうが狙いやすいと思うからか？　ただな、あんたはもうすぐ引退する。だからシボーンを頭に置いたほうがいいかもしれん。諺にもあったじゃないか……」カファティは天を仰ぎ、そこに文字を探した。「知らない敵よりも知ってる敵のほうがやりやすい……」

リーバスは腕組みをした。「ガレス・テンチを見せるために、おれをここへ連れてきたんじゃないだろう。おれをテンチに見せるために──おれたち二人が並んで立ち、おまえがおれの背中を叩いているところを見せるためなんだ……なんと仲よさそうに見えたことだろう。おれがおまえに金を摑まされ、犯罪捜査部全体も買収されてるってふうに思わせたかったんだ」

カファティは侮辱されたような表情を作った。「おれはそんな策士じゃないよ、リーバス」

「どうかな。この話は、さっきおれの家の前でも話せたはずだぞ」

「ここへ来なかったら、今の小芝居を見逃しちまったじゃないか」

「ああ、そうとも。テンチ議員も芝居を見逃しただろうしな。なら、乗っ取り計画の資金をテンチはどこで調達する？ テンチを擁護する兵隊はどこにいる？」

カファティはまた両腕を伸ばし、今回はぐるりと手を一周させた。「テンチはこの地域全体を支配している。善人悪人もろともに」

「資金は？」

「弁舌で金を手に入れるんだよ、リーバス。そこがあいつのいちばんの取り柄だ」

「わたしの話は影響力を持つ。それはほんとうだ」その声に二人が振り返ると、戸口に背後からの光を浴びたガレス・テンチが立っていた。「いいか、わたしは簡単にはしっぽを巻かないぞ、カファティ。おまえごときに、おまえの友達ごときに負けない」リーバスは言い返そうとしたが、テンチが構わず続けた。「わたしはこの地域を浄化しようとしている。市内のほかの地域でも同じことをやって悪いはずがない。警察内のおまえの友達がおまえの商売を排除しないなら、地域社会の力で排除するしかない」

戸口の奥には、テンチの両側に寄り添うようにして屈強な男が二人立っていた。リーバスはそれに気づいて「行こう」とカファティに言った。殴られるカファティを助け出すようなはめには陥りたくない。

それでも、そんな状況になれば割って入らざるを得ない。リーバスはカファティの腕を摑んだ。カファティがその手を振り払う。「おれは戦いに一度も負けたことがない」とカファティはすごんだ。「戦う前によく考えることだな」

「わたしは何も手を下さなくていいんだ」テンチが切り返した。「おまえの小さな帝国はもう崩壊しかかっている。目を開けて現実を見つめろ。おまえのパブに用心棒を雇おうとしても誰もいなくて困ってるんじゃないか？　おまえのおっかないアパートの賃貸人も見つからないんじゃないか？　タクシー会社でも運転手不足に悩んでいるんじゃないか？」テンチの顔に笑みが広がった。「おまえは幻想の世界にいるんだ、カファティ。目を覚まして、棺桶の臭いを嗅げ……」

カファティは駆け寄ろうとした。リーバスがその体を摑むと同時に、テンチの子分二人もテンチの横を抜けて前へ出た。リーバスはカファティの体の向きを変え、押しながら自分も戸口に背中を向けた。カファティをベントレーのほうへ押しやった。

「乗りこんで車を出せ」リーバスが命じた。

「戦いに負けたことはない！」カファティは赤黒い顔でわめいた。それでもドアを開け、運転席に体を沈めた。リーバスは助手席へ回りながら戸口を見た。悦に入ったテンチが別れの手を振っている。リーバスは何か言い返したかった。せめて自分がカファティの子分ではないことぐらいわからせたかったが、テンチはその場を屈強な男たちに任せて、もう中へ入りかけていた。

「あいつの目玉をえぐり出し、それをあめ玉みたいにしゃぶらせてやる」カファティが罵り、フロントガラスに唾が点々と飛んだ。「もしもあの野郎がいんちきな提案をしてきたら、おれが自らセメントを練り、そのあとシャベルでぶっ殺してやるぜ――それこそが〝地域社会の向上〟に役立つってもんだ」

カファティは口をつぐみ、ハンドルを操って駐車場から車を出した。息づかいは今も激しい。ようやくリーバスのほうを見た。「いいか、あの生意気野郎におれが手をかけたときこそ……」ハンドルを握りしめる手が白くなっていた。

「おまえが話すことは」とリーバスは抑揚をつけて言い渡した。「法廷で証拠として採用される場合がある……」

「おれを有罪にはできん」カファティがけたたましい笑い声を上げた。「科学捜査班はあいつの残骸をスプーンですくうほども見つけられんだろうさ」

「だがおまえが話すことは…」リーバスが繰り返した。

「話は三年前に遡る」カファティは荒い息を整えようとしながら言った。「遊技場の認可が下りず、バーの開業許可が下りなかった……おれはあの野郎の縄張り内でタクシー会社を開業して地元の失業者を何人か救ってやろうとまでしたんだぞ。しかし、あいつはそのつど市議会に圧力をかけて、おれを閉め出しやがったんだ」

「じゃあ、ついにおまえと対決するだけの肝の据わったやつに出会った、というだけじゃないんだな?」

カファティはリーバスを横目で見た。「それをやるのはあんただと思ったが?」

「そうかもな」

そのあと続いた沈黙をカファティが破った。「一杯飲みたい」と舌なめずりをする。口の両端が乾いた唾で白く汚れていた。

「いいね」リーバスが言った。「おれと同じように、おまえも忘れたいために飲むのか……」

市内へ戻る無言の車中で、リーバスはカファティを見つめ続けた。この男は人を殺し、それでも罪を免れた。その回数はリーバスが知っているだけでは済まないだろう。殺した人間をボーダーズ地方の飢えたブタに食わせた。数え切れないほどの人生を破滅させ、四回も服役した。十代の頃からすでに無法者で、ロンドンのギャングの下で用心棒としての修業を積んだ……

それなのに、なぜ自分はこの男に同情を禁じ得ないんだろうか？「家に三十年物のモルトがある」カファティが誘った。「その風味はバタースコッチ、ヒース、溶かしバター……」

「マーチモントで降ろしてくれ」リーバスがきっぱりと言った。

「一杯飲むと言ったじゃないか?」

リーバスはかぶりを振った。「おれは断わらなきゃならん立場だ、そうだろ?」

カファティはふんといなしたが、何も言わなかった。それでも考え直して欲しいという思いが漂っていた。夜が更けていく中で、二人で向かい合って座り、酒を一緒に飲みたいと思っているのだ。

しかしカファティはそれ以上言い張らなかった。しつこく誘ったら、それは哀願するに等しい。

カファティは哀願する男ではない。

まだ今のところは。

カファティは力を失うことを恐れているのだ、とふいにリーバスは気づいた。暴君や政治家はみな、表社会の者、裏社会の者を問わず、それを恐れる。自分の言葉に誰も耳を傾けず、命令は無視され、名声の薄れるときが必ずやって来る。新しい挑戦者、新しいライバル、新しい強奪者。カファティはおそらく何百万ポンドも隠し持っているだろうが、高級車を何台持っていても、それはステータスや敬われる心地よさの代替品とはならない。

エジンバラは小さな市だ。一人の人間が簡単に市民の多くに支配力を発揮できる。テンチかカファティか? カファティかテンチか?

いずれかを選ぶことになるのだろうか、とリーバスは考えずにいられなかった。

表社会。

G8会議の各国首脳からペネンやスティールフォースに至るまで。彼らはみな権力志向が強い。命令の連鎖はこの地球上に住む人間すべてに及んでいる。リーバスは走り去るベントレーを見送りながら、まだそんなことを考えていた。だがそのとき、彼の住む建物の横に立つ人影に気づいた。ジャコが仲間を張り込ませている場合に備え、拳を固めて周囲を見回した。ところが暗がりから歩み出たのは、ジャコではなかった。ハックマン。

「こんばんは」ハックマンが言った。

「危うく殴りつけるところだったぞ」リーバスは体から緊張が解けるのを感じながら答えた。「どうやってここを知ったんだ？」

「電話をほんの二、三ヵ所にかけたら、すぐわかった。地元の警官は実に協力的なんでね。だけど言わせてもらえば、こんな通りに住んでるとは思わなかったな」

「じゃあ、おれに似合うのはどこなんだ？」

「波止場近くのロフト」ハックマンが断言した。

「そうなのか？」

「週末にはブロンド娘が朝食を作ってくれてさ」

「すると、おれは週末しかそのブロンドに会えないんだな？」リーバスは思わずにやりとした。

「あんたは忙しいからね。週末に錆びを落として、月曜からまた運転開始ってこと」

「何もかも考えてくれてるんだな。こんな夜更けになぜここに来ているのか、ってことの説明にはならないが」

「トレヴァ・ゲストについて、ちょこっといくつか思い出したもんでね」

「酒を奢ったら、教えてくれるってことだな？」

ハックマンがうなずいた。「だけどフロアショーのある店だぞ」

「フロアショー？」

「女だ！」

「冗談だろ……」しかしハックマンの顔には、冗談抜きの本気だと書いてあった。


二人はマーチモント・ロードでタクシーを拾い、ブレッド・ストリートへ向かった。運転手がバックミラーを見て、薄笑いを浮かべた。女を求めて歓楽街へ向かう、酒臭い中年男二人の客。

「じゃあ、教えてくれ」リーバスが言った。

「何を？」ハックマンがしらばくれた。

「トレヴァ・ゲストの情報」

ハックマンは指を立てて振った。「今しゃべっちまったら、あんたをつなぎ止められないだろ？」

「紳士として約束する」リーバスがもちかけた。今夜はもう飲み過ぎた。ロウジアン・ロードのヌード・バーへ行く気にはなれない。話を聞きだしたら、ハックマンを降ろし、店の方角を指さしてやろう。

「ヒッピーは明日一斉にこの市を出る」イングランド人であるハックマンが言った。「バスを連ねてグレンイーグルズへ向かう」

「で、あんたは？」

ハックマンは肩をすくめた。「おれは命令どおり動くだけだ」

「とにかく、トレヴァ・ゲストに関して知っていることを早く吐いてしまえ」

「わかった、わかった……タクシーが止まったとたん、すたこら逃げてしまうなよ」

「ボーイスカウトの名誉を賭ける」

ハックマンは座席にゆったりともたれた。「トレヴァ・ゲストは短気なやつで、あちこちに敵を作った。一度ロンドンへ流れていったが、そこも長続きしなかった。淫売だか性悪女だかに食い物にされ……それ以来女というものを憎んでいたようだ。ゲストの情報がウエブサイトに載ったとか言ったな？」

「ビースト・ウオッチに」

「情報を載せたのは誰なんだ？」

「匿名で書き込むんでね」

「だがトレヴァ・ゲストは強盗が商売なんだぞ……キレやすい強盗だ。おつとめをしたのは強盗罪でだ」

「それで？」

「誰がウエブサイトに投稿した──なぜ？」

「わからない」

ハックマンはタクシーがぐいっと曲がったので、あわてて持ち手に摑まりながら、肩をすくめた。「もう一つ、話がある」リーバスの反応を確かめながら言う。「トレヴァがロンドンへ行ったとき、上等のヤクを持ち込んだという噂がある──ヘロインだったという説すら」

「麻薬常用者だったのか？」

「ときおり使ってた。注射はやらんと思うが……死んだ夜は別だがね」

「誰かのヤクを奪ったんだろうか？」

「ありうるね。でね……あんたの気づいていない関連性があるんじゃないかと思ってな」

「というと？」

「格下のワルどもがだね、そいつらがのさばったり、手を出してはならない相手から横取りしたから、殺されたんじゃないか」

リーバスは考え込んだ。「エジンバラの被害者は地元のギャングの親分に雇われていた」

ハックマンが手を叩いた。「ほうら見ろ」

「エディー・アイズレーももしかしたら……」リーバスは納得しがたくて、言葉が続かなかった。タクシーが停まり、運転手が五ポンドだと言った。リーバスが外を見ると、エジンバラの格式高いヌードダンス・バー、〈ヌック〉の真ん前に来ていた。ハックマンはタクシーから勇んで降り、助手席側の窓から金を渡した――地元民でない証拠。ここの人間は後部座席で支払いを済ませる。リーバスはためらった。タクシー内に留まろうか、降りてからハックマンと別れようか。

ドアは開いたままで、ハックマンがじれったそうに出ろと合図している。

リーバスは車を降りた。そのとたん、〈ヌック〉のドアが開き、暗い店内から男がよろめき出てきた。ドアマン二人がその後ろにぴたりと寄り添っている。

「いいか、おれは触っていない！」男が抗議していた。身なりのよい、長身、浅黒い肌の男。リーバスはその紺色背広をどこかで見たように思った……

「嘘つけ！」ドアマンが客を指さしながら大声で威嚇した。

「女がすったんだ！」背広男が言い返している。「上着から財布を抜き取ろうとした。それをやめさせようとしたら、いきなり女が文句を言い出したんだ」

「それも嘘だ！」同じドアマンが吐き捨てるように言った。

ハックマンはリーバスの脇腹をこづいた。「あんたは一流の店をよく知らんのだね、ジョン」しかし喜んでいるふうだった。もう一人のドアマンは手首につけたマイクに何か囁いている。

「あの女は財布を盗もうとした」背広男がまだ言い張っている。

「じゃあ、まだ盗んでないってことか？」

「隙があれば、必ずあの女は――」

「ほんとに盗んだんだな？　今、女がすったとあんたは断言したじゃないか。こちらにはあんたの言葉を聞いた証人がいるぞ」ドアマンはリーバスとハックマンを顎でしゃくった。客は二人に目を移し、たちまちリーバスの顔に気づいた。

「これはこれは、わたしが陥った状況を見てくれましたか？」

「まあね」リーバスは心ならずも認めた。背広男が握手を求めた。

「ホテルで会いましたね？　友人リチャード・ペネンが招いてくれたあの上等の昼食会で」

「昼食会には出ていない」リーバスが訂正した。「ロビーで話をしただけですよ」

「顔が広いんだな」ハックマンが嬉しげに低く笑い、リーバスの脇腹をまたこづいた。

「なんと不運なことだ」と背広男が言った。「喉が渇いたので、パブとおぼしき店に入ったところ――」

ドアマン二人がせせら笑った。「そうかよ、入場料が要るとちゃんと説明しただろうが……」二人のうち、激怒しているほうが言った。

ハックマンですら、それを聞いて笑い出した。しかしドアがまた開いたので、笑うのをやめた。出てきたのは女だった。ブラとバタフライとハイヒールだけの姿は、ダンサーに間違いなかった。髪の毛を高く結い上げ、どぎつい化粧を施している。

「わたしが盗んだって、この客がほざくのね？」女がわめいた。ハックマンはリングサイドの特別席にありついたかのように喜んでいる。

「おれたちに任せろ」怒ったドアマンが相棒を睨みつけた。その相棒がこの一件を女に伝えたにちがいなかった。

「この客、ダンスの代金の五十ポンドを払ってないんだから！」女がわめいた。手を突きだし、金を要求する。「だのに、わたしの体を触りやがった！　それじゃああんまりだわ……」

パトカーが通りかかり、中から顔が見つめていた。ブレーキ灯がついたので、Uターンをしてここへ戻ってくるつもりだと、リーバスはわかった。

「わたしは外交官だ」背広男が言った。「事実無根の非難に対しては、保護される権利がある」

「辞書を丸暗記したな」ハックマンがつぶやいて、ひそかに笑った。

「外交官の免責特権だ」背広男が言葉をついだ。「ケニア代表団の一員としての……」

パトカーが停まり、警官が二人降りてきて、帽子の位置を調整した。

「何かもめているようだが？」運転者の警官がたずねた。

「このお客さんがお帰りになるのを見送っているところで」怒りの表情が消えたドアマンが答えた。

「わたしは力ずくで追い出されたんだ！」ケニアの外交官が文句を言った。「財布まで奪われそうになったんだぞ！」

「まあまあ、落ち着いて。どういうことなんですか」視野の端で動きを感じた制服警官は、リーバスのほうへ向き直った。

リーバスの警察手帳が目の前に突き出された。

「この当事者二人を手近な警察署まで連行したい」リーバスがきっぱりと言った。

「そんなことまでしなくても」ドアマンが文句を言った。

「一緒に来るか？」リーバスはそうたずねて、ドアマンを黙らせた。

「ということは、どの警察署へ？」制服警官がたずねた。

リーバスはその警官を見つめた。

「きみはどこの署なんだ？」

「ハル」

リーバスはイングランド中東部のハルと聞いて、いらだった声を上げた。「ウエスト・エンド署へ行こう。トーフィケン・プレイスにある」

制服警官がうなずいた。「ヘイマーケットの近く？」

「そうだ」リーバスが保証した。

「外交特権がある」ケニア外交官が主張した。リーバスはその顔を見た。

「しかるべき手続きを踏まないとならないので」リーバスは外交官が気に入るような、仰々しい言い方を考えながら言った。

「わたしは行かなくてもいいよね」女は豊かな胸を指さしながら言った。リーバスはハックマンがよだれを垂らしているのではないかと思い、彼のほうへ視線を向けられなかった。

「残念ながら、そうはいかない」リーバスはきっぱりと言い、制服警官を手振りで促した。客とダンサーがパトカーへ導かれた。

「一人は前の席、もう一人は後部席へ」運転者の警官が相棒に命じた。ダンサーはハイヒールの音を響かせて歩きながら、リーバスを見た。

「ちょっと待て」リーバスは上着を脱いで女の肩にかけてやった。ハックマンを見る。「これを片づけなくてはならんので」

「いい思いをしようとしてるんだろ」ハックマンが嘲った。

「外交上の問題にしたくないんだよ」リーバスが思いこみを正した。「あんたは一人でだいじょうぶだね？」

「だいじょうぶだとも」ハックマンがリーバスの肩を叩いて請け合った。「あの二人がきっと、警官には入場料を免除するに決まってるし」ドアマンが聞こえるように声を張りあげる。

「一つ、注意したいことが」リーバスが言った。

「何だ？」

「むやみに手を動かすなよ……」


犯罪捜査部はひとけがなく、〝ラット・アース〟レイノルズもシャグ・デイヴィッドソンの姿もなかった。取調室をなんなく二室確保できた。制服警官二人を子守役に残業させることにも問題はなかった。

「残業にありつけた」と制服警官の一人が言った。

まずはダンサーから。リーバスは紅茶の入ったプラスチックカップを持ってきてやった。「紅茶の好みさえも憶えているよ」とダンサーに言う。ダンサーのモリー・クラークは腕組みをして座っていた。今もリーバスの上着を着ており、その下は裸同然だ。足を落ちつきなく動かし、顔を引きつらせている。

「着替えさせてくれたらよかったのに」モリーが文句を言い、大きなくしゃみをした。

「風邪を引くと言うんだな？　だいじょうぶだよ。五分後には車で店まで送るから」

黒くくまどった目、赤く塗った頬のモリーが見た。「わたしを逮捕しないの？」

「何の罪だ？　相手はあんたを訴えはしない。それは確かだ」

「訴えるとしたら、わたしのほうじゃないの！」

「そうかもな、モリー」リーバスは煙草を勧めた。

「禁煙ってそこに書いてあるわよ」

「ほんとだな」リーバスはライターの火を点けた。

モリーはまだためらっていた。「じゃあもらうわ……」煙草を受け取り、テーブル越しに身を屈めて煙草に火を点けてもらった。リーバスは上着に香水の匂いが何週間もしみついて取れないだろうと思った。モリーは煙草をふかぶかと吸い、煙を胸にためた。

「日曜日にあんたの家に行ったとき、エリックはどうやってあんたと出会ったかを言わなかった。今は察しがつくがね」

「そりゃよかったわね」モリーは煙草の赤い先端を見つめている。体が揺れているので、よく見ると片膝を上下させていた。

「エリックはあんたの仕事の内容を知ってるんだね？」

「そんなこと、あんたに関係ないでしょう？」

「まあそうだが」

「だったら、言うけど……」まるで栄養を取ろうとするかのように、煙草を強く吸う。煙がリーバスの顔にかかった。

「エリックとの間に何も秘密はないわ」

「それはいいな」

モリーはやっと目を合わせた。「あの客はわたしをずっと触ってたんだから。わたしが財布を取ろうとしただなんてよく言える……」ふんと怒りを吐き出す。「文化が違っても、最低な男は最低な男よ」少し落ち着きを取り戻した。「だからこそ、エリックはとても大事な人なの」

リーバスはうなずいて理解を示した。「罪に問われるとしたら、ケニアの男のほうで、あんたじゃない」そう安心させてやった。

「ほんと？」モリーは日曜日に見せたような、明るい笑顔になった。一瞬、陰気な取調室に光が差したように見えた。

「エリックは運のよい男だ」


「あなたは運のよい男だ」リーバスはケニアの外交官に告げた。十分後、第二取調室。〈ヌック〉は迎えの車を寄越すことになった——モリーの服を持って。モリーは署の受付デスクにリーバスの上着を預けて帰る、と約束した。

「わたしの名前はジョゼフ・カムウェズ。わたしには外交官の免責特権がある」

「ではパスポートを見せてもらっても差し支えないですね」リーバスが手を出した。「外交官なら、そう書いてあるはずだから」

「今、手元にないんでね」

「どこに泊まってるんですか？」

「〈バルモラル〉」

「これは驚いた。ペネン・インダストリーズが宿泊代を持ってるんですね？」

「ミスター・リチャード・ペネンは我が国の友人なんでね」

リーバスは椅子の背にもたれた。「どうして？」

「貿易でも人道的援助という立場でも」

「ペネンは武器にマイクロチップスを埋め込んでいる」

「何のことやらわからん」

「エジンバラで何をしてるんですか？」

「わたしは我が国の通商代表団の一員だ」

「その仕事のどういう筋合いから、今夜〈ヌック〉に入ったんですかね？」

「わたしは少し喉が渇いただけだよ、警部」

「そしてほんの少しみだらな快楽も求めた？」

「何をほのめかしたいんだか、よくわからないんだが。先ほども述べたように、わたしには外交官の特権が……」

「そりゃあけっこうなことだ。それはともかく、ベン・ウエブスターというイギリスの政治家をご存じですかね」

カムウェズがうなずいた。「ナイロビで一度会ったことがある、高等弁務官事務所で」

「今回のイギリス訪問の際には会わなかったんですか？」

「彼が亡くなった夜、話をする機会がなかったもので」

リーバスはカムウェズを見つめた。「あのとき城にいたんですか？」

「そのとおりだよ」

「そこで彼を見かけたんですね？」

カムウェズがうなずいた。「あの折に声をかけなくてもいいと思ったものでね。プレストンフィールド・ハウス・ホテルの昼食会で会う予定だったから」カムウェズの顔が曇った。「ところがあの悲しい事故が目の前で起こった」

リーバスは緊張した。「どういう意味です？」

「誤解のないように。彼の転落死は国際社会にとって大いなる損失だと言ってるだけなので」

「転落するところを目撃しなかったんですね？」

「誰も見ていない。しかしカメラがなんらかの役に立つんじゃないかな」

「監視カメラ？」リーバスは自分の頭を殴りつけたかった。城は陸軍の本部である――監視カメラがあって当然だ。

「わたしは管制室を見学させてもらった。先端技術で埋め尽くされていたよ。テロは日常的な脅威だ、そうだろう、警部？」

リーバスは一瞬答えられなかった。

「ほかの人たちはどう言ってるんですか？」リーバスは少ししてからたずねた。

「たずねている意味がよくわからないんだが……」カムウェズは眉をひそめた。

「ほかの代表団の人たち――プレストンフィールドであなたと一緒にいた、あの各国代表団とやらの連中は、ミスター・ウエブスターに関して何か噂していませんでしたかね？」

カムウェズはかぶりを振った。

「どうなんです、誰もがあなたみたいにリチャード・ペネンに篤い友情を感じているんですか？」

「警部、こんな話をする必要は――」カムウェズは言葉を切り、勢いよく立ち上がった。その拍子に椅子が後ろへひっくり返った。「もう帰る」

「何か隠し事でも、ジョゼフ？」

「あんたは偽りの口実のもとに、ここへわたしを連れこんだんだな」

「それでは実際の話に戻りましょうか――まずはあんたが単独代表として、エジンバラのヌード・バーへ調査に出かけた件について話し合いましょう」リーバスは身を乗り出し、テーブルに腕を置いた。「そんな店にも監視カメラはあるんです、ジョゼフ。あなたはカメラにちゃんと収まってる」

「免責特権が……」

「あなたを罪に問おうということではない、ジョゼフ。母国の家族のことを言ってるんです。ナイロビに家族が住んでいるんでしょう……お父さん、お母さん、もしかして妻や子供も？」

「もう帰る！」カムウェズはテーブルをどしんと叩いた。

「まあまあ、落ち着いて」リーバスは両手を挙げた。「楽しく世間話をしていただけなのに……」

「外交上の問題にしたいのか、警部？」

「さあ、どうかな」リーバスは考え込む仕草をした。「そっちは？」

「わたしは怒っている！」もう一度テーブルをどんと叩き、カムウェズは出て行った。リーバスは引き止めなかった。煙草に火を点け、テーブルに足を載せ、足首を重ねた。後ろへのけぞって天井を見つめる。スティールフォースが監視カメラについて一言も言わなかったのは当然だし、そのビデオを見せてもらいたいと誰に頼んだところで、入手するのは至難の業だ。それは軍が所有しており、駐屯地内の出来事である――ぜったいにリーバスの管轄内ではない。

しかしリーバスはそれぐらいではへこたれない……

すぐにドアをノックする音がして、巡査が顔を出した。

「あのアフリカ人がバルモラル・ホテルへ車で送ってほしいと言ってますが」

「歩くほうが健康によいと言ってやれ。もうひとつ、また喉が渇くことのないように、と」

「は？」巡査はけげんな顔になった。

「そう言えばいい」

「わかりました。えっと、それから……」

「何だ？」

「ここでは禁煙です」

リーバスは振り向いて巡査を睨みつけ、追い出した。ドアが閉まると、ズボンのポケットに手を入れて携帯電話を取りだした。ボタンを押して接続を待つ。

「メイリーか？」とリーバスは言った。「きみに役立ちそうな情報を手に入れたんだが……」

SIDE THREE

# 神も支配者もいらない

七月六日　水曜日

# 16

G8会議の各国首脳がグラスゴー南東部にあるプレスティック空港に到着した。今日一日で最終的には百五十機近くが飛来する予定である。首脳と夫人及び側近らはただちにヘリコプターでグレンイーグルズ・ホテルへ運ばれる。それ以外の各国代表団は用意された車に乗り込み、車列を連ねてそれぞれのホテルへ向かう。ジョージ・ブッシュの警察犬には専用の車があてがわれた。今日はブッシュ大統領が五十九歳になった誕生日である。スコットランド議会のジャック・マコネル首席大臣はタラップの下に立ち、世界のリーダーたちを迎えた。抗議活動や騒乱の気配はなかった。

プレスティック空港では。

しかしスターリングでは、覆面の抗議車らが乗用車やヴァンを破壊し、バーガー・キングのショーウインドーを叩き割り、A9号線を封鎖し、ガソリンスタンドを襲撃していて、朝のテレビニュースがその光景を流していた。エジンバラでは、デモ参加者がクイーンズフェリー・ロードを完全に封鎖した。ロウジアン・ロードには、警察ヴァンがずらりと並び、制服警官が隙間なく立ってシェラトン・ホテルとそこに滞在する数百人の代表団を警護している。通常なら通勤の車で混み合っているさなかだが、今朝はがらんとした街路を騎馬警官の列が通っている。ウオータールー・プレイスでは、デモ参加者を北方のアウキテラーダーへ運ぶために、そこを埋め尽くすほどの数のバスが待機している。しかし情報が錯綜していて、どのルートが公式に許可されたのか誰も知らない。デモ行進が散発的におこなわれていた。警察は状況がはっきりするまで出発してはならないとバスの運転手に言い渡した。

おまけに雨が降っている。今夜の〈ファイナル・プッシュ〉コンサートは盛り上がらないかもしれない。ミュージシャンや有名人はマリフィールド・スタジアムで、音響の調整やリハーサルを繰り返している。バルモラル・ホテルに滞在中のボブ・ゲルドフは友人のボノとグレンイーグルズを訪れる予定である。さまざまなデモに阻まれなかったら、という条件付きだが。エリザベス女王も北へ向かい、各国首脳を迎えて晩餐会を催すことになっている。

報道記者は、ひんぱんに飲むコーヒーに支えられ、興奮した口調で息つぐ暇もなくしゃべり続けている。車で一夜を過ごしたシボーンは地元のパン屋の薄いコーヒーで、なんとか眠気を追い払った。ほかの客はカウンター奥の壁に取り付けられたテレビニュースを食い入るように見ていた。

「あれはバノックバーンだ」と客が言った。「あそこはスプリングカースだ。あいつら、どこにでも群がってやがる！」

「幌馬車を円陣に組んで襲撃に備えたほうがいいぞ」連れの男が助言し、回りの笑みを誘った。デモ参加者は午前二時という早い時間にキャンプ・ホライゾンを発ち、仮眠している警察の不意を突いたのだった。

「これがスコットランドに利益をもたらすなんてうそぶく、政治家の気が知れんよ」ベーコン・ロールができあがるのを待っているオーヴァオール姿の男がつぶやいた。「今日はダンブレーンとクリフで仕事があるんだ。そこまでどうやって行ったらいいんだよ……」

車に戻ったシボーンは、まだ背中がこわばり、首が凝っているものの、ヒーターで体が温まってきた。スターリングに留まっていたのは、今朝またここに戻ってこなければならないからで、その際にはまたしても煩雑な検問が待っているにちがいないからだ――おまけに今朝は一段と厳しさを増しているかもしれない。彼女はアスピリンを二錠飲み、A9号線へ向かった。二車線の道路をまだ少ししか走っていないうちに、前方に車の点滅灯が見え、両車線とも動かなくなった。停まった車の列から運転者が降りてきて、道路に寝そべったり中央分離帯の防護柵に体をくくりつけているピエロ姿の男女へ罵声を浴びせた。警官隊は横に広がる野原へ逃げていく奇抜な服装の者たちを追いかけている。シボーンは路肩に車を停め、車列の先頭へ歩いていき、指揮を執っている警官に警察手帳を示した。

「アウキテラーダーへ行かなければならないんです」シボーンが告げた。警官は短い黒の警棒を警察バイクへ向けた。

「アーチーが予備のヘルメットを持ってるようなら、すぐにでも送り届けますよ」

アーチーがヘルメットを出してきた。「後ろはものすごく寒いですから気をつけて」

「じゃあ、ぴったりとあなたに寄り添ってればいいわね？」

しかしバイクのスピードが増すにつれ、寄り添うどころではなかった。シボーンは必死にしがみついた。ヘルメットの内側にイヤホーンが装着してあって、オペレーション・ソルブスからの指令が聞こえる。アウキテラーダーへ約五千人のデモ隊が集結しつつあり、ホテルのゲート内までデモ行進をする計画を立てているという。無駄なことだ、とシボーンは思った。そこからさらに本館まで数百メートルはあり、シュプレヒコールは風に乗って消えることであろう。グレンイーグルズ・ホテル内にいるお偉方は、デモ行進にも、大規模な反対運動にも何一つ気づかないだろう。抗議運動の人波は国内各所から集まってきているが、防御を固めた警察は準備万端整えて待機している。スターリングを出たシボーンは、ファストフードの系列店に、書いて間もないらしい落書きがあるのを見た。〝ファラオ一万人に、奴隷は六十億人〟誰にあてつけて書いたものだろうか……

アーチーが突然ブレーキをかけたので、シボーンは前のめりになり、彼の肩越しに前方のものものしい様子に気づいた。

暴徒鎮圧用盾、警察犬を連れた警官、騎馬警官。

頭上の空を掻き回す双発ヘリコプター、チヌーク。

めらめらと燃え上がるアメリカ国旗。

車道の幅いっぱいに広がる座り込みデモ。警官たちが中に割って入ると、アーチーは隙間を見つけてそこへバイクを向け、無理やりに通った。シボーンは寒さで感覚がなくなるほど手がこわばっていなかったら、摑まっていた手を離し、アーチーの背中をぽんと叩いて褒めてやりたかった。イヤホーンからは、スターリング駅はまもなく運行再開の予定だが、アナーキストがグレンイーグルズへ電車を利用して直行する恐れがある、という警告が聞こえてくる。そう言えば、ホテル専用の特別な電車駅があるはずだが、おそらく現在はもう使用されていないのではなかろうか。エジンバラからはよいニュースもあった。いきなりの激しい雨がデモ参加者の気勢をそぐ結果となった。

アーチーが振り向いた。「スコットランド特有の天候だよ！」とわめく。「だから助かるよなあ？」

フォース・ロード・ブリッジは〝わずかに渋滞〟ぎみなだけで、通常どおり車が流れており、早朝からのクオリティ・ストリートとコーストフィン・ロードの道路封鎖は解除された。アーチーが次の交通妨害をすり抜けるためにスピードを落とした隙に、シボーンは上着の袖でヴァイザーの雨滴を拭った。ウインカーを出して二車線の道路からはずれると、別の小さなヘリコプターが追ってきたように思えた。アーチーはバイクを停止させた。

「ここで行き止まりだよ」アーチーが言った。まだアウキテラーダーの町へは入っていないのだが、彼の言葉は正しかった。前方には、警察の包囲線の向こうで、旗やプラカードの波が揺れていた。歌声、口笛、やじる声。

〝ブッシュ、ブレア、ＣＩＡ、今日は子供を何人殺した？〟死者の名前を読み上げる行事で聞いたのと、同じスローガン。

〝ジョージ・ブッシュ、おまえのことはわかってる、おまえの父親も人殺しだった〟なるほど、これは新しいフレーズだ……

シボーンはバイクから降り、アーチーにヘルメットを返して礼を言った。アーチーがにやっと笑った。

「こんなわくわくする日はそう長く続かないよな」と言いながらバイクの向きを変えた。スピードを上げて遠ざかりながら、別れの手を振っている。シボーンも手を振り返しながら、指の感覚が戻ってきたのを感じた。赤ら顔の警官がこちらへ駆け寄ってきた。シボーンはすかさず警察手帳を開いた。

「だったら、なおのことあんたは無茶だ」赤ら顔の警官がどなった。「あんたはあいつらの仲間にしか見えん」警官は行く手を阻まれているデモ隊のほうを指さした。「あいつらは警官隊の中にいるあんたを見て、自分たちもこっち側へ来てもいいと思っちまう。だからここからさっさと立ち去るか、それとも防具をつけるかにしてくれ」

「あなたは第三の方法があることを忘れてるわ」にこっとしたシボーンは、警官隊の列に近づき、黒ずくめの機動隊二人の間にもぐりこんで、その暴徒鎮圧用盾の下に隠れた。そしてデモ隊の最前線の中に入ってしまった。赤ら顔の警官は仰天していた。

「バッジを見せろ!」デモ隊の一人が警官の列にどなった。シボーンはすぐ目の前の警官を見つめた。その警官はオーヴァオールまがいの服を着ている。ヴァイザーの上のヘルメットには、ZHという文字が白く書かれてあった。プリンシズ・ストリート・ガーデンズにいた警官隊の中に同じ徽章の者がいたのではなかろうか。シボーンはXSというイニシャルしか思い出せなかった。

エックス・エスの警官、過剰《エクセス》な警官隊か。

両頬を汗が伝っていたが、その警官は落ち着いた表情をしていた。命令や激励の言葉が警官隊の列へ飛んでいる。

「隙間を空けるな!」

「落ち着け!」

「後退しろ!」

両サイドからの押し合いには、暗黙のうちに統制された動きがあった。デモ隊の中に指導者がいて、その男が行進は認可されたものであり、警察はそのすべての合意事項を踏みにじっていると大声で非難していた。どんな結果を招こうとも、責任は持てないと言っている。その間じゅう、男は携帯電話を耳に当てていた。報道カメラマンはつま先立ちし、カメラを高く掲げて、動きのある場面を写していた。

シボーンは後ずさりし、横へ歩いて人垣の端へ出た。全体を見渡せるその位置から、サンタルの姿を探した。自分の横には、歯並びの悪い、スキンヘッドの十代の若者が立っている。若者が大声で罵声を発したとき、その言い方に地元の訛があった。上着の前がちらっとめくれた瞬間、ウエストに何やら差し込んであるのが見えた。

ナイフらしき物。

若者は携帯電話を出して、仲間に送るために短い映像を撮っていた。シボーンは周囲を見回した。警官に注意を喚起する方法がない。警官が分け入ってこの若者を捕まえれば、大混乱に陥ることだろう。そこでシボーンは若者の後ろに回りこみ、機会をうかがった。シュプレヒコールがわき起こり、皆が空中に拳を突き上げたとき、チャンスが訪れた。いきなり若者の腕を摑んで後ろへねじ上げ、後ろからぐいと押した。若者が膝をついた。もう片手で若者の腹を探り、ナイフを引き抜くが早いか、若者をさらに押しつけて四つんばいにさせた。そのあと素早く群衆の隙間を縫って後ずさりし、ナイフを防護壁の背後の茂みに投げ込んだ。デモ隊の中に紛れ込み、自分も両手を突き上げ、拍手を続けた。怒りで顔を朱に染めた若者は、襲った相手を探してシボーンの目の前をぐいぐいと進んでいる。

見つかるものか。

シボーンは笑みをこぼしそうになったが、自分だってこの若者と同じく、この中で人を探し当てるのは不可能に近いだろう。その上、今はデモ隊の渦中におり、しかもいつ暴発するかわからない状況だった。

スターバックスのカフェラテが無性に飲みたい、と思った。

自分はまずい場所にいる、とりわけまずい時に……

メイリーはバルモラル・ホテルのロビーにいた。エレベーターのドアが開き、シルクの紺色背広姿の男性が現われた。メイリーは椅子から立ち上がり、手を差し出しながら近づいてくる男性を迎えた。

「ミスター・カムウェズ?」

男性はうなずいて認め、メイリーは握手を交わした。

「急なお願いにもかかわらず、お会いくださって感謝してます」メイリーはあまり熱っぽい口調にならないように心がけた。実は、こんな電話をかけたのだ。自分は新米記者で、アフリカの大物政治家に電話をするなんて、おこがましい限りですが……人物紹介記事を書くので五分間だけお時間をいただけないでしょうか？

そんなへりくだった態度はもう必要なかった。カムウェズがもう目の前に来ているのだ。とはいえ、いきなり立ち去られては困る。

「紅茶でも？」カムウェズはパーム・コートへ向かいながらたずねた。

「すてきな背広ですね」メイリーは椅子を引いてくれるカムウェズに、そう褒めた。スカートを撫で下ろしながら着席する。ジョゼフ・カムウェズはその仕草を楽しんで見ているようだった。

「ありがとう」カムウェズは向かい合う長椅子に体を入れた。

「ブランド物？」

「シンガポールで買い求めたのです。我が国を代表してカンベラへ行った帰りに。実はかなり高価だった……」秘密を打ち明けるかのようにメイリーのほうへ身を乗り出す。

「このことは内緒に願いますよ」満面の笑みを浮かべ、金の奥歯が一本ちらっと覗いた。

「お会いくださって、ほんとにありがとうございます」メイリーはハンドバッグから筆記用具を出した。小さなデジタル録音機も取り出し、使っても構わないかとたずねた。

「それは質問によりけりですね」カムウェズはまた笑顔になった。ウエイトレスが来ると、彼はラプサン・スーチョン紅茶を二人分頼んだ。メイリーはその香りが苦手だったが、黙っていた。

「ここはわたしが持ちますので」メイリーが言うと、カムウェズは手を振ってその申し出を退けた。

「構いませんよ」

メイリーは眉を上げて見せた。商売道具を並べながら、次の質問をした。

「あなたの旅費はペネン・インダストリーズが負担するんですか？」

笑みが消えた。険しい目つきとなる。「何と言いましたか？」

メイリーは無邪気な顔を装った。「ここのホテル代を支払っているのは誰かなと思ったまでで」

「何を訊きたいのです？」冷ややかな声。テーブルの角に沿って指を滑らせる。

メイリーはメモを参照しているそぶりをした。「あなたはケニア通商使節団の一員ですね。G8会議で手に入れようとしているものは、具体的には何なのですか？」メイリーは録音機のスイッチが入っていることを確かめ、テーブルの真ん中に置いた。ジョゼフ・カムウェズはそのごく平凡な質問に不意を突かれた様子だった。

「アフリカの再生のためには借款の債務救済措置が欠かせないんです」カムウェズは慣れきった口調で言った。「ブラウン財務大臣の言葉によると、ケニアの隣国の一部は……」先を続けられなくなり、言葉が止まってしまった。

「何をしにここへ来たんです？　そもそもヘンダーソンってのは、本名ですか？　身分証の提示を求めなかったのは、うかつだったな」

「身分証ならここにありますよ」メイリーはバッグを探った。

「なぜリチャード・ペネンの名前を出した？」カムウェズが口を挟んだ。

メイリーはけげんな顔をした。「出してませんよ」

「嘘をつくな」

「ペネン・インダストリーズとは言いましたが、それは会社名で人名じゃない」

「あんたはプレストンフィールド・ハウスで警官と一緒にいたね」断定口調だったが、かまをかけている可能性もあった。いずれにしろ、メイリーは否定しなかった。

「もう帰りたまえ」カムウェズがきっぱりと言った。

「それでいいのですか？」メイリーの声も冷たくなり、カムウェズの目を見返した。「なぜなら今あなたが席を立ったら、わたしの新聞の第一面にあなたの写真をでかでかと出しますよ」

「突拍子もないことを言うんじゃない」

「ちょっと粒子が粗い写真なんです。拡大しなきゃならないので、ぼけた写真になるかもしれない。それでもヌードダンサーがあなたに媚態を示しているところだとわかります。あなたは自分の手を膝に置き、満面の笑顔でダンサーの胸を見つめていますよ。ダンサーの名前はモリーで、ブレッド・ストリートの〈ヌック〉で働いている子です。今朝監視カメラの映像を入手したんですよ」それは嘘っぱちだが、その言葉のもたらす効果をメイリーは存分に楽しんだ。カムウェズはテーブルに爪を立てている。短く刈った頭が汗で光っていた。

「あなたは警察署で取り調べを受けましたね。その模様を写したビデオもあるはずです」

「いったい何が望みなんだ？」カムウェズが押し殺した声で迫った。しかし紅茶が来たので、彼はその場を取り繕わねばならなかった。ショートブレッドも添えられていた。メイリーは一つ取って食べた。今朝は朝食を抜いたのだ。ウエイトレスが紅茶を注いでくれたあと、メイリーはそのカップを脇へ退けた。紅茶は海草をオーブンで焼いたような臭いがした。カムウェズも同じことをした。

「飲みたくないんですか？」メイリーは思わず微笑をもらした。

「警官から聞いたんだな」カムウェズは悟った。「あの男もこんなふうに脅した」

「ただし、彼は訴追できないんです。それに反してわたしは……第一面の特ダネをボツにするには、それ相当な理由を示していただかなければ……」カムウェズはまだ餌に食いついていない。「その第一面は世界じゅうに報道されるでしょう。あなたの国の新聞がこの記事を取りあげて載せるのに、どれぐらい時間がかかるでしょうね？　お国の政府要人がそれを耳にするのは、いつかしら？　あなたの隣人や友人だったらいつ……」

「もういい」カムウェズが唸った。テーブルを見つめている。磨き抜かれたテーブルに、顔が映っていた。「もういい」繰り返して言い、その声は彼の敗北を告げていた。メイリーはショートブレッドをもう一枚食べた。「何を知りたい？」

「たいしたことじゃないんです」メイリーは安心させた。「ミスター・リチャード・ペネンに関して、知っていることを洗いざらい」

「では、あんたのディープ・スロートになれ、と言うのか?」

「ぞくぞくしますか?」メイリーが冗談を言った。

メイリーはひそかに考えていた。でもあなたはしっぽを握られたマヌケに過ぎないのよ……弱みを持ったただの公務員……

ただの密告屋……


今週二回目の葬式。

リーバスはのろのろ運転で市内から出た——朝からの渋滞が今も影響を及ぼしているのだ。フォース・ブリッジではファイフ警察がトラックやヴァンの検問をおこない、車がバリケード目的に使われる可能性を調べている。それでも橋を越えると、車の流れは順調になった。結局は早めに着いた。ダンディーの中心部へ入り、波止場に車を停めて、ラジオのニュースを聞きながら煙草を吸って休憩した。おかしなことに、イングランドのラジオ局はみな、ロンドンがオリンピック開催地に決定したニュースで持ちきりで、エジンバラについてはほとんど何も言わなかった。トニー・ブレアはシンガポールからジェット機で戻ってくる。ブレアはマイレージをためたのだろうか……

スコットランド系のマスコミはメイリーの記事を取りあげた。リーバスは〝G8に水を差した〟として、皆から非難された。ジェイムズ・コービン警察本部長はそれに関して何も公式発表をしていない。ロンドン警視庁公安部SO12は、グレンイーグルズに集まってくる各国首脳になんら危険が及ぶことはない、と力強く語った。

一週間に葬式が二回。自分がこんなにまで働くのは、ミッキーについて考える時間をなくしたい、という思いもあるからではないか。北へ車を走らせる間、持ってきた〈四《クオ》重人格《ドロフェニア》〉のCDの一部を聞いていた。ヴォーカルのダルトレーがしゃがれ声で繰り返し問いかける。〝ほんとうのおれが見えるか?〟と。助手席には写真を置いていた。エジンバラ城、蝶ネクタイに夜会服の紳士たち。余命二時間しかないベン・ウエブスターは、ほかの者となんら変わったところがない。とはいえ、自殺者が首に看板をぶらさげているわけではない。連続殺人犯やギャング、堕落した政治家とて、それは同じだ。何枚かの公式写真の下に、マンゴウが撮ったカメラを構えるサンタルのクローズアップ写真もある。リーバスはその写真をしばらく見つめてから、写真の束の上に置いた。そして車のエンジンをかけ、火葬場へ向かった。

会場は満員だった。家族や友人、あらゆる政党からの代表。スコットランド議会の労働党議員も多数来ていた。報道陣は火葬場のゲートに群がっていて、中へは入ってこない。おそらく記者は若手ばかりなのだろう。上司や先輩はG8会議の取材に向かい、木曜日の大見出しや第一面を飾る記事を書くことを知っているので、不満げな顔をしている。リーバスは本物の弔問者が中へ案内される間、入り口付近に立っていた。弔問者のうちには、リーバスに不審そうな視線を向ける者もいて、死んだ議員と何の関係があるのだろう、他人の不幸を食い物にする類の男ではないか、と怪しんでいるようだった。

その勘は当たっているのかもしれない。

ブロティ・フェリにあるホテルが葬式後に軽食を用意していた。牧師が会葬者に告げた。「ご家族が皆さんにぜひおいでくださいとのことです」しかしその目は別の意味を伝えていた。近しい親類と親友だけに願います。当然である。ブロティ・フェリにあるホテルで、これほどの大人数を収容できるところはない。

リーバスは後部の席に座った。牧師はベン・ウエブスターの同僚の一人に、前へ進み出て別れの言葉を述べてください、と言った。それはミッキーの葬儀の際の挨拶とよく似ていた。よい人柄……彼を知っている人たちに、しかも多くの人に惜しまれ……家族のために尽くし……地域で愛されていた。リーバスはもうじゅうぶん長居をしたと感じた。ステイシーの姿は見あたらない。死体保管所の外で会ったあと、彼女のことはあまり念頭になかった。ステイシーはロンドンへ戻ったのだろう。あるいは兄の家の整理をしたり、銀行や保険会社などと交渉しているのかもしれない。

しかし、葬儀に出ないとは……

ミッキーが死んでから火葬に付すまで一週間かかった。ではベン・ウエブスターの場合は？　五日と経っていない。そんなに急ぐのは慎みを欠くと言えるか？　スティシーが決めたのか、それとも誰かほかの者か？　外の駐車場でリーバスはまた煙草に火を点けて吸い、五分間ほどそこにいた。やがて運転席のドアを開け、乗り込んだ。

〝ほんとうのおれが見えるか？〟

「見えるとも」リーバスはつぶやき、エンジンキーを回した。

アウキテラーダーは騒然としていた。

ブッシュ大統領のヘリコプターがこちらへ向かっているという情報が流れていた。ブッシュがプレスティック空港へ着くのは午後をだいぶ回ってからだと知っているシボーンは、腕時計で時間を確認した。ヘリコプターが飛来するたびに、群衆がブーイングの声や非難の声を上げる。人々は大きな流れとなって小道や野原を進み、塀を越えて民家の庭までも入っていく。目的は一つ。警察の警戒線に到達すること。警戒線を崩すこと。たとえホテルまではあと七、八百メートルあろうとも、それが達成できたら、確かな勝利の印となる。グレンイーグルズ・ホテルの敷地内に入ったことになるからだ。警察に勝ったことになる。シボーンはクラウン・アーミーの服装をした者数人や、ゴルフバッグをかつぎ、ニッカーボッカーをはいた抗議者二人を見かけた。ゴルフの聖地であるチャンピオン・コースでプレーすることを目的としている、市民ゴルフ協会のメンバーである。シボーンは話し声の中からアメリカ的発音やスペイン語やドイツ語を聞き取った。黒ずくめの服装で顔を覆った無政府主義者が集まって、次の作戦を協議していた。頭上では飛行船が低い音を立てながら、監視カメラで情報を集めている……

しかしサンタルの姿はない。

アウキテラーダーの本通りに戻ると、エジンバラのデモ参加者は市内から出る許可を得られなかったというニュースが伝わっていた。

「だからエジンバラでデモ行進してる」誰かが楽しげに説

明した。「ポリ公のやつら、きっとくたくたになるだろうよ」

シボーンはそうは思わなかった。それでも両親の携帯電話に電話してみた。父親が出て、何時間も動かないバスに乗ったままだと言った。

「マーチにはぜったい参加しないって約束して」シボーンは哀願した。

「約束する」父親が答え、携帯電話を妻に渡した。シボーンは同じ約束を取り付けた。電話を切ったとたん、シボーンは自分はなんて馬鹿なんだろうと感じた。両親と一緒にいないで、なぜこんなところにいる？　またマーチがおこなわれているのなら、機動隊が出動しているだろう。母親が襲った相手の顔を見憶えているかもしれないし、何かが引き金となって重要な記憶が戻るかもしれないのだ。

シボーンは自分の愚かさを無言で罵り、向きを変えたとたんに、探していた人物が前にいた。

「サンタル」と呼びかける。若いサンタルが構えていたカメラを下げた。

「なぜこんなところにいるの？」サンタルがたずねた。「驚いた？」

「少しね。あんたの親がここに……？」

「両親はエジンバラに取り残されてるわ。あなた、舌っ足らずな発音が上手ね」

「え？」

「月曜日にプリンシズ・ガーデンズで、あなた、写真を撮ってたわ。ただし警官にカメラを向けていなかった。なぜなの？」

「何を言いたいんだかよくわからない」だがサンタルは左右へ目を配り、立ち聞きされるのを恐れているかのようだった。

「あなたの写真を見せてくれなかったのは、それを見ると何かが明らかになるからだわ」

「たとえばどんなこと？」サンタルは怯えた様子も警戒した様子もなく、答えを純粋に知りたがっているだけのようだった。

「あなたは法を執行する側よりも、騒ぎを引き起こす人々のほうに関心があるってこと」

「それで？」

「それでどうしてなのかな、と思って。もっと早く気づくべきだったんだけど。皆がそんな話をしてたのに――ニドリのキャンプ地でもスターリングでも」シボーンは一歩近づき、二人は顔を突き合わせた。シボーンはサンタルの耳元で囁いた。「あなたは潜入者ね」そして若いサンタルの装いを観賞するかのように身を後ろへ引いた。「イヤリングとピアス……全部偽物？」と推測した。「消えるタイプの入れ墨、それから……」と縮れた髪を見つめる。「うまくできたカツラだわ。なぜ舌足らずなしゃべり方にこだわったのか、わからない――たぶん自分自身の一部を残したかったからかな」一呼吸する。「どう、当たってるかしら？」

サンタルは天を仰いだだけだった。電話が鳴り出し、サンタルはポケットから携帯電話を二個取りだした。その画面の一つが明るくなっていた。サンタルは画面を見つめ、シボーンの右肩の向こうへ視線を走らせた。「メンバーが揃ったわ」シボーンは何のことやらわからなかった。古臭い手を使われているのかもしれないが、シボーンはそれでも振り向いた。

ジョン・リーバスが携帯電話を持ち、もう片手には名刺を持ってそこに立っていた。

「おれはエチケットをよく知らないんだが」とリーバスは言いながら近づいてきた。「どう弁解しても煙草としか言えない物に火を点けたら、おれは悪の帝国に仕える奴隷ってことになるのかな？」肩をすくめながらも煙草のパックを取りだした。

「このサンタルは潜入警官なんです」シボーンが解説した。

「ここでそんなことを言うのは安全じゃないわ」サンタルが押し殺した声で怒った。

「だったら、わたしの知らないことを何か話して」シボーンがいなした。

「おれが言ってやろうか」リーバスが言った。しかしサンタルから目を離さない。

「仕事の範囲を超えているんじゃないか、兄の葬式だと言うのに」

サンタルがリーバスを睨みつけた。「お葬式に行ったのね？」

リーバスがうなずいた。「でも白状するとね、サンタルの写真を穴のあくほど見ていたのに、はたと気がつくのにずいぶん時間がかかってしまった」

「それは褒め言葉と取っておくわ」

「そうなんだよ」

「わたし、お葬式に出たかった」

「どんな言い訳をしたんだ？」

ようやくシボーンが口を挟んだ。「あなたはベン・ウエブスターの妹？」

「やっとわかったんだな。クラーク部長刑事、この人はステイシー・ウエブスター」リーバスはステイシーをまだ見つめている。「でもサンタルと呼んだほうがいいんだろうね？」

「今更遅いわ」ステイシーが答えた。それがきっかけになったかのように、赤いバンダナを額に巻いた若者が近寄ってきた。

「そこ、何やってるんだい？」

「古い友達と出会って、ちょっと立ち話をしてるだけだ」リーバスが若者を牽制した。

「あんたら、ブタ野郎に見える」若者はリーバスとシボーンを交互に見た。

「ちょっと、ここはわたしに任せて」サンタルが自分の力で戦える強い女のキャラクターに戻った。若者を見据える。

「だったらいいけど……」若者はもう離れてかけていた。リーバスとシボーンに向き直ったとき、彼女はステイシーに戻っていた。

「ここにいてはまずい」ステイシーがきっぱりと言った。

「わたしは一時間後に仕事が終わるので――そのとき会いましょう」

「どこで？」

ステイシーは少し考えた。「敷地内で。ホテルの裏に野原があるわ。運転手たちがそこで時間をつぶしている。そこで待っていて」

シボーンは周囲の群衆を見た。「どうやってそこへ行けばいいの？」
ステイシーは苦笑した。「自分で考えて」
「きっと、逮捕してもらえって言ってるんだよ」リーバスが教えた。

## 17

リーバスが群衆の最前列にたどり着くのに十分間はかかった。シボーンはリーバスの背中に張りついて進んだ。傷だらけの汚れた暴徒鎮圧用盾に体を押しつけられながら、リーバスは警察手帳を警官の目の高さに掲げ、透明の強化プラスチック越しに見せた。
「ここから出してくれ」リーバスは声を出さないで口を動かした。警官は応じなかった。上司に呼びかけ、指示を仰いだ。赤ら顔の警官が背後から現われ、シボーンの顔をすぐさま認識した。シボーンは適当に殊勝な顔つきを作った。
赤ら顔の警官はふんと鼻を鳴らし、命令した。盾の隙間がわずかにでき、リーバスとシボーンは腕を摑まれて引きずりこまれた。デモ隊側からの不満の声が上がった。リーバスと
「警察手帳を見せて」赤ら顔の警官が命じた。

シボーンはすぐさま応じた。警官はハンドマイクを口に当て、逮捕者が出たのではないことを群衆に教えた。リーバスとシボーンが刑事だと明かすと、さかんに野次が飛んだ。それでも緊張が緩んだようだった。

「あんたが勝手な真似をしたことについて、報告しなきゃならん」赤ら顔の警官がシボーンに言った。

「おれたちは殺人事件捜査班だ」リーバスがしゃあしゃあと嘘をついた。「事情聴取すべき人物がいたんだ——ほかに方法はないじゃないか」

赤ら顔の警官がリーバスを見つめた。しかしそのとき、もっと重大事が起こった。部下の一人が転倒したのだ。デモ隊は警官隊にできた空隙にすかさず押し寄せた。赤ら顔の警官はハンドマイクを口に当てて命令をどなった。リーバスはそっと立ち去ろうとシボーンに身振りで告げた。

警察ヴァンのドアが開き、援護の警官が続々と出てきた。救護員がシボーンにだいじょうぶかとたずねた。

「怪我はしていないわ」シボーンが答えた。道路に小さなヘリコプターが駐機していて、回転翼がまわっていた。リーバスは身を屈め、パイロットに近づいて何か話すと、シボーンを手招きした。

「おれたちを約束の野原まで乗せてってくれる」

ミラーのサングラスをかけたパイロットがうなずいている。「かまわないよ」とアメリカ英語でどなる。二人がシートベルトを着け終わった三十秒後、ヘリコプターが地上を離れ、土とごみを跳ねとばしながら上昇した。リーバスはワグナーの一節を口笛で吹いた。《地獄の黙示録》へ敬意を表したのだ。シボーンは無視した。ほとんど何も聞こえないが、それでもリーバスに、なんてパイロットに話したんですか、と訊かずにはいられなかった。答えるリーバスの唇の動きを読み取った。

殺人事件捜査班。

ホテルは南へ一キロ半のところにある。空から眺めると、フェンスや監視塔がはっきりと見えた。無人の丘陵地帯が果てしなく続き、黒い制服に囲まれたデモ隊の群が点在している。

「ホテルの近くを飛ぶのは禁じられている」パイロットが

叫んだ。「近寄ったらミサイルで撃墜されるよ」

パイロットは本気で言っているようで、大きく弧を描いて舵を切り、ホテルの敷地を避けた。世界中の報道関係者を収容するためであろう、仮設の建物がたくさん建てられていた。無印のヴァンの上にパラボラアンテナが据え付けてある。テレビ局か、それとも諜報部か。大きな白いテントから敷地へ向かう小道が見える。野原は雑草が刈り込まれ、ヘリコプターの駐機位置を示す、Hの巨大文字がスプレー・ペンキで描かれていた。飛行時間はほんの二、三分。リーバスはパイロットと握手を交わして飛び降りた。シボーンも続いた。

「今日はすてきな旅の一日だったわ」シボーンが言った。

「A9号線はバイクで走ったし」

「攻撃されるっていう強迫観念のなせるわざなんだ」とリーバスが説明した。「今週は、あいつらにとってはすべてが敵か味方なんだ」

マシンガンを持った戦闘服姿の兵士が一人歩み寄った。降り立った二人を見て、露骨に不快そうな顔をしていた。二人は警察手帳を見せたが、兵士はそれでは満足しなかった。その戦闘服には徽章がなく、国名を表わすものもなければ、陸軍のどの部隊に属するかを示すものもない。兵士は二人の警察手帳を預かると言ってきかなかった。

「ここで待つように」兵士が二人の立っているところを指さして命じた。兵士が背中を向けると、リーバスは軽くダンスのステップを踏み、シボーンにウインクした。兵士は巨大なトレーラーハウスの中へ入った。武装した兵士が一人、そのドアを護っている。

「おれたちはもうカンザスを離れて不思議の国にいるようだな」リーバスが《オズの魔法使い》に引っかけて冗談を言った。

「そう話しかけられたわたしは、愛犬トトってこと?」

「あそこに何があるか見に行こう」リーバスが誘い、大テントのほうへ向かった。その屋根はプラスチック板で固定されていて、何本かの柱で支えられている。その下にリムジンがずらりと並んでいた。お仕着せ服の運転手が煙草を吸ったり、雑談したりしている。なぜか、白い上っ張りにチェックのズボン、頭にコック帽を載せたシェフがオムレツらしきものを作っていた。仮設の調理台の前に立ち、その横には液化天然ガスの大きな赤いボンベがある。できあがった料理は陶器の皿に盛られ、銀のナイフとフォークが添えられている。運転手のためにテーブルが作られていた。

「主任警部とここへ来たときに、ここのことを聞いたわ」シボーンが言った。「ホテルのスタッフは裏道を通って敷地内へ入り、車は近くの野原に駐車することになっているって」

「スタッフは入念な身元調査を受けたことだろうな。今のおれたちみたいに」リーバスはトレーラーハウスへ視線を向け、運転手の集団の一つに会釈をした。「オムレツの味はどうだ?」リーバスは問いかけ、それぞれから肯定の返事をもらった。シェフは次の注文を待っている。

「全部入ったのを一つ」リーバスはシェフに頼み、振り返ってシボーンを見た。

「わたしも」シボーンが言った。

シェフは小さなプラスチック容器に入った、角切りのハムやスライスしたマッシュルーム、刻んだコショウを取りだして手早く作り始めた。リーバスは待っている間にナイフとフォークを取った。

「いつもとちょっと違う環境だな」リーバスがシェフに言った。シェフは笑みを浮かべただけだった。「でも設備は整ってるなあ」と感心した口調で続ける。「化学処理式トイレ、温かい料理、雨宿りできる場所……」

「車の半数はテレビ付きだよ」運転手の一人が教えた。

「映りはあまりよくないけど」

「たいへんだな」リーバスが同情した。「トレーラーハウスの中へ入れてもらったことは?」

運転手が一斉にかぶりを振った。「訳のわからん機械がぎっしり詰まってるよ」一人が言った。「ちらっと見えたんだ。コンピュータとかさ」

「あのパラボラアンテナは、たとえば〈コロネーション・ストリート〉みたいなメロドラマを見るためじゃあないんだな」リーバスはトレーラーハウスの屋根を指さした。運転手たちが笑った。そのときドアが開いて先ほどの兵士が出てきた。リーバスとシボーンが命じたところにいなくても、とまどった様子ではなかった。兵士が大股に歩み寄る間に、リーバスはシェフからオムレツを受け取り、ぱくっと一口食べた。うまいな、とほめたとき、兵士が目の前で止まった。

「食べてみるか?」リーバスがフォークを突きだしてたずねた。

「それより、あんたらは大目玉を食らうよ」兵士が言い返した。リーバスはシボーンのほうを向いた。

「なかなかウイットのある反撃だわ」シボーンがリーバスに言い、シェフからオムレツの皿を受け取った。

「クラーク部長刑事は目玉を使うことにかけては専門家なんだ」リーバスが兵士に告げた。「これを食い終わったら、メルセデスのどれかに潜り込んで、〈刑事コロンボ〉でも見ようか……」

「あんたたちの警察手帳は預かっておく」兵士が言った。

「身元確認のために」

「じゃあ、おれたちはここから出られないんだな」

「〈刑事コロンボ〉はどのチャンネルなんだ?」運転手の一人がたずねた。「あれ、好きなんだ」

「テレビ欄に出てるよ」別の運転手が答えた。

そのときヘリコプターが近づいてきた。兵士は顎を上げ、天を仰いだ。爆音を轟かせつつ、低空を飛んでいるヘリコプター。兵士は見定めようとして、テントの外へ出た。

「何やってるんだ」兵士がヘリコプターの底面に向かって捧げ銃の敬礼をしたのを見て、リーバスが言った。

「毎回やるんだよ」運転手がわめいた。ブッシュが来たんだろうか、と別の運転手がたずねる。各自が腕時計を見た。シェフがプラスチック容器の蓋を閉め、ヘリから吹きつける旋風で舞い上がったゴミが中へ入らないようにしている。

「ブッシュが到着する時間だよ」誰かが言った。

「おれ、プレスティック空港からボキを運んだ」もう一人が言い、ボキとは大統領の警察犬の名前だと説明した。

ヘリコプターは木立を越えて飛び去った。着陸する音が聞こえる。

「夫人たちは何をするのかしら?」シボーンが運転手たち

にたずねた。「男たちが腕相撲をしている間」

「おれたちの車で観光するんだよ……」

「買い物かも」

「博物館や美術館巡り」

「何でもやりたいことができるさ。たとえ道路封鎖をしたり、店を貸し切りにしたりしてでも。それに文化人も――作家や画家とかだよ――エジンバラから連れてきて用意してあるんだ――時間つぶしの方法として」

「もちろんボノも来てる」別の運転手が言い添えた。「今日の夕方、ボノとゲルドフが歓迎のセッションをするんだ」

「そう言えば……」シボーンは携帯電話の時間表示を見た。「〈ファイナル・プッシュ〉コンサートのチケットが手に入るんだけど」

「誰から？」シボーンが抽選にはずれたことを知っているリーバスがたずねた。

「ニドリの警備員から。間に合うように戻れるかしら？」

リーバスは肩をすくめた。「そうそう、言おうと思ってたんだが……」

「何を？」

「エレン・ワイリーをね、捜査班に加えた」

シボーンが睨みつけた。

「おれたちよりもビースト・ウオッチについては詳しい」リーバスは目をそらしたまま言葉を補った。

「そう、とてもじゃないけど、そんなの無理だわ」

「どういうことだ？」

「エレンは関係者よ、ジョン。公判で弁護士が彼女をぼろぼろにやっつけるに決まってる！」シボーンは声を落とせなかった。「わたしに相談することを思いつかなかったの？　この一件が流れたら、責任はわたしが取るんですよ！」

「エレンは書類仕事をするだけだ」リーバスは自分の言葉に力がないのを感じながら言い訳した。ちょうど兵士が勢いよく戻ってきて、リーバスは窮境を救われた。

「用向きをたずねたい」兵士がきびきびと言った。

「あのな、おれは犯罪捜査部っていうところに所属している。この同僚もだ。ある人物と待ち合わせするようにと命じられて……それがこの場所なんだ」

「その人物の名前は？　命令をくだしたのは？」

リーバスは小鼻を叩いた。「それは内密なんで」と声をひそめる。運転手たちは仲間内の話題に戻り、土曜日に開催される〈スコティッシュ・オープン〉で自分はどのスターを乗せることになるだろうかと話し合っていた。

「おれはやんないよ」一人が自慢した。「だってグラスゴーと〈Tイン・ザ・パーク〉会場を往復することになってるから……」

「あんたはエジンバラの警官だ、警部」兵士が言った。

「ここはあんたの管轄区域ではない」

「殺人事件を捜査中なんだ」リーバスがぴしゃりと言い返した。

「実際は三件の殺人事件」シボーンが補った。

「ということは、捜査区域に限定はない」リーバスが締めくくった。

「ただし」と兵士がそっくり返って反論した。「あんたは捜査を凍結せよという命令を受けている」兵士は自分の言葉が、とりわけシボーンにもたらす効果を楽しんでいるようだった。

「そうか、電話をかけたんだな」リーバスはたじろぐ様子を見せることなく言った。

「あんたの本部長が怒っていたぞ」兵士の目が嬉しそうに光った。「それにもう一人も……」リーバスは兵士の視線の先を見た。ランド・ローヴァーががたごとと揺れながら近づいてくる。助手席の窓が開いていて、気持ちがはやる猟犬のように、スティールフォースの顔がぐいと突き出ていた。

「まあ、いやだ」シボーンがつぶやいた。

「顎を上げて、姿勢を正せ」リーバスが助言した。リーバスはシボーンにまた睨まれた。

車がブレーキ音を響かせて停まり、スティールフォースが勢いよく出てきた。「わかってるのか」とどなる。「訓練と練習に何ヵ月間も費やし、何週間も潜入捜査を続けてきたのに……その少なからぬ部分をあんたは台無しにしたんだぞ」

「言ってる意味がよくわからないんですがね」リーバスはしゃあしゃあと答え、空になった皿をシェフに返した。

「サンタルのことを言ってるんじゃないかしら」

スティールフォースはシボーンをねめつけた。「当たり前だ！」

「サンタルはあなたの部下なんですか？」リーバスはたずねてから、一人で合点した。「なるほど、筋が通るな。サンタルをニドリのキャンプ地へ送り込み、抗議者の写真を撮影させたんですね。今後の事態に備えて、すてきなアルバムを作ったってことか……それはあなたにとってとてつもなく大事な仕事なんで、彼女を兄の葬式にすら出席させなかったんだ」

「それは彼女が決めたことだ、リーバス」スティールフォースがぴしゃりと言い切った。

「二時に〈コロンボ〉が始まるぞ」運転手の一人が言った。

スティールフォースは気を取られることなく言葉を続けた。「こんな潜入捜査は、着手する前にばれることが多い。彼女は何カ月も前から潜っていたというのに」

リーバスがその言い方に気づくと、スティールフォースがうなずいて作戦の終結を認めた。

「今日、彼女がきみと話しているところを何人が見たと思う？」スティールフォースがたずねた。「きみが刑事だと何人が気づいた？　そうとも、彼女はあいつらの信用を失うか、こちらを引っかけるために偽情報を食わされるかだよ」

「もしも彼女がわたしたちを信用して打ち明けてくれていたら――」スティールフォースが、言い返したシボーンの言葉におっかぶせるように耳障りな笑い声を上げた。

「信用してだと？」スティールフォースはまた腹を抱えて笑った。「おいおい、笑わせてくれるじゃないか」

「もっと早くここへいらっしゃればよかったのに」とシボーンが言い返した。「あの兵士の冗談のほうがおもしろかったわ」

「そうそう」とリーバスも言った。「おれを一晩監房に放り込んでくれた礼を言い損ねてましたよ」

「警察官が勝手な行動をするときは、ほかに方法がないもんでね。きみの上司も電話に出ようとしなかったし」

「じゃあ、あれは本物の警官だったんですね？」リーバスがたずねた。スティールフォースは腰に手を当てて、肘を張った。地面を見つめたあと、リーバスとシボーンに視線を戻した。

「当然、きみたちは停職処分となる」

「おれたちはあなたの部下じゃありません」

「今週は、全員がわたしの指揮下に入る」シボーンへ目を向ける。「あんたがウエブスター部長刑事と会うことは二度とない」

「彼女は証拠を持っていて……」

「何の証拠だ？　暴動のさなかにあんたの母親が警棒で殴られたことか？　訴えるかどうかはあんたの母親が決めることだろうが。母親に一言でもたずねてみたのか？」

「わたし……」シボーンがためらった。

「そうだろう、あんたは被害者ぶって性急に戦いを挑んだんだ。ウエブスター部長刑事は帰郷した——あんたのせいだ、わたしではない」

「証拠と言えば」とリーバスが口を挟んだ。「どうなったんでしょう、監視カメラのテープは？」

スティールフォースがけげんな表情になった。「テープ？」とおうむ返しにたずねる。

「エジンバラ城の司令室の……胸壁に向けられていたカメラで撮った……」

「そのビデオテープなら何回となく見た」スティールフォースが怒りをこめて答えた。「何もなかった」

「じゃあ、おれが見ても構わないってことですね？」

「手に入れられるんなら、見たらいいだろう」

「消したんですか？」リーバスは察した。スティールフォースは答えもしなかった。「おれたちの停職処分ですが」とリーバスが続けた。「あなたは〝査問を経て〟という一言を言い忘れています。それは査問をやる予定がないからですね？」

スティールフォースが肩をすくめた。「それはきみたち次第だ」

「おれたちの行動次第ってことですか？　たとえばビデオを見せろと迫らないとか？」

スティールフォースはまた肩をすくめた。「きみたちはこれを回避できるだろう――かろうじてだがね。きみを英雄にするのも悪党にするのも、わたしの口一つだ……」スティールフォースのベルトにつけていた無線機が音を発した。監視塔からの報告。保安フェンスが破られた。スティールフォースは無線機を口につけ、チヌーク・ヘリコプター一機分の兵力増強を命じ、ランドローヴァーへ急ぎ足で戻っていった。運転手の一人が呼び止めた。

「ちょっと一言挨拶したいんですが、警視長。スティーヴって者なんです。警視長の運転手として、〈スコッティッシュ・オープン〉へお連れすることになってて――」

スティールフォースは不機嫌に何か言葉を吐き捨て、スティーヴをぎょっとさせた。ほかの運転手たちが、これじゃあ今週末にはチップを期待できないぞ、とスティーヴをからかった。その間にスティールフォースのランドローヴァーはすでにエンジンがかかっていた。

「別れのキスもない？」リーバスが呼びかけ、手を振って見せた。シボーンはそんなリーバスをまじまじと見ていた。

「あなたは円満退職を願っているんでしょう――キャリアを望んでる者だっているんですよ」

「あいつがどういう男だかわかってるだろ。この騒ぎが終わったら、おれたちはあいつのレーダーからはずれるんだ」騒がしく走り去るランドローヴァーへまだ手を振り続けている。兵士が前に立ち、警察手帳を突きだした。

「行ってよい」兵士が簡潔に命じた。

「どこへ？」シボーンがたずねた。

「もっと正確に言うなら、どうやって？」リーバスが言い添えた。

運転手の一人が咳払いをし、高級車の列を手で示した。

「おれ、ちょうど携帯にメッセージが入ったとこなんだが――お偉方の一人がこれからグラスゴーへ戻るんだそうだ。どこか適当なところまで便乗するかい……」

シボーンとリーバスは目を見交わした。シボーンは運転手に笑みを向け、車の列を顎で示した。

「どれに乗るかを選べるの？」シボーンはたずねた。

結局、六気筒アウディＡ８に乗った。走行距離はたったの四百マイルで、その大部分は今朝早くに走った分のようだった。新しい皮革の匂いが車内に立ちこめ、クローム部分はぴかぴかに輝いている。シボーンはテレビが使えるかとたずねた。リーバスはシボーンを見た。

「ロンドンがオリンピック開催地に選ばれたかなと思って」シボーンが説明した。

野原とホテルの敷地との間にある検問所三カ所で、二人の身分証が厳しく調べられた。

「ホテルの近くには行かない」と運転手が言った。「報道センター横の面会所でお偉方を乗せるんだ」そのどちらもホテルの広い駐車場の近くにあった。リーバスはゴルフ・コースに誰もいないのを見た。ミニ・コースにもクローケーの芝生にもひとけはなく、こざっぱりした身なりの警備員がゆっくりと歩いているだけだ。

「何事も起こっていないようにしか思えない」シボーンが感想をもらした。その声は囁くように小さい。この雰囲気がそうさせる。リーバスも同じように感じた。自分に注意を惹きたくない。

「ちょっと待っててくれ」運転手が車を停めた。車を出ながら、運転手用のキャップをかぶる。リーバスは自分も降りることにした。どの屋根にも狙撃手の姿は見あたらないが、それでもひそんでいるにちがいなかった。車は領主館ふうの本館の横にある、レストランと思われる広いガラス張りの温室の近くに停めてある。

「ここで週末を過ごしたら、すばらしいだろうな」リーバスは後部座席から出てきたシボーンにそうもらした。

「値段もすばらしいわよ、きっと」シボーンが言い返した。壁のついたテント形式の報道センター内で、原稿をラップトップに打ち込んでいる記者たちの姿がかいま見えた。リーバスは煙草に火を点けて一服した。そのとき物音がしたので振り向くと、ホテルの角を曲がって自転車がやってきた。乗っている男は身を屈め、懸命に漕いでいる。すぐ後ろに自転車がもう一台続く。先頭の自転車の男が十メートルほどそばを通り抜けながら、二人を見て手を振った。リーバスは煙草を軽く振ってそれに応えた。しかしハンドルから手を離した拍子に、自転車の男はバランスを崩した。前輪がぐらつき、砂利道をずずっと横すべりした。続く自転車の男はそれをよけようとしたが、つんのめってハンドルを越えてしまった。すぐさま黒い背広の男たちがどこからともなく現われ、たちまち地面に横たわる二人を取り囲んだ。

「わたしたちのせい?」シボーンが小声でたずねた。リーバスは返事をせず、煙草をぽいと捨てて車に戻った。シボーンもそれにならい、二人はフロントガラス越しに、先頭の自転車の男が助け起こされ、すりむいた手をさすっているのを見守った。もう一人はまだ地面に倒れたままだが、誰もその男にあまり関心を払っていなかった。それが順序というものなのだろう、とリーバスは思った。

ジョージ・W・ブッシュ大統領を支えることが最優先されるのだ。

「わたしたちのせい?」シボーンが少し震えを帯びた声で問いを繰り返した。

アウディの運転手が面会所から現われ、灰色の背広男がそのあとから出てきた。ふくらんだブリーフケース二個を携えている。運転手と彼は立ち止まって、少しの間騒ぎを見ていた。運転手が助手席のドアを開け、国家公務員の男は後ろへ会釈するでもなく乗り込んだ。運転手がハンドルの前に座ると、キャップがアウディの天井をこすった。何があったんだ、と運転手がたずねた。

「追突事故だ」リーバスが冗談を言った。ようやく、国家公務員は車内にいるのが自分だけではないことを——おそらく立腹しながら——認めた。

「ドブズだ、FCOの」と国家公務員が名乗った。

FCOとは外務連邦省のことだ。リーバスは手を差し出した。

「ジョンと呼んでください」リーバスが申し出た。「リチャード・ペネンの友達なんですよ」

シボーンは素知らぬ顔をしていた。動きだす車内で、シボーンは後方で繰り広げられる光景に目を奪われている。救急救命士の緑色の制服を着た二名が、厳重な保安体制のルールにより、アメリカ大統領に近づくことを阻まれている。ホテルから出てきた従業員や、報道センターから顔を出したジャーナリスト数人が様子を見ていた。

「ハッピー・バースデイ、ミスター・プレジデント」シボーンが囁くように歌った。

「よろしく」ドブズがリーバスに挨拶した。

「リチャードはもう着いたんですか?」リーバスがさりげなくたずねた。

ドブズが眉を寄せた。「彼は名簿に載ってるのかなあ」自分が内部情報からはずされたのではないか、と不安になったように見えた。

「ここへ来ると言ってましたよ」リーバスはさらりと言ってのけた。「外務大臣がリチャードに何か役割を担当させるんだと思ったが……」

「それはありうる」ドブズが、表情とは裏腹に、自信たっぷりに言い切った。

「ジョージ・ブッシュが自転車から落ちたわ」シボーンが言った。言葉に出したことで、初めてそれを事実として認識できるかのようだった。

「ほう、そうなのか?」ドブズは心ここにあらずという様子で相づちを打った。ブリーフケースを開いていて、早く書類を読みたがっている。しかたなく雑談に応じていたが、もっと高尚なことで頭がいっぱいなのだ。数字や予算や貿易額などで。リーバスはさらにもう一押ししてみた。

「城の晩餐会に出られたんですか?」

「いいや」ドブズがゆっくりと答えた。「あなたは出られたんですか?」

「行ったんですよ、実は。ベン・ウエブスターは悲惨なことになって、ねえ?」

「気の毒に。たいへん優秀な政務秘書官だったのに」

シボーンはふいに話の方向に気づいた。リーバスはウインクして見せた。

「リチャードは飛び降り自殺ではないんじゃないか、と言ってるんです」リーバスが言った。

「事故だった、と?」ドブズがたずねた。

「押されたんです」リーバスが言い切った。ドブズは書類を膝に置き、後部座席を振り返った。

「押されただって？」うなずくリーバスを見つめる。「誰がそんなことをするんだ？」

リーバスは肩をすくめて見せた。「敵がいたんじゃないかな。政治家って敵を作るもんですよ」

「あなたの親友のペネンにも敵が多い」ドブズが反撃した。

「どういう意味ですか？」リーバスは友達を悪く言われて傷ついたような声を出した。

「ペネンの会社は、以前国営会社だった。今、彼は税金で作られた研究開発部門をそっくり頂いて、大儲けをしている」

「彼に売ったりしたからよ」シボーンが口を挟んだ。

「政府の受けた助言が怪しかったのかも」リーバスがドブズをからかった。

「政府は事態をきちんと把握している」

「じゃあ、なぜペネンに売ったんですか？」シボーンは純粋に疑問を感じてたずねた。ドブズはまた書類を繰り始めた。運転手が誰かと電話をしていて、どのルートなら通れるかとたずねている。

「研究開発部門は金がかかる」ドブズが言った。「国防省が経費削減を図るときに、軍隊の諸費用をその標的にすると評判がよくない。しかし少数の研究者を犠牲にしたって、マスコミは何も騒ぎませんからね」

「話がよくわからないわ」シボーンが打ち明けた。

「私企業になれば、ほぼどこへだって製品を売ることができるんです」とドブズが説明を続けた。「国防省や外務連邦省、産業省の場合よりも規制が少ない。その結果は？収益が早く上がる」

「その収益は」とリーバスが付け足した。「いかがわしい独裁者やすでに借金漬けになっている最貧国へ売ることで得たものですね」

「あなたはペネンの……？」ドブズは自分が仲間内に話しているのではないらしいことに気づいて、たじろいだ。

「あなたは何ていうお名前でしたっけ？」

「ジョンです。これは同僚」

「ペネン・インダストリーズで働いているんじゃないんで

すか？」

「そんなことは一言も言ってません」リーバスがきっぱりと言った。「おれたちはロウジアン&ボーダーズ警察の者です。こちらの質問に率直に答えてくださったこと、感謝しています」リーバスは身を乗り出してドブズの膝を見た。「きれいな書類を握りつぶしておられるようですが。それはシュレッダーの手間を省くため？」


ゲイフィールド・スクエア署へ戻ると、エレン・ワイリーが忙しそうに電話を捌いていた。シボーンは先ほど両親に電話をかけ、二人がアウキテラーダーへ行くのを取りやめたこと、プリンシズ・ストリートの暴力的なデモには近づかなかったことを聞いた。ザ・マウンドからオールド・タウンに至る間の各所で騒ぎが起こっていた——市内に足止めを食らって憤懣やるかたないデモ参加者が、警察機動隊と衝突を繰り返しているのだ。リーバスとシボーンが犯罪捜査部室へ入ると、ワイリーが妙な目つきでみた。ワイリー自身もデモを起こす寸前なのだろう、とリーバスは思った——一日中、取り残されて署にいたのだから。しかしちょうどそのとき、デレク・スター警部の個室から誰かが出てきた。スター本人ではなく、ジェイムズ・コービン本部長である。後ろで手を組み、いらだたしさを示している。リーバスはワイリーを睨んだが、ワイリーは肩をすくめる仕草で、コービンから口止めされていたので携帯電話で注意を促せなかったことを示した。

「きみたち二人、こっちへ来い」コービンが風通しの悪いスターの部屋へ戻りながら、語気鋭く命じた。「ドアを閉めて」と言い添え、椅子にかけた。ほかに椅子はないので、リーバスとシボーンは立っていた。

「時間を作っていただいてありがたいです」リーバスは反撃を開始した。「ベン・ウエブスターが亡くなった夜について、うかがいたかったんです」

コービンは不意をつかれた。「何だ、それは？」

「本部長は晩餐会に出ておられました……最初からそうとおっしゃってくだされればよかったのに」

「今はわたしのことは関係ない、リーバス警部。きみたち二人を現時点から正式に停職処分に付するために、ここへ来てもらったんだ」

リーバスは当然のことのように、重々しくうなずいた。

「それでも、せっかくここにおられるんですから、本部長の供述書をいただきたいんですが。そうでないと、警察が何か隠しているように取られます。書類がハゲタカのように飛び回っているんで。本部長のイメージが悪くなります――」

コービンが立ち上がった。「何も聞いていないのか、警部。きみはもはやいかなる捜査にも関わっていない。きみたち二人が五分以内に署を出るよう求める。帰宅して電話のそばにへばりつき、きみたちの行動の調査開始が始まる知らせを待つんだ。わかったか?」

「おれがメモを書き終えるまで数分お待ちください。この会話を記録に留めたいんです」

コービンが人差し指をリーバスへ向けた。「きみのことは聞いて知ってるぞ、リーバス」シボーンへ視線を移す。「きみを責任者に任じたとき、組む刑事の名前を言い渋った理由がわかるよ」

「でもおたずねになりませんでしたよ、お言葉を返すようですが」シボーンが言い返した。

「しかし厄介なことになりそうなのは、重々承知していたはずだ」コービンはリーバスにぴたりと視線を向けた。「このリーバスと行動をともにしたら」

「ですが――」シボーンが反論しかけた。

コービンが机を拳で叩いた。「この捜査はすべて棚上げしろと命じたはずだ! それがどうだ、新聞の第一面を飾り、グレンイーグルズまで出かけて行きおって! わたしがきみを事件からはずすと言えば、それで決まり。すべて終わりなんだ。サヨナラだ、フィニートだ」

「晩餐会で何か小耳に挟んだんですね、本部長?」リーバスはウインクした。

コービンの目玉が飛び出そうになった。本部長の動脈瘤が破裂したら、リーバスにとってももっけの幸いだっただろう。しかし本部長はシボーンも本棚もすれ違いざまにひっくり返しそうな勢いで、部屋を出て行った。リーバスは大きく息を吐き、髪を掻き上げ、鼻を掻いた。

「じゃあ、これからどうする?」リーバスが訊いた。

シボーンはあきれてリーバスを見た。「わたしの持ち物をひとまとめにする?」

「ひとまとめにするのは正しいね」リーバスが答えた。「事件簿をすべておれのフラットに運び込もう。そこを捜査本部にする」

「ジョン……」

「きみの言うとおり」リーバスはシボーンの口調をわざと誤解することにした。「事件簿が紛失したら気づかれるだろう。だからコピーしなくちゃならんな」

その言葉は笑みで報いられた。

「よかったら、それはおれがやる。きみはデートがあるんだろ」

「雨が強く降ってるけど」

「トラヴィスがあの歌（Why does it always rain on me なぜいつも私には雨が降るの、という曲がある）を演奏するよい口実になるさ」リーバスはスター警部の個室から出た。「今の話、聞こえたか、エレン?」


エレン・ワイリーは受話器を置いた。「あなたたちに知らせることができなかったんです」と言い始める。

「謝らなくてもいい。コービンはきみの名前を今はもう知ってるんだろ?」リーバスはエレンの机に腰を乗せた。

「たいして関心はなかったようです。わたしの名前と階級を一応たずねたけど、わたしがここの勤務かどうかはたずねようともしなかったから」

「すばらしい」リーバスが言った。「だったら、きみはこれからもおれたちのスパイになれるね」

「ちょっと待って」シボーンが異論を唱えた。「それはあなたが決めることじゃないわ」

「わかりました、上司」

シボーンはリーバスの言葉を無視し、エレン・ワイリーに目を据えた。「これはわたしの仕事なの、エレン。わかった?」

「心配いらないわ、シボーン。わたしが邪魔者だって思われてるのはわかってる」

「邪魔だと言ってるんじゃないの。でもあなたがわたしたちの味方だってことを確認したいだけ」

ワイリーがさっと気色ばんだ。「じゃあ、敵かもしれないってことと?」

「おいおい、待った、待った」リーバスがプロレスの昔風のレフェリーさながら、二人の間に割って入った。シボーンを見つめている。「手を貸してくれる者がもう一人いれば、助かるじゃないか。それを認めなければいけないよ、ボス」

シボーンがじわじわと笑みをもらした。ボスと呼びかけたのが功を奏したのだ。しかし視線はワイリーから離れない。「だとしても、スパイしてくれとは頼めないわ。ジョンとわたしが苦境に陥るのはしかたがないけど、あなたまでそこへ引きずり込めない」

「わたし、かまわないわ」ワイリーが言った。「それはそうと、そのダンガリー、似合ってるわよ」

シボーンが再び笑みを浮かべた。「コンサートが始まるまでに着替えなきゃ」

リーバスはほっと吐息をもらした。一触即発の危機が回避できた。「で、ここはどんな具合だった?」とワイリーにたずねる。

「ビースト・ウオッチに掲載されている、服役者全員に注意を促そうとしていたんです。思いつくかぎりの警察関係者に、その人たちに警戒を呼びかけるよう伝えてほしいと頼みました」

「皆熱心に聞いてくれたのか?」

「そうでもない。その合間に、何十人もの記者にこの第一面の続報を書かせたわ」ワイリーは脇に置いた新聞のメイリーが書いた記事を指で叩いた。「メイリーはよく書く暇があったことと」と感心する。

「どういう意味だ?」リーバスがたずねた。

ワイリーは新聞を開いて、見開きの頁を出した。メイリー・ヘンダーソンの署名記事。ガレス・テンチ市会議員とのインタビューが載っている。ニドリのキャンプ地の真ん中で撮影されたテンチ議員の大きな写真。

「そのとき、わたしもここにいたわ」シボーンが言った。

「わたしも、彼を知ってる」ワイリーはシボーンに対抗して言わずにいられなかった。リーバスがワイリーをじっと見た。

「どういうことだ」

ワイリーは急に強い関心を寄せたリーバスを警戒して、肩をすくめた。「知っているというだけ」

「エレーン」リーバスは名前を引き延ばして発音して、答えを迫った。

ワイリーはため息をついた。「彼、デニースと付き合っているの」

「あなたの妹のデニース？」シボーンがたずねた。

ワイリーがうなずいた。「二人を引き合わせたのは、わたしかな……言ってみれば」

「親密な仲なんだね？」リーバスは拘束衣を着たように、両腕を自分の体に巻いた。

「数回、デートしたわ。彼は……」ワイリーは適切な言葉を探した。「妹によくしてくれたの。引きこもっていたデニースの気分をほぐしてくれた」

「ワインの助けを借りて？」リーバスが推測して言った。

「でもきみがテンチと知り合ったきっかけは？」

「ビースト・ウオッチ」ワイリーは低い声で答え、リーバスとは目を合わせなかった。

「何だって？」

「彼はわたしの書いた文章を読んだの。eメールをくれて、とても褒めてくれたわ……」

リーバスは勢いよく立ち上がり、腕をほどいて、机に置いた一枚の紙を探した――ベインがくれた、ビースト・ウオッチの登録者リストを。

「このどれ？」表を渡しながらリーバスはワイリーに聞き質した。

「これ」

「オジーマン？」リーバスが確認し、ワイリーがうなずいた。「これはどういう名前なんだ。彼はオーストラリア出身じゃないだろ？」

「オジマンディアスかもね」シボーンが意見を出した。

「オジー・オズボーン（ヘビーメタル・ミュージシャン）のほうがおれの趣味に合ってるけど」リーバスがぼそっと言った。シボーンはキーボードに向かい、名前を検索エンジンにかけた。二回ほどクリックすると、画面にオジマンディアス王の伝記が現われた。

「王の中の王」とシボーンが説明した。「自分の巨大な像を造ったんですって」もう二回クリックすると、シェリーの『オジマンディアス』の詩が出てきた。

「〝我は王の中の王なり、我が造りし物を見て、汝ら諸王よ、絶望せよ！〟」とリーバスは声を張りあげた。ワイリーのほうを向く。「テンチが思い上がっているとは言わないが……」

「当たらずといえども遠からずだわね」ワイリーが認めた。

「でもわたしが言いたいのは、デニースによくしてくれたってこと」

「テンチに話を訊いてみたほうがいいな」名前のリストに目を走らせながら、ほかにもエジンバラの住人があと何人ほどいるのだろうか、と思った。「エレン、もっと早くこの話をおれたちにするべきだったよ」

「リストを持ってるなんて知らなかったので」ワイリーが弁解した。

「テンチはウエブサイトを通じてきみを知ったんだ——だから当然ながら、彼にいろいろと質問したい。参ってるんだよ、この事件はあまりにも手がかりが少ない」

「多すぎるのかも」シボーンが反論した。「まったく別の地域三カ所に被害者がそれぞれいて、手がかりとなる物はそれとは異なるところにあった……現場がばらばらなんだから」

「帰宅して身支度をしなくてもいいのか？」

シボーンがうなずき、室内を見回した。「本気でやるつもりなの？」

「当然だろ？　書類はコピーしたらいいし、エレンは残業して手伝ってくれる」リーバスはワイリーに意味ありげな視線を送った。「なあ、エレン？」

「それがわたしの受ける罰ね？」

「デニースにはこの話をしないでくれると助かるんだが」リーバスがきっぱりと言った。「そしておれたちにはテンチの情報を流してくれ」

「一つ言っておきたいことが、ジョン」シボーンが遮った。「テンチ議員はあの夜、ニドリでわたしが袋だたきになるところを助けてくれたわ」

リーバスはうなずいた。自分もガレス・テンチの別の顔を見たと言い返してもよかったのだが、黙っていた。

「コンサートを楽しんでこい」リーバスは言った。

シボーンはエレン・ワイリーに目を向けた。「これはわたしのチームなのよ、エレン。あなたがほかにも何か隠しているとわかったときは……」

「わかってる」

シボーンはうなずきかけたが、ふと何かを思いついた。「ビースト・ウオッチの登録者たちが集会を開いたことはないの？」

「聞いたことがないわ」

「でもお互いに連絡しあえるわね？」

「もちろん」

「ガレス・テンチと初めて出会ったとき、彼が何者だか知っていたの？」

「最初、彼がeメールを送ってきたとき、エジンバラに住んでいると言い、本名を末尾に記してきたわ」

「そしてあなたのほうは刑事だと打ち明けたのね？」

ワイリーがうなずいた。

「何を考えてる？」リーバスがシボーンにたずねた。

「まだはっきりしていないんだけど」シボーンは持ち物をまとめだした。リーバスとワイリーはそれを見守った。しばらくして何も言わないまま、シボーンは後ろへ手を振りながら、出て行った。

エレン・ワイリーは新聞を丸めてゴミ箱へ捨てた。リーバスはケトルに水を入れてスイッチを入れた。

「シボーンの考えてること、ちゃんとわかってるわ」ワイリーが言った。

「じゃあ、きみはおれよりも頭が回るね」

「殺人犯は必ずしも単独行動するわけではないって思ってる。殺人犯がときには追認を求めるってことも」

「さっぱりわからんな」

「そんなはずはないわ。わたしの考えが正しければ、あなたも同じようなことを感じてるにちがいない。何者かがヘンタイを次々と殺そうと計画したとき、そのことを誰かに話したくなるんじゃないかな――犯行の前に、それこそ許可を求めるような気持ちでと言うか、もしくは犯行後に、思いを吐き出すために」

「なるほど」リーバスはマグの用意に専念した。

「容疑者の一人だっていうのに、チームの一員として働くのは無理……」

「きみが手伝ってくれたら、たいへん助かるんだ、エレン」少し間を置いて言い添える。「もしきみの言ってるとおりなら」

ワイリーはすくっと立ち上がり、腰に両手を当てて肘を張った。リーバスは、人間がどうしてそんな姿勢を取るのか、聞いたことがある――自分を大きく見せ、相手を威嚇し、強いことを示すためだ、と……

「わたしがここに半日もいて仕事をしてたのは、たんにデニースを護るためだって思ってるのね？」

「いや……しかし家族を護るためなら、人はどんなことでもするってことを知ってるんでね」

「シボーンと母親の場合みたいに？」

「おれたちの場合も同じだってことを、いさぎよく認めよう」

「ジョン……わたしはあなたが頼んだからこそ、ここにいるのよ」

「だからおれは感謝してるって言っただろ。なあ、エレン――シボーンとおれはたった今、場外へ蹴り出されたんだ。おれたちにはぜひとも見張りがいる。信用できる人物が」欠けたマグ二つにスプーンですくったコーヒーを入れた。ミルクを嗅ぎ、まだ行けると判断した。ワイリーに考える時間を与えていた。

「わかったわ」ワイリーがやっと返事をした。

「ほかに秘密はもうないね？」リーバスの問いに、ワイリーはうなずいた。「おれが知っておくべきことはない？」またうなずく。「テンチと会うときに、きみも同席するか？」

ワイリーの眉がかすかに上がった。「どうやるつもりなんですか？　あなたは停職処分中なんでしょう？」

リーバスは顔をしかめ、頭を叩いて見せた。「一時的な記憶喪失だよ。おれの得意技だ」

コーヒーを飲み終えると、二人は忙しく働いた。リーバスはコピー機へ大量の書類を入れた。ワイリーはコンピュータのさまざまなデータベースのどれをコピーするのかとたずねた。電話が何回も鳴ったが、二人は受話器を取らなかった。

「それはそうと」ワイリーが作業の合間に言った。「知ってますか？　ロンドンがオリンピックの誘致に成功したんですよ」

「じゃあ、大騒ぎだな」

「ほんとにそうなんです。トラファルガー・スクエアで大勢が踊ってます。パリが負けたってことで」

「シラク大統領はどう受け止めてるんだろう」リーバスは腕時計を見た。「ちょうど今頃、女王との晩餐会に出ているだろうに」

「ブレアはチェシャー・キャットさながらの微妙な笑みを浮かべてるにちがいないわ」

リーバスは微笑した。そう、そしてグレンイーグルズ・ホテルはフランス大統領に最高のスコットランド料理を供している。そう言えば、今日の午後、自分は世界の首脳たちとほんの数百メートルしか離れていないところにいたのだ。自転車から転げ落ちたブッシュ。それは首脳たちといえども、人並みに判断を誤ることを残念ながら示している。

「Gは何の略だ？」その質問にワイリーはぽかんとしてリーバスの顔を見た。「G8のG」リーバスが説明した。

「ガヴァメント？」ワイリーが推測し、肩をすくめた。開いたドアをノックする音がする。受付にいる当直警官だ。

「下に面会人が来ていますが」警官は手近な電話機をわざとらしく見た。

「受話器を取らなかったんでね」リーバスが言った。「誰なんだ？」

「ウエブスターという女性……クラーク部長刑事に会いたいんだそうですが、いなければ警部でも構わない、と」

# 18

〈ファイナル・プッシュ〉の舞台裏。

ロケットのようなものが近くの鉄道線路から打ち上げられたが、標的に届かなかった、という噂が流れていた。「深紅色の染料が入ってた」とボビー・グレグがシボーンに教えてくれた。彼は私服を着ていた。色あせたジーンズとくたびれたデニムのジャケット。しとしとと降る雨の中で、ぐしょぬれになっていたが、楽しそうだった。シボーンは黒いコーデュロイ・ズボンに薄緑のＴシャツ、オックスファム慈善ショップで買った古着のバイカー・ジャケットという服装に着替えている。グレグはシボーンを見て笑みをもらした。「どうして、何を着たって刑事にしか見えないんだろう?」

シボーンはあえて答えなかった。首に下げたラミネート加工をした通行証をいじっている。それにはアフリカ大陸の輪郭が描かれ、〈舞台裏への通行許可〉と記されている。特権のように思えるが、グレグがシボーンに、食物連鎖での彼女の位置を教えた。グレグの通行証には〈全域への通行許可〉と記されている。しかしその上に二段階あるのだ――ＶＩＰとＶＶＩＰ。シボーンはすでにミッジ・ユーロとクラウディア・シファー（ファッションモデル）の姿を見た。二人ともＶＶＩＰである。グレグはシボーンをコンサートのプロモーターであるスティーヴ・ドウズとエマ・ディプローズに紹介してくれた。二人とも悪天候の中で輝いていた。「すばらしい出演者たちですね」シボーンが褒めた。「ありがとう」ドウズが言った。ディプローズがシボーンに好きなアーティストがいるかとたずねたが、シボーンはかぶりを振った。

話している間、グレグはシボーンが警官だと明かさなかった。

マリフィールドの外には、チケットを売ってくれとせがむチケットを持たないファンが詰めかけ、ダフ屋もちらほらといた。ダフ屋が吹っかける高値には、よっぽど金持ちか、何が何でも欲しい者以外は、誰もがたじろいでいた。通行証をぶらさげたシボーンは舞台の裾を歩き回れたし、サッカー競技場そのものへも行けた。そこにはずぶぬれになった六千人の観客がいる。しかし小さな長方形のプラスチックに観客が物欲しげな視線を向けるので、居心地が悪くなり、シボーンはほどなく防護柵の中へ逃げ込んだ。グレグは食べ放題の料理をほうばり、半分ほど減ったヨーロッパ大陸製のビール瓶を握りしめている。コンサートは《500マイルズ》（スコットランドのバンド、プロクレイマーズの曲）を全員で歌おうと司会者が呼びかけて始まった。聞くところによると、エディー・イザードがミッジ・ユーロの歌う《ヴィエナ》のピアノ伴奏をするという話だった。テキサス、スノー・パトロール、トラヴィスが後ほど出演するらしく、ボノはザ・コアーズの歌と、ジェイムズ・ブラウンのラストを飾る曲に、友情出演するはずである。

　しかし舞台裏の熱狂的な雰囲気に、シボーンは自分の年を感じた。出演者のうち半数は名前がわからない。それぞれがスターらしく、大勢の取り巻きに囲まれてぞろぞろと移動しているが、その顔を見てもシボーンは何も思い当たらない。ふいに両親が金曜日に発つことを思い出した。両親といられるのもあと一日だけである。先ほど両親に電話してみたのだ。二人は生活必需品を道すがら買って、彼女のフラットに戻ったところで、これから夕食に出かけるつもりだと言った。二人だけで行く、と父親は、そのほうがいいような口ぶりで告げたのだった。

　同行できないシボーンが心の咎めを感じないように、そう言ったのかもしれない。

　シボーンは気分をほぐし、その場の雰囲気になじもうとしたが、仕事のことが頭に再々浮かんだ。リーバスは今も仕事に打ち込んでいることだろう。心に巣くう鬼が鎮まるまで、休むことをしない。しかし小さな勝利を得ても安息はほんのつかの間であり、しかも戦う毎に少しずつ彼は弱ってくる。夕日が沈み、スタジアムは携帯電話のフラッシュがちかちかと光っている。光るスティックが空中で振られる。グレグはどこかから傘を取ってきて、激しくなる雨の中で、シボーンに差し出した。

「ニドリであれからまた騒ぎが起こったの?」シボーンはグレグにたずねた。

　グレグはかぶりを振った。「あいつらは目的を達したから。それに市内へ行ったら、もっと暴れられると思ってるんじゃないかな」空になったビール瓶をリサイクル用ゴミ箱へ投げ入れた。「今日、騒ぎを見たのかい?」

「わたし、アウキテラーダーへ行ってたので」

　グレグは感心したようだった。「テレビでちょっと見たんだが、あそこは戦闘地帯みたいになってるな」

「それほどひどくはないわ。こっちはどうだった?」

「バスが運行停止になったとき、デモまがいの騒ぎが起こった。だけど月曜日みたいに大規模じゃない」グレグはシボーンの向こうを顎で示した。「アニー・レノックスだ」と指さす。なるほど、三メートルと離れていないところに、笑顔をこちらへ向けながら更衣室へ歩むアニー・レノックス(スコットランド出身のミュージシャン)がいた。「ハイド・パークでの歌はすばらしかったよ!」グレグが呼びかけた。彼女は笑顔のままで、これからの出演に心を奪われている様子だった。

　グレグはビールを取りに行った。シボーンの見るかぎり、周囲の人々は退屈そうにぶらぶらしていた。技術スタッフはコンサートが終わってすべての機材を撤去し、ステージを解体するときまで、用事はないのだ。スターの付き人やレコード会社のスタッフもいる。お揃いの黒い背広とそれに合わせたVネックのセーター姿のスタッフは、サングラスをかけ、耳にイヤホーンをつけている。仕出し屋や興行師やその他大勢。自分もその他大勢だ。何の係なんだと誰にもたずねられなかった。関係者だと誤解している者はいない。

　立ち見席、自分はそこにいるべき人間だ、とシボーンは思った。

　そこか、さもなくば犯罪捜査部室。

　グリーナム・コモンまでヒッチハイクでたどりつき、ほかの女性たちと腕を組んで、空軍基地を取り囲み、《ウイ・シャル・オーヴァカム》(アメリカ公民権運動のテーマソング)を歌った、あの十代の頃の自分と、今の自分とはもう別人である。すでに土曜日の〈貧困をなくそう〉のスローガンを掲げたマーチは、遠い過去のように思えた。それでも……ボノとゲルドフはG8の保安網を突破し、自分たちの主張を各国首脳に伝えた。彼らは何が世界の最重要問題であるかを首脳たちに強く訴え、そこから大きな結果が引き出されることを数百万人が固唾をのんで待っている。明日、救済策の発表される可能性があった。明日が峠である。

携帯電話を握っているシボーンは、リーバスにかけてみようと思った。でもきっとリーバスは笑い飛ばし、心配しないでコンサートを楽しめと言うにちがいなかった。ふいに、キッチンの冷蔵庫にマグネットで留めたチケットがあるにもかかわらず、〈T・イン・ザ・パーク〉コンサートへ行く気持ちが薄れた。そのときまでに連続殺人事件は解決しないのではなかろうか、とりわけ自分が事件からはずされたのだから。自分の事件だったのに。だがリーバスはエレン・ワイリーを引き込んだ……リーバスが相談もしなかったことに、腹を立てている。自分たちには助手が要るというリーバスの意見が正しいことにも腹を立てている。

ところが、ワイリーはガレス・テンチの知り合いで、テンチはワイリーの妹と親しいという事実が判明した……

ボビー・グレグがシボーンのためのビールを持って戻ってきた。「感想は？」とたずねる。

「皆、ずいぶん小柄ね」シボーンの答えに、グレグはうなずいて同意した。

「ポップスターは学校でいじめられっ子だった場合が多いんだよ。スターになって仲間を見返してるんだ。でもなぜか頭は大きいだろ……」グレグはシボーンがほかに注意を取られたのを見て取った。

「なぜ彼、ここにいるの？」シボーンがたずねた。

グレグはその姿を見て、挨拶の手を振った。ガレス・テンチ議員が手を振り返す。ドウズやディプローズとしゃべっていたテンチは話しやめ、ドウズの肩を叩き、ディプローズの両頬へキスをして、こちらへやって来た。

「テンチ議員は市の文化委員会の委員長なんでね」グレグが言い、テンチに握手を求めた。

「元気かい？」テンチがたずねた。

「おかげさまで」

「もめ事に巻き込まれていないか？」これはシボーンに向けられた。シボーンは差し出された手を取り、強い握手に応えた。

「そうならないようにしてます」

テンチはグレグに視線を戻した。「えーと、どこで会ったんだったかな？」

「キャンプ地で。ボビー・グレグです」

テンチは自分の物忘れを責めるかのように首を振った。「おう、そうだった。とにかく、すばらしいことだな」手を打ち合わせて見回す。「全世界がエジンバラに注目しているんだ」

「ともあれ、コンサートには注目してますね」シボーンは言わずにいられなかった。

テンチはやれやれと言わんばかりに目をむいた。「何かにつけ、ケチをつけるんだな。どうなんだ、このボビーがあんたを無料でここへ潜り込ませてくれたのかね？」

シボーンはしかたなくうなずいた。

「だのに、まだ文句を言ってるのか？」含み笑いをする。「帰る前に寄付を忘れないように、な？　でないと、賄賂と取られかねないぞ」

「そりゃちょっとひどいんじゃないですか」グレグが言い返そうとしたが、テンチは手を振って遮った。

「あんたの同僚はどうしてる？」テンチはシボーンにたずねた。

「リーバス警部のことですか？」

「そうだ。わたしに言わせると、犯罪者の仲間といささか親密すぎるようだが」

「どういう意味ですか？」

「うん、あんたはあの男と組んで働いてるんだろ……いろいろとあんたには話しているにちがいない。先日の夜のことも？」シボーンの記憶を呼び覚まそうとするかのような口調。「クレイグミラーの教会ホールでのことだが？　わたしがスピーチをしていたら、あんたのリーバス警部がカファティという悪党と連れだって現われた」少し間を置く。「その男を知ってると思うが？」

「知ってます」シボーンが肯定した。

「警察官ともあろう者がそんな……」適切な表現を探している顔となる。「友情を結ぶとは、おかしな話だね」口をつぐみ、シボーンをまじまじと見る。「リーバス警部がそのことを隠しているとは思えない……あんたはこの話を当然ながら知っているんだろう?」

シボーンは執拗な釣り針につきまとわれている魚のように感じた。

「誰しも私生活というものがありますから、テンチ議員」シボーンはそう言い返すのがやっとだった。テンチは失望した表情だった。「議員はどうなんですか?」シボーンが言葉を継いだ。「バンド何組かを説き伏せて、ジャック・ケーン・センターで演奏してもらうつもりとか?」

テンチは両手をこすり合わせた。「そんな機会があれば……」知っている顔を見つけ、語尾が消えてしまった。シボーンもその顔に見覚えがあった。〈ウエット・ウエット・ウエット〉のマルティ・ペロー。そのバンド名に釣られて、傘を広げた。雨が傘にぽつぽつと当たる。その間にテンチは目当ての人物のほうへ歩み去った。

「いったい何の話なんだ?」グレグがたずねた。シボーンは黙ってかぶりを振った。「心ここにあらずみたいな顔をしてるね?」

「ごめんなさい」

グレグはテンチとシンガーのペローを見守っている。

「行動が素早いよな? 気後れもしないし……だから皆が彼の言葉に耳を傾けるんだろう。彼の演説を聴いたことがあるかい? 感動ものだよ」

シボーンは黙ってうなずいた。リーバスとカファティについて思いめぐらしていた。リーバスがその話を一言も口にしなかったことは、驚くに当たらない。携帯電話を見つめた。これで電話をかける口実ができたが、それでも差し控えた。

わたしには私生活がある。一晩ぐらい休むことが必要だ。さもなくば、リーバスと同じになってしまう――仕事にとりつかれ、キャリアからはずされる。意固地で、信頼されない。リーバスは二十年近くも、警部の地位に据え置かれたままだ。わたしはそんなのは嫌だ。仕事を有能にこなしつつも、ときおりは、望むらくは仕事から頭を切り替えたい。仕事が人生になるのではなく、仕事以外にも別の人生が欲しい。リーバスは家族や友人を脇へ押しやり、死体やペテン師、殺人犯やこそ泥、強姦犯や用心棒、恐喝犯や人種差別者を優先した結果、大切な人たちを失ったのだ。酒を飲みに行くときも、バーカウンターのビール・ポンプの前に黙って立ち、孤独な酒を飲む。趣味もなければ、スポーツにも関心がなく、休暇も取らない。たとえ一、二週間ほど暇だったとしても、そんなときはたいてい〈オックスフォード・バー〉にたむろしていて、新聞を読んでいるような姿勢で隅の席に座っているか、昼間のテレビをぼんやりと見つめている。

わたしはそんな生活はまっぴらだ。

ようやくシボーンは電話をかけた。電話を取る音がして、シボーンは笑顔になった。「お父さん？　まだレストランにいるの？　もう一人分の席とデザートを頼んでくれる……？」

ステイシー・ウエブスターはもとの姿に戻っていた。死体保管所の前でリーバスが出会ったときと、ほぼ同じ服装をしている。ただTシャツが長袖だった。

「入れ墨を隠すため？」リーバスがたずねた。

「これは本物じゃない。そのうち消えるわ」

「たいていのものはそのうち消える」リーバスはスーツケースを見た。持ち手を収納したスーツケースが立てて置いてある。「ロンドンへ戻るんだね？」

「夜行で」ステイシーがうなずいた。

「いや、すまなかったな……」リーバスは視線を避けるかのように、警察署の受付ホールを見回した。

「しかたがないわ。わたしの身元はばれてなかったかもしれないけど、スティールフォース警視長は部下の身に危険が及ぶのを避けたかったんでしょう」彼女は二つのかけはなれた人格の間で揺れ動いているかのように、あやふやな、ぎこちない物腰だった。

「一杯飲む時間、あるかな？」リーバスが誘った。

「シボーンに会いに来たの」ポケットに手を入れる。「お母さんの怪我はどう？」

「治ってきている。シボーンのところに泊まってるよ」

「サンタルは別れの挨拶をするチャンスがなかったので」と言いながら、ステイシーはポケットから手を差し出した。透明プラスチックの箱の中に、銀色のディスクが見える。

「CDよ。わたしのカメラからコピーしたの。あの日のプリンシズ・ストリートの写真」

リーバスはゆっくりとうなずいた。「必ず渡す」

「警視長がこのことを知ったらきっと激怒するわ……」

「このことは他言しない」リーバスが請け合い、胸ポケットにCDを入れた。「さあ、一杯飲もう」

リース・ウオークにはパブがたくさんある。しかし最初に通りかかったパブは満員で、マリフィールドのコンサートがテレビから大音量で流れていた。さらに坂をくだると適当なパブが目に入った。ジュークボックスとスロットマシーンが一台ずつ備わった、客の少ない伝統的なパブ。ステイシーはスーツケースをゲイフィールド・スクエア署の受付に預けてきた。彼女はスコットランド紙幣を使ってしまいたいと言った——自分が勘定を持つ口実である。二人は隅のテーブルに席を取った。

「これまで寝台車に乗った経験は？」リーバスがたずねた。

「だからこそ、ウオッカ・トニックを今飲んでるのよ——そうでもしないことには、あんな列車で眠れないわ」

「サンタルは永久に消えたのかな？」

「状況によるわ」

「スティールフォースの話では、きみは何カ月間も潜入していたとか」

「そうよ」ステイシーが認めた。

「ロンドンではたいへんだっただろうな……見破られる危険性がいつもあったわけだから」

「兄のそばを通ったこともあるわ」

「サンタルのかっこうで？」

「兄は全然気づかなかった」ステイシーは椅子にもたれた。「だからサンタルとしてシボーンに近づいたのよ。両親から彼女が犯罪捜査部に勤めてるって聞いたから」

「正体がばれないか確かめたかったんだな？」

うなずくステイシーを見ながら、リーバスはふと理解できたように思った。ステイシーは兄の死で打ちひしがれたにしろ、サンタルとしてはあまり動揺を感じなかったにちがいない。悪いことに、悲嘆はまだ閉じこめられたままなのだ――リーバスにも身に覚えのあることである。

「でも、ほんとはロンドンをベースに働いてるってわけでもない」ステイシーが言った。「たくさんの団体がロンドンを出たから――ロンドンだと警察に監視されやすいってことでね。マンチェスター、ブラッドフォード、リーズ……わたし、各地を回ってたわ」

「成果を上げたと思ってるんだね？」

ステイシーはその問いに考え込んだ。「そう願うわ、そうでしょう？」

リーバスは同意の印にうなずき、一口飲んでパイントグラスを置いた。「おれは今もベンの死について調べているんだ」

「知ってるわ」

「警視長から聞いたんだね？」うなずくステイシーを見る。

「彼は次々とおれの妨害をする」

「おそらくそれが自分の仕事だと考えているからよ、警部。個人的なことではないわ」

「おれの考えが間違っていなかったら、警視長はリチャード・ペネンという人物をかばっているんだと思う」

「ペネン・インダストリーズの？」

今度はリーバスがうなずいた。「ペネンはお兄さんのホテル代を持っていた」

「変ね？　二人は仲がよくないのに」

「ほう？」

ステイシーがリーバスを見つめた。「ベンはたくさんの戦闘区域を訪れたわ。武器取引が引き起こす悲惨な状況を熟知している」

「ペネンは武器ではなく、技術を売っているんだって、たびたび聞かされたんだが」

ステイシーがせせら笑った。「そんなの初めのうちだけよ。ベンはできるかぎり疑惑を掻き立てようとしたわ。下院の議事録を読み返してみるとわかる——下院でベンがどんなスピーチをしたか、どれほどあらゆる角度からの突っ込んだ質問をしたかが」

「だのに、ペネンは部屋代を支払っていた……」

「ベンは笑ってたにちがいない。独裁者が支払った部屋に泊まりながら、滞在している間、その会社を粉砕しようとしていたんだもの」口をつぐみ、しばらくグラスを回していた。やがてリーバスへ視線を戻した。「賄賂だったと思ってるんでしょう？　ペネンがベンを金で買っていたと？」リーバスの沈黙はその答えだった。「兄は良心的な人だったわ、警部」ついに目に涙がたまってきた。「なのに、わたしはお葬式にも行けなかったんだから」

「お兄さんはわかってくれてるよ」リーバスが慰めた。

「おれも……」言葉が続けられず、咳払いでごまかした。

「おれの弟も先週亡くなった。金曜日に茶毘《だび》に付したんだ」

「そうだったの」

リーバスはグラスを口に運んだ。「弟は五十代だった。脳卒中だと医者は言った」

「仲がよかったの？」

「ときおり電話をかけるぐらいで」リーバスはまた間を置いた。「麻薬の売買で、弟を刑務所に送ったこともある」目を上げてステイシーの反応を見た。

「気になるの？」

「え？」

「一度も弟さんに言わなかったことが……」ステイシーは必死に言葉をしぼりだそうとして、涙が伝う顔を歪めた。「ほんとうの気持ちを伝えなかったことが」テーブルから立ち上がり、トイレへ逃げていった。今は完全にステイシー・ウエブスターに戻っている。あとを追うべきか、せめて女性バーテンに様子を見に行ってもらうべきだろうと思った。しかし黙々と座り続け、グラスを揺らしているうちに、エールの表面に新たな泡ができた。家族のことを思った。エレン・ワイリーと妹。ジェンセン夫妻と娘のヴィッキー。ステイシー・ウエブスターと兄のベン……

「ミッキー」リーバスは囁くように言った。死者の名を読み上げ、忘れ去られていないことを死者に知らせる。

ベン・ウエブスター。

シリル・コリアー。

エドワード・アイズレー。

トレヴァ・ゲスト。

「マイケル・リーバス」声に出して言い、グラスを挙げて軽く乾杯した。立ち上がって二杯目を買った。IPAエールとウオッカ・トニック。カウンターに立って釣り銭を待った。常連が二人、二〇一二年オリンピックでのイギリスのメダルの数を論じ合っている。

「いつでもロンドンがすべて取るってのはどういうことだ？」一人が文句を言った。

「なぜだかG8は欲しくなかったんだな」仲間が言い添えた。

「どんなにたいへんなことになるか、わかってたんだよ」

リーバスは考えた。今日は水曜日……金曜日にはすべて終わる。あと丸一日我慢すれば、エジンバラは再び正常に戻り始める。スティールフォースもペネンもほかの侵入者たちすべても南へ帰る。

〝二人は仲がよくないのに……〟

ステイシーは兄とリチャード・ペネンのことを言ったのだ……下院議員のベンがペネンの大々的な計画を妨害しようとしていた。リーバスはベン・ウエブスターについて勘違いをし、彼をペネンの使い走りと思っていたのだ。そしてスティールフォースは……リーバスをホテルの部屋に近づけなかった。それは面倒を避けたいからではなく、さまざまなお偉方を疑問や憶測から護るためでもなかった。リチャード・ペネンを護りたかったのだ。

二人は仲がよくないのに。

となれば、リチャード・ペネンは容疑者となりうる。少なくも動機がある。城の憲兵の誰かが議員を胸壁から突き落としたとも考えられる。来賓の中にはボディガードも……シークレット・サービスも混じっていただろう。少なくとも外務大臣と国防大臣を護衛するために、それぞれ一人ずつ特務員が付いていたはずだ。スティールフォースはSO12に所属しており、それはMI5やMI6の秘密工作員にもっとも近い性質の部署だ。とはいえ、誰かを排除したい場合、こんな方法を採るだろうか？　あまりにも目立ち、芝居がかっている。リーバスは経験から知っている。殺人が成功するのは、殺人が表に出ないときだ。睡眠中に窒息死させるとか、薬を飲ませて車に轢かせるとか、たんに行方不明にするとか。

「しっかりしろ、ジョン」リーバスは自分を戒めた。「次はエイリアンの仕業にするかもしれんぞ」この状況のせいだ。Ｇ８会議の週には、どんな荒唐無稽な陰謀が企てられようと、不思議ではないように思えるではないか。リーバスはテーブルにグラスを二つ置き、ステイシーがまだトイレから戻らないので、少し心配になってきた。カウンターで待っている間、テーブルに背中を向けていたことに気づいた。あと五分間待ってから、女性バーテンに見に行ってもらった。女性バーテンはかぶりを振りながら、女性用トイレから出てきた。

「三ポンド無駄にしたわね」女性バーテンがステイシーのグラスを指しながら言った。「いずれにしろ、あなたには若すぎるわ。はっきり言って」

ゲイフィールド・スクエア署に戻ると、ステイシーのスーツケースは消えていたが、メモが置いてあった。

〝幸運を祈ります、でも――ベンはわたしの兄で、あなたの兄弟ではない。あなたも悲しみを吐き出すことが必要よ〟

寝台列車の発車まで、まだ数時間ある。ウエイヴァリー駅へ行くこともできるが、やめておいた。言わなければならないことはもうないように思えた。ステイシーの言葉が当たっているかもしれなかった。ベンの死を捜査することで、自分はミッキーの思い出を胸にしまいこんでいるのかもしれない。ふいにたずねておくべきだった質問を思いついた。

お兄さんの身に何が起こったと思いますか？

まあ、どこかに名刺があるはずだからいいか。死体保管所の前でステイシーが渡してくれた名刺がある。明日電話をして、ロンドン行きの寝台車でよく眠れたかとたずねてみよう。ベンの死を今も調べていると告げたら、〝知ってるわ〟と彼女は一言答えただけだった。質問もしなかったし、自分の仮説も話さなかった。スティールフォースの警告を受けたからか？　よい兵士はつねに命令に従うものだ。しかしステイシーはいろいろと考えていたはずだし、どの説が正しいのか検討していたはずだ。

落ちたのか。

飛び降りたのか。

押されたのか。

「明日にしよう」リーバスは独り言を言い、犯罪捜査部室に戻って、内密にコピーを取り続ける長い夜へ向かった。

# 七月七日　木曜日

# 19

ブザーで目が覚めた。

リーバスはよろめきながら廊下へ向かい、インターホーンのボタンを押した。

「はい？」かすれ声で訊く。

「ここで仕事をするんだと思ってましたけど」機械を通した声は変質して甲高く聞こえるが、まぎれもなくシボーンだ。

「今、何時だ？」リーバスは咳をした。

「八時」

「八時？」

「就業時間」

「おれたち停職処分中なんだぞ？」

「まだパジャマ姿なの？」

「そんなものは着ない」

「ということは、ここで待たなきゃならないのね？」

「ドアを開けておく」リーバスはブザーを押して外の玄関を解錠し、ベッド脇の椅子に置いた服を掻き集めて、バスルームにこもった。フラットのドアをノックし、ドアを開ける音が聞こえる。

「二分間、待ってくれ！」リーバスは呼びかけ、バスタブに入ってシャワーの下に立った。

リーバスがしばらくして顔を出すと、シボーンは食卓に座り、昨夜作ったコピーの整理をしていた。

「そんなに急いで始めなくたっていいぞ」リーバスはネクタイを結ぼうとしていた。仕事に出かけるのではないことに気がつき、ネクタイを引き抜いて、ソファへ投げた。

「先に買い物をしなくちゃならん」

「わたしのほうは頼みがあるわ」

「どんな？」

「昼食時に二、三時間の休み――両親をどこかへ連れて行きたいの」

リーバスはうなずいて認めた。「お母さんの具合はどう？」

「だいじょうぶそうよ。グレンイーグルズへ行くのをやめたわ。今日のテーマは、地球の温暖化なんだけど」

「明日、帰るのか？」

「たぶん」

「昨夜のコンサートはどうだった？」シボーンはすぐに答えなかった。「最後の部分を少しだけテレビで見たよ。前列できみが飛び跳ねてるところを見たように思ったんだが」

「最後までいなかったわ」

「そうなのか？」

シボーンは黙って肩をすくめた。「買い物って？」

「朝食」

「わたしはもう済ませたけど」

「じゃあ、おれがベーコン・ロールを平らげるのを見ててくれ。マーチモント・ロードにカフェがある。おれが食ってる間に、テンチ議員に電話をして、面会の約束を取りつけてもらいたい」

「彼、昨夜のコンサートに来てたわよ」

リーバスはシボーンの顔を見た。「あちこちに顔を出す男だな？」

シボーンはハイファイに近づいた。棚に入っているＬＰから、一つ抜き取る。

「それはきみが生まれる前に作られたものだ」リーバスが教えた。レナード・コーエンの〈ソングズ・オブ・ラヴ・アンド・ヘイト〉。

「聞いて」シボーンがジャケットの裏面を読み上げた。

「〝彼らは世界を支配しようとした男を閉じこめた。だが愚かにも、別の男を閉じこめた。〟これってどういう意味かしら？」

「人違いをしたってことか？」

「これは野心について歌ってるんだと思う」シボーンが反論した。「ガレス・テンチがあなたと会ったと言ってたわ……」

「そのとおりだよ」

「カファティといたって」

リーバスがうなずいた。「ビッグ・ジェルが言うには、テンチ議員は彼を追い出そうとしてるんだそうだ」

シボーンはLPレコードを棚に戻して、向き直った。

「それって、いいことなんじゃない？」

「その代わりに何が来るかによる。カファティの意見では、テンチ自身が縄張りを引き継ぐ気なんだそうだ」

「カファティの言葉を信じるの？」

リーバスはその質問を考えているようだった。「それに答える前に何が必要なのかわかるか？」

「証拠？」

リーバスはかぶりを振った。「コーヒー」


八時四十五分。

リーバスは二杯目のコーヒーを飲んでいる。ベーコン・ロールはとっくに影も形もなく、皿に脂のしみが残っているだけだ。カフェには各種の新聞が備えてあり、シボーンは〈ファイナル・プッシュ〉コンサートの記事を読み、リーバスは昨日グレンイーグルズで起こった衝突の写真をシボーンに見せた。

「この若い男」写真を指してリーバスは言った。「こいつに会ったことがあるんじゃないか？」

シボーンがうなずいた。「でも頭から血を流してなかったわ」

リーバスは新聞を自分のほうへ向けた。「ほんとは嬉しがってるんだよ。少々の流血は派手な記事にしてもらえるから」

「そして警官は悪者に見えるから？」

「そう言えば……」リーバスはポケットからCDを出した。「ステイシー・ウエブスターからお別れのプレゼント――もしくはサンタルから」

シボーンは受け取り、指でつまみながらリーバスの説明を聞いた。語り終えたリーバスはステイシーの名刺を財布から出して、電話番号にかけてみた。応答はない。携帯電話を上着のポケットにしまうとき、モリー・クラークの香水の残り香がかすかに漂った。シボーンにはモリーのことを話していない。どんな反応を示すかよくわからなかったからだ。そんなことを考えていると、ガレス・テンチがカフェに入ってきた。テンチは二人と握手を交わした。リーバスは来てもらった礼を述べ、座るように勧めた。

「何にしますか?」

テンチはかぶりを振った。リーバスが外を見ると、車が停まっていて、その横に付き人たちが立っている。

「いい考えですね」窓の外へ顎をしゃくってリーバスは言った。「マーチモントの住人はなぜボディガードをもっと多用しないんだろう」

テンチは微笑しただけだった。「今日は仕事をしないのか?」

「形式張らない感じにしたかったもんで」とリーバスが説明した。「議員のような方に、警察の汚い取調室へ来てもらうわけにはいきません」

「ありがたいね」テンチはゆったりと椅子にもたれたが、七分丈のコートを脱ぐ気配はなかった。「で、用事というのは、警部?」

しかしシボーンが先に口を開いた。「ご存じのように、わたしたちは連続殺人事件を捜査しています。アウキテラーダーのある場所に手がかりが残されていました」

テンチは厳しい目つきになった。リーバスを見つめたままだが、ほかの話題を予想していたのは明らかだった——カファティのことか、さもなくばニドリについて。

「それが何か——」テンチが言おうとした。

「三人の被害者は」シボーンは構わず続けた。「ビースト・ウオッチというウエブサイトに名前が挙げられていました」一息つく。「もちろんそのサイトはご存じですね」

「そうかな?」

「わたしたちの情報によると」シボーンは一枚の紙を開いて、テンチに見せた。「オジーマン……それはあなたですね?」

テンチは答えないで考えていた。シボーンは紙を畳んで、ポケットにしまった。リーバスはテンチにウインクして、明白なメッセージを伝えた。彼女は優秀だろ？　だから言い逃れようとするんじゃない……

「わたしだ」テンチがついに認めた。「それが何か？」

シボーンは肩をすくめた。「なぜビースト・ウオッチに関心があるんですか、テンチ議員？」

「わたしが容疑者だとでも言うのか？」

リーバスは冷ややかな笑い声を上げた。「それはまたずいぶんと飛躍した考えですね」

テンチがリーバスを睨みつけた。「カファティが何を企んでいるかわからんじゃないか――友達からのちょっとした助言を受けて」

「話が本筋からそれているわ」シボーンが遮った。「あのサイトにアクセスした人全員から話を訊くことになっているんです。捜査の鉄則として」

「ハンドルネームから、どうやってわたしを突き止めたんだか、よくわからん」

「お忘れですか、テンチ議員」リーバスが明るく言った。「今週はこのエジンバラに世界で最も優秀な秘密捜査員が揃っているんですよ。彼らはほとんど何だってできるんですから」テンチは何か言い返そうとしたが、リーバスはその隙を与えなかった。「おもしろい名前を選んだものだ。オジマンディアスとは。シェリーの詩のタイトルですね？ある傲慢な王が、巨大な像を造らせた。しかし年月が経つうちに巨像は崩れ、砂漠の真ん中に残骸が散らばっている」しばし口をつぐむ。「言ったように、おもしろい選択だな」

「なぜ？」

リーバスは腕を組んだ。「そうだな、この王には強烈な自我があったにちがいない――それがこの詩のポイントです。しかしいくら強大な権力を持っていたとしても、何一つ続かない。暴君であればあるほど、倒れ方もすさまじい」リーバスはテーブルから少し身を乗り出した。「その名前を選んだ者は愚かではない……その詩は権力自体について語られたんじゃないことを知っていた……」

「というより、権力が腐敗を招くってことか？」テンチは微笑して、ゆっくりとうなずいた。

「リーバス警部は飲み込みが早いんです」シボーンが言い添えた。「昨日はあなたのことをオーストラリア人だと思ってました」

テンチの笑みが大きくなった。リーバスに目を留めたままである。「あの詩は学校で習った。とても熱心な教師がいてね。暗記させられたよ」テンチは肩をすくめて見せた。「名前の響きが気に入っただけなんだ、警部。深読みしないでくれ」シボーンにちらっと視線を向けたがすぐに戻した。「職業上の陥りやすい危険だな——つねに動機を求めるという。どうなんだ……あんたの追っている殺人犯の動機は何だ？　考えてみたのかね？」

「犯人は私的な処刑人だと考えています」

「ウエブサイトから一名ずつ処刑する者を選んでいるのか？」テンチは納得していない顔だった。

「まだ話してくれていませんね」リーバスが穏やかに言った。「ビースト・ウオッチに強い関心を寄せた、あなたの動機について」リーバスは腕組みを解き、テーブルのコーヒーのマグの両側に掌をぴたりとつけた。

「わたしの選挙区はゴミ捨て場だ、リーバス——知らないとは言わせないぞ。各機関がわたしたちの地区に、公営住宅に入れない者や売人、浮浪者、性的犯罪者、麻薬常用者、貧困者などあらゆるたぐいのあぶれ者を連れてくる。ビースト・ウオッチのようなサイトは、反撃のチャンスを与えてくれるんだ。厄介な問題がわたしの戸口に置かれようとしたとき、だめだと主張できるってことだからな」

「そういう例があったんですか？」シボーンがたずねた。

「三カ月前に釈放された性犯罪者がいた……そいつがうちの地区に来ないように手を打ったよ」

「厄介事をほかの地区へ回したのね」シボーンがつぶやいた。

「わたしはいつもそうやってきた。カファティのようなやつが来たら、同じように対処する」

「カファティは以前からいましたよ」リーバスが指摘した。

「きみたち警察がいたにもかかわらずか、それとも警察がいたからか？」リーバスが答えないでいると、テンチは冷笑した。「誰かの援助がなけりゃ、あんなにいつまでも威張っていられるはずがない」椅子にゆったりともたれた。

「話は終わりか？」

「ジェンセン夫妻をよくご存じなのですか？」シボーンがたずねた。

「誰だ？」

「あのサイトを運営している夫婦」

「会ったこともない」テンチが言い切った。

「ほんとうに？」シボーンは驚いた声を上げた。「エジンバラに住んでいる人たちですよ」

「五十万人も住んでいる都会だよ。わたしはあちこちに顔を出すようつとめているが、それでも体力的に限界がある」

「あなたの本質はなんですか、テンチ議員？」リーバスがたずねた。

「怒りかな」テンチが言った。「不退転の決意、正義への渇望」大きく息を吸い、鼻息を立てて吐き出した。「話は尽きないが、そうもいかなくて」と笑顔で詫びる。立ち上がった。「ボビーはきみに振られてがっくりしてたぞ、クラーク部長刑事。軽はずみな行動を取らないことだな。人によっては恋は危険な獣になりうる」軽く会釈をしてドアへ向かった。

「またお会いしましょう」シボーンが警告した。リーバスは窓越しに、付き人が車の後部ドアを開け、テンチが巨体を車にねじ込むのを見守った。

「議員には肥満体が多いな」リーバスが言った。「気がついたか？」

シボーンはしょげて額をこすっていた。「もうちょっと上手にやればよかった」

「きみはいわゆる〈ファイナル・プッシュ〉を避けたんだね？」

「最後の一押しまで攻め込めなかった」

「それはお偉い議員だからか？」シボーンはかぶりを振った。「破壊者にして保存者」リーバスが独り言を言った。

「え？」

「シェリーの別の詩の一節だよ（西風に寄せる歌〔Ode to the West Wind〕より）」

「ガレス・テンチはどっちなんですか？」

車が歩道脇から走り出した。「両方かな」リーバスが言い、大あくびをした。「今日、休憩する時間があるだろうか?」

シボーンはリーバスの顔を見た。「昼休みを取って、わたしの両親に会いに来たらいいわ」

「不可触賤民の地位から脱したのか?」リーバスが片眉を上げてからかった。

「ジョン……」シボーンが戒めた。

「水入らずで会いたいんじゃないのか?」

シボーンは肩をすくめた。「わたし、ちょっと欲張りすぎてたのかもしれない」

リーバスは居間の壁から油絵の額を二つほど外した。今は被害者三人の情報がそこに留めてある。リーバスは食卓の前に座り、シボーンはソファに寝そべっている。二人は資料に読みふけり、ときおり質問を投げかけたり、思いついた考えをぶつけたりした。

「エレン・ワイリーのテープを聴く暇はなかっただろうな?」リーバスがあるときたずねた。「聴いてもどうってことはないが……」

「ほかにも登録者は大勢いるわ、その人たちにも当たってみなければ」

「まず登録者を特定しなければならん。ブレインズはやれるかな、コービン本部長やスティールフォースに気づかれることなく?」

「テンチは動機うんぬんと言っていた……わたしたち、何か見逃しているのかしら?」

「被害者三人の間に何らかのつながりがあるのかな?」

「そう言えば、犯人はなぜ三人でストップしたんでしょう?」

「月並みな答えはね、犯人は別の土地に移ったか、何か別件ですでに逮捕されているか、それとも捜査の手が迫っていることを感づいたか」

「でもまだほとんど動いてもいない」

「マスコミはそうは書いてないからな」

「そもそもなぜクルーティ・ウエルを選んだの? 警察が

必ずそこをチェックするから?」

「地縁という線も消去できない」

「もしもビースト・ウオッチと何の関係もなかったら?」

「だったら、おれたちは貴重な時間を無駄遣いしてるってことになる」

「犯人はG8へ何かメッセージを発信してると考えられない? もしかしたら今エジンバラに来ていて、プラカードを掲げてるかもしれない」

「あのCDに写っているかもな……」

「でもどの男だかわからない」

「あの衣服の切れっ端が警察をからかうために置かれたんだとしたら、なぜもっと続けないんだろう? 犯人はぞんぶんに楽しもうとするはずだろ?」

「犯人は続ける必要がないのかも」

「どういうことだ?」

「思ったよりも犯人は身近にいて、じゅうぶん楽しんでるから……」

「ありがたい話だ」


「紅茶を飲みますか?」

「じゃあ、淹れてくれ」

「いえ、あなたの番よ——わたし、コーヒーの代金を出したわ」

「そこには何か共通点があるはずなんだ。おれたちは何かを見逃している」

シボーンの携帯電話が鳴った。テキスト・メッセージ。それを読んだシボーンが「テレビをつけて」と言った。

「どの番組を見たい?」

しかしシボーンはソファから足を下ろし、自分で電源を入れた。リモコンを見つけ、チャンネルを探す。画面下方にニュース速報という文字の入った映像が出た。〝ロンドンで爆発〟

「エリックが知らせてくれたの」シボーンが低い声で言った。リーバスも近づいてきて横に並んだ。情報は少ない。連続して起こった爆発か爆破……ロンドンの地下鉄……死傷者数十人。

「電気系統の故障が疑われています」アナウンサーが述べ

ているが、あやふやな口調だった。

「何が、電気系統の故障だ」リーバスが怒りに満ちた声を上げた。

鉄道の主要駅は閉鎖された。病院は緊急体勢に入った。市民には市内に入らないようにという勧告が出された。シボーンはがっくりとしてソファに腰を下ろし、うなだれて頭を抱え込んだ。

「弱点を突かれたわね」シボーンが静かに言った。

「ロンドンだけじゃないかもしれん」リーバスはそう言ったものの、おそらくロンドン以外はないだろうと感じていた。朝のラッシュアワー……多数の通勤客、そして交通警察官はG8会議のためにスコットランドへごっそりと送られた。ロンドン警視庁からも大挙して応援に来ている。リーバスは目を固く閉じて考えていた。それでも昨日でなくて幸運だった。オリンピックの開催地に選ばれたことを祝して、トラファルガー・スクエアでは何千人もが喜び浮かれていたのだ。もしくは土曜日のハイドパークでなくてよかった……二十万人がいた。

全国高圧送電会社が、つい今しがた、自社のシステムに何も異常は見あたらないと発表した。

オルドゲート駅
キングズクロス駅。

エッジウエア・ロード駅。

さらに、バスが〝破壊〟されたという追加情報。アナウンサーの顔は青ざめている。画面下に緊急連絡電話番号が流れている。

「どうすればいいの?」シボーンが低い声でたずねた。テレビが現場の生中継をしていた――あわただしく走り回る救急隊員、もくもくと吹き出す煙、歩道の端に腰をかけている怪我人。ガラス、サイレン、駐車した車や近くのオフィスからの非常ベル。

「どうすればいい?」リーバスは言葉をそのまま返した。ちょうどシボーンの電話が鳴り出し、答えるのを免れた。シボーンが携帯電話を耳に当てる。

「お母さん?」とシボーンが言った。「ええ、今テレビを見ているところ」向こうの話を聴いている。「無事に決まってるわ……ええ、緊急番号にかけてみてもいいわね。でもなかなか通じないかもね」また聞き入る。「え？　今日？　キングズクロス駅は封鎖されてるかもしれない……」リーバスに半ば背を向けている。リーバスはシボーンが話しやすいように居間を出ることにした。キッチンで水道の水を出し、ケトルに受けた。水音に耳を澄ませる。日常の音だのに、ちゃんと聴いたことがなかった。当たり前のように受け入れていた。

普通ということ。

いつもどおりということ。

水道の栓を閉めると、かすかにごぼごぼという音がした。そんな音に今まで一度も気づかなかったなんて不思議だ。振り向くと、シボーンが来ていた。

「母が家へ帰りたいんですって。近所の人たちが無事かどうか確かめたいから」

「おれはきみの実家がどこにあるかすら、知らないな」

「フォレスト・ヒルよ。テムズ川の南」

「じゃあ、昼食は取りやめ？」

シボーンがうなずいた。リーバスがキッチンペーパーをちぎって渡すと、シボーンは鼻をかんだ。

「こんなことが起こると、考えが変わってくるわね」

「そうでもない。この一週間、危険な空気が充満していたよ。臭いを嗅ぎ取れるときすらあった」

「え？」

「ティーバッグが三つも」シボーンが言った。

「そのマグにティーバッグを三つも入れたわよ」シボーンはティーポットを渡した。「これのつもりだったんでしょう？」

「まあね」リーバスは心ならずも認めた。実は、脳裏に浮かんでいたのはこっぱみじんに砕けた砂漠の巨像だった……

……

シボーンは帰宅した。両親を手伝い、どうしてもロンドンへ帰ると言うのなら電車に乗せるつもりである。リーバスはテレビを見ていた。赤いダブルデッカーが大きく裂け、屋根が前方の道路に転がっている。それでも生存者がいた。

ちょっとした奇跡だ、とリーバスは思った。ウイスキーボトルの栓を開けてグラスに注ぎたい衝動を、今のところ抑え込んでいる。目撃者が口々に語っていた。ブレア首相はグレンイーグルズの会議を外務大臣に任せ、ロンドンへの帰路についている。ブレア首相は発つ前に、G8の各国首脳に囲まれて声明を発表した。ブッシュ大統領の指に貼った絆創膏がかろうじて見えた。ニュース画面では、事故に遭遇した人々が吹っ飛んだ体を乗り越えて電車から脱出した体験を語っている。煙と血の中を這い出たのだ。携帯電話のカメラですさまじい光景を撮った者もいる。どんな本能に駆られて、彼らは従軍カメラマンとなったのだろうか。

マントルピースにウイスキー瓶が載っている。手に持ったマグの紅茶は冷えてしまった。三人の悪党が一人または複数の人物に狙われて殺された。ベン・ウエブスターは転落死した。ビッグ・ジェル・カファティとガレス・テンチは戦う構えを取っている。こんなことが起こると、考えが変わってくるわね——とシボーンが言った。リーバスはそうは思えなかった。なぜなら、今は以前にも増して、疑問の答えを求めたいし、顔や名前を知りたかった。目の前で起こっている、ロンドンの自爆テロや巻き添えによる殺戮に関して、自分は何一つ手を下せない。できるのは、ときおり犯罪者を何人か刑務所へ送ることだけである。その結果、社会が変わるわけでもない。別のイメージが頭に浮かんだ。まだ子供だった頃のミッキーがカーコディの海岸か、夏休みに行ったセント・アンドリュウズか、もしくはブラックプールの浜辺で遊んでいる光景。湿った砂を積み上げてせっせと壁を作り、穏やかな波の侵入を防いでいた。まるで命がかかっているかのように一所懸命に。兄の自分も小さなプラスチックのシャベルで砂を盛り、ミッキーがそれをぺたぺたと叩いた。壁は六、七メートルもの長さとなり、高さは十五センチほどもあっただろうか……しかし完成する前に最初の泡が浸食し、二人は自分たちの作った建造物が壊れ、周囲と同じく平らになるのを見なくてはならなかった。悔しさに叫び声を上げ、足を踏みならし、ひたひたと寄せる波と、意地悪な海岸と、動かない空に向かって小さな拳を振り回して怒ったのだった。

そして神に向かっても。

とりわけ神に。

ウイスキー瓶が巨大になったように見えた。もしかしたら自分の体が小さくなったのか。ジャッキー・レヴンの歌詞の一節を思い出した。〝だけどぼくのボートは小さくて、きみの海は広すぎる〟（《クラシック・ノーザン・ダイヴァージョンズ》より）広いのはけっこうだが、なぜ鮫がうようよと泳いでいなければならない？

電話が鳴り出したとき、出ないでおこうと思った。十秒間ほどためらってから出た。エレン・ワイリーからの電話。

「何かニュースでも？」たずねたあと、リーバスは乾いた笑い声を上げ、鼻の付け根をもんだ。「あれ以外にってことだが」

「こっちはショック状態ですよ」ワイリーが言った。「あなたがあの資料を全部コピーして自宅へ持ち帰ったことなんか、誰一人気づかないでしょう。今週が終わるまで、誰も彼も注意がおろそかになってるから。わたしはトーフィケンへ戻ろうと思います。わたしの班の様子を見に」

「それがいい」

「ロンドンの応援部隊は帰路についています。こっちは猫の手も借りたい状況になりますね」

「おれにお呼びがかかるのは期待していないけど」

「無政府主義者ですら、呆然としてるようです。グレンイーグルズからの情報では、あっちも静まり返ってるらしい。家へ帰りたがってるデモ参加者も多いとか」

リーバスは椅子から立ち上がっていた。マントルピースの脇にいる。「こんなときには、愛する人のそばにいたいもんだ」

「ジョン、どうしたんですか？」

「きざなせりふを言ったままでだ、エレン」ウイスキー瓶を指ですっと撫で下ろす。淡い黄金色に染まった〈デュワー〉ウイスキー。「トーフィケンに戻れよ」

「あとで寄りましょうか？」

「来ても仕事にならないと思うよ」

「じゃあ、明日？」

「いいね。そのとき話し合おう」リーバスは電話を切り、マントルピースの縁に両手を押し当てた。

誓って言うが、ウイスキー瓶がこちらを睨み返していた。

## 20

南へ向かうバスがあり、シボーンの両親はその一台に乗ることに決めた。

「どうせ明日は帰ることにしてたんだから」父親が言い、シボーンを抱いた。

「グレンイーグルズへはとうとう行けなかったわね」シボーンが言った。父親がシボーンの頬、それも顎の線上に軽くキスをすると、シボーンは一瞬子供に返ったような気がした。いつでも同じところだった。クリスマスでも、誕生日でも、よい成績を取ったときでも、たんに父親が幸福感に満たされたときでも。

母親も抱擁して囁いた。「もう気にしないで」顔に受けた傷のこと、犯人を見つけることを指している。そして抱擁を解いたものの、まだ腕を摑んだまま「そのうち会いに来て」と言った。

「約束するわ」シボーンはそう答えたのだった。

両親が帰った後、フラットは空虚に感じられた。自分はほとんど無言で暮らしてきたのだ、とあらためて気づいた。音がないわけではない——つねに音楽かラジオかテレビをつけていた。しかし訪問客はめったに来ないし、口笛を吹きながら廊下を歩く者も、食器を洗いながらハミングする者もいない。

自分以外は。

リーバスに電話をしてみたが、出なかった。テレビはつけっぱなしだ。スイッチを切れない。三十名死亡……四十名死亡……五十名に達する見込み。ロンドン市長は名演説をした。アルカイダは犯行声明を出した。女王は〝強いショック〟を受けたと語った。ロンドンの通勤者は遠距離を歩いて帰宅している。テレビのコメンテーターらはテロへの警戒態勢が〝厳戒〟から〝強い警戒〟へと一段階下げられていたのはなぜか、と詰問している。シボーンは、だからってそれでどうにかなったとでも思うの、とたずね返したかった。

冷蔵庫の前へ行った。母親は地元の店でたくさん買い物をしていた。鴨肉、ラム肉、切り分けたチーズ、有機フルーツジュース。冷凍室を開け、霜がこびり付いた〈マッキー〉バニラアイスクリームの容器を出した。スプーンですくって一口なめ、居間へ戻った。何もすることがないので、コンピュータの電源を入れた。eメールが五十三通。さっと見た感じでは、そのほとんどを削除しなければならない。

ふと思い出してポケットを探った。CD。それを差し込んだ。クリックを数回繰り返すと、画面がたくさんの極小写真で埋まった。スティシー・ウエブスターはピンクの服を着た赤ん坊を抱いた若い母親の写真を何枚か撮っている。シボーンは思わず微笑をもらした。若い母親は赤ん坊を小道具代わりに使っていて、警察官の最前列でおむつを替えるという小芝居を、あちこちでやっている。カメラを意識した行為であり、危険な状況を招きかねない。報道カメラマンを撮った写真まであって、マンゴウも写っていた。だがスティシーは主としてデモ参加者にレンズを向けており、公安部SO12の上司のためにしっかりとした資料を作っていた。警察官の中にはロンドン警視庁から派遣された者もいるだろう。そんな警官はもう今頃はロンドンへ向かっているにちがいない――テロ事件の応援をするために、家族の無事を確かめるために、そしてもしかしたら同僚の葬儀に参列するために。だったら、母親を襲った警官がロンドンから来ていたとしたら……今はもう打つ手はない。

母親の言葉を思い出した。〝もう気にしないで……〟シボーンは考えを振り払った。五十枚目か六十枚目の写真になったとき、母親と父親を見つけた。テディ・クラークが妻を最前列から引きずり出そうとしているところ。その周囲は混乱状態に陥っている。振り上げられた警棒、怒号する口、ねめつける顔。投げつけられたゴミ箱。宙を舞うゴミや引き抜かれた花。

そして母親の顔に棒が打ち下ろされている写真。シボーンはたじろいだが、目を見開いて見た。棒はどこかで拾った物のように見える。警棒ではない。その棒は抗議者側から伸びている。それを持った人間はすばやく後退していた。シボーンははっと悟った。カメラマンのマンゴウに教えられたとおりだ。警官隊を先制攻撃し、警官たちが報復に出た瞬間、すかさず無防備な市民を前面に押し出す。それこそ警官をならず者に見せかける、すばらしい宣伝写真が撮れるではないか。殴られたシボーンの母親はよろめいていた。その顔は急に動いたためにぼやけているが、痛そうなのがはっきりと見て取れる。シボーンは痛みをやわらげるかのように親指で画面を撫でた。棒の根元を持つ剝きだしの腕がある。肩は写っているが、顔は見えない。数コマ前の写真に戻ってから、殴った瞬間のその数コマ先へ進んだ。あった。

男は手を後ろに回して棒を隠しているが、それでも見えていた。ステイシーはその顔をはっきりと捕らえていた。その目に宿る快感、歪んだ笑みを。数枚後の写真では、男はつま先立ちして歌っている。野球帽を目深にかぶっているが、その顔は見間違えようがなかった。

ニドリのあの若者だ。リーダー格の男。同類の多くと同じく、プリンシズ・ストリートへ繰り出したのだ――暴れるために。
シボーンが最後にその若者を見たのは、地方裁判所から出てきて、ガレス・テンチ議員に迎えられたときだった。テンチの言葉。〝わたしの選挙区の住人が二、三人、あの騒ぎに巻き込まれ……〟テンチ議員は裁判所から釈放された若者の挨拶に応えていた……シボーンは再びリーバスに電話してみた。その手がかすかに震えていた。今も応答はない。立ち上がってフラット内をうろうろし、各部屋を出たり入ったりした。バスルームのタオルがきっちりと畳まれ、積み重ねてあった。キッチンの収納式ゴミ箱には空のスープ・カートンが入っている。臭いがしないようにカートンはちゃんと水ですすいであった。母親のやり方……シボーンは寝室の全身が映る鏡の前に立ち、母親と似ているところを探した。自分はどちらかと言えば父親に似ているようだ。二人は今頃、A1号線をロンドンへ向かっていることだろう。親にはサンタルの正体について何も打ち明けなかった。これからも話さないだろう。シボーンはコンピュータの前に座り、残りの写真すべてに目を通し、さらにもう一度初めから、今回は一人の人物だけを追った。野球帽、ジーンズ、スニーカー姿の痩せた若いトラブルメーカーを。写真の何枚かを印刷しようとしたが、インク量が少ないという警告が出た。リース・ウオークの通りにコンピュータ店がある。シボーンは鍵と財布を握った。

ウイスキー瓶が空になると、もうほかにウイスキーはなかった。リーバスは冷蔵庫にポーランド産のウオッカを見つけたが、中身がシングル一杯分しか残っていない。買いに出かけるのも面倒なので、マグに紅茶を淹れて食卓に座り、事件簿にさっと目を通した。エレン・ワイリーはベン・ウエブスターの履歴に感銘を受けたが、リーバスもそれは同じだった。もう一度読み直した。彼は世界各地の紛争地点を訪れていた。もちろん、冒険家、報道記者、傭兵など、そういう地域に惹きつけられる者もいるだろう。以前、メイリー・ヘンダーソンから、恋人のカメラマンがシエラレオネやアフガニスタン、イラクの取材旅行をした、と聞いたことがある。だがベン・ウエブスターの場合は、スリルを体験したいからそんな場所へ出かけたのでもなく、〝崇高な〟目的を感じたからですら、ないように感じられた。仕事だから行ったのだ。

「人としての最も基本的な義務は」とベン・ウエブスターは下院で演説していた。「世界で最も貧しく最も厳しい環境の地域に対して、いつでもどこでも可能な限り、持続的な発展を援助することなのです」それはさまざまな委員会や講演会、マスコミのインタビューなどで、ウエブスターが何回となく力説していた持論だった。

〝兄は良心的な人だったわ……〟

リーバスには、その点に関しての疑問はなかった。そんな人物を城の胸壁から真下の岩へ突き落とさなければならない理由など何一つ考えつけなかった。精力的に働いていたにしろ、ベン・ウエブスターはペネン・インダストリーズに脅威を与える存在になっていたとまでは言えない。リーバスは自殺説に戻った。ウエブスターはさまざまな紛争や飢餓や絶望的状況で精神的に参ってしまったのかもしれない。G8会議でも進展はほとんど望めないこと、よりよい社会を築きたい願いがまたしても頓挫することを事前に知っていたのだろう。その現状に注目を集めるため、虚空に向かって跳んだのか？　リーバスは納得できなかった。ウエブスターは各国の政治家や外交官など、強大な影響力を持つ世界の有力者との晩餐会に出席したのだ。なぜ憂慮している点を彼らに訴えなかったのだ？　問題を提起し、声高に主張しなかったのだ？　わめけばいいではないか……

……

その叫び声は暗闇へ跳んだときに、夜空へ向かって発せられた。

「違う」リーバスはつぶやき、かぶりを振った。ジグソーパズルが完成して一つの絵が現われたものの、いくつかのピースが誤ってはめこまれたままのような気がした。

「違う」もう一度つぶやき、資料に目を戻した。

〝良心的な人……〟

それから二十分ほど経ったとき、一年前の日曜紙の付録に掲載されたインタビュー記事が目に入った。ウエブスターは下院議員に初めて当選した頃のことをたずねられている。彼には師と仰ぐ人物がいた。コリン・アンダースンという、やはりスコットランドを地盤とする議員で、労働党の野心的な政治家である。

リーバスの選挙区から出た下院議員。

「葬儀には来なかったな、コリン」リーバスは小声で言い、いくつかの文に下線を施した。

〝ウエブスターはアンダースンが新米議員の自分にいろいろと助言してくれたことを認めるのにやぶさかではなかった。『わたしがへまをしないよう気を配ってくれた。そのことはいくら感謝しても感謝しきれない』しかし慎重なウエブスターは、自分が現在の政務秘書官になったのは、アンダーソンの強力な推薦によるという噂についてたずねられると、口が重かった。その地位は、各方面との主導権争いの際に、通商大臣を強力にサポートすることとなる……〟

「なるほどな」リーバスは冷め切っているにもかかわらず、カップの表面を吹いて冷ました。

「すっかり忘れていましたよ」リーバスはテーブルへよその椅子を引っぱってきながら言った。「おれの選挙区の議員が、通商大臣でいられることを。お忙しいのはわかってるんで、手短に話します」

そこはエジンバラ南部にあるレストランだ。夜の早い時間だが、店は混んでいた。ウエイターがリーバスのために席の用意をし、メニューを渡そうとした。コリン・アンダースン議員は二人用のテーブルに、妻と向かい合って座っていた。

「誰なんだ、きみは？」アンダースン議員がたずねた。

リーバスはウエイターにメニューを返した。「食事はしない」と告げる。そして議員に「ジョン・リーバスという者で、警部です。秘書から聞いてませんでしたか？」

「身分証を見せてもらえるかね？」アンダースンが命じた。

「秘書のせいじゃないんですよ」リーバスが説明した。「おれ、少し大げさに言ったもんで。緊急の用件だって」

警察手帳を開いて見せる。議員がそれを入念に見ている間、リーバスは妻へ微笑を向けた。

「席をはずしましょうか……？」妻がテーブルから立つそぶりをした。

「機密に属する話ではないんです」リーバスが安心させた。アンダースンが警察手帳を返した。

「申し訳ないがね、警部、今はちょっと都合が悪いんだよ」

「秘書から話はお聞きになったはずです」

アンダースンはテーブルから携帯電話を取りあげた。

「電波が届かない」

「何とかしなければなりませんね。市内の多くの箇所がいまだにそんな状態で……」

「酒を飲んでるのかね、警部？」

「飲むのは勤務時間でないときだけですよ」リーバスはせわしくポケットを探り、ようやく煙草のパックを取りだした。

「ここは禁煙だ」アンダースンが注意した。

リーバスは煙草のパックが勝手に手の中に入ったかのごとく、まじまじと煙草を見つめた。詫びの言葉を述べて、煙草をしまった。「葬式においでになりませんでしたね」と議員に言う。

「葬式とは？」

「ベン・ウエブスターのです。彼が新米議員だった頃、仲がよかったんでしょう」

「ほかに用事があったもので」議員は腕時計を見た。

「ベンの妹が言ってましたよ。亡くなった兄はすぐに労働党から忘れ去られるだろうって」

「それはちょっと不当な言いがかりだよ。ベンは友人だったし、葬式にはぜひ出席したかったんだが……」

「しかし忙しかったんですね」リーバスはなるほどと言わんばかりの態度だった。「だけどここへは来た、寸暇を盗んで奥さんと二人でひっそりと簡単に食事をしに。それなのにおれが話を通しもしないで押しかけてきた」

「今日は妻の誕生日でね。たいへんだったんだが、何とか時間が取れたんだよ」

「それをおれがぶちこわしてしまったんです」リーバスは妻のほうを向いた。「おめでとうございます」

ウエイターがワイングラスをリーバスの前に置いた。

「じゃあ水でもどうだ?」アンダースンがたずねた。リーバスはうなずいた。

「G8で忙しかったんでしょう?」妻が身を乗り出してたずねた。

「G8があるのに、忙しかったんです」リーバスが言い直した。リーバスは夫婦が視線を交わすのを見て、その考えを読んだ。これはデモや騒乱や爆破事件で精神的に耐えきれず、酒を飲み過ぎた警官だ。そっと扱わなければならない不良品。

「この話は明日に回すわけにはいかないのか、警部?」アンダースンが穏やかにたずねた。

「おれはベン・ウエブスターの死亡事件について捜査しているんです」リーバスの声は自分の耳にも鼻にかかって聞こえた。おまけに目の端がかすんできた。「自殺する理由が見あたらないので」

「というより、事故だったんじゃないですか」妻が意見を述べた。

「あるいは押されたか」リーバスが平静に言った。

「何だと?」アンダースンは目の前のナイフやフォークをいじっていた手を止めた。

「リチャード・ペネンは海外援助に武器輸出を結びつけようとしていたんでしょう? どういう仕組みなんです——規制を緩めてもらう代わりに、まとまった寄付をするとか?」

「馬鹿なことを言うな」アンダースンの声音にいらだちが混じった。

「あの夜、城におられたんですか?」

「わたしはウエストミンスターで仕事をしていた」

「ウエブスターがペネンに話をした可能性は? もしかしたらあなたの強い要請により?」

「何を話すというんだ?」

「武器輸出を縮小するように、と……武器はすべて農機具に替えよ、と」

「おいおい、リチャード・ペネンをいわれもなく中傷してはならない。何か証拠があるなら、見たいものだ」

「おれもです」

「ということは、証拠がない？　では何を根拠にこの魔女狩りをしている、警部？」

「ロンドン警視庁公安部がおれを捜査から閉め出したこと。少なくとも自分たちに従わせようとしたことです」

「ところがそれを破りたいんだな？」

「それしか道はないんで」

「ベン・ウエブスターは傑出した下院議員だった。党の希望の星だった……」

「彼はあなたが何らかの主導権を争う際には、あなたを最大限に支援したはずだのに」リーバスは言わずにいられなかった。

「知ったかぶりをして言うんじゃない！」アンダースンが怒声を発した。

「彼は大企業をいらだたせるタイプですか？　賄賂を受け取らず、金で動かない人間ですか？」リーバスは頭がぼやけてきた。

「疲れていらっしゃるようね、警部」妻が思いやり深く言った。「またの機会になさったらいかが？」

リーバスはかぶりを振りながら、その重さを感じていた。床に倒れ込みそうだった。体がだるい。

「あなた」と妻が知らせた。「ロージーが来たわ」

あわてた様子の若い女がテーブルを縫って近づいてくる。ウエイターは二人用の席にさらに椅子を用意してくれと頼まれるのではなかろうか、と気にしている。

「メッセージを何回も入れたんですが」ロージーが言った。「そのうちに、ふと、届いていないんじゃないか、と思ったものですから」

「電波の圏外だ」アンダースンが携帯電話を叩きながら、不機嫌に答えた。「こちらは警部」

リーバスは立ち上がり、アンダースンの秘書に自分の席を勧めた。ロージーはかぶりを振り、リーバスの視線を避けた。

「警部は現在、停職処分中で、その行動に対する査問を待っているところです」そこでロージーはリーバスをじっと見た。「あちこちへ電話をかけて確認したんです」

アンダースンの太い眉毛の片方が釣り上がった。

「勤務中ではない、と言いましたよ」リーバスが釘を刺した。

「そんなはっきりした言い方ではなかったように思うが。ああ……前菜が来た」ウエイター二人が取り囲み、一人はスモークサーモンの皿を置き、一人はオレンジ色のスープを置いた。「もう帰ってくれるね、警部」それは頼みというより命令だった。

「ベン・ウエブスターをもう少し思いやってもいいんじゃないですか?」

アンダースンはその言葉を無視し、ナプキンを広げた。しかし秘書には何の心の咎めもなかった。

「出ていって!」と語気鋭く命じる。

リーバスはゆっくりとうなずいて席を立ったが、後ろを向こうとして思い出した。「おれの住んでいるあたりの歩道がひどく傷んでいるんですよ」と議員に告げる。「たまには時間を割いて選挙区を訪問してくださいよ……」

「乗って」声が命じた。リーバスが振り向くと、シボーンが彼の住まいの前に車を停めていた。

「車、きれいになったな」リーバスが言った。

「当然よ、あなたの友達の修理工の請求額からしたら」

「帰ろうとしてたんだが……」

「予定変更よ。一緒に来てもらいたいんです」少し黙る。「だいじょうぶですか?」

「酒を少し飲んだんで。おそらくやってはならないことをやっちまった」

「まあ、珍しいこと」しかしリーバスがレストランへ行った話をすると、びっくり仰天した顔をまだ保っていた。

「またこっぴどく怒られるだろうな」というのがリーバスの結びの言葉だった。

「当然ね」シボーンはリーバスが助手席に座ると、自分の側のドアを閉めた。

「きみはどうしてた?」

シボーンは両親のことと、ステイシー・ウエブスターのカメラに入っていた写真について語った。後部座席に手を伸ばして証拠品を渡した。

「で、これから市会議員に会いに行くってことか？」

「そのつもりだったんですが。なぜにやにやしてるの？」リーバスは写真に見入っている振りをした。「お母さんは誰に殴られたか気にしていないって言うんだろ。ベン・ウエブスターが死んだことも誰も気にしていない。なのにおれたち二人ときたら」顔を上げてシボーンに疲れた笑みを向けた。

「それがわたしたちの仕事なんです」シボーンが穏やかに答えた。

「同感だ。誰がどう考えようとどう言おうと関係ない。いやね、きみは間違った教えばかりおれから得たんじゃないかと、心配になるんだよ」

「わたしにだって常識はありますシボーンが言い返し、車のギアを入れた。

ガレス・テンチ市会議員はダディングストン・パークにある、そこそこ大きなヴィクトリア朝建築の邸宅に住んでいた。広い道路に面しているが、その通りの邸宅は人目を避けるように、やや奥まったところに建っている。ニドリから車で五分とかからないが、そこは別天地だった。上品で閑静な中流階級の住宅地。裏側には、ゴルフコースが隣接しており、ポートベロの海岸もごく近い。シボーンがニドリ・メインズ・ロードを選んで走ったので、キャンプ地内の人口が激減しているのが見えた。

「ボーイフレンドに挨拶してくるか？」リーバスがからかった。

「あなたは車に残っていてください」シボーンが言い返した。「わたしがテンチと話をするわ」

「おれは完璧に酔いが醒めてるよ」リーバスが言い張った。

「とにかく……行こう」ラトクリフ・テラスのガソリンスタンドで車を停め、リーバスは清涼飲料のアーンブルーと鎮痛剤を買い求めた。

「発明者はノーベル賞ものだな」リーバスはそのどっちを指しているのか言及しなかった。

テンチの邸宅の前に車が二台停まっていた。前庭はすべて舗装され、車置き場になっている。居間の明かりが灯っていた。

「優しい警官役と怖い警官役、そのどっちを取る？」玄関のベルを鳴らすシボーンに、リーバスがたずねた。シボーンはほのかな笑みでそれに応えた。ドアを開けたのは女だった。

「ミセズ・テンチ？」シボーンは警察手帳を掲げながら呼びかけた。「ご主人とちょっとお話をしたいのですが」

そのとき、家の中からテンチの声がした。「誰なんだ、ルイーズ？」

「警察官よ、ガレス」妻は背後に向かって大声で答え、招き入れるかのように少し身を引いた。二人は無言で入り、居間に着くと同時に、テンチが二階から降りてきた。室内のしつらえはリーバスの好みではなかった。タッセルでくくられたビロードのカーテン、暖炉の両側の壁に取り付けられた真鍮の室内灯、床面積に対して大きすぎるソファ二脚。真鍮色と大きすぎる、という形容がルイーズ・テンチにも当てはまりそうだった。イヤリングがぶらぶらと揺れ、ブレスレットがガチャガチャと音を立てている。褐色の肌は化粧によるものか、日焼けサロンに通ったものらしく、高くまとめあげた赤毛も染めたようだった。青いアイシャドーもピンクの口紅もやや濃すぎる。室内に小さな置き時計が五個もあるのを見て、リーバスはこの部屋には何一つ議員の好みが反映されていないのだろうと察した。

「こんばんは、議員」シボーンが居間に入ってくるテンチに挨拶した。テンチは答える代わりに天を仰いだ。

「何でこんなにしつこいんだ？　迷惑行為で訴えるべきかね？」

「そうなさる前に、テンチ議員」シボーンが平静に話し始めた。「この写真をご覧になってください」写真を渡す。「もちろん、あなたの選挙区のこの住民の顔をご存じですね？」

「裁判所前であなたが立ち話をしていた、あの男ですよ」リーバスが親切そうに言った。「そうそう……デニースがよろしくって言ってました」

テンチは妻のほうへちらっと恐れるような視線を向けた。

自分の椅子に戻ったルイーズは、テレビの音を消して画面に見入っている。「この写真が何か？」テンチはいささか必要以上に声を張ってたずねた。

「この男が棒で女性を殴っているのが見えますね」シボーンが話し続けた。リーバスは注意深く観察しており、耳も澄ませていた。「次の写真で、この男は群衆の間にもぐりこもうとしています。でもこの男がそばにいた無関係の人間に暴力を振るったことは、間違いないですね」

テンチは疑わしげな表情で、二つの写真をせわしく見比べている。「デジタルカメラだろう？」と指摘する。「簡単に細工ができるはずだ」

「怪しげな細工をしたのは写真じゃありません」リーバスは釘を刺さずにはいられなかった。

「それはどういう意味だ？」

「名前を教えていただきたいのです」シボーンが言った。「明日裁判所でたずねることもできますが、あなたから直接うかがいたいので」

テンチが鋭く見つめた。「なぜだ？」

「なぜなら……」シボーンは間を空けた。「なぜなら、どういう関係なのかを知りたいからです。あなたはたまたま二度もキャンプ地を通りかかり……」写真の顔を指さす。「この男の窮地を救いました。そのあとあなたはこの男が釈放されて出てくるのを裁判所前で待っていた。そしてこの写真があります」

「この男はな、市内の最貧地区に住む若者の一人というだけだ」テンチは声を低めているものの、一語一語に力を込めていた。「両親にも、学校にも、あらゆる人生のチャンスにも恵まれなかった若者だよ。しかしこの男がわたしの選挙区に住んでいる以上、わたしは面倒を見る。貧しく不運な若者であれば、わたしは誰であれ彼と同等に扱う。もしそれが犯罪だと言うのなら、わたしは進んで被告人席に立ち、反論する」口から唾が飛んでシボーンの頬に付いた。シボーンは指でそれを拭いた。

「名前を教えてください」シボーンが繰り返した。

「彼はすでに検挙された」

ルイーズ・テンチは相変わらず足を組んだ姿勢で、音を消したテレビを見つめている。

「ガレス」と妻が呼びかけた。「〈エマデール〉が始まるわ」

「奥さんがメロドラマを見られませんよ、いいんですか、テンチ議員？」リーバスが言い添えた。すでにドラマの開始を告げるタイトルが流れている。妻はリモコンを手に持ち、音量ボタンに指を置いていた。ガレス・テンチの顔を三人が見つめ、リーバスはデニースの名前をもう一度つぶやいた。

「カーベリーだ」テンチが言った。「キース・カーベリー」

突然、テレビから音楽があふれでた。テンチはポケットに両手をつっこみ、憤然と居間を出て行った。リーバスとシボーンは一瞬ためらってから、椅子の上で横座りしようとしている妻に別れの挨拶の言葉をかけた。妻は自分の世界に引き込まれ、返事をしなかった。玄関のドアが少し開いており、腕組みをしたテンチが仁王立ちで待っていた。

「悪い噂を流すのは、誰のためにもならんぞ」テンチがきっぱりと告げた。

「これが仕事なんです」

「わたしは農家の近くで育った、クラーク部長刑事。くさい臭いにはぴんと来るんだ」

シボーンはテンチをつくづくと見た。「わたしは一目でピエロだと見抜けるんです、たとえそんな衣装を着ていなくても」シボーンは歩道へ向かい、リーバスは残ってテンチの耳に顔を寄せた。

「あんたの若者が殴った女性は、彼女の母親なんですよ。ということは、この件には終わりがこない。わかりますか？　満足のいく結果をこちらが得るまではね」体を離して、さらにうなずいてみせる。「奥さんはデニースのことを知らないんですね？」と言い添える。

「それでわたしがオジーマンだとわかったんだな。エレン・ワイリーから聞いたんだ」

「賢明とは言えませんね、議員。浮気するなんて。ここいらは都会と言うより、村なんですよ。そういうことは遠からず露見するんだから――」

「何を言う、リーバス。そんな関係じゃない！」テンチが押し殺した声で罵った。

「さあどうですかね」

「このことを上司に報告するんだな？　いいとも、その上司の思い通りにすればいいじゃないか。わたしは屈服しないからな、上司にもあんたにも」テンチは挑むような視線を向けた。リーバスは少しの間、動かずに見返し、やがてにやりとしてから、シボーンのいる車へ向かった。

「特例を認めてくれるか？」リーバスはシートベルトを締めてからたずねた。シボーンは横目で、リーバスが煙草のパックを振っているのを見た。

「窓を開けておいて」シボーンが命令した。

リーバスは煙草に火を点け、宵の空へ煙を吐き出した。ほんの四十メートルも走らないうちに、横から車が現われ、目の前でブレーキを踏み、道路の半分を塞いだ。

「何だ？」リーバスが小声で罵った。

「ベントレーよ」シボーンが教えた。そのとおり、ブレーキ灯が消されると、運転席からカファティが出てきて、こちらへまっすぐ歩いてくる。リーバス側の窓へ顔を近づけた。

「縄張りから離れているぞ」リーバスが忠告した。

「あんただってそうじゃないか。ガレス・テンチの家をちょいと訪問したんだろ？　あんたを買収しようとしたんじゃなかろうな」

「テンチはおまえがおれたちに週五百くれてると思ってるよ」リーバスがのんびりと言った。「週二千で寝返るのはどうだって持ちかけた」カファティの顔に煙を吹きつけた。

「ポートベロにあるパブを買ったばかりでね」カファティが手を振って煙を払った。「飲みに来ないか」

「お断わりだ」リーバスがきっぱりと言った。

「なら、ソフト・ドリンクでも」

「何が望みなの？」シボーンはハンドルを握ったまままたずねた。

「おれの思い過ごしなのかな」カファティはリーバスに言った。「それとも彼女、強い女になったのか？」ふいに窓に手を入れ、リーバスの膝にあった写真を一枚奪った。二、三歩下がり、道路でその写真を目に近づけて見つめる。シボーンはすぐさま車を降り、つかつかと歩み寄った。

「こんな冗談は許さないわ、カファティ」

「そうそう、あんたの母親について噂を聞いたよ……このガキのことなら知ってる」

シボーンははっとして、写真を奪い返そうとした手を止めた。

「ケヴィンだかキースだかいう男だ」カファティが言葉を継いだ。

「キース・カーベリー」シボーンが言った。リーバスも車を降りようとしていた。カファティがシボーンを罠に陥れようとしている。

「おまえには関係のないことだ」リーバスがカファティに厳しく言った。

「もちろんだとも」カファティが同意した。「個人的な事柄だってわかってる。おれが手伝ってやれるんじゃないか、とふと思っただけだ」

「どうやって？」シボーンが食いついた。

「こいつの話に乗るな」リーバスが注意した。しかしカファティの目はシボーンを絡め取っていた。

「できるかぎりの方法で」カファティは穏やかに言った。

「キースはテンチの子分だろ？　二人の罪を同時にあばくほうがよくはないか、使い走りの子分だけに留まらず？」

「テンチはプリンシズ・ストリート・ガーデンズにいなかったわ」

「キースには生まれつきの分別が欠けている」カファティが言い返した。「そんな若者はたやすく他人の考えに染まるんだ」

「よせ、シボーン」リーバスはシボーンの腕を摑んで懇願した。「この男はテンチを破滅させたいんだ。どんな方法を取ろうがお構いなしなんだよ」カファティに指を振って警告する。「彼女は仲間じゃない」

「おれはただ提案しただけで……」カファティは降参の印に両手を挙げた。

「それはそうと、なぜ張り込んでいた？　ベントレーに野球のバットとシャベルを積んでいるのか？」

カファティはその言葉を無視して、シボーンに写真を返した。「賭けてもいいが、キースはレスルリグのあの店で玉突きをやってるだろうよ。それを確かめる方法は一つしかない……」

シボーンは写真を見ていた。カファティが名前を呼びかけると、我に返ってカファティを見つめた。やがてかぶりを振った。

「あとで行ってみるわ」

カファティが肩をすくめる。「いつだっていいぞ」

「あんたとは行かないわ」シボーンがきっぱりと言う。

カファティは傷ついた表情を作った。「そりゃないんじゃないか。おれが教えてやったのに」

「あんたとは行かない」シボーンが繰り返した。カファティはリーバスのほうを見た。

「強い女になったって、おれ言ったよな？　控えめな表現だったようだ」

「そうかもしれん」リーバスが相づちを打った。

## 21

バスに浸かって二十分ほど経った頃、インターホーンが鳴った。無視していたら、今度は携帯電話が鳴り出した。電話の主はメッセージを残した——メッセージが終わったことを携帯電話のブザーが知らせたからである。シボーンが車で送り届けてくれたとき、リーバスはまっすぐ自宅へ帰って休憩を取るようにと念を押しておいた。

「くそっ」シボーンに何か問題が起きたにちがいないと直感した。バスから出てタオルを体に巻き、濡れた足跡を残しながら居間へ入った。メッセージはシボーンからではなかった。エレン・ワイリーから。車で家の前まで来ているという。

「ご婦人方にこれほど人気があるなんて、初めてだよ」リーバスはつぶやいて携帯電話のリコールボタンを押した。

「五分待ってくれ」と言い、服を着た。インターホーンがまた鳴る。下の玄関ドアを解錠してから、フラットのドアの前に立ち、石段を三階まで上がってくるワイリーのかすかな靴音に耳を澄ませた。

「エレン、よく来てくれたな」

「ごめんなさい、ジョン。わたしたちパブにいたんだけど、どうしてもあのことが頭から離れなくて」

「爆破事件か?」

ワイリーがかぶりを振った。「あなたの事件」と説明する。二人は居間へ入った。ワイリーは資料が並べてあるところへ近寄った。壁を見てそちらへ歩み、ピンで留められた写真を見た。「この人でなしどもの資料を半日かけて読んだわ……こいつらの被害者の家族がどう思っているかを読み、しかもこんなやつらに、復讐する者がいるから気をつけろって教えてやらなければならないなんて思うと」

「でもそうすることが正しいんだ、エレン。こんなときこそ、自分たちは何か役立つことをやってるという確信を持たなければならない」

「もしこれが強姦魔じゃなくて爆破犯だったら、どうなの……」

「そんな仮定に何の意味がある?」リーバスはたずね、ワイリーが答える代わりに肩をすくめるのを待った。「何か飲むか?」

「お紅茶でも……」ワイリーは半ば振り向いた。「構わないかしら、こんなふうに押しかけてきたこと?」

「話し相手ができて嬉しいよ」リーバスは嘘をつき、キッチンへ入った。

マグ二個を手に戻ってきたとき、ワイリーは食卓につき、書類の最初の山を読みふけっていた。「デニースはどうしてる?」リーバスがたずねた。

「元気よ」

「なあ、エレン……」リーバスは自分に注意が向くまで待った。「テンチが妻帯者なのを知ってるのか?」

「別居中よ」ワイリーが訂正した。

リーバスは口元を引き締めた。「そうでもない。奥さんと同じ家に住んでいる」

ワイリーはたじろがなかった。「男ってどうして皆嘘つきなの、ジョン？　もちろん目の前の人は別として」

「不思議に思うんだが。なぜテンチはデニースに深い関心を抱いたんだろう？」

「妹って、そんなにもてないわけじゃないのよ」

リーバスは唇を軽く歪めて、その意見を認めた。「それでもだ、議員は被害者に惹きつけられたんだと思う。そういう男っているだろ？」

「何を言いたいの？」

「自分でもよくわからない……テンチを行動に駆り立てるものが何なのか、あれこれと考えてる」

「なぜ？」

リーバスはふんと鼻息を立てた。「それもまた、よい質問だな」

「議員が怪しいとでも？」

「容疑者は何人いる？」

ワイリーは肩をすくめた。「エリック・ベインは登録者リストから名前と情報をいくつか取り出せたわ。わたしの推測では、おそらく被害者の家族や、その分野の専門家の名前が出たと思う」

「テンチはそのどちらに分類される？」

「そのどちらでもないわ。それって容疑者になりますか？」

リーバスはワイリーの横に立ち、事件簿を見つめていた。「殺人犯のプロファイリングが要るね。この時点で判明しているのは、犯人が犠牲者を後ろから襲うってことだ」

「でもトレヴァ・ゲストを無惨な姿にした。切り傷や、引っ掻き傷、打撲傷が体一面にあった。しかもゲストのキャッシュカードを残したので、直ちに名前が判明したわ」

「特殊なケースだってことか？」

ワイリーがうなずいた。「でもシリル・コリアーも特殊なケースだったって言えます。彼だけがスコットランド人だったんだから」

リーバスはトレヴァ・ゲストの顔写真を見つめた。「ゲストはスコットランドで暮らしたときがあった。ハックマンからそう聞いた」

「どの地域かわかってるんですか？」

リーバスはゆっくりと頭を横に振った。「事件簿のどこかに書いてあるはずだが」

「三番目の被害者にスコットランドとのつながりが何かあるという可能性は？」

「考えられるね」

「それがポイントかもしれませんよ。ビースト・ウオッチとの関連を調べるよりも、被害者三人のつながりについて考えるべきなんです」

「意気込んでるんだな」

ワイリーがリーバスを見た。「わたし、興奮していて眠れそうもないんです。あなたは？　いくつか資料を貸してもらってどこかへ移動してもいいですけど？」

リーバスはかぶりを振った。「ここにいてもらって構わない」報告書を取りあげ、自分の椅子へ向かい、フロアランプを灯してからゆったりと座った。「デニースがきみのことを心配しやしないか？」

「携帯に、遅くまで仕事をするって打っておきます」

「場所は書かないほうがいい……噂が立つのはまずいから」

ワイリーが微笑した。「そうね。それは困るわ。そう言えば、シボーンにも知らせたほうがいいですか？」

「何を知らせるんだ？」

「彼女が捜査責任者なんでしょう？」

「そのことをつい忘れてしまうんだな」リーバスは気楽に答え、資料に目を走らせた。


目を覚ましたら、十二時近くになっていた。エレンが紅茶のお代わりを手に、キッチンから忍び足で戻ってきていた。

「ごめんなさい」エレンが謝った。

「居眠りしちまった」

「一時間以上眠っていたわ」エレンは紅茶を吹いて冷ましている。「何か収穫は？」

「取り立てて何も。ベッドに入ったらどうですか？」

「きみだけを働かせておいてか？」腕を上げて伸びをした

とたん、背骨がきしんだ。「おれならだいじょうぶ」

「疲れた顔をしてますよ」

「皆からそう言われてる」立ち上がってテーブルへ歩み寄る。「どこまで読み進んだ？」

「エドワード・アイズレーとスコットランドとのつながりが見つからなくて――親類もいないし、仕事関係でもないし、休暇の旅行もしていない。だったら、反対側の入り口から進んだんじゃないかと思い始めていて」

「どういう意味だ？」

「コリアーのほうが、イングランド北部と何かつながりがあったのではないか、と」

「考えられるな」

「でも、それもうまく進展しない」

「少し休憩したほうがいいんじゃないか」

エレンはマグを掲げて見せた。「ほら、これを見て？」

「もっとまともに休むってことだよ」

エレンは肩をぐるぐると動かした。「この建物にはジャクジーかマッサージ師が備え付けじゃないの？」リーバスの表情に気づいた。「冗談よ。あなたは肩もみが得意じゃないって気がするし……それに」口をつぐみ、マグを口に当てた。

「それに何だ？」

エレンはマグを下げた。「いえね、シボーンとあなたは……」

「同僚だ」リーバスがきっぱりと言った。「同僚だし、友人だ。それ以上ではない、噂はともかくとして」

「噂が広まっているわ」エレンが肯定した。

「噂は噂にすぎない――フィクションだよ」

「でもこれが初めてではないわね？　だってテンプラー主任警視とのこともあったし」

「ジル・テンプラーとは何年も前に終わった、エレン」

「今のことだとは言っていないけど」エレンは宙を見つめた。「わたしたちのこの職業……異性との関係が壊れないで続いてる人って何人いるかしら？」

「何人かいるよ。シャグ・デイヴィッドソンは結婚して二十年になる」

エレンは言い分を認めた。「でもあなた、わたし、シボーン……何十人でも名前を挙げられるわ……」

「この職業につきものなんだな、エレン」

「他人の人生を知りつくしながら……」事件簿に手をひらっと向ける。「だのに自分の人生を見つけるのはへたくそ」リーバスを見つめる。「シボーンとあなたの間にはほんとに何もないのね？」

リーバスがうなずいた。「だからおれたちの仲にくさびを打ち込もうなんて、考えるなよ」

エレンはその言葉に憤慨した表情を作ろうとしながら、適当な言葉を探した。

「きみはおれにモーションをかけてる」リーバスはきっぱりと告げた。「その理由として考えられるのはただ一つ、シボーンを怒らせるためだ」

「何を馬鹿な」エレンはマグをテーブルにどんと置き、その勢いで広げてあった資料にしぶきが飛んだ。「よくもそんなにうぬぼれて、誤解しまくって、頭が鈍いなんてことが……」椅子から立ち上がった。

「なあ、おれが間違ってたのなら謝る。もう深夜なんだ。二人とも少し睡眠を取ったほうが……」

「感謝して欲しいもんだわ」

「何に？」

「そっちがいびきをかいている間に、仕事を続けていたことよ！ 上司から怒られるのを承知の上で、手伝っていたことよ！ その全部よ！」

リーバスは立ち上がり、まだぼうっとしていたが、すぐにエレンが望んだ言葉を口にした。

「ありがとう」

「遅いわよ、ジョン」エレンは言い返し、コートとバッグを取りあげた。リーバスは後ろへ下がってエレンを通したあと、彼女がドアを閉める音を聞いた。ハンカチをポケットから出して、紅茶で濡れた書類を拭いた。

「そんなに汚れてない」リーバスはつぶやいた。「そんなに汚れてない」

「恩に着る」モリス・ジェラルド・カファティは助手席側

のドアを開けて言った。シボーンは少しためらったあと乗り込んだ。

「話をするだけですよ」シボーンが釘を刺した。

「もちろんだ」カファティはドアをそっと閉め、車を回り込んで運転席に入った。「今日はたいへんな一日だったな？　プリンシズ・ストリートに爆発物が仕掛けられたってデマが飛んだし……」

「車は動かさないこと」シボーンはその言葉を無視して宣言した。

カファティは自分の側のドアを閉め、半ばシボーンのほうを向いた。「上の部屋で話したってよかったんだ」

シボーンがかぶりを振った。「わたしのドアの敷居はまたがせないわ」

カファティは侮辱を受け入れた。アパートの彼女の部屋を見上げる。「今はもっとましなところに住んでいると思ったが」

「わたしは満足してます」シボーンが切り返した。「でも、どうやってわたしの住まいを突き止めたのか、教えてもらいたいもんだわ」

カファティは嬉しげに笑った。「友達がいるんでね。電話を一本かけるだけで事足りる」

「でも、ガレス・テンチには同じ手を使えないようね。その道のプロに電話を一本かけるだけで、テンチが消息不明になるとか……」

「テンチの死は望んでいない」カファティは適切な言い回しを探した。「身の程を知らせたいだけだ」

「屈辱を与えて？　屈服させる？　恐れさせる？」

「そろそろ市民にもテンチの真の姿を知ってもらうときだ」カファティが顔を近づけた。「あんたも今はテンチの実体を知っている。しかしキース・カーベリーだけを追っていると、ゴールをミスするぞ」にやりとする。「サッカーファン同士として、言ってるんだ。応援するチームは対立しているがね」

「わたしたちはすべての点で対立しているわ――それは心得ておいて」

カファティは軽く頭を下げた。「言い方までそっくりだな」

「誰と？」

「決まってるじゃないか、リーバスだよ。あんたたち二人ともやけに怒りっぽい。自分の考えが正しいと思いこみ……自分が誰よりも有能だと考えてる」

「あらまあ、これはカウンセリングなの」

「ほらな？　言ったとおりだろ。リーバスが糸で操ってるのか」含み笑いをもらす。「そろそろ自立した女になったらどうだ。それもリーバスが引退記念の金時計をもらう前に……ということは今すぐにでも」一呼吸して付け加える。

「今が絶好のチャンスだぞ」

「あなたからの助言なんて、聞きたくもない」

「助言じゃない――援助を申し出ている。おれたち二人が力を合わせればテンチを罪に落とせる」

「ジョンにも同じ提案をしたんでしょう？　あの夜、教会ホールで？　あなたは断わられたに決まってる」

「リーバスは受けたかったんだ」

「でも断わった」

「リーバスとおれは長年にわたって敵対関係にあった、シボーン。何がきっかけだったか忘れてしまうほど昔から。だがあんたとの間には、そんな歴史はない」

「あなたはギャングです、ミスター・カファティ。あなたの助力を得たら、わたしもあなたと同じ立場に成り下がる」

「いや、そんなことはない」カファティがかぶりを振る。

「あんたの仕事は、お母さんを襲った犯人を逮捕することだ。もしあの写真しか証拠がないのなら、キース・カーベリーを引っ捕まえ、それで終わりだ」

「ではおまけの証拠を提供すると言うのね？　ショッピング・チャンネルのいかさまセールスマンみたいに？」

「いくらなんでもひどい言い方だな」カファティがたしなめた。

「ひどいかもしれないけど、事実だわ」シボーンは言い返し、フロントガラスの前方を見つめた。タクシーから酔ったカップルが自宅前で降りている。車が走り去ると、カップルは抱き合い、キスを交わしながら歩道でゆらゆらと揺れていた。「だったら、スキャンダルはどう？」シボーンが口を開いた。「テンチ議員がタブロイド紙の一面を飾るようなものは？」

「何かあてがあるのか？」

「テンチは不倫をしているわ。奥さんがテレビのお守りをしている間に、女のところへ通っている」

「なぜそんなことを知ってる？」

「エレン・ワイリーという同僚がいて……妹が……」しかしそのニュースにはテンチだけにとどまらず……デニースの名前も載るだろう。「いえ」シボーンはかぶりを振った。「それは忘れて」自分はなんてバカなんだ、バカ、バカ、バカ……

「なぜだ？」

「なぜならとても心の繊細な女性を傷つけることになるから」

「ではそれはやめよう」

シボーンは向き直った。「じゃあ、もしあなたがわたしの立場だったとしたら、どうする？　ガレス・テンチにどう迫る？」

「もちろんキースの線からだ」星空の下で、それが自明のことであるかのようにカファティは言った。


メイリーは追跡を楽しんでいた。

これは特集記事ではなかった。編集者の親友に頼まれたよいしょ記事でも、誇大広告をしかける映画や書籍のための宣伝用インタビュー記事でもない。これは捜査である。こんな記事を書きたいがために、そもそもジャーナリストの道を選んだのだ。

行き詰まりになったときですら、わくわくしたし、これまでたびたび迷路に迷い込んだ。しかし今は、ロンドンのジャーナリストとつながりができたのだ――彼もフリーランスの記者である。二人は初めて電話で話し合ったとき、お互いに腹の探り合いをしたのだった。ロンドンのジャーナリストはイラクについてのテレビ・ドキュメンタリー企画に関わっていた。それは《バグダッドのコインランドリー》という題名になるはずだった。最初、彼はメイリーにその題名の由来を明かさなかった。しかしメイリーがケニアの知人の名前を出すと、少し態度を軟化させた。

メイリーはひそかに笑みをもらした。探り合いでは自分がリードしたい。

バグダッドのコインランドリーとは、イラクで資金がぐるぐると回っていること、とくに首都で盛んなことを意味していた。何十億、何百億ドルものアメリカのドルが、イラク再建に費やされた。しかもその多くは使途不明金である。土地の官僚への贈賄に用いられたスーツケース一杯の現金。とにもかくにも選挙が滞りなくおこなわれるように各方面にばらまかれた金。「極端な偏見に満ちた」とロンドンのジャーナリストが表現する、新興マーケットへアメリカ企業が乗り込んでくるときの資金。この不穏な情勢の中、安全を確保したいさまざまな勢力の間で、金がぐるぐると動いている……

武器購入のために。

シーア派、スンニ派、クルド人。たしかに水と電気の供給は生活の基本だが、性能のよい銃とロケット弾発射機も必需品なのだ。もちろん自衛のためである。武器で護られている安心感を持つことで、初めて再建が可能となるからだ。

「武器は禁止項目だと思っていたわ」メイリーはそのとき言った。

「監視の目が届かなくなったとたんに、元どおり武装するさ」

「そのすべてにペネンが関係してると思うのね？」メイリーは受話器を頬と肩で挟み、せわしくメモを取りながらたずねた。

「ごくごく一部だけどね。あの男は何というか、公文書の最後に付けられた脚注か追記にすぎない。しかも本人がどうこうというのではないだろ？　やってるのはあの男の会社だ」

「それと彼が付き合ってる人たちね」メイリーは一言付け加えずにはいられなかった。「ケニアでは、彼は二倍おいしい思いをするように手を打っていた」

「政府と反政府軍の両方に資金援助をしていたんだね？

ああ、その話は聞いたことがある。おれに言わせりゃ、珍しくも何ともない」

しかし外交官のカムウェズはもう少し詳細に語ってくれた。政府高官のための乗用車。反対派の指導者が権力を握っている地方での道路建設。主だった族長のための新しい家。そのすべては〝援助〟という名目で片づけられ、ペネンの技術供与により製造された武器は国の債務に入れられる。

「イラクでは」とロンドンのジャーナリストが話し続けた。「ペネン・インダストリーズは再建のあいまいな部分に投資しているようだ――つまり防衛産業に。ペネンが武器を供給し、人件費を支払っている。今回は民間企業が主体となって戦う、史上初の戦争かもしれない」

「その防衛産業は具体的に何をするの？」

「商売をしにイラクへ乗り込んでくる者のボディーガード役を務める。そのほか、バリケードに人員を配置し、米軍管理区域のグリーン・ゾーンを保護し、地元の名士がエンジンキーを安心して回せるようにする。《ゴッドファーザー》のシーンを再現することなく……」

「想像がついたわ。傭兵を提供するのね？」

「そうじゃない――完璧に正規兵だよ」

「でもペネンの金で雇われている？」

「ある程度は……」

しばらくしてメイリーは、また連絡を取り合おうと約束して電話を切った。ロンドンのジャーナリストはメイリーがイラクについて書かないかぎり、また協力し合えるだろうと、念を押した。メイリーは記憶が新しい間にメモをタイプし、それから意気揚々と居間へ行った。アランがだらしない姿勢で《ダイハード3》を見ていた――ホーム・シネマを買ったので、古いお気に入りの映画を片っ端から見ているのだ。メイリーはアランを抱きしめ、グラス二つにワインを注いだ。

「何の祝いだ？」アランはメイリーの頬にキスをした。

「アラン。あなたはイラクに行ったわね……その話をして」

その夜遅く、メイリーはベッドからそっと降りた。電話が鳴っていて、テキスト・メッセージの着信を告げている。《ヘラルド》紙の政治記者からだった。その記者とは二年前、ある授賞晩餐会で隣に座り合わせ、〈ムートン・カデ〉のワインを飲みながら、あらゆる部門の最終候補者らを冗談の種にしたのだった。メイリーはそのあとも連絡を取り、実のところ、その記者をかなり好ましく感じたのだった。とはいえ、妻帯者で、しかも幸せな結婚生活を送っているようだった……Tシャツだけしか着ていないメイリーは、カーペットを敷いた階段に座り、膝に顎をうずめ、メッセージを読んだ。

〝ペネンに関心があると白状すべきだったな。もっと聞きたいなら電話しろよ！〟

実のところ、メイリーは電話をかけただけではなかった。二十四時間営業のカフェで会いたいと要求し、真夜中にグラスゴーまで車を走らせた。カフェは酔っぱらった学生らしき若者が大勢いて、声高に話しているというよりも、眠そうだった。その記者はカメロン・ブルースという名前である。二人は「どっちを姓にしても、ファースト・ネームにしても、使える名前」だとよく冗談を言い合った。彼はスエット・シャツにジョッギングパンツ、くしゃくしゃの頭というかっこうで現われた。

「おはよう」カメロン・ブルースは腕時計をわざとらしく見ながら挨拶した。

「そんなこと言って。深夜に女の子をいじめては駄目よ」メイリーがたしなめた。

「ぼくはそういう男なんだ」カメロンの瞳がいたずらっぽく光るのを見て、メイリーは幸せな結婚生活の実体を調べねばならないと感じた。ホテルで会うことにしないでよかったと思った。

「じゃあ、皆にそう言いなさいよ」

「ぼくの冗談はまずくても、ここのコーヒーはまずくないよ」カメロンはマグを取りあげた。

「まずい冗談を聞くために、スコットランドの長い道のりを車で飛ばしてきたんじゃないわ」

「だったらなぜ来たんだ？」

そこでメイリーはくつろいで座り、リチャード・ペネンについて語った。当然ながら、ところどころを省いた。友達だとはいえ、カメロンは同業者である。カメロンは彼女の話に穴があることにちゃんと気づいていた。メイリーが一呼吸置いたり、言い方を変えようとしたりするたびに、心得顔に微笑を浮かべた。あるとき礼儀をわきまえない客が入ってきた。従業員がそれに応対している間、メイリーは話を中断した。従業員が慣れた様子で手際よくあしらったので、客はいつのまにか歩道に押し戻されていた。その客はドアを何回か蹴りつけ、窓ガラスを叩いたあと、のそのそと歩み去った。

二人はコーヒーのお代わりとバターをつけたトーストを注文した。今度はカメロン・ブルースが自分の情報を教えた。

というより、推測を語った――すべて取材中に得た噂を基にしているからだ。「だから丸飲みしないでくれ」

メイリーはこっくりとうなずいた。

「資金集めのパーティをしている」カメロンが言い切る。メイリーの反応。突然眠たくなったかのような芝居。カメロンが笑い、実はたいへん興味深いことなんだよ、と教えた。

「そうなの？」

リチャード・ペネンは、労働党への主だった個人的寄付者の一人だと判明した。彼の会社が政府との契約でどれほど利益を得ようとも、その行為自体に何ら違法性はない。

「人材会社の〈キャピタ〉もそうだ。ほかにも例は多い」カメロンが言った。

「わたしをこんなところまで呼び出して、ペネンはどこから見ても合法的なことを公明正大にやってると言うの？」メイリーはがっかりした口ぶりだった。

「それはどうかな。だからな、ペネンは両サイドの味方をしてるんだ」

「労働党だけじゃなく、保守党にも献金してるのね？」

「言ってみれば、そういうこと。ペネン・インダストリーズは保守党主催のパーティや保守党の大物政治家の後援もしている」

「でもそれはペネン個人が、というより会社が、でしょう？　だったらペネンは何も違法行為をしていないんだわ」

カメロンは黙って笑みを浮かべた。「メイリー、政治の世界では法律に触れなくても、厄介な問題が起こるんだよ」

メイリーはカメロンを睨みつけた。「何かあるのね？」

「もしかしたらな」カメロンはそう答えて、半分に切ったトーストにかぶりついた。

SIDE FOUR

# 最後の一突き

# 七月八日　金曜日

## 22

第一面は大惨事の報道で埋め尽くされていた。赤い二階建てロンドンバスの大きなカラー写真。すすをかぶった血まみれの怪我人がうつろな目を見開いている写真。白い大きな湿布を顔に押し当てた女性。エジンバラ市は大事件後のトラウマに陥っていた。プリンシズ・ストリートで不審な荷物を載せたバスが見つかり、周囲を立ち入り禁止にしたあと、レッカー車で除去された。近くの店舗で置き去りにされたレジ袋についても、同じ方法が取られた。道路にはガラスの破片がまだ散らばり、水曜日の暴動で花壇の一部は踏みつぶされたままだ。しかし、すべては遠い過去に思えた。市民は仕事へ戻り、ショーウインドーから囲いがはずされ、トラックに交通遮断用バリケードが積み込まれている。グレンイーグルズにいるデモ隊も人数が減ってきた。トニー・ブレアはロンドンから空路戻り、閉会式に出席した。スピーチや署名の儀式が残っているけれど、G8の意義について懐疑的なムードが漂っている。ロンドンの爆破事件は通商会議を短縮するかっこうの口実を与えた。アフリカには特別の援助が与えられることが決定したものの、キャンペーン運動家らが希望した内容にはほど遠かった。貧困と取り組む以前に、政治家はもっと身近な戦いに挑まなければならないのだ。

リーバスは新聞を折り畳んで、椅子の脇にある小テーブルへ投げた。ここはフェティス・アヴェニューにあるロウジアン&ボーダーズ警察本部の最上階の廊下だ。今朝ベッドから出ようとしていたとき、出頭命令が来た。リーバスが時間について交渉しようとすると、本部長の秘書は一切応じなかった。

「今すぐです」秘書が明言した。だからリーバスはコーヒーとロールパンと新聞を買いに立ち寄っただけで、ここへ来たのだ。まだパンの最後のかけらを手に持っていたとき、ジェイムズ・コービンのドアが開いた。リーバスはただちに部屋へ入ろうとして立ち上がったが、コービンは廊下の立ち話でじゅうぶんだと考えているようだった。

「きみは正式に警告されていたと思うが、リーバス警部——捜査からはずれるようにと」

「はい、そうです」リーバスが答えた。

「じゃあ、どういうことだ?」

「アウキテラーダーの事件に関わることは許されないと承知していますが、ベン・ウエブスターに関して、いくつかの疑問点を解明できるのではと思いまして」

「きみは停職処分を受けたのだ」

リーバスは驚いた顔をした。「一件に関してだけではないんですか?」

「停職処分がどういうものだか、よく知ってるはずだ」

「すみません。年のせいで」

「そうだろうとも」コービンが意地悪く言った。「きみはすでに年金を満額もらえる年になっている。なぜいつまでも仕事にしがみついているんだか、わからんな」

「ほかにやることがないからです」リーバスは間を置いた。「それはそうと、地元を代表する議員に住民が何かをたずねるのは、犯罪になりますかね?」

「彼は通商大臣だ、リーバス。ということは首相に話ができる立場にある。G8が今日終わるというのに、この段階でわたしたちに黒星がつくのは避けたい」

「ま、これ以上大臣をわずらわせる理由は何もないんで」

「そうあるべきだね——きみに限らないが。これが最後のチャンスだぞ。現時点ではきみは公式な譴責を受けずに済むが、今度きみの名前がわたしの机に載っていたら、そのときこそ……」コービンは指を挙げて強調した。

「お話はよくわかりました」リーバスの携帯電話が鳴りだした。ポケットから携帯電話を出して番号を見る。見覚えのない番号。耳に当てた。

「もしもし?」

「リーバスか? スタン・ハックマンだ。昨日電話しようと思ったんだが、なにしろ昨日はあの騒ぎがあったもんで……」

リーバスはコービンの視線を感じた。「おまえか」と優しい声になる。「あとで電話するから、必ず」キスの音を立て、電話を切った。「彼女なんです」とコービンに打ち明けた。

「肝っ玉のある女性だな」本部長はそう言い放って、自室のドアを開けた。

話は終わった。


「キース?」

シボーンは自分の車に座り、窓を開けていた。キース・カーベリーが撞球場の入り口へ歩いていく。そこは八時開店なので、確実を期して八時十五分前からここに車を停め、くたびれた顔の労働者がバス乗り場へ重い足取りで向かうのを見守っていた。キースを見つけると、シボーンはこっちへ来いと手振りで命じた。キースは不意打ちを恐れるかのように、左右をきょろきょろと見た。薄べったい黒ケースを脇に抱えている——中に自分のキューが入っているのだろう。まさかの場合はそれが武器になるのではないか、とシボーンは思った。

「何だ?」キースが言った。

「わたしを憶えてる?」

「ここからでもポリ公の臭いがするぜ」色の薄い野球帽の上に紺色ジャージーのフードをかぶせている。写真で見たのと同じ服装。「また会うだろうって思ってたよ——あの夜、あんたはわめきちらしてたもんな」わざとらしく股に手を当て、位置を調整してみせる。

「裁判所ではどうだったの?」

「楽しかったぜ」

「治安を乱した罪で起訴された」シボーンがすらすらと言った。「プリンシズ・ストリートに近づかないこと、及びクレイグミラー警察署に毎日出頭することを条件に保釈になった」

「あんた、ストーカーなのか? そんなふうに妄想に取り憑かれた女がいるって、聞いたことがあるぜ」笑い声を上げ、体を起こした。「もういいか?」

「話は始まったばかりよ」

「わかった」キースはそこを離れた。「だったら中へ来いよ」

シボーンは名前を呼びかけたが、キースはそれを無視した。ドアを開いて撞球場へ入ってしまった。シボーンは窓を閉め、車を降りてロックした。あとを追って〈ロニーズ・プール・アカデミー〉へ向かう。〝レスルリグ一のプール・ホール〟とある。

照明が暗くて、一日の終わりにきちんと掃除をしたことがないかのように、空気がこもっていた。すでにテーブルの二つに客がいた。キース・カーベリーは飲み物の自動販売機にコインを入れ、コーラの缶を取り出していた。従業員の姿が見あたらないので、おそらく従業員もプレーしているのだろう。ボールがカチンと当たり、ポケットに落ちる。ショットするたびに、必ず悪態をつく決まりらしかった。

「ちきしょう、ついてるぜ」

「くそったれ。トップ・コーナーに六番。さあ見てろよ、おめえら」

「スケだ、見ろや」

若者二人の目がシボーンに注がれた。キースだけは知らん顔をしてコーラを飲んでいる。ラジオから雑音混じりのバックグラウンド・ミュージックが流れる。

「何か用かい、おねえちゃん？」遊んでいる一人がたずねた。

「ちょっとプレーをしたいんだけど」シボーンは五ポンド紙幣を渡した。「くずしてもらえるかしら？」

その男はまだ十代だったが、早番の従業員のようだった。シボーンの紙幣を受け取り、食品を並べたカウンターの背後にあるレジの鍵を開けて、五十ペンス硬貨を十枚数えて出した。

「安いテーブルで」シボーンが注文した。

「ぼろいテーブルで」プレイをしていた一人が言い直した。

「黙ってろ、ジミー」十代の従業員が言った。しかしジミーは調子に乗ってきた。

「おい、ねえちゃんよ。《告発の行方》って映画を見たことあるか？　ジョディ・フォスターみたいに、レイプの瞬間が迫ってきたって感じてるなら、ドアにかんぬきをかけてやるぜ」

「やれるものならやってみるがいいわ。かんぬき締めになるのはそっちのほうよ」シボーンが厳しく言い返した。

「あの男は気にするなよ」十代の従業員が助言した。「ゲームしたいんなら、相手するよ」

「その女が勝負したいのはおれだ」キース・カーベリーがげっぷを噛み殺しながら、空き缶を握りつぶした。

「あとにするわ」シボーンは従業員に告げ、キースのテーブルへ歩み寄った。屈んでコインを入れる。「ボールをセットして」シボーンが言った。キースはラックを使ってセットし、その間にシボーンはキューを選んだ。キューのタップはどれもざらざらしているが、チョークは見あたらない。キースは自分のケースを開け、二本に分解してあるキューをねじ込んで長くした。ポケットから新品の青色キューブを出し、キューをこする。青チョークをポケットに戻し、シボーンにウインクした。

「欲しいんなら、ここへ来て取れよ。気晴らしにおれの体をまさぐるか？」

一斉に馬鹿笑いが起こったが、シボーンは知らん顔で手球へかがみこんでいた。色あせた羅紗はところどころほつれていたが、シボーンが巧みに手球を打つと、球がばらけ、ストライプ球がミドル・ポケットへ入った。さらに続けてもう二球をポケットに沈めたところで、次は打つ角度を誤った。

「おまえよりもうまいぞ、キース」遊んでいた一人がやじった。

キースはその言葉を無視し、続けざまに三球を入れた。四球目はテーブルの長さ一杯に跳ね返らせて落とそうとしたが、ほんの数センチのところではずした。シボーンがセイフティ・プレイの妨害策に出たので、キースはスリー・クッションでスヌーカー状態を脱しようとした。ファウルになった。

「二ショットのペナルティ」シボーンが言い渡した。シボーンは次のボールをポットするには二打を必要とすると思ったが、手球をクッションではじかせてボールを一回でうまく沈めたので、ほかのテーブルから誰かの歓声が上がった。その場の男たちはプレイする手を止め、見物していた。さらに二球がまっすぐにポケットへ落ち、黒球だけが残った。黒球をボトム・クッションに沿わせて走らせたが、ポケットの手前で停止してしまった。キースがそれを片づけた。

「もう一回やっつけてやろうか？」キースが得意げな笑みを浮かべて言った。

「それより先に何か飲むわ」シボーンは自動販売機へ近づき、ファンタを買った。キースがあとを追った。ほかのゲームが再開された。シボーンはその場の男たちにある程度受け入れられたように感じた。

「わたしのことをほかの人たちにしゃべらなかったわね」シボーンは小声で言った。「ありがとう」

「何が目当てなんだ？」

「あなたよ、キース」シボーンは折り畳んだ紙を渡した。プリンシズ・ストリート・ガーデンズのあの写真のプリントアウトである。キースはそれを受け取り、見つめてから返そうとした。

「で？」

「あなたが殴った女性……彼女をよく見て」シボーンはファンタの缶からごくりと飲んだ。「わたしと似ていない？」

キースがまじまじとシボーンを見た。「ありえねえ」

シボーンがうなずいた。「あなたのおかげで母は入院したわ。相手が誰であろうと、どんなひどい怪我をしようと、あなたは関心がない。あなたは暴れるためにあそこへ出かけ、楽しもうとした」

「そのために送検されたんだぜ」

「あなたの起訴状を見たわ、キース。検事はこの件を知らなかった」シボーンは写真を指で叩いた。「あなたに関する起訴事実は、群衆からあなたを引きずり出した警官の証言だけ。あなたが棒を投げ捨てるのを目撃したという。最終的にどうなると思うの？　罰金五十ポンド？」

「失業手当から週に一ポンドなら支払えるさ」

「でもこの写真を検事に渡したら——ほかの写真もまとめてね——そうしたら服役は間違いないんじゃない？」

「何があってもやっていけるよ」キースが自信たっぷりに言う。

シボーンがうなずいた。「あなたは何回か服役したことがあるからね。でもね、時によっては」一呼吸置いて付け足す。「そうもいかなくて」

「はあ？」

「忠告するわ。突然、締め付けがきつくなることだってある。極めつけの悪党だけが入る棟にほうりこまれるかもしれない。そこは性的犯罪者、精神病質者、何も失うものがない終身刑受刑者がいる。あなたの記録によると、何回か未成年犯罪者として収監され、日中は自由に行動できる刑務所に入った……ほらね、あなたがやっていけると言ったのは、ほんとの刑務所を経験しないで済んだからにすぎない」

「これほどまで脅すのは、あんたのおふくろがたまたま棒に当たったからか？」

「そうじゃなくて、わたしにはそれをやれる力があるからよ。でも一つ言いましょうか。あなたのお仲間のテンチは、昨夜この話を知ったのに……あなたに何の警告もしなかったなんて変ね」

十代の従業員がテキスト・メッセージを受け取った。こちらへ呼びかける。「おい、そのカップルよう、ボスが用事だってさ」

キースがシボーンから従業員へ目を向けた。「何だ？」

「ボス」十代の従業員は立ち入り禁止と記されたドアを指さした。その上部の壁に監視カメラが据え付けられている。

「行ったほうがいいわ」シボーンが言った。「そうでしょ？」彼女が先頭に立ち、ドアを引き開けた。その向こうは廊下で階段がある。屋根裏が事務室になっていた。机と椅子、書類用キャビネット。壊れたキュー何本かと空っぽのウオーター・クーラー。汚れた天窓二つから光が差し込んでいる。

そしてビッグ・ジェル・カファティが待っていた。

「おまえはキースだな」カファティが握手の手を差し伸べ

た。キースは握手をしながら、きょろきょろと二人に視線を走らせていた。「おれが誰だかわかるだろ?」キースはためらったあと、うなずいた。「そうだろうとも」カファティはキースに座れと身振りで示した。シボーンは立ったままでいた。

「この店を持ってるんですか?」キースはわずかに震える声でたずねた。

「もう何年にもなる」

「ロニーは?」

「おまえが生まれる前に死んだよ」カファティはズボンにチョークの粉が付いているかのように、膝を払った。「さて、キース……おまえのよい評判を聞いているんだが——しかし、おれにはおまえが道を誤ってるように思える。手遅れにならないうちに、細くてまっすぐな正道へ戻ることだな。おふくろが心配してるぞ……親父は頭がおかしくなっちまってるから、おまえを殴ったら倍返しを受ける始末だ。兄貴たちはすでに車の窃盗罪でショッツ刑務所に入っているし」カファティはゆっくりとかぶりを振った。「おまえの人生はあらかじめ方向が決まってるも同然だ。そのとおり進むしかない」少し間を空ける。「だがな、それを変えられるんだ、キース。おれたちに協力してくれたら」

キースはまごついた様子だった。「おれは罰せられるのかい?」

カファティが肩をすくめた。「もちろん、そうするよう取りはからうこともできる——このクラーク部長刑事はおまえが赤ん坊のように泣く姿を見たいに決まってるからな。それも当然だよ、彼女の母親にあんなひどいことをやったんだからな」またしても間を空ける。「しかし、別の選択肢もある」

シボーンはもぞもぞと動いた。キースを引っ立ててここから出て行き、カファティの魔力的な声音から逃れたい思いが湧いた。カファティもそれに気づいたのか、視線をシボーンに移し、彼女の決断を待った。

「どんな選択肢ですか?」キースがたずねた。カファティは答えなかった。今もシボーンから目を離さない。

「ガレス・テンチ」シボーンがキースに説明した。「テンチを挙げたい」

「それには、おまえが売る」カファティが言い添えた。

「売る？」

キースの足は力が抜けて立ち上がれそうもなかった。カファティを恐れているのだ。彼はわたしも恐れているにちがいない、とシボーンは思った。

おまえがこれを望んだのだぞ、とシボーンは自分の胸に言った。

「テンチはおまえを利用している、キース」カファティは子守歌のような甘い声になっていた。「テンチはおまえの友達ではない。以前からそうだ」

「友達だなんて言われたことがない」キースは言い返さずにはいられなかった。

「よく言った」カファティが立ち上がった。体の幅は机の幅ほどにも見えた。「そのように自分にしょっちゅう言い聞かせることだな。時機が来たとき、気持ちがずいぶんと楽になるだろうから」

「時機？」キースが訊いた。

「テンチをこちらへ引き渡す時機だよ」

「さっきは済まなかったな」リーバスはスタン・ハックマンに謝った。

「おれ、何かの邪魔をしたようだな？」

「本部長から叱られてる最中だったんだ」

ハックマンが笑った。「あんたはおれ好みの男だよ、ジョニー・ボーイ。でもなぜ、おれがあんたの恋人にならなきゃならなかった？」片手を挙げる。「いや、当ててみよう。あんたは仕事の話だと本部長に知られたくなかった……ということは、仕事をしちゃいけないってことだ――そうだろうが？」

「停職処分を受けてね」リーバスが認めた。ハックマンが両手を叩いて笑った。二人は〈ザ・クラッグズ〉というパブにいる。開店したばかりで、客は彼らしかいなかった。〈ポロック・ホールズ〉にいちばん近い、ビデオやボード・ゲーム、音響システム、安いハンバーガーを取りそろえた、学生目当てのパブである。

「おれの人生をそんなにおもしろがってくれるやつがいて、嬉しいよ」リーバスがつぶやいた。

「で、無政府主義者を何人殴っちまったんだ?」

リーバスはかぶりを振った。「おれは覗いちゃならないところを、しつこく覗いてたんだ」

「今言ったように、ジョン――あんたはおれ好みだね。それはともかく、〈ヌック〉を紹介してくれた礼をちゃんと言ってなかったな」

「役に立てて嬉しいよ」

「結局、あのヌード・ダンサーと寝たのか?」

「いや」

「あのな、おれの女はブスにしては最高だったぜ。VIP部屋にすら行かないで済んだ」一瞬、ハックマンは思い出に耽るうっとりとした目つきになったが、まばたきして自分を取り戻した。「じゃあ、あんたがレッド・カードをもらったんだったら、どうすべきだろうね? あんたにおれが手に入れた情報を教えるか、それとも未決の箱に放り込むか?」

リーバスはグラスを取って一口飲んだ――フレッシュ・オレンジのジュース。ハックマンはすでにラガーを半分ほど飲み干している。「おれたちはたんに雑談をしてる二人の戦士ということだ」リーバスが言った。

「そのとおりだ」イングランド人のハックマンが感慨深くうなずいた。「そして別れる前に最後の一杯を飲んでる」

「帰るのか?」

「今日遅くに」ハックマンが肯定した。「おもしろくなかったとは言わないよ」

「またこちらへやって来いよ。行けなかった観光名所を案内してやる」

「そうか、それで取引成立だ」ハックマンは椅子から少し身を乗り出した。「トレヴァ・ゲストがこっちでしばらく暮らしていたって、前におれ言っただろ? で、おれが所属してる署の仲間に頼んで、古い事件簿の埃を払ってもらったんだ」ポケットに手を突っ込み、手帳を取りだして、走り書きしたページを出した。「トレヴァはボーダーズ地方にしばらくいたんだが、このエジンバラにもっと長く住んでいた」テーブルを指で突く。「クレイグミラーに部屋を借り、デイケア・センターで働いていた――その当時は身元調査をしていなかったんだろうな」

「成人のためのデイケア・センターか？」

「老人だ。便所や食堂へ車椅子を押していた。少なくとも、トレヴァはそう言っていた」

「そのときには、もう犯罪歴があったんだね？」

「押し込み強盗二件……クラスAの麻薬所持……付き合ってる女に暴力を振るったこともあったが、女は告訴しなかった。となれば、あんたの被害者の二人までは地元に縁があったんだ」

「そうだな」リーバスが同意した。「どれぐらい前の話だ？」

「四、五年前」

「ちょっと待っててもらえるか？」リーバスは立ち上がって駐車場へ行き、そこで携帯電話を取りだしてメイリー・ヘンダーソンへかけた。

「ジョンなんだが」

「よくぞ電話してくれたわ。なぜクルーティ・ウエル事件が鳴りをひそめてしまったの？　編集長がわたしをしつこくつついて困ってるのよ」

「今わかったんだが、第二の犠牲者がエジンバラでしばらく暮らしていたんだ。クレイグミラーのデイケア・センターで働いていた。ここに住んでいる間に、彼が何か面倒を起こしたんじゃないかと思ってね」

「そんなことは警察のコンピュータで探したら一発じゃないの？」

「おれは昔ながらのつてを頼るほうが好きなんだよ」

「データベースを調べてみてもいいわ……新聞社の裁判所担当に何か知らないかたずねてみましょうか。ジョウ・カウリーって人がもう何十年もその仕事をやってるの――どんな小さな事件でも全部憶えてるわ」

「そりゃいいね――五年ぐらい前のことなんだ。何かわかったら電話してくれ」

「殺人犯が近くにひそんでるかもしれないってこと？」

「きみの編集長には言わないでおこう……あとになって期

待が裏切られるかもしれないからな」

リーバスは電話を切り、店内へ戻った。ハックマンは二杯目のビールを前にして座っている。リーバスのグラスへ顎をしゃくった。

「同じものを奢るなんてことは、侮辱になるから言わないぞ」

「要らないよ」リーバスが安心させた。「面倒なことをやってくれて、感謝してる」開いた手帳をぽんぽんと叩く。

「仲間の警官が困ってるときは、何だってやるさ」ハックマンがグラスを掲げた。

「仲間と言えば、ポロックではどんなムードだった?」

ハックマンの顔がまじめになった。「昨夜は沈鬱だったよ。ロンドン警視庁の連中は電話をかけまくっていた。すでに引き払った者もいたし。おれたちはロンドン警視庁が嫌いだけど、テレビに出てるロンドンのやつらが、何があろうともひるまないと語っているのを見ると……」

リーバスはうなずいて同意した。

「あんたとちょっと似てるよな、ジョン?」ハックマンが笑った。「その顔に書いてあるよ——あんたは自分のクビが危ないぐらいじゃあ、あきらめないからなあ」

リーバスはどう返事をしようかと迷ったあと、ハックマンに、もしかしてクレイグミラーのデイケア・センターの住所を知らないかとたずねた。

ザ・クラッグズの丘から車で五分とかからないところにデイケア・センターはあった。

そこへ向かう車中で、メイリーから電話がかかってきた。トレヴァ・ゲストに関して、エジンバラでの犯罪歴が見つからなかったという。ジョウ・カウリーがゲストを憶えていなかったので、公判に回されていないのだそうだ。リーバスはとりあえず礼を述べ、自分が何かを探り出したとしたら、それについての優先権は今も彼女にあると約束した。

ハックマンは帰る支度をするためにポロックへ戻っていった。二人は握手を交わし、ハックマンが「〈ヌック〉以外の歓楽街」を案内しようと言ったリーバスの言葉を持ち出した。

「約束するよ」リーバスは請け合ったが、二人ともそんな機会が訪れることを本気で信じていなかった。

デイケア・センターは工業団地の横にあった。ディーゼル・エンジンの排気ガスの臭いと、ゴムが焼けるような臭いが漂っている。頭上でカモメがうるさく鳴きながら、餌はないかと狙っている。デイケア・センター自体は棟のつながった平屋で、温室ふうの部屋が増築されていた。窓越しにアコーディオンに聴き入る老人たちの姿が見えた。

「十年後のおれだ、ジョン」リーバスはつぶやいた。「それも運がよかったらの話だが」

てきぱきとした秘書がミセズ・イディだと名乗った。ファースト・ネームは言わなかった。トレヴァ・ゲストは週に二時間、それも一カ月ほど働いただけだったのに、彼女は書類用キャビネットにちゃんとゲストの書類を残していた。しかしプライヴァシーや人権うんぬんと言って、それを見せることを断わった。許可書を手に入れた場合は、むろん話は別である。

リーバスは了解した印にうなずいた。建物内は殺人光線なみの温度に設定されていて、リーバスの背中から汗が噴き出した。事務室は狭くて密閉され、タルカムパウダーの甘酸っぱい臭いが立ちこめている。

「この男は警察の厄介になったことがあるんです」リーバスはミセズ・イディに告げた。「雇ったときにそれを知らなかったなんて、どういう訳ですかね？」

「彼に前科があることは知ってました、警部。ガレスから聞いていたので」

リーバスはまじまじと顔を見た。「テンチ議員のことですか？　テンチがトレヴァ・ゲストをここへ紹介した？」

「こんなところで働く、屈強な若い男性を見つけるのは難しいんですよ。テンチ議員はいつも親切にしてくれて」

「就職希望者を見つけてくれるってことですか？」

ミセズ・イディがうなずいた。「感謝してるんです」

「そのうち議員がお返しを求めに来ますよ」

五分後、新鮮な外気へ出ようとしたとき、アコーディオン演奏が終わり、モイラ・アンダーソン（一九三八年生まれのスコットランドの女性歌手）の曲が流れていた。その瞬間、ショールを膝に掛けて座り、スコットランド民謡《チャーリー・イズ・マイ・ダーリング》を聴きながらゆで卵をスプーンで食べさせてもらうぐらいなら、自殺すると固く決心した。

シボーンはリーバスの住まいの前に停めた自分の車の中にいた。彼のフラットの階まで上がってみたのだ。リーバスはいなかった。別に構わない——まだ心が動揺している。神経が立っていて、それはカフェインのせいにはできなかった。バックミラーで見ると、いつもより顔色が悪い。頬をぱちぱちと叩いて血色を少しでもよくしようとした。ラジオをつけているが、ニュース専門局を聞くのはあきらめた。どれも余裕のない堅苦しい口調か、甘ったるく媚びた口調に聞こえる。そこでクラッシックのFM局にした。メロディーに聞き覚えはあるのだが、曲名がわからない。突き止める気にもなれなかった。

キース・カーベリーは弁護士の尽力でかろうじて死刑を免れた男のような足取りで、〈ロニーズ・プール・アカデミー〉を歩み去った。外の世界があるものなら、一刻も早くその空気に触れてみたい、というような足取り。従業員が自分のキューを持って帰れ、と注意したほどだった。シボーンはその様子を監視カメラで見守った。汚れた画面なので、人の姿がはっきりと映らない。カファティは店内の音声も傍聴できるようにしており、モニターから少し離れたところにあるおんぼろスピーカーから、ひび割れた声が聞こえてくる。

「何を急いでるんだ、キース？」

「うるせえ、ジム・ボブ」

「おまえのライト・セーバーを置いていくのか？」

キースはそそくさとキューをケースに収めて立ち去った。

「これで確かだな、あいつを手に入れたのは」カファティが静かに言った。

「役に立つかどうだか」シボーンが付け加えた。

「あせらないことだ」カファティが忠告した。「忍耐を学んでも損はない、クラーク部長刑事……」

そして今、車中にいるシボーンはいくつかの道を考えた。いちばん簡単なのは、検察官に証拠を提出してキース・カーベリーを今度はもっと重罪で裁判にかけることだ。その場合、テンチは無関係となるが、別に構わないではないか？　たとえニドリのキャンプ地でのあの襲撃をテンチがしかけたとしても、賃貸住宅に囲まれた裏庭で彼女を救ってくれたのだ。キース・カーベリーはシボーンをたんにからかっていたのではなかった。興奮して顔に血が上っていた……

本気で脅していたのだ。

シボーンが怯え、狼狽するさまを見たかったのだ。

そんなキースはつねに冷静さを取り戻せるとはかぎらない。おりよくテンチが現われてその場を収めてくれたのだ。テンチに借りがある……

とはいえ、母親を殴った罪でキースを捕まえるぐらいでは、気が済まない。納得できない。もっと多くを求めている。謝罪の言葉や改悛の情、数週間か数カ月間の服役だけでは物足りない。

携帯電話が鳴り、シボーンはハンドルを握りしめていた手を離した。画面がエリック・ベインだと告げている。小さく唸ってから電話に出た。

「何かしら、エリック？」シボーンはことさら明るい口調で言った。

「その後どうだい、シボーン？」

「はかどってないわ」笑い声を上げて白状し、鼻の付け根をもんだ。感情をコントロールしろよ、と自分を戒める。

「そうか、それはともかく、話を聞いてみたらいいんじゃないかって思う人がいるんだ」

「そうなの？」

「大学に勤めてる女性でね。何カ月か前、ぼく、コンピュータの設定を手伝ったんだ……」

「よかったわね」

電話からしばらく返事が返らなかった。「どうかしたのか？」

「何でもないわ、エリック。あなたは元気なの？　モリーは？」

「モリーは元気にしてる……えっと、ぼく、大学講師の話をしていたよね？」

「もちろんよ。その人に会ったほうがいいと思うのね」

「そうだな、まずは電話したらいい。もしかしたら無駄骨かもしれないんでね」

「たいていそんなもんよ、エリック」

「そんな言い方はないだろ」

シボーンは目を閉じ、大きなため息を聞かせた。「ごめんなさい。エリック。悪かったわ。あなたに八つ当たりするなんて」

「何が原因なんだ？」

「一週間分の無駄骨」

エリックが笑った。「許してあげるよ。あとで電話する、きみの気分が収まった頃合いに――」

「ちょっと待って、いいわね？」シボーンは助手席に手を伸ばし、バッグから手帳を取りだした。「電話番号を教えて。その人に電話するわ」

エリックが読み上げた番号をメモし、名前を適当に書き留めた。姓名ともに綴りの見当がつかない。

「どんな情報を彼女が握ってると思うの？」シボーンがたずねた。

「妙ちきりんな仮説をいくつか」

「嬉しいわ」

「聴いたって別に害にはならない」エリックが言い添えた。

しかしシボーンはそうともかぎらないことを知っている。人の話を聴くと、その余波が出る場合がある。

しかも自分に跳ね返る場合がある。


リーバスは久しぶりに市議会を訪れた。議事堂はハイ・ストリートに面し、セント・ジャイルズ大聖堂の向かい側にある。その両側の道路は駐車禁止だが、リーバスは地元住民の大半と同じく、掲示を無視して歩道際に車を停めた。以前、ここは商人の集会所として建てられたと聞いた憶えがある。だが商人がここを嫌って従来どおりのやり方を続けたため、政治家たちは計画の失敗を認める代わりに、自分たちがここへ移り、議事堂にしたのだった。しかし間もなく、市議会も移転することになっている――ウエイヴァリー駅横の駐車場が再開発用地に指定された。その建設がどれほど予算を超過することになるか、今のところ皆目わからない。もしスコットランド議会議事堂の二の舞を演じたら、エジンバラのパブは新しい悲憤慷慨のネタを客に提供することだろう。

　市議事堂はメアリー・キングズ・クローズという、悪疫の蔓延した古い通りを埋めた上に建てられた。何年も前に、リーバスはその湿った地下迷宮で起こった殺人事件を捜査したことがあった――カファティの息子が殺されたのだ。今やその地下は整備され、夏には観光客が訪れる。歩道に女性職員が一人いて、道行く人にチラシを配っていた。メードの帽子、ペチコートの重ね着という服装のその女性は、リーバスに割り引きクーポンを渡そうとした。リーバスはかぶりを振った。新聞によると、地元の観光名所はG8の影響をかぶったそうだ――この一週間、観光客はエジンバラに近づかなかった。

「ハイホー、シルヴァー・ライニング（ジェフ・ベックの曲）」リーバスはペチコートから裏地《ライニング》を連想してつぶやき、その出だしを口笛で吹いた。受付の女性が、それはカイリー（カイリー・ミノーグ。下着姿で歌うセックスシンボル的な女性歌手）の曲なのとたずねたあと、にっこり笑って冗談であることを示した。

「ガレス・テンチをお願いします」リーバスが言った。

「いないと思いますよ」その受付係が言った。「金曜日だから……金曜日には選挙区の用事をする議員が多いんです」

「早めに仕事を終えるかっこうの口実ってことですね？」リーバスが察した。

「何をおっしゃってるんだか」しかし、もちろんわかっていると言わんばかりの笑みを浮かべた。リーバスは彼女が気に入った。結婚指輪をしているのかと目をやると、ちゃんとあった。またも恋に破れた男が一人とばかりに、口笛を《アナザー・ワン・バイツ・ザ・ダスト》（邦題は《地獄へ道連れ》、クイーンの曲）のメロディーに変更した。

　受付係は目の前のクリップボードの表を見ていた。「運がよかったわね。都市再活性化委員会の分科会だわ……」背後の時計を見る。「あと五分ほどで会合が終わります。秘書に伝えましょうか、お名前は……？」

「リーバス警部」リーバスも笑みを浮かべた。「ジョン、と呼んでくれてもいい」

「おかけになって、ジョン」

リーバスは感謝の印に会釈した。ほかの受付係はもっと運が悪そうで、街路のゴミ箱について議員と面会したいと主張する年配の夫婦を追い返そうとしている。

「ひでえんだよ、ゴミ箱じゃないとこにどさっと捨てやがった」

「車のナンバーはぜーんぶ控えたんだけどね、近くに誰もいないもんで……」

リーバスは腰をかけ、手近な文書を手に取らないことにした。ニューズレターふうにごまかした、市議会の宣伝文ばかりだ。それは定期的に郵便箱に配達され、リーバスのリサイクル運動への協力に役立っている。そのとき携帯電話が鳴ったので、開いた。メイリー・ヘンダーソンの番号。

「何かな、メイリー?」

「今朝言い忘れたんだけど……リチャード・ペネンのことが少しわかった」

「詳しく説明してくれ」リーバスは市議事堂前の中庭へ戻った。市長の車がガラスドアの横に停まっている。その横で立ち止まって煙草に火を点けた。

「ロンドン高級紙のビジネス部門記者がね、《プライヴェート・アイ》みたいな週刊誌に記事を売るフリーの記者を紹介してくれたの。そのフリー記者がテレビのプロデューサーを引き合わせてくれて。そのプロデューサーっていうのが、国防省から分離されて以来のペネンにずっと注目していたんです」

「なるほど、きみは今週、スコットランド銀貨の褒美に値する働きをしたんだな」

「そうね、だったら今から〈ハーヴェイ・ニコラス〉デパートへ行って、気前よく買い物でもするわ」

「わかったよ、もう無駄口は叩かない」

「ペネンはトライメリノというアメリカの会社とつながりがある。その会社は今、イラクに社員を送り込んだところ。イラク戦争で兵器を含め、あらゆる設備が破壊されたでしょ。で、トライメリノは政府側を再武装させるための商売をする……」

「政府側って誰のことだか」

「……イラクの警察官と新しい軍隊がしっかりと身を護れるようにするわけよ。それをね——聞いて——人道的な使命と呼んでるのよ」

「ということは援助金を商売にしてるのか？」

「イラクには何十億も注ぎ込まれてるわ——すでに多額の使途不明金が出ているけど、それはまた話が別。海外援助金という玉虫色の世界。それがテレビのプロデューサーのキャッチフレーズ」

「プロデューサーはリチャード・ペネンを投げ縄で捕らえようってのか？」

「そう願ってる」

「それが例の死んだ政治家とどう関係するんだ？　ベン・ウエブスターがイラクへの援助金を左右できたという、証拠みたいなものがあるのか？」

「そこまではない」メイリーが認めた。リーバスは煙草の灰がローヴァーのつやつやしたボンネットに落ちたのに気づいた。

「きみが何か隠しているような気がするんだな」

「亡くなった下院議員と関係してることじゃないわ」

「ジョンおじさんに打ち明けるってのはどうだ？」

「この話はあなたには何の役にも立たないと思う」少し間を置いて言い添える。「でも記事にはできるかも。プロデューサーからこの話を打ち明けてもらった記者は、わたしが最初だから」

「よかったな」

「もう少し熱をこめて褒めてほしいもんだわ」

「すまん、メイリー……考え事をしていたもんで。ペネンをいっそう締め付けるものが見つかれば、それに越したことはない」

「でもあなたには直接役立たないと思うけど？」

「きみはずいぶんおれのために働いてくれたよ。そこからきみが何かを得たとすれば、それは当然の権利だ」

「まさにわたしの思いと同じだわ」少し黙ったあとで言う。

「あなたのほうは何か進展があった？　トレヴァ・ゲスト

が働いていたデイケア・センターへは、もちろん行ったんでしょう?」

「収穫はなかった」

「わたしに教えてくれるネタはないの?」

「今のところはない」

「ごまかしてるように聞こえるけど」

建物から人が出てきたので、リーバスは脇へ退いた――お仕着せを着た運転手に続いて、小さなブリーフケースを持った制服の男。その背後から市長。女性市長は自分の車についた灰に気づいたらしく、リーバスに眉をひそめ、後部座席に乗り込んだ。二人の男は前の席に座った。リーバスはブリーフケースの中には市長の権限に伴うもろもろが入っているのだろうと察した。

「ペネンについて教えてくれてありがとう」リーバスはメイリーに言った。「今後も頼むよ」

「次はあなたのほうから電話して来る番よ」メイリーが言い返した。「やっと話し合える仲に戻ったんだから、一方通行はいやだわ」

リーバスは電話を切り、煙草をもみ消して、建物内へ戻った。中では、先ほど応対してくれた受付係も車輪付きゴミ箱に関する押し問答に加わっていた。

「環境衛生監視事業所へ通報するべきだわ」受付係が主張していた。

「そりゃどうかねえ、あいつら、取り合ってくれねえよ」

「どうにかしてよ!」男の妻が叫んだ。「人間が番号扱いされるのは、もううんざりだわ!」

「わかったわ」担当となった受付係がため息をついて負けを認めた。「あなたがたの話を聞いてくれるような、手の空いた人を捜してみますので。あそこの券を取って」受付係が顎で機械を示す。年老いた男はそこらから紙切れを引っ張り出すと、その券を見つめた。

番号。

リーバスの受付係が手招きして彼を呼び寄せ、身を乗り出すようにして議員がもうすぐ来ると囁いた。老人夫婦へちらっと目を走らせ、そのことを聞かれたくない気持ちを示した。

「公的な用件なんでしょう？」受付係は用向きを探ろうとした。リーバスは彼女の耳に顔を寄せ、うなじから漂う香水を意識した。

「下水の掃除を頼みたくて」リーバスが打ち明けた。受付係は一瞬、驚いた顔になったが、冗談だと期待してあやふやな笑みを浮かべた。

　間もなく気むずかしい顔つきのテンチ議員がロビーに現われた。ブリーフケースを、それで身を護るかのように、胸に抱きしめている。

「これは重大な迷惑行為と紙一重の行動だぞ」テンチが声をひそめて怒った。リーバスは同意するかのようにうなずいてから、年寄り夫婦のほうへ手を向けた。

「この人はテンチ議員ですよ」リーバスは夫婦に告げた。「力になってくれる人です」夫婦ははや立ち上がって、憤怒の形相のテンチのほうへふらふらと歩み寄ってきた。

「話が済んだら、おれは外で待っているんで」リーバスがテンチに告げた。

　リーバスがもう一本煙草を吸い終える頃に、テンチが出て来た。窓越しに中へ目をやると、老夫婦はまた椅子に座り、次の人に会う段取りができて、いちおうほっとしたかのような、穏やかな表情を浮かべていた。

「最低の野郎だな、あんたは」テンチが怒りのこもった声を上げた。「その煙草を一本くれ」

「煙草を吸うとは知らなかった」

　テンチはパックから一本抜き取った。「ストレスを感じたときだけだ……だが禁煙条例の施行が迫ってきてることでもあるし、だったら今のうちに楽しんでおくべきだと思ってね」煙草に火を点け、深々と吸いこみ、鼻孔から煙を吐き出した。「世の中には煙草にしか楽しみがない者もいることだしな。ジョン・リドがごみためのような公営住宅に住むシングルマザーについてコメントした言葉を憶えているだろう？」

　リーバスはよく記憶していた。とはいえ、ジョン・リド国防大臣自身はとっくに煙草をやめていたので、喫煙の弁護をしたにしては、説得力がなかったのだ。

「あのことについては申し訳ない」リーバスが窓のほうを

顎で示して言った。

「あの夫婦の言うことにも一理ある」テンチが認めた。

「しかるべき者があの二人に会うことになった……だが担当者に電話をしたら、嬉しがっていなかったぞ。彼のティーショットが九番ホールのグリーンに乗ったところだったらしい。バーディーを狙ってもう一打というところだったのに……」

テンチが微笑し、リーバスも同調して笑みを浮かべた。二人はしばらく無言で煙草を吸っていた。まるで友達というような空気が醸し出された。しかしテンチは沈黙を破らざるを得なかった。

「あんたはなぜカファティと組んでいる？　あいつはわたしの及びもつかないほどの悪党だ」

「それについては反論しませんよ」

「じゃあなぜ？」

「おれはあいつと組んでいない」リーバスがきっぱりと言った。

「そうは見えないが」

「だったら、それは現実に目をつぶっているからですよ」

「わたしは有能な議員だよ、リーバス。信じられないなら、選挙区の住人にたずねてみればいい」

「あなたは議員として、すばらしく有能にちがいありませんよ、テンチ議員。都市再活性化委員会の委員であるからには、あなたの選挙区には金がどっと流れ込む。おかげで選挙民は楽しく健康的に生き、行儀よく振る舞っているはずですからね」

「スラムは新しい住宅団地に生まれ変わり、地元産業は存続するために効果的な手段を講じられたんだ……」

「老人ホームもグレードアップされた？」リーバスが付け加えた。

「もちろん」

「そしてあなたの推薦した職員が働いている……トレヴァ・ゲストがそのケースに当てはまる」

「誰だって？」

「以前、あなたはゲストをデイケア・センターに就職させた。ニューカッスル出身の男です」

テンチがゆっくりとうなずいた。「ゲストは酒や麻薬の問題を抱えていた。そういうことってあるだろうが、警部？」テンチは意味ありげにリーバスを見た。「わたしは彼を地域社会に溶けこませようと努力した」

「うまく行きませんでしたね。ゲストは南へ戻って殺されたんです」

「殺された？」

「アウキテラーダーで遺品が見つかったうちの一人です。もう一人はシリル・コリアーだった。奇妙なことに、コリアーはビッグ・ジェル・カファティに以前雇われていたんです」

「またしても何か企んでいるんだな。わたしを何かと結びつけようとしてる！」テンチは煙草をぐいぐいと突き出すような仕草をした。

「被害者についておたずねしたかっただけなんです。どうやってゲストと知り合ったのか、なぜあの男に手を貸そうと思ったのかを」

「それがわたしの仕事だからだ——さっきから何遍も言っているように！」

「カファティはあなたが縄張りに入り込もうとしていると考えてます」

テンチはあきれたような顔をした。「この話は前にもしたじゃないか。わたしの望みはただ一つ、カファティが刑務所にほうりこまれることだけだ」

「もし警察がやらなければ、あなたがやる？」

「そのためには全力を尽くすね——そのことは前にはっきりと言った」テンチは顔を洗うかのように、掌で顔をこすった。「まだわからないのか、リーバス？ あんたがカファティの子分でないものとしてだが、カファティはわたしを貶めるために、あんたを利用してると考えたことは一度もないのか？ わたしの選挙区では麻薬が大きな問題となっている——それについては何としてでもわたしの手で解決したいと思っている。わたしがいなくなれば、カファティは好き放題にやるだろうよ」

「あなたはあのあたりのちんぴら集団を支配下に置いている」

「そんな馬鹿な！」

「おれはどういう仕組みなのか知っている。自分の意のままになるフードをかぶったちんぴら連中が暴れると、あなたはここぞとばかりに自分の意見を述べ立てて、自治体から金をさらに引き出すんです。つまりは、暴力沙汰を金の成る木に仕立て上げたんだ」

テンチはリーバスを見つめ、大きく息を吐き出した。左右をきょろきょろと見る。「ここだけの話にしてくれるね？」しかしリーバスは応じなかった。「わかった。あんたの言うことにも少しは真実があるかもしれん。都市再生の資金を引き出すこと。それがすべての基だからな。あんたにいつでも帳簿を見せるよ。はした金に至るまで、すべてきちんと記載されているから」

「帳簿では、どんな項目の下にカーベリーが記載されているんですか？」

「キース・カーベリーみたいな若者を思いどおりにはできない。せいぜいたまに指導してやるぐらいだね……」テンチは肩をすくめて見せた。「プリンシズ・ストリートで起こったことはわたしとは何の関係もない」

リーバスの煙草はフィルターのところまで燃え尽きていた。煙草を投げ捨てた。「ではトレヴァ・ゲストは？」

「わたしの援助を求めてきた、精神的に落ち込んだ男だった。ゲストは人の役に立ちたいというようなことを言った」

「なぜ？」

テンチはゆっくりとかぶりを振り、足下に落とした煙草を踏みにじりながら、考え込んだ表情になった。「何かがあったような感じを受けたね……それで死の恐怖が心に忍び込んだような」

「どんなことだろう？」

肩をすくめる。「麻薬絡みか……魂の暗黒を覗いたのか。ゲストは警察沙汰になるような悪いことをやったが、それよりもっと深いものがあるような印象を受けた」

「でも結局は服役した。加重住居侵入罪、暴行、強制わいせつ未遂……あなたのよきサマリア人的な芝居は、もひとつ効果がなかったようだな」

「芝居だとは思いたくない」テンチは目を落として道路を見つめたまま、穏やかに言った。

「あなたは今も演技をしている」リーバスが言い放った。

「なぜかというと、あなたはそれが得意だからだ。同じ演技を使って、エレン・ワイリーの妹をものにしたんだ――一杯のワインと同情の言葉を与え、家にはテレビ漬けになってる奥さんがいることは黙っていた」

テンチは傷ついた顔をしたが、リーバスは冷ややかな笑い声を上げた。

「不思議に思うんだが」とリーバスはさらに言葉を続けた。

「あなたはビースト・ウオッチのサイトを見ていた――その画面からエレンと妹を罠に誘い込んだんだから。だからあなたの友達のトレヴァ・ゲストの写真も見たにちがいない。そのことを一度も口にしなかったとは、妙だな」

「あんたが無理やりわたしをはめこもうとしている考えに、みずから協力するのか?」テンチはのろのろと首を振った。

「あなた自身の言葉で、トレヴァ・ゲストについて話してもらいたい――これまでおれに話したことすべてと、何か付け加えることがあればそれも。ゲイフィールド・スクエア署でお願いします――今日の午後にでも。ゴルフの時間に食い込まなければいいんですがね」

テンチはリーバスの顔を見た。「わたしがゴルフをするとどうしてわかった?」

「さっきの話しぶりでですよ――いやに詳しくゴルフのことを言ってたから」リーバスはぐっと顔を近づけた。「あなたの考えは丸見えなんです、議員。おれの知ってる連中に比べれば、あなたは子供の絵本のように単純明快だ」

その捨てぜりふに満足して、リーバスはテンチを放免した。車へ戻ると、監視員がうろうろしていた。リーバスはダッシュボードに出した〝警察〟のマークを指さした。

「わたしの目こぼしということで」監視員が釘を刺した。

リーバスは投げキッスをしてから運転席に入った。車を発進させながら、バックミラーを見ると、大聖堂の前で誰かがこちらを見つめていた。あの日裁判所で着ていたのと同じ服装。キース・カーベリーだ。リーバスはゆっくりと車を動かし続けた。カーベリーの視線がよそへ移ったので、リーバスはサーブを停め、バックミラーから観察を続けた。カーベリーが道路を渡り、雇い主に何か言葉をかけに行くのだろうと思ったのに、薄べったい黒色のブリーフケースを脇にはさみ、フード付きジャケットのポケットに両手を突っ込んだまま、彼はその場を動かなかった。観光客が行き交う真ん中でたたずんでいる。

観光客には目もくれない。

道路の向こうを見つめている。

市議事堂のほうを。

市議事堂を……そしてガレス・テンチを。

## 23

「どうしてたんだ？」リーバスがたずねた。

アーデン・ストリートでシボーンがリーバスの帰りを待っていた。リーバスは、もし彼のフラットを今後もオフィスとして使うようなら、鍵を渡さないといけないな、と言った。

「これと言って何も」部屋に入ったシボーンは、上着を脱ぎながら答えた。「あなたのほうは？」

二人はキッチンへ入った。リーバスはケトルのスイッチを入れながら、トレヴァ・ゲストとテンチ議員について語った。シボーンは質問を挟みながら、マグ二つにリーバスがスプーンですくったコーヒーを入れるのを見守った。

「エジンバラのつながりが見えましたね」シボーンがうなずいた。

「まあな」

「確信していない口調ですね」

リーバスはうなずいた。「きみは言った……エレンもだ。トレヴァ・ゲストが鍵となるだろう、と。ゲストは体中に傷を負っていたし、ほかの被害者とは少し異なる感じがしてきた……」言葉がとぎれた。

「どういうこと？」

しかしリーバスは再びかぶりを振り、マグをスプーンで掻き回した。「テンチはゲストに何かが起こったのだろうと考えている。ゲストは麻薬と酒に溺れていた……その後エジンバラへ逃げ、クレイグミラーに居着いた。そしてテンチ議員と知り合い……数週間老人のデイケア・センターで働いた」

「事件簿には、それ以前にもそれ以後にもそんな仕事をしたなんて、一言も書いてありません」

「泥棒なのに、おまけに現金が必要にちがいないときに、そんな仕事に就くなんて変だな」

「何らかの方法でそこから金を巻き上げるつもりでなかったら、そうですね。デイケア・センターは金が紛失したというような話をしませんでしたか？」

リーバスは首を横に振ったものの、携帯電話を取り出し、ミセズ・イディに電話をかけて確認した。ミセズ・イディが電話に出て否定したとき、シボーンはすでに居間の食卓につき、資料を再び熟読していた。

「エジンバラでの服役はどうだったんですか？」

「メイリーに調べさせた」シボーンが驚いてリーバスの顔を見た。「おれたちがまだ調べていることを、誰にも悟られたくなかった」

「では、メイリーは何て言ってるんですか？」

「よくわからなかったと言っている」

「エレンに電話してみては？」

リーバスはその意見が正しいとわかっており、電話をしたが、エレンに注意深くやれよ、と念を押した。

「コンピュータで検索すると、名刺を残したも同然だからな」

「わたしは大人の女よ、ジョン」

「そりゃそうだろうが、本部長が目を光らせている」

「だいじょうぶ」

リーバスはがんばってくれと言い、ポケットに携帯電話をしまった。「どうしたんだ？」シボーンにたずねた。

「なぜ？」

「ぼんやりとした顔をしていた。両親に電話をしたのか？」

「二人が帰ったあとはまだ」

「いちばんいいやり方は、あの写真を検察官に渡して立件に持ち込むことだ」

シボーンはうなずいたが、納得していない表情だった。

「あなたならそうするのね？　もしあなたの大切な人が誰かに暴力を振るわれたら？」

「ここには空いている場所があまりないんだよ」

シボーンがリーバスを見つめた。「こことは？」

「おれが乗っている止まり木だ。おれにくっついて止まるのは嫌なんだろ」

「どういう意味？」

「写真を渡して、あとは判事と陪審員に任せろってことだよ」

シボーンはリーバスの目を食い入るように見続けていた。

「たぶんあなたの言うとおりね」

「選択の余地はない」さらに言い添える。「考えるまでもない」

「確かにね」

「もしくは、ミスター・ベースボールキャップを手荒く痛めつけて何か吐かせろ、っておれに頼んでもいいけど」

「それには少し年を取りすぎていない？」シボーンの顔に微笑の陰がよぎった。

「まあな」リーバスがその言葉を認めた。「でもやってみる気はあるぞ」

「いいえ、そんな必要はないわ。わたしは事実を知りたかっただけ」少しの間、考え込んだ。「だってね、警官仲間の一人がやったと思ったから……」

「この一週間の騒ぎを考えたら、そうであっても不思議はない」リーバスは穏やかに言い、椅子を引いてシボーンの向かい側に座った。

「でもわたしは見過ごせなかった。それを言いたいのよ」

　リーバスはわざとらしく書類を自分のほうへ向けた。

「警官を辞めたくなった？」

「それも一つの方法だった」

「だが、今は気持ちがすっきりしたんだな？」リーバスは慰めてやりたかった。シボーンはゆっくりとうなずき、書類を取りあげた。「なぜこの男はもう襲わないの？」

　リーバスは考えを切り替えるのに少し手間取った。市議事堂の前でキース・カーベリーを見かけたことを言おうとしていたのだ。「わからん」しばらくして答えた。

「だって、間隔が短くなるものなんでしょう？　殺人の味をしめたあとは？」

「それが定説だね」

「そしてやめられなくなる？」

「やめる者もいる。その心に何を抱えてるにしろ……それが犯人を地下に潜らせるのかもしれない」リーバスは肩をすくめた。「おれはその方面の専門家だと言うつもりはない」

「わたしも。だからこそ、専門家だという人にこれから会うんです」

「何だって？」

　シボーンは腕時計を見た。「今から一時間後に。ちょうどその間にどんな質問をしたらいいか、考えられるわ……」


　エジンバラ大学の心理学部はジョージ・スクエアにある。スクエアを取り巻くジョージ王朝様式の建物群の二面は取り壊されて、コンクリートの箱のような建物がいくつも新しく建っているが、心理学部はそんな新しいビルに挟まれた古い建物の中にあった。ロシン・ギルリー博士は最上階に研究室を持ち、そこからは庭園が見渡せた。

「この時期は静かで気持ちがいいですね」シボーンが言った。「学生たちがいないから」

「ただし、八月にはさまざまなフリンジ・ショーのために庭園を開放しますけど」ギルリーが反論した。

「まったく新しいタイプの人間実験室ができあがるわけですね」リーバスが言い添えた。研究室は狭くて、光がふんだんに降り注いでいた。ギルリーは三十代半ばの女性で、カールしたブロンドの髪が豊かに肩にかかっている。エジンバラ訛が濃いけれど、その赤い頬から察するに先祖はアイルランド系にちがいないとリーバスは思った。リーバスの冗談に彼女が微笑すると、その尖った鼻と顎がますます尖って見えた。

「ここへ来る途中、リーバス警部に話していたんですが」とシボーンが口を挟んだ。「あなたはこの分野でのスペシャリストなんだそうですね」

「それは言い過ぎですよ」ギルリーは心ならずも謙遜した。「でも犯罪者プロファイリングの分野では、おもしろい時代がやって来ますよ。クライトン・ストリートの駐車場には新しく情報科学センターが作られ、その一部は行動分析学の研究所にあてられます。神経科学や精神医学がそこに加わると、さまざまな可能性が見えてくるでしょう……」

二人の訪問者ににっこりと笑いかけた。

「しかしあなたはそのうちのどの学部にも所属していないんでしょう?」リーバスは言わずにいられなかった。

「そのとおりよ」ギルリーはいさぎよく認めた。じっとしていることが犯罪であるかのように、椅子の上で絶えず身動きしている。彼女の顔の前で、光線に浮かび上がった微細な埃が舞っている。

「ブラインドを下ろしてもいいですかね?」ことさらまぶしそうな目つきをしながら、リーバスが言った。ギルリーは勢いよく立ち上がり、ロールブラインドを閉めながら詫びの言葉を口にした。黄色いテント地のようなブラインドなので、それを閉めてもさしてまぶしさは変わらなかった。リーバスはシボーンに向かって、ギルリーには何かしかるべき理由があって屋根裏に閉じこめられているんじゃないか、と言わんばかりの意味ありげな視線を送った。

「リーバス警部にあなたの調査結果を教えてあげてください」シボーンが励ますように言った。

「では」ギルリーは両手を打ち合わせ、背筋を伸ばし、小さく身をくねらせたあと深く息を吸った。「犯罪者の行動をパターン化して捕らえるやり方は、別に珍しくもありませんが、わたしは被害者のほうに重点を置いているのです。被害者の行動を探ることにより、なぜ加害者がそういう行為に至ったかが見えてきます。それが衝動に駆られたものであっても、もっと深い生来の傾向から来るものであっても」

「言うまでもないことですね」リーバスが笑顔で言い添えた。

「学期が終わり、わたし個人のちょっとした研究に割ける時間ができたとき、わたしはアウキテラーダーの小さな〝神殿〟なるものに興味を覚えたのです——神殿という表現はふさわしいと思いますね。新聞記事には状況を簡単に説明した文章もありましたが、とりあえずわたしは現地を見に行くことにしたんです……すると、まるで意図したかのように、クラーク部長刑事が会いたいと申し入れてきて」また深く息を吸い込む。「それ故に、わたしに判明したことは、まだ発表するような段階ではなく……というか、表面を引っ掻いた程度に過ぎないんですよ」

「あなたに事件簿をお渡しします」すかさずシボーンが請け合った。「何かのお役に立つようなら。でもそれまでに、何かお考えを聞かせて頂けたらありがたいんですが」

ギルリーはまた両手を叩き、目の前の小さな埃の入った空気を掻き乱した。

「わたしは被害者学に関心があるので……」リーバスは珍奇な言葉を聞いて、シボーンの視線を捕らえようとしたが、シボーンは知らん顔をしていた。「……やはり現場に興味を掻き立てられたんですよ。それは声明みたいなものでしょう？　殺人犯が地元の人間だったか、その近辺に以前から慣れ親しんでいたという可能性を、あなた方は考慮なさったと思いますが？」シボーンがうなずくまで待つ。「同じように、殺人犯がクルーティ・ウエルを知っていたのは、さまざまなガイドブックに記載されていたり、インターネットに詳しく情報が載っていたからだろう、とも考えたでしょう？」

シボーンはこっそりとリーバスを見た。「実は、そっち方面は調べなかったんですが」と白状する。

「クルーティ・ウエルはたくさんのサイトで言及されていますよ」ギルリーが教えた。「ニューエイジや異教の検索サイト……神話や伝説……世界の謎などのページで。それに加えて、ブラック・アイルへつながるサイトを知っている人は、パースシャーにあるクルーティ・ウエルも見つけるでしょう」

「この話が何か新しい情報をもたらすとは思えないんですがね」リーバスが言った。シボーンがまたリーバスをちらっと見た。

「ビースト・ウオッチのサイトへアクセスした人が、クルーティ・ウエルに言及したサイトも見たとしたら？」ギルリーが言った。

「それをどうやって調べるんですかね？」

「警部の質問はもっともですね」ギルリーが認めた。「あなた方にはコンピュータの専門家がおいでになるでしょうけど……でもとりあえずは、犯人にとって現場が何らかの意味を持っていたことを認めなければなりませんね」リーバスがうなずくのを待って話し続ける。「その場合、現場は被害者にも何らかの意味を持っていたのでは？」

「どういうふうに？」リーバスは鋭い目つきになった。

「田舎……森の中……でも人家からは近い。そんな地域に被害者たちは住んでいたのですか？」

リーバスはふんと鼻であしらった。「違いますね——シリル・コリアーはムショから出たばかりのエジンバラの用心棒だった。あいつがナップサックを肩にかけ、非常食にケンダル・ミント・ケーキを持って歩くなんて想像できませんよ」

「でもエドワード・アイズレーはM六号線をよく走っていたわ」シボーンが反論した。「それは湖水地方を走る路線でしょう？　それにトレヴァ・ゲストはボーダーズ地方にしばらくいたし……」

「ニューカッスルにもエジンバラにもいたよ」リーバスはギルリーのほうを向いた。「三人とも服役している……それこそがあなたの言うつながりです」

「ほかにも共通点がなかったとは言い切れないわ」シボーンが注意した。

「もしくは、あなたが間違った方向へ誘導されていないとは言い切れないかも」ギルリー博士が優しい笑顔で言った。

「間違った方向へ誘導される？」シボーンがおうむ返しにたずねた。

「存在しないつながり、もしくは殺人犯が目の前でちらつかせているつながりへ」

「わたしたちをもてあそぶために？」シボーンが推測した。

「その可能性もあります。これには遊び心があふれているので……」ギルリーは言葉を切り、顔をしかめた。「軽薄な言い方に聞こえたら謝ります。でもそうとしか表現できなくて。この犯人はクルーティ・ウエルにこれ見よがしに残した証拠品が示すように、目立ちたがっているのです。ところが自分のやったことが見つかるやいなや、身を隠してしまう。おそらくは煙幕の中に」

リーバスは膝に肘を突いて体を乗り出した。「三人の被害者はすべて煙幕だと言うんですか？」

ギルリーが肩をもじもじさせたので、それは肩をすくめたつもりだろうとリーバスは思った。

「何を隠す煙幕なんだろう？」リーバスが食い下がった。

ギルリーはまたもじもじした。リーバスはシボーンにいらだった視線を送った。

「誇示した証拠品はどこか変です」ギルリーがようやく明かした。「ジャンパーから切り取った布……スポーツシャツ……コーデュロイのズボン……脈絡がないでしょう。連続殺人犯の獲物はたいていもっと似たようなものばかりです——シャツだけとか、布きれだけとか。この場合は雑多な遺留品なので、やはり、どこか変なのです」

「とても興味深い意見ですね」シボーンが抑えた口調で言った。「でもそこからどういう結論が導かれるのですか？」

「わたしは刑事ではありません」ギルリーが力をこめて言った。「でももう一度、田舎という環境、そこに展示された証拠品、と考えるとき……それって奇術師の古典的な騙しのテクニックを連想するんですが……なぜその特定の被害者たちが選ばれたのだろう、とあらためて思うんですよね」一人でうなずいている。「犯罪がおこなわれる場合、被害者は自ら選ばれようとしてるとすら言える場合があるんです。殺人犯の基本的な願望を満たしているという点において。その願望とは、たんに襲われやすい状況にいるひとりぼっちの女性ということだけなのかもしれない。しかし多くの場合、ほかにも条件があるのです」シボーンをじっと見る。「電話でお話ししたとき、あなたは変則という言葉を使いましたね、クラーク部長刑事。その変則こそが、何かを意味しているのかもしれませんよ」思わせぶりに間を置いた。「でも事件簿を熟読することで、わたしはもっと明確な結論を導き出せると思います」今度はリーバスへ目を向ける。「あなたの懐疑論をとやかく言うことはできませんけど。でも外見的な証拠からわたしを判断なさったようですが、実際のわたしは少しも風変わりな人間じゃありませんよ」

「もちろんです、ギルリー博士」

ギルリーはもう一度両手を叩き、今回はいきなり立ち上がって話が終わったことを示した。

「とりあえずは、田園性と変則性、田園性と変則性」ギルリーは二本指を立てて強調し、さらに三本目の指を加えた。「そして何よりも大事なのは、目の前にはないものを見ていただきたいのです」

「田園性なんて言葉あるか?」リーバスが言った。

シボーンは車のエンジンをかけた。「今は存在するわね」

「これでも事件簿を渡すつもりなのか?」

「苦肉の策ってことで」

「おれたち、それほど行き詰まってるのか?」

「あなたにもっといい考えがあるなら話は別だけど」だがリーバスは答えられなかったので、煙草を吸うために窓を巻き下ろした。車は古い駐車場を過ぎた。

「情報科学か」リーバスはつぶやいた。シボーンはウインカーを出し、ザ・メドウズとアーデン・ストリートのほうへ右折した。

「変則と言えば、トレヴァ・ゲスト」数分間経ったあとで、シボーンが切り出した。「最初からわたしたち、そう言ってました」

「それで？」

「彼がボーダーズ地方で暮らしていたのを知ってます――あそここそ、ほんとの田舎です」

「アウキテラーダーからもブラック・アイルからも、とてつもなく遠いな」

「しかしボーダーズで何かがゲストの身に起こった」

「それを立証するのは、テンチ議員の言葉だけだ」

「確かにね」シボーンが認めた。それでもリーバスはハックマンの電話番号を調べ、彼に電話をかけた。

「これから出発するのか？」リーバスはたずねた。

「もはや淋しくなったのかい？」ハックマンはリーバスの声がわかった。

「一つ、たずね損なったことがあった。トレヴァ・ゲストはボーダーズ地方のどこにいたんだ？」

「藁にすがってる音が聞こえたような気がするんだがな？」

「実はそうなんだよ」リーバスが心ならずも認めた。

「さあて、おれがライフガードになれるかどうだか。事情聴取を何回かやったおりに、ゲストがボーダーズの話をしたように思う」

「まだ事情聴取書を全部受け取っていないんだが」リーバスが催促した。

「相変わらず、ニューカッスルのあいつら、てきぱき仕事をしてるようだな？　あんたのメール・アドレス、今教えてもらえるか？」リーバスはメール・アドレスを告げた。

「一時間後にあんたのコンピュータを覗いてみてくれ。だがな、注意しとくけど、今日は詩人たちの日だからな。犯罪捜査部の戸棚がマザー・ハバードの戸棚になってるかもしれない（マザー・グースの童謡の一つに、マザー・ハバードは戸棚へ行ったが中が空っぽだった、という一節がある）」

「どんなものでも送ってもらえたら感謝するよ。じゃあよい旅を」リーバスは携帯電話を閉めた。「詩人たち《POETS》の日だって」とシボーンに言う。

「ピス《P》・オフ《O》・アーリー《E》・トゥモローズ《T》・サタデー《S》、明日は土曜日だから早目にずらかろう、の頭文字ってこと」シボーンが唱えた。

「そう言えば、明日はやっぱり〈Tイン・ザ・パーク〉のコンサートに行くのか？」

「まだ決めてない」

「チケットを手に入れるのに苦労したじゃないか」

「夕方まで様子を見るわ。ニュー・オーダー（マンチェスターのニューウエーブ・ロックバンド）の出番には間に合うから」

「土曜日にせっせと働いたあとで行くつもりなんだな？」

「あなたはポートベロの海岸でも散歩するつもりだったのですね？」

「ニューカッスルの結果次第ってことかな？　ボーダーズ地方へ遠出したのはずいぶん前のことだ……」

シボーンは二重駐車すると、リーバスと一緒に三階まで上がった。事件簿にさっと目を通して、ギルリーに役立ちそうな資料を選び出し、コピー屋へ行く予定だった。しかし最終的には数センチの高さの書類になってしまった。

「がんばれよ」出かけるシボーンにリーバスは声をかけた。下の道路でクラクションが鳴っている――シボーンが行く手を塞いでしまった車の持ち主だ。リーバスは窓を開けて空気を入れ、椅子にぐったりと座った。どっと疲れを感じた。目が刺すように痛く、肩や首が凝っている。エレン・ワイリーが肩をもんでほしいと言ったことをまた思い出した。それに深い意味はほんとうに何もなかったのだろうか？　そんなことはどうでもいい―あのとき何事も起こらなくてよかった。ズボンのベルトが腹に食い込んでいる。ネクタイを引き抜き、ワイシャツの上のボタン二つを外した。少し楽になったので、ベルトも緩めた。

「トレーナーの上下がお似合いだぞ、このデブ」リーバスは自分をなじった。トレーナーの上下と室内履き。そしてヘルパーさん。つまるところ、スコットランド民謡を除いて、老いぼれの必需品すべてが必要なのだ。

「それと自己憐憫の念もちょっぴり多めに要る」

膝をさすった。夜中にそこが引きつったように痛んで目が覚める。リューマチなのか関節炎なのか、長年使ったせいなのか――かかりつけ医の診察を受けても、しかたがないのはわかっている。以前、血圧が高くて訪れたことがあった。塩と砂糖を減らし、脂肪を取らないようにし、運動しろと言われた。酒と煙草を断つことも。

リーバスは質問形で反論した。「その診断を黒板に書き、それをあんたの椅子に立てかけて、さっさと家に帰りたい、なんて思ったことはありませんかね？」

そして若い医者の職業的な顔に、このうえなくうんざりした笑みを引き出したのだった。

電話が鳴ったが、うるさいと罵って放っておいた。急用なら携帯電話にかけてくるはずだ。案の定、三十秒後に携帯が鳴り出した。少し待ってから携帯電話を手に取った。エレン・ワイリーからだ。

「どうした、エレン？」つい今しがた、彼女のことを考えていたと言う気にはなれない。

「わたしたちのこのすてきな町にトレヴァ・ゲストが住んでいた間、ちょっとした厄介事が一つだけあったようで」

「詳しく話してくれ」リーバスは椅子の背にもたれ、目を閉じた。

「ラトクリフ・テラスで喧嘩をしたんです。どこだかわかりますか？」

「タクシーの運転手がガソリンを買うところだね。昨夜そこへ行ったよ」

「その向かい側に〈スワニーズ〉というパブがあるんです」

「何回かその店に入ったことがある」

「まあ、びっくりだわ。それで、ゲストは少なくとも一回はそこを訪れたそうです。そこの客の一人がゲストに腹を立てたらしく、ついには外でもみ合う羽目になって。そのときたまたまパトカーがガソリンスタンド内に停まっていたらしい。食べ物でも買いこんでいたんでしょう。殴り合った二人は一晩留置所に収容されたんです」

「それだけで終わったのか？」

「起訴には至りませんでした。目撃者の話では、相手が先に殴ってきたということでした。警察はゲストに訴えるかとたずねましたが、彼は断わりました」

「何が原因で喧嘩になったかわからないだろうね？」

「逮捕した警官にたずねてみましょうか」

「調べるほどのことじゃあないだろう。相手の男の名前は？」

「ダンカン・バークレイ」エレンが少しためらった。「でも地元の男じゃないんです……住所はコールドストリームだそうで。それはハイランドの地名ですね？」

「ハイランドとは反対方向だよ、エレン」リーバスは目を開け、体をまっすぐに起こした。「ボーダーズ地方のど真ん中だ」リーバスは少し待ってくれといい、紙とボールペンを用意してから携帯電話を取りあげた。

「よし、話をすべて聞かせてくれ」

## 24

ゴルフ練習場はこうこうと照らされていた。まだとっぷりと暮れているわけではなかったが、明るい照明で練習場は映画のセットのように見える。メイリーは3番ウッドと五十球入りの籠を借りた。いちばん手前の二ヵ所には先客がいた。それより奥は空いている場所が多い。電動ティーがある——つまり、打つたびに屈んでボールをティーに置かなくてもいいのだ。打ちっ放し場は五十ヤード毎に区切られていた。二百五十ヤードも飛ばしている者はいない。芝生の上では農業用コンバインを小型化したような機械が、ボールをすくい上げており、運転席は防御網で覆われている。メイリーはいちばん奥の場所に人がいるのを見た。そこではレッスンがおこなわれていた。練習者はティーに向かって構え、大きくクラブを振り、ほんの七十ヤードばかり飛んで落ちたボールの行方に目を向けている。

「よくなりましたね」インストラクターが嘘をついた。

「でも膝を曲げないように注意して振ってください」

「またすくい上げているか？」客が自分の欠点を察した。

メイリーは隣のボックスの地面に金属籠を置いた。何回か練習スイングをやって肩をほぐすことにした。インストラクターと客はメイリーがいることにいらだっていた。

「すみませんが？」インストラクターが声をかけてきた。

メイリーはインストラクターを見た。仕切り越しに笑顔を向けている。「実はそのボックスはわたしたちのものなので」

「でも使ってないじゃないですか」メイリーが言い返した。

「いや、そこの分も借りてるんですよ」

「プライヴァシーの問題でね」腹立たしげな口調で客が口を挟んだ。そのとき、男はメイリーの顔に気づいた。

「ああ、あんたかい……」

インストラクターが客のほうを向いた。「この人を知っておられるんですか、ミスター・ペネン？」

「うるさい記者なんだよ」リチャード・ペネンが答えた。そしてメイリーに言う。「何が訊きたいんだか知らないが、何も言うことはない」

「わたしは構いませんよ」メイリーは答え、打つ構えに入った。初球が空中をまっすぐきれいに飛び、二百ヤードの旗まで達した。

「うまいな」インストラクターが言った。

「父親にゴルフを教わったんです。あなたはプロなんでしょう？　あなたの顔をトーナメントで見かけたことがあるわ」インストラクターがうなずいて認めた。

「でも全英オープンではなかったわね？」

「出場資格に届かなかったもので」インストラクターが頬を染めながら告白した。

「きみたち、話は終わったのか」リチャード・ペネンが口を挟んだ。

メイリーは黙って肩をすくめ、次のショットの準備に入った。ペネンもそうしかけていたが、ふいにやめた。

「おい、何が知りたいんだ？」

メイリーは自分の球が空高く飛び、二百ヤード手前の少し左側に落ちるのを見つめた。

「もう少し微調整する必要があるわね」と独り言を言う。そしてペネンへ「いちおう警告して差し上げようと思ったんです」と言った。

「警告とは？」

「月曜日までは新聞に報道されないでしょう」間を置く。「それまでにはあなたも何らかの対応を取れるでしょうから」

「わたしを罠にかけようとしているのか、あんたの名前は……？」

「ヘンダーソンです。メイリー・ヘンダーソン。月曜日に出る署名記事には、その名前が載ります」

「見出しは何だ？〈ペネン・インダストリーズはG8でスコットランドの雇用を確保〉とでもなるのか？」

「それは経済記事の見出しになるかもしれませんね。でもわたしのは第一面です。どんな見出しにするかは編集長に任せてますが」メイリーはとつおいつ考えている表情を作った。「こういうのはどうですか、〈融資疑惑、政府と野党の両政党に〉」

ペネンはしゃがれた笑い声を上げた。片手でクラブをぶらぶらと振っている。「それがあんたの大スクープとやらか？」

「ほかにもあまたの事実が必ず暴露されるでしょう。イラクでのあなたの暗躍、ケニアを初めとする各国でのあなたの賄賂……でもわたしは今のところ融資に焦点を絞ろうと思います。噂によるとね、あなたは労働党と保守党の両方に金を渡していたとか。寄付金はきちんと記録されますが、融資のほうは内密にできますからね。つまるところ、両党ともあなたが反対政党にも金を渡していたってことを知らなかったんじゃないですか。それでつじつまが合う。ペネン・インダストリーズはこの前の保守党政権下での決定により、国防省から分離しました。労働党政府はその際に売却が順調に進むよう方針を定めた——両政権から有利に計らってもらったんです」

「融資にはなんら違法性はない、ミス・ヘンダーソン。公表しようがしなかろうが」ペネンはクラブを今も振り回している。

「報道機関がその事実を摑んだら、必ず問題化しますよ」メイリーが言い返した。「それに今言ったように、ほかにもどんな事実が表面化するかわかったもんじゃない」

ペネンはクラブのヘッドでがつんと仕切りを叩いた。

「今週わたしがどれほど必死に働いて、イギリス産業のために何千万ポンドもの契約を取り付けたかわかってるか？　その間あんたは何をしていた、ありもしないスキャンダルのネタを、ブタのように漁っていただけじゃないか」

「わたしたちはそれぞれ食物連鎖の中で占める位置があるんです、ミスター・ペネン」メイリーが微笑を浮かべる。「ミスターと呼ばれるのも長くないんじゃないですか？　あなたがせっせとばらまいている金を考えれば、ナイトに列せられるのも間近でしょうよ。でもね、あなたが野党にも融資しているのをブレア首相が知ったら……」

「何かお困りのことでも？」

メイリーがその声に振り返ると、三人の制服警官がいた。話しかけた警官はペネンを見ている。ほかの二人はメイリーに、メイリーだけに、注目していた。

冷たい視線。

「この人は帰るところだ」ペネンがつぶやいた。

メイリーは仕切りの向こう側を覗いて見せた。「そこにアラジンの魔法のランプでも置いてあるの？　わたしが警官を呼んだって、いつも三十分後にしか来ないのに」

「定時巡回中だった」三人のリーダーらしき警官がきっぱりと言った。

メイリーはその警官をじろじろと見た。制服に徽章のたぐいは一切ない。日焼けした顔、短髪、厳しい表情。

「一つ、質問があるんだけど」とメイリーが言った。「警察官を偽装した場合の懲罰について、どなたかご存じですか？」

リーダーは顔を歪め、メイリーに摑みかかろうとした。メイリーは体をねじって逃れ、安全な打席から芝生の中へ入った。そのまま出口のほうへ、出口近くの二つの打席からのボールをよけながら走った。その打席の客が怒声を浴びせた。メイリーは追ってきた警官たちと間一髪の差で先にドアへたどりついた。レジの女性が3番ウッドはどうしたの、と声をかけた。メイリーは答えなかった。もう一つドアを開け、駐車場へ出た。車へ走り寄りながらリモコンを押した。周囲を見回すゆとりはない。運転席に入るやいなやドア四枚をロックした。エンジンキーを差し込む。窓を拳で叩かれた。先頭の警官がドアハンドルに手を掛け、さらに車の前に回ってきた。メイリーは睨みつけ、突破する気構えを見せた。アクセルを踏み込む。「気をつけろ、ジャコ！　その女、狂《ピント》ってるぞ！」

　ジャコは脇へ飛び退いた。そうでなかったらひき殺される。サイドミラーで、メイリーは立ち上がるジャコを確認した。ジャコの横に車が近づいてきた。それも無印だ。メイリーはタイヤをきしらせながら広い道路へ出た――左へ向かえば空港、右へ向かえばエジンバラ市内。市内へ戻れば、取る道の選択肢が増えるし、追っ手をまく可能性も高くなる。

　ジャコ。その名前を憶えておこう。仲間がわたしをビントと呼んでいた。それは、自分の知るかぎり、兵士の間で使われる呼び方だ。元軍人か……暑熱で色濃く日焼けした皮膚。

　イラク。

　民間の保安要員が警察官を装っているのだ。

　メイリーはバックミラーを見た。あの車の姿はない。だからと言って追跡をあきらめたわけではないだろう。メイリーはA8号線からバイパスへ入り、制限速度をつねに超えながら、ライトを点滅させて前方の車に追い抜く意志を知らせ続けた……

　でもこのあとどうする？　わたしの住所は難なく調べがつくにちがいない。とくにリチャード・ペネンのような人物に取っては、簡単きわまりないことだ。アランは仕事中で、月曜日にならないとエジンバラへ戻ってこない。これからスコッツマン社に直行して記事にかかったって何ら差し支えはない。すべての情報が入ったラップトップは、車のトランクに入っている。メモも取材対象者の言葉も草稿もすべて。なんだったら新聞社にこもり、コーヒーとスナックで食事を済ませ、外界から遮断された状態で徹夜してもいいのだ。

そしてリチャード・ペネンを破滅させる原稿を書く。


それをリーバスに知らせたのはエレン・ワイリーだった。リーバスはすぐさまシボーンに電話をかけ、二十分後シボーンが車でリーバスを迎えに来た。夕闇の中、二人は沈黙したままニドリへ車を走らせた。ジャック・ケーン・センターのキャンプ地は解体されていた。テントもシャワー室もトイレもない。フェンスも半分ほど取り払われ、警備員の姿もない。その代わりに今は、制服警官や救急士、城壁の麓からベン・ウエブスターの傷ついた亡骸を運び出したあの死体保管所の助手二名がいる。シボーンは車が一列に駐車された場所に自分の車も停めた。リーバスは顔見知りの刑事何人かがいるのに気づいた──セント・レナーズ署やクレイグミラー署に所属している刑事だ。彼らはやってきた二人に会釈した。

「あんたの管轄内じゃないんだが」その一人が言った。

「ちょっとこの死亡者に関心がある、ということでね」リーバスが答えた。シボーンがリーバスのそばへ来た。ほかの者に聞こえないように、耳打ちする。

「わたしたちが停職中だってことはまだ知られていません」

リーバスは黙ってうなずいた。二人は現場鑑識班がうずくまって何かしている輪へ近づいていた。警察医が死亡を宣告し、クリップボードに挟んだ用紙に署名している。写真のフラッシュが光り、手がかりを求めて懐中電灯が芝生を照らす。十人ほどの警官が見物人を制している間に、警察テープが手早く張り巡らされた。自転車に乗った子供や、幼児を座らせたベビーバギーを押している母親たち。犯罪現場は人を惹きつけてやまないのだ。

シボーンは現場の位置がわかってきた。「ここはわたしの両親のテントがあった近くだわ」とリーバスに告げた。

「きみの両親がごみを残していったんじゃなかろうな」リーバスは空のプラスチックボトルを靴のつま先で蹴り上げた。公園にはそんなごみが散乱している。捨てられたプラカードやパンフレット、ファストフードの容器、マフラーや靴の片方、赤ん坊のガラガラや丸めたおむつ……そのいくつかは、血痕や指紋の有無を調べるために現場鑑識班が袋に詰めた。

「あれからDNAを検出してもらいたいもんだ」リーバスは使用済みのコンドームを顎で示した。「もしかしたら、きみの両親かな……？」

シボーンはリーバスを睨んだ。「わたしはこれ以上近づきません」

リーバスは肩をすくめ、シボーンを残して現場に近づいた。ガレス・テンチ議員が冷たくなって地面に横たわっていた。くたくたと倒れ込んだかのように、両足を曲げた、うつむけの姿勢。横向けになった顔の目はすっかり閉じていない。上着の背中に黒いしみがあった。

「刺されたようだな」リーバスは警察医に言った。

「三回」警察医がその言葉を認めた。「背中を。そんなに深い傷には見えなかったが」

「即死だね」リーバスが言った。「どんな刃物なんだ？」

「まだ断定はできない」警察医は半月形の眼鏡越しにこちらを見た。「幅三センチ足らずの刃物、もっと細いかもしれん」

「何か紛失しているものは？」

「現金を持っていた……クレジットカードの類も。それで身元がすぐに判明したよ」警察医は疲れた笑みを浮かべ、クリップボードをリーバスのほうへ向けた。「ここに副署してくれないか、警部……」

リーバスは両手を挙げた。「おれの担当じゃないんだよ」警察医はシボーンを見たが、リーバスはかぶりを振って、シボーンのそばへ歩み寄った。

「刺し傷が三カ所」とシボーンに教える。

シボーンはテンチの顔を見つめながら、かすかに震えているように見えた。

「寒いのか？」リーバスがたずねた。

「ほんとに彼なんですね」シボーンがそっと言った。

「不死身の人間とでも思ってたのか？」

「そうじゃないけど」シボーンは死体から目を離せなかっ

た。

「誰かに言わなきゃならんな」リーバスは適当な人物がいないか周囲を見渡した。

「何を言うんですか?」

「おれたちがテンチをいささか怒らせてたってこと。そのうち必ずばれることだから……」

シボーンはリーバスの手を摑み、スポーツセンターの灰色のコンクリート壁のほうへぐいぐいと連れて行った。

「どうした?」

シボーンはすぐには答えなかった。ほかの人たちからじゅうぶんな距離を置いたことを納得するまでは。それでもリーバスにぴったりと寄り添ったので、二人はワルツを踊る構えをしているかのように見えた。シボーンの顔は陰になっている。

「シボーン?」リーバスが促した。

「犯人が誰だかわかってますよね」

「誰なんだ?」

「キース・カーベリーじゃないですか」声を押し殺して言う。リーバスが答えないでいると、天を仰いで目を固く閉じた。シボーンの体は緊張でこわばり、手を拳に握りしめている。

「どういうことなんだ?」リーバスが静かにたずねた。

「シボーン、きみは何をした?」

ようやくシボーンは目を開け、涙を抑え、呼吸を整えた。

「今朝、カーベリーと会ったんです。わたしたち……」と言って黙る。「わたし、ガレス・テンチをやっつけたいとカーベリーに言いました」死体のほうへ視線を投げる。

「あれが彼なりのやり方だったのかも……」

リーバスはシボーンが目を合わせるのを待った。「今日の午後、カーベリーを見たよ。市議事堂の前でテンチを見張っていた」ポケットに手を入れる。「今、わたしたちと言ったな、シボーン……」

「そう?」

「どこでカーベリーと会った?」

「撞球場で」

「カファティが教えてくれた撞球場か?」シボーンがうな

ずく。「カファティも一緒だったんだろ？」その表情を見ただけで、リーバスはじゅうぶんだった。ポケットから手を引き抜き、片手で壁をどんと叩いた。「なんてことだ！」と激しく言う。「きみとカファティに一度でも丸め込まれたら、もう抜け出せないぞ。長年このおれを見ていて、それぐらいわかってるだろうが」

「わたし、どうしたらいいの？」

リーバスは少し考えた。「きみが口をつぐんでいたら、カファティはきみを引き入れたと思うだろう」

「でもわたしが公表したら……」

「さあね」リーバスが率直に言った。「巡査に逆戻りかな」

「今すぐ辞表を書いたほうがよさそうね」

「カファティはカーベリーに何て言ったんだ？」

「こちらに議員を引き渡せとだけ」

「こちら、とは誰のことだ、カファティか、それとも警察か？」

シボーンは肩をすくめた。

「どうやって引き渡すんだ？」

「さあね、わからないわ。今あなたが言ったでしょう、カーベリーはテンチを見張っていたって」

リーバスは殺人現場へ目を向けた。「だからと言って、いきなり背中を三回刺して殺すってのは、ちょっと飛躍があるな」

「キース・カーベリーはそうは思っていなかったのかも」

リーバスはその意見を考えてみた。「今のところは、それに関して黙っていよう」と判断を下した。「きみがカファティといるところを見た者がほかにいるのか？」

「それはカーベリーだけ。撞球場にはほかにも人がいたけれど、二階ではわたしたち三人だけだったから」

「カファティが二階にいるのをきみは知っていたんだな？」シボーンがうなずくのをリーバスは見た。「なぜならカファティと二人で仕組んだことだからだね？」またうなずく。「おれに打ち明けるつもりもなかった」リーバスは怒りを押し殺した声でたずねた。

「昨夜、カファティがわたしのフラットに来たんです」シボーンが告白した。

「何だと……」

「カファティはその撞球場の所有者なんです……だからカーベリーがそこへ通ってるのを知っていた」

「カファティに近づいてはならないんだよ、シブ」

「わかってます」

「被害が出たが、何とか応急処置を施さねば」

「そんなこと、できますか?」

リーバスはシボーンを見つめた。「それはおれだけでやる」

「ジョン・リーバスは何でも修繕できるってこと?」シボーンの顔がこわばった。「わたしだって薬を飲めるわ。あなたがつねに白馬の騎士を演じる必要はない」

リーバスは腰に両手を当てた。「比喩をごちゃまぜにするのは、やめてくれるか?」

「わたしがなぜカファティの話に乗ったかわかりますか? カファティがいるとわかっていながら、なぜ撞球場に行ったのか?」シボーンの声が激情で震えていた。「カファティが法の力では得られないものを差し出してくれたからです。今週、わたしたちは目の当たりにしましたよね――資本家や権力者がどんなふうに動くかを……彼らは何をしても罰を免れる。あの日、キース・カーベリーがプリンシズ・ストリートへ出て行ったのは、それがボスの望みだと思ったからです。つまり、ガレス・テンチから、思い切り暴れ回るように、という暗黙の命令が出たように思った」

リーバスは話が終わったかどうか待ってから、シボーンの両肩に手を置いた。「カファティはな、ガレス・テンチを縄張りから追い出したかった。その目的のためにきみを進んで利用したんだ」と静かに言い聞かせた。

「カファティはテンチを殺したいとは言わなかった」

「おれにはそう言ったよ。その話題について、カファティはかなり具体的な暴言を吐いていた」

「わたしたち、キース・カーベリーにテンチを殺せと命じていません」シボーンがきっぱりと言う。

「シボーン、ついさっき、きみは言ったじゃないか。キースは相手の意向をくんで、行動することが多いって――力のある者、なんらかの形で彼の気持ちを支配している者の意向を。テンチや……カファティのようなやつや……そしてきみもだ」シボーンを指さす。

「わたしが悪いの?」シボーンが鋭い目つきでたずねた。

「誰だって間違いを犯すさ、シボーン」

「まあ、嬉しいこと」シボーンはくるりと向きを変え、大股に歩いて運動場を歩み去った。リーバスはうつむいてため息をつき、ポケットに手を突っ込んで煙草とライターを探った。

ライターのガスが切れていた。ライターを振ったり、傾けたり、息を吹きかけたり、幸運を念じてこすってみたが……火花一つ散らない。警察車の列のほうへ歩み寄り、制服警官の一人にライターを持っているかとたずねた。その男の同僚がライターを貸してくれた。リーバスはついでにもう一つ頼もうと思った。

「車で送ってもらいたいんだ」リーバスはシボーンの車の尾灯が夜の闇に遠ざかるのを見つめた。カファティがシボーンを手中に入れたとは信じられなかった。いや……たやすく信じられる。シボーンは両親に自分を見せたかったのだ――職場で順調に働いているところだけではなく、もっと重大な何かを達成していることを。トラブルにはつねに答えがあり、つねに解決があることを両親に示したかった。カファティはその両方を約束したのだ。

しかしそれには代償が求められた――カファティの望む代償が。

シボーンは警官であることを捨て、娘に戻ってしまった。リーバスは家族を手中から失ってしまった自分を思った。まずは妻と娘を、次には弟を。家族を遠くへ押しやってしまった。なぜなら仕事がそれを要求しているように思えたからだ。無条件で没頭しなければならないと思った。そこには誰も入る余地がなかった……今となってはもう取り返しがつかない。

しかしシボーンはまだ間に合う。

「で、送るんですか?」制服警官がたずねた。リーバスはうなずいて車に乗り込んだ。

まずはクレイグミラー署へ行った。リーバスはコーヒーのカップを手に、捜査チームが戻って来るのを待った。ここに殺人事件捜査本部を設けるのは当然だろう。期待したとおり、続々と車が到着した。リーバスは知った顔がいなかったが、とりあえず名乗った。相手の刑事が周囲を見た。

「だったらマクマナス部長刑事だね」

マクマナスはちょうどドアから入ってくるところだった。シボーンよりもまだ若い——まだ三十歳にもなっていないようだった。ほっそりとした長身、少年のような顔立ち。地元出身のように見えた。リーバスは握手を求め、もう一度名乗った。

「あなたはもう伝説上の人物じゃないかと思ってましたよ」マクマナスが微笑した。「以前、この署に勤務しておられたことがあるとか」

「そのとおり」

「ベインやマクレイと働いていたんですね」

「何の因果か」

「いや、その二人はとっくにいなくなったから、心配要りませんよ」二人は受付を通り、その奥の長い廊下を歩いていた。「何かご用ですか、リーバス警部?」

「ちょっときみの耳に入れておきたいことがあって」

「はあ?」

「おれは最近、今度の被害者と何度か、もめたことがあってね」

マクマナスがちらっとリーバスを見た。「そうなんですか?」

「シリル・コリアーの事件を捜査しているんだ」

「被害者はまだ二人しか増えてないんですね?」

リーバスがうなずいた。「テンチはその一人とつながりがあった——そいつはここからそう遠くないところにあるデイケア・センターで働いてた。テンチが就職を斡旋した」

「あり得ますね」

「きみは未亡人からおっつけ話を訊くだろう……そのとき、犯罪捜査部が訪ねてきたという話が出るかもしれん」

「それは警部のことなんですね?」

「まあな、おれともう一人、同僚だ」

二人は左へ折れてさらに廊下を歩き、犯罪捜査部室に着いた。リーバスはマクマナスに続いて、捜査班が集まっている室内へ入った。

「ほかに何か聞いておくべきことは?」

リーバスは何とかして記憶を探ろうとする表情を作った。しばらくして頭を振る。「それだけだ」

「テンチは容疑者だったんですか?」

「そうではない」リーバスは間を置いた。「ただね、キース・カーベリーというちんぴらとの関わりについて、いささか気がかりな点があったんだ」

「キースなら知ってます」マクマナスが言った。

「あいつはプリンシズ・ストリートで暴れた罪により起訴されて裁判所に送られた。裁判所から出てきたカーベリーを、テンチ議員が待っていてね。二人は親しそうに振る舞ってた。ところがそのあと、監視カメラを見ると、カーベリーが無力な見物人を殴っていたことがわかった。最初に考えていたよりも、カーベリーは犯罪性が強い男に思えてね。それから、今日の昼休みに、おれはたまたま市議事堂にいて、テンチ議員と話をしていたんだ。おれが帰ろうとしてふと見ると、カーベリーが道路の向こう側からこっちを見守っていた……」リーバスは話し終えると同時に肩をすくめ、どういうことだかさっぱりわからん、と言外に伝えた。マクマナスはそんなリーバスを観察していた。

「カーベリーが、テンチと話しているあなたを見たんですね?」リーバスがうなずく。「それは昼休みの時間だった?」

「あの男はテンチ議員を尾行してるんじゃないか、と感じた」

「呼び止めてたずねなかったんですか?」

「おれはもう車に乗り込んでいたし……バックミラーであいつの姿がちらっと見えただけなんで」

マクマナスは下唇を嚙んでいた。「この事件は早く結果を出さなければ」半ば独り言のようだった。「テンチは異常に人気が高い。この地域に多大な恩恵をもたらしたから。

一部の住民の怒りが爆発するだろうな」

「そのとおり」リーバスが同意した。「テンチ議員とは知り合いなのか?」

「伯父の友達で……学生時代からの古い付き合いなんです」

「きみはこの地域の生まれなんだ」

「クレイグミラー城の下で育ちました」

「ではテンチ議員を以前から知っていたんだね?」

「ずいぶん前から」

リーバスはさりげなく次の質問を試みた。「彼に関して、何か噂を聞いたことは?」

「噂とは?」

「さあな……ありきたりの噂というか……不倫疑惑とか、金庫から金が紛失したとか……」

「遺体がまだ冷たくもなっていないのに」マクマナスがこぼした。

「漠然と思っただけで」リーバスが謝った。「何かをほのめかすつもりはまったくない」


マクマナスは捜査班のほうを見た——七名いる。そのうち女性は二人。彼らは聞き耳を立てていない顔を装っている。マクマナスはリーバスから離れて、捜査班の前に立った。

「これから議員の家に行き、家族に知らせる。家族の誰かに身元確認をしてもらわなければならない」リーバスを半ば振り返って見る。「そのあと、キース・カーベリーを連行する。たずねなければならない事柄がいくつかあるんでね」

「ナイフはどこだ、ってな質問ですか?」捜査班の一人が言った。

マクマナスは冗談を受け入れた。「この一週間、ブッシュやブレアやボノがスコットランドに来ていたけど、このクレイグミラーではガレス・テンチが王室みたいなもんだ。だからわれわれはこの事件には熱意を持って取り組まなければならない。今夜のうちに捜査が少しでもはかどれば、それに越したことはない」

何人かからうめき声が上がったが、その声に勢いはなかった。マクマナスは部下に好かれているようだった。彼のためなら捜査員は残業を厭わないのだろう。

「残業手当は？」一人がたずねた。

「G8の分でじゅうぶんじゃないのか、ベン」マクマナスが言い返した。リーバスはその場に留まり、何か感謝なり激励なりの言葉を口にする機会をうかがったが、マクマナスはこの発生したばかりの新事件で頭がいっぱいの様子だった。捜査員らにそれぞれの仕事を割り当てていった。

「レイ、バーバラ……ジャック・ケーン・センター周辺の監視カメラに録画がないか調べてくれ。ビリー、トム……きみらはお偉い法医学者先生にハッパをかけてくれ——科捜研の怠け者らにもだ。ジミーはケートと二人でキース・カーベリーを確保しに行け。おれが戻るまで留置所に放り込んでおいて、あいつに冷や汗をたっぷりと掻かせるんだぞ。ベン、きみはおれと一緒にダディングストン・パークの議員の自宅へ行こう。何か質問は？」

質問はなかった。

リーバスは廊下を戻りながら、シボーンの関わりが明るみに出ないことを願った。どうなるかはわからない。マクマナスはリーバスに何の借りもないからだ。カーベリーが洗いざらいしゃべるかもしれず、そうなったら窮境に陥るが、手が打てないわけではない。リーバスはすでに頭の中で作り話を練り上げていた。

シボーン・クラーク部長刑事はレスルリグでキースがビリヤードをしているという情報を摑んだ。そこへ行くと、ビリヤード場の所有者であるモリス・ジェラルド・カファティもたまたまそこにいて……

マクマナスがその話をうのみにするとは信じられなかった。ビリヤードで話し合いをしたことをきっぱりと否定したっていいが、ただし複数の証人が存在する。それにカファティが口裏を合わせた場合のみ、その言い訳が通じる……カファティがその話に乗るなら、それはシボーンの首輪を締め上げる目的以外にあり得ない。シボーンの将来はカファティの恩恵によるものとなり、自分も同じ立場となる。それ故に、受付へ出たリーバスはもう一度車を出してくれるよう頼んだ。今回はマーチストンへ行く。

パトカーの警官はおしゃべりだったが、誰の家へ行くのかとはたずねなかった。犯罪捜査部所属ともなれば、並木通りが続く閑静な地域に住んでいたっておかしくないと思っているのかもしれなかった。高い壁や生け垣の奥にヴィクトリア朝様式の一戸建ての邸が続く。街灯も、住民の眠りを妨げないように、照度を下げている。広い通りには車の影がない――ここには駐車問題がないのだ。どの邸にも五、六台の車を停める余地がある。リーバスはエトリック・ロードまで来ると、パトカーを停めさせた――あからさまに見せたくない。警官二人はリーバスがどの家に入ろうが気にせずに、待っているつもりのようだった。しかしリーバスは手を振って彼らに行けと合図し、ゆっくりと煙草に火を点けた。警官の一人がマッチを五本ほどくれたのだ。リーバスは塀でマッチの一本をこすり、パトカーが通りを抜けたところで右のウィンカーが瞬くのを見守った。エトリック・ロードに入る手前でリーバスは右に曲がった――パトカーの影はないし、どこかにひそんでいる気配もない。ひとけはまったくない。車も歩行者もないし、分厚い石塀の背後から物音も聞こえてこない。大きな窓は木製鎧戸が閉ざされている。無人のローンボウリングの芝生とテニスコート。リーバスはもう一度右へ曲がって、その通りの半ばまで歩いた。柊の生け垣の家があった。両側に石柱のあるポーチに明かりが灯っている。リーバスはゲートを押し開けた。呼び鈴の紐を引っ張った。裏庭へ回るべきだろうか。この前ここに来たときには、庭にジャグジーがあったのだ。ちょうどそのとき、分厚い木製ドアががたんと揺れ、中から引き開けられた。若い男が立っていた。ジムで鍛えた体を強調するかのように、ぴったりとした黒いTシャツを着ている。

「ステロイド剤を多用するなよ」リーバスが忠告した。「ご主人様である親分は在宅かね?」

「押し売りには用がないだろうよ」

「おれは魂の救済を売っているんだよ。誰だって少々はそれが必要だろうが、たとえおまえだって」若い男の肩越しに、階段を降りてくる女の脚が見えた。裸足のこんがりと日焼けした細い脚、その上は白いタオルのバスローブで包まれている。女は階段の途中で立ち止まり、体を屈めて誰が訪れたのか見ようとした。リーバスは軽く手を振った。女は育ちがよいらしく――相手が誰だかわからないまま、手を振り返した。そして向きを変えて階段を上っていった。

「捜索令状を持ってるか？」ボディガードの若者がたずねた。

「ほう、やっとわかったのか」リーバスが感嘆の声を上げた。「だがおれとおまえのボスは長年の付き合いなんだよ」玄関から奥へ通じるたくさんのドアの一つを指さす。「あそこが居間だから、そこで待ってる」リーバスは通ろうとしたが、掌を胸に押し当てられて阻まれた。

「ボスは忙しいんだ」ボディガードが言った。

「従業員の女とよろしくやってる最中なんだな」リーバスが同意した。「ということは、あと二分間ほど待たなきゃならんってことだ。あの途中で心臓発作を起こさなければ、の話だが」リーバスは鉛のように重たく胸に押しつけられている手を見つめた。「こんなことをしてもいいのか？」リーバスはボディガードの目を見返しながら、静かに言った。「今後おまえと会うたびに、おれはこの仕打ちを思い出すぞ……いいか、おれの短所の数々を聞くこともあろうが、おれの執念深さは超一流だからな」

「しかしタイミングの悪さにかけては、三流だな」階段の上から大声が轟いた。ビッグ・ジェル・カファティが分厚いバスローブの紐を締めながら降りてきた。残り少なくなった髪が突っ立っており、運動したために頬が赤い。「なんでここへやって来た？」カファティが不機嫌に言った。

「アリバイには弱いな」リーバスが言った。「ボディガードと、一時間いくらで買った女だけか……」

「なんでおれにアリバイが要る？」

「知ってるだろうが。服は洗濯機の中か？　血痕はそれぐらいじゃ落ちないぞ」

「何の話だかわからん」

しかしリーバスはカファティが釣り針に食いついたと思った。釣り上げるときだ。「ガレス・テンチが死んだ」と言い切る。「背中を刺されて――それはおまえのやり方だろう。このアーニーのいるところで話を続けようか、それとも応接室へ行くか？」

カファティは無表情だった。小さな黒い瞳には何の感情もなく、口元を一文字に引き締めている。バスローブのポケットに両手を入れ、頭を軽く振った。ボディガードはその合図がわかったようだった。ボディガードが手を下ろしたあと、リーバスはカファティに続いてだだっ広い応接間へ入った。天井からはシャンデリアが下がり、張り出し窓の近くには小型グランドピアノが置かれている。その窓の両側には大きなスピーカーボックスがあり、壁際の棚には芸術品まがいのハイファイセットが載っている。壁を飾っているのは、強烈な色彩が塗りたくられた大胆な現代絵画だ。暖炉の上の壁には、カファティの著書のカバーを入れた額がある。カファティは酒のキャビネットの前で何やら用意をしていた。ということはリーバスに背を向けている。

「ウイスキー？」カファティがたずねた。

「もらおうか」リーバスが答える。

「刺されたと言ったな？」

「三度。ジャック・ケーン・センターの前で」

「ホームグラウンドだな」カファティがもらした。「路上強盗にでも遭ったのか？」

「ちゃんとわかってるはずだ」

カファティは振り向いて、リーバスにグラスを渡した。ピートの香りが漂う色の濃い上質なものだった。リーバスはグラスを掲げることなく、口に放り込んで含んだのち飲み込んだ。

「おまえはテンチの死を望んでいた」リーバスが言葉を続け、グラスに軽く口をつけるカファティを見守った。「おまえがテンチに激怒して悪態をつくのを聞いた」

「ちょっと感情的になっていたもんでな」カファティがその言葉を認めた。

「そんな状態のとき、おまえは何だってやりかねない」

カファティは絵画の一つを眺めていた。盛り上がった白い絵の具の塊がすうっと伸びて灰色と赤へ溶けこんでいる絵。「おれは嘘はつかないよ、リーバス——あの男が死んでも残念だとは思わない。おれの悩みが少々消えるわけだからな。しかし殺しを命じてはいない」

「そうじゃないだろ」

カファティは片眉をかすかに寄せた。「これに関して、シボーンは何て言ってる?」

「シボーンのことで、おれはここへ来たんだ」

その言葉でカファティの顔に微笑が浮かんだ。「そうだろうと思ったよ。キース・カーベリーと話し合ったってことを、シボーンが言ったんだな?」

「そのあと、カーベリーがテンチをつけねらっているのを、たまたま見かけた」

「それはあいつが勝手にやったことだ」

「おまえが命じたのではない?」

「シボーンにたずねてみろ——彼女はその場にいた」

「彼女の名前はクラーク部長刑事だ。彼女はおまえのことをおれみたいに知らない」

「カーベリーを逮捕したのか?」カファティは油絵から視線を戻した。

リーバスはしぶしぶうなずいた。「あいつは必ずしゃべると踏んでいる。だからもしおまえがあいつに耳打ちして命じたのなら……」

「おれは何も命じていない。もしカーベリーがそう言うなら、それは嘘をついてるんだ——おれには部長刑事という証人がいるからな」

「彼女を巻き添えにするな、カファティ」リーバスが警告した。

「さもなくば、何だ?」

リーバスはかぶりを振った。「彼女を巻き添えにするな」と繰り返す。

「おれは彼女が気に入ってるんだよ、リーバス。あんたがわめき散らして暴れながらもついに老人ホームへ収容される日が来たら、そのときは、彼女を善良な人の手に委ねることになるんだろうが」

「シボーンに近づくんじゃない。シボーンに二度と話しかけるな」リーバスの声は囁くように小さくなった。

カファティはにやりと笑い、クリスタルのタンブラーを空けた。舌打ちしてほうっと大きな吐息をつく。「心配すべきなのは、若者のほうだよ。あんたはカーベリーがしゃべると踏んでいる。だがな、もししゃべったら、クラーク部長刑事を巻き込むのは間違いない」リーバスの注意をじゅうぶんに惹きつける。「もちろん、あの男が口を開かないようにする方法はある……」

「テンチが生きていたらよかった」リーバスがつぶやいた。

「テンチがおまえを破滅させるときに、おれは手を貸してやったものを」

「しかしあんたは気が変わりやすい、リーバス……夏のエジンバラの空模様と同じだ。来週になったらあんたはおれに投げキッスをしてるだろうよ」カファティが口をすぼめて真似てみせる。「あんたはすでに停職処分を受けている。そのうえまた敵が増えてもいいのか？　友達より敵の数のほうが多くなってから、どのぐらい経つんだ？」

リーバスは室内を見回した。「ここでパーティを開いた形跡があまりないな」

「それはあんたが招かれたことがないだけだ——出版記念会を除いては」カファティは暖炉の上を見上げた。リーバスはカファティの著書を飾った額に再び視線を走らせた。『二つの顔——ミスター・ビッグと呼ばれる男のはみだし人生』

「おまえがミスター・ビッグなんて呼ばれるのを聞いたことがない」リーバスが評した。

カファティが肩をすくめた。「メイリーのアイディアなんだ。おれの考えじゃない。メイリーに電話しなければならんな……おれを避けているようだから。そうなったのはあんたのせいじゃないんだろうね？」

リーバスはその問いを無視した。「邪魔なテンチがいなくなったから、おまえはニドリとクレイグミラーに乗り込むんだろうな」

「おれがか？」

「カーベリーとその仲間がおまえの歩兵役となる」

カファティが低い笑い声をもらした。「メモを取ってもいいか？　あんたの言葉を一言たりとも忘れたくないんでね」

「今朝、カーベリーと話をしたとき、おまえは自分の望む結果をあいつにほのめかした——その結果を出すしか、あいつには生き延びる道がなかったんだろう」

「おれがキース・カーベリーとしか話をしていないと思いこんでるんだな」カファティは自分のグラスにウイスキーをどぼどぼと注いでいる。

「ほかにいるのか？」

「もしかしたらシボーンが自制心を失ったのかもしれんぞ。殺人捜査班はシボーンの話を聞きたいんじゃないか？」カファティの舌が口から少しはみ出ている。

「ほかの誰に、ガレス・テンチの話をしたんだ？」

カファティはグラスのウイスキーを揺すった。「警官はあんたなんだろうが。あんたに代わっておれがすべての捜査をするわけにはいかん」

「年貢の納め時が迫ってるぞ、カファティ。おまえにもおれにもだ」リーバスは一呼吸した。「わかってるだろ？」

カファティはゆっくりとかぶりを振った。「目に浮かぶようだ、おれたち二人が並んでデッキチェアに座り、暑い日差しの中で氷の入った冷たい飲み物を手にしている姿が。そして昔は丁々発止とやり合ってたもんだ、と思い出話に耽るのさ。善人と悪人がはっきり分かれていると思いこんでた頃の思い出に。今週、おれたちは重大なことを悟ったはずだ——すべてがひっくり返るのに、ほんの数秒しかからないという事実を。抗議デモは腰砕けとなり、貧困問題は棚上げされた……国家間の同盟は強化されたが、ほかの団体の連帯感は弱まった。これまでの積み上げてきた努力が退けられ、人々の声は沈黙させられた。すべて指をぱちっと鳴らす、一瞬の間に起こった」自分の言葉を強調するかのように、実際に指を鳴らした。「そうやって身を粉にして働いてるが、そんな努力なんて実に詰まらん、くだらんものだと思えてくるんじゃないか？ そしてガレス・テンチだが……一年後もテンチのことを記憶している者がいるだろうか？」カファティは二杯目を干した。「さて、もう二階へ戻らなければならん。あんたとの親密な会話を楽しんでいないわけじゃないがね」カファティはコーヒーテーブルに空のグラスを置き、リーバスにもそうするよう身振りで示した。応接室を出るときに、電灯のスイッチを切り、地球のために自分なりに協力しなければならない、という意味のことを言った。

ボディガードは手を握り合わせながら玄関ホールにいた。

「ドアマンとして働いたことがあるか？」リーバスがたずねた。「おまえの仕事仲間がね――コリアーという男だが――最後は解剖台に寝かされたよ。それもおまえの危険な雇い主についてくる、たくさんのおまけの一つにすぎない」

カファティが階段を上っていた。手すりを握り、一段ごとに体を持ち上げるようにして上っている姿を見て、リーバスは満足感を覚えた。しかし……自分もフラットへの階段を上がるとき、同じような動作をしているのだ。

ボディガードが開けたドアを押さえていた。リーバスはその横を荒っぽく通り抜けた――若い男は微動だにしなかった。外へ出るとドアががちゃんと閉まった。彼は少しの間ただずんでいたが、すぐに小道を歩いてゲートを出た。ゲートがカチリと自然に閉まった。マッチをこすり、煙草に火を点ける。街路を歩き、薄暗い街灯の下で立ち止まった。携帯電話を取りだし、シボーンの番号へ電話してみたが、出なかった。道路の端まで歩き、また引き返した。そこに立っている間に、やせ衰えた狐が一軒の邸内の車置き場から出てきて、隣の敷地へ入った。最近は市内で狐をよく見かけるようになった。狐は慌てもしなければ、こそこそ逃げもしない。共存する人間に向ける目は、軽蔑もしくは失望の眼差しに近い。全国的に狩猟が禁止されて、追われることがなくなったのだ。都会の人間は食べ残しを与えたりする。猛々しい肉食獣だとは考えにくいけれど、その本能は残っているのだ。

ペットのように扱われている肉食獣。

はみだし者。

三十分ほど経ったとき、タクシーの近づいてくる音がした。ディーゼル・エンジンのやかましい音は、小鳥のさえずりのように聞き間違えようがない。リーバスは後部座席に乗り込んでドアを閉めたが、運転手にもう一人来るからと告げた。

「どっちだったっけ」とリーバスは言い添えた。「現金払いだったかな、契約車だったかな？」

「契約車」

「MGCホールディングズ社の、そうだね？」

「〈ヌック〉だ」運転手が正した。

「どこで降ろすことになってる……？」

運転手が振り返った。「何だよ、あんた？」

「何でもない」

「迎車のリストには女の名前が書かれていたが――あんたを剝いたら実は女だってのなら、大変身番組とやらにでも出演を申し込んだらどうだい」

「ありがたく助言を聞いておこう」リーバスはカファティの家のドアの開閉する音が聞こえると、タクシーの奥へ身を寄せた。小道を歩くハイヒールの音がして、タクシーのドアが開き、香水の匂いがぷんと漂ってきた。

「入って」リーバスは女が文句を言う前に、機先を制して言った。「家に送ってもらいたいだけなんだ」

女はためらったが、結局乗り込み、リーバスからできるだけ離れて座った。赤いボタンが点灯している。これは運転手が客の会話を聞けるということだ。リーバスはスイッチを見つけて切った。

「〈ヌック〉で働いてるのかい？」リーバスは穏やかにたずねた。「カファティがあの店も持ってるとは知らなかったな」

「そんなこと、あんたに関係ないでしょ？」女が言い返した。

「たわいもない会話をしてるだけじゃないか。モリーとは友達かね？」

「そんな名前、聞いたこともない」

「どうしてるかって聞きたかったんだ。先日の夜、外交官に摑まってるモリーを助けてやったのは、このおれなんだから」

女がリーバスをじろじろと見た。「モリーは元気にしてる」しばらくして答えた。「それにしても、明け方までわたしを待たなくても済む、ってどうしてわかったの？」

「心理学だよ」リーバスは肩をすくめてみせた。「カファティは女を泊めるようなタイプには思えない」

「頭がいいのね」微笑らしきものが浮かんだようだった。

薄暗いタクシー内ではその顔立ちをはっきりと見定められない。しっとりとした髪、艶やかな口紅、香水の匂い。きらめくアクセサリー、ハイヒール、七分丈のコート、その開いた裾から覗くミニ丈のドレス。濃いマスカラ、派手なまつげ。

リーバスはもう少しつついてみることにした。「じゃあ、モリーはだいじょうぶなんだな？」

「そうみたいね」

「雇い主として、カファティはどんな感じなんだ？」

「いい人よ」女は顔をそむけて過ぎ去る景色を見つめた。街灯が女の横顔を照らしだす。「あんたのことを言ってたわ……」

「おれは犯罪捜査部の者だ」

女がうなずく。「あんたの声が下で聞こえたとき、彼ったら、まるでバッテリーを新しく入れたみたいに、しゃきっとしたわ」

「おれは他人にそんな効き目をもたらすんだよ。この車は〈ヌック〉へ向かってるのか？」

「わたしの住んでいるグラスマーケットへ」

「そこなら仕事場に通うのに便利だね」

「何が望みなの？」

肩をすくめた。「カファティの金で送ってもらう以外にか？」リーバスはとを知りたいのかもしれん。おれはね、カファティがウイルスを持ってると考えるようになった――あいつが触れた人間はみな何らかの形でダメージを受ける」

「あんたはわたしなんかよりよっぽど古い知り合いなんでしょ」

「確かにそうだ」

「ということは、あんたには免疫があるの？」

リーバスはかぶりを振った。「いや、そんなことあるもんか」

「わたしはまだ病気にかかっていないわ」

「そりゃよかった……しかしダメージがすぐに出るとは限らない」車はレディ・ローソン・ストリートへ入った。運転手は右折のウインカーを出した。間もなくグラスマーケットに着く。

「ご親切な忠告はもう終わったの?」女がたずね、リーバスのほうを向いた。

「あんたの命の問題だから……」

「そうね」女は運転席との境のパネルへ顔を近づけた。

「信号の近くで車を停めて」

運転手が命じられたとおりにした。契約の紙切れに何やら書き始めたが、リーバスはもう一カ所回ってくれと言った。女は車を降りた。リーバスは女が何か言うのではないかと思ったが、女はドアをぴしゃりと閉め、道路を横断して、暗い小道へ向かった。運転手はエンジンをかけたまま、女が戸口のドアを開けたことを示す明るい光が見えるまで、車を発進させなかった。

「確実に送り届けたことを知りたいんでね」運転手がリーバスに説明した。「最近は用心するに越したことはない。じゃあ、どこまで、だんな?」

「Uターンしてくれ」リーバスが答えた。「〈ヌック〉で降りる」そこからはたった二分間乗っただけだったが、リーバスはチップとして二十ポンド追加して書くように命じた。サインをして渡してやる。

「いいのかい、だんな?」運転手がたずねた。

「他人の金だったら、懐は痛まないさ」リーバスは言い、タクシーを降りた。

〈ヌック〉のドアマンはリーバスの顔を憶えていた。とはいえ、また会えて嬉しがっているふうではなかった。

「今夜は客が多いのか?」リーバスがたずねた。

「給料日はいつもだよ。残業手当がたっぷり出た週でもあるし」

店内へ入ったとたんに、リーバスはドアマンの言った意味がわかった。酔っぱらった警官の一大グループがヌードダンサー三人を独占していた。そのテーブルは細長いシャンペングラスやビールのパイントグラスがこぼれんばかりだ。警官が場違いというわけではない――奥に座を占めている男性だけのグループも負けじとばかりに盛り上がっていた。そこにいるのは知らない顔の警官ばかりだが、スコットランド訛が聞こえる――この混成グループにとっては今夜がエジンバラでの最後の夜で、明日は妻や彼女が待っているグラスゴーやインヴァネス、アバディーンへ帰るのだ……

小さな中央ステージで、女二人が体をくねらせて踊っていた。別の女がカウンターの上を歩き、そこに座っている一人客の男たちに媚態を示している。ときおりしゃがんではGストリングに五ポンド紙幣を挟ませ、ご褒美としてあばた面の頬に唇を寄せた。スツールが一個だけ空いていたので、リーバスはそこに座った。カーテンの背後からダンサー二人が現われ、店内で愛想を振りまき始めた。個室で特定の客に踊って見せていたのか、煙草を一服していたのか。一人がリーバスに近づいてきたが、リーバスが首を横に振ると、笑顔がたちまち消えた。バーテンが何を飲むかとたずねた。

「酒は要らない」リーバスが答えた。「あんたのライターを借りたいだけだ」ハイヒールが目の前に来た。その女は体をくねらせて、リーバスの目の高さにまで身を屈めた。リーバスは煙草に火を点ける手を止め、女に話があると言った。

「五分後に休憩時間になるから」モリー・クラークが答え、バーテンのほうを向いた。「ロニー、この友達に一杯作ったげて」

「あいよ」ロニーが言った。「だけど、あんたの給料から差し引くぞ」

モリーはその言葉を無視し、まっすぐ体を伸ばすと、カウンターの向こう端へ体を揺すりながら歩いていった。

「ウイスキー、ロニー」リーバスは命じながら、ライターをこっそりポケットにしまった。「水で薄めるのはおれがやる」

それでも、ボトルから注がれたウイスキーがすでに薄めてあるのは間違いなかった。バーテンに指を振って警告した。

「この店のことを公正取引協会に報告するんなら、勝手にすればいい」ロニーがぴしゃりと言い返した。

リーバスはグラスを脇へ退け、くるっと後ろを向き、ヌードダンサーに見入っているかに見せかけながら、実は警官グループを観察した。警官と一目でわかるのは、なぜだろう？　口髭を生やしている者が数名いる。全員が髪を短く刈っている。上着は椅子の背にかけていても、ほとんどの者がまだネクタイを着けている。年齢も体格もさまざまだが、彼らには何か共通するものがあるように思えてならない。警官たちは孤立した小部族のように振る舞い、世間とはどこかなじんでいない。おまけに、今週彼らは首都エジンバラを支配していた――自分たちを征服者……天下無敵の男たち……権力の掌握者と感じていたのだ。

おれのやった仕事を見るがいい……

ガレス・テンチも自分をそんなふうに考えていたのだろうか？　いや、もっと複雑な心境だったのだろう。テンチは自分が失敗に終わるだろうと予感していたが、それでもチャレンジすると心に決めたのだ。リーバスはテンチ議員が連続殺人犯かもしれないという、万に一つの可能性を考慮したこともあった。彼の〝仕事〟とはアウキテラーダーの忌まわしい小展覧会ではないか、と。彼は世間から悪者を一掃しようという計画を立てたのだ――カファティも含めて。シリル・コリアーを殺して、カファティを短期間とはいえ、容疑者に仕立て上げた。いい加減な捜査だったら、カファティを重要参考人とし、そこで終わりとしたかもしれなかった。テンチ議員はトレヴァ・ゲストとも知り合いだった……自立を手伝ってやったが、ウエブサイトでたまたま彼の経歴を知り、激怒した。騙されたと感じて……

残るは〝ファスト〟・エディー・アイズレーだけだ。テンチと結びつく線は何もない。しかもアイズレーは最初の犠牲者であり、一連の事件が始まるきっかけとなった男だ。ところが今や、テンチが殺され、キース・カーベリーが犯人と目されている。

〝ほかの誰に、ガレス・テンチの話をしたんだ？〟

〝警官はあんたたなんだろうが……〟

あのカファティの言葉はまずい言い逃れなのか。リーバスは所在なさを紛らわすために、またグラスに手を伸ばした。ステージのダンサーはうんざりした顔をしていた。女たちは早くステージを降りて、穴あきブラやちっぽけな紐パンティに給料袋の中身を押し込んでもらいたいのだ。きっと時間制になっているのだろう――その女たちにも順番が回ってくる。客が次から次へと入ってきた――ビジネスマンタイプの男たちだ。客の一人は店内の強烈なテンポの音楽に合わせて、腰を振っている。その男はいささか太り気味で、動きが見苦しい。しかし誰もからかわなかった。それが〈ヌック〉のような店の存在理由なのだ。誰もがふだんの抑制をはずせる。リーバスは一九七〇年代を思い起こさずにはいられなかった。その頃、たいていのエジンバラのバーには、ランチタイムにストリッパーがいた。客はストリッパーが自分のほうへ目を向けると、慌ててパイントグラスの背後で目を伏せた。それから数十年経つ間に、そんな内気さは消え失せてしまったのだが。警官のテーブルについていたヌードダンサーが体をくねらし出すと、ビジネスマンたちが盛んに囃し立てた。ダンサーの標的となった警官は、脚をだらしなく開き、膝に手を置いて、汗ばんだ顔ににやにや笑いを浮かべている。

モリーがリーバスのそばに来ていた。彼女の出番が終わったことにリーバスは気づかなかった。「コートを着てくるから、二分間待って。外で話をするわ」

リーバスはうわのそらでうなずいた。

「何をぼんやりと考えてるの」モリーはふいに関心を持った。

「年月が経つうちに、セックスについての考え方がすっかり変わってしまったな、と思ってね。以前は内気な国民性だったのに」

「今は?」

ダンサーが客の鼻にくっつかんばかりに、腰をくねらせている。

「今か」リーバスは考えた。「今は……そうだな……」

「あけっぴろげ?」

リーバスはうなずいて同意し、空のグラスをカウンターに戻した。

モリーは自分の煙草のパックから一本抜いて、リーバスに勧めた。黒いウールの長いコートを体に巻き付けたモリーは、聞きとがめられないように、ドアマンから少し距離を置いて〈ヌック〉の壁にもたれていた。

「家では煙草を吸わないんだろ」リーバスが言った。

「エリックがアレルギーなので」

「実は、エリックのことで話があるんだ」リーバスは煙草の赤い先端に見入った。

「彼がどうかしたの？」モリーが足の位置を変えた。ハイヒールからスニーカーに履き替えていた。

「以前、きみと話したとき、エリックはきみの商売を知っていると言ってたな」

「それが何か？」

リーバスは肩をすくめた。「あいつが傷つくのは見ていられない。だから、きみのほうから別れてもらいたいんだ」

「別れる？」

「きみはあいつから内部情報を聞き出し、あいつがしゃべったことをすべて雇い主に教えている。そのことをおれの口からエリックに教えてやらなくても済むようにだ。実はな、今カファティと話をしてきたとこなんだが、ふいに閃いたんだ。カファティは知ってはならないことを知っている、内部から得た情報を知っているんだ……そう、ブレインズなら誰よりも詳しく知っているじゃないか？」

モリーがふんといなした。「ブレインズと呼ぶのね……なぜ彼を正当に評価しないの？」

「どういう意味だ？」

「あんたはわたしが性の悪い娼婦で、甘い言葉で馬鹿な男をたぶらかして情報を搾り取ってると思ってるんだ」モリーは上唇を撫でた。

「実はそれどころではないと思ってるよ——きみがエリックと暮らしているのは、カファティに命じられたからにすぎない、と。おそらくカファティは確実に成果を得るために、きみのコカインも支給してるにちがいない。最初にきみと会ったとき、おれは気のせいかと思ったんだが」

モリーは否定しなかった。

「エリックが用済みになったら、きみはエリックを容赦なく捨てるだろう。おれが言いたいのは、それを今すぐやれってことだ」

「言ったように、エリックは馬鹿じゃないわ、リーバス。彼は初めから、事実を知ってた」

リーバスは鋭い目つきになった。「フラットで、きみは転職の話をエリックに断わらせたと言ってたな――エリックが会社勤めになったらきみの雇い主の役に立たないからだと、彼が知ったらどう思うだろう？」

「エリックは自分が話したいからわたしに内情を話したんだわ。その話がどこに伝わるか、ちゃんと知ってるもの」

「昔ながらの甘い罠だな」リーバスがつぶやいた。

「いったん味を覚えたら……」モリーがからかうように言い添えた。

「いずれにしろ、エリックとは別れろ」リーバスが命じた。

「別れなかったら？」モリーがリーバスを食い入るように見た。「エリックがもう知ってることを告げ口するの？」

「そのうち、カファティは船板の上を歩かされて海に落ちる――そのとき、きみもカファティのそばにいたいのか？」

「わたしは泳ぐのがうまいから」

「きみが飛び込むのは海じゃない。服役している間に、そのきれいな顔が無惨なことになる、それは間違いない。犯罪人に内部情報を伝えるのは、重大な犯罪なんだ」

「わたしを売ったら、エリックも同じ運命よ。彼を護りたいなんて、聞いてあきれる」

「代償は支払わなければならない」リーバスは煙草の残りを投げ捨てた。「明日の朝早く、おれはエリックと話をする。きみは自分の鞄を詰めておいたほうがいいぞ」

「もしミスター・カファティが反対したらどうするの？」

「彼は何も言わないさ。きみの正体がばれたあと、犯罪捜査部はキャビアに見せかけたクソを、いくらでもきみに食わせることができる。それを一口でも食ったら、あいつは捕まるんだから」

モリーはリーバスから今も目を離さなかった。「じゃあ、なぜそうしないの？」

「おとり捜査となれば、上司の許可を得なければならない……そうなったら最後、エリックの前途はない。きみがエリックと別れたら、おれはあいつを取り戻せる。きみの雇い主は数多くの人間の人生を踏みにじっているんだ、モリー。おれはせめてそのうちの何人かでも救ってやりたい」

リーバスはポケットへ手を入れて自分の煙草を取りだし、モリーに勧めた。「で、どうなんだ？」

「時間だ」ドアマンがイヤホーンに指を当てながら、呼びかけた。「客が三人、さっきから待ってる……」

モリーがリーバスを見た。「時間だ」とおうむ返しに言い、裏口へ向かった。リーバスはその姿を見送りながら煙草に火を点け、運動のためにザ・メドウズを突っ切って歩いて帰ろうと思った。


フラットのドアを開けようとすると、電話が鳴っていた。椅子に置いてあった携帯電話を取りあげた。

「リーバスだ」

「わたしです」エレン・ワイリーの声だった。「いったいぜんたい、どうなってるの？」

「何のことだ？」

「電話でシボーンと話してたんです。あなたが彼女に何を言ったんだか知らないけど、取り乱してたいへんなんです」

「ガレス・テンチがああなったのは、自分にも責任があると思ってるんだよ」

「そんなの馬鹿げてるって、わたし言い聞かせてるんですけど」

「そりゃ慰めになっただろう」リーバスは電灯を次々と点けていった。どこもかも明るくしたかった──居間だけではなく、廊下もキッチンもバスルームも寝室も。

「シボーンはあなたに対してそうとう怒ってましたよ」

「そんなに嬉しそうに言うもんじゃない」

「わたし、二十分間も彼女をなだめ続けていたのよ！」ワイリーがわめいた。「わたしがそれを楽しんでたなんて、よくも言えたもんだわ！」

「すまなかった、エレン」リーバスは本気で謝った。バスタブの縁に腰を下ろし、背中を丸めて携帯電話を顎に挟んだ。

「わたしたち、疲れているんだわ、ジョン、それが原因なのよ」

「おれの場合は、もうちょっと深いところに原因があるんだ、エレン」

「じゃあ、自分を責めたらいいんだわ――前にもさんざんやったことでしょ」

リーバスはふうっと吐息をもらした。「つまるところ、シボーンについてどう思う？」

「一日ほど休みを取らせて、気持ちを落ち着かせたほうがいいわ。〈T・イン・ザ・パーク〉のコンサートへ行って、気持ちを発散させなさいよ、ってシボーンに言ったんだけど」

「それはいいね」ただし、自分の計画では週末にボーダーズ地方を訪れるつもりだった。だが一人で行かねばならなくなったようだ。エレンを誘うわけにはいかない――そのことがシボーンに知られてはまずいからだ。

「少なくとも、テンチは容疑者からはずれますね」ワイリーが言った。

「かもな」

「シボーンの話では、あなたはニドリの若者を逮捕するつもりだとか？」

「たぶん、すでに身柄を確保している」

「では、クルーティ・ウエルやビースト・ウオッチとは何の関係もなかったんですね？」

「偶然の一致にすぎないね」

「では、次はどうします？」

「週末に休むっていうきみの提案はいいんじゃないか。月曜日には誰もが通常の仕事に復帰する……正規の殺人事件捜査班を作れるだろう」

「じゃあ、わたしは用済みってこと？」

「きみも加わりたいなら、きみのポジションはあるよ、エレン。四十八時間かけてようく考えればいい」

「ありがとう、ジョン」

「一つ、頼みがあるんだが……明日シボーンに電話してやってくれ。おれが心配してると伝えてほしい」

「心配し、謝っている、と？」

「言い方はきみに任せる。おやすみ、エレン」

リーバスは電話を切り、バスルームの鏡で自分の顔を観察した。鞭の跡や破れた皮膚が見あたらないので、意外に思った。ふだんと変わらない顔をしている。色艶の悪い肌、無精髭、乱れた髪、目の下のたるみ。頬をぱちぱちと叩いてから、キッチンへ行き、インスタント・コーヒーを作った。ミルクは酸っぱくなっているので、ブラックのままだ。そして居間のテーブルの前に座った。壁からいつもの顔が見下ろしている。

シリル・コリアー。

トレヴァ・ゲスト。

エドワード・アイズレー。

テレビのニュースは今もロンドンの爆破事件を報じているのだろう。その筋の専門家が、どんな手抜きがあったのか、これからはどんな手段を講じるべきかについて論議していることだろう。ほかのニュースはすべて割愛されているにちがいない。しかし自分は未解決の殺人事件三件を抱えている……よく考えてみると、それは今やシボーンの抱えている事件なのだが。本部長がシボーンを捜査責任者にしたのだ。そしてベン・ウエブスターと言えば、新しい事態が展開するたびに、後ろへ追いやられ、忘れ去られていく。

積極的に何もしなくたって、誰も責めはしない……

死者以外は。

リーバスは組んだ腕に頭を埋めた。目に浮かぶのは、でっぷり太ったカファティが豪邸の階段を降りてくる姿だ。そしてカファティの罠にかかるシボーン。カファティの汚れ仕事をするシリル・コリアーやキース・カーベリー、カファティの汚れ仕事をするモリーとエリック・ベイン。シャワーを浴びたカファティが、どんな花束よりもかぐわしい匂いをぷんぷん漂わせて階段を降りてくる、その姿。

ギャングのカファティはスティールフォースの名前を知っていた。

著者のカファティはリチャード・ペネンと面識があった。

〝ほかには……？〟

〝ほかの誰に、ガレス・テンチの話をしたんだ……？〟

舌を突きだしていたカファティ。〝もしかしたらシボーンが……〟

いや、シボーンではない。殺人現場でシボーンがどんな行動を取ったかを見ている――シボーンは何も知らない様子だった。

だからといって、シボーンが望まなかったというのではない。カファティとほんの一瞬、長く目を合わせることで、その願望を伝えなかったとは言い切れない。

西方から飛行機が空へ向かって上昇を続けている。エジンバラから深夜に飛び立つ航空便は多くはない。トニー・ブレアもしくは閣僚が乗っているのかもしれない。ありがとう、スコットランドよ、さようなら、と別れを告げつつ。サミットの参加者はスコットランドの極上部分を楽しんだにちがいない――景色、ウイスキー、雰囲気、食べ物。赤いロンドンバスが爆破されたとき、食べ物は砂の味に変わった。その一方で三人の悪党が死に……善人であるベン・ウエブスターも死んだ。そして今なおよくわからない男も一人。ガレス・テンチは最初のうち崇高な動機から行動していたのかもしれないが、そのうち周囲の状況に流されて良心が麻痺したのだ。

あるいはカファティの汚れた王冠をもぎとる寸前だったのか。

今や真実を知ることは永遠にできないだろう。リーバスは食卓に転がった携帯電話を見つめた。七桁押せば、シボーンのフラットにつながる。ちっぽけな番号を七回タッチするだけ。それなのに、どうしてこんなに難しいのか？

「おれがいないとシボーンはやっていけないなんて、なぜうぬぼれる？」リーバスは銀色の携帯電話に問いかけていた。携帯電話がリーンと一回鳴って答えたので、リーバスは頭をもたげた。電話を急いで摑んだが、それはバッテリーが切れかけていると伝えているだけだった。

「おれのほうが切れかけてるぞ」そうつぶやき、のっそりと立ち上がって充電器を探しに行った。プラグを差したとたん、電話が鳴り出した。メイリー・ヘンダーソンからだった。

「こんばんは、メイリー」

「ジョン、どこにいるの？」

「自宅だ。何かあったのか？」

「これからeメールをしてもいいかしら？　リチャード・ペネンに関してわたしが書いているものなんだけど」

「おれに校正をしてほしいのか？」

「わたしはただ……」

「何があったんだ、メイリー？」

「わたし、ペネンの手下三人ともめたのよ。そいつらは制服を着ているけど、警官でも何でもない」

リーバスは椅子の袖にゆったりと腰を下ろした。「その一人はジャコという名前か？」

「どうして知ってるの？」

「おれもその三人に会ったことがある。それでどうなった？」

メイリーは一部始終を話し、彼らはイラクにいたのではないかと思うと言い添えた。

「で、怯えてるんだな？」リーバスが察して言った。「だからきみは自分の書いた記事のコピーを残そうとしてるんだね？」

「何人かへ送ってるの」

「しかし記者仲間には送らない、そうだろ？」

「あの人たちを誘惑したくないもの」

「スキャンダルに著作権はないからな」リーバスが合点した。「もっと何か手を打とうか？」

「どういう意味？」

「きみの取った手段は正しかった――警官を装うのは重大なことだからな」

「記事を送ってしまえば、わたしはだいじょうぶ」

「ほんとに？」

「ええ、でもたずねてくれてありがとう」

「もしおれの助けが要るようなら、いつでも電話してくれ」

「ありがとう、ジョン。おやすみ」

メイリーが電話を切ったあと、リーバスは携帯電話を見つめていた。充電中のライトが再び点いたが、バッテリーはごくわずかずつしか電気を取り入れないようだった。リーバスは食卓へ歩み寄り、ラップトップの電源を入れた。

ケーブルを電話線の差し込み口につなぎ、インターネットに接続した。うまくつながるたびに、リーバスは毎回驚きを禁じ得ない。メイリーのeメールが届いていた。〝ダウンロード〟をクリックして、彼女の記事をフォルダーに入れ、あとでそれがうまく開けるよう念じた。もう一通eメールが来ており、それはスタン・ハックマンからだった。

〝遅くなったが、返事をしないよりましということで〟と書き出していた。〝わがニューカッスルに戻り、これから夜の街へ繰り出すところだ。ちょっとその前に、われらがトレヴについて知らせたい。供述書によると、彼はしばらくコールドストリームに住んでいたようだ——なぜか、とか、どのぐらいの期間かなどと、たずねないでくれ。この情報が役に立つといいんだが。きみの友達、スタンより〟

コールドストリーム——トレヴァー・ゲストがラトクリフ・テラスにある〈スワニーズ〉の前で喧嘩をしたときの、相手の男と同じ地名。

「ピンポン」リーバスはつぶやき、一杯奢らなければならないと思った。

七月九日　土曜日

# 25

リーバスがザ・メドウズへ歩いて行って白い衣装を着けた大群衆がいるのを見たのは、ほんの一週間前だ。

政治の世界では一週間は長いと俗に言われている。毎日一瞬毎にこの世は動いている。今日北へ続々と向かう大群は、キンロスの郊外でおこなわれる〈T・イン・ザ・パーク〉コンサートを楽しみに行くのだ。スポーツファンはさらに西のロッホ・ローモンドを目指し、スコティッシュ・オープン・ゴルフ・チャンピオンシップの決勝ラウンドを観戦する。南へ下る自分のルートは二時間とはかからないだろう、とリーバスは思った。だがまずは寄り道が二カ所ある——最初はスレート・ロードだ。エンジンをかけたままの車内で、倉庫を改装したアパートの窓を見上げた。エリック・ベインの窓がどれなのかわかっているつもりだ。カーテンが開いている。リーバスはまた〈エルボウ〉のCDをかけている。ヴォーカルが自由世界のリーダーたちを、石を投げる子供たちにたとえていた。車から降りようとしたときに、近くの食料品店からひょろひょろと出てきたベインを見つけた。ベインは髭を剃っておらず、髪もとかしていなかった。ワイシャツがズボンからはみ出ている。ミルクのカートンを持ち、呆然とした表情を浮かべていた。これがほかの人なら、疲れているのだろう、とリーバスは思ったにちがいない。窓を押し下げ、クラクションを鳴らした。ベインはすぐにはリーバスと気づかない様子だったが、道路を横断して近づいてきた。

「きみだと思ったよ」リーバスが言った。ベインは何も答えず、放心状態でうなずいた。「彼女が出て行ったんだな？」その言葉でベインは我に返ったようだった。

「人をやって持ち物を取りに行かせるっていう、メモが残っていた」

リーバスがうなずいた。「車に乗れ、エリック。少し話がある」

だがベインは動かなかった。「どうして知ってるんです？」

「誰に言わせたって、おれは男女間の問題について助言するにはきわめて不向きな男だ」リーバスはしばらく沈黙した。「それでもな、きみが内部情報をビッグ・ジェル・カファティに流すのを見過ごすわけにはいかん」

ベインがリーバスを見つめた。「じゃあ……？」

「昨夜、モリーと話をした。モリーが逃げ出したんなら、それはきみと同棲を続けるよりは、〈ヌック〉で働き続けたいっていう意思表示だ」

「そんな……信じられない……」カフェインが作用したかのように、ベインは目をぱっちりと見開いた。ミルクのカートンが手から滑り落ちた。車の窓に手を突っ込み、リーバスの喉に手をかける。歯を食いしばり、力をこめる。リーバスは助手席へ体をのけぞらせながら、片手でベインの指を摑もうとし、もう片手で窓の開閉ボタンを探った。窓ガラスが上がり、ベインの手が挟まれた。リーバスは助手席へ体をすばやく移動させて外へ出た。ベインが腕を抜こうとしてもがいているところへ近づいた。ベインが向きを変えたとたん、ベインの股間を膝蹴りした。ベインは広がるミルクの中にがくりと膝をついた。リーバスは彼の頰にパンチを食らわせ、仰向けに倒した。ベインに馬乗りとなり、ボタンをはずしたシャツの襟元を摑んだ。

「悪いのはおまえだ、エリック。おれじゃない。ちょっと甘い言葉を囁かれたぐらいで、おまえはべらべらしゃべり始めたんだ。おまえの恋人とやらの話ではな、彼女がたんなる好奇心で話を聞き出しているわけじゃないと察したあとでさえ、おまえは嬉しそうに話したそうじゃないか。自分が偉くなったように感じたんだろう？　密告屋ってのは、たいていそんな思いを味わいたくてしゃべるようになる」

ベインは争おうとはしなかった。肩をぐっと丸めるぐらいで、それも抵抗とはほど遠い。実のところ、すすり泣いており、ミルクが点々とついた顔は、大好きなおもちゃを突然なくした子供のように見えた。リーバスは立ち上がり、自分の服装を整えた。

「立て」リーバスは命じた。しかしベインが動こうとしなかったので、引っ張り起こした。「おれを見ろ、エリック」リーバスはハンカチを取りだし、渡してやった。「さあ、顔を拭け」

ベインは言われたとおりにした。片方の鼻腔から鼻水の泡が出ている。

「よく聞くんだ」リーバスが命じた。「おれはモリーと約束した、もし彼女が別れるなら、それ以上何も行動を起こさない、と。それはこういうことだ。おれはこの件についてフェティス警察本部に報告しない——そしておまえは職場に留まる」リーバスはベインを覗き込んで、ベインの視線を捕らえた。「わかったか？」

「仕事ならいくらでもある」

「ITの世界でか？　そうだろうとも、ストリッパーに秘密を漏らす従業員ならさぞ歓迎されるだろうよ……」

「ぼくはモリーを愛していたんだ」

「そうかもしれんが、モリーのほうは、エリック・クラプトンが六弦ギターを弾きこなす技さながら、おまえを自在に操っていたんだよ……何をにやにやしてる？」

「ぼくは彼にあやかって命名されたもんで……おやじが大ファンだった」

「そうなのか？」

ベインは天を見上げ、少し息が収まってきた。「モリーを信じていたのに——」

「カファティがおまえを利用していたんだよ、エリック——それだけのことだ。だが大事なことがある……」リーバスはベインの目をしっかりと捕らえた。「モリーに近づいてはならない。モリーを求めて〈ヌック〉へ行ってはならない。モリーが持ち物を取りに誰かを行かせるのは、その方法でしかうまくいかないのを知ってるからだ」空手のように片手で空を断ち切りながら、語調を強めた。

「あの日、ぼくのフラットでモリーと会ったでしょう……ほんのちょっぴりかもしれないけど、彼女がぼくを好いていたのを見たはずだ」

「そう考えたければそう思っておけ……ただし、モリーに近づくな。彼女と連絡を取ろうとしてるってことがおれの耳に入ったら、おれはコービン本部長に必ずこの話をするからな」

ベインが何かつぶやいたが、リーバスは聞こえなかった。リーバスはもう一度言え、と命じた。ベインはリーバスを食い入るように見つめた。

「最初カファティは関係なかったんです」

「まあ、そうかもしれんがね。しかし結局はカファティと結びついていたんだ……それは間違いない」

ベインはしばらく黙り込んでいた。歩道を見つめる。

「ミルクを買わなくては」

「その前に顔を洗え。おれはな、今から遠出をする。おまえは今日一日かけて、このことをようく考えるんだ――明日電話をするから、そのとき最終的な決心を聞かせてくれるか?」

ベインがのろのろとうなずき、ハンカチを返そうとした。

「それは取っておけ」リーバスが言った。「相談できる友達でもいるのか?」

「ネット友達が」

「役に立つようなら誰でもいい」リーバスは肩を叩いてやった。「もうだいじょうぶか? おれは用事があるんだが」

「何とか」

「そりゃよかった」リーバスは大きく息を吸った。「自分のやったことを謝るつもりはない、エリック……だけど、おまえを苦しめてしまって申し訳ないと思ってる」

ベインがうなずいた。「謝らなきゃならないのはぼくのほうで……」

リーバスはかぶりを振って黙らせた。「すべて済んだことだ。気を取り直して、再出発することだね」

「こぼれたミルクは元に戻らないってこと?」ベインは冗談にかすかな笑みを添えた。

「この十分間、その駄洒落を言わないように必死にこらえてたのに」リーバスが打ち明けた。「シャワーに頭を打たせて、すべてを洗い流せ」

「そんなに簡単には行かないかも」ベインがつぶやいた。

リーバスはうなずいた。「それでも……とっかかりにはなる」

シボーンは四十分間以上もバスに入っていた。ふだんなら朝はシャワーを浴びるのがやっとだが、今日は自分をいたわることに決めた。〈スペースNK〉バスフォームを瓶の三分の一ほども入れて泡立て、フレッシュオレンジジュースを大きなグラスにたっぷりと注いだ。デジタルラジオからはBBC6局の音楽を流し、携帯電話の電源は切った。居間のソファには〈T・イン・ザ・パーク〉のチケットが、準備する物を走り書きしたリストと並べて置いてある――水のボトル、スナック、アノラック、まんいちに備えてサンタン・ローションも。昨夜はボビー・グレグにチケットを使ってちょうだい、ともう少しで電話しかけたのだった。でも思い直したのだ。もし行かなかったら、テレビをつけたままソファに寝そべって時間を潰してしまうだけだろう。エレン・ワイリーが朝早くに電話をかけてきて、リーバスと話し合ったのよ、と言った。

「彼、申し訳ないと言ってた」エレンが報告した。

「何に対して？」

「すべて、全部」

「わたしにじゃなくて、あなたに言うなんてやさしいわね」

「わたしのせいよ」エレンが打ち明けた。「一日か二日、あなたに構わないほうがいい、ってわたしが彼に言ったから」

「ありがとう。デニースはどうしてる？」

「まだ寝てるわ。で、今日の計画は？　キンロスで汗ずくになるまで跳ねる、それとも二人でどっかへ行って、悲しみを酒で紛らわす？」

「その申し出を頭に入れておくわ。でも、あなたの言うとおりかも。キンロスへ行くのが正解だわ」

でも一泊するつもりはない。チケットは両日入場可能だが、もうすでに戸外はじゅうぶん堪能している。スターリングの麻薬売人が商売をしにそこへ来るのではなかろうか。今回はちょっぴり試してみて、もう一つ規則を破ってみてもいい。軽くタイマを吸っている警官なんて掃いて捨てるほどいる。週末にはコカインをやる者がいるという噂まである。緊張をほぐす手段はさまざまなのだ。シボーンはいくつかのやり方を考え、まんいち誰かのテントに泊まるはめになった場合に備えて、コンドームを二袋ほど持っていくことにした。〈T・イン・ザ・パーク〉フェスティバルへは女性巡査二人も行く。彼女たちは携帯のメッセージで、シボーンと落ち合うつもりなのだ。騒々しい二人組で、〈ザ・キラーズ〉と〈キーン〉のヴォーカルに熱を上げている。二人はステージの真ん前に陣取りたいので、すでにキンロスに入っている。

「キンロスへ着いたらすぐに連絡してくださいね」二人はシボーンに念を押した。「あまり遅くなると、申し訳ないことになるかもしれないんで」

〝申し訳ない……〟

〝すべて、全部に対して〟

しかしリーバスは何を申し訳ないと言うのか？　リーバスはベントレーGTに乗って、カファティの計画に耳を傾けたか？　キース・カーベリーと一緒に階段を上がり、二人並んでカファティが司る法廷に出たか？　シボーンは目をぎゅっとつぶり、バスに張った湯の中に頭を突っ込んだ。

わたしが悪いのよ、と思った。頭の中でその言葉がぐるぐると回っている。ガレス・テンチ……活気に満ち、朗々たる声の持ち主だった……パフォーマンスに優れた人間の常で、カリスマ性に富んでいた……たまたまやってきて、自分だけがカーベリーとその仲間を追っ払える力を持っているのを示した。それは実のところ、華々しいトリックで、自分の選挙区民のために助成金をかすめ取る手段だったにすぎない。実力以上に見える大物、疲れを知らないタフな男……それが今は市の死体保管所の引き出しに、冷たくなった裸体を横たえ、切開された物体、統計上の数値と化した。

以前に聞いたことがある。人の命を奪うには、長さ三センチの刃物があればよい、と。細い鋼鉄一枚で、すべての運命が狂うのだ。

シボーンは思い切って明るい朝の光へ顔を上げ、濡れた顔に張りついた髪や泡を手で拭った。電話が鳴っているような気がしたのだが、それは空耳で、上の階の床がきしんだだけだった。リーバスはカファティに近づくなと命じた。そのとおり、もしもカファティの前で自制心を失えば、自分に未来はない。

とはいえ、自分はすでに未来を失っているのでは？

「この仕事はとても楽しかったけど」シボーンはつぶやいて、体を起こしてしゃがむ姿勢となり、手近なタオルへ手を伸ばした。

短時間で持ち物をまとめた——スターリングへ行ったときと同じ鞄を使う。一泊するつもりはないが、とりあえず歯ブラシと歯磨きを放り込んだ。車に乗り込んだら、そのまま運転し続けるかもしれないからだ。もしスコットランドの北端まで来てしまったら、フェリーでオークニー島へ渡ってもいい。それが車の利点である——自由という幻想。車の広告は必ず冒険や新発見というイメージを提供するが、自分の場合は逃走という語がよりふさわしい。

「逃げはしないわよ」シボーンはヘヤーブラシを握りながらバスルームの鏡に言い訳した。リーバスにもそう言い、わたしだって薬を飲めるわ、と告げたのだった。

カファティが薬というわけではない。彼は毒薬だ。どの道を走るかは決めている。ジェイムズ・コービンに会いに行き、自分の大失態を告白する。その結果、巡査に格下げされるだろう。

「わたしはよいお巡りよ」鏡に告げながら、この話を父親に説明する様を思い浮かべた……娘を誇らしく思うようになった父親に。そして、もう気にしないで、と娘に言った母親に。

誰に殴られたにせよ、それはもういいのよ、と。

どうしてわたしには見過ごせないほどの重大事だったのだろう？　警官がやったのではなかろうかという疑いで、怒り心頭に発したからというよりも、実は自分が有能なところを見せつけられると考えたからなのだ。

「有能な警官か」シボーンはつぶやいた。そして鏡の曇りを拭いながら言い添えた。「そうではない証拠が山ほどあるのに」

二番目で最後の寄り道。クレイグミラー署。マクマナスはもう仕事を始めていた。

「良心的だな」リーバスは犯罪捜査部室へ入りながら、声をかけた。まだほかには誰も出勤していない。マクマナスはスポーツシャツにジーンズというくだけた服装をしていた。

「じゃあ、そっちはどうなんです?」マクマナスは指をなめ、目を通している報告書のページを繰りつつたずねた。

「検死の報告書だな?」リーバスが察した。

マクマナスがうなずいた。「今、検死から戻ってきたところで」

「またしてもデジャブーだ」リーバスが言った。「先週の土曜日、おれもきみと同じことをした——ベン・ウエブスターの検死があった」

「ゲーツ教授が不機嫌なのも無理はないですよ——二週続けて土曜日なんだから……」

リーバスはマクマナスの机の横に来ていた。「何かわかったのか?」

「鋸状のナイフ、幅二センチ強。どこのキッチンにもあるようなナイフだとゲーツ教授は言ってます」

「そのとおりだな。キース・カーベリーは今も拘留中か?」

「規則を知っているでしょう。六時間経てば起訴するか、それとも放免するかです」

「ということは、起訴しなかったんだな?」

マクマナスは報告書から目を上げた。「何も関わっていないと否認したんです。アリバイすらあった——その時間にはビリヤードをしていて、証人が七、八人います」

「その全員が友達だったのは間違いないが……」

マクマナスは肩をすくめた。「母親のキッチンにはナイフがたくさんあったが、紛失しているものはなかった。すべて押収して分析に回しました」

「カーベリーの衣服は?」

「それも検査しました。血痕は一切見あたらなかった」

「ということは、ナイフとともに処分したんだ」

マクマナスは体を起こして椅子の背にもたれた。「捜査を担当してるのは誰なんですかね？」

リーバスは降参の印に両手を挙げた。「つい考え事を口に出してしまった。カーベリーの事情聴取をしたのは誰なんだ？」

「おれがやりましたよ」

「ホシだと思うか？」

「テンチの死を告げると、心から驚いた様子だった。しかしそのこすからい青い瞳に、何か別の感情も見えたように思う」

「それは？」

「怯えです」

「犯人だとばれたからか？」

マクマナスはかぶりを振った。「自分が何か口を滑らしはしまいかと怯えていました」

リーバスは自分の目の奥にあるものを見抜かれたくなくて、そっぽを向いた。カーベリーが殺していないとするならば……カファティ自身が容疑者として再び浮かび上がるのだろうか？　若いカーベリーはそう考えたからこそ、怯えたのだ……カファティがテンチを抹殺したのなら、次は自分がやられると思ったのか？

「テンチ議員を尾行していたことについて、たずねてみたか？」

「テンチを待っていたと認めました。礼を言いたかったんだそうで」

「何の礼だ？」リーバスはマクマナスに向き直った。

「騒乱罪で保釈されたあとの精神的なサポートについて」

リーバスは軽蔑した声を出した。「それを信じるのか？」

「そういうわけじゃないですが。だがカーベリーを長期勾留できる根拠にはならない」マクマナスは少し黙ったあとで言った。「実は……釈放すると告げたとき、あの男は出て行きたがらなかった──その気持ちを隠そうとしていましたがね。玄関を出ると、何かを予期しているかのように、左右をきょろきょろと見ていた。そして脱兎のごとく逃げていったんです」マクマナスがまた間を置いた。「何を言いたいか、わかりますか？」

リーバスがうなずいた。「キツネじゃなくてウサギのほうだな」

「そういうこと……あなたが何か隠してるんじゃないかと思ってね」

「おれは今もあいつが容疑者だと考えている」

「おれもですよ」マクマナスは椅子から立ち上がり、リーバスをじっと見た。「しかし、尋問すべきなのはあいつだけかな？」

「議員というものは、敵が多い」リーバスがきっぱりと言った。

「未亡人の話では、あなたも敵の一人だとテンチが言ったそうです」

「それは未亡人の思い過ごしだよ」

マクマナスはその言葉を無視し、腕を組むことに意識を集中させた。「それに自宅が監視されていたようだと言っている――キース・カーベリーにではない。未亡人の説明によると、それは上等の大きな車に乗った銀髪の男だった。ビッグ・ジェル・カファティに当てはまると思いませんか？」

リーバスは答える代わりに肩をすくめた。

「もう一つ、小耳に挟んだ話がある……」マクマナスはリーバスに近寄った。「あなたと、その外見に当てはまる男が、ほんの数日前、教会ホールの集会に来たと聞いた。テンチ議員はその男と何か話し合ったという。どういうことなのか、教えてもらえますかね？」

マクマナスはリーバスの頬に息がかかるほど近づいていた。「こんな事件では、いろんな話が出回るもんだ」リーバスが考えながら言った。

マクマナスは微笑した。「こんな事件をこれまで担当したことは一度もない。ガレス・テンチは愛され、尊敬されていた――選挙区には大勢の友人がいて、彼の死に憤り、答えを要求しています。捜査にあらゆる影響力を使おうとする者もいて……おれの味方になると約束してくれましたよ」

「そりゃよかったな」

「断われない申し出だった」マクマナスが言葉を続けた。「だから、これがあなたにたずねる最後のチャンスとなるかもしれない」一歩下がった。「ということで、リーバス警部、現況を説明したわけだが……おれに言いたいことはほんとに何もないのですか？」

シボーンを巻き込まないでカファティの名前を持ち出す方法はない。まずシボーンが安全であることを確認しなければ、何もできない。

「ないね」リーバスは腕を組んだ。マクマナスがその腕を顎で示した。

「隠し事をしているときの仕草だな」

「そうか？」リーバスは両手をポケットに入れた。「じゃあ、きみのほうはどうなんだ？」そう言い捨ててドアへ向かう。あとに残ったマクマナスは、いつの時点で自分が腕を組んだのだろうかと思った……

今日はドライブ日和だった。道中の半分はトラックの後ろを走っていたにもかかわらず、リーバスはそう思った。南下してダルキスへ行き、そこからコールドストリームへ向かう。ダン・ローで風力発電地帯を通った。道路の両側に風力発電装置が立ち並んでいる。そんな光景を間近で見たのは初めてだった。羊や牛が放牧されていた。路上でひき殺されたキジや野ウサギなどの死体をたくさん見かけた。猛禽が上空を旋回したり、フェンスの柱で羽を休め、鋭い目で様子をうかがったりしている。五十マイルほど走り、コールドストリームに着いた。そこを通り抜けて橋を渡ると、いつのまにかイングランドに入っていた。道路標識によると、ニューカッスルまで南へたった六十マイルだそうだ。ホテルの駐車場で車の向きを変え、再び国境を越えたところで路肩に車を停めた。青い木製ドアのついた切妻屋根の、ほかの民家と同じように見せかけた警察署があった。就業時間は週日の九時から十二時までと記されている。コールドストリームの本通りはパブと小さな店舗が並んでいるだけだった。日帰り行楽客が群れをなして狭い歩道を歩いている。レスマヘイゴウから来たバスが〈ラムズ・ヘッド〉パブの前で停まると、にぎやかに談笑しながら乗客が降りてきた。リーバスは先回りしてパブへ入り、〈ベスト〉のハーフパイントをくれと命じた。店内を見回すと、テーブルの多くは昼食の予約席になっていた。カウンターの背後にサンドイッチ・ロールが見えたので、リーバスはチーズとピックルス入りのものを買い求めた。

「スープもありますよ」女性バーテンが教えてくれた。「コッカリーキー（スコットランドふうのニラ入り鶏肉スープ）が」

「缶詰か？」

女性バーテンが舌打ちしてたしなめた。「そんなまずいものを出すわけないわ」

「じゃあ、頼む」リーバスは笑みを浮かべて言った。女性バーテンがキッチンへ注文を呼びかけ、リーバスは背骨を伸ばしたり肩を動かしたり首をひねったりした。

「どこへ行くんですか？」戻ってきた女性バーテンがたずねた。

「もう着いたんだよ」リーバスは答えたものの、会話が弾む前にバスの団体がどっと店内へ入ってきた。女性バーテンがキッチンに呼びかけると、手帳を持ったウエイトレスが現われた。

赤ら顔、太鼓腹のシェフが自らリーバスのスープを運んできた。目を動かして、入ってきた客の平均年齢を推し量った。

「何人ぐらいがステーキ・パイを注文するかな」シェフが言った。

「全員だよ」リーバスが断言した。

「じゃあ、山羊のチーズとペイストリーの前菜は？」

「一人もいないね」リーバスが言い切り、紙ナプキンにくるまれたスプーンを取りだした。

テレビではゴルフをやっていた。ロッホ・ローモンドは風が吹いているようだった。リーバスはまず塩と胡椒を探してテーブルを見回したが、スープを飲んでみるとそのどちらも必要なかった。半袖の白いシャツを着た男がやってきて横に立った。大きなハンカチで顔を拭っている。残り少ない髪の毛は後ろに撫でつけてある。

「暑いなあ」と言う。

「あれはあんたが連れてきた人たちか？」リーバスは各テ

ーブルにぎゅうぎゅう詰めで座っている人たちを示してたずねた。

「というか、おれは雇われてる側で」男が言った。「バスの客席からこんなにあれこれ指図されたのは初めてだ……」かぶりを振り、女性バーテンに氷をたっぷり入れたオレンジジュース入りレモネード一パイントをくれと頼んだ。女性バーテンはパイントグラスを男の前に置いてウインクした——支払いは必要ないのだ。リーバスは事情を知っている。バスの団体客をここへ連れてくることで、運転手は一生涯ただで飲み食いできるのだ。運転手はリーバスの考えを読んだようだった。

「こういうことになってる」と打ち明ける。

リーバスは黙ってうなずいた。G8だって同じような仕組みで動いていないとは言わせない。運転手にレスマへイゴウはどんなところだ、とたずねた。

「コールドストリームへ遊びに行くってのが、魅力的に聞こえるような土地だね」運転手は客のテーブルを盗み見た。彼らはどの席に座るかでもめていた。「誓って言うがね、国連だってあの客たちを扱いかねるんじゃないか」レモネードを呷る。「先週、エジンバラにいなかったよな？」

「おれはエジンバラで働いてるんだ」

運転手はしかめ面をして見せた。「おれは中国人観光客二十七人を運ぶことになってた。土曜日の朝、ロンドンから電車で客が到着したんだ。あの日、そいつらを迎えに行ったが、駅の近くまでバスが行けるわけねえだろ？　おまけにどこに泊まることになってたと思う？　ロウジアン・ロードのシェラトンだよ。バーリニ刑務所よりも警備が厳しかったぜ。火曜日、ロズリン・チャペルへバスを走らせていて、半分まで来たところで、日本代表団の一人が間違って乗りこんでることに気づいたんだ」運転手が笑いだし、リーバスも釣られて笑った。笑うと気分がよくなった。

「じゃあ、今日は日帰りで来てるんだな？」運転手がたずねた。リーバスがうなずいた。「いい散歩道があるぜ。歩きたいんなら……でもそんなタイプには見えねえな」

「あんたは人を見る目がある」

「仕事柄だよ」頭で向こうを示す。「あそこに客がいるだろ？　今日の旅の終わりにどの客がチップをはずむか、今この場で言い当てられるさ。いくらくれるかだって、言えるとも」

リーバスは感心した顔を作った。「もう一杯飲むか？」運転手のパイントグラスが空になっている。

「やめとこう。今日の午後は道中一回だけの休憩にしたいんだ。客もたいていそれに従ってくれる。休憩すると、バスに乗り込むまで三十分は取られるからな」運転手は握手の手を差し出した。「話ができて楽しかったよ」

「おれもだ」リーバスもしっかりと握り返した。出口へ向かう運転手を見送った。年配の女性二人が手を振って甘ったるい声で呼びかけたが、運転手は気づかない振りをして出て行った。リーバスは〈ベスト〉をもうハーフパイント注文することにした。偶然の出会いで心が晴れたからだ。別の人生をかいま見た思いだった。自分の住んでいる世界とほとんど交わることのない世界がそこにはあった。

ごく普通の人生。日常の生活。会話を楽しむための会話——動機や秘密を探る目的ではない。正常な世界。

女性バーテンが新しいグラスを前に置いてくれた。「ちょっと顔色がよくなったわね」と判断する。「さっきここへ入ってきたとき、どういう人だかよくわからなかった。投げキッスをするようにも、いきなり殴りかかるようにも見えたわ」

「この治療が効いてね」とリーバスが言い、グラスを挙げて見せた。ウエイトレスはようやく全員の注文を取り終わり、また客の気が変わらないうちにキッチンへ逃げていった。

「どうしてコールドストリームへ来たの？」女性バーテンが再び探りを入れた。

「おれはロウジアン&ボーダーズ警察の者でね。殺人事件の被害者の経歴を調べている。トレヴァ・ゲストという名前の男だ。タインサイドの出身なんだが、数年前この辺りに住んでいた」

「心当たりのない名前ね」

「別名を使っていたのかもしれないな」リーバスは公判時

に撮影されたゲストの写真を掲げた。女性バーテンは写真を近々と覗き込んだ――眼鏡が必要なのに、かけたくないのだ。やがてかぶりを振った。

「悪いけど、知らない」

「写真を他の人にも見てもらいたいんだが？　シェフはどうだろう……？」

女性バーテンは写真を受け取り、仕切りの奥へ消えた。奥からは鍋やボールの触れあう音が聞こえる。すぐに戻ってきた女性バーテンは、写真をリーバスに返した。

「実はね、シェフは去年の秋にここへ移ってきたばかりなのよ。この男、タインサイドの出身だって？　なぜこの土地へ来たの？」

「たぶんニューカッスルにいるのが、やばくなったんだろう。つねに法を守っていた男じゃないから」今やリーバスには明白に思われた――ゲストの身に何があったにしろ、それはニューカッスルで起こったにちがいない。逃走するとすればA1号線は避けるだろう。誰もが考えるルートだから。モーペスで脇道へそれれば、まっすぐこの町へ着く。

「四、五年前のことを思い出せってのは無理だろうけど。この地域で空き巣狙いがひんぱんに発生しなかったかな？」

女性バーテンが首を横に振った。バスの団体客の何人かがカウンターまで進出してきた。注文をまとめたメモを持っている。

「ラガービールのハーフパイントを三つ。ライム付きラガーが一つ――アーサー、これ、ハーフか一パイントか確認してきて。ジンジャー・エール、アドヴォカート、レモネード。アドヴォカートには氷を入れるのかどうかも彼女にたずねてね、アーサー！　えっと、ちょっと待って、ラガーのハーフパイントが二つと、レモネード入りラガーだった……」

リーバスはグラスを飲み干し、女性バーテンにまたあとで来るからと小声で言った。本気だった――たとえ今日でなくても、また次回に。トレヴァ・ゲストに導かれてここへ来たにしろ、〈ラムズ・ヘッド〉で自分を取り戻したのだ。パブの外へ出たとたん、ダンカン・バークレイについてたずねなかったことに気づいた。店舗を二軒ほど通り過ぎて新聞販売店の前で立ち止まり、店に入ってトレヴァ・ゲストの写真を見せた。店主はかぶりを振り、生まれたときからこの町に住んでいるのだが、と言った。リーバスはダンカン・バークレイの名前を出してみた。すると店主はうなずいた。

「数年前、町を出て行った。若い者はほとんどが出て行くんでね」

「どこへ行ったのかわからないかな?」

店主がかぶりを振る。リーバスは礼を言って店を出た。食料品店があったが、そこでは空振りだった。土曜日だけ勤務している若い女店員が、月曜日の朝に来たら何かわかるかもしれないと答えた。通りのこちら側に続く店のどこでも収穫がなかった。アンティーク・ショップ、美容室、喫茶店、チャリティ・ショップ……ダンカン・バークレイについて知っている者がほかにも一人だけいた。

「今でも見かけるよ」

「じゃあ、遠くへ越していないんだな?」リーバスがたずねた。

「ケルソ、だったかな……」

次の町だ。リーバスは午後の日差しの中でしばらく立ち止まり、なぜ血液が循環しているように感じるのだろうかと思った。答え。働いているから。昔ながらの地道な聞込み作業――それは休暇と同じぐらい快い。ところが、最後に聞き込みに入る店はまたしてもパブだった。このパブはさっきの店とは異なり、入りづらい印象を受けた。

そこは〈ラムズ・ヘッド〉よりもかなり程度の落ちるパブだった。色あせた赤いリノリュームの床には、点々と煙草の焼けこげがある。古びたダーツ板で、同じく古びた身なりの客二人が遊んでいる。隅のテーブルでは、浅い縁なし帽をかぶった年金生活者三人がドミノに熱中している。そのすべてが煙草の煙に包まれていた。テレビの画面は血のように赤くにじみ、遠くにいてもトイレのドアの向こうから洗い流していない小便の臭いが漂ってくる。リーバスは気分が滅入ってくるように感じたが、それでもここのほうがトレヴァ・ゲストに似つかわしい店だと気づいた。ただ、そんな店だからこそ、質問しても親切な笑みが返ってきそうもない。バーテンはつぶれたトマトのような鼻をしていた——紛れもなく酒飲みの顔で、刻み込まれた古傷やへこみの一つ一つに、夜更けに語られる武勇伝がまつわりついているのだろう。リーバスの顔にだって、いくつかの物語のマークがついている。身を引き締めてカウンターへ近づいた。

「〈ヘヴィ〉を一パイント」こんな店でハーフパイントは頼めない。先に煙草を取りだしていた。「最近、ダンカンを見かけなかったか？」とバーテンにたずねる。

「誰だって？」

「ダンカン・バークレイ」

「聞いたことのない名前だ。何かやったのか？」

「そういうわけではない」

質問を一つしただけで、もう身元がばれた。「おれは警部だ」と告げた。

「へえ、そうなのか？」

「ダンカンに少し訊きたいことがあって」

「この町には住んでいねえよ」

「ケルソに越したんだな？」バーテンは何も言わずに肩をすくめた。「ではダンカンはどこの酒場を根城にしてる？」バーテンはまだ目を合わせない。「おれの目を見ろ」リーバスが迫った。「そしておれがこんな扱いを喜んでると言えよ。さあ、言ってみろ！」

床に椅子がきしみ、老人たちが立ち上がった。リーバスは半ば振り返った。

「これもゲームのつもりだな？」リーバスは笑みを浮かべた。「しかしこっちは殺人事件三件を捜査している」笑みを消し、指を三本立てた。「被疑者になりたい者は、そのまま立っていろ……」老人がそれぞれ腰を下ろすまで待った。「物わかりがいいな」そしてバーテンへ向き直る。

「ケルソのどこへ行けば、ダンカンに会える？」

「デビーに訊いてみたら」バーテンがつぶやいた。「あの女、ダンカンに惚れてたから」

「じゃあ、デビーはどこにいる？」

「土曜日は食料品店で働いてるよ」

リーバスはその答えで満足したような顔を装った。印刷がにじんでしわくちゃになったトレヴァ・ゲストの写真を取りだした。

「何年も前だが」とバーテンが認めた。「こいつ、南へずらかったと聞いてる」

「聞き間違えたな――ゲストはエジンバラへ行ったんだ。何か通称でもなかったか？」

「″クレヴァ・トレヴァ″という呼び名が気に入ってたな――理由はわからんが」

おそらくイアン・デュリー（イギリスのロック・ミュージシャン。《クレヴァ・トレヴァ》という曲がある）の歌から取ったのだろう。「ここで酒を飲んでいたのか？」

「少しの間だけ――人を殴ったために出入り禁止にした」

「でもこの町に住んでいたんだろ？」

バーテンはしばらくして首を振った。「ケルソだったと思う」やがて何度もうなずいた。「ケルソに間違いない」

ということは、ゲストがニューカッスルの警察で嘘をついていたのだ。リーバスはいやな気分になってきた。勘定を払わないでパブを出た。自分はそうするにふさわしい行動を取ったと思ったのだ。外に出て緊張が解けるのをしばらく待った。食料品店へ引き返し、土曜日の女店員、デビーに会いに行った。デビーはリーバスの顔を見るなり自分の嘘がばれたことを知った。口を開いて別の弁解を試みようとしたが、リーバスが目の前で手を振ったので、口ごもって沈黙した。リーバスはカウンターに拳を押しつけて身を乗り出した。

「では、ダンカン・バークレイについて何を知っているか？」とたずねた。「ここで話を聞いてもいいし、エジンバラの警察署へ行ってもいい――そっちが決めろ」

デビーは顔を赤らめるだけの良心を持っていた。と言うより、風船のように弾けるのではないかと思うほど真っ赤になった。

「彼はカーリングノーズ・レーンのコテージに住んでる」

「ケルソか？」

デビーはなんとかうなずいた。めまいがするかのように、額に手を当てる。「でも空が明るいうちは、たいてい森にいるわ」

「森？」

「コテージの裏手」

森……心理学者はどう言ってたっけ？　森がキーワードかもしれない、と。

「ダンカンと知り合ってどのくらいになるんだ、デビー？」

「三年……四年になるかも」

「きみより年上なのか？」

「二十二歳よ」

「で、きみは……？　十六歳、十七歳？」

「お誕生日が来たら十九歳」

「きみたち二人はカップルなのか？」

質問がまずかった。デビーはますます頬を染めた。クロスグリだってこれほど赤くない。「友達というだけ……最近は会うことも少ないわ」

「彼の仕事は？」

「木彫り。果物鉢なんかを作るの。エジンバラの画廊で売ってるわ」

「芸術家なんだね？　器用なのか？」

「すごいのよ」

「よく切れる道具なんかも使うんだね？」

デビーは答えようとしたが、はっとして思いとどまった。

「ダンカンは何もしてないわ！」と叫ぶ。

「そんなこと、おれ言ったかな？」リーバスはいらだたしげな声を装った。「どうしてそんなふうに思う？」

「彼、あなたなんか信用しない！」

「おれ？」リーバスは混乱した声になった。

「あんたたち全員よ！」

「以前にも警察の厄介になったことがあるんだな？」

デビーは重たくかぶりを振った。「わかってないのね」小さな声で言う。目が濡れてきた。「ダンカンが言ったのよ、あなたたちはぜったい……」

「デビー？」

デビーは泣き声を上げ、ハッチを開けてカウンターから出てきた。両手を伸ばしてきたので、リーバスも両手を広げた。

しかしデビーはその手をかいくぐって走った。リーバスが振り向いたときには、もうドアに手をかけていた。ぐいと引き開けられたドアのチャイムがやかましく鳴った。

「デビー！」リーバスは呼びかけた。しかし歩道へ出てみると、デビーはもう道路を遠ざかっていた。彼は小声で罵った。そのとき、空の籐かごを持った女客がそばにいるのに気づいた。ドアを開けて入り、表示を〝営業中〟から〝閉店〟へと替えた。「土曜日は半日なんで」と女客に告げた。

「いつからそうなったのよ?」女客が憤慨して言い返した。

「わかった」リーバスは引き下がった。「じゃあ、セルフサービスってことにしよう……カウンターに金を置いていってくれ」女客を押しのけて店を出ると、自分の車へ向かった。

シボーンは強い違和感を覚えた。観衆がぴょんぴょんとつま先で跳んで体をぶつけてくる。調子はずれの大合唱が起こる。万国旗が視界を遮る。汚い言葉遣いの汗臭い下層階級の若者らが育ちのよい大学生男女と一緒になって踊っている。回し飲みした安物のビールとリンゴ酒の缶から、泡があふれでている。落ちたピザのかけらで地面が滑る。舞台で演奏しているバンドは五百メートルもかなたにいた。トイレの行列が絶えることはない。シボーンは〈ファイナル・プッシュ〉では楽屋への通行証を持っていたことを思い出して、笑みをこぼした。先ほど二人の女性警官友達に約束どおりメッセージを送ったのだが、まだ返事がない。誰もが楽しげにはしゃいでいるが、自分はみじんもそんな気分になれなかった。頭の中を駆けめぐっているのはこの人たちのこと。

カファティ。

ガレス・テンチ。

キース・カーベリー。

シリル・コリアー。

トレヴァ・ゲスト。

エドワード・アイズレー。

自分は本部長から重大事件を任された。その結果によっては昇進に大きく結びつくはずだった。ところが母親が襲われたことで、注意がそれてしまった。暴行を働いた相手を見つけることに熱中したあげく、カファティを近づけてしまったのだ。これからは本来の捜査に専念し、精力的に働かなければならない。月曜日の朝には、正規の捜査が開始されるだろう――おそらくは、マクレイ主任警部かデレク・スター警部の指揮の下に。必要なだけの数の捜査員を投入した捜査班が立ち上げられる。

そして自分は停職処分の身だ。ただ一つ残された道は、コービン本部長を捜しだして謝ること……説得して復帰の望みをかなえてもらうこと。きっと本部長は、リーバスをぜったいに近づけず、リーバスとの絆はすべて断ち切る、という誓約を求めるにちがいない。シボーンは少し考え込んだ。もし要求されたら、六割の確率で同意するだろう。

別のバンドが舞台に上がり、音量がさらに増大した。シボーンは携帯電話を出してテキスト・メッセージの有無を調べた。

着信履歴が一つあった。

電話の主の番号を調べた。エリック・ベイン。

「あんなやつとしゃべりたくない」シボーンはつぶやいた。ベインはメッセージを残していたが、それを聞く気はなかった。ポケットに携帯電話をしまい、バッグから水の新しいボトルを出した。麻薬の甘い匂いが漂ってきたが、キャンプ・ホライゾンの売人がいる気配はない。舞台の若者は熱っぽく演奏していたが、そのサウンドは聞き苦しい高音が多すぎた。シボーンは舞台からさらに遠ざかった。地面にカップルが横たわっていて、体を絡め合っている者もいれば、うっとりとした笑顔で空を見上げている者もいる。シボーンは無意識に歩いていた――立ち止まることができない。そして車を停めている野原へ向かっていた。〈ニュー・オーダー〉の出演はまだ数時間先だが、それに合わせて戻って来る気がないのを自覚していた。エジンバラで何が待っているのだろう? リーバスに電話して、彼を許してもいいと伝えようか。それともワインバーを見つけて入り、〈シャルドネ〉の冷えたボトルをそばに置いて、メモ帳とペンを手に、月曜日の朝、本部長にするスピーチの練習でもしようか。

きみをチームに復帰させるときは、きみの共犯者の居場所はないと思え……わかったな、クラーク部長刑事?

わかりました。今回の措置を感謝しております。

わたしの条件に同意するんだね? そうだね、クラーク部長刑事? 簡単に一言、はいと答えたまえ。

ただし、それは簡単なことではない。


再びM九〇号線に入り、今回は南下した。二十分間走ると、フォース・ロード・ブリッジに着いた。今はもう検問をやっていない。すべてG8会議以前の状態に戻っている。エジンバラに近づいてきたとき、そこからクラモンドへは近いことに気づいた。エレン・ワイリーの家に立ち寄り、昨夜のたわごとを聞いてくれたお礼を直接言おうと思いついた。左折してホワイトハウス・ロードに入り、家の前に車を停めた。ベルを押しても応答がない。エレンの携帯電話にかけてみた。


「シブなんだけど」エレンが電話に出たので言った。「コーヒーでも飲ませてもらおうかと思ったのよ」

「今、散歩中なの」

「川の堰の音が聞こえるわ……家のすぐ後ろにいるの?」

答えがなかった。しばらくして「もう少しあとのほうが都合がいいんだけど」

「じゃあ、ここで待ってるわ」

「どこかで一杯飲むのはどう……あなたと二人きりで」

「いいわね」しかしシボーンは我知らず眉をひそめた。ワイリーはそれを察したかのようだった。

「じゃあね、コーヒーでも淹れるわ。あと五分待って……」

漫然と待つよりはと思い、シボーンはテラスハウスの端まで行き、短い小道を通ってリヴァー・アマンドへ向かった。エレンとデニースは水車場の廃墟から引き返して来るところだった。エレンは手を振ってくれたが、デニースは歓迎していない様子だった。姉の腕を摑んでいる。〝あなたと二人きりで〟……

デニース・ワイリーは姉よりも背が低く痩せていた。太ることを恐れた十代の習慣が、今も飢えたような表情を残している。顔色が極端に悪く、くすんだ茶色い髪にも艶がない。シボーンと目を合わせようとしなかった。

「こんちは、デニース」シボーンはとりあえず挨拶し、返事の代わりに低いうなり声を返された。エレンのほうは不自然なまでに陽気で、家に戻る道すがら、シボーンの倍ぐらいしゃべった。

「庭へ回って」とエレンが強引に勧めた。「わたしお湯を沸かすから。それよりグロッグ（水で割ったリキュール）のほうがいいかな、でも運転するんでしょう？　じゃあ、コンサートはあまりおもしろくなかったのね？　それとも結局行かなかったの？　わたし、ポップミュージックのコンサートを見に行くような年齢をとっくに過ぎちゃった。でも〈コールドプレイ〉（イギリスのロックバンド）だったら、行ってもいいかな。でも行ったとしても座ってるわ。野原で一日立ってるなんて、ねえ？　案山子《かかし》やじゃがいも掘りじゃああるまいし。ねえ、二階へ行きたい、デニース？　二階へコーヒーを持って行ってあげようか？」エレンがキッチンから現われて、ショートブレッドを載せた皿をテーブルに置いた。「そこの席でもいい、シブ？　お湯が沸いてきたわ。あなたの好みを忘れちゃった……」

「ミルクだけ入れて」シボーンは寝室の窓を見上げた。「デニースのこと、放っといてもだいじょうぶ？」

その瞬間、デニースが窓ガラスに近づき、見上げているシボーンと目が合い、ぎょっとした表情になった。カーテンを荒々しく閉めた。空気の動かない日だったが、窓も固く閉まっている。

「心配ないわ」エレンは質問を手で振り払った。

「あなたのほうは？」

エレンがあやふやな笑い声を上げた。「わたし？」

「あなたたち二人、まるで慌てて薬戸棚を探したけど、目当ての薬が見つからなかったような顔をしてるから」

また甲高い笑い声を瞬間的に上げ、エレンはキッチンに入った。シボーンは木製の椅子からゆっくりと立ち上がって、エレンのあとを追い、キッチンの入り口で立ち止まった。

「デニースに話したの？」シボーンは静かにたずねた。

「何を？」エレンは冷蔵庫を開けてミルクを出し、今度はミルク入れを探した。

「ガレス・テンチのこと─亡くなったのを知ってるの？」シボーンは絞り出すような声でたずねた。

〝テンチは浮気をしている……〟

〝エレン・ワイリーという同僚がいて……彼女の妹が……〟

〝とても心の繊細な女性……〟

「ああ、エレン」シボーンはドアのハンドルを握りしめた。

「何なの？」

「あなた、知っているんでしょ？」シボーンの声は囁くようだった。

「何のことだかわからない」エレンが言い切り、いらだたしげにソーサーをトレイに置いたりまた出したりした。

「わたしの目を見て、何の話だかわからないとはっきり言って」

「ほんとにわからないんだから──」

「わたしの目を見て、と言ったのよ」

エレン・ワイリーはそうしようと努力し、唇をきっと結んだ。

「電話での口調がとても変だったわ」シボーンが言った。「そのうえ、デニースが二階へ駆け上がる間、しゃべりまくっていたし」

「もう帰って」

「考え直してみて、エレン。でもその前に謝らなければならないことがあるの」

「謝る？」

シボーンはエレンを見つめたまま、うなずいた。「カファティに話したのは、わたしなの。カファティなら簡単に住所を突き止めたはずよ。あなたそのときいたんでしょう？」エレンがうなだれるのを見守った。「カファティはここへ来たのね？」追及する。「ここへ来てテンチが奥さんとは別れていないって教えた。デニースはまだテンチと付き合ってたんでしょう？」

エレンはのろのろとかぶりを振った。流れる涙がタイルの床に落ちた。

「エレン……慰める言葉もないわ」流しのそばの調理台にそれがあった——木製の包丁差しが。一本足りない。キッチンは水滴一つなく乾いていて、何かを洗った気配はない。

「デニースは渡さない」エレン・ワイリーはすすり泣き、かぶりを振り続けている。

「今朝知ったのね？　デニースが起きたあとで？　いずれわかることだわ、エレン」シボーンが説得した。「否定を続けていると、あなたたちは共倒れになる」シボーンはテンチの言葉を思い出した。〝人によっては恋は危険な獣になりうる〟そう、そんな女もいる……

「デニースは渡さない」エレン・ワイリーが繰り返した。しかしその語調に諦めが混じり、感情がこもらなくなった。

「デニースには助けが得られるわ」シボーンは小さな正方形のキッチンに一、二歩入った。エレンの腕に手を置く。「デニースを説得して。だいじょうぶだから、って。あなたがついているから、と」

エレンは腕で顔を拭い、涙をこすり取った。「証拠はないわ」とつぶやく。そう自分に言い聞かせていたのだ。露見したときに備えた、否認のせりふ。

「証拠なんて要るかしら？」シボーンが言った。「わたしがデニースにたずねてみましょうか……」

「やめて、お願い」またかぶりを振り、シボーンの目を食い入るように見ている。

「デニースの姿を見られていないという確率は、エレン？どこかの監視カメラに映っているかもしれないでしょう？デニースの着ていた服が見つかるかもしれないじゃない？捨てたナイフが見つかるかもよ。わたしが事件の担当だったら、フロッグマンを二人ほど川に派遣するわね。もしかしたら、あなた、そのために川へ行ったんじゃない——それを探し出して、もっと上手に処分するために……」

「ああ、どうしよう」エレンの声がひび割れた。シボーンはエレンを抱いた。エレンの体が震えだした——遅まきのショック。

「エレン、デニースのために心を確かに持たなくては。もう少しの間だけ、がんばって……」エレンの背中をさすりながら、シボーンの心は乱れた。デニースがガレス・テンチを殺せたのなら、そのほかにも何かしたのでは？　エレンが体を硬くして身を引き離した。二人の女の目ががっちりと合った。

「何を考えてるのかわかるわ」エレンが小声で言った。

「ほんと？」

「でもデニースはビースト・ウオッチなんて見なかった。関心を持ったのはわたし。デニースじゃない」

「そしてあなたはガレス・テンチ殺害の犯人をかくまおうとしたわね、エレン。もしかしたらあなたなんじゃないの？」シボーンの声が固くなった。エレンの顔もこわばった。だがすぐに苦笑いを浮かべた。

「それがあなたの能力の限界なの、シボーン？　あなたって、人が言うほど賢くないのかもね。本部長はあなたを責任者に据えたけれど、わたしたち、これはジョン・リーバスの独擅場だって知ってる……あなたは自分の手柄にするでしょうけど——もしも事件が解決したら、の話。さあ、さっさとわたしを逮捕してちょうだい」手錠を待つかのように両手首を差し出し、シボーンが何もしないのを見ると、乾いた低い笑い声を立てた。「人が言うほど賢くないんだ」と繰り返す。

人が言うほど賢くない……

# 26

リーバスはまっすぐケルソへ向かった。ほんの八マイルの距離である。デビーが乗っている車は見かけなかった。もちろんダンカン・バークレイに電話で連絡した可能性もある。道路から広がる田園風景は、心の余裕さえあれば、すばらしいものにちがいなかった。安全運転のドライバーを歓迎するケルソの看板の横を走り抜けたあと、最初の歩行者を見かけて急ブレーキを踏んだ。歩いていたのはツイードの服で全身を固めた女性で、目玉の飛び出た小犬を散歩させていた。〈リドル〉スーパーマーケットへ行くところのようだった。

「カーリングノーズ・レーンに行きたいんだが、知ってますか?」

「ごめんなさい、知らないわ」リーバスが車を発進させても、まだその女性は謝っていた。町の中心部でまたたずねてみた。地元の人三人に別々にたずねてみたところ、誰もが漠然とした表現で答えた。フローアズ・キャッスルの近く……ラグビー場のそば……ゴルフコース……エジンバラ・ロード。

ようやくリーバスはフローアズ・キャッスルがエジンバラという名前の道路沿いにあることを知った。城の高い塀が何百メートルも続いている。ゴルフ・コースの標識を見つけ、それからラグビーのゴールがある公園に着いた。しかし周囲の住宅は新しいものばかりに見えた。すると犬を散歩させている女子生徒二人が教えてくれた。

新しい家の後ろにあるわ。

リーバスがギアをファーストに入れると、サーブがきしんだ音を立てた。エンジンからも異音が聞こえる。その音に今気づいたのだ。カーリングノーズ・レーンは朽ちかけたコテージが一列だけ並んでいる通りだった。最初の二軒は現代風に改装され、ペンキを塗られていた。その通りは白い石灰塗料が黄ばんでしまったコテージで終わっている。

その家の手作りの看板には、〈地元の工芸品売ります〉とある。狭い前庭には木片が散乱していた。リーバスは桟が五段のゲートの前に車を停めた。ゲートの先は小道が牧草地の間を縫い、森へと向かっている。バークレイの家のドアをノックし、小さな窓から中を覗いてみた。居間と小さなキッチンが見え、中は散らかっている。奥の壁の一部が張り出し窓に改築されているので、裏の庭も見通せた。そこもひとけがなく、前庭同様に荒れている。見上げると支柱から電線がコテージに引き込んであった。しかしアンテナは立っておらず、居間にもテレビはない。

電話線もない。隣の家にはあった――牧草地に立つ木製の電柱からたわんだケーブルが伸びている。

「携帯電話ぐらいは持ってるだろう」リーバスはつぶやいた。いや、持っている可能性は高い。バークレイはエジンバラの画廊と何らかの手段で連絡を取らなければならないから。コテージの横に古ぼけたランド・ローヴァが停まっていた。あまり使われていない様子で、ボンネットを触っても冷たかった。しかしイグニションにキーがぶら下がっている。それは二つの可能性のいずれかを示している――車泥棒の心配がないか、それともすぐに出発できるようにしているかだ。リーバスは運転席のドアを開け、キーを取って胸ポケットにしまった。牧草地の端に立ち、煙草に火をつけた。デビーが何らかの方法でバークレイに連絡を取ったとしたら、徒歩で逃げたか、別の車を使ったか……あるいはどこかへ出かけていて、ここへ戻ってくる途中なのかもしれない。

リーバスは携帯電話を取りだした。電波の強さは柱一本。携帯電話を透かし見ると、圏外の表示が出た。ゲートを乗り越え、また見た。

圏外。

残った午後は森を散歩してもよかろうと決断した。空気は暖かく、小鳥がさえずり、遠くから車の音が聞こえてくる。機体をきらめかせながら飛行機が上空を飛んでいる。おれはある男に会いに行く、電話もつながらない無人地帯へ。それは以前乱闘騒ぎを起こした男。警察が来ることを知っていて、会いたがらない男……

「けっこうなことだ、ジョン」リーバスは声を出して言い、少し息をはずませながら木立を目指して上り坂を歩いた。木の名前すらわからない。葉の茂った茶色い木。だから針葉樹ではないが、それ以上は不明だ。斧かチェーンソーの音でも聞こえたらいいのだが。いや……それはまずい。バークレィが鋭い刃の工具を持っていては困る。大声で呼びかけてみようか。咳払いをしたものの、やめた。だんだん高いところにやって来たので、電話が通じるかも……

圏外。

景色はすばらしい。立ち止まって呼吸を整えながら、この景色をいつまでも憶えていたいと思った。なぜダンカン・バークレイは警察官と会うのをいやがるのだろう？　もし見つけたら、なぜだか必ず聞き出してやる。森に入ると地面を腐葉土が分厚く覆い、足下が悪くなった。自分が獣道のようなところを歩いているように感じた。慣れない者にはしかと見えないが、それでも若木と枝を払った樹木の間を通り、低い灌木を回り込んで続く小道が存在する。リーバスはクルーティ・ウエルを思い出した。きょろきょろと左右に目をやり、数歩毎に立ち止まって耳を澄ませた。誰もいない。

そのうち別の小道が現われた――車が通れるほどの幅がある。リーバスは屈み込んだ。タイヤ跡は乾いて固まっていた――少なくとも数日は経った古いもの。ふんと鼻で笑った。

「犬の糞じゃないな」とつぶやき、立ち上がって指先についた乾いた泥を払い落とした。

「そうだね」男の声がした。リーバスは周囲を見回し、やっと声の主を見つけた。男が倒木に足を組んで座っていた。小道から数メートル奥にいて、オリーブグリーン色の服を着ている。

「上手にカモフラージュしてるじゃないか」とリーバスが言った。「あんたがダンカン？」

ダンカン・バークレイは軽く会釈した。リーバスは近づき、うす茶色の髪とそばかすの顔を見た。身長は百八十センチぐらいか、屈強な体格で、上着と同じ色の目をしている。

「警察官だね」バークレイが言った。リーバスは否定しなかった。

「デビーから聞いたのか？」

バークレィは両手を伸ばした。「連絡方法なんてない……ぼくはある意味、ラッダイト（機械化反対論者）なんで」

リーバスがうなずいた。「コテージで気がついたよ。テレビも電話線もなかった」

「そのうちコテージもなくなる――土地開発業者が目をつけてるから。その次は野原がなくなり、やがて森もなくなる……あんたが来るだろうと思ってた」リーバスの表情を見て言葉を切った。「いや、あんた個人が、ではなく……あんたのような警官が」

「どうして……？」

「トレヴァ・ゲストのことで。彼が死んだのは新聞で知った。事件はエジンバラの警察が捜査すると書いてあったから……だったら、ぼくの資料がまだ残ってるかもしれないと思った」

リーバスはうなずき、煙草のパックを持ち上げた。「吸ってもいいかな……？」

「やめてもらえるかな――木のためにも」

「木の友達なんだね？」リーバスはたずねながら、パックをしまった。「では、トレヴァ・ゲストのことを知ったのは……？」

「新聞を見て知った」バークレイは思い出そうとしていた。「水曜日だったっけ？　自分が新聞を買ったわけじゃないんで――読む暇がないんだ。でも《スコッツマン》の第一面の見出しを見た。連続殺人犯らしきものに殺されたって」

「連続殺人犯らしきものか、確かにそうだな」バークレイが突然勢いよく立ち上がったので、リーバスは後ずさりした。しかしバークレイは指を曲げて、こっちへ来いと合図し、歩き始めた。

「ついてきてください、見せたいものがある」

「何だ？」

「あんたがここへ来た理由」

リーバスは初め動かなかったが、やはり思い直してバークレイに追いついた。「遠いのか、ダンカン？」

バークレイはかぶりを振った。目的地へ向かって大股に歩いていく。

「森へはしょっちゅう来るんだな？」

「時間があるときはいつでも」

「ほかの森にも行くんだね、ここだけじゃなく」

「いろんなところで、あれこれと見つけるんで」

「あれこれとは……？」

「いい枝やら、倒木の幹やら……」

「クルーティ・ウエルへは？」

バークレイが振り向いた。「それが何か？」

「そこへ行ったことは？」

「ない」バークレイが急に立ち止まったので、リーバスは追い越しそうになった。バークレイは目を見開いている。額をポンと叩いた。爪は傷だらけで、手の甲に切り傷の跡が見える――職人である証拠だ。

「そうか！」バークレイが息を飲んだ。「あんたが何を考えてるのかわかったぞ！」

「どういうことだ、ダンカン？」

「ぼくがやったと思ってるんだろ！ ぼくだと！」

「そうなのか？」

「どうしたらいいんだ……」バークレイは頭を振り、歩き出した。さっきよりもまだ早足になったので、リーバスはついていくのがやっとだった。

「なぜトレヴァ・ゲストと喧嘩になったのだろう、と思ったまでだ」リーバスは息をせわしく吸いながら言った。

「ゲストに関する情報を集めたかっただけで、それ以外の目的はない」

「でもぼくがやったと考えてるじゃないか！」

「じゃあ、やったのか？」

「いや」

「では心配することはない」リーバスは方角を見失い、周囲を見回した。わだち道を引き返すことはできても、どの小道を曲がれば牧草地へ出て町へたどり着けるのだろうか？

「そんなふうに考えるなんて信じられない」バークレイは

また首を振った。「ぼくは枯れ木に命を吹き込む。ぼくにとって生命はかけがえのないものなんだ」

「トレヴァ・ゲストは果物鉢としてすぐには生き返りそうもないね」

「トレヴァ・ゲストは獣だった」さっきと同じく、ふいにバークレイが立ち止まった。

「獣は生命の世界に含まれるんじゃないのか？」リーバスが息を切らしながらたずねた。

「そんな意味で言ったんじゃないのはわかってるだろう」周囲に目を走らせる。「《スコッツマン》にも同じようなことが書いてあった……押し込み強盗や強姦罪で刑務所に入ったって……」

「正確には、強制わいせつ罪だ」

バークレイはおかまいなしに話し続けた。「警察はようやく彼を逮捕して刑務所に放りこんだ——真実が明らかとなったんだ。でもそれよりもずっと以前から獣だったんだ」バークレイは再び森の中へ入っていった。リーバスは頭に浮かんでくる森の魔女ブレア・ウイッチのイメージを打ち消しながら、あとを追った。そのうち軽い下り坂となり、しだいに勾配がきつくなった。丘の頂上を越え、文明からさらに離れたのだ。リーバスは何か武器になるものでもないかと見回した。屈んで枝を拾ったものの、ちょっと振っただけで折れてしまった。中が腐っていた。「何を見せたいんだ？」

「もう一分ほどで着く」バークレイは指を一本立てて見せた。「おっと、あんたの名前もまだ知らないんだが」

「リーバスという者だ。警部だ」

「あんたたちに話したのに……あのときに。トレヴァ・ゲストに注意するようにと強く言ったんだが、あんたたちは何もしなかった。ぼくはまだ十代だったが——その頃すでに変わり者という烙印を押されていた。コールドストリームは村社会なんだよ、警部。そこからはみ出た者が順応している振りをするのはとてもつらい」

「そのとおりだね」リーバスはそんな相づちを打つのではなくて、こうたずねたかった——ほんとは何を言いたいんだ？

「今は状況がよくなった。ぼくの作った物を見て、いくらかは才能があると認めてくれるようになったから」

「いつケルソに移ったんだ？」

「もう三年目になる」

「じゃあ、気に入ったんだね？」

バークレイはリーバスを見て、ちらっと笑みを浮かべた。

「世間話か？　びくついてるんだね？」

「おれは人の気持ちをもてあそぶゲームがきらいだ」リーバスがきっぱりと言った。

「じゃあ、それが好きな人間を教えてあげる——クルーティ・ウエルに記念品を置いたやつだ」

「同感だね」リーバスはよろけ、何かを踏み越えようとしたときにそれが足首に突き刺さった。

「気をつけて」バークレイは立ち止まりもせずに言った。

「ありがとう」リーバスは足を引きずりながらあとを追った。しかしバークレイはすぐに立ち止まった。目の前に鎖のフェンスがあり、丘を下った先には現代的な平屋の家があった。

「すばらしい眺めだ」バークレイが言った。「静かで美しい。自動車道に出るまで、あそこから車でずいぶん走らなきゃならないけど……」指で小道をたどる。くるりとリーバスに向き直った。「あそこであの人が死んだんだ。あの人を町で見かけたし、雑談をしたことだってある。あの事件が起こったとき、皆たいへんなショックを受けたんだ」

リーバスがまだ理解していないのを見て取って、真剣な顔になった。「ウエブスター夫妻のことだよ」押し殺した声で言う。「そりゃあ、ご主人のほうはあとで亡くなったけど、あそこで奥さんが殺されたんだ」平屋造りの家を指さす。「あの家で」

リーバスは口がからからになるのを感じた。「ベン・ウエブスターの母親？」そうだったのか——ボーダーズ地方の別荘。メイリーが作った資料の写真を思い浮かべた。

「トレヴァ・ゲストが殺したと言うんだね？」

「彼は事件の数カ月前にここへ移ってきたんだ。そして事件直後に出て行った。飲み友達は、彼がニューカッスルで警察の厄介になったことがあるからだ、と言ってた。ゲストは路上でぼくに絡み、長髪のティーンエージャーなんだから、どこで麻薬が手に入るか知ってるはずだと迫った」少し黙り込んだ。「そしてあの夜、ぼくはエジンバラへ行って友達と飲んでいた。そのときゲストを見かけたんだ。それまでに犯人はゲストだと思うって警察に言ったのに……ぼくには簡単に思える事件だった」リーバスを強く見つめる。「だのに捜査しなかったんだ！」

「パブでゲストを見たんだね……？」リーバスは頭がくらくらし、耳元が脈打っていた。

「ゲストに殴りかかった、それは認める。とても気分が晴れた。そのあと彼が殺されたことを読んで……やっぱり気分がよかった——ぼくの考えが正しかったようにも感じた。新聞にも書いてあった——彼は押し込み強盗と強姦で服役した、って」

「強制わいせつ罪だ」リーバスが力無く言った。変則性……いくつかの起訴事実の一つ。

「それをゲストはここでやったんだ——押し入って、ミセズ・ウエブスターを殺し、家の中を漁った」

そしてエジンバラへ逃げたが、突然、改悛の情に襲われ、老人の世話をする気になった。ガレス・テンチの言ったとおりだ——トレヴァ・ゲストの身に何かが起こったのだ。人生を変えるような何かが……

もしダンカン・バークレイの話を信じるならば。

「ゲストはミセズ・ウエブスターを襲わなかった」リーバスが反論した。

「何だって？」

リーバスは咳払いをし、ねばついた唾を飛ばしながら言った。「ミセズ・ウエブスターは強姦されなかったし、わいせつ行為もされなかった」

「そう、それは年寄りだったからだ——ニューカッスルで襲った女はまだ十代だった」そのとおり、ハックマンもそう言ってたではないか——若い女が好みなんだよ、と。

「このことに関してそうとう考えたようだな」リーバスはその意見を認める言葉を口にした。

「でもぼくの話は信じてもらえなかった！」

「そうか、それは残念だったな」リーバスは樹木にもたれて髪を掻き上げた。指が汗で濡れた。

「ぼくは容疑者にはなりえない」バークレイが言葉を続けた。「だってほかの二人を知らないんだから。殺されたのは三人で、一人だけじゃない」力を込めて言う。

「そうだ……一人だけじゃない」人の気持ちをもてあそぶゲームが好きな殺人犯。リーバスはギルリー博士の言葉を思い出した――田園性と変則性。

「問題を起こす男だとすぐにわかった」バークレイが言った。「コールドストリームでゲストをこの目で見た瞬間から」

「コールドストリームが今、ここに流れてたらいいんだが」リーバスが話を遮った。冷たい渓流に頭を突っ込んで冷やしたい。

トレヴァ・ゲストがベン・ウエブスターの母親を殺した。父親は失意のうちに死んだ……ということはゲストが家族全員を殺したに等しい。

別の罪で服役したが、出所したとたんに……

それから間もなく、ベン・ウエブスター下院議員はエジンバラ城の胸壁から転落死した。

ベン・ウエブスターか？

「ダンカン！」丘の頂上近くから叫び声。

「デビー？」バークレイが叫び返した。「ここだよ！」バークレイは急いで坂を登り始めた。リーバスも汗を掻きながら続いた。ようやくわだち道に着いてみると、バークレイがデビーを抱きしめていた。

「知らせたかったの」男の上着に顔を埋め、くぐもった声になったデビーが訴えた。「車で送ってくれる人も見つからなかったし、警官がわたしを捜してるし、これでもできるだけ早く……」リーバスの姿を捕らえて、はっと口をつぐんだ。小さな悲鳴を上げて、バークレイから体を離した。

「心配要らない」バークレイが言った。「警部と少し話をしていたんだ、それだけだよ」振り返ってリーバスを見る。「おまけに、ぼくの話をちゃんと聞いてくれたみたいなんだ」

リーバスはその言葉にうなずき、ポケットに両手を入れた。「それはそれとして、エジンバラに来てもらいたい。

きみの言ったことはすべて記録として残したい、そうだろ?」

バークレイはうんざりした笑みを浮かべた。「これだけ待ったんだから、いいですよ」

バークレイの腰に片手を回したデビーはぴょんぴょんと跳ねた。「わたしも行きたい、ここに置いていかないで」

「あのな」バークレイはリーバスをちらっと盗み見て言った。「この警部はぼくを容疑者だと考えていたんだよ……だから、きみは共犯者ってことになる」

デビーが愕然とした表情になった。「ダンカンは虫も殺さない人よ!」と叫び、バークレイにひしとしがみついた。

「森の昆虫も、ってことだね」リーバスが言い添えた。

「この森にぼくは護られて生きている」バークレイがリーバスを見つめながら、しみじみと言った。「だから、あんたが拾った枝もぼろぼろに砕けてしまった」大げさにウインクして見せる。そしてデビーに言った。「それでいいの? 最初のデートがエジンバラの警察署でも?」デビーは返事の代わりに、つま先立ちして彼の唇に軽くキスした。

ふいに風が吹いてきて、木の葉がさわさわと音を立てた。

「車に戻ろうか、恋人たち」リーバスが命令した。小道をおそるおそる数歩歩いたところで、バークレイがそれでは反対方向だと告げた。

シボーンは道を間違えているのを自覚していた。いや、道を間違えているとは言い切れない——どこへ行こうとしているのかによる。ところがそれが問題なのだ。目的地を考えつけない。自宅ということになるのだろうが、帰って何をする? ちょうどシルヴァノウズ・ロードを走っていたので、そのままマリーン・ドライヴまで行き、道路脇に車を停めた。ほかにも車が停まっていた。フォース川の入り江を見晴らせるので、ここは週末に人気が高い。犬と散歩している人もいれば、サンドイッチを食べている人もいる。上空を定期観光ツアーのヘリコプターがけたたましく飛んでいるのを見て、シボーンはグレンイーグルズでヘリに乗ったことを思い出した。以前、リーバスに誕生祝いとしてヘリ・ツアーのクーポンをプレゼントしたことがある。知る限りでは、リーバスはそのクーポンを使った様子がなかった。

リーバスがデニースとガレス・テンチの顚末について知りたいだろうと思った。エレン・ワイリーは、必ずクレイグミラー署に連絡し、自宅へ来て供述書を取ってもらうよう頼むと約束した。それでもシボーンはワイリーの家を出るとすぐ、同じ内容の依頼をクレイグミラー署にしたのだった。あの二人の女性をしょっぴいて、ワイリーの笑い声を聞いていたい気持ちも少しはあった。ヒステリックなやけっぱちの笑い声を。あんな言い方をされたんだから、そう思うのも当然だが、やっぱり……携帯電話を取り上げ、深呼吸を一つしてからリーバスの番号を押した。録音された女の声が答えた。おかけになった番号は応答がありません……のちほどもう一度おかけ直しください。

シボーンは液晶画面を見つめ、エリック・ベインからの留守録を思い出した。

「ついでだわ」とつぶやき、ボタンをさらに押した。

「シボーン、エリックだ……」録音された声は不明瞭だった。「モリーが出て行って……ああ、なぜこんなことになったんだか……」咳をする声。「きみに頼みたくて……わかるね？」嘔吐する直前のような乾いた咳。シボーンは景色を見つめたが、何も目に入っていなかった。「ああ、苦しい……たくさん飲んだ……」

シボーンはしまったと唸り、エンジンキーを回してギアを入れた。ヘッドライトを全開にし、赤信号が見えるたびにクラクションを押し続けた。ハンドルを切りつつ救急車も呼んだ。まだ間に合うと自分に言い聞かせた。十二分後、エリックの住まいがある建物の前に到着した――ただし車体に擦り傷ができ、サイドミラーがへこんだ。ということは、リーバスの友達の修理屋へまた行かねばならない。

ベインのフラットの前に来ると、ノックする必要もなかった――ドアが半分開いている。走り込むと、居間でエリックが椅子に頭をもたせかけ、ぐったりと床に座り込んでいた。〈スミノフ・ウオッカ〉の空瓶と鎮痛薬の空瓶。急いでエリックの手首を取った――暖かい。浅いが規則正しい呼吸。顔が汗ばんでおり、漏れた小便でズボンにしみができている。シボーンは大声で名前を数回呼びながら、頬を叩き、目をこじ開けた。

「エリック、さあ、目を開けて、早く！」エリックの体を揺すぶる。「起きる時間よ、エリック！　さあさあ、怠けていないで！」エリックの体は重すぎて、自分の力だけでは立たせることができない。口に何も入っていないのを確認した——気道を塞ぐものはない。また揺すぶった。「何錠飲んだの、エリック？　何錠なの？」

ドアが少し開いていたのは、よい印だった——見つけられることを期待していたのだ。それに電話もかけた……わたしに。

「あなたって、いつも大げさなんだから」エリックの額から濡れた髪を掻き上げてやりながら言った。室内は乱雑を極めていた。「モリーが帰ってきて、こんなに散らかっているのを見たらどうするの？　早く起き上がってちょうだい」エリックのまぶたがぴくぴくと動き、胸の奥からうめき声が漏れた。ドアのほうで物音がした。緑色の制服姿の救急救命士が来た。一人は応急処置の箱を持っている。

「何を飲んだんですか？」

「鎮痛薬」

「いつ？」

「二時間前」

「名前は？」

「エリック」

シボーンは立ち上がり、救急救命士に場所を譲って後ろへ下がった。彼らは瞳孔を調べ、必要な器具を出している。

「聞こえますか、エリック？」一人がたずねた。「うなずいてもらえますか？　指を少し動かしてください、エリック？　わたしはコリンです。これからあなたの処置をしますから、エリック？　もし聞こえたらうなずいてください、エリック……」

シボーンは腕組みをして立っていた。エリックがびくっと動いたかと思うと、嘔吐し始めた。救急救命士の一人がフラットを見て回ってくれとシボーンに言った。「何かそれ以外にも口に入れているといけないので」

居間を出ながら、シボーンは救急救命士が口実を作ってシボーンを中座させてくれたのだろうか、と思った。キッチンには何もない——冷蔵庫から出したままのミルク・カートンがある以外はきちんと片づいている……その横に〈スミノフ〉の栓もあった。バスルームへ行ってみた。薬戸棚の扉が開いていた。洗面台に未開封のインフルエンザ治療薬の袋が落ちている。それを戸棚に戻した。シールを貼ったままのアスピリンの瓶もあった。となれば鎮痛薬の瓶は以前に封を切ったものであり、思ったほど大量に薬を飲んでいないのかもしれない。

寝室。モリーの衣服はまだ残っていたが、床にばらまいてあり、エリックが腹いせに何かしようとしていたのかもしれない。仲のよい二人の写真は写真立てからはずしてあったが、エリックにはそれを破る勇気がなかったのか、無傷だった。

シボーンは救急救命士に報告した。エリックは吐き気が収まっていたものの、嘔吐物の臭いが部屋に充満していた。

「生のウオッカを七デシリットル」コリンが言った。「そしてつまみが三十錠か」

「その大部分はうまく取り戻せたね」仲間が言い添えた。

「じゃあ、エリックはだいじょうぶなのね？」シボーンが訊いた。

「体内がどの程度やられてるかによるんでね。二時間前と言いましたね？」

「彼から電話が二時間前に……三時間近く経ってるかもしれない」二人がシボーンを見た。「録音メッセージを聞かなかったもので……わたしのほうから電話をする直前まで」

「電話の声はろれつが回らなかったんですか？」

「不明瞭だったわ」

「それはよくないな」コリンは仲間と顔を見合わせた。

「どうやって玄関まで下ろそうか？」

「担架にくくりつけよう」

「何カ所か階段の曲がり角で狭いところがあるぞ」

「じゃあ、どうする」

「応援を呼ぼう」コリンが立ち上がった。

「わたしが足を持つわ」シボーンが提案した。「担架を使わなかったら、曲がり角もなんとかいけそうよ」

「いい考えだね」救急救命士二人はまたしても視線を交えた。シボーンの電話が鳴りだした。電話を切ろうとしたとき、JRという電話の主の名前が画面に浮かんだ。廊下に行き、電話に出た。

「信じられない話があるの」シボーンがいきなり言い、リーバスも同じせりふを言っているのに気づいた。

## 27

リーバスはセント・レナーズ署を使うことに決めた——そこだとばれる可能性が少ないと思ったのだ。受付の者は誰一人、彼が停職処分の身の上だとは知らない様子だった。なぜ取調室を使いたいのかともたずねず、事情聴取を録音する際の立会人として、巡査を貸してくれた。

ダンカン・バークレイとデビー・グレニスターはずっと寄り添って座り、自動販売機からのコーラの缶とチョコレートをあてがわれていた。リーバスはカセットテープの封を切り、レコーダーに二つ放り込んだ。バークレイはなぜ二つなのかとたずねた。

「一つはきみに渡し、もう一つはこっちに残す」

単刀直入な質問が続き、証人の巡査は前もってリーバスから何ら説明を受けていなかったので、ずっととまどった表情を浮かべていた。事情聴取が終わると、リーバスは巡査に二人を送ってもらえないかと頼んだ。

「ケルソまで？」うすうす察した巡査はたじろいだ声になってたずねた。しかしデビーがバークレイの腕をぎゅっと摑み、プリンシズ・ストリートのどこかで下ろしてもらいたいんだけど、とせがんだ。バークレイはためらったものの、結局同意した。二人が帰る準備をしているときに、リーバスは彼に四十ポンドをそっと渡した。「この辺のパブはいささか値段が張るんだよ。それにこれはプレゼントというより、預けとくものだ。今度エジンバラへ来たときに、いちばんできのいい果物鉢を持ってきて欲しい」

それを聞いてバークレイはうなずき、紙幣を受け取った。

「いろいろ質問されたけど、ぼくの答えが少しでも役に立ったんでしょうか、警部？」

「きみの想像以上にだよ」リーバスは握手を交わして別れ、二階の空き部屋へ向かった。ゲイフィールド・スクエア署へ転勤するまでは、この部屋を根拠地にしていたのだ。八年間、犯罪を解決しては戸棚に収めてきた……その痕跡が何一つ残っていないのは驚きである。自分がいた証拠も、記憶になまなましく残っている、あれほど没頭した数々の事件の痕跡も、きれいさっぱりとない。壁には何一つ貼ってないし、机も使われておらず、椅子すらない。セント・レナーズ署で働く前はグレイト・ロンドン・ロード署にいたし……その前はハイ・ストリートの警察署で勤務していた。三十年間の警官暮らしで、見るべきものは見たように感じていた。

今日までは。

壁に大きなホワイトボードがあった。トイレから紙タオルを取ってきて、それをきれいになるまで拭いた。強くこすらないと消えないということは、何週間も前に書いたものなのだろう。オペレーション・ソルブスに関する事項だった。警官たちは机に腰を乗せ、コーヒーを飲みながら、どういう状況が来るかについて上司から説明を受けたのだろう。

今は消しても問題ない。

リーバスは手近な机の引き出しをいくつか開け、マーカーを見つけた。ホワイトボードを文字で埋めていった。上から下へと書いていき、ときおり枝分かれさせた。ある語には二重線を引き、ある語は丸く囲んだ。いくつかには疑問符を付けた。書き終えると、後ろに下がってクルーティ・ウエルの相関図を眺めた。そんな心理的地図について教えてくれたのはシボーンである。シボーンはたいていの場合、事件の地図を描き、いつもそれを引き出しかブリーフケースに入れている。それを取りだしては、何か忘れていることがないか確かめるのだ――まだ調べていない通路、さらに精査を要する連絡路がないだろうか、と。そんな地図の存在を認めたのはずいぶんあとになってからだ。なぜか？　リーバスに笑い飛ばされるにちがいないので。しかしこんな複雑な事件の場合、心理的地図はたいへん有効な手段である。なぜならそれを見つめているうちに、複雑さが消え、中心部だけが見えて来るからだ。

トレヴァ・ゲスト。

異例なのは、彼の遺体だけがとりわけ悪意を持って痛めつけられていること。ギルリー博士はフェイントとなるものを探すようにと注意を促したが、その意見は正しかった。この事件全体は奇術師のトリックと言っても過言ではない。リーバスは机に尻を乗っけた。机はかすかに悲鳴を上げただけだ。床から離れている足をぶらぶらさせた。両手はそれぞれ机の表面にぴたりとつけている。少し体を乗り出してホワイトボードの文字を見つめた……矢印や下線や疑問符。そのいくつかの疑問を解決する方法がかすかに見えてきた。全体像が浮かんできた。殺人犯が煙幕を張っていた全体像。

やがてリーバスは部屋を出て、警察署をあとにし、すがすがしい外気に包まれて道路を横断した。近くの店に入ったが、何も欲しくないことに気づいた。煙草とライターとチューインガムを購入した。ついでに《イーヴニング・ニュース》の午後の早版も。病院にいるシボーンに電話をかけ、あとどれぐらいかかるのかたずねようと思った。

「もうここに来てるんです」シボーンが告げた。セント・レナーズ署のことだ。「どこにいるんですか？」

「行き違いになったようだ」ドアを開けて出ようとすると、

店員が呼びとめた。リーバスは詫びる印に唇を歪め、ポケットを探って支払いを済ませようとした。なぜないんだ……？　バークレイに最後の二十ポンドを渡してしまったらしい。小銭を取り出してカウンターにジャラジャラと置いた。

「煙草には足りない」年配のアジア人店員が文句を言った。

リーバスは肩をすくめ、煙草を返した。

「どこにいるんですか？」シボーンが耳元でたずねた。

「チューインガムを買ってる」

ライターも、と言い添えるのはやめた。

だが煙草はなし。


二人はインスタント・コーヒーのマグを手に座り、最初のうちは無言だった。やがてリーバスはエリック・ベインの様子をたずねた。

「皮肉にも、あれほど鎮痛剤を大量に飲んだのに、意識を取り戻したあと最初に訴えたのは、すごい頭痛がするってことなんですよね」

「ある意味でおれの責任なんだ」リーバスが答え、朝ベインと話をしたこと、その前夜にモリーと話をつけたことを初めて明かした。

「じゃあ、テンチの遺体を巡ってわたしたちがいさかいをしたあと、まっすぐヌードダンサーのいるナイトクラブへ向かったってわけね」

リーバスは肩をすくめ、カファティの自宅へ行った話を伏せておいてよかったと思った。

「それで」とシボーンはため息をついて言葉を続けた。

「わたしたちが自分を責め合いっこしている間に……」そしてベインのこと、〈T・イン・ザ・パーク〉のこと、デニース・ワイリーのことを語った。そのあとまた長い沈黙が訪れた。リーバスは五個目のチューインガムを口に入れていた――コーヒーとは合わないが、体の中を駆けめぐっている興奮のはけ口が必要だった。

「エレンが妹を警察に引き渡したと、確信してるんだね」

リーバスがようやく口を開いた。

「それ以外に、エレンの取る道はないわ」

リーバスは肩をすくめ、シボーンが携帯電話を取り上げてクレイグミラー署に電話するのを見守った。

「担当はマクマナス部長刑事だ」リーバスがシボーンに教えた。シボーンはどうして知っているの、と言わんばかりに顔を見た。シボーンは腰を上げて、味のなくなったガムの包みを捨てに行った。リーバスは電話をかけ終えたシボーンは、リーバスのいるホワイトボードの前に来た。

「二人とも署に来ているわ。マクマナスはデニースを厳しく取り調べないつもりのようです。彼女が精神的虐待を申し立てられるんじゃないか、と言ってる」少し間を置いてたずねる。「マクマナスと話をしたのは、正確にはいつなんですか?」

リーバスはホワイトボードを指さして、答えるのを避けた。

「おれが何をしたかわかるか、シブ？ きみに見習ったんだよ」手の甲でホワイトボードの真ん中を叩いた。「すると、すべての中心はトレヴァ・ゲストとなった」

「仮説ですね？」シボーンが言い添えた。

「証拠はあとから出てくる」リーバスは殺人が起こった日を順番に指で追った。「仮にトレヴァ・ゲストがベン・ウエブスターの母親を殺したとしよう。でもそれはほんとうのところ、立証できなくても構わない。ゲストを殺した犯人がそう信じていたというだけでいいんだ。犯人はゲストの名前を検索にかけ、ビースト・ウオッチのサイトを見つけた。それで犯人は思いついた。連続殺人犯が徘徊しているように見せかけることを。警察は惑わされて、ありとあらゆる見当違いなところに動機を求めるだろう。犯人はG8に関して知識があったので、必ず発見されるだろうことを見込んで、警察の鼻先に手がかりを置くことにした。犯人はビースト・ウオッチの登録者ではなかったので、そこから足がつく恐れはなかった。警察は登録者をやみくもに捜し回り、ほかの性的犯罪者に注意を促すだろう……そのうえG8の大騒ぎが加われば、捜査は絡まり合ってほどけなくなった糸さながらの状態で終わるにちがいないなかった。ギルリー博士が言った言葉を覚えているかい？〝展示品〟はどこか変だと言ったのを。ギルリー博士の言葉は正しかった。犯人はもともとゲストだけを殺したかったのだ……ゲストだけを」リーバスは名前を重ねて口にした。

「ウエブスター一家を悲嘆のどん底に陥れた男を。田園性と変則性だ、シボーン……おれたちは惑わされたんだ」

「でも犯人はどうしてゲストが犯人だとわかったんでしょう？」シボーンがたずねずにはいられなかった。

「事件後の捜査資料を見る機会があったから。綿密に読んだのだろう。ボーダーズ地方にも行き、聞き込みをし、地元の噂話にも耳を傾けた」

リーバスの横に立ったシボーンはホワイトボードを見つめていた。「シリル・コリアーとエドワード・アイズレーは注意を逸らすために殺されたと言うんですか？」

「実際、うまくいったんだよ。もし警察が全面的な捜査を展開していたとしたら、ケルソのつながりなんて見逃したかもしれない」リーバスは自嘲的な笑い声を漏らした。

「ギルリー博士が田舎とか人家に近い深い森とかを口にしたとき、おれがせせら笑ったのを憶えている」〝そんな地域に被害者たちが住んでいたんですか？〟「お見事だよ、先生」リーバスはつぶやいた。

シボーンはベン・ウエブスターの名前を指でなぞった。

「じゃあ、なぜ彼は自殺したんですか？」

「どういう意味だね？」

「良心の呵責に耐えかねてということかしら？　一人を殺せば済むところを三人も殺害したんですからね。彼はG8のことでたいへんなストレスを感じていただろうし。折しも警察は布の断片とシリル・コリアーの上着が一致することを突き止めた……それで自分が捕まるのではなかろうかと恐怖に駆られて──そういうことなんでしょう？」

「ベン・ウエブスターが布のことを知っていたかどうかすら、確かじゃないよ」リーバスが落ち着いた口調で言った。

「それに致死量の注射をするためのヘロインを、どうやって手に入れたんだ？」

「なぜわたしにたずねるんですか？」シボーンが短い笑い声を立てた。

「なぜならきみは無実の男を犯人に仕立て上げようとしているからだ。ヘロインを手に入れる手段もなければ……警察の資料にも簡単には近づけない」リーバスはベン・ウエブスターの名前から線をたどって妹を指さした。「ステイシーなら……」

「ステイシー？」

「彼女は覆面捜査官なのだ。おそらく売人の知り合いが数人はいるだろう。この数カ月間、無政府主義者グループに潜入していた。彼女の口から直々に聞いたのだが、最近では過激派はロンドンを出て、リーズやマンチェスター、ブラッドフォードなどを本拠地とする傾向があるんだそうだ。ゲストはニューカッスルで死んだ。アイズレーはカーライルだ——どちらもロンドンから車で行ける距離だね。ステイシーは警官だから、どんな警察内情報でも手に入れられる」

「ステイシーが殺人犯？」

「きみのすばらしい方法を使うとね……」リーバスはホワイトボードをぽんと叩いた。「それ以外はあり得ない」

シボーンはゆっくりとかぶりを振っていた。「でも……わたしたち、ステイシーと会って話をしたわ」

「彼女は優秀な人だ」リーバスが認めた。「すばらしく優秀だ。今はもうロンドンに戻った」

「証拠はないわ……何一つ」

「そうだな、これまでは。でもダンカン・バークレイの録音を聴いてみるがいい。去年ステイシーがケルソに来て、あれこれたずねて回ったとバークレイが証言している。ステイシーと直接しゃべったとさえ言っている。彼はトレヴァ・ゲストの話をしたんだそうだ。押し込み強盗の前科があることを。ミセズ・ウエブスターが殺されたときに、トレヴァがその地域にいたことも」リーバスは肩をすくめ、その話は信じるに値することを示した。「三人とも背後から襲われたんだ、シボーン。抵抗できないほど強く殴っている——女のやり方だね」一呼吸置く。「それに彼女の名前がある。ギルリー博士は森に何か意味があるのではないかと言っていた」

「ステイシーは木の名前じゃないわ」

リーバスがうなずいた。「でもサンタルはどうだ。それはサンダルウッド、ビャクダンのことだ。ビャクダンは香水だとしか思っていなかったんだが。それは木の名前だった……」ステイシーの複雑きわまりない構想に、感心して頭を振った。「そしてステイシーはゲストのキャッシュカードを残した。警察に名前を教えたかったからだ……おれたちを迷わすために。ギルリー博士が言ったように、大がかりな煙幕だったよな」

シボーンはホワイトボードを見つめ、その概略図のほころびを探した。「じゃあ、ベンはどうして？」シボーンがやっとたずねた。

「おれの推理だったら話せるが……」

「なら、話して」シボーンが腕を組んだ。

「エジンバラ城の憲兵は侵入者がいると思った。おれの考えでは、それはステイシーだったんだ。兄が城にいるのを知っていたので、兄にすべてを告げようとした。おれたちは布を見つけただろ――その話をスティールフォースから聞いたにちがいない。で、自分のやった壮大な復讐を兄に教えるときが来たと思った。ステイシーとしては、ゲストの殺害ですべてが完結したんだ。そう、ゲストの体をめった切りにして、その犯罪を償わせた。彼女は憲兵の背後をすり抜ける冒険を楽しんだことだろう。もしかしたら兄へ伝言を頼んだので、ベンが妹に会いに外へ出てきたのかもしれない。ステイシーはすべてを打ち明けた……」

「そしてベンは自殺したの？」

リーバスは頭の後ろを掻いた。「それを教えてくれるのは、ステイシー以外にいないだろう。もしおれたちの捜査が正しく進んだら、自白を引き出すのにベンが決定的な役割を果たす。ステイシーは地獄の思いを味わったことだろう――両親が亡くなったうえに、兄と自分を固く結びつけると思ってやったことが、兄を死に追いやったんだから。それはすべて彼女のせいなんだ」

「ステイシーは上手に隠し通したものだわ」

「仮面の下にね」リーバスが同意した。「彼女の人格にはさまざまな攻撃的側面があった……」

「ちょっと」シボーンが警告した。「ギルリー博士とそっくりな言い方になってる」

リーバスはいきなり大声で笑ったが、ふいに笑うのをやめ、頭を掻き、最後に髪をなで上げた。「この仮説でつじつまが合うと思うか?」

シボーンはふうっと吐息をもらした。「もう少し考えてみたい」と譲歩した。「だって……こんなふうにボードに書いてあると、それなりに筋が通っているように思える。でもどうやったら立証できるんだかさっぱりわからないわ」

「ベンに何が起こったかというところから始めよう」

「それは結構だけど、もしスティシーが否認したら、すべてが消えてしまうわ。ついさっき、あなた自身が言ったように、彼女はいくつもの仮面をかぶっている。兄のことをたずねても、スティシーがすばやく仮面の一つを着けてしまったら、それで終わりだわ」

「とりあえず試してみよう」リーバスが言い、スティシー・ウエブスターの名刺を取りだした。携帯電話の番号が記された名刺。

「よく考えて」シボーンが助言した。「スティシーに電話したら、彼女に身構えさせてしまう」

「じゃあ、直接ロンドンへ行こう」

「スティールフォースが彼女に会わせてくれると思う?」

リーバスは考え込んだ。「そう」と静かに言う。「スティールフォースか……いち早くスティシーをロンドンへ帰らせたなんて、変だよな? まるでおれたちの捜査が迫っていることを知っているみたいに」

「スティールフォースは知っていたと思いますか?」

「城には監視カメラが設置されていた。スティールフォースは何も映っていなかったと言ったが、今となっては疑問に思えるね」

「スティールフォースはわたしたちがこの事件が表に出すのを許すはずがないわ」シボーンが自分の考えを述べた。

「部下の一人が殺人犯で、おまけに兄まで殺した可能性があるなんて。そんなスキャンダルは願い下げでしょうよ」

「だからこそ、取引に応じるかもしれんな」

「では、こちらは何を取引の材料にするんですか?」

「支配権」リーバスがきっぱりと言った。「おれたちは後ろに下がり、あっちに好きなようにやらせる。もし取引を断わったら、おれたちはメイリー・ヘンダーソンにこの話を持ち込む」

シボーンはどうすべきかを考え込んだが、すぐにリーバスが目を見開いているのに気づいた。

「ロンドンに行かなくても済みそうだ」リーバスは言った。

「どうして？」

「スティールフォースはロンドンにいないからだ」

「じゃあ、どこにいるんですか？」

「おれたちの鼻先に」リーバスが言い、ホワイトボードの文字を消し始めた。

鼻先とは、西へ一時間、車でさっと走ったところという意味だった。

二人は道中ずっとリーバスの仮説を検討して過ごした。トレヴァ・ゲストはニューカッスルから逃げ出した――麻薬か何かの取引で借金を背負ったかして。それほど遠くない、ボーダーズ地方の名前の通っていない田舎へ逃げた。そこであちこち当たってみたが、麻薬を手に入れられず、金もなかった。彼の唯一の特技は、住居侵入だ。ところがミセズ・ウエブスターが家にいたため、殺してしまった。怯えきってエジンバラへ逃げ、心の咎めを少しでも和らげようとして、老人を介護する仕事に就いた。自分が殺した老女のような人たちを。彼女にわいせつ行為を働いたわけではない――彼は若い女が好みなのだ。

スティシー・ウエブスターは母親が殺されて悲嘆に暮れ、それが父親の死を招いたとき、心が壊れた。警官の能力を発揮して容疑者を突き止めたが、その男は服役中だった。だが間もなく出所する予定だった。その間にスティシーは復讐の計画を練った。ビースト・ウオッチでゲスト及びほかの性犯罪者の名前を見つけた。スティシーは地域的な観点から、ターゲットを選んだ――覆面捜査官として働いている場所から近いところ。ヒッピーふうな女という仮面は、ヘロインを手に入れやすくした。スティシーは殺す前に、ゲストの自白を得たのだろうか？　それはどうでもいい。それまでに彼女はエドワード・アイズレーを殺害していたのだから。さらにもう一人殺して、連続殺人犯が跳梁しているという印象を強め、そして殺人をやめた。満足し、心穏やかだった。彼女にしてみれば、悪党を駆除したにすぎない。公安部SO12がG8会議の下準備をする際に、ステイシーはクルーティ・ウエルを訪れ、まさにかっこうの場所だと考えた。きっとそこを誰かが偶然訪れるだろう。そして手がかりに気づく。確実を期して、彼女はただちに名前が一つ浮かび上がるよう細工した……その名前だけが重要なのだ。

ステイシーが見つかることはぜったいにない。

完全犯罪。

あと少しで……

「よく考えてみれば、それで納得できるわ」シボーンが言った。

「それが事実だからだよ。それが事実の強みなんだ、シボーン。必ずと言っていいぐらい、真実ってのは筋が通るもんだ」

M8号線を順調に飛ばし、A82号線に入った。ラス村はロッホ・ローモンドの西岸を通る自動車道から少し入ったところにある。

「以前、ここでよく〈テイク・ザ・ハイ・ロード〉の撮影をしていたんだよ」リーバスが教えた。

「そのメロドラマだけは、一度も見たことがないわ」

反対車線は渋滞していた。

「今日の試合が終わったみたいね」シボーンが言った。

「明日もう一度来なければならないかも」

しかしリーバスは諦めるつもりはなかった。ロッホ・ローモンド・ゴルフクラブは会員制のクラブなので、スコティッシュ・オープンの開催に伴い、警備が増やされた。正面ゲートに立った警備員らがリーバスとシボーンの身分証をていねいに調べてから、本部へ電話をかけた。その間に鏡のついた長い棒で車の下腹を探った。

「木曜日にあれが起こってから、万全を期しているんです」警備員が身分証を返した。「クラブハウスでスティールフォース警視長を呼び出してもらってください」

「ありがとう。ところで……誰が勝ってる?」リーバスがたずねた。

「タイなんですよ。ティム・クラークとマーテン・ラフェバーが十五アンダーで。ティムは今日、六アンダーだった。でもモンティが追い上げてきましてね——なんと十アンダー。明日はいい試合になりますよ」

リーバスは再び礼を言い、サーブのギアを入れた。「今の話、一言でもわかったか?」とシボーンにたずねる。

「モンティはコリン・モントゴメリーのことだって知ってるぐらいで……」

「だったら、おれと同じぐらい、いにしえの王室ゲームに通じているってことだな」

「一度もやったことないんですか?」

リーバスがうなずいた。「あのパステルカラーのセーターがね……あれを着た自分を想像できないんだ」

車を停めて降りていると、観客が数人今日の試合を語り合いながら通り過ぎていった。一人はピンク色のVネック、ほかの者はそれぞれ黄色や淡いオレンジ色や空色のセーターを着ている。

「ほらな?」リーバスが言うと、シボーンがなるほどとうなずいた。

クラブハウスはスコットランドの領主の館で、ロスデュ・ハウスという名前だった。銀色のメルセデスが横に停まっており、運転席で運転手が居眠りしていた。グレンイーグルズで見かけた男——スティールフォースのお抱え運転手だ。

「天よ、ありがとう」リーバスは天を仰いだ。

眼鏡をかけ、立派な口髭を生やし、偉そうな態度の小男がクラブハウスから出てきて、こちらへ近づいてきた。首からぶら下げたたくさんのラミネート加工の通行証やら身分証が歩くたびにじゃらじゃらと揺れている。一言、「セクティ」と嚙みつくように名乗ったが、それはセクレタリーと言ったつもりらしかった。骨張った手でリーバスに握手を求めたが、気の進まない様子が丸わかりだった。だが少なくともリーバスは握手をしてもらえたが、シボーンはそばの茂み同然の扱いを受けた。

「デイヴィッド・スティールフォース警視長に話があって来た」リーバスが用向きを告げた。「汗くさい観衆に混じって観戦するようなタイプではないと思うんだが」

「スティールフォース?」秘書は眼鏡をはずし、赤いセーターの袖で眼鏡を拭いた。「法人会員?」

「あれが彼の運転手だ」リーバスはメルセデスを顎で示した。

シボーンが口を挟んだ。「法人って、ペネン・インダストリーズのことね?」

秘書は眼鏡をかけ、リーバスに答えた。「そうです、ミスター・ペネンは野外パーティでもてなしておられる」腕時計に目をやる。「そろそろ終わる頃だな」

「そこへ行ってみてもいいだろうか?」

顔をぴくつかせた秘書は、待つようにと言い、クラブハウスへ戻っていった。リーバスはシボーンを見て、辛口の批評を待った。

「もったいぶったやつ」シボーンが期待に応えた。

「ここに就職したくないだろ?」

「ここへ来てから、女性の姿を一人でも見かけたかしら?」

リーバスは見回し、その意見を認めた。電動モーターの音がしたので、振り返った。ロスデュ・ハウスの裏手から、秘書の運転するゴルフカートが現われた。

「乗って」秘書が命じた。

「歩いちゃいけないのか?」リーバスがたずねた。

秘書はかぶりを振り、命令を繰り返した。ゴルフカートの後部に、クッションのついた後ろ向きのシートが二席分ある。

「きみが小柄なんでよかった」リーバスがシボーンに言った。秘書はしっかり摑まっているようにと注意した。ゴルフカートが動き出し、歩くよりもほんのちょっぴり速い速度で進んだ。

「ヒエー」シボーンはがっかりした顔を装った。

「本部長はゴルフ好きなんだろうか?」リーバスがたずねた。

「たぶん」

「今週のおれたちのツキから考えたら、戻ってくる本部長と出くわすかもしれんぞ」

しかし出会わなかった。ゴルフコースには最後まで残った観衆が数人いるだけだ。観覧席に人はいない。日が落ちようとしていた。

「すばらしいわ」シボーンはロッホ・ローモンドとその先の山並みを眺めながら、心ならずもつぶやいた。

「子供の頃を思い出すな」リーバスが言った。

「休みにはここへ来たの？」

リーバスは首を横に振った。「近所の人がここで夏を過ごし、いつも絵はがきを送ってきた」体をねじって後ろを見ると、テント村に近づいているのがわかった。特別に警備員が配置され、立ち入り禁止になっている。園遊会用の白いテント、有線の音楽、騒がしい話し声。秘書はゴルフカートをそろそろと停め、大テントの一つへ顎をしゃくった。透明なプラスチックの窓がついたテントで、お仕着せを着たウエイターの姿が見える。シャンパンが注がれ、銀製の盆に盛られた牡蠣が取り分けられている。

「送ってくれてありがとう」リーバスが言った。

「ここで待とうか？」

リーバスはかぶりを振った。「自分たちで戻れるから。ありがとう」

「ロウジアン&ボーダーズ警察」リーバスは警察手帳を開きながら警備員に告げた。

「おたくの本部長なら、シャンパンのテントにいますよ」警備員が親切に教えてくれた。リーバスはシボーンを意味ありげに見た。今週はツイてる……シャンパンのグラスを取り上げ、混み合う人々の間を縫って進んだ。プレストンフィールド・ホテルで見た顔がいるように思った――G8の代表団で、リチャード・ペネンが商談をまとめようとしていた相手。ケニアの外交官、ジョゼフ・カムウェズがリーバスの視線を受けとめたが、急いで目をそらし、人混みの中へ消えた。

「国連みたいね」シボーンが言った。シボーンは男たちから値踏みするような視線を投げかけられた。見たところ、女の数は少ない。しかしそこにいる女は……見られる女、と言うに尽きる。流れるようなロングヘアー、ぴったりした短いドレス、顔に張りついた笑み。当人たちは〝コンパニオン〟ではなくて〝モデル〟のつもりなのだろうが、行事に華やかさと人工的な日焼け肌を添えるため、一日だけ雇われた女たちである。

「きみもおしゃれをすべきだ」リーバスはシボーンをたしなめた。「化粧を少しぐらいしたって、罰は当たらない」

「カール・ラガーフェルド（シャネルなどいくつかのオートクチュールのデザイナー）はそんなこと言ってやしないわ」シボーンが言い返した。

リーバスはシボーンの肩を叩いた。「パーティの主催者だ」遠くにいるリチャード・ペネンへ会釈した。ぴたりと整髪された頭、きらめくカフスボタン、ずっしりとした金の腕時計。しかし何か変化が起こっていた。顔からわずかに光が消え、立ち姿から自信が失われている。連れの言葉に大笑いしているものの、大げさにのけぞり、口を大きく開きすぎていた。明らかにわざとらしい。連れもそう感じたらしく、ペネンを見つめ、首を傾げていた。プレストンフィールドのときのように、背後にぴたりとついた手下二人も、自信をなくしたボスに不安を覚えている様子だった。

リーバスはペネンに歩み寄って挨拶をし、反応を楽しもうかとちらっと思った。しかしシボーンが腕に手をかけ、別の方向へ注意を向けた。

デイヴィッド・スティールフォースがシャンパンのテントから出てきた。ジェイムズ・コービン本部長が寄り添い、二人で何やら話し込んでいる。

「くそっ」リーバスが口走り、深呼吸を一つしてつぶやいた。「よし、乗りかけた船だ……」

ためらっているシボーンの気配を感じ、シボーンのほうを向いた。「数分間ほど、どこかへ行っていてくれ」

しかしシボーンも決心がついたらしく、さっさと先頭に立って二人の男のほうへ近づいた。

「お邪魔して申し訳ないんですが」リーバスが追いついたとき、シボーンはすでに声をかけていた。

「二人とも、こんなとこで何やってるんだ？」コービンが唾を飛ばさんばかりに叱責した。

「ただ酒はいただく主義なんでね」リーバスがグラスを挙げて言った。「本部長も同じお考えなんでしょう」

コービンの顔に朱が差した。「招待されたんだ」

「わたしたちもです」シボーンが言った。「ある意味では」

「どういうことだね？」スティールフォースは興味を覚えた顔になった。

「殺人事件の捜査なので」リーバスが言った。「それはVIP扱いとなるんですよ」

「特別扱いのVIPです」シボーンが訂正した。

「ベン・ウエブスターは他殺だったと言うのか？」スティールフォースがリーバスを見つめた。

「そういうことじゃないのですが」リーバスが答えた。「死亡した原因について、ある考えに達しました。それはクルーティ・ウエルと関係があるようなんです」コービンに視線を移す。「あとで報告しますが、さしあたっては、スティールフォース警視長と話をしたいので」

「そんな話なら今でなくてもよい」コービンが叱った。

リーバスがスティールフォースに向き直ると、スティールフォースはコービンへ笑みを浮かべて見せた。

「警部とこの部下の話を聞いてみたほうがよさそうだ」

「そうですか」本部長が譲歩した。「なら、手っ取り早く言え」

リーバスはためらい、シボーンと視線を交わした。スティールフォースはすぐに察した。口をつけていないグラスをコービンに渡そうとした。

「すぐに戻る、本部長。きみにはあとで部下が詳しく説明するだろう……」

「もちろんです」コービンがシボーンを睨みつけながら、力を込めて言った。スティールフォースは慰めるようにその腕を軽く叩いてから、その場を離れた。リーバスとシボーンが従った。三人は白い杭を並べた低い垣根の前まで来ると、立ち止まった。スティールフォースはテントの客に背を向けて、ゴルフコースを眺めた。整備員が削れた芝生を埋めたり、バンカーを箒で掃除している。彼はポケットに手を突っ込んだ。

「何を知っていると言うんだ？」スティールフォースが無造作にたずねた。

「何のことだかわかってるはずです」リーバスが答えた。

「おれがウエブスターとクルーティ・ウエルのつながりを口にしたとき、あなたは眉一つ動かさなかった。それで、あなたはすでに疑念を抱いていたんじゃないか、と思いましたよ。だってステイシー・ウエブスターはあなたの部下なんですからね。彼女を監視していたんじゃないですか……なぜステイシーは北部のニューカッスルやカーライルへ出張するのだろう、と怪しんだんでしょう。それにあなたがあの夜、城の監視カメラで何を見たのかも知りたいんですよ」

「もっと直裁に言え」スティールフォースが小声で脅しつけた。

シボーンが代わって言った。「わたしたちはステイシー・ウエブスターが連続殺人犯だと考えています。彼女はトレヴァ・ゲストを殺害したかったんですが、その事実をごまかすためにもう二人殺すことにしたんです」

「ステイシーが兄にその報告をしに行くと」とリーバスが先を続けた。「兄は喜ばなかった。それで飛び降りたのか、あるいは仰天し、その事実を明るみに出すと迫ったのか……そしてステイシーは兄の口を封じようと思った」肩をすくめる。

「すばらしい発想だな」二人のほうを見ないまま、スティールフォースが評した。「優秀な警官のつねとして、水ももらさぬ証拠があるんだろうな」

「簡単だと思いますよ、何を捜せばよいのかわかったのだから」リーバスが言った。「もちろん、SO12には大打撃となるでしょうが……」

スティールフォースは唇の端を歪め、くるりと向き直ってパーティを見つめた。「一時間前なら、あんたら二人に出て行けとどなったことだろう」とのんびりした口調で言う。「なぜだかわかるか？」

「ペネンがあなたに天下り先を提供していたから」リーバスが言った。スティールフォースが驚いた表情になった。「当然の推理ですよ。あなたが終始かばっていたのは、ペネンです。それには理由があるはずだ」

スティールフォースがしぶしぶうなずいた。「たまたまにしろ、その考えは正しいね」

「でも気が変わったんですね？」シボーンが言い添えた。「ペネンを見るがいい。あの男は崩壊してしまった」「砂漠に立つ像みたいに」シボーンがリーバスを見ながら言った。

「月曜日に、わたしは辞表を出そうとしていた」スティールフォースが残念そうに言った。「出していたら、ロンドン公安部はたいへんなことになっていただろう」

「すでにそうなってるという意見もありますよ」リーバスが言った。「捜査員の一人が無差別殺人に走るのを黙認しているとしたら……」

スティールフォースはリチャード・ペネンを見つめていた。「不思議なもんだな……すべてががらがらと音を立てて崩壊するのは、ほんの小さな傷がきっかけなんだ」

「アル・カポネの場合と同じですね」シボーンが言い添えた。「たんなる税金逃れの罪で逮捕されたんでしたね？」

スティールフォースはシボーンを無視し、リーバスに目を向けた。「監視カメラでは判然としなかった」そう認めた。

「ベン・ウエブスターが誰かと会っている様子が写っていたんですね？」

「彼が携帯電話に出てから十分後に」

「電話会社の記録を調べる必要がありますか、それともステイシーだったと考えていいんですか？」

「今言ったように、監視カメラでは判然としなかった」

「じゃあ、何が写っていたんですか？」

スティールフォースは肩をすくめた。「話をしている人物が二人……腕を振り回してしゃべっていた……口論している様子だった。最後に一人が摑みかかった。何しろ見にくい画面でね、暗がりだったし……」

「それで？」

「そして一人が残った」スティールフォースはリーバスと視線を絡めた。「その瞬間、ウエブスターはそれを望んだのだと思う」

しばらく沈黙が続いたが、シボーンがそれを破った。

「そのすべてをあなたは握りつぶしたんですね、騒ぎが起こらないように……ステイシー・ウエブスターをロンドンへ帰らせたのも同じやり口だわ」

「そうだな……ま、ウエブスター部長刑事とあんたがそれに関して話し合えることを願うね」

「どういう意味ですか？」

スティールフォースはシボーンのほうを向いた。「水曜日から消息を絶っている。ユーストン行きの夜行に乗ったようなんだ」

シボーンが険しい目つきになった。「ロンドンの爆破事件？」

「犠牲者全員の身元が確認できたら、奇跡だね」

「嘘つけ」リーバスがスティールフォースと顔を突き合わせた。「彼女をかくまってるんだ！」

スティールフォースが笑った。「あんたはあらゆるところに陰謀を見ようとするんだな、リーバス？」

「あなたはステイシーがやったことを知っていた。爆破事件は彼女が消えるのにうってつけの口実だ！」

スティールフォースは表情をこわばらせた。「彼女はいなくなった。どんな証拠でも見つかるものならどんどん集めるがいい——だがどんな結果も生まないと思うね」

「その証拠がトラック一杯の糞となってあんたの頭に降りかかるだろう」リーバスがすごんだ。

「そうか？」スティールフォースは顎を突き出し、リーバスの顔とくっつくほど近づけた。「でも土地にとってはいいことなんじゃないか、ときおり肥料をやるってのは？さて、これで失礼する。リチャード・ペネンの奢りで、とことん飲むつもりなんでね」悠然と歩み去ったスティールフォースは、コービンから自分のグラスを受け取るためにポケットから手を出していた。本部長がリーバスらのほうを指さして何か言った。スティールフォースは黙ってかぶりを振り、コービンのほうへ少し身を屈めて何かを耳打ちした。本部長は頭を反らし——心から——愉快そうに高笑いした。

## 28

「これって、どういう解決を見たんですか？」シボーンがまたしてもたずねた。二人はエジンバラへ戻り、彼女のフラットからごく近いブロトン・ストリートのパブに座っている。

「プリンシズ・ストリート・ガーデンズの写真を提出したら、きみのスキンヘッドのちんぴら友達はそれ相当の刑を受けるだろう」

シボーンはリーバスを見つめ、けたたましいだけのうつろな笑い声を上げた。「それだけ？　ステイシー・ウエブスターのせいで四人も男が死んだのに、手に入れるのはそれだけ？」

「おれたちは乾杯をしただろ、それにこのパブの全員が聞き耳を立てているぞ」リーバスが注意した。シボーンが周囲をねめ回すと、客たちは一斉に視線を逸らした。これまでシボーンはジン・トニックを四杯、リーバスはエールを一パイントと〈ラフロイグ〉三杯を飲んでいる。二人はボックス席にいた。店は混んでおり、がやがやと騒がしかったが、シボーンが連続殺人、不審な死、刺殺、性的犯罪者、ジョージ・ブッシュ、公安部、プリンシズ・ストリートの騒乱、ビアンカ・ジャガーなどと述べ立てるにつれ、静まりかえったのだった。

「それでも立件に持ち込まなければならない」リーバスが言った。シボーンはその言葉にブーッと不満の声を上げた。

「そんなことしても無駄じゃないですか？」シボーンが言い返した。「何一つ立証できやしないわ」

「状況証拠はたくさんある」

シボーンはふんとせせら笑い、指を折り始めた。「リチャード・ペネン、ロンドン公安部SO12、政府、カファティ、ガレス・テンチ、連続殺人犯、G8……ちょっと前まではそれが全部つながっているように見えた。よく考えてみたら、ちゃんとつながっているのよ！」シボーンはリーバスの顔の前に指を七本突きだした。リーバスが答えないでいると、シボーンは指を下ろし、リーバスの表情を読んだ。「どうしてそんなに冷静でいられるの？」

「冷静だなんてなぜ決めつける？」

「じゃあ、感情を抑え込んでいるんだわ」

「おれはその方面については経験を積んでいるんでね」

「わたしはいやよ」シボーンは激しく首を振った。「こういうことが起こると、わたしは屋根の上から叫びたくなる」

「初期段階の対応策はすでに取られたと思う」

シボーンは飲みかけのグラスを見つめた。「ベン・ウエブスターの死はリチャード・ペネンとは何の関係もなかったんですね？」

「なかったね」リーバスがしぶしぶ認めた。

「でもそのせいで、ペネンも力を失ったんですね？」

リーバスは黙ってうなずいた。シボーンが何かつぶやいたようだったが聞き取れなかった。何て言ったんだ、とたずねるとシボーンが繰り返した。

「神も支配者もいらない。月曜日の朝から、その無政府主義者のスローガンが頭を離れなくて。だって、もしそれがほんとうなら……誰を指導者として仰いだらいいんですか？　誰がこの世を支配しているの？」

「そんな質問に答えるのは無理だな」

シボーンは自分のぼんやりとした疑念をリーバスが肯定したかのように、唇を歪めた。シボーンの携帯電話が鳴り、メッセージの着信を知らせた。シボーンは液晶画面をちらっと見たきり、ほうっておいた。

「今夜は人気があるんだな」リーバスが言った。シボーンは黙ってかぶりを振った。「察するに、カファティからか」

シボーンが彼を睨みつけた。「だったら何だって言うんです？」

「番号を変えたほうがいいかもしれん」

シボーンがうなずいた。「その前に、あいつをどう思っているかについて、本心を明かした、うんと長いメッセージを送るわ」テーブルを見回した。「次はわたしが払う番？」

「何かを腹に入れたほうがよくはないか……」

「ペネンの牡蠣をしっかりと食べなかったんですか？」

「あれは食事とは言えん」

「この通りの先にカレー屋があるわ」

「知ってる」

「当然ね。あなたは生涯エジンバラに住んでいるんだもの」

「いちおう、そう言えるかな」リーバスが同意した。

「でもこんな一週間は経験したことがないでしょう」シボーンが挑むように言った。

「ないね」リーバスが認めた。「さあ、それを飲んでしまえ。カレーを食いに行こう」

シボーンがうなずき、グラスを両手で割れんばかりに強く握りしめた。「水曜日の夜、わたしの両親がそのカレー・ショップに行ったわ。わたしはコーヒーにようやく間に合った……」

「またロンドンへ気軽に会いに行けばいい」

「いつまで親が生きているだろうかとふと思ったのよ」シボーンの目が濡れていた。「スコットランド人って、こんなものなの？　お酒を少し飲むと、涙もろくなるのね？」

「おれたちはね、いつも過去を振り返るという悪い癖がある」

「その癖を絶ちきるために警察に入るんだけど、かえってひどくなるんだわ。誰かが死ぬと、その人間の過去を探る……でも何一つ、過去を変えることはできない」シボーンはグラスを持ち上げようとしたが、その重さに屈した。

「キース・カーベリーを懲らしめることならできる」リーバスが提案した。

シボーンがしぶしぶうなずいた。

「あるいはビッグ・ジェル・カファティを懲らしめることだってできる……おれたちが望む相手なら誰でもだ。おれたち二人でやるんだよ」リーバスは少し身を乗り出し、シボーンの視線を捕らえようとした。「二人で《トゥー・》自然に立ち向《アゲインスト・》かおう《ネーチャー》」

シボーンはリーバスを盗み見た。「歌詞ね？」

「アルバムのタイトルだ。スティーリー・ダンの」

「以前から疑問に思っていたことなんだけど」シボーンはボックス席の背にぐったりともたれた。「どうしてそんなバンド名になったの?」

「きみがしらふのときに教えてやるよ」リーバスが言い、グラスを飲み干した。

シボーンを抱え起こしてパブを出るまで、パブ中の視線がまつわりついているのをリーバスは感じていた。外は冷たい風が吹き、ぱらぱらと雨が降っていた。「きみのフラットへ帰ったほうがよさそうだ。宅配で何か頼もう」

「わたし、酔っぱらってなんかいない!」

「わかったよ」二人は並んで険しい坂を上った。二人とも無言だった。土曜日の夜の街は通常どおりに戻っていた。やかましい車に乗ったやかましい十代の若者たち。はけ口を求めている金。街を流すタクシーのディーゼル音。そのそのうちシボーンはリーバスに腕を絡め、何か聞き取れないことを言った。

「それだけじゃあ、足りないんじゃない?」とシボーンが繰り返して言った。「それは……象徴的なことで……ほかに何もできないからやるだけで」

「何を言ってるんだ?」リーバスが笑顔でたずねた。

「死者の名を読み上げることよ」リーバスの肩に頭をもたせかけながら、シボーンが言った。

# エピローグ

## 29

月曜日の朝、リーバスは始発の電車に乗って南へ向かった。ウエイヴァリー駅を六時に発ったので、キングズ・クロス駅には十時過ぎに着く。八時にゲイフィールド・スクエア署へ電話を入れて、病欠すると伝えた。それは事実とそう違わない。ただ病気になった原因をたずねられたら、答えに窮しただろう。

「時間外手当で散財したんだね」係の警官はそう言っただけだった。

リーバスは食堂車へ行き、朝食を取った。座席に戻ると、新聞を読み、乗り合わせた乗客との接触を避けた。テーブルの向かいには無愛想な若者がいて、イヤホーンから漏れてくるギター音楽に合わせて首を振っている。その隣に座っているのはビジネスウーマンで、仕事の資料を広げるスペースが狭いことにいらだっている。リーバスの横には誰もいなかった――ヨークに着くまでは。リーバスは長年この電車に乗ったことがなかった。大きな鞄を持った観光客、むずかって泣く赤ん坊、休暇中の人、ロンドンの勤務先へ戻るサラリーマンなどなどで混み合っている。ヨークの次はドンカスター、ピータボロ。リーバスの横の指定席に座った小太りの男は居眠りをしている。さきほど、その乗客はリーバスに、自分は窓際の席を予約したんだが、席を替わりたくないようなら、通路側でも構わない、と言ったのだった。

「そうですか」リーバスは一言答えただけだった。

ウエイヴァリー駅の新聞販売所は発車時刻の数分前に店を開けたばかりだったが、リーバスは《スコッツマン》紙を慌ただしく買った。メイリーの記事が第一面に出ていた。巻頭記事ではないし、その記事には〝と思われる〟や〝おそらく〟や〝可能性〟のような表現がちりばめてあったが、それでも見出しを見ると、リーバスの心が躍った。

〝議会の防衛産業ボス、疑惑を貸し付ける〟

リーバスは初回の攻撃が開始されたのを知った。メイリーは今後に備えてたくさんの弾薬を隠し持っているのだろう。

手ぶらで電車に乗っている。終発の電車でエジンバラに戻るつもりだからだ。そのとき寝台車に格上げする手もある。そうすれば、水曜日にエジンバラ発ロンドン行きの寝台車に勤務していた乗務員が、ちょうど乗り合わせているかもしれないではないか。ステイシー・ウエブスターを最後に見たのは、どうやらリーバスらしいのだ――電車の乗務員がその姿を見かけたと認めない限り。もしあの夜、ウエイヴァリー駅までステイシーを見送りに行っていたら、彼女が実際に電車に乗ったという事実だけは納得できただろう。だがこれでは、どうとでも考えられる――スティールフォースが別人の身分証を与えるまで、どこかにかくまわれている、という可能性も含めて。

彼女が新しい人生を歩むについては、何の支障もないだろう。昨夜、はっと気づいたのだ。彼女の多面的な人格。警官、サンタル、妹、殺人犯。〈ザ・フー〉のアルバム名と同じく、四重人格《クオドロフィニア》である。日曜日に、ミッキーの息子、ケニーがBMWの愛車でリーバスのフラットへやってきて、渡したい物を後部座席に積んできたと言った。リーバスは車を見に行った――たくさんのアルバム、テープ、CD、四十五回転レコード……ミッキーの全コレクションだった。「遺言に書いてあったんです」ケニーがそのとき言ったのだ。「親父は伯父さんに渡したいって」

それを二人がかりで三階まで運び上げた。ケニーが水を一杯飲む間だけ休憩したあと、リーバスはケニーにさようならの手を振り、そして贈り物を見つめた。箱を並べた横に座り込むと、一つずつ中身を調べていった。モノラル盤の〈サージェント・ペパー〉、ネッド・ケリーのポスターのついた〈レット・イット・ブリード〉、キンクスや、テイスト、フリーなどのロックバンドのアルバム多数……ヴァン・ダー・グラーフ・ジェネレーターとスティーヴ・ヒレッジがいくつか。8トラック・カートリッジまでも二つほどあった――アリス・クーパーの〈キラー〉とビーチボーイズのアルバム。昔懐かしい貴重なコレクションだ。レコードジャケットを鼻に近づけてみた――その臭いが過去をよみがえらせる。パーティのあとターンテーブルに載せたままにして、歪んでしまったホリーズのシングル盤。〈シルヴァー・マシーン〉のジャケットにはミッキーの文字が残っている――〝これはマイケル・リーバスの所有品――触るな!!!〟

そして当然ながら、〈四重人格〉があった。角に皺が寄り、レコードに傷が入っているけれど、まだ使える状態。

リーバスは電車の座席で、ステイシーが最後に言った言葉を思い出した。〝気になるの、一度もほんとうの気持ちを伝えなかったことが……〟トイレに駆け込む前の言葉。そのときはミッキーのことだと思っていたのだが、今となって見れば、自分とベンのことも意味していたのだ。三人を殺したことを悔やんでいたのか? 兄に打ち明けたことを悔やんでいたのか? 妹を司直の手に渡さなければならない状況に直面したベンは、背後の分厚い胸壁を意識し、その下の崖を身近に感じた……リーバスはカファティの追想録を思い浮かべた――『二つの顔』というタイトル。その題名はどんな人間の自叙伝にも使える。知人の誰にしろ、見かけはいつも変わらない――せいぜい白髪が交じったり、腹が出てくるぐらいだ――しかしその目の奥に何が潜んでいるのかはまったく読めない。

ドンカスターに着いたとき、リーバスの携帯電話が鳴り、軽く鼾をかいていた隣の乗客の目を覚ました。シボーンの番号だった。リーバスが出なかったので、メッセージが送られてきた――新聞を読み終え、窓外の田園風景にも飽きたあと――ようやくそれを読んだ。

〝どこにいるの? コービンがわたしたち二人を呼んでいる。応じなければ。電話ください〟

電車からでは返事ができない――シボーンは行き先の見当をつけるにちがいない。少しでもそれを遅らせるために、三十分ほど時間をおいてから、返事を打った。

〝ぐあいがわるくてねているあとではなす〟

まだ句読点などをきちんと打てない。ただちにシボーンから返信があった。

〝二日酔い？〟

〝ろっほろーもんどのかき〟リーバスは返した。

電池の消耗を防ぐために電話の電源を切り、目を閉じた。

そのとたん、「次は終着駅のロンドン・キングズクロス駅」という車掌のアナウンスが流れた。

「次は終着駅」と車内放送が繰り返した。

先ほど、地下鉄駅の閉鎖に関するアナウンスがあったのだ。険しい顔つきのビジネスウーマンが地下鉄の地図に見入っているが、誰にも見られないように地図を顔に近づけている。電車はロンドン郊外へ差しかかり、見覚えのある駅をいくつか通り過ぎた。慣れた様子の乗客は持ち物を鞄にしまい、立ち上がりかけている。ビジネスウーマンのラップトップは、資料や書類、手帳や地図とともにショルダーバッグに戻された。リーバスの隣席に座っていた小太りの男は、気持ちのよい長い会話を交わしたあとのように、会釈をして立ち上がった。急ぐ必要のないリーバスは、乗り込んでくる清掃作業員とぶつかりそうになりながら、一番あとから電車を降りた。

ロンドンはエジンバラよりも暑く、湿度が高かった。リーバスは上着が重たいように感じた。駅を歩いて出た。タクシーも地下鉄も使わない。煙草に火を点け、車の騒音と排気ガスに全身を委ねた。お返しに煙草の煙の輪を吐き出してやった。ポケットから紙を取りだす。それはデイヴィッド・スティールフォース警視長がくれた街路地図である。実は日曜日の午後、スティールフォースに電話をし、クルーティ・ウエルの事件については穏当な処置を取りたいので、事件を検察官に回す前に——立件できる可能性は薄いのだが——自分たちの捜査結果について相談したい、と持ちかけたのだった。

「わかった」スティールフォースは当然ながら警戒した声で答えたのだった。背後の物音が聞こえた。エジンバラ空港。警視長は帰路につくのだ。でたらめ話を相手に吹き込んだリーバスは、ついで頼み事をした。

そして名前と住所、地図をもらった。

スティールフォースはペネンの子分のしたことを謝りす

らした。子分はリーバスを監視するよう命じられていただけで、暴行は命令範囲を超えた行き過ぎだった。「あとになってから知った」とスティールフォースは言った。「あいう連中をコントロールできると思うか……」

コントロール……

リーバスはガレス・テンチを思い浮かべた。地域を自分の支配下に置こうとしたが、自分の運命を変えられなかった。

リーバスの予想どおり、歩いても一時間とはかからなかった。散歩に悪くない日和である。キングズ・クロス駅とラッセル・スクエア駅間で地下鉄車輌が爆破され、さらにユーストンからラッセル・スクエアに向かうバスが爆破された。その三カ所はすべて手に持っている地図に載っていた。寝台列車はその朝の七時頃、ユーストンに到着したはずである。

午前八時五十分――地下鉄の爆発。

午前九時四十七分――バスの爆発。

スティシー・ウエブスターがその時間、その近くにいたとはとうてい思えない。電車の車掌は乗客に、あなたたちは幸運なんですよ、というアナウンスを流した。この三日間、電車はフィンズベリ・パーク止まりだった。フィンズベリ・パークで降ろされたら、リーバスは困ったにちがいない……

カファティは一人きりで撞球場にいた。シボーンが入ってきても顔を上げず、ショットに集中していた。ダブルを狙っている。

失敗した。

カファティはビリヤード台を回り込み、キューにチョークをこすりつけた。先端についた余分な粉を吹き飛ばす。

「どういう動きをするか、すべて読んでいるのね」シボーンが言った。カファティが返事の代わりに唸り、キューの上に身を屈めた。

また失敗した。

「だのに、へまをする」シボーンが付け加えた。「それがあなたという人間なんだわ」

「ご挨拶だな、クラーク部長刑事。これは友人としての訪問か？」

「そんなふうに感じますか？」

カファティが顔を上げた。「おれのメッセージに一度も返事をくれなかったな」

「これからもそうだと思っていて」

「過去を変えることはできないぞ」

「過去って、何のこと？」

カファティはその質問を考えているそぶりをした。「二人とも望みを叶えたことかな？」シボーンの気持ちを察するかのように言い添える。「ただし、あんたは心の咎めを感じている」床にキューを立てた。「二人とも望みを叶えた」と繰り返す。

「わたしはガレス・テンチの死を望まなかった」

「天罰を望んだんだ」

シボーンは一、二歩近づいた。「わたしのためにやったなんて、いい加減なことを言わないで」

カファティが舌打ちしてたしなめた。「こんなちょっとした勝利は楽しまなくちゃならんよ、シボーン。おれの経験から言うと、人生でこんな瞬間はめったとないんだから」

「わたしはどじを踏んだわ、カファティ。でもわたしは二度と失敗は犯さない。あなたは長年ジョン・リーバスとやり合って楽しんできたんでしょうけど、これからはあなたの首を狙う敵がもう一人増えたってことよ」

カファティがくっくっと笑った。「それはあんたなんだなら？」キューに身を寄せる。「だがこれだけは認めなくちゃならんよ、シボーン、おれたち二人がなかなかよいチームを組んだってことを。おれたち二人でエジンバラを支配する様を想像するんだ——情報を交換し合い、助言や取引を得て……おれは商売に専念し、あんたは出世階段を駆け上がる。つまるところ、それがお互いの望みなんじゃないか？」

「わたしの望みは」とシボーンが平静に語った。「わたしが証言台に、あなたが被告人席に立つときが来るまで、あなたとは一切関わらないことです」

「その望みがかなうように願うよ」カファティが低い笑い声を漏らした。ビリヤード台へ再び目を向ける。「それはともかく、この勝負をやっておれを打ち負かしたくないか？　おれはこれが得意じゃなくてね……」

　しかしカファティが振り向いてみると、シボーンはすでにドアへ向かっていた。

「シボーン！」カファティが呼びかけた。「憶えているか？　この二階の事務室であんたと会っただろ？　あのちんぴらカーベリーが身の置き所もない様子だったよな？　そのときおれはあんたの目に浮かぶ思いを見た……」

　シボーンはドアを引き開けたが、問い返さずにはいられなかった。

「何を見たの、カファティ？」

「あんたは嬉しそうだった」唇をぺろりとなめた。「見るからに嬉しそうだったよ」

　カファティの笑い声が外まで追いかけてきた。


　ペントンヴィル・ロードからアッパー・ストリートへ……そこまでは思ったよりも遠かった。リーバスはハイベリー＆イズリントン地下鉄駅の向かい側にあるカフェで休憩し、サンドイッチを食べながら今日の《イーヴニング・スタンダード》紙の第一版に目を通した。カフェ内で英語をしゃべっている者はおらず、リーバスが注文をすると、店員は彼のスコットランド訛りに手こずった。サンドイッチはうまかったけれど……

　カフェを出ると、両足のかかと部分に靴擦れができかけているのを感じた。セント・ポール・ロードからハイベリー・グローヴへ曲がる。テニスコートの向かいに、目当てのストリート名があった。目的の建物も見つかった。フラットの番号とブザーも。名前は添えられていないが、それでもブザーを押した。

応答はない。

腕時計を確認し、ほかのブザーをつぎつぎと押した。ついに声がした。

「何だ？」インターホーンからひび割れた声が聞こえた。

「九号室に小包です」リーバスが言った。

「うちは十六号室だ」

「預かっていただけないかと思いまして」

「それは駄目だ」

「じゃあ、九号室のドアの前まで運びたいんですが」

舌打ちする声が聞こえたが、ブザーの音がして、リーバスは中へ入れた。階段を上がって九号室のドアまで行った。ドアには覗き穴がある。ドアに耳をつけてみた。後ずさりしてドアを観察した。頑丈な木製ドアで、錠が数個ついており、鋼板で縁取られている。

「誰がこんなところに住んでいるのでしょうか?」リーバスはつぶやいた。「デイヴィッド、ではどうぞ……」〈スルー・ザ・キーホール〉（家を紹介し、誰の家なのかを当てさせるクイズ番組）というテレビ番組の決まり文句。ただし、リーバスはここが誰の住まいかをちゃんと知っている。デイヴィッド・スティールフォースが調べて教えてくれた情報。リーバスはドアを軽く叩いてみたあと、階段を降りた。煙草の箱の蓋をむしり取り、正面玄関ドアに挟んで、ロックがかからないようにした。そして外へ出て待った。

待つのは得意だ。

居住者用の駐車スペースが十ほどあり、それぞれに進入禁止用の金属ポールが一本立っている。銀色のポルシェ・カイエンがその前に停まったかと思うと、運転者が出てきて、金属ポールの錠前をはずし、それを横たえ、駐車スペースに車を巧みに入れた。満足そうに口笛を吹きながら車を回りこみ、そんな男のつねで、タイヤを蹴った。汚れた箇所を見つけると袖でこすった。鍵束をぽんと空中に放り上げ、それをひっつかんでポケットにしまう。別の鍵束を取りだし、玄関ドアの鍵を選り分けた。ドアがきちんとしまっていないのに気づき、けげんな顔になりかけた。その瞬間、後ろからいきなり押されてドアに顔がぶち当たった。そのままドアから玄関ホールへどどっと転がり込む。リーバスは男の髪を後ろから掴み、顔を灰色のコンクリート壁に何度となく力いっぱい打ちつけた。壁に血が飛んだ。背中を膝蹴りすると、ジャコは床に崩れ落ち、ぼうっと意識が遠のいた顔になった。そこへ後頭部への素早いパンチ、さらに顎に一発。最初の一発はおれのため、もう一発はメイリー・ヘンダーソンのため。

リーバスはジャコの顔を覗き込んだ。傷跡が多いが、栄養が行き届いている。以前は兵士だったが、今は民間会社に就職したおかげで太ったのだ。うつろな目が、ゆっくりと閉じる。それが騙しの可能性を考えて、少し待った。ジャコの体から力が抜けてぐったりとした。リーバスは脈と呼吸を確認した。その上で、ジャコの両手を後ろに回し、持ってきたプラスチックの手錠を手首にはめた。はずれないように、きっちりと。

リーバスは立ち上がり、ジャコのポケットから車の鍵束を出すと外へ出た。誰にも見られていないことを確かめる。ポルシェに近寄り、イグニション・キーで車体に横線を刻みこんでから、運転席のドアを開けた。イグニションにキーを差し込み、誘うようにドアを開け放しておいた。少し休んで呼吸を整えてから、大通りへ向かった。タクシーかバスが通りかかったら、それに乗ろう。キングズ・クロス駅五時発の電車に乗れば、その日のうちにエジンバラに帰れる。リーバスは時間指定のない復路の乗車券を持っていた——その金額はスペインのイビサ島までの航空運賃よりも高かったのだ。それでも好きな電車に乗れるという利点がある。

エジンバラでもまだやり終えていない仕事があるのだ。

運がついていた。黄色いルーフライトの光る黒いタクシーが通りかかった。後部座席に落ち着いたリーバスはポケットを探った。運転手にはユーストンへ行ってくれと命じてある——そこからキングズ・クロスまでは歩いてもすぐだ。紙とセロテープを取りだした。紙を広げてそれを見つめた——雑な書き方だが、要点は押さえてある。サンタルとステイシーの写真が一枚ずつ。一つはシボーンのカメラマンの知り合いが撮ったもの。もう一つは古い新聞記事から複写したもの。その上には太い黒字で一言、行方不明、と書かれ、下線が二重に施してある。その下にはリーバスが五回ほども苦心して書き直した、信用性のあるメッセージ。

〝爆破のあと、サンタルとステイシーという友人二人の行方がわからなくなりました。二人は当日の朝、エジンバラから夜行列車でユーストンに到着しました。この二人を見かけた方、消息をご存じの方は電話をお願いします。無事を確かめたいのです〟

下に名前を添えず、携帯の電話番号だけ。もう片方のポケットにも同じ物が数枚入っている。すでに警察全国コンピュータには行方不明人として彼女を登録してある。二つの名前、身長、年齢、目の色、身元に関する断片的な情報を入れた。来週は尋ね人として、ホームレスの慈善関係施設や、《ビッグ・イシュー》紙の売り子に情報が流される。エリック・ベインが退院したら、ウエブサイトについてたずねてみよう。もしかしたら独自のホームページを立ち上げることすらできるかもしれない。もしステイシーがどこかにいるのなら、必ず突きとめられる。リーバスは諦めはしない。

いくら時間がかかろうとも。

# 謝辞

アウキテラーダーにクルーティ・ウエルは存在しない。しかしブラック・アイルにある井戸は、気味の悪いタイプの観光が好みなら、訪ねてみるのも一興だろう。

同様に、コールドストリームにラムズ・ヘッドは存在しない。でもベソムという名前のパブで、うまいステーキパイが食べられる。

長期間にわたって、大事な写真を貸してくれたディヴ・ヘンダーソンに、そして彼を紹介してくれたジョナサン・エマンズに、感謝を捧げる。

バスク分離派に関するリーバスのジョークは、《サンデイ・ヘラルド》紙のピーター・ロスの文章から、（許可を得て）使わせていただいた。

# 訳者あとがき

二〇〇五年七月初旬は、イギリスにとってまさに激動の一週間だった。

七月六日から八日にかけて、スコットランド、パースシャーの人里離れた地にある、名門ゴルフ場を持つ豪華なグレンイーグルズ・ホテルで、第三十一回主要国首脳会議（G8サミット）がトニー・ブレア首相をホストとして開催された。日本からは小泉純一郎首相が出席している。会議では気候変動とアフリカ諸国に対する開発支援が主要議題として取り上げられた。会議の数日前から、スコットランドの各地でG8サミットの開催に反対するデモ活動が頻発し、しばしば警官隊ともみあいになった。エジンバラでは、七月二日に〈貧困をなくそう、メイク・ポヴァティ・ヒストリー〉をスローガンに掲げた市民マーチがおこなわれ、二十万人以上が参加した。エジンバラでは未曾有の規模であった。

歌手のボブ・ゲルドフはアフリカ支援活動を盛り上げるために、ハイド・パークをはじめとして世界各地の数カ所で有名歌手を集めた〈ライブ8〉コンサートを七月二日に催したあと、七月六日、エジンバラのマレイフィールド・スタジアムで〈ライブ8〉のハイライトとなる、〈ファイナル・プッシュ〉コンサートを開催して、サミットに集まった世界の首脳たちに圧力と激励を送った。

同じく七月六日にはシンガポールで開かれたIOC総会で、ロンドンは大本命だったパリを決選投票で破り、二〇一二年のオリンピック開催地の誘致に成功した。それが発表された瞬間、ロンドンのトラファルガー・スクエアは浮かれ騒ぐ若者たちであふれかえった。ブレア首相はその成果を手にサミット会議に臨んだ。

ところがその翌日の七月七日午前八時五十分、ロンドン地下鉄の三カ所で同時爆発テロが起こった。ほぼ一時間後、走行中の二階建てバスも爆破されて屋根が吹っ飛んだ。死者は五十六人、負傷者は七百人近くに及んだ。ブレア首相は急遽、ロンドンに戻ることを余儀なくされた。この惨事に対処したロンドン市長は心に残る演説をした。「……この忌まわしい攻撃をしかけた者たちに言おう。どこに隠れているにせよ、来週わたしたちがわたしたちの死者を埋葬し、その死を悼むのを見るがいい。しかしその同じ日に、新しい人々が束縛のない自由を求めてこの地へやってきて、ロンドンを彼らの住処とし、この地に根付くのを見よ」と。

〈ライブ8〉のあと、七月九日から十日におこなわれた、〈T・イン・ザ・パーク〉はスコットランドの大きな音楽祭である。毎年七月第二週の週末にキンロス郊外で開催され、多数のロックミュージシャンや人気グループが出演することで人気が高い。Tはスポンサー会社、テネンツ醸造の頭文字である。

イアン・ランキンはリーバス警部の捜査活動を通して、この怒濤の一週間を豪快に描ききった。物語は退職間近のリーバス警部が、たった一人残った肉親である弟の葬儀に参列するところから始まる。成人してからは疎遠となった弟の突然の死に、リーバスの心は暗く沈むばかりである。何十年間か、警察官として働いてきた間に、リーバスは殺人の被害者を数多く見てきたし、その一人一人の人生を詳しく調べてきた。リーバスは死者の亡霊に取り囲まれている自分を感じている。その無念の死を思うとき、生き残ったリーバスにできることは、死者の名前を一人ずつ口に出し、彼らが忘れ去られていないことを死者に知らせてやることぐらいしかない。それがせめてもの鎮魂の行為なのだ。そんな思いを胸に秘めつつ、リーバスはこの騒がしい一週間に、連続殺人や政府高官の転落死など複数の事件に取り組み、相変わらず上司にたてつきながらも、シボーン・クラーク部長刑事の助けを借りて、自分流の捜査を続けていく。そして複雑に絡み合った糸がしだいに一つに縒り合わされていくのを知ることとなる。

リーバス警部の地道な捜査に、この凝縮した一週間をどう絡み合わせるか。そこが力の見せ所である。イアン・ランキンは綿密に練り上げた複雑なプロットを展開して、実に自然にリーバス警部がさまざまな局面に接触できるようにした。リーバスの見た騒然たる当時の状況、警備の様子が活写されるだけではなく、G8に集まってくる防衛産業の会社社長、外交官、公安警察のトップらもストーリーに組み込まれている。ブッシュ大統領はグレンイーグルズ・ホテルに滞在中、日課のトレーニングを欠かさなかった。大統領が自転車でホテル周辺を走行中に、出会った警官らに手を振ろうとして自転車から落ち、軽い怪我をしたことが、当時報道された。そのエピソードまでもが巧みに織りこまれていて、読者の微笑を誘う。華やかな超エリート社会からエジンバラの路地裏の犯罪に至るまで、総合的に現代社会を映し出し、そのいびつさをあぶりだしたこの長篇は、リーバス警部シリーズの中でも、屈指の秀作であると思う。

なお、本書は二〇〇七年度ブリティッシュ・ブック・アワード（通称ニビー）の犯罪小説部門でベストテンの栄誉に輝いた。二〇〇五年にもランキンは『獣と肉』で選ばれており、二度の受賞という快挙を成し遂げた。

二〇一〇年二月

HAYAKAWA POCKET MYSTERY BOOKS No. 1834

延《のぶ》原《はら》泰《やす》子《こ》

大阪大学大学院英文学修士課程修了
英米文学翻訳家
訳書
『シンプルな豊かさ』サラ・バン・ブラナック
『血に問えば』『獣と肉』イアン・ランキン
(以上早川書房刊) 他多数

この本の型は，縦18.4センチ，横10.6センチのポケット・ブック判です.

検印
廃止

〔死者《ししゃ》の名《な》を読《よ》み上《あ》げよ〕

2010年3月10日印刷　2010年3月15日発行

| | |
|---|---|
| 著者 | イアン・ランキン |
| 訳者 | 延原泰子 |
| 発行者 | 早川浩 |
| 印刷所 | 星野精版印刷株式会社 |
| 表紙印刷 | 大平舎美術印刷 |
| 製本所 | 株式会社川島製本所 |

**発行所** 株式会社 **早川書房**
東京都千代田区神田多町2ノ2
電話 03-3252-3111 (大代表)
振替 00160-3-47799
http://www.hayakawa-online.co.jp

〔乱丁・落丁本は小社制作部宛お送り下さい
送料小社負担にてお取りかえいたします〕

ISBN978-4-15-001834-4 C0297
Printed and bound in Japan

ハヤカワ・ミステリ〈話題作〉

1828 黒い山 レックス・スタウト 宇野輝雄訳

親友と養女を殺した犯人を捕らえるべく、美食家探偵ネロ・ウルフが鉄のカーテンの奥へ潜入。シリーズ最大の異色作を最新訳で贈る

1829 水底の妖 R・V・ヒューリック 和爾桃子訳

新たな任地に赴任したディー判事。だが、船上の歓迎の宴もたけなわ、美しい芸妓が無惨に溺死した。著者初期の傑作が最新訳で登場

1830 死は万病を癒す薬 レジナルド・ヒル 松下祥子訳

〈ダルジール警視シリーズ〉療養生活に入った警視は退屈な海辺の保養所へ。だが、そこでも殺人が！ 巨漢堂々復活の本格推理巨篇

1831 ポーに捧げる20の物語 スチュアート・M・カミンスキー編 延原泰子・他訳

ミステリの父生誕二百周年を記念して編まれた豪華アンソロジー。ホラーやユーモア・ミステリなどヴァラエティ豊かな二十篇を収録

1832 螺鈿の四季 R・V・ヒューリック 和爾桃子訳

出張帰りのディー判事が遭遇する怪事件。お忍びの地方都市で判事が見せる名推理とは？ シリーズ全長篇作品の新訳刊行、ここに完成